JULIA KRÖHN
Riviera
Der Traum vom Meer

Informationen zur Autorin unter: http://juliakroehn.at/

Besuchen Sie uns auch auf www.facebook.com/blanvalet und
www.twitter.com/BlanvaletVerlag

Julia Kröhn

Riviera

Der Traum vom Meer

Roman

blanvalet

Sollte diese Publikation Links auf Webseiten Dritter enthalten,
so übernehmen wir für deren Inhalte keine Haftung, da wir uns
diese nicht zu eigen machen, sondern lediglich auf deren Stand
zum Zeitpunkt der Erstveröffentlichung verweisen.

Verlagsgruppe Random House FSC® N001967

1. Auflage
Copyright © 2020 by Julia Kröhn
Dieses Werk wurde vermittelt durch die
Literarische Agentur Thomas Schlück GmbH, 30161 Hannover
© 2020 by Blanvalet in der Verlagsgruppe Random House GmbH,
Neumarkter Str. 28, 81673 München
Redaktion: Margit von Cossart
Umschlaggestaltung und -motiv: Johannes Wiebel | punchdesign,
unter Verwendung von Motiven von © Johannes Wiebel | punchdesign,
unter Verwendung von Motiven von shutterstock.com (lukaszimilena; SCOTTCHAN)
und Ildiko Neer / Trevillion Images
Karte: © Daniela Eber
KW · Herstellung: sam
Satz: Buch-Werkstatt GmbH, Bad Aibling
Druck und Bindung: GGP Media GmbH, Pößneck
Printed in Germany
ISBN 978-3-7341-0808-2

www.blanvalet.de

Die Leidenschaft des Reisens ist das weiseste Laster, welches die Erde kennt.

BRUNO H. BÜRGEL

1922-1923

Erstes Kapitel

Salome war acht Jahre alt, als sie zum ersten Mal vom Meer hörte. Bis dahin kannte sie nur den Main, der ihre Heimatstadt Frankfurt teilte und der manchmal in der Sonne glitzerte, viel öfter aber schlammig grün war. Und sie kannte den Waldsee in Raunheim, wohin ihr Vater sie einmal mitgenommen hatte. Sein Reisebureau bot Ausflugsfahrten in den Taunus an, und er wollte prüfen, ob sich ein Abstecher zum See lohnte. Er hatte ihr versprochen, mit den bloßen Händen eine Forelle zu fangen, doch ehe sie das Wasser erreicht hatten, war er knöcheltief im schlammigen Ufer stecken geblieben, ausgerutscht und hingefallen.

»Wir wollen die Forellen leben lassen«, hatte er großmütig entschieden.

Dass es neben Flüssen und Seen, Bächen und Tümpeln ein Gewässer gab, dessen einzige Grenze der Himmel war, erzählte Salome lange Zeit niemand. Als es schließlich doch geschah, war sie nicht nur der frühen Kindheit entwachsen, zu diesem Zeitpunkt hatte sie ihre Großmutter bereits drei Mal umgebracht.

Tilda Sommer hatte die Erziehung des Mädchens übernommen, nachdem seine Mutter im Kindbett gestorben war, denn wenn er nicht gerade Forellen fangen wollte, war der Vater in seinem Reisebureau beschäftigt. Es oblag also ihrer Verantwortung, dass die Kleine nicht auf Abwege geriet und das häusliche Glück untergrub, und das verhinderte man am besten, wenn der Tag mit sinnvollen Tätigkeiten gefüllt war.

Eine dieser Tätigkeiten war das Klavierspiel, und das Mindeste, was Tilda verlangte, war, zwei Stunden täglich zu üben. Allerdings hielt sie sich meist schon nach zehn Minuten die Ohren zu, denn Salome versuchte keine bekannten Melodien nachzuspielen, sondern drückte auf die Tasten, um Töne zu erschaffen, als rieselte Tau über Grashalme oder hämmerten Zwerge in unterirdischen Höhlen an Waffen.

Eines Tages begnügte sich Tilda nicht mit dem drohenden »Du bringst mich noch ins Grab!« Sie seufzte nur und sagte: »Jetzt, genau jetzt geschieht's!«

Ihre Finger, die ansonsten auf den Deckel des Klaviers klopften, um einen Rhythmus vorzugeben, verkrampften sich zur Faust. Mit dieser Faust schlug sie sich auf die Brust, dann sackte sie mit dem Oberkörper auf den Klavierkorpus. In dieser äußerst unbequemen Haltung verweilte sie nicht lange, nein, sie rutschte hinunter auf den Boden. Salome hatte gerade jene hohen Töne geklimpert, die eine Forelle machte, wenn sie durch türkisfarbenes Wasser schoss. Erst als auch die dunklen hinzukamen – eine dreckerstarrte Hand versuchte, die Forelle zu packen –, sah sie die Großmutter wie tot neben dem Klavier liegen.

Salome war erstaunt. Irgendwann hatte sie gehört, dass die Augen von Toten weit aufgerissen wären, die der Großmutter aber waren geschlossen. Was sie auch irgendwann gehört hatte, war, dass Augen augenblicklich die Farbe verloren. Ob sie ganz schwarz oder weiß wurden, wusste sie allerdings nicht. Sie kniete sich neben Tilda, versuchte, die Lider zurückzuziehen. Es stellte sich heraus, dass die Augen immer noch braun waren. Und es stellte sich ebenfalls heraus, dass Tilda Sommer noch lebte.

»Das ist ja die Höhe!«, schrie sie und fuhr hoch. »Anstatt vor Scham und Trauer zu vergehen, willst du mir die Augen ausstechen?«

Als der Vater am Abend aus dem Reisebureau zurückkehrte, erzählte die Großmutter ihm alles. Arthur Sommer war ein untersetzter Mann, dessen Bäuchlein immer größer war als die Kraft in den schlaffen Oberarmen, und der in Gegenwart seiner Mutter stets um einen halben Kopf kleiner zu werden schien. Es war seine größte Angst, ihren Ärger auf sich zu ziehen, und so lauschte er konzentriert, nickte dann und wann und stellte Nachfragen. Am Ende fiel ihm aber nur eine Lösung ein.

»Vielleicht sollte Salome nicht mehr Klavier spielen«, erklärte er, und Tilda verdrehte die immer noch heilen Augen.

Wenig später starb ihre Großmutter erneut. Zu diesem Zeitpunkt hatte Tilda beschlossen, sie jeden Tag zwei Stunden lang französische Vokabeln lernen zu lassen. Nicht nur, dass Salome die Worte nicht einfach nachsprach, sie sang sie! Und überdies machte sie gern Fantasienamen daraus. Aus dem Raben – *le corbeau* – wurde zum Beispiel ein Corbinian Petersilian. Dieses Mal beging Tilda nicht den Fehler, ihren Tod wortgewaltig anzukünden wie beim letzten Mal. Und sie war auch nicht so dumm, auf das harte Klavier zu sacken, um dann auf die nicht minder harten Eichendielen zu fallen. Unauffällig positionierte sie sich vor dem Kanapee, stieß ein letztes Ächzen aus und sank – mit dem Gesicht voran – auf den Brokatstoff.

»*Elle est morte*«, erklärte Salome.

Diesmal stellte sie keine Untersuchungen zur Augenfarbe an, etwas anderes war jedoch nicht minder interessant für sie. Seit sie denken konnte, hatte sie ihre Großmutter nie ohne die schwarze Witwenhaube auf dem Kopf gesehen. Salome hatte sich oft gefragt, ob die Haube mit dem Kopf verwachsen war, und nun hatte sie die Gelegenheit, das herauszufinden. Ganz vorsichtig zog sie daran – zumindest behauptete sie selbst das später. Als Tilda japsend von den Toten auferstand, warf sie ihr vor, sie habe ihr die Haare ausgerissen, anstatt sie zu betrauern.

Arthur Sommer lauschte den Klagen stirnrunzelnd und sorgenvoll seufzend. Am Ende war sein Vorschlag aber nur: »Vielleicht sollte sie nicht mehr Französisch lernen.«

Seine Mutter befolgte ihn nicht. Schließlich hatte Salome *elle est morte* – sie ist tot – grammatikalisch korrekt ausgesprochen, solch hoffnungsfrohe Ansätze wollte sie nicht im Keim ersticken. Es dauerte ein paar Wochen, bis die härteste aller Erziehungsmaßnahmen weiteren Einsatz fand, weil Salome einmal mehr etwas unaussprechlich Schreckliches getan hatte.

An diesem Tag waren sie in einer der vielen Alleen im Westend spazieren gegangen, und ausnahmsweise hatte Tilda Salome erlaubt, Kastanien zu sammeln. Mit deren Stängeln – gewaschen, zurechtgeschnitten und mit Wachs überzogen – verzierte man nämlich Marzipanobst. Das Problem war nur, dass Salome in das, was eine Birne darstellen sollte, nicht nur einen Stängel steckte, sondern deren viele, sodass das Stück Marzipan am Ende einem Igel glich. Der Pflaume gab sie gar ein Gesicht, und zwar eines mit weit geöffnetem Mund, und den Apfel schmückte sie so, dass er Ähnlichkeiten mit einer Schildkröte hatte.

»Mit Essen spielt man nicht!«, sagte Tilda streng.

Salome blickte sie aus ihren haselnussbraunen Augen eindringlich an. »Die Kastanienstängel dienen nur der Dekoration, man isst sie ja nicht.«

»Seiner Großmutter widerspricht man nicht!«, rügte Tilda. »Du solltest dankbar sein, dass du so etwas wie Marzipan naschen darfst. Als du geboren wurdest, herrschte Krieg, und damit du genügend Milch bekommen konntest, habe ich mir jeden Bissen vom Mund abgespart. Wochenlang habe ich nichts als Pferdefleisch und Steckrüben gegessen.«

Salome ergriff wortlos ein weiteres Marzipanstück. Eigentlich hätte dieses zu Weintrauben geformt werden sollen, doch sie machte ein Pferd daraus – wobei der Schweif so groß war wie ein fünftes Bein.

Mit dem Marzipanpferd hatte sie die Großmutter versöhnlich stimmen wollen, doch jene war überzeugt, dass sie üblen Spott mit ihr trieb. Und weil sie sicher war, dass kein Tadel reichen würde, blieb ihr nichts anderes übrig, als vom Küchenstuhl auf den Boden zu fallen und dort reglos liegen zu bleiben. Leider bestand der Küchenboden aus Stein, war also nicht nur hart, auch kalt, aber Strafe musste sein. Wenn das Mädchen ordentlich erschrak, würde es künftig genauer darüber nachdenken, was es tat und sagte.

Salome erschrak nicht. Sie hatte gelernt, dass ihre Großmutter regelmäßig wieder zum Leben erwachte, wenn man nur lange genug wartete. Und sie hatte auch gelernt, dass man sie in dieser Zeit besser nicht anfasste. Sie formte für das Marzipanpferd noch ein Marzipanfohlen, war allerdings noch nicht bei dessen drittem Bein angekommen, als die Küchentür geöffnet wurde.

»Was ist passiert?«, vernahm sie eine weibliche Stimme. Nein, die Frau, die ihren Kopf durch den Türspalt steckte und die noch sehr jung zu sein schien, höchstens zwanzig Jahre alt, fragte eigentlich: »Was ist passierrrrrt?«

Und genau genommen steckte sie nicht den Kopf durch den Türspalt, nur Unmengen ihrer schwarzen Locken. Sie waren viel kleiner als jene weichen Wellen, in denen Salomes rotbraunes Haar über ihre Schultern fiel, und man sah unter ihnen kaum die Augen. Die Frau war Paola und lebte seit Kurzem in dem kleinen

Mansardenzimmer, das zur Sommer'schen Wohnung gehörte, zur Untermiete.

Salome steckte das vierte Bein des Fohlens in ihren Mund. »Meine Großmutter ist gestorben«, flüsterte sie.

Paolas Gesicht, dessen olivfarbener Hautton eigentlich viel dunkler als Salomes alabasterner war, wurde bleich. Und man konnte nun doch die Augen erkennen. Sie waren schwarz und weiteten sich, als sie rief: »*Madonna mia!*«

»Ach, sie ist schon zum dritten Mal gestorben, ich denke, sie kommt bald wieder zu sich.«

Tilda rührte sich kein Jota, weswegen Paola scheu näher trat. »Vielleicht ist sie nicht gestorben, vielleicht ist sie nur ohnmächtig geworden. Habt ihr etwas Riechsalz?«

Salome zuckte mit den Schultern. »Ich weiß nicht einmal, was das ist.«

Paola zuckte ebenfalls mit den Schultern. »Wenn ich es recht im Kopf habe, ist es eigentlich Hirschhornsalz, das gewonnen wird, indem man das Geweih eines Hirsches zu einem feinen Pulver reibt.«

Salome überlegte, aus welchem Marzipanstück sie einen Hirsch mit riesigem Geweih formen konnte, aber das musste warten. »Hirschhornsalz haben wir nicht, nur richtiges Salz«, erklärte sie und führte Paola zum Küchenschrank, in dem etliche weiße Keramikgefäße nebeneinander aufgereiht standen. Sie waren mit goldenen Lettern beschriftet, die – auf Französisch, nicht auf Deutsch – verrieten, was sich darin befand.

»Das muss es sein«, erklärte Salome und deutete auf das Gefäß mit der Bezeichnung *SEL*.

Paola nahm es an sich und starrte etwas ratlos darauf. »Ich bin mir nicht sicher, ob wir es mit Wasser mischen und sie nass spritzen oder ihr das Salz ganz schlicht und ergreifend unter die Nase halten sollen.«

Schließlich trat sie entschlossen zur Großmutter, kniete sich neben sie, öffnete den Behälter.

Tilda Sommer fuhr hoch. »Seid ihr verrückt geworden! Ihr wollt mir tatsächlich Grieß ins Gesicht schütten?«

»Warum denn Grieß?«, fragte Paola verdutzt.

»Es steht doch *SEL* darauf«, kam Salome ihr zu Hilfe.

Tilda schüttelte den Kopf, worauf es in ihrem Nacken knackste. Sie rappelte sich mühsam auf, worauf es nun auch im Rücken knackste. Immerhin schaffte sie es, drohend den Zeigefinger zu heben, ohne dass sich die morschen Knochen meldeten. Sie deutete erst in Salomes, dann in Paolas Richtung.

»Ich habe Salz und Grieß ausgetauscht. Wenn sich der Grieß im Salzbehälter befindet, lassen ihn die Küchenschaben in Ruhe.«

»Die Küchenschaben können lesen?«, fragte Paola erstaunt.

»Und sie verstehen Französisch?«, fügte Salome hinzu.

»Nun«, Tilda hatte keine Lust, sich über die sprachlichen Fähigkeiten von Küchenschaben auszulassen, »Sie, werte junge Dame, können anscheinend nicht lesen. In Ihrem Mietvertrag steht, dass Sie stets im Mansardenzimmer zu verbleiben und sich nicht hier unten blicken zu lassen haben.«

»Hätte ich Sie denn einfach tot liegen lassen sollen?«, gab Paola zurück, und in ihren dunklen Augen blitzte es.

Tilda ließ den Zeigefinger sinken, aber nur, weil sie sich aufstützen musste.

»In meiner Küche haben Sie jedenfalls nichts verloren. Salome, begleite sie wieder nach oben!«

Salome verließ die Küche nur allzu gern, allerdings nicht ohne ein paar Marzipanfiguren einzustecken. Auf der Treppe, die hoch zum Mansardenzimmer führte, setzten sie und Paola sich und verspeisten sie.

»Wie es sich wohl anfühlt, wenn man wirklich tot ist?«, fragte

Salome und gab sich selbst die Antwort: »Ich glaube, sobald man im Sarg ganz tief unter der Erde liegt, kommen Tiere, gegen die die Küchenschaben noch harmlos sind, um den Körper langsam aufzufressen. Man ... Man spürt jeden Bissen.« Zumindest war das das Schicksal, das Tilda den unartigen Kindern zugedachte.

»*Madonna mia!*«, rief Paola erneut. »Was ist das für ein Unsinn. Zu sterben fühlt sich an, als würde man im Meer treiben, ganz weit draußen und am Abend, wenn die Fluten einen roten Schimmer angenommen haben. Das Wasser ist gar nicht kalt, es ist warm und weich, während man langsam untergeht.«

Salome blickte sie verwirrt an. »Was ist denn das Meer?«

»Du kennst das Meer nicht?« Paola lachte rau, stieß dann noch einige Male *Madonna mia!* aus, erklärte schließlich, dass sie aus Italien stamme, einem Land, das fast nur von diesem Meer umgeben und in dem fast immer Sommer sei. Das Meer sei ein Gewässer, das keinen Anfang und kein Ende habe und an manchen Stellen so tief sei, dass kein Mensch je dorthin vorgedrungen war.

Salome kaute am Marzipan und lauschte interessiert. Richtig vorstellen konnte sie sich das Meer nicht.

Dass Paola seit mittlerweile zwei Monaten in der Mansarde lebte, blieb für Tilda Sommer ein Ärgernis. »Wenn die Zeiten bloß nicht so schlimm wären!«, rief sie oft.

»Sind sie etwa schlimmer als die Zeiten, da es nur Pferdefleisch und Steckrüben zu essen gab?«, fragte Salome, als sie sie einmal mehr klagen hörte.

Tilda blickte sie lange an, überlegte, ob sich hinter diesen Worten eine wie auch immer geartete Beleidigung verbarg, winkte sie dann mitzukommen. Aus der gläsernen Vitrine holte sie einen Porzellanteller mit goldenem Rand, auf dem sich das lorbeerumkränzte Konterfei eines bärtigen Mannes in Uniform befand. Der

Bart wirkte ziemlich spitz, ob sich der Löffel wohl daran stach, wenn man eine Suppe aß?

Tilda Sommer sprach nicht von Suppen. »Es war ein Opfer für Kaiser und Vaterland, dass ich jahrelang darbte, und dieses Opfer habe ich gern erbracht. Jetzt aber haben wir keinen Kaiser mehr, und deswegen schützt uns keiner vor unserem Bürgermeister. Der ist der Meinung, dass in Frankfurt Wohnungsnot herrscht und leerstehende Mansardenzimmer und Kellerräume vermietet werden müssen. Gottlob ist unser Mansardenzimmer so klein, dass uns eine ganze Familie mit greinenden Bälgern erspart bleibt. Dass hingegen in unserem feinen Wohnviertel Pack Einzug erhält, können wir nicht verhindern.« Sie hauchte auf den Teller, polierte ihn, bis er glänzte, fügte raunend hinzu: »Es gibt ein Gerücht, wonach alle Menschen, die auf ein Mansardenzimmer angewiesen sind, schon mindestens einmal im Zuchthaus gesessen haben. Und für Menschen aus Italien gilt das sowieso.«

Alles, was Salome bisher über Italien gehört hatte, hatte rein gar nichts mit ihren Vorstellungen von einem Zuchthaus gemein. Sie wartete, bis ihre Großmutter den Teller wieder weggestellt und sich mitsamt Spitzenhäubchen auf dem Kopf zum Mittagsschlaf gebettet hatte, dann schlich sie hoch ins Mansardenzimmer.

Der Raum war nicht hoch genug, als dass ein groß gewachsener Mann hätte aufrecht stehen können, bot jedoch nicht nur Platz für ein Bett, auch für ein weiteres Möbelstück – jenes Kanapee, auf das Tilda Sommer, als sie zum zweiten Mal gestorben war, gesunken und dessen vierter Fuß gebrochen war. Für Paola reichten drei heile Füße, unter den fehlenden vierten hatte sie einen Blumentopf geschoben, an dem noch ein paar verwelkte Blätter einer Zimmerpalme hafteten. So gut wie kein Licht drang in den Raum, denn das winzige ovale Fenster war mit Zeitungspapier zugeklebt – und zwar sehr altem, wie die Schlagzeilen verrieten:

Der Kaiser hat abgedankt. Thronverzicht des Thronfolgers. Ebert wird Reichskanzler.

Kaum ein Fleckchen Boden war nicht mit Kleidern, Schuhen und Haarbändern bedeckt, und sämtliche Bilderrahmen, in denen im Übrigen keine Bilder hingen, waren verstaubt. Wo Reinlichkeit fehlt, da fehlt alle Anmut, Lieblichkeit und Wärme, sagte Tilda stets seufzend. Salome fand es dagegen recht gemütlich. Nachdem Paola sie lächelnd in den Raum gewinkt hatte, setzte sie sich neben sie auf das Kanapee, das nur ein wenig knarrte, nicht zusammenbrach.

Paola hielt sich eine Glasscheibe vors Gesicht, die sie als Spiegel nutzte, und schminkte sich. Die Tiegelchen und Döschen lagen auf dem ungemachten Bett verstreut, einige waren umgefallen, hatten bunte Flecken verursacht. Für eine derartige Untat würde Tilda wohl keine Worte finden, die Tatsache, dass eine Frau sich Farbe ins Gesicht schmierte, würde sie gar als gefährlich werten, hatten doch Schönheitsmittel aller Art die Zerstörung der Gesundheit zur Folge. Paola machte allerdings nicht den Eindruck, dass sie krank war. Ihr Gesicht nahm zwar mehr und mehr Ähnlichkeit mit dem befleckten Bett an, aber Salome fand sie wunderschön. Derart versunken in ihren Anblick versäumte sie die Frage zu stellen, wegen der sie hergekommen war, sodass Paola irgendwann hochblickte, sie von der Seite musterte und fragte: »Willst du auch etwas Rouge auftragen?«

»Ich?«, rief Salome erstaunt.

»Bist du nicht deswegen gekommen?«

Salome schüttelte den Kopf, nahm allen Mut zusammen, stieß endlich hervor: »Ich wollte wissen, wie es im Zuchthaus war.«

Paola zog gerade mit einem schwarzen Stift die rechte Augenbraue nach. Ihre Hand zitterte nicht, obwohl sie den Mund sehr weit aufriss, um zu erklären: »Grrrauenhaft.« Während sie die andere Braue nachzog, schilderte sie die schrecklichen Arbeiten, die sie im Zuchthaus hatte verrichten müssen. »Ich musste Abfälle sortieren. Mit den Kartoffelschalen und Apfelschalen wurde das Vieh gefüttert, die Eierschalen bekamen die Hühner zu fressen, und mit den abgenagten Knochen wurden Felder gedüngt.«

»Hühner fressen ganze Eierschalen?«, fragte Salome.

»Nein, eben nicht! Man muss sie mit einem Mörser mahlen, bis nur mehr Staub bleibt, und den mischt man später unters Futter. Und natürlich werden nicht ganze Knochen auf den Feldern verstreut, auch diese werden kleingerieben. Kannst du dir vorstellen, wie anstrengend das ist?«

Salome zuckte die Schultern. »Ich kann mir nicht vorstellen, dass das die Arbeit ist, die man in einem Zuchthaus zu tun hat.«

»Das stimmt«, gab Paola unumwunden zu.

Während sie sich den Mund mit einem dunklen Himbeerrot ausmalte, verriet sie, dass sie noch nie in ihrem Leben im Zuchthaus gewesen sei, jedoch eine Zeit lang als Dienstmagd gearbeitet habe. Ihre Herrschaften seien schlimmer als jeder Kerkermeister gewesen.

»Du hast dich gewiss zurück nach Italien gesehnt«, murmelte Salome.

Paola ließ den Lippenstift sinken. »Mein Vater stammte von dort, ich selbst war noch nie in Italien.«

»Das heißt, du hast auch noch nie das Meer gesehen?«

»Ich habe es zumindest gefühlt. Mein Vater war ein Zauberer, musst du wissen. Er kannte einen Trick, mit dem er jeden Menschen glauben machen konnte, er blicke auf das Meer, atme die frische Brise ein, fühle die warme Sonne auf der nackten Haut. Ich erzähle dir irgendwann mehr davon, aber jetzt solltest du gehen. Hör doch, deine Großmutter ruft nach dir, und wir wollen ihr nicht zumuten hochzukommen. Nicht dass sie uns wieder stirbt.«

Paola zwinkerte Salome verschwörerisch zu, was dazu führte, dass die Schminke verwischte. Salome fand sie immer noch schön. Paolas Gesicht verhieß das Gleiche wie das unaufgeräumte Zimmer – dass sie nie wieder an Langeweile leiden würde, wenn ihre Großmutter ihren Mittagsschlaf hielt.

Auch über diese Stunde hinaus wurde es bald ein Leichtes, regelmäßig mit Paola zu plaudern. Nachdem sie vier Monate bei Familie Sommer gelebt hatte, kam Tilda eine Idee, wie sie die Schande, eine Untermieterin zu haben, ausmerzen konnte – indem sie besagte Untermieterin nämlich nicht verjagte, sie jedoch zum Hausmädchen machte. Schließlich war es immer schwieriger geworden, den Bekannten und Nachbarn zu verschweigen, dass das bisherige gekündigt hatte, weil es keinen Lohn mehr bekommen hatte. Paola musste man keinen Lohn zahlen, ihr nur die Miete erlassen.

»Dafür komme ich aber nur jeden vierten Tag«, hatte Paola verkündet, was Tilda zähneknirschend akzeptierte, obwohl Paola ihr – wie übrigens auch Salome – die Antwort schuldig blieb, was sie die übrigen drei Tage machte.

Das Erste, was Paola als Hausmädchen zu machen hatte, war, den Inhalt sämtlicher Porzellanbehälter umzufüllen: Reis sollte sie mit Mehl tauschen, Zimt mit Pfeffer und Milchpulver mit Grieß. Salome saß auf dem Boden, wohin jede Menge Mehl und Milchpulver und Zimt rieselten, und malte Blumen in den Staub.

»Ich finde, wir sollten die Küchenschaben noch mehr verwirren«, erklärte Paola, »und da sie bereits Französisch verstehen, habe ich mir überlegt, ihnen auch Italienisch beizubringen.«

Die Küchenschaben verstanden das offenbar als Drohung, sie ließen sich nicht blicken. Allerdings wollte Salome ebenso gern Italienisch lernen, und während Paola den Boden aufwischte –

nicht gründlich genug, wie Tilda später tadelnd feststellte –, brachte sie ihr die ersten Brocken bei.

Vier Tage später folgte die nächste Lektion. »*Il mago*«, ließ sie Salome nachsprechen.

»Was heißt das?«

»Das heißt Zauberer, ich habe dir doch erzählt, dass mein Vater ein Zauberer war und einen ganz besonderen Trick kannte.«

Salome wollte gern mehr über diesen Trick erfahren, doch vorerst lag ihr eine andere Frage auf den Lippen. »Hat dein Vater denn am Meer gelebt?«

Paola schüttelte den Kopf, und Salome erfuhr zu ihrer Überraschung, dass es in Italien doch nicht nur das Meer und die Sonne gab, sondern zudem die weite Po-Ebene, wo ständig Mücken surrten, aber auch viel Getreide wuchs, was bedeutete, dass die Menschen immer reicher und die Mücken immer dicker wurden. Und dann waren da weitere Gegenden, in die sich keine Mücken wagten und wo leider kein Getreide wuchs, was bedeutete, dass die Menschen dort immer ärmer wurden. Die Orte trugen zwar liebliche Namen wie Belluno oder Tarvisio, waren aber von vielen schroffen Bergen umgeben, durch die keine Straßen führten, nur alte Ziegenpfade, und in deren Tälern keine Städte errichtet worden waren, nur unscheinbare Hütten. Die Menschen schliefen darin auf Betten aus Reisig, nicht auf Matratzen, trugen kratzige Kleidung aus selbst gesponnener Schafwolle und aßen nur Polenta.

»Das heißt, manchmal aßen sie etwas anderes. Sie kannten schließlich das geheimnisvolle Rezept, von dem ich dir erzählt habe.«

»Ich dachte, dein Vater kannte einen Trick.«

Paola füllte auf Tildas Befehl hin gerade das nächste Porzellangefäß um, wieder staubte es auf den Boden, wieder malte Salome Blumenmuster hinein. Paola überlegte eine Weile, sprach dann davon, dass viele Menschen die Dörfer verlassen hatten – einige, um in den reichen Po-Ebenen zu schuften, was allerdings bedeutete, dass ihre Rücken von Mücken zerstochen wurden, andere, wie der Vetter ihres Vaters, um nach Argentinien auszuwandern, wo es auch Mücken gab, der Wind aber so stark wehte, dass sie sich nicht in Ruhe auf Menschen- und Tierleiber niederlassen konnten. Ihren Vater wiederum hatte es nach Hamburg verschlagen. Paola sagte nicht Hamburg, sie sagte Amburgo, und wie alle Orte, die sie erwähnte, klang es wie der Name eines Zauberlandes. »Dort hat er mithilfe der geheimnisvollen Rezeptur Träume zubereitet«, fuhr Paola fort.

Salome kannte nur das Rezept von Bethmännchen. Für diese brauchte man Mandeln, Rosenwasser, Eigelb und Puderzucker. Träume hatten aber wohl eine andere Konsistenz, Träume waren schließlich ganz leicht und konnten fliegen.

»Hat er ein Soufflé gebacken?«, fragte sie.

Paola lachte. »So etwas Ähnliches. Die Träume meines Vaters gab es in allen möglichen Farben, in Grün und Rot und Blau und Braun. Allen gemein war, dass sie süß waren. Und da so viele Menschen von den Träumen kosten wollten, gestatteten sie Italienern wie meinem Vater, ohne Visum nach Hamburg zu reisen und dort zu bleiben.«

Salome dachte fieberhaft nach. »Sahen die Träume etwa wie Bonbons aus?«

»Hm.« Paola wiegte den Kopf. »Mit Bonbons hatten die Träume meines Vaters zumindest gemein, dass sie in großen kupfernen Kesseln zubereitet wurden. Jeden Morgen rührte er zwischen sechs und neun Uhr die Zutaten zusammen.«

»Und dann wurden sie gebacken?«

»*Madonna mia*, Träume dürfen doch nicht warm werden! Nein, er füllte sie in zylinderförmige gekühlte Metallbehälter und zog diese mit einem Kastenwagen durch die Straßen. Der Kastenwagen wurde von einem purpurroten Baldachin überragt, und an ihm war eine Drehorgel befestigt, die immer dieselbe Melodie spielte.«

»Welche Melodie?«

»Nun, die *Marcia Reale*, die Hymne der Italiener, die sie glauben machen sollte, sie wären ein Volk, obwohl die Menschen in der Po-Ebene so reich sind und die Menschen in den Bergen so bitterarm.« Paolas Stimme nahm einen bitteren Klang an, aber das Lächeln blieb süß, als sie fortfuhr: »*Viva il Re! Viva il Re! Viva il Re!*, spielte die Drehorgel, aber die Hamburger verstanden das natürlich nicht. Viele verstanden auch nicht, dass es Träume waren, die mein Vater verkaufte. Sie behaupteten, seine Ware schmecke widerlich, Männer wie er würden die guten Sitten und seine Träume die Gesundheit ruinieren, erst recht, wenn man sie auf leerem Magen genieße. Es wurde sogar verboten, die Träume an Kinder unter vierzehn Jahren zu verkaufen, waren sie angeblich doch ebenso schädlich wie Zigaretten und Schnaps. Was für ein Unsinn. Von den Träumen meines Vaters wurde man nicht krank! Wenn sie langsam auf der Zunge schmolzen, wusste man, was das Meer ist, auch wenn man es nie gesehen hatte, und es glitzerte im hellsten Türkis, selbst wenn der Tag noch so grau war.« Paola schmatzte genießerisch, schloss die Augen. Als sie sie wieder öffnete, schimmerten Tränen darin. »Gewiss, im Winter konnte mein Vater die Träume nicht verkaufen, im Winter röstete er in den Kupferbehältern Kastanien und verkaufte sie zur *Marcia Reale*. Auch diese waren köstlich, nur nicht ganz so süß und erst recht nicht so bunt. Sie brachten die Menschen nicht dazu, vom Meer zu träumen, wie es das *gelato* tat.«

»*Gelato?*«

»Das heißt ... Speiseeis. Mein Vater war Eisverkäufer.«

Dieses italienische Wort blieb nicht das letzte, das Salome lernte. Paola brachte ihr auch das Wort für Krieg bei, *guerra*. »Obwohl es schön klingt, verheißt es etwas Grässliches«, sagte sie kummervoll.

Nach diesem Krieg wurden die Italiener nämlich als Verräter bezeichnet, was ihren Vater nicht nur gegrämt, nein, ihn am Ende ins *muore mai*, ins Land, in dem man niemals starb, getrieben habe.

»Wo befindet sich dieses Land?«, fragte Salome.

»Keine Ahnung. Ein Märchen, das mir mein Vater oft erzählt hat, handelt jedenfalls davon.«

»Und wie sieht es dort aus?«

»Keine Ahnung«, sagte Paola wieder. »Wahrscheinlich wie im Knoblauchwald, der in einem anderen Märchen vorkommt. Der Knoblauch treibt dort Tausende weißer Blüten. Und im *muore mai* schwimmen wohl Tausende von diesen weißen Blütenblättern auf dem Meer. Mein Vater ... Mein Vater wurde eine davon.«

»Er ist also gestorben«, stellte Salome fest.

Paola nickte nur, wischte sich die Tränen ab, verrieb auf diese Weise einmal mehr ihre Schminke.

»Meine Mutter ist auch tot«, sagte Salome leise. »Willst du ... Willst du meine Mutter sein?«

»*Madonna mia!*«, rief Paola nun wieder mit fester Stimme. »Ich bin doch nicht alt genug, um deine Mutter zu sein.« Als sie sah, dass Salomes Unterlippe zu zittern begann, fügte sie allerdings schnell hinzu: »Nein, deine Mutter werde ich nicht sein, aber so etwas wie eine *sorella*.«

Sorella, erfuhr Salome, hieß Schwester.

Ein halbes Jahr war Paola nun Salomes *sorella*, wenngleich nur das Mädchen sie so nannte, niemals Tilda. Die bezeichnete sie weiterhin als Hausmädchen, das nunmehr jeden zweiten Tag kam und dafür sogar bezahlt wurde. Tilda beklagte sich zwar häufig über die klebrigen Böden und darüber, dass man an Paolas staubtrockenen Kuchen fast erstickte. Sie sprach während dieser Tage aber immer seltener von etwas, das in Salomes Ohren so furchterregend wie *guerra* klang – der Inflation.

Paola wusste nicht, was Inflation auf Italienisch hieß. Ein anderes Wort hingegen kannte sie nur auf Italienisch, nicht auf Deutsch. *Piscina.*

»Was genau ist das?«, fragte Salome.

»Das ist so etwas wie eine riesige Badewanne, in der man das Meer einzusperren versucht«, erklärte Paola.

Salome wusste nicht genau, was eine Badewanne war. Einmal in der Woche ging sie mit Tilda ins Volksbrausebad, wo man für ein paar Pfennige nicht nur ein Handtuch und eine Seife in die Hand gedrückt bekam, sondern sich überdies in einem kleinen Wellblechgebäude unter eine der fünf Brausen stellen konnte. Jedes Mal, wenn sie es verließen, erklärte Tilda: »Irgendwann werden wir wie andere Familien auch ein Bad in der Küche oder im Schlafzimmer haben.«

Salome hatte sich bis jetzt keine Gedanken darüber gemacht, wie ein solches Bad aussah, Paola erklärte indessen, eine Badewanne sei so etwas Ähnliches wie das Wasserklosett, das es in ihrer Wohnung immerhin bereits gab. »Nur ist die Badewanne viel größer als das Klosett. Und eine *piscina* wiederum ist viel größer als eine Badewanne.«

Erst als Paola hinzufügte, dass man darin schwamm, anstatt sich darin zu waschen, erkannte Salome, worauf sie hinauswollte.

»Du meinst ein Schwimmbecken!«, rief sie. »So wie die Mosler'sche Badeanstalt eines hat.«

»Warst du schon einmal dort?«, fragte Paola.

»Ich kann nicht schwimmen.«

»Dann bringe ich es dir bei.«

»Und wenn ich untergehe?«

»Warum solltest du untergehen? Tiere gehen im Wasser auch nicht unter, sie beginnen zu strampeln.«

Salome runzelte die Stirn und überlegte, welches Tier so groß und schwer war, dass es sich unmöglich über Wasser halten konnte. Ihr Vater hatte ihr einmal von Afrika erzählt und dass es dort Tiere gab, die Hörner auf der Stirn trugen. Sie wusste nicht mehr genau, wie diese hießen.

»Einhörner können nicht schwimmen«, sagte sie nun.

»Einhörner gibt es ja auch nur im Märchen«, erwiderte Paola lachend.

Das Lachen verging ihr, als sie Tilda vorschlug, Salome in der Mosler'schen Badeanstalt das Schwimmen beizubringen.

»Wo denken Sie hin! Schwimmen läuft dem weiblichen Charakter zuwider!«, lehnte Tilda entrüstet ab.

»Sagt wer?«

»Sagt *Meyers Konversations-Lexikon*.«

Dieses Buch war für Tilda von ähnlich großer Bedeutung wie der Ratgeber von Henriette Davidis *Der Beruf der Jungfrau*. Als Paola sie skeptisch anblickte, zog Tilda ihn aus dem Regal, schlug ihn auf der entsprechenden Seite auf und hielt ihn ihr unter die Nase.

»Hier wird nur vom Besuch einer Badeanstalt abgeraten, in der Frauen und Männer gemeinsam schwimmen«, sagte Paola, nachdem sie die Zeilen gelesen hatte. »In diesem Fall würde die sinnliche Reizung die Wirkung des Bades vereiteln.«

Salome hatte keine Ahnung, was eine sinnliche Reizung war. Als sie Paola später fragte – Tilda hatte das Konversationslexikon längst wieder zugeschlagen –, konnte diese es auch nicht erklären. Vielleicht, kamen sie zum Schluss, war damit so etwas gemeint wie zu tief in der Nase zu bohren. Prompt fiel Salome der Name des afrikanischen Tieres wieder ein, von dem der Vater ihr erzählt hatte.

»Nashörner können auch nicht schwimmen!«

»Warum sollten sie es nicht können?«, gab Paola zurück. »Und glaub mir: Du wirst es noch diesen Sommer lernen.«

Tatsächlich änderte Tilda Sommer ihre Meinung drei Tage später. Es war am frühen Morgen, als sie wieder einmal einen Ratschlag aus Henriette Davidis' Jungfrauenbuch umsetzte. Für ein junges Mädchen, stand darin, war es nicht nur wichtig, dass es Ordnung hielt, bescheiden war und alles erlernte, um dem Mann ein wohliges Heim zu schaffen, nein, es müsste auch stets eine gerade Haltung einnehmen. Und um diese Haltung zu erreichen, sollte es sich zweimal täglich – nach dem Aufstehen und vor dem Zubettgehen – an zwei hölzerne Ringe hängen, die mit Stricken an Deckenbalken befestigt waren. Dort musste es so lange wie möglich verharren, während ihm der Rücken mit einer Mischung aus Kampfer und Seifenspiritus eingerieben wurde.

»*Madonna mia!*«, rief Paola wie so oft, als sie den Kopf durch die Tür zu Salomes Kinderzimmer steckte, weil die Deckenbalken so laut quietschten. Sie sah dem Treiben eine Weile kopfschüttelnd zu, ehe sie erklärte: »Gut, dass Salomes Körper nicht die gleiche Konsistenz wie ein Strudelteig hat, sonst wäre sie nun doppelt so lang wie noch gestern.«

Das Rezept für den Strudelteig stammte aus dem Wiener Kochbuch, das Tilda Paola am Tag zuvor in die Küche gelegt hatte, damit ihre Kuchen nicht mehr so staubtrocken wurden.

Bei der Vorstellung, ein Strudelteig zu sein, musste Salome so heftig kichern, dass sie die Holzringe losließ und auf das Bett plumpste. Tilda fuhr grimmig zu Paola herum.

»Wie fördern denn Italienerinnen wie Sie den schönen Wuchs einer jungen Maid?«

»Oh, durch nichts wird ein gerader Rücken besser erreicht als durch regelmäßiges Schwimmen«, erklärte Paola. Und ehe Tilda einmal mehr auf *Meyers Konversations-Lexikon* verweisen konnte, schob sie hinterher: »Am Sachsenhäuser Ufer östlich der Alten Brücke gibt es übrigens ein Schwimmbad nur für Damen.«

Tilda suchte nach einem Gegenargument, aber weil ihr keines einfiel, befahl sie Salome lediglich knapp, sich wieder an die Ringe zu hängen. Am Ende überließ sie ihrem Sohn die Entscheidung, ob Salome schwimmen lernen sollte oder nicht, und Arthur Sommer stellte als einzige Bedingung, dass das nicht im Raunheimer See geschehen würde, weil die Ufer dort so matschig waren.

Nachdem Paola am nächsten Tag einen hauchdünnen Apfelstrudel gebacken hatte, stieg sie hoch ins Mansardenzimmer, um ihre Badekleidung zu holen, während Tilda die für Salome auf ihrem Bett unter den Holzringen ausbreitete.

»Ich dachte, wir gehen schwimmen, nicht auf eine Beerdigung«, sagte Paola, als sie sie wenig später betrachtete.

Ihr Badekostüm war aus hellblauem Crêpe de Chine, hatte einen tiefen Ausschnitt und ein Röckchen, das nicht einmal bis zu den Knien reichte. Das Badekostüm, das Salome dagegen von Tilda bekommen hatte – sie war zwar ein dünnes, zugleich aber großes Mädchen, sodass es ihr halbwegs passte –, bestand nicht nur aus einem langärmeligen schwarzen Oberteil mit Kragen und Korsett, sondern außerdem einer Hose, die unter den Knien zusammengebunden werden musste. In den Saum waren sicherheitshalber Bleiblättchen eingenäht, falls der Knoten sich löste, konnte der Stoff nicht hochrutschen. Über der Hose wurde obendrein ein Rock getragen, der mit Rüschen, Borten und Schleifen besetzt war. Wie Paola meinte, glich er mehr einem Schildkrötenpanzer als einer zweiten Haut.

»Das ist ja sein Sinn und Zweck«, erklärte Tilda. »Selbst wenn der Stoff nass wird, bleibt er nicht am Körper kleben, sodass der sich für jedermann sichtbar abzeichnet.«

»Salome könnte doch wenigstens die Hosen weglassen«, schlug Paola vor.

»Unterstehen Sie sich, dieses Wort auszusprechen. Eine anständige Dame spricht nicht von Hosen, sie spricht von Beinkleidern. Und nun zieh dich um, Salome, und danach setzt du dir den Hut auf.« Sie deutete auf einen riesigen breitkrempigen Sonnenhut.

»Wenn du darunter untergehst, merke ich es erst eine Stunde später«, sagte Paola, als Tilda das Schlafzimmer bereits verlassen hatte.

Salome zuckte die Schultern. Dass Tilda ihr den Besuch der Badeanstalt erlaubt hatte, war ein so großes Entgegenkommen, sie wollte nicht auch noch auf leichter Kleidung bestehen.

Paola hingegen brachte die Hose auf eine Idee. Während Salome noch ihre Bluse aufknöpfte, stieg sie kichernd aufs Bett und band die Hosenbeine so an die hölzernen Reifen, dass sie Ärmeln glichen. Sie verknotete das Oberteil damit, sodass dieses einem Rock glich, und steckte danach den Hut zwischen den Deckenbalken fest.

»Was jetzt noch fehlt, ist ein Kopf!«, rief sie lachend. »Was könnten wir als Kopf verwenden?«

Salome kicherte. »Vielleicht das Kissen«, schlug sie vor.

»Ich fürchte, das ist zu schwer für die Hosen ... Äh ...«

Ratlos blickte sie sich um, und in diesem Augenblick kam Tilda zurück, betrachtete erst Paola, dann Salome, dann das dunkle Ding, das von der Decke hing. Es hatte Ähnlichkeit mit einer Vogelscheuche.

Salomes Kichern verstummte, Paola jedoch fragte ungerührt: »Haben Sie vielleicht einen Kopf für uns?«

Tilda hatte keinen Kopf für sie, sie griff sich nur wortlos an den eigenen. Vielleicht wollte sie sich die Schläfen reiben, vielleicht den entsetzten Schrei, der ihr entfuhr, dämpfen. Bevor die Hand das Gesicht erreichte, verkrampfte sie sich jäh. Sie schwankte so heftig, dass das Spitzenhäubchen verrutschte, stieß ein Ächzen aus, das keinem Laut glich, wie ihn Henriette Davidis oder *Meyers Konversations-Lexikon* für weibliche Lippen vorsahen. Und obwohl sie im Sterben eigentlich geübt war, kippte sie wie ein Baum um und prallte mit dem Gesicht voran auf den Boden.

Nun war auch Paola das Lachen vergangen.

»Soll ich ... Soll ich das Salz aus dem Grießgefäß holen?«, fragte Salome.

»Das Salz befindet sich jetzt nicht mehr im Grieß-, sondern im Reisbehältnis«, murmelte Paola geistesabwesend. »Ich habe es erst gestern ausgetauscht.«

Sie kletterte vom Bett, wälzte Tilda auf den Rücken. Dort, wo sie mit der Stirn auf den Boden aufgeprallt war, prangte ein großer roter Fleck. Nicht der machte Salome Angst, als sie sich über ihre Großmutter beugte, aber die Augen – weit aufgerissen und starr.

Diesmal hatte Tilda sie nicht bloß getäuscht, sie war wirklich tot. Und der Tod fühlte sich nicht an, als würde man im warmen Meer geradewegs auf die rötliche Sonne zutreiben.

Der Tod war nicht warm, der Tod war nicht rötlich. Der Tod war kalt.

Salome begann bitterlich zu weinen und ließ sich nicht beruhigen. Als Paola meinte, jemand müsse ihrem Vater Bescheid sagen, weinte sie noch heftiger, und Paola entschied, bei ihr zu bleiben. Sie legten sich ins Bett, zogen sich die Decken bis zum Kinn, kuschelten sich aneinander, die kopflose Vogelscheuche hing über ihnen und flatterte im Luftzug. Irgendwann zogen sie sich die Decke über den Kopf, bis es unerträglich heiß wurde.

Der Tod war immer noch kalt.

Bevor sie auf dem Frankfurter Hauptfriedhof beigesetzt werden sollte, wurde Tilda drei Tage lang in einem prächtigen Ebenholzsarg mit Silberbeschlägen in der Kirche Sankt Antonius aufgebahrt. Der rote Fleck auf der Stirn hatte sich bläulich verfärbt, sodass Salomes Vater beschloss, sie nicht nur mit ihrem schwarzen Witwenkleid, sondern auch mit einem schwarzen Hut zu beerdigen.

»Der breitkrempige Strohhut fürs Baden wäre groß genug«, schlug Paola vor. Arthur Sommer blickte etwas ratlos darauf, entschied sich am Ende für einen spitzenbesetzten mit Blumen. Salome hatte keine Ahnung, wer Tilda Sommer das Häubchen abgenommen und den Hut auf ihren Kopf gesetzt hatte. Sie konnte jedenfalls nicht hinschauen, als sie am offenen Sarg ihre letzte Aufwartung machten. Und sie konnte erst recht nicht hinschauen, als am Tag der Beisetzung der Sarg geschlossen wurde. »Schade um den Hut, jetzt wird er eingedrückt«, sagte Paola.

»Und was, wenn auch die Nase eingedrückt wird?«, rief Salome entsetzt.

»Na ja, das spürt sie ja nicht mehr.«

Mit diesen Worten vergrößerte sie Salomes Entsetzen nur. Es war doch nicht möglich, nichts mehr zu spüren ... nichts mehr zu sein. Sie klammerte sich an Paolas Hand, um wenigstens selbst noch etwas zu spüren ... etwas zu sein, nämlich ihre *sorella*, und fühlte sich ähnlich getröstet wie in den vorangegangenen Nächten, da sie nicht in ihrem Bett geschlafen hatte, sondern hoch zu Paola in deren Mansardenzimmer gestiegen war.

Auch in der folgenden Nacht würde es kaum anders sein, es galt nicht nur das Begräbnis, sondern ebenso den anschließenden Leichenschmaus durchzustehen. Er fand in der Gastwirtschaft Hettrich in der Klüberstraße statt, nicht weit entfernt vom Reisebureau des Vaters. Nach der Arbeit trank Arthur Sommer dort manchmal ein Glas Bier oder Wein. Als er die Gaststube an diesem Tag betrat, erklärte er, es müsse etwas Stärkeres sein, am besten Cognac, und nachdem er das Glas gekippt hatte, waren seine Augen tiefrot, weil er ein so scharfes Gesöff nicht gewohnt war. Die Gäste dachten, er würde weinen, und um ihn zu trösten und auch, um das zähe Schweigen zu füllen, begannen sie Geschichten über Tilda Sommer auszutauschen.

Die Brüder Ries, die in der Guiollettstraße eine der ersten Frankfurter Hochgaragen errichtet hatten, erzählten, mit wie viel Empörung Tilda ihre Art, Geld zu verdienen, verurteilt hatte. Was das Automobil anbelangte, war sie nämlich derselben Meinung wie der Kaiser gewesen: Es wäre ja doch nur eine vorübergehende Erscheinung, sie glaube an das Pferd.

Vom Geschäft des Herrn Wyss aus der Schweiz, dessen Firmensitz sich an der Ecke der Taunusanlage befand, hatte sie ebenfalls keine hohe Meinung. Der Elektronkonzern verkaufte solch absonderliche Geräte wie Staubsauger, einen Dampfkochtopf, der nichts anderem als der Zubereitung von Pudding diente, und eine elektrische Brotschneidemaschine, mit der man das Brot nicht nur in Stücke schnitt, nein, gleichmäßig die Butter darauf streichen konnte.

»Was sollen denn die Frauen mit der Zeit anfangen, die sie dadurch gewinnen?«, hatte Tilda einmal zu Herrn Wyss gesagt. »Sie kämen ja doch nur auf unnütze Gedanken.«

Die Brüder Ries und Herrn Wyss hatte sie immerhin stets gegrüßt, lange Jahre jedoch nicht den jüdischen Bankier Frohmann, obwohl sich dessen Haus in ihrer Nachbarschaft befand. Zu ihrem Begräbnis kam er trotzdem, wiederholte in der Gaststube die tröstlichen Worte, die er schon auf dem Friedhof gesagt hatte: *Di tsayt iz der bester dokter.* Und während Salome überlegte, ob die Zeit etwa auch eine schwarze Tasche trug wie ihr Hausarzt, berichtete er, dass Tilda Sommer ihn nach dem Krieg doch noch wahrgenommen hatte. Da er bereit war, jubelnd als Held für des Reiches Herrlichkeit zu sterben und die unseligen Franzosen und Briten zu vernichten, konnte sie ihm nachsehen, dass seinesgleichen Jesus getötet hatte.

»Jetzt hert doch uff, aale Kamelle zu lehre«, schaltete sich Herr Breul, der Abteilungsleiter vom Kaufhaus Wronker auf der Zeil ein, wo Tilda Sommer oft gewesen war, aber fast nie etwas gekauft hatte. »Den Damme off de Beul haale, des is doch e gude Eigenart. Unn selwer woannse noch so geizisch war. De Käs is gesse. Und wenn de Käs gesse is, isser gesse.«

Paola blickte hoch. »Gibt es etwa Käse als Leichenschmaus?«

Es wurde kein Käse serviert, sondern Frankfurter Tafelspitz – gekochte Ochsenbrust mit Salzkartoffeln und Grüner Soße. »Liewer zu viel gesse, als zu wennisch gsoffe«, erklärte Herr Breul und machte sich über seinen Teller her.

Salome aß nur eine Kartoffel. Ihr Vater aß überhaupt nichts, sondern leerte mehrere Gläser Cognac. Als sie nach Hause kamen, stolperte er über die Stufen im Treppenhaus, rappelte sich wieder hoch, stolperte wenig später über die Schwelle ihrer Wohnung, rappelte sich wieder hoch. Salome folgte Paola ins Mansardenzimmer, und er lief ihnen unerwartet nach, stolperte dort aber über Paolas Kleidung und blieb auf dem Boden liegen.

»Kann ich auch hier schlafen?«, lallte er.

Paola hatte Salome eben erneut versichert, dass die Nase der Großmutter gewiss nicht gebrochen, gut möglich, dass sie hart wie das Horn eines Nashorns war. Nun half sie Arthur auf.

»Aber nicht auf dem Boden«, erwiderte sie. »Kommen Sie zu uns ins Bett.«

Wenn der Sarg schon viel zu eng für Tilda ist, wie sollen drei Menschen Platz in diesem schmalen Bett finden?, dachte Salome. Doch irgendwie fiel keiner hinaus. Sie konnte sich nur nicht mehr an Paola klammern, weil nun ihr Vater zwischen ihnen lag, und an ihm wollte sie sich nicht festhalten, weil seinem Mund ein säuerlicher Geruch entwich und weil er plötzlich zu weinen begann.

»Es ist schlimm, seine Mutter zu verlieren«, sagte Paola, obwohl ihre eigene, wie sie Salome erzählt hatte, zu früh gestorben war, als dass sie sich an sie erinnern konnte.

Salome sehnte sich auch nicht nach ihrer Mutter, jedoch nach der Schwester, die Paola jetzt für sie war. Sie überlegte, über ihren Vater zu klettern, blieb aber steif liegen, denn eben stieß Arthur Sommer schluchzend aus: »Ich weine doch nicht, weil ich um meine Mutter trauere. Ich weine, weil ich keine Ahnung habe, wie ich ohne ihre Hilfe mein Reisebureau führen soll.«

Zweites Kapitel

Zum Zeitpunkt von Tilda Sommers Tod war Arthur achtunddreißig Jahre alt und hatte schon viele Reisen gemacht. Mit einer Karawane war er von Kairo über Assuan nach Khartoum gezogen und von dort zu den Quellgebieten des Nils. Er war auf einem Dromedar geritten, und als seine Karawane in einen Sandsturm geriet und sich verirrte, hatte er das Dromedar geschlachtet und einen Höcker aufgeschnitten, um das Wasser, das darin gespeichert war, zu trinken. Zumindest lautete so eine Variante der Geschichte. In einer anderen war das Dromedar von einem Krokodil im Nildelta angefallen worden. In einer wieder anderen Geschichte hatte er selbst ein solches Krokodil auf einer Jagdreise durch Uganda erschossen. Es blieb nicht seine einzige Beute, er hatte obendrein zwei Flusspferde erlegt, die zwar deutlich harmloser ausgesehen hatten, aber gleichwohl gefährliche Tiere waren.

Am allergefährlichsten war jedoch seine Reise durch Abessinien gewesen, einem gänzlich unerschlossenen Land, in dem es keine Straßen gab, nur schmale Pfade für die Elefanten. Um auf einem Elefanten zu reiten, musste man ihn natürlich erst einmal ersteigen, ohne von seinen Stoßzähnen aufgespießt zu werden. Diese Stoßzähne waren mindestens so spitz wie der Dolch, mit dem Arthur den Höcker des Dromedars aufgeschnitten hatte. Oder wie der Zahn eines Dinosauriers, der im kürzlich eröffneten Senckenberg-Museum in Frankfurt zu sehen war.

Nun gut, das Senckenberg-Museum hatte Arthur Sommer wirklich besucht, die Reisen nach Ägypten und Uganda und Abessinien hatte er nur im Kopf unternommen. Leider. Er wollte so gern reisen, aber sein Vater hatte eine andere Vorstellung davon gehabt, wie man eine Reiseagentur am besten leitete, und ihm lediglich beigebracht, mit welcher Art von Reisen sich das meiste Geld verdienen ließ.

Die Reiseagentur Sommer trug erst seit der Jahrhundertwende diesen Namen. Ursprünglich war sie ein Gasthof Sommer gewesen, in dem Auswanderer nächtigten, wenn sie vom Süden Deutschlands zu den Häfen im Norden reisten. Später war aus dem Gasthof eine Auswanderungsagentur geworden, die den Gästen nicht nur ein Bett, das sie sich mit drei Mitschläfern teilen mussten, und ein wenig Proviant, bestehend aus einem Hartkäse, der selbst die lange Fahrt nach Amerika mühelos überstand, anbot, sondern ebenso die Tickets für die Fahrt nach Übersee. Damit hatte Arthurs Großvater irgendwann so viel Geld verdient, dass er die breiten Betten aus den Räumen hatte schaffen und lange genug hatte lüften lassen, bis der Geruch nach Käse, auch nach verschwitzter Kleidung und vor allem Armut, verzogen war. Er hatte ein Bureau eingerichtet, das keinem andren Zweck mehr diente, als Fahrkarten zu verkaufen. Und als es Mode geworden war, dass nicht nur verschwitzte Leute vor der Armut in eine bessere Zukunft fliehen wollten, sondern auch nobel gekleidete Menschen ferne Länder bereisen, war aus der Auswanderungsagentur eine Reiseagentur geworden. »Und zwar die älteste Reiseagentur«, pflegte Arthur Sommer senior stolz zu sagen.

Er verschwieg, dass es, wenn überhaupt, nur die älteste in Frankfurt war. Rominger in Stuttgart gab es schon viel länger, und lange vor diesem hatte in Berlin bereits Carl Stangen Gesellschaftsreisen angeboten.

Mittlerweile zog es jedenfalls viele Menschen in die Ferne, und mittlerweile war die Arbeit der Agentur nicht mehr nur auf das Ausstellen von Fahrscheinen beschränkt. Das nahm zwar viel Zeit in Anspruch, waren doch lediglich für die gängigen Strecken die Tickets vorgedruckt, alle anderen hatte man handschriftlich auszufüllen. Aber es gab noch vieles andere zu erledigen – mithilfe von Hotel-Coupons Übernachtungen zu verkaufen, persönliche Reiseführer zu verfassen oder Listen mit Trinkgeldern, die man in anderen Ländern vergab, zu erstellen.

Während Arthur über dieser Arbeit saß, unternahm er im Kopf weitere Reisen. Er schlug sich durch das ewige Eis und fischte mit den Eskimos in Alaska und an der grönländischen Küste, wobei er nicht sicher war, ob Eskimos weiße Gesichter hatten, weil sie im Schnee lebten, oder schwarze, weil sie schließlich rückständige Wilde waren. Zweifellos schwarz waren die Indianer, die nur mit Lendenschurz bekleidet den Amazonas entlang zum Fuß der Anden ruderten. Ob er in ihrer Gesellschaft auch nur einen Lendenschurz oder lieber einen Leinenanzug tragen würde, wusste er nicht so genau, ganz sicher unternähme er keine Reise ohne seinen Tropenhut.

Die Anden waren in Arthurs Fantasien noch nicht erreicht, als im wirklichen Leben – im Jahr 1909 nämlich – der Vater starb. Arthur ließ über dem Eingangsbereich einen Trauerflor anbringen und das Schild darunter austauschen. Fortan hieß die Reiseagentur Reisebureau, weil das Arthurs Meinung nach weltmännischer klang. Er begnügte sich nicht mit dieser Veränderung. Wochenlang brütete er über einer Route für die Weltreise, die er künftig anbieten würde. Es bedurfte zwar viel Planung und Organisation, aber unmöglich war es nicht, alles bis ins letzte Detail vorzubereiten. Schließlich ließen sich für sämtliche Dampfer- und Eisenbahnverbindungen der Welt Fahrkarten zwei Jahre im

Voraus buchen. Und wer das einmal gemacht hatte, wusste, dass das Ausstellen eines Tickets von Panama nach San Francisco oder von Borneo nach Neu-Guinea keine größeren Umstände machte als das einer Fahrt von Hamburg nach Helgoland.

Als er die Reiseroute zusammengestellt hatte, fragte Herr Theodor: »Wäre es nicht angängig, dass sich Ihre honette Frau Mutter davon nicht nur frappiert, gar affrontiert fühlt?«

Herr Theodor war ein Mitarbeiter des Reisebureaus, der eine überaus schöne Handschrift hatte, sich nie verrechnete, aber anders als Arthur rein gar nichts von der Welt wusste. Seine Sprache hatte die Färbung des letzten Jahrhunderts, und er zog das Schreibpult dem neumodischeren Tisch vor. Steif wie ein Stock, wie er war, war das gerade Stehen wohl die einzige Haltung, die seinem Charakter entsprach. Wahrscheinlich, dachte Arthur manchmal gönnerhaft, würde er die Fische der Eskimos mit Messer und Gabel essen, nicht einfach mit der Hand, und den ersten Bissen erst in den Mund nehmen, nachdem er »Wünsche wohl zu speisen« gemurmelt hätte.

Nun, er wusste es besser. Herr Theodor wiederum kannte Arthurs Mutter besser.

Kurz darauf kam Tilda ins Reisebureau, wischte sich über die Augen, als sie den Trauerflor sah, schüttelte den Kopf, als sie auf dem Schild Reisebureau statt Agentur las, und ließ sich von Arthur seine Pläne zeigen. Er war noch nicht aus Europa herausgekommen, als sie ihm bereits ins Wort fiel.

»Was ist denn das für ein Unsinn?«

Arthur zog die Schultern hoch. »Ich will nicht in Frankfurt hocken und versauern. Ich will die große, weite Welt sehen! Ich will in die Fremde!«

»Ich erzähle dir was über diese Fremde«, gab Tilda Sommer ungerührt zurück. »Dein Vater hat sich einst eingebildet, auf

Gesellschaftsreise nach Ägypten zu gehen, und weil ich auf ihn aufpassen musste, habe ich ihn begleitet. Ich habe mich auf das Schlimmste gefasst gemacht, als das Schiff in Alexandria einlief, aber erstaunlicherweise machte die Stadt einen recht vernünftigen Eindruck. Ich meine, die Menschlein, die da herumlaufen, haben zwar allesamt schwarze Gesichter, aber als ich eines herbeiwinkte und es fragte: ›Du da, kleiner Mufti, kannst du unsere Sachen tragen?‹, ja, weißt du, was dieses Ding da zu mir sagte? ›Sehr wohl, Madame!‹«

Ihre Stimme hatte an Schärfe gewonnen, die sich Arthur nicht erklären konnte. »Hat euch das Menschlein etwa eure Koffer geklaut, anstatt sie ins Hotel Khedivial zu bringen?«, fragte er.

Mit der Erwähnung des Hotelnamens wollte er der Mutter beweisen, wie viel auch er von Alexandria wusste, doch die achtete nicht auf solche Details, schüttelte den Kopf. »Nein«, sagte sie, »die Koffer sind unbeschädigt angekommen. Aber dass dieses schwarze Ding fehlerfreies Deutsch gesprochen hat, war doch die Höhe! Gut, dass ich mich an der Strickleiter festgehalten habe, ich wäre vor Schreck ins Wasser gefallen. Man will doch in die Länder reisen, um die Wilden zu beobachten. Aber der einzige Wilde war ein Herr aus unserer Reisegruppe, der mit seinem Spazierstock ständig auf ägyptische Händler einschlug. Zugegeben, die Skarabäen und die mumifizierten Finger, die sie uns andrehen wollten, waren nicht echt. Aber Betrüger findet man auch hier. Wie viele Händler der städtischen Markthalle wollen dir einreden, dass ihr plumper Sauermilchkäse ›Fromaasch de Brie‹ ist? Um übers Ohr gehauen zu werden, musst du keine weite Reise machen. Man hat uns übrigens nicht einmal zugemutet, auf Eseln zu reiten. Und im Hotel gab es warmes Wasser und eine Badewanne.«

Die Verärgerung über diesen Umstand konnte Arthur nun

doch etwas nachvollziehen. Dass ein ägyptisches Hotel mehr Komfort versprach als die eigene Wohnung, war gewiss eine Kränkung. Er rang dennoch um Widerworte, wollte einwenden, dass für die restliche Welt nicht gelten musste, was für Ägypten galt. Doch da schob seine Mutter die Reisepläne schon zur Seite.

»Dein Vater hat kurz vor seinem Tod gesagt, es komme gerade in Mode, innerhalb von Deutschland zu verreisen. Die Leute haben schließlich nicht viel Geld, aber für eine kurze Sommerfrische oder eintägige Ausflüge reicht es. Du wirst künftig Rundgänge durch Frankfurt anbieten, wozu der Besuch des Doms ebenso gehört wie der einer Apfelweinwirtschaft in Sachsenhausen. Und du wirst Ausflüge in den Taunus anbieten, nach Kronberg und Königstein und all den anderen Burgen. Selbstverständlich wirst du selbst die Führung übernehmen, für die Omnibusfahrscheine sorgen und Gasthöfe für Übernachtungen auswählen.«

Sie redete noch weiter, schmückte ihre Pläne aus, doch Arthur hörte nicht mehr richtig zu. Bis jetzt war es ihm leichtgefallen, sich fremde Länder vorzustellen, aber nun schien die Welt in seinem Kopf zur Wüste zu werden, obendrein einer, über der der Nebel waberte. Er war zwar nicht sicher, ob es in der Wüste Nebel gab, aber was wusste er schon. Wahrscheinlich war es gemütlicher, am Schreibtisch zu sitzen oder mit einer Reisegruppe durch den Taunus zu spazieren, als einen Lendenschurz anzuziehen.

Die Stimme der Mutter verstummte, eine andere meldete sich zu Wort. »Haben Sie wohlfeil bedacht die Entscheidung getroffen, dass forthin das Reisebureau Ihrer Führung anheimgestellt ist, Frau Sommer?«, fragte Herr Theodor.

»Ich?«, rief Tilda ganz erschrocken. »Wie käme ich dazu? Sagen Sie nicht, dass Sie das nicht durch und durch schockant fänden, Herr Theodor! Die liebste Aufgabe der Frau ist es, durch Aufmerksamkeit und treue Pflichterfüllung den Mann zu beglücken und ihm das häusliche Leben zu verschönern. So habe ich es bei meinem Mann gehalten, so werde ich es bei meinem Sohn halten. Wie käme ich dazu, ihm Vorschriften zu machen. Was weiß ein schlichtes Frauchen darüber, wie man ein Reisebureau führt.« Sie hielt kurz inne. »Die Reisegruppen sollten nie mehr als zwölf Personen überschreiten. Versuche vor allem, das gehobene Bürgertum anzusprechen, beim Adel ist, so leid es mir tut, nicht mehr viel zu holen. Ich denke, du solltest einen Fotografen engagieren, der Bilder vom Taunus macht, im Sommer, Herbst und Winter. Und wenn du wirklich etwas Fremdes sehen willst, dann geh in den Frankfurter Zoo. Dort gibt es exotische Tiere mit Hörnern auf der Stirn. Wie heißen sie noch?«

In Arthurs Kopf waberte immer noch der Nebel. Er konnte sich solch ein Tier nicht vorstellen. Er konnte sich plötzlich auch nicht mehr den Amazonas und die Savanne und das Nildelta vorstellen.

»Einhörner«, murmelte er.

»Unsinn! Ich rede von Nashörnern. Und jetzt gehe ich nach Hause, um für dich ein feines Mahl zuzubereiten.«

Als Arthur nach Hause kam, servierte seine Mutter pünktlich das Abendessen, aß aber selbst nichts, sondern machte weitere Pläne, die in den kommenden Wochen und Monaten immer mehr Gestalt annahmen. Arthur übernahm sie willig und vergaß irgendwann, dass es nicht die eigenen Pläne waren. Die Ausflugsfahrten, die das Reisebureau anbot, sollten demnach unter dem Motto »Wir wandeln auf den Spuren der deutschen Kaiser« stehen.

In Eppstein gab es schon seit Jahrhunderten eine Burg, aber erst seit fünfzehn Jahren den Kaisertempel. Da die Burg schon genügend Besucher gesehen hatte, konnte man sie getrost vernachlässigen, den Kaisertempel aber ganz ausführlich inspizieren.

Die Wanderungen auf dem Feldberg mussten wiederum über jene Wege führen, die Kaiser Wilhelm erst kürzlich genommen hatte. Leider kam Arthur auf steileren Wegstrecken immer schnell außer Atem.

Etwas gemütlicher war der Ausflug nach Kronberg, wo er Geschichten von Kaiser Friedrich erzählte. Der hatte im Jahr 1888 nur neunundneunzig Tage lang geherrscht und in dieser Zeit sämtliche seiner Befehle auf Zetteln notiert, anstatt sie laut auszusprechen. Den Grund hierfür – der Kaiser litt an Kehlkopfkrebs – teilte Arthur den Reisegruppen natürlich nicht mit. Wie es sich anfühlte, wenn es einem die Sprache verschlug – ihm geschah das jeden Tag beim Abendessen mit seiner Mutter –, wusste er selbst dagegen ganz genau. Da der Kaiser nach kurzer Zeit im Amt gestorben war, war er selbst zwar nie nach Kronberg gekommen, aber seine Gattin Victoria hatte diesen Ort als Witwensitz auserkoren.

Pflichtgemäß berichtete Arthur seinen Reisegruppen von der Trauer der Kaiserin und dass sie bis zuletzt behauptet hatte, ihr Leben sei nur ein Schatten dessen, was es hätte sein können. Bevor er sich zu gefährlich an den Gedanken heranwagte, dass auch sein Leben nur ein Schatten war, begann er den Gruppen von den Reisen zu erzählen, die er in seiner Jugend angeblich unternommen hatte. Die interessierten »Ahs!« und »Ohs!« vertrieben den Nebel in seinem Kopf, ganz deutlich konnte er wieder die fremden Länder vor sich sehen, und die Geschichten, die er sich ausdachte, wurden mit der Zeit zunehmend wilder. Mit den Amazonasindianern ruderte er nicht länger, er machte Jagd auf Piranhas. Mit den Eskimos wiederum fischte er nicht nur mehr, er röstete mit ihnen Schlangen auf dem Herdfeuer.

Niemand fragte, ob es im ewigen Eis von Grönland wirklich Schlangen gab, und deswegen rechnete er auch nicht mit Widerspruch, als er beim nächsten Ausflug behauptete, die Krokodile im Nildelta sprächen Deutsch.

Ein glockenhelles Lachen ertönte. Es kam von ganz hinten, wo ein Fräulein mit ungemein dicken Zöpfen stand. Alles andere an ihr war dünn. Das Lächeln war so liebreizend, wie die Sommersprossen es waren, und die Augen vom Farbton der Kornblumen waren es erst recht. Arthur versank regelrecht in ihrem Anblick.

»Krokodile können doch nicht sprechen!«, rief das Fräulein.

»Nun ja, ich habe auch nicht die Krokodile gemeint, sondern die schwarzen Muftis, die auf ihnen reiten.«

Das Lachen wurde lauter.

»Welche Geräusche machen Krokodile eigentlich?«, fragte ein Herr aus der Reisegruppe.

Arthur hatte keine Ahnung, runzelte die Stirn.

»Uaaaaah«, machte das Fräulein beherzt.

Wie konnte aus einem solch süßen Gesicht nur ein solch grollender Laut kommen! Lange hielt er im Übrigen nicht an, dann begann das Fräulein zu husten. Arthur wagte es nicht, ihm auf den Rücken zu klopfen, schlug nun aber den Besuch der Gastwirtschaft Adler vor. Hier vergaß er ganz und gar, von der berühmten Malerkolonie zu erzählen, die einst an diesem Ort gewohnt hatte. Stattdessen blickte er stumm in die kornblumenblauen Augen, hatte er doch gegenüber dem Fräulein Platz genommen, und umklammerte mit beiden Händen sein Apfelweinglas, um deren Zittern zu verbergen.

Es dauerte eine Weile, bis er einen Schluck nehmen konnte, und noch länger, bis er sich krächzend zu fragen überwand: »Wer sind Sie?«

Weiter hinten ertönten die Klänge eines Akkordeons. Der Wirt spielte immer auf, wenn er mit seiner Reisegruppe kam – was diese für einen Zufall hielt, während Arthur ihn in Wahrheit dafür bezahlen musste. Für Extrageld sang er wie an diesem Tag eine Volksweise aus dem Taunus:

»Wer lieben will, muss leiden. Ohne Leiden liebt man nicht. Sind das nicht süße Freuden, wenn die Lieb von beiden spricht? Wer Rosen will abbrechen, der scheu die Dornen nicht. Wenn sie gleich heftig stechen, genießt man doch die Frucht.«

»Hm«, sagte das Fräulein, »wer ich bin? Vielleicht eine ... Rosenzüchterin?«

»Wirklich?«

»Unsinn. Das habe ich mir nur ausgedacht. In Wahrheit bin ich Opernsängerin.«

»Wirklich?« fragte Arthur wieder und verschluckte sich fast.

»Nein«, das Fräulein lachte, »auch das habe ich mir nur ausgedacht. Aber in der Frankfurter Oper arbeite ich in der Tat.«

Von der Frankfurter Oper wusste Arthur bislang nur, dass sie Tilda verärgerte. Ein Opernbesuch war zwar kein solch frivoles Vergnügen wie der Besuch des Kinematografen, doch sie verstand nicht, warum das Bockenheimer Tor nun Opernplatz hieß. Da sich alles auf dieser Welt so schnell veränderte, sollte man sich doch wenigstens auf die Namen verlassen können.

Der Name des jungen Fräuleins war Erika, wie es ihm nun verriet, desgleichen, dass es in einer Oper mehr Aufgaben gab, als nur zu singen. »Ich muss den Sängern zum Beispiel den Schweiß abtupfen, wenn sie wieder einmal am Lampenfieber leiden«, berichtete Erika lachend. Arthur war nicht sicher, ob sie flunkerte. Er war ja auch nie sicher, wann er selbst flunkerte. Wenn er von seinen Reisen erzählte, glaubte er in diesem Augenblick immer, er hätte sie tatsächlich unternommen. »Und manchmal«, fuhr sie fort, »tupfe ich Blut ab.«

Nun war er sich sicher, dass sie log. »Das ist doch nicht möglich!«

»Oh, doch, aber ich meine natürlich kein echtes Blut. Eigentlich wurde ich angestellt, um auf der Bühne regelmäßig Staub zu wischen, aber als ich eines Tages sah, dass ein Bühnenbild beschädigt war, habe ich es repariert. Der Requisiteur war so begeistert, dass er mir manchmal Arbeiten übertrug. Jüngst zum Beispiel ...«

Arthur fiel ein, dass er doch mehr von der Oper wusste als gedacht, er sogar eine kannte. »Haben Sie den Drachen für den *Ring der Nibelungen* gebaut?«, rief er aufgeregt. »Und sah der womöglich wie ein Krokodil aus?«

»In der Frankfurter Oper wird doch nicht Richard Wagner gespielt, sondern Hans Pfitzner, Claude Debussy oder Paul Hindemith. Und kürzlich wurde eine Oper von Richard Strauss aufgeführt.«

Arthur schwieg, weil er den Namen noch nie gehört hatte.

»In einer Oper von Richard Strauss geht es um eine biblische Geschichte, um Johannes den Täufer nämlich, dessen abgeschlagenen Kopf Salome fordert. Auf diesen abgeschlagenen Kopf hat der Requisiteur zu viel Blut geträufelt, und deswegen habe ich es abgetupft und mit neuem bemalt.«

Erika begann, den abgeschlagenen Kopf in allen Einzelheiten zu schildern, desgleichen, wie sie es geschafft hatte, die Adern und Blutspritzer möglichst lebensnahe nachzubilden, mit rotem Farbstoff nämlich, den sie aus allerlei Pflanzen gewonnen hatte – ob Efeubeeren oder Krapplack, Ochsenzungenwurzel oder Drachenblut.

Arthur hatte noch nie von solchen Pflanzen gehört.

Er hatte auch noch nie gehört, dass ein junges hübsches Fräulein den Kopf eines toten Täufers mit Blut bemalte. Hingerissen war er gleichwohl. Als sie die bläulichen Adern am Hals beschrieb, musste er auf ihren starren, der so glatt und weiß war, und als sie von den Augen sprach, die aus den Höhlen traten, blickte er tief in ihre, die im trüben Licht der Gaststube nicht mehr kornblumenblau, sondern grau wie Nebel wirkten. Und als sie schließlich von den Blutspritzern sprach, musste er auf ihr Taschentuch schauen. Das hielt sie sich nämlich vor den Mund, als sie plötzlich zu husten begann, und hinterher waren darauf ebenfalls ein paar Blutspritzer zu sehen. Er überlegte nicht, was das zu bedeuten hatte, er ekelte sich auch nicht, er hätte am liebsten gesagt: Fräulein Erika, ich liebe Sie!

Noch wagte er es nicht. Er bekannte seine Gefühle erst mehrere Ausflüge später, an jenem Tag, da sie ausnahmsweise nicht auf den Spuren von Kaiser oder Zar oder Kaiserinwitwe wandelten, sondern durch Schmitten, einen Luftkurort im Taunus, marschierten. Sobald er ihr seine Liebe gestand, gestand sie ihm ihre Lungenkrankheit und dass die Hoffnung, sie auskurieren zu können, sie all die Ausflüge unternehmen ließ. Nur leider wurde der Husten nicht besser, die Blutspritzer auf ihrem Taschentuch wurden nicht kleiner. Arthurs Liebe wurde auch nicht kleiner.

Als seine Mutter an diesem Abend wieder einmal Pläne machte – er sollte Touren zum Hoftheater von Wiesbaden anbieten, wo Seine Majestät angeblich einmal ganz allein im Parkett einer Generalprobe gelauscht hatte –, war er so geistesabwesend, dass die Suppe auf sein Hemd tropfte.

»Herrgott!«, rief Tilda, »wo bist du denn mit deinen Gedanken?«

»Ich habe dir genau zugehört. Du hast von einer Aufführung gesprochen. War es eine Oper? Ich habe kürzlich eine Opernsängerin kennengelernt.«

Tilda runzelte die Stirn. »Der Kaiser sah sich keine Oper an, es war ein Theaterstück.«

»Ich liebe sie trotzdem ... die Opernsängerin. Ich ... Ich will sie heiraten.«

Erst später überkam ihn Reue, dass er seiner Mutter noch vor Erika die Heiratsabsicht bekundet hatte. Erst später tat es ihm leid, kaum bemerkt zu haben, dass Erika sich mit der Zeit immer elender fühlte.

»Ich kann doch nicht heiraten, ich bin krank«, murmelte sie, als er ihr den Antrag machte.

»Was für ein Unsinn!«, rief er.

»Ich ... Ich stehe mit einem Fuß im Grab.«

»Was für ein Unsinn!«, sagte Arthur wieder und fügte hinzu: »Wir werden eine ausgedehnte Hochzeitsreise unternehmen, nach Kathmandu, an den Fuß eines riesigen Berges, der eigentlich Sagarmatha, Stirn des Himmels, heißt, mittlerweile aber den Namen von Sir Georges Everest trägt. In diesem Klima wirst du genesen. Du wirst wieder so kräftig sein, dass wir gemeinsam den Mount Everest besteigen können.«

Nach der Hochzeit bestiegen sie nicht einmal mehr den Feldberg. Erika, die nun bei Arthur und Tilda im Westend lebte, hustete noch mehr Blut und wurde noch blasser. Sie brachte kaum etwas vom Abendessen herunter, das Tilda servierte, stand meist schon nach der Vorspeise vom Tisch auf. Tilda war zufrieden, solange der Sohn sitzen blieb und sich ihre Vorschläge anhörte.

Er nickte zu allem, dachte aber insgeheim nur an die ausstehende Hochzeitsreise. Als Erika ihm wenig später anvertraute, dass sie ein Kind erwartete, erklärte er, dass sie es einfach mitnehmen würden. Wenn es kalt war, würden sie es in Felle hüllen, und wenn es heiß war, würde es ein Baströckchen tragen.

Erika verließ bald kaum mehr das Bett. Früher war alles an ihr dünn gewesen, nur die Zöpfe dick, nun wurden die Zöpfe dünn, weil sie aus unerklärlichen Gründen ihr Haar verlor, und ihr Leib wurde runder. Sie weinte um jedes ausgegangene Haar –

das dachte zumindest Arthur, als er sie wieder einmal in Tränen aufgelöst vorfand.

»Du musst doch nicht weinen, die Haare wachsen doch nach.«

»Ich weine nicht um meine Haare, ich weine um mein Leben.«

»Was für ein Unsinn, wir müssen doch noch verreisen, ich habe mir überlegt, dass wir unserem Sohn einen Namen geben, wie er in Kathmandu üblich ist!«

Erika gebar keinen Sohn. In einer von Lungenkrankheit geschwächten Frau könne unmöglich ein männliches Wesen reifen, erklärte Tilda in einem der seltenen Augenblicke, da sie offen über Erikas Zustand sprach. Eigentlich hatte Tilda auch nicht damit gerechnet, dass dieser von Lungenkrankheit geschwächter Körper ein weibliches Wesen reifen lassen konnte, und doch brachte Erika – zwar schon nach acht Monaten – sogar deren zwei zur Welt. Dass auf das erste, das wie eine Katze miaute, noch eines folgte, verschlug Tilda die Sprache.

»Lebt es?«, fragte Erika, weil zu dem Miauen kein weiterer Ton kam.

»Ja«, erwiderte Arthur erstickt, »ja.« Es war keine echte Lüge. Sie hatte ja nicht gefragt, ob das Zweite lebte, gut möglich, dass sie das Erste gemeint hatte. Es war jedenfalls die letzte Lüge, die er ihr gegenüber vorbrachte. Als er die Hand der Frau hielt, aus der langsam das Leben wich, konnte er nicht länger vor der Wahrheit davonlaufen. »Wir ... Wir werden nie den Mount Everest besteigen«, fügte er mit tränenerstickter Stimme an.

Erika hatte in den letzten Monaten so viel geweint, jetzt kam keine Träne mehr. Sie hustete auch nicht länger, sagte nur sanft: »Aber ich stehe doch schon oben auf der Spitze ... Es war ganz leicht hinaufzukommen ... Oh, alles ist von einem strahlenden Weiß, und wie der Schnee funkelt ... Es fühlt sich an, als ob ich flöge.«

Arthur suchte ihren Blick, ehe sich ihre Augen für immer schlossen, und erahnte darin eine Weite, eine Grenzenlosigkeit, wie er sie nie kennengelernt hatte.

Er weinte an Erikas statt, und eine Weile gestattete ihm Tilda das. Dann wollte sie wissen, wie das Töchterchen heißen sollte – also das, das noch immer miaute, das andere hatte ja keinen einzigen Atemzug getan. Arthur wagte es nicht, auf das bläuliche Wesen zu schauen, das reglos auf Erikas ebenso reglosem Leib lag. Er wagte es auch nicht, auf das rötliche Wesen in den Armen der Hebamme zu schauen. Nur die Mutter anzusehen wagte er. Gottlob musste er keinen der Jungennamen nennen, wie sie am Fuß des Mount Everest üblich waren, er hatte noch zwischen Akasha und Pooja geschwankt.

»Salome«, sagte er plötzlich, weil ihn das viele Blut im Raum an den Kopf von Johannes dem Täufer denken ließ. »Sie soll Salome heißen.«

In ihren ersten Lebensjahren wusste Salome nicht, warum sie diesen Namen trug. Sie wusste auch nicht, dass sie ein Schwesterchen gehabt hatte, das gemeinsam mit ihr im Mutterleib herangewachsen war, aber nie gemeinsam mit ihr außerhalb dieses Leibes gelebt hatte. Sie war schon fünf Jahre alt, als sie erstmals fragte, was da auf dem Grabstein stand, zu dem Arthur sie manchmal mitnahm. Erst nannte er sämtliche Buchstaben, die Erika Sommers Namen ergaben, später las er das Wort »Engelchen« vor, das unter ihm eingraviert war.

»Wer war das Engelchen?«

»Deine Zwillingsschwester.«

»Und wie hieß das Engelchen?«

Arthur zögerte, er fühlte sich schäbig, dass er nie daran gedacht hatte, dem toten Kind einen Namen zu geben. Ihm lag es schon auf den Lippen, Akasha oder Pooja zu sagen, beides klang nach Mädchenname, er entschied sich dann aber für einen anderen.

»Ariadne.«

Es verging noch mehr Zeit, bis Salome erfuhr, dass es sich bei den Namen Ariadne und Salome um Opern von Richard Strauss handelte. Allerdings, so musste Arthur ihr gegenüber zugeben, hatte Richard Strauss nur *Salome* vor ihrer und der Geburt ihrer Schwester komponiert, *Ariadne* dagegen erst zwei Jahre danach.

»Den Namen hat es dann doch damals noch gar nicht gegeben!«, rief sie und war regelrecht entsetzt, dass zwischen der Schwester und ihr ein Abgrund klaffte, der sie unerreichbar machte.

Um ihre Mutter hatte sie nie getrauert, ihre Mutter hatte einen Namen und eine Geschichte gehabt, aber von Ariadne blieb rein gar nichts.

Salome weinte bitterlich, bis Tilda sie zur Rede stellte. »Wie kann man um jemanden trauern, den man nicht kannte!«, schalt diese.

Sie verstand nicht, dass Salome gerade deswegen traurig war, dass sie es noch schlimmer fand, nie gelebt zu haben, als tot zu sein. Die Großmutter befahl ihr streng, das Gesicht abzuwaschen, um alle Spuren der Tränen zu beseitigen, und Salome, für gewöhnlich fügsam, unterdrückte die letzten Schluchzer und gehorchte.

Selbst wenn Tilda den Kummer der Enkeltochter hätte nachvollziehen können – es war nicht die rechte Zeit zu trauern. Arthur hatte sich auch dem Kummer um Erika nicht vollends hingeben können, war doch kurz darauf der Große Krieg ausgebrochen. In dessen Verlauf wandelten die Menschen nicht länger auf des Kaisers Spuren im Taunus, und Arthur verrichtete kriegswichtige Arbeiten für die Eisenbahn.

Als der Krieg zu Ende war – schlimmer noch, schmachvoll verloren –, war klar, dass das Reisebureau eine Neuausrichtung erfahren musste, wenn es nicht wie das Kaiserreich zugrunde gehen wollte. Zunächst hielten sie sich dank des Fahrkartenverkaufs mühsam über Wasser, doch kurz nach Salomes Tränenausbruch kam Tilda eine neue Geschäftsidee.

»Wir müssen uns genauestens überlegen, wer heute noch reisen will«, verkündete sie beim Abendessen, das wegen der Inflation immer noch aus kaum mehr als wässriger Suppe bestand.

Arthur sah sie fragend an. »Die Adligen gewiss nicht, die haben kein Geld mehr, die ehemaligen Soldaten auch nicht, von denen haben viele keine Arme mehr, und denen, die noch welche haben, zittern sie.«

»Ich denke da an eine andere Bevölkerungsschicht«, sagte sie. »An die Arbeiter. Wir müssen Ausflüge speziell für Arbeiter anbieten.«

Arthur war verdutzt. »Hast du nicht immer gesagt, dass Arbeiter arbeiten sollten, wie schon ihr Name sagt, und sie deswegen keine Zeit für Reisen haben?«

»Sie hätten auch keine Zeit haben sollen, den Kaiser zu stürzen, und taten es dennoch«, erwiderte Tilda nicht ohne Groll.

Da sie kaum mehr Steckrüben zu schlucken hatten, schluckte sie zumindest diesen und erzählte von einer Mode, die aus England kam: Dort wurden für Arbeiter sogenannte Mondscheinausflüge angeboten, die nach dem Arbeitstag begannen und erst nach Mitternacht endeten.

Gewiss, für diese Ausflüge konnte man weniger Geld verlangen als für solche bei Tageslicht, und der wenige Gewinn, der blieb, wurde von der Inflation aufgefressen, aber Hauptsache, das Reisebureau blieb erhalten.

Arthur stellte sich die Inflation wie eines jener Krokodile im

Nil vor, von denen er seinen Ausflüglern bei den nächtlichen Runden berichtete. Immerhin behauptete er nicht mehr, dass er auf einem geritten sei. Die Ausflügler jedenfalls empfahlen seine Touren bei Nacht weiter, das Geschäft florierte, sie konnten der Inflation ein paar Bissen des Gewinns aus dem weit geöffneten Maul reißen, und es kamen wieder Würstchen und Rippchen auf den Tisch. Doch wenn auch der Hunger alsbald kein so großes Problem mehr war – der Schlaf wurde zu einem. Wenn Arthur spät in der Nacht heimkehrte, fand er nämlich oft keine Ruhe.

Regelmäßig trat er an Salomes Bett. »Kannst du auch nicht schlafen?«, fragte er seine Tochter. Salome gab keine Antwort. »Kannst du auch nicht schlafen?«, fragte er noch einmal. Wenn Salome dann immer noch nicht erwachte, stupste Arthur sie an und kitzelte sie so lange unterm Kinn oder am Bauch, bis sie schlaftrunken hochschreckte. »Ah, du kannst auch nicht schlafen«, stellte er dann fest.

Er legte sich zu ihr ins Bett, erzählte wundersame Geschichten – wie er eigenhändig Anakondas erwürgt und ein Vermögen verdient hatte, indem er Baströckchen an Eskimos verkaufte. Und wie er einmal gesehen hatte, dass ein Krokodil mit einem einzigen Bissen einen ganzen Menschen verschluckt hatte.

»Haben die Krokodile auch Ariadne gefressen?«, fragte Salome eines Nachts.

»Ariadne?«, gab Arthur zurück. »Wer ist denn Ariadne?«

Salome weinte um die tote Schwester seit Langem nur mehr heimlich. Jetzt schluckte sie ebenfalls die Tränen, aber insgeheim verzieh sie dem Vater nie, dass er ihren Namen einfach vergessen hatte.

Von nun an stellte sie sich immer schlafend, wenn der Vater an ihr Bett trat, selbst, wenn er sie kitzelte oder streichelte oder gar an den Haaren zog. Eine Weile blieb er dann seufzend und klagend stehen, schließlich ging er ins eigene Bett, um sich dort unruhig hin und her zu wälzen.

Als Arthur in der Nacht nach Tildas Begräbnis bei Paola und Salome im Bett lag, fand er einmal mehr nicht in den Schlaf. Wie sollte er ohne Tildas Hilfe weitermachen? Das Reisebureau hatte immer noch zu kämpfen, die Inflation hatte ihr riesiges Krokodilmaul noch immer nicht geschlossen. Neuerdings war außerdem die Konkurrenz so groß. Selbst Lehrer verdienten sich etwas dazu, indem sie Ausflüge oder Gesellschaftsreisen organisierten. Immer mehr Reisebureaus, die man eigentlich Schwindelbureaus nennen müsste, weil dort niemand etwas vom Geschäft verstand, schossen wie Pilze aus dem Boden. Und überhaupt. Dass die Gewerkschaften seit Kurzem Urlaub für die Arbeiter forderten, war zwar ein gutes Zeichen, aber ob sie sich die Weltreise, die anzubieten Arthur sich erträumte und die er selbst schon zigmal in Gedanken gemacht hatte, wirklich leisten konnten?

Er seufzte tief und vernehmlich und wälzte sich auf die Seite.

»Sagen Sie«, flüsterte Paola in die Stille, »haben Sie diese Reisen, von denen Sie immer erzählen, wirklich unternommen?«

Arthurs Verzweiflung war so groß, dass er unwillkürlich zugab: »Natürlich nicht.«

»Ach, Herr Sommer«, murmelte Paola, »ich glaube, ich mag Sie. Sie haben viel mit meinem Vater gemein. Er hat auch Träume verkauft, obwohl er selbst längst zu träumen verlernt hatte.« Und ehe Arthur nach den Träumen fragen oder das Fehlen von eigenen beklagen konnte, erklärte sie resolut: »Wir werden jetzt schlafen, und morgen früh gehen wir alle zusammen ins Reisebureau und sehen nach dem Rechten.«

Salome schlummerte längst, und auch Paola schlief ein, nur Arthur nicht.

»Können Sie auch nicht schlafen?«, fragte er, kniff sie so lange, bis sie aufwachte, und begann erneut zu jammern.

Bis in die Morgenstunden redeten sie über seine Ängste vor der Zukunft.

Das Reisebureau Sommer befand sich in der Kaiserstraße, was zweifach günstig war: Zum einen konnte man von ihrem Zuhause im Westend zu Fuß dorthin gehen. Zum anderen war auch die Zeil, Frankfurts stets belebte Geschäftsstraße, nur einen Katzensprung entfernt. Auf dem Weg dorthin stärkten sie sich wie viele Bankiers und Geschäftsleute im Café Hauptwache. Arthur bestellte seinen morgendlichen Kaffee, Paola und Salome bekamen je zwei Eier im Glas. Salome aß nur eines, Paola drei. Sie leckte genüsslich am Dotter, als wäre er Eis. Hinterher klebten gelbe Spuren an ihren Mundwinkeln, die man besonders deutlich sah, als sie lächelte.

»Ich stelle mir die Arbeit in einem Reisebureau recht gemütlich vor«, sagte sie, »an Kleidern oder Schmuck oder gar Büchern muss man schwer schleppen – an Reisen aber nicht.«

»Hast du eine Ahnung!«, stieß Arthur aus. Im Laufe der letzten Nacht waren sie irgendwann zum Du übergegangen. »Ich muss täglich so schwer schleppen, dass mein Rücken schon ganz krumm ist.«

Paola hob fragend eine Braue, erhielt die Antwort aber erst später. Als sie das Reisebureau erreichten, wurden sie dort nicht nur von Herrn Theodor, Arthurs treuem Mitarbeiter, erwartet, der umständlich wie immer sein Frohlocken bekundete, die beiden holdseligen jungen Damen an diesem Morgen begrüßen zu können. Ehe er sich erbot, Paola die Räumlichkeiten zu zeigen, deutete Arthur auf eine Flut von Prospekten.

»Reklame! Reklame!«, stöhnte er. »Oh, jemand, der nicht zum

Fach gehört, kann gar nicht erahnen, welche Berge von Werbeschriften täglich in einem Reisebureau abgegeben werden.«

»Ob der Stapel, wenn wir alle Prospekte aufeinanderlegen, so groß wie Salome ist?«, fragte Paola und bückte sich schon.

Salome half ihr sofort, Arthur sah seufzend zu, Herr Theodor versteckte sich wieder hinter seinem Schreibpult.

»Die Werbematerialien sind nicht die einzigen Papiere, in deren Flut wir ertrinken«, fuhr Arthur stöhnend fort und machte eine weit ausholende Geste.

»Es gibt noch mehr?«, fragte Paola, klang aber nicht entsetzt, sondern begeistert. »Gut so, dieser Stapel reicht Salome erst bis zur Schulter.«

Während Salome im Vorraum neben dem Stapel stehen blieb, führte Arthur Paola in die übrigen Geschäftsräume. Es gab insgesamt drei, in jedem befanden sich mindestens zwei Schreibtische, und sämtliche Schreibtische waren mit Unterlagen überhäuft: Fahr- und Reisepläne, Vordrucke von Fahrkarten, Listen mit Wechselkursen. Auf dem Schreibtisch, an dem an *Sommers Verkehrszeitung* gearbeitet wurde, stapelten sich wiederum Fotografien.

»Was genau ist *Sommers Verkehrszeitung*?«, fragte Paola.

»Ich habe mir überlegt, nach Thomas Cooks Vorbild regelmäßig eine Zeitung herauszugeben, in der ich von meinen Ausflügen berichte. Meine Mutter hat gemeint, dass die Fotografie zwar ein neumodisches Zeug sei, man heutzutage ohne Bilder aber gar nichts erreichen könne. Allerdings müssen die Fotografien erst alle sortiert werden.«

Paola kümmerte sich nicht um die Fotografien, nahm aber ein paar Papiere und kehrte wenig später zurück zum Stapel im Vorraum. »Jetzt ... Jetzt ist er so groß wie Salome«, erklärte sie triumphierend, als wären damit alle Probleme gelöst.

»Und nun?«, fragte Arthur hilflos. »Eigentlich müsste ich heute Abrechnungen machen. Dabei gilt es auf riesigen Bögen alle Einnahmen und Ausgaben bis auf den Groschen genau einzutragen und …«

»Was ist denn in diesem Raum?«, fragte Paola und deutete auf eine weitere Tür neben den Geschäftsräumen. Als Arthur nicht sofort antwortete, schritt sie beherzt drauf zu und griff nach der Klinke.

»Nicht!«, rief Arthur.

Es war zu spät. Paola riss die Tür auf, und prompt fiel ihr ein Kuhhorn entgegen. Zumindest glich dieses Ding auf den ersten Blick einem Kuhhorn. Als sie es vorsichtig aufhob und von allen Seiten betrachtete, stellte sie fest, dass es deutlich länger war als ein solches, außerdem in der Form eines S gebogen.

»Das ist das Horn eines Kudus«, sagte Arthur bekümmert.

»Was ist ein Kudu?«

»Eine Antilopenart.«

Paola drehte das Ding noch einmal in ihren Händen. »Und was genau kann man damit machen, außer jemandem das Auge auszustechen?«

»Es ist vorgesehen, dass man daraus trinkt, aber … Aber es ist alles eine Lüge.«

»Es gibt gar keine Kudus?«

»Doch. Nur ist dieses Horn nicht echt, es ist eine Nachbildung. Es ist alles nicht echt, was sich hier befindet, die Seidenteppiche sind nicht aus dem Oman, die Krishna-Statue ist nicht aus Kathmandu, und dieser Säbel ist nicht aus dem Orient. Allerdings ist er so scharf, dass er ein einzelnes Haar abschneidet, wenn der Wind es gegen die Klinge weht.«

Arthur trat an Paola vorbei in den Raum, dessen Regale übervoll waren, und griff nach dem Säbel.

»Bitte nicht ziehen!«, rief Paola schnell. »Ich weiß nicht, ob ich mich mit dem Kuduhorn ausreichend verteidigen kann, und ich würde gern alle meine Haare behalten.«

»Ach, ich fürchte, die Klinge ist ohnehin stumpf. Ein Frankfurter Handwerker hat all das angefertigt. Vor dem Großen Krieg war es in Mode, Kunstgegenstände aus fremden Ländern zu verkaufen. Heutzutage interessiert sich aber niemand mehr dafür. Meine Mutter hat gleich gesagt, das sei Unsinn. Jetzt kann sie mir allerdings nicht mehr sagen, was Unsinn ist und was nicht. Ich weiß einfach nicht, wie es weitergehen soll.«

»Die Abrechnungen kann doch Herr Theodor machen, oder?«

»Aber was soll ich tun?«

»Wir essen noch mal Eier im Glas im Café Hauptwache und denken darüber nach. Warum stehst du denn immer noch neben dem Stapel, Salome, als wärst du dort festgewachsen? Wir wissen doch jetzt, dass er so hoch ist wie du, also lass uns gehen.«

An diesem Abend schlief Arthur sofort ein, während Salome noch lange wach lag. Es war einfach zu eng in dem schmalen Bett für sie drei. Paola war anscheinend auch noch wach. Plötzlich richtete sie sich auf und rüttelte so lange an Arthurs Arm, bis der schlaftrunken hochfuhr.

»Kannst du auch nicht schlafen?«, fragte sie.

Arthur rieb sich die Augen. »Wie soll ich schlafen, wenn ich nicht weiß, wie es weitergehen soll?«

»Mit Ausflügen für Arbeiter allein wirst du dich nicht über Wasser halten können. Wobei Wasser schon das richtige Stichwort ist. Ich finde, wir sollten ans Meer fahren. Das Meer macht den Geist frei, dort kommen uns gewiss jede Menge neue Ideen.«

»Hm«, machte Arthur, »ich wollte schon immer mal ins Ostseebad Binz! Ich kenne dort einen Hotelier, der …«

»Ich rede doch nicht von der Ostsee«, fiel Paola ihm ins Wort. »Im Norden ist es viel zu kalt. Mein Vater hat in Amburgo immer gefroren. Wie auch nicht, er musste ja ständig Eis rühren oder Eis probieren oder Eis anpreisen. Dabei hat er selbst gar kein Eis gemocht.« Salome hob irritiert die Brauen, bislang hatte das anders geklungen. »Mein Vater wollte zurück nach Italien«, fuhr Paola fort, »und dorthin sollten wir auch fahren.«

Arthur war nun ganz und gar wach. Ruckartig fuhr er hoch, schob Salome noch weiter an den Rand des Bettes, wenn das überhaupt möglich war. »Du willst ans Mittelmeer? Aber ... Aber das geht doch nicht.«

»Gehen will ich dorthin nicht, sondern mit der Bahn fahren.«

»Es ist Juni!«

»Na und?«

»Es ist Sommer!«

»Eine gute Reisezeit, wenn man Sommer heißt, nicht wahr?«

Arthur schüttelte entschieden den Kopf. »Im Sommer reist man nicht ans Mittelmeer. Im Sommer reist man an die Nordsee oder den Atlantik oder den Ärmelkanal ... Erst beim ersten Herbstnebel bricht man ans Mittelmeer auf, und man trachtet danach, rechtzeitig vor dem Monat Mai wieder von dort wegzukommen.«

Paola runzelte die Stirn. »Und was genau stieße einem zu, wenn man dort bliebe?«

»Die glühende Sommerhitze ist äußerst gefährlich. Schon durch und durch gesunden Menschen macht sie schwer zu schaffen, erst recht leicht erregbaren. Ihnen drohen Fieberschübe. Außerdem gibt es in Italien so viele Sümpfe«, fuhr er fort. »Solange diese nicht trockengelegt werden, brüten dort gefährliche Mücken, die schlimme Krankheiten bringen.«

»Ich will nicht zu den Sümpfen, ich will zum Meer, will wissen, wie warm das Wasser ist.«

»Das Wasser ist doch viel zu salzig. Es heißt, das fördert Schwellungen des Zahnfleisches.«

»Öffne deinen Mund!«

»Wie bitte?«

»Öffne deinen Mund!«, wiederholte Paola, und als Arthur tat, wie ihm geheißen, beugte sie sich über ihn. »Dein Zahnfleisch sieht gesund genug aus. Es wird ein bisschen Meerwasser verkraften.«

Salome fragte sich, wie sie das im Finsteren beurteilen konnte.

»Wir könnten an Skorbut erkranken«, fuhr Arthur fort. »Oder gar an der Cholera.«

»Seit der letzten Cholera-Epidemie sind Jahre vergangen, und damals wurde San Remo nicht davon heimgesucht.«

»San Remo?«

Aus ihrem Mund klang der Name der Stadt wie ein Lied, aus seinem wie ein Fluch.

»Das ist das berühmteste Seebad der Riviera. Na ja, zumindest der italienischen Riviera, die man auch Blumenriviera nennt, aber dorthin wollen wir ja. Venedig ermüdet vor lauter Pracht, Sizilien ist wild und schmutzig, Neapel anstrengend. Aber San Remo wird dich auf neue Ideen bringen.«

Arthur waren die Argumente ausgegangen. Oder er war einfach zu müde, um weitere hervorzubringen. »Lass uns morgen weiterreden«, erklärte er und legte sich wieder hin. Wenig später ertönte ein Schnarchen.

Salome dagegen saß nun kerzengerade im Bett.

»Du solltest auch schlafen«, sagte Paola.

»Skorbut ... und Cholera ... Was ... Was sind das für Krankheiten? Sehr schlimme? Stirbt man daran?«, fragte sie ängstlich.

»Ach, *stellina*, mein Sternchen.«, Paola griff über Arthur hinweg nach ihr, streichelte kurz über ihren Kopf. »Dein Vater wollte dir gewiss keine Angst machen.«

»Stirbt man daran?«, fragte Salome wieder.

»Warum sollte man denn daran sterben? Warum solltest ausgerechnet *du* daran sterben?«

»Ariadne ist auch gestorben.«

»Wer ist Ariadne?« Meine Schwester, wollte sie sagen, aber eigentlich war Paola mittlerweile ihre Schwester. Außerdem war sie sich nicht sicher, ob Ariadne überhaupt ihre Schwester war. Man musste doch gelebt haben, um einen Namen zu tragen und um irgendjemandes Schwester zu sein. »Du musst wirklich keine Angst haben«, sagte Paola, da sie keine Antwort bekam, »das Reisen ist nicht gefährlich, im Gegenteil. Ich glaube, wenn man ständig unterwegs ist, kommt einem der Tod nicht nach – er fährt schließlich nicht gern Bahn. Ich denke, dein Vater kann uns Tickets der ersten Klasse kaufen, das wird ein Spaß werden, die ganze Nacht über kräftig durchgerüttelt zu werden. Wahrscheinlich werden wir kein Auge zubekommen.«

Salome war sich sicher, auch in dieser Nacht kein Auge zuzubekommen. Nicht wegen Skorbut und Cholera und nicht wegen Ariadne, sondern weil das Bett viel zu schmal für sie alle drei war.

Drittes Kapitel

Sie nahmen den Nord-Süd-Brenner-Express, der von Berlin nach Cannes fuhr, und bestiegen an der Endstation die Eisenbahn, die Cannes neuerdings nicht nur mit Nizza und Menton in Frankreich, sondern auch mit Bordighera und San Remo in Italien verband. Dass sie sich nach der Nacht im Zug unerwartet frisch fühlten, mit den Gesichtern an den Fenstern klebten und die Farbenpracht, die sie zu sehen bekamen, nicht vom grauen Schleier der Müdigkeit getrübt war, hatten sie einem gewissen Herrn Nagelmackers zu verdanken. Der hatte nämlich ein halbes Jahrhundert zuvor die Schlafwaggons erfunden.

Salome hatte allerdings nur die Hälfte der Nacht geschlafen. Paola und sie hatten ein Abteil bekommen, Arthur das nebenan bezogen, doch als sie mitten in der Nacht erwacht war, war Paola fort gewesen. Erst gegen Morgen war sie zurück ins Abteil gekommen, hatte erklärt, dass ihr Vater immer noch an schlechten Träumen litt.

»Du bist meine Schwester, nicht seine.«

»*Sorella, arbanella*«, spottete Paola.

»Was heißt *arbanella?*«

»Das heißt Einmachglas.«

»Was hat eine Schwester mit einem Einmachglas zu tun?«

»Eigentlich gar nichts«, gab Paola zu.

Der Name Riviera hatte jedenfalls viel mit der Landschaft zu tun, die sie jetzt zu sehen bekamen. Man würde ihn mit »Seeküste«

oder »Küstenland« übersetzen, erklärte Arthur, als er sich kurz vor der italienischen Grenze darauf besann, dass er mehr als ein gewöhnlicher Tourist sein wollte, der neugierig aus dem Fenster sah. Er vertiefte sich in Langenscheidts Handbuch für Auslandskunde über Land und Leute in Italien, schlug dieses nicht nur beim Buchstaben R auf, sondern auch beim Buchstaben M, weswegen er nun ebenfalls das Wissen weitergeben konnte, dass man in Italien gern einen Likörwein namens Marsala trank. Und dann gab es das Wort Makkaroni – womit die Norditaliener alle Nudeln bezeichneten, die Neapolitaner nur die langen. Ernsthaft fuhr Arthur fort, ihnen vorzulesen: »*Jedem echten Italiener pocht das Herz bei diesem Namen, wie dem Schweizer, wenn er seinen Kuhreigen hört, und man muss ihm diese unschuldige Freude gönnen, hängt doch gleichsam ein Stück seines Volkstums an dem langen Faden dieses himmlischen Teiges.*«

Paola lachte auf. »So ist das also! Bei euch werden junge Mädchen an Holzreifen gehängt und bei den Italienern das Volkstum an Makkaroni.«

Salomes Mundwinkel zuckte, doch ehe das Lächeln ihr ganzes Gesicht erstrahlen ließ, setzte sich Paola zu Arthur und nahm ihm das Buch weg. »Warum steckst du deine Nase bloß in staubige Bücher? Genieß doch all die Pracht!«

Arthur hob kurz den Kopf, erklärte pflichtbewusst, dass sich das azurblaue Meer tatsächlich wunderschön vom schwarzen Hintergrund der aufsteigenden Felsen abhebe und dass die Rosen- und Nelkenfelder, die es hier in Fülle gab, hübsch anzusehen seien.

»Aber nur dank meiner staubigen Bücher weiß ich, dass diese Blütenpracht dem Winter zu verdanken ist«, bemerkte er.

»Im Winter wachsen keine Blumen.«

»Aber jener Deutsche, der hierzulande mit der Züchtung von Rosen begann, hieß Ludwig Winter. Er verkaufte seine Blumen fast überallhin – selbst in die Wohnzimmer des deutschen Bürgertums.«

»Wie überaus schade«, erwiderte Paola und wurde wieder ernst. »Wenn man die Blumen abschneidet, verwelken sie doch bald. Wie Menschen, denen man die Wurzeln nimmt ...«

Ein rauer Ton schlich sich in ihre Stimme und kündete von einem Schmerz, den ihr grelles Lachen und ihre Scherze ansonsten übertönten.

Arthur vertiefte sich wieder in sein Büchlein, Salome wurde hellhörig. »Denkst du an deinen Vater?«, fragte sie.

Paolas Blick schweifte in die Ferne, dann fing sie sich, zwinkerte ihr zu. »Mein Vater ist doch tot«, sagte sie, »und wir wollten dem Tod ja davonreisen. Auch dem Nebel und dem Staub und dem Trübsinn. Ich bin so neugierig, wie es in San Remo duftet.«

Als sie ankamen, stank es zunächst nach Öl, Schweiß und einem Pferd. Die Droschke, vor die dieses gespannt war, bestiegen sie, um damit zum Hotel zu fahren, und als sie den Bahnhof ein Stück weit hinter sich gelassen hatten, waren nicht nur Palmenalleen und Lorbeerhaine zu sehen, sondern noch mehr Nelken und Rosen, des Weiteren Anemonen, Veilchen und Mimosen.

Ein Blumenmeer nannte Paola es. Arthur musste niesen.

»Warum Blumen*meer*?«, fragte Salome. »Das Meer ist doch unendlich, aber die Blumen wachsen hier in kleinen Beeten.«

Eigentlich war auch das Meer nicht unendlich. Während sie durch die Stadt fuhren, wurden die glitzernden Fluten immer wieder von Häusern oder den Schiffen im Hafen verdeckt, sodass man nur Fleckchen, kaum größer als die Blumenbeete, erblicken konnte.

Paola antwortete nicht auf ihre Frage. »Es heißt, die vielen Blumenbeete schmückten die Stadt wie Edelsteine. Kein Wunder, dass man San Remo die Krone der Riviera nennt.«

Arthur nieste noch einmal. »Wenn Kaiser Wilhelm hier jemals vorbeigekommen wäre, hätte es auch meiner Mutter gefallen.«

»Als Kaiser hat er San Remo nicht besucht, als Erbprinz vielleicht schon. Ganz sicher hat die russische Zarin San Remo besucht, sie hat damals im Londra residiert. Es war das erste große Hotel der Stadt, aber bei Weitem nicht das letzte.«

An vielen dieser Hotelpaläste ging es nun vorbei, als sie den Corso Imperatrice entlangfuhren.

Excelsior, Royal, Savoy, Miramar, Continental – Salome entzifferte die Namen. Vor all den Hotels blühten Blumen und wogten Palmenblätter im Wind, aber in keinem der Betten schliefen im Moment Gäste. Über die weit ausschwingenden Freitreppen stellten keine Damen die neuesten Pariser Roben zur Schau, auf Privatstränden warfen keine kleinen Jungen Steine ins Wasser, in der Küche bereiteten die Köche keine Menüs, deren viele Gänge französische Namen trugen, zu. Denn im Sommer waren diese Hotels allesamt geschlossen.

Es war schwer gewesen, ein Zimmer zu buchen, unter den wenigen Unterkünften, die ganzjährig geöffnet waren, befand sich kein Grandhotel. Am Ende war ihre Wahl auf die Villa Barbera gefallen, vor der weder Blumen noch Palmen wogten und die auch keinen Privatstrand hatte, trennten doch eine breite Straße und eine Häuserreihe sie vom Ufer. Das Meer konnte man dennoch sehen, zumindest ein kleines Quadrat davon, wenn man sich rechts neben dem Portal auf die Zehen stellte. Die Abgase von den vielen vorbeifahrenden Automobilen wiederum wurden vom Duft etlicher Blumenstöcke gemindert, in denen sich purpurfarbene Bougainvilleen ebenso rankten wie blassrote Pfingstrosen und violette Hortensien. Die Fassade des Hauses mit den zwei Ecktürmchen war cremeweiß gestrichen, die Balkone waren mit Stuckornamenten verziert.

»Sieht die Villa nicht aus wie eine Hochzeitstorte?«, fragte Paola. »Und gleichen die Ecktürmchen nicht den Brüsten einer Braut?«

Arthur wurde rot. »Aber, aber ...«

»Was hast du denn? Die Türmchen des Hotel Carlton in Cannes wurden, wie allseits bekannt ist, den Brüsten von La Belle Otéro nachempfunden, die allerdings keine Braut, sondern eine begehrte Kurtisane war.«

»Aber, aber ...«, sagte Arthur wieder, doch es war zu spät, um Salomes Neugier zu drosseln.

»Was ist eine Kurtisane?«, fragte sie.

»Eine Frau, die den ganzen Tag an einer Hochzeitstorte nascht ... während die Herren an ihren Brüsten naschen.«

Arthur wurde wieder rot, doch bevor Salome fragen konnte, ob Kurtisanenbrüste tatsächlich süß waren, stiegen sie aus der Droschke. Die Drehtür der Villa Barbera schwang auf, und Signor Barbera, der Besitzer, trat ihnen entgegen. Da er im Sommer nur wenige Logiergäste empfing, begrüßte er sie alle persönlich und geleitete sie in die Eingangshalle, wo sich das Licht großer Kristallluster auf dem Marmorboden spiegelte.

Der Marmorboden wies einige Sprünge auf, die Holzvertäfelung der Empfangstheke war wurmstichig, und die übertriebene Freundlichkeit, mit der Signor Barbera sie willkommen hieß, war nicht ohne Risse. Man sah die Verzweiflung darüber durchschimmern, dass sein Hotel nicht ausgebucht war.

Er sprach mit Paola italienisch, was wie ein Lied klang, aber ein zu lautes, fuchtelte dabei mit den Händen, schien überhaupt einer zu sein, der immer in Bewegung war: Sein Kopf ging hin und her, als wäre er nicht richtig am Hals festgewachsen, entweder berührte seine Ferse den Boden oder die Zehenspitze, nie beides zusammen, und wenn er schwieg, seine Worte also nicht mit weit ausholenden Gesten begleiten konnte, zupfte er sich an den Ohrläppchen oder am spitzen Schnurrbart. Halbwegs still standen die Hände erst, als er sich bei Paola unterhakte und sie zur Treppe führte. Der Teppich, der auf dieser ausgelegt war, war voller kleiner Löcher. Arthur sah Paola und Signor Barbera etwas verwirrt an, reichte schließlich Salome die Hand. Die aber lief allein die Treppe nach oben und zählte dabei die Löcher.

Sie kam auf zwölf, als sie die zwei Zimmer erreichten, die sie reserviert hatten – beide nicht viel größer als das Schlafwagenabteil. Signor Barbera begann sie dennoch in holprigem Deutsch zu rühmen, zog nicht nur an den Ohrläppchen, sondern auch an seinem schon schütteren Haar, oder drehte unruhig an den Knöpfen des schwarzen Jacketts, das sich über seinem Bauch spannte. Ob das nicht eine vorzügliche Unterkunft für den vornehmen Bürgerstand sei, der nicht die Kälte von Palästen mit Deckenfresken und damastbespannten Wänden suche, nein, jene Behaglichkeit und gepflegte Häuslichkeit, wie er sie anbiete, wollte er wissen.

Sein Lächeln wurde breiter, aber wohl nur, um sie davon abzulenken, dass sich an manchen Stellen die lilafarbene Tapete von der Wand löste, die Matratzen der Betten durchgelegen waren, der Dielenboden Risse aufwies und die Fenster quietschten.

Salome war das alles gleich. Sie trat an Signor Barbera vorbei zum Fenster, beugte sich hinaus, erblickte nun endlich das Meer in seiner ganzen Pracht. Die Häuser und der Hafen schienen keinen anderen Zweck zu haben, als ihm als Rahmen zu dienen.

»Gehen wir endlich zum Wasser?«, fragte sie, nachdem sich der Hotelbesitzer zurückgezogen hatte.

Arthur zog wieder seine Büchlein hervor. »Ich habe so viel über die Stadt gelesen, jetzt will ich zuerst San Remo kennenlernen«, sagte er.

Zu Salomes Enttäuschung widersprach Paola nicht.

»Willst du nicht mit den Kindern spielen?«, fragte Paola wenig später.

Salome hatte kaum hochgeblickt, während sie durch Straßen spaziert waren – erst an Agrumen, Zitronenbäumen und Palmen entlang, später an Agaven, Rhododendren und Zedern. Der Weg wurde immer steiler, als sie hoch zur Altstadt stiegen, die einst rund um die Burg von San Remo erbaut worden war und La Pigna hieß. Hier erwartete sie ein Labyrinth aus Gässchen und Häusern, die am Felsen klebten wie Schwalbennester. Auch der Blick des Vaters richtete sich nun auf den Boden – jedoch nicht, weil es ihm unerträglich war, sich immer weiter vom Meer zu entfernen, sondern nur, um nicht über die holprigen Pflastersteine zu stolpern. Wobei es für Salome am allerschlimmsten war, dass sich Paola immer weiter von ihr entfernte.

»Mit den Kindern?«, fragte Salome verdrossen. »Welche Kinder meinst du?«

»Nun«, Paola lächelte vielsagend, doch was Salome früher als fröhlich erschienen war, wirkte nun berechnend, »Renzo Barbera, der Besitzer des Hotels, hat drei Söhne. Sie scheinen neugierig auf ein hübsches Mädchen wie dich zu sein und verfolgen uns seit geraumer Weile. Vielleicht wollen sie dir die Stadt zeigen.«

Aus den Augenwinkeln nahm Salome tatsächlich drei Gestalten wahr – zwei groß gewachsene, schlaksige mit dunklem Haar, die dritte klein, rund und erstaunlich hellhaarig. Sie schenkte ihnen nicht weiter Beachtung.

»Ich will nicht mit irgendwelchen fremden Kindern spielen, ich will endlich zum Meer.«

Es tat weh zu sehen, wie sich Paolas Lächeln verflüchtigte, sie ihr ein knappes »Dein Pech!« zuwarf, und sie sich rasch wieder an Arthurs Seite gesellte, um sich bei ihm unterzuhaken.

Endlich hob der den Blick, sah aber ziemlich misstrauisch

zu den vielen Stützbögen über den Gassen zwischen den Häusern hoch, auf denen zahlreiche Tauben hockten. »Sie wurden als Schutz vor einem Erdbeben errichtet«, erklärte er, »aber sieh nur, in welchem Zustand sie sind. Wenn die Erde bebt, brechen sie doch sofort in sich zusammen, und man wird erst von ihnen, danach von den Hausmauern erschlagen.«

»Immer noch ein besserer Tod, als mit heißem Pech überschüttet zu werden«, erwiderte Paola. »Einst haben die Sarazenen hier ihre Angreifer damit erwartet.«

Arthur runzelte misstrauisch die Stirn, griff in seine Brusttasche, zog seinen Reiseführer hervor. »Ich glaube, du bringst etwas durcheinander. Die Sarazenen waren zwar tatsächlich einst in diesem Gebiet sesshaft, aber längst vertrieben worden, als die Stadt gegründet wurde.«

»Wie auch immer.«

»Und hast du bemerkt, dass es die Straßenschilder in drei Sprachen gibt, der französischen, englischen, italienischen, jedoch nicht auf Deutsch?«, rief Arthur empört. »Dass sich unsereins verirrt, dagegen haben sie nichts einzuwenden.«

»Oh, ich passe auf dich auf«, sagte Paola, legte vertraulich den Arm um seine Schultern und zog ihn ein noch steileres Gässchen hoch.

»Warum gehen wir nicht endlich zum Meer?«, fragte Salome ungeduldig.

»Warum lässt du dir nicht von Signor Barberas Kindern das Meer zeigen?«

Die drei verfolgten sie immer noch. Obwohl sich die größeren beiden auf den ersten Blick wie ein Ei dem anderen glichen, sah Salome nun, dass das Gesicht des einen zu einer feixenden Grimasse verzogen war, während der andere sie werbend anlächelte. In der Miene des kleinen Blonden, der in etwa so groß war wie sie selbst, konnte sie nicht lesen, er hielt den Kopf gesenkt. Außerdem stand er unter einem der Stützbögen, würde womöglich gleich Taubenscheiße auf den Kopf bekommen. Salome hoffte, es bliebe ihm erspart und eine der Tauben hätte es stattdessen auf den Kopf ihres Vaters oder Paolas abgesehen. Doch als sie den beiden nachlief, flatterte nichts gefährlich nah an ihren Köpfen vorbei.

Bald erreichten sie die Wallfahrtskirche Santuario di Nostra Signora della Costa, die über der Altstadt thronte, und nicht nur einen Blick über diese bot, sondern auch auf das moderne San Remo mit seinen eleganten Alleen und Hotelpalästen, Gärten und Parks voller Tropenpflanzen. Und da war das Meer, das von hier oben einem glitzernden Tuch glich.

»Um diese Jahreszeit hat es die Farbe von Jade oder Amethyst«, sagte Paola. Du kennst es doch zu keiner anderen, dachte Salome, sagte das aber nicht. »Später werde ich bis zum Hals im Meer untertauchen«, fügte Paola hinzu.

»Du willst ins Meer gehen?«, entfuhr es Arthur. Er schien fassungslos. »Aber das ist doch viel zu gefährlich! Wie ich schon sagte: Baden in der Nordsee ist gesund, tut man es im Mittelmeer, schadet es den Nieren oder man bekommt Fieber oder …«

»Richard Wagner hat regelmäßig ein Bad im Meer genommen, während er sich in Genua aufhielt. Er ist nicht gestorben, sonst hätte er nicht jene Oper komponieren können, deren Namen deine Tochter trägt.«

Salome stampfte auf. »*Salome* war eine Oper von Richard Strauss, nicht von Richard Wagner!«, rief sie.

Paola achtete nicht auf solche Feinheiten, ihr Vater auch nicht. »Im Meer lauern Oktopusse mit unendlich langen Fangarmen. Wenn sie sich um deine Füße wickeln, dich in die Tiefe ziehen …«

»Ach, weißt du, Oktopusse haben ganz viel mit Kudus gemein, sie sind sehr scheu.«

»Woher weißt du, dass Kudus scheu sind?«

»Und woher weißt du, dass Oktopusse gefährlich sind?«

»Ganz sicher sind Moskitos gefährlich. Zum Schutz gegen sie habe ich vorhin meine Haut mit Ammoniak eingerieben. Wenn ich ins Meer ginge, würde das sofort abgespült werden.«

»Ach, deswegen riecht es schon die ganze Zeit so merkwürdig. Nun, wenn du weit genug ins Meer hinausschwimmst, bist du vor Moskitos sicher.«

»Ich soll schwimmen?«

»Aber natürlich, ich bringe es dir bei. Ich glaube, hierzulande können es nicht viele Leute. Aber die Amerikaner, die im Großen Krieg in Italien stationiert waren, sind gern geschwommen. Sie haben es den Krankenschwestern gezeigt, und die Krankenschwestern wiederum anderen. Mein Vater hat mir das Schwimmen in der Alster beigebracht, ich glaube, im lauen Wasser geht es leichter.«

Arthur war so erschrocken, dass er kein Wort hervorbrachte.

Salome war so enttäuscht, dass sie kein Wort hervorbrachte. Paola hatte doch versprochen, *ihr* das Schwimmen beizubringen!

Sie wandte sich ab, machte ein paar Schritte, eigentlich nur, damit Paola und ihr Vater sie wieder zurückriefen. Doch die achteten gar nicht auf sie, starrten nur auf das Meer in der Ferne, und Salome wurde noch wütender, begann zu rennen. Auch ihre Schritte wurden nicht gehört. Wie denn auch? Es gab so viele Geräusche, die sie übertönten – die werbenden Rufe der Blumenhändlerin, die gelbe Rosen feilbot, die quietschenden Räder des Fuhrwerks, auf dem Amphoren mit Olivenöl transportiert wurden, das Murmeln jener Gruppe schwarz gekleideter Frauen, die mit ihren Rosenkränzen in den Händen zur Kirche gingen, um dort zu beten.

Und Salome wusste ja – selbst wenn Paola und Arthur bemerkt hätten, wie sie sich entfernte, sie hätten es gutgeheißen, vermutet, dass sie endlich mit Renzo Barberas Kindern spielen würde.

Auf diese stieß Salome wenig später. Der ältere Knabe hatte gerade entschieden, einen der steinernen Stützbögen zu erklimmen. Da er zu klein war, musste er erst auf die Knie, dann auf die Schultern seines Bruders steigen. Schon hing er baumelnd an einem Bogen, ließ mit einer Hand los, um eine der Tauben zu schnappen, war es doch offenbar das Ziel dieses Manövers, einer von ihnen eine Feder auszureißen.

Das schafft er nie, dachte Salome mit einer gewissen Genugtuung. Sie währte nicht lange. Den Blick auf die Jungen gerichtet hatte sie nicht länger auf die Pflastersteine geachtet – und prompt stolperte sie und fiel. Zwar rappelte sie sich schnell wieder auf, aber beim nächsten Schritt durchfuhr sie ein brennender Schmerz. Etwas Warmes troff über ihr Bein – Blut aus einer Kniewunde.

In der Ferne ertönte ein schadenfrohes Lachen, von dem sie nicht wusste, ob es ihr galt oder der vergeblichen Taubenjagd. Ganz aus der Nähe kam hingegen eine sanfte Stimme.

»Hast du dir wehgetan?«

Salome blickte flüchtig hoch. Der blonde, dickliche Junge streckte ihr die Hand entgegen. Salome schüttelte den Kopf. Bis ihr aufging, dass er Deutsch gesprochen hatte, wenn auch ein schwer verständliches, war sie schon weitergehumpelt. Egal, in welcher Sprache man mit ihr redete, sie selbst fand nicht die richtigen Worte, um das, was noch mehr schmerzte als das blutende Knie, in Sätze zu fassen.

Verrat war ein viel zu kleines Wort für die Tatsache, dass Paola sie nur benutzt hatte, um sich beim Vater einzuschmeicheln.

Arthur hatte vor vielen Gefahren gewarnt, aber die größte hatte er außer Acht gelassen: Am Abend des ersten Tages trug sein Rücken keine Male von Oktopusfangarmen, noch nicht einmal Mückenstiche hatte er. Dennoch war seine Haut dunkelrot.

»Ich wusste es doch«, rief er, »das Mittelmeer ist um diese Jahreszeit giftig.«

Paola hatte ihm befohlen, sich aufs Bett zu legen, und begann, ihn mit einem duftenden Öl einzureiben.

»Das ist Kokosöl«, erklärte sie, »und künftig werde ich dich nicht nur am Abend damit einreiben, sondern auch am Morgen. Woran du leidest, ist schlichtweg ein Sonnenbrand, und der hat mit dem Meer rein gar nichts zu tun. Damit, dass du schwimmen geübt hast, auch nicht. Übrigens hast du dich heute wacker geschlagen. Wenn du es künftig schaffst, dass dein Kopf aus dem Wasser ragt, nicht nur dein Hinterteil, hast du es geschafft.«

Arthur ächzte, als sie das Kokosöl auf seinem Rücken verteilte, doch bald wurden aus den Lauten wohlige Seufzer. Auch empörte Widerworte, wonach er nie wieder mehr als die große Zehe ins Wasser stecken würde, blieben aus. Am Nachmittag hatte er das noch verkündet, als sie den kleinen Kieselstrand in der Nähe des Fischerhafens erreicht hatten. Doch dann war Paola aus ihrer Kleidung geschlüpft, unter der sie ein Badetrikot trug, und hatte Arthur überredet, ebenfalls alles bis auf Unterhemd und Unterhosen abzulegen. Arthur hatte gehorcht, aber auch die Socken anbehalten. Schließlich, so hatte er erklärt, würde kein vornehmer Mann jemals seine nackten Füße zeigen. Immerhin war es Paola gelungen, ihn bis zu den Knien ins Wasser zu schieben, ihn nass zu spritzen, bis er prustete, nein, vielmehr röchelte, ihm schließlich einen kräftigen Stoß zu geben, sodass er umfiel.

Salome hatte aus der Distanz zugesehen.

Sie verharrte auch jetzt auf der Schwelle des Zimmers und sah nur zu. Erst als Arthurs Rücken glänzte und Paola meinte, am kommenden Tag müsse er keine Angst haben, dass ihn ein Krebs zwicke – ob in die Zehe oder in den Daumen –, weil er einem Riesenhummer gleiche, vor dem nicht nur andere Krebse, sondern auch Oktopusse Reißaus nähmen, trat sie näher.

»Brauchst du ebenfalls Kokosöl?«, fragte ihr Vater.

Salome stand nur schweigend da.

»Ich denke nicht«, bemerkte Paola, nachdem sie einen flüchtigen Blick auf sie geworfen hatte, »Salome hat ja kaum Sonne abbekommen.« In der Tat war sie fast den ganzen Nachmittag im Schatten geblieben. Sie hatte nicht einmal die Fingerspitzen ins Meer gehalten, davon gekostet, geprüft, ob es wirklich salzig schmeckte. »Warum bist du nicht zu uns ins Wasser gekommen?«, fragte Paola jetzt.

Salome schwieg immer noch. Das, was ihr schon den ganzen Nachmittag über auf den Lippen lag, konnte sie unmöglich aussprechen: dass ihr Vater ihr das Meer weggenommen hatte und Paola ihr den Vater. Paola würde es ja doch als Unsinn abtun. Das Meer war so groß, es gehörte niemandem. Und ihr Vater hatte ihr wiederum noch nie gehört.

Meist hatte sie ihn nur nachts gesehen, wenn er sie zu wecken versucht hatte. Tagsüber war es Tilda gewesen, die ihr den Rücken mit Seifenspiritus eingerieben, über die schmale Kost aus Steckrüben und Pferdefleisch geklagt oder Kastanienstängel mit Wachs überzogen hatte. Kein Unsinn war es folglich, dass der Tod ihr Tilda weggenommen hatte – so wie schon zuvor Schwesterchen und Mutter –, aber über den Tod konnte sie erst recht nicht sprechen. Sie durfte es nicht … Sie hatte ihm ja davonreisen wollen.

Anstatt nachzubohren, wandte sich Paola wieder dem Vater zu. »Wir können heute unmöglich im Speisesaal dinieren«, erklärte der. »Wenn das Tischtuch mit meinem Rücken in Berührung kommt, wird es Feuer fangen!«

»Ich weiß zwar nicht, wie du es anstellen würdest, mit dem nackten Rücken das Tischtuch zu berühren«, spottete Paola, »wir wollen in der Tat dennoch lieber darauf verzichten. Flambierter Arthur steht ja nicht auf der Speisekarte.«

»Aber ich habe Hunger«, rief Salome, obwohl sie nicht glaubte, auch nur einen Bissen durch die enge Kehle zu bekommen. Am ehesten würde Eis durch diese rutschen, aber davon würde der kalte Klumpen in ihrem Inneren nur wachsen.

»Frag doch Renzo Barberas Söhne, ob sie mit dir essen wollen«, schlug Paola vor. »Um den Jüngsten kümmert sich ein Schweizer Dienstmädchen, zumindest er kann Deutsch mit dir sprechen …« Sie schob Salome aus dem Zimmer. »Heute Nacht lässt du deinen Vater und mich hier allein, ja? Dafür kannst du das andere Zimmer ganz für dich haben.«

Salome wollte kein Zimmer für sich haben, nicht einmal ein Bett. Auch das Meer hatte sie nicht für sich allein haben wollen, sondern es mit Paola teilen.

»Du bist meine Schwester!«, rief sie.

»Kann ich nicht deine Mutter sein?«

»Ich will keine Mutter«, brach es aus Salome hervor. »Ich kannte meine Mutter doch gar nicht.«

»Deine Schwester kanntest du erst recht nicht. Sie hatte nicht einmal einen Namen.«

»Sie hieß Ariadne.«

Paola hielt den Kopf schräg, schob sie dann auf den Gang. Erst jetzt bemerkte Salome, mit wie vielen gelblichen Flecken die Wände übersät waren. Sie starrte auf einen, weil sie es nicht ertrug, Paola ins Gesicht zu sehen, als diese fortfuhr: »Weißt du, Salome, ich habe dich wirklich gern, du bist ein liebes Mädchen, und du hast viel Fantasie. Aber du und ich, wir sind keine Schwestern, wir sind noch nicht einmal Freundinnen. Deine Großmutter war zwar verrückt, dich an diese Holzreifen zu hängen, damit dein Rücken gerade wird, aber in einem hatte sie nicht unrecht: Menschen wie du sind dazu geboren worden, aufrecht zu gehen. Menschen wie ich hingegen werden zum Buckeln erzogen. Ich habe genug davon. Nur wenn man mit geradem Rücken schwimmt, geht man nicht unter. Und ich will nicht untergehen wie mein Vater, ich will nicht mein Leben lang Hausmädchen bleiben oder an einem Ort arbeiten, wie du ihn gar nicht kennst, einem Ort, an dem meine Seele und mein Herz krank werden und all meine Wünsche und Sehnsüchte sich in nichts auflösen. Das hier ist meine einzige Chance auf ein besseres Leben, verdirb sie mir nicht. Du willst doch auch, dass es deinem Vater gut geht, oder? Wenn ich mich um ihn kümmere, wird es ihm an nichts fehlen. Ich wäre froh darum gewesen, hätte mein eigener Vater eine Frau wie mich gehabt. Vielleicht wäre sein Leben dann nicht so schrecklich geendet.«

Salome wusste mittlerweile, dass Paolas Vater tot war, aber all die Geschichten, die sie sich rund um sein Ableben vorgestellt hatte, waren süß wie Eis. Jetzt fühlte sie, dass sie kalt wie ein solches waren.

»Dein Vater hat doch bunte Träume verkauft.«

Paolas Blick richtete sich auch auf den Fleck, doch sie schien blind dafür zu sein. »Von Träumen kann man nicht leben, von Träumen wird man nicht satt, ob sie nun Farben haben oder nur schwarz und weiß sind. Nach dem Krieg hasste man in Amburgo alle Italiener. Eis liebte man immer noch, aber mittlerweile hatte man gelernt, es selbst herzustellen, dafür brauchte man jemanden wie meinen Vater nicht länger. Es gab keinen Platz mehr für ihn in Amburgo, es gab auch keinen Platz für mich. Wir sind von Ort zu Ort gezogen, er hat den Leierkasten gespielt, und manchmal hat er Zauberstücke aufgeführt, die fast immer misslangen. Wenn die Leute ihn nicht anspuckten, sondern ihm Geld zuwarfen, taten sie es aus Mitleid, nicht vor Begeisterung, und Mitleid öffnet eine Börse nie weit. Als er starb, habe ich nicht nur meinen Vater verloren, sondern mein Zuhause. Nun wird mir dein Vater ein Zuhause geben, und deswegen darfst du uns nicht stören.«

Paola schob Salome noch weiter weg, verschwand danach rasch im Zimmer und schlug die Tür zu. Dahinter war erst wieder ein Ächzen des Vaters zu hören, dann Paolas glockenhelles Lachen. Sie befahl ihm, sich auf den Rücken zu drehen, damit sie ihm den Bauch einreiben konnte, und aus dem Ächzen wurde ein Glucksen. »Das kitzelt ja«, vernahm Salome.

Irgendwann wurde aus dem Glucksen wieder ein Stöhnen, als hätte ihr Vater Schmerzen, was aber wohl nicht der Fall war, denn der Befehl, sofort aufzuhören, blieb aus.

Salome hielt sich unwillkürlich die Ohren zu, aber nicht mehr länger zuhören zu müssen, half nicht. Auch den gelblichen Fleck nicht länger anzustarren, half nicht. Sie hatte ja doch das Gefühl, geradewegs in ein schwarzes Loch zu blicken.

Sie begann zu laufen, gewahrte erst, dass sie die Villa Barbera verlassen hatte, als sie der süße Duft von Feigenkakteen und Agaven umhüllte. Tagsüber wurde er von der Meeresbrise vertrieben, nun war er schwer und durchdringend.

Sie hätte sich am liebsten auch die Nase zugehalten. Jene Süße war ja doch nur eine Lüge, verhieß eine Üppigkeit und Fülle, wie sie das Leben nicht halten konnte. Was immer blühte, wurde ja doch alsbald geschnitten, um irgendwo zu verwelken. Das Meer, so schwarz und glatt und fast ein wenig feindselig, erschien ihr da schon ehrlicher. Sie lief in seine Richtung, ignorierte, dass ihr Knie immer noch schmerzte.

Wahrscheinlich würde die Wunde regelrecht brennen, wenn sie mit ihr ins Wasser ging, aber das war leichter zu ertragen als die gähnende Leere in ihrem Herzen.

Sie erreichte den Strand, zog sich bis auf ihr Leibchen aus, ließ die Kleidung bei einem Felsstein zurück. Es war unangenehm, über die Kiesel zu laufen, und noch mehr Überwindung kostete es sie, immer tiefer ins Wasser zu gleiten. Dennoch blieb sie nicht stehen. Sie mochte zwar nicht Tildas Badekleidung tragen, in deren Säume Bleiblättchen eingenäht waren, aber ihre Seele war schwer wie Blei – und schwarz wie das Wasser, in dem sie langsam verschwand.

In der Ferne wurde es noch von der Abendsonne beleuchtet, nicht mehr rot diese, eher violett, doch auch jener Farbton verblasste, als sie bis zum Hals in den Fluten stand.

Das Brennen des Knies hatte nachgelassen, das Brennen in ihrer Brust auch. Wenn sie jetzt in der Schwärze versinken würde, bliebe mehr von ihr als von Ariadne? Sie war nicht sicher. Gut möglich, dass ihr Vater ihren Namen ebenfalls vergessen würde, sonst gab es kaum Menschen, die wussten, warum sie ihn trug. Sich diesen Kopf von Johannes dem Täufer vorzustellen war so grässlich, dass es Salome ein Leichtes war, den eigenen Kopf unter Wasser zu tauchen. Prompt drang es ihr in Nase und Mund, und in ihre Seele drang auch etwas – eine nackte Panik, so viel lauter als Trotz, Enttäuschung, Einsamkeit.

Nein!, schrie plötzlich alles in ihr. Sie wollte nicht lautlos untergehen, nur ein vergessener Name bleiben. Im Meer schwimmen wollte sie und leben. Salome hob den Kopf wieder aus dem Wasser, was gelang, sie wollte zurück ans Ufer, doch das war nicht so einfach. Der Grund war hier nicht mehr steinig, eher schlammig, und auf diesem Schlamm fand sie keinen festen Tritt. Je verzweifelter sie danach suchte, desto höher stieg das Wasser, schwappte über ihren Kopf zusammen, und diesmal machte sie den Fehler einzuatmen. Salome hustete ... nein, gurgelte. Einen Schrei konnte sie nicht ausstoßen.

Sie schlug mit den Händen um sich, das Meer schlug nicht zurück. Es umarmte sie ... leise, tödlich, unerbittlich, vor allem taub für ihr: Ich will leben.

Nein!, schrie erneut alles in ihr, doch es nützte nichts. Gnadenlos wurde sie unter Wasser gezogen, wann immer sie sich wieder hochgekämpft hatte. Beim nächsten Mal, das wusste sie, würde sie es nicht mehr schaffen. Zu groß war der Sog der Tiefe, ganz so, als würde einer jener Oktopusse, vor denen der Vater gewarnt hatte, sie mit sich in diese abgründige Dunkelheit ziehen. Ihre Angst wuchs ins Unermessliche. Die Hoffnung dagegen schwand, auch sämtliche Kraft.

Wieder ein Gurgeln, das von Wassermassen erstickt wurde. Wieder der brennende Schmerz, als Salzwasser in Augen, Mund und Nase drang, die Kehle zu verätzen schien. Wieder ein Strampeln, obwohl die Glieder wie gelähmt waren. Dann gab sie auf, zumindest ihr Körper tat es, ergab sich dem schwarzen Wasser, sank tiefer, immer tiefer.

Es ist vorbei, dachte sie, nein, fühlte sie. Wobei sie plötzlich auch etwas anderes fühlte. Etwas umschlang ihre Hand. Kein Fangarm, denn da waren keine Saugnäpfe. Vielmehr Finger, fünf davon. Fünf Finger einer Hand, die sich nun um ihren Hals legten. Kurz fühlte es sich an, als wollte die Hand sie erwürgen. Dann gewahrte Salome, dass sie nicht die Kehle, nein, das Kinn packte, versuchte, es über Wasser zu halten, es kurz schaffte.

In ihren Körper kehrte wieder Leben zurück, sie trat um sich, traf ein Bein, fühlte, wie der Griff schwächer wurde, das Wasser erneut über ihr zusammenschlug. Nein, nein, nein! Aber die fremden Hände gaben nicht auf, Arme umfassten ihre Taille, bis zumindest ihre Nase aus dem Wasser ragte. Erleichterung paarte sich mit Schmerz. Sie gab ihm nicht nach, versuchte, sich so leicht wie möglich zu machen, blieb für ihren Retter dennoch eine Last, derer er kaum Herr wurde. Jedes Mal, wenn sie vermeinte, dem rettenden Ufer ein Stück näher zu kommen, zerrte eine Welle an ihnen, drohte sie erneut unter Wasser zu ziehen. Beharrlich schlugen sie auf sie ein, ebenso beharrlich hielt ihr Retter sie fest. Und dann war da jäh Boden unter ihren Füßen, sie fühlte ihn mit den Zehenspitzen, mit den Fersen, sie stand endlich wieder auf festem Grund.

»Gleich ... Gleich haben wir es geschafft!«

Ohne jene Arme, die sie weiterhin umfasst hielten, wäre sie eingeknickt. Keuchend zu atmen war bereits so schwer, wie sollte sie da in Richtung Ufer laufen? Und doch gab das Meer seine Beute endlich preis, leckte nur mehr lustlos an ihr. Schon stand sie nur mehr hüfthoch im Wasser, schon spürte sie Kieselsteine unter den Füßen. Sie bohrten sich tief in ihre Haut, aber sie achtete nicht auf den Schmerz, ließ sich sogar mit den Knien auf die Steine fallen. Das tat noch mehr weh – und tat zugleich gut. Ich lebe noch, ich lebe noch, ich lebe noch.

Sie hustete, spuckte Wasser. Ihre Zähne klapperten noch vor Kälte, als sie endlich den Kopf hob, aber als sie ihren Retter musterte, durchströmte sie Wärme. Im fahlen Licht der Mondsichel wirkten die blonden Haare des anderen silbern, die runden roten Wangen bleich. Die Konturen des Körpers verliefen mit der Schwärze, doch dass dieser Junge ungewöhnlich dick war, konnte sie auch fühlen. Er hielt sie nicht einfach nur umschlungen, sondern umarmte sie, als er sie über den Strand zog bis zu jenem Felsstein, an dem sie zuvor ihre Kleidung abgelegt hatte. Der Junge hatte sich nicht ausgezogen, nasser Stoff haftete an seiner Haut. Erst jetzt zerrte er daran, nicht minder bebend wie Salome, bis auch er halb nackt war.

»Ich ... fast ertrunken ... gerettet ... Wie dumm von mir ... Will doch nicht sterben ... Habe doch Angst vor dem Tod«, brach es aus Salome hervor. Sie wollte so viel gleichzeitig sagen, dass sie nicht einmal einen Satz fertigbrachte. Doch am wichtigsten war ohnehin nur ein Wort – das Wort Danke. Gerade wollte sie es sagen, sog stattdessen scharf den Atem ein. Der Lichtschein einer nahen Laterne fiel auf ihren Retter, und obwohl er nur schwach war, entging Salome das Wesentliche nicht. »Du ... Du bist ja gar kein Junge!«

Der ... nein, *die* andere schüttelte den Kopf.

»Warum ... Warum läufst du dann in Jungenkleidung herum?«

Als sie sah, wie heftig das Mädchen zitterte, nahm Salome rasch ihr eigenes Kleid und warf es über ihrer beider Schultern. Solange sie dicht nebeneinanderstanden, konnten sie sich halbwegs bedecken.

»Das ... Das ist eine lange Geschichte«, sagte das Mädchen in einem fremden Dialekt.

Richtig, Paola hatte erwähnt, dass ihre Mutter aus der Schweiz stammte, wahrscheinlich sprach man dort so.

Immer noch brannte jeder Atemzug in Nase und Kehle. Immer noch schien jede Faser ihres Körpers vor Angst zu vibrieren, der Angst vor der Schwärze, der Tiefe, dem Tod, dem Vergessen und dem Vergessenwerden. Dennoch war die Neugier stärker, die Neugier auf dieses Mädchen, die Neugier auf das Leben, so kostbar nun, da sie es fast verloren hätte.

»So können wir nicht zurück ins Hotel gehen«, sagte das Mädchen, »wir müssen warten, bis deine Kleidung trocknet. In dieser Zeit kann ich dir meine Geschichte erzählen.«

Als sie sich auf den Stein setzten, fest aneinandergedrückt, ließ ihr Zittern nach. Salomes Glieder wurden warm und erst recht ihr Herz.

Ich lebe noch, und ich bin nicht mehr allein.

»Danke«, brach es verspätet aus ihr hervor, »oh, danke, dass du mich gerettet hast. Ohne dich ...«

Sie brach ab, das Mädchen nickte nur.

»Wie ... Wie heißt du eigentlich?«

»Ornella«, erwiderte ihre Retterin, schwieg eine Weile, starrte auf das Meer, in dem sich die silberne Mondsichel spiegelte, ihre scharfen Kanten zu schmelzen schienen.

»Ornella«, wiederholte Salome, und diese Silben waren mehr als nur ein Name, sie waren wie ein Schutzschild, der zwischen ihr und der bedrohlichen Tiefe stand.

Eine Weile hockten sie schweigend da, lauschten der anderen Herzschlag, dann begann Ornella leise zu erzählen.

Viertes Kapitel

Renzo Barbera hatte einst einen Küchenschrank darauf verwettet, dass Ornella ihr erstes Lebensjahr nicht überstehen würde.

Dass sie zwei Monate zu früh geboren worden war, war schlimm genug. Hinzu kam, dass die Mutter sich weigerte, die Tochter zu nähren – sowohl mit Milch als auch mit Liebe. Sobald sie das Kind geboren hatte, pochte sie auf die Einhaltung jenes Versprechens, das Renzo ihr schon einige Monate zuvor gegeben hatte: dass sie in ihre Heimat zurückgehen durfte, nachdem sie doch ganz offensichtlich nicht glücklich miteinander geworden waren. Ihre Schwangerschaft hatte sie erst bemerkt, als die Koffer schon gepackt gewesen waren. Chatrina entschied zwar, bis zur Niederkunft zu warten, die Koffer packte sie jedoch nicht mehr aus – die Kleidung, so nahm sie an, würde ihr ohnehin bald nicht mehr passen. Ihr Bauch blieb allerdings klein, und das Kind war es auch.

Während Chatrina das Wochenbett verließ, um in den Zug in Richtung Schweiz zu steigen, blieb ihr Schweizer Dienstmädchen Rosa in der Villa Barbera. Sie war jünger an Lebensjahren als Chatrina, jedoch älter im Geiste. Milch konnte sie dem Würmchen nicht geben, Liebe aber durchaus, und sie hatte den festen Willen, es aufzupäppeln.

Renzo blickte auf das kümmerliche Kind und konnte kaum fassen, dass von dem, was er einst als große Liebe bezeichnet hatte, später als bloße Schwärmerei, schließlich als riesige Enttäuschung, nur dieses greinende Ding geblieben war. Seine Söhne aus erster Ehe – Agapito und Gedeone – waren robusterer Natur, sie hatten schon am Tag ihrer Geburt das Haus zusammengeschrien.

»Ich wette, dass es noch vor seinem ersten Geburtstag stirbt«, murmelte er.

Für Rosa war es schlimm genug, dass Chatrina mit ihren Koffern, aber ohne das Kind in ihre gemeinsame Heimat zurückgekehrt war – diese Worte konnte sie nicht einfach stehen lassen.

»Und ich wette, dass es überlebt«, bemerkte sie in rauem Schwyzerdütsch. »Was bieten Sie als Wetteinsatz? Ich träume seit Langem von einem großen Küchenschrank.«

Es war nicht irgendein Küchenschrank, wie Rosa ihn Renzo nun beschrieb, nein, ein riesiges Ding aus Amerika, halb Anrichte, halb Geschirrschrank, mit Schiebetüren ausgestattet, die man mit einem Fußpedal betätigte, und einem Schwenkarm, auf dem eine Zuckerdose montiert war. Außerdem gab es einen metallenen Mehlkasten mit einer eingehängten Tür samt Entladungsdüse – was genau das war und welchen Zweck sie erfüllte, wusste Rosa nicht – und eine Tischplatte, die aus dem Boden des oberen Schrankteils herausgezogen werden konnte.

Renzo sah sie verwirrt an, er hatte nicht mit Widerspruch gerechnet. Bis ihm einfiel, dass Rosa für ihr Leben gern kochte, hatte sie sein Schweigen schon als Zustimmung gewertet, das Kind an sich genommen und es in ihre Kammer getragen, die fortan als Kinderzimmer diente.

Dottore Sebastiano, der Arzt, den sie zurate zog, meinte, das Kind habe nicht die geringste Chance. Wenn sie trotzdem versuchen wollte, es aufzupäppeln, solle sie ihm Lampenöl einträufeln.

»Lampenöl?«

»Ja, und zwar von einer Lampe, die lange genug am Altar des heiligen Romolo von Genua gebrannt hat, dem Patron von San Remo.«

Rosa vermutete, dass der heilige Romolo einer der vielen Märtyrer war, denen man wahlweise die Gedärme aus dem Leib gedreht oder die Haut abgezogen hatte, und sie beschloss, auf das Öl ebenso zu verzichten wie auf weitere Ratschläge des Dottore Sebastiano.

Leider dauerte es eine Weile, bis sie den Arzt aus dem Kinderzimmer verjagt hatte. Zuvor blieb ihm noch Zeit vorzuschlagen, dass sie dem Kind auch ein Stück Brot zwischen die Lippen klemmen könne. Nicht irgendein Brot, sondern eines, das zunächst unter einen Feigenbaum geworfen und hinterher von einem Hund aufgefressen worden sei, den man mit den Worten »*Veni u cani. E si mancia lu pani*« herbeilocke.

»Und wie soll ich dem Kind das Brot geben, wenn der Hund es gefressen hat?«, fragte Rosa entrüstet.

Der Dottore kannte die Antwort nicht. Man könne das Kind auch stärken, indem man ihm mit Tabaksaft getränkte Petersilienblätter in den After stecke, murmelte er, ehe Rosa ihn endgültig hinauswarf.

Rosa kam zu dem Schluss, dass man dem Kind besser nichts ins Hinterteil, sondern ihm lieber viel in den Mund stecken sollte. Den Anfang machte sie mit Milch – nicht irgendeiner Milch, sondern der einer Kuh, die die Bäuerin mit Orangen gefüttert hatte. »Es waren keine bitteren oder sauren Orangen«, beschwor die Bäuerin sie, »sondern außergewöhnlich süße. Und genauso schmeckt die Milch.«

Rosa fand, dass die Milch ganz normal schmeckte. Das Kind jedenfalls trank sie, und damit es sie länger satt machte, rührte sie Honig hinein. Dottore Sebastiano, der sich zwar nicht in die Kinderstube wagte, jedoch im Hotel war, um einen Gast zu behandeln, meinte, Honig sei für Säuglinge schädlich. Was weiß der schon, dachte Rosa. Schließlich war keiner der Märtyrer in Honig ertränkt worden. Trotzdem verzichtete sie fortan auf Honig, süßte die Milch stattdessen mit Zucker – Unmengen von Zucker. Auch bei den Gerichten, die sie der Kleinen in den Mund schob, als sie Zähne bekam, sparte sie nicht daran – beim Castagnola, jenem Kuchen, der nach Zimt und Nelken schmeckte, bei den Erdbeeren aus Albegna oder den Kirschen aus Camogli, auch nicht bei den Chinotti. Bei den in Sirup und Alkohol eingelegten Bitterorangen verdoppelte sie einfach die Menge an Sirup, während sie den Alkohol wegließ.

Einmal geschah es, dass Rosa eine Täubchenbrühe versehentlich nicht salzte, sondern ebenfalls zuckerte, und nachdem die Kleine sie trotzdem aß, ging Rosa dazu über, auch Gorgonzolabrötchen, goldgelbe Fladen aus Kichererbsenmehl oder gar in Olivenöl eingelegte *peperoncini* zu zuckern.

Als die Kleine sich dem zweiten Lebensjahr näherte, bekam sie einen Namen, Ornella, Rosa dagegen wartete immer noch vergebens auf den zugesagten Küchenschrank. Renzo erging sich in Ausflüchten. Wie sollte so ein riesiges Ding in der Hotelküche Platz finden, schon jetzt kam keiner an Rosa vorbei, wenn sie dort Speisen zubereitete, weil sie mindestens so hoch und breit wie besagter Schrank war.

»Ich habe die Wette gewonnen«, bestand Rosa jedoch immer wieder, auch an einem Tag, da Renzo die Kinderstube ausnahmsweise zu betreten wagte, sein Blick auf das runde, rotbackige Kind fiel. Der Anblick der blonden Locken presste ihm ein Geständnis ab.

»Manchmal vermisse ich Chatrina so sehr!«

»Der Küchenschrank!«, erklärte Rosa ungerührt.

In den letzten beiden Jahren war sie zu beschäftigt damit gewesen, das Kind aufzupäppeln, um an Chatrina zu denken. Auch jetzt tat sie das nicht, dachte nur an die Gnocchi und Tagliatelle, die sie gerade zubereitete und wie alles andere zuckern würde.

Endlich nickte Renzo verdrossen, und noch verdrossener bemerkte er: »Die Kleine mag zwar Chatrinas Haarfarbe haben, aber Chatrina war viel hübscher.«

»Ach was«, gab Rosa zurück, »ich wette, Ornella wird eine Schönheit.«

Renzo traute sich nicht dagegenzuwetten, der Küchenschrank war teuer genug. Dabei hätte er diese Wette gewonnen. Die ersten Worte, die den Menschen in den Sinn kamen, wenn sie Ornella zu Gesicht bekamen, waren immer die gleichen: Die Kleine ist zu farblos. Und zu dick.

Der Küchenschrank war bei Weitem nicht das Einzige, worauf Renzo Barbera in seinem Leben gewettet hatte. Mit seinem Freund Riccardo, Hoteliersssohn wie er, hatte er schon lange vor Ornellas Geburt gewettet. Damals hatten sie außerdem den Hader über ihr Leben geteilt, war ihnen doch alles zu klein gewesen – das Hotel ihrer Väter, das sich nicht mit den großen Häusern der Stadt messen konnte, deren Bereitschaft, etwas daran zu ändern, ihre eigenen Befugnisse, es an ihrer Stelle zu tun. San Remo mochte um die Jahrhundertwende immer schillernder und bunter geworden sein, zum Magneten, der Touristen aus der ganzen Welt anzog, aber auf Renzo und Riccardo hatte der Ort die gleiche Wirkung wie eine Praline gehabt: Sie mundete dem Gaumen, aber verklebte den Magen. Und ganz sicher sättigte sie nicht.

Als Renzo obendrein noch seine erste Frau verlor – sie starb an einem Unterleibsleiden, das niemand benennen wollte und das Dottore Sebastiano mit dem Blut einer Eidechse zu heilen versuchte –, war der Schmerz so groß, dass ihm San Remo endgültig zu winzig wurde. Er spuckte die Praline aus, erklärte, dass seine Trauer nur noch wachse, wenn er zu lange aufs flache Meer, folglich ins Unendliche, blicke. Er brauche Mauern vor seinem Blick, die die Trauer zurechtstutzten, am besten steinerne Mauern. Bot die Schweizer Bergwelt nicht jede Menge von diesen, weil der Blick dort nie in namenlose Weite, immer nur auf den nächsten Gipfel fiel?

Die Trauer allein war für seinen Vater kein ausreichender Grund, ihm Geld für die Reise zu geben. Um ihn von dieser zu überzeugen, erklärte er, er werde sich die Grandhotels von Arosa und Locarno ansehen, die – wie es hieß – längst vom Saison- auf den Ganzjahresbetrieb übergegangen waren. Daran könne sich die Villa Barbera ein Vorbild nehmen.

Fürs Erste machte er die Erfahrung, dass es in der Schweiz nicht nur Grandhotels gab, es gab regelrechte Paläste – einst für Adlige errichtet, nun von Bürgerlichen bezogen, und einen weiteren dieser Paläste plante ein gewisser Pirmin Bigler aus Maloja, ein reicher Bankier, der sich die Investition von hundert Millionen Franken leisten konnte. Was ihm hingegen fehlte, war Erfahrung im Hotelgewerbe, und so kam es zur Zusammenarbeit mit Renzo. Später behauptete dieser, sie wären sich auf Augenhöhe begegnet. In Wahrheit ließ Pirmin Bigler ihn nur Pläne für das Unterhaltungsprogramm der künftigen Logiergäste ausarbeiten.

Renzo hatte viele Ideen: Sie reichten von Kricket- und Tennisplätzen im Sommer über einen Eislaufplatz im Winter bis hin zu einem Taubenschießstand, in dem man nicht nur Tontauben schießen konnte, sondern auch echte. Ein Golfplatz durfte natürlich nicht fehlen, ebenso wenig ein Mineralbad, und schließlich sollte es eine kleine Bühne geben, auf der das Orchester der Mailänder Scala, das man einladen würde, ebenso auftreten konnte wie Stars der Metropolitan Opera. Die Vorstellungen würden natürlich vor allem die älteren Logiergäste besuchen, für die jüngeren war ein Kinematograf vorgesehen, außerdem ein eigenes

Kaufhaus, wo sie feinste Seidenkleidung, teuersten Schmuck und Schweizer Schokolade erwerben konnten.

Renzo war wie im Rausch. An der Enge des Küstenortes San Remo hatte er sich die Stirn blutig geschlagen, ausgerechnet inmitten der hohen Berge wurde das Leben zur weiten Ebene, auf der er seine Ideen wie Spielfiguren hin und her schieben konnte, ohne dass ihm diese je auf die Zehen stiegen. Und als er auch noch Pirmin Biglers Tochter Chatrina kennenlernte, vergaß er die Trauer um seine erste Frau endgültig.

Nun gut, Chatrina fand es langweilig, wenn er von Taubenschießständen, Mineralbädern und Eislaufplätzen berichtete. Sie ging lieber in die Berge wandern. Wenn er sie begleitete, kam er ihr kaum nach, aber er war gebannt von ihrem Haar, das golden in der Sonne und silbern im Mondschein glänzte. Wenn sie beim Kämmen eines verlöre, könne sie es teurer verkaufen als die Opale und Smaragde in der geplanten Schmuckabteilung, versicherte er ihr.

»Du bist verrückt«, sagte sein Freund Riccardo, der ihn in die Schweiz begleitet hatte. »Haare bringen kein Geld ein. Und Chatrina sucht einen Mann, der mit ihr in die Berge gehen kann, ohne zu schnaufen.«

Riccardo hatte Renzo die weißen Tauben ausgeredet. Chatrina konnte er ihm nicht ausreden.

»Wetten, dass sie mich nimmt?«, fragte Renzo.

»Und worauf wetten wir?«

Renzo deutete mit dem Kinn auf die Taschenuhr, die Riccardo stets trug, mit Gelbgoldgehäuse, rückseitig graviertem Monogramm, einem weißen Emaillezifferblatt und einem Diamantdeckstein. Sie mochte nicht ganz so viel wert sein wie Chatrinas Haar, war aber dennoch eine Kostbarkeit.

»Einverstanden«, sagte Riccardo. »Und wenn du verlierst, kriege ich die Villa Barbera.«

Die Villa Barbera wechselte ihren Besitzer nicht, die Taschenuhr ebenfalls nicht. Binnen eines Jahres war Renzo mit Chatrina verheiratet. Das zählte allerdings nicht mehr als Triumph, weil er zuvor eine große Niederlage hatte einstecken müssen. Weder waren der Eislaufplatz noch das Mineralbad, noch nicht einmal die ersten Zimmer und Villen fertig, als sich herausstellte, dass die hundert Millionen Franken, die Pirmin Bigler für den Bau veranschlagt hatte, nicht ausreichen würden. Die doppelte Summe würde vielleicht genügen, aber so viel besaß er nicht.

Gerade war von jenem Gelände, auf dem der Golfplatz hätte angelegt werden sollen, ein Hügel abgetragen und neben den Grundmauern ein riesiger Erdhaufen angehäuft worden, als Pirmin fluchtartig die Schweiz verließ, um im fernen Amerika erneut sein Glück zu versuchen – mit allem Geld, das er noch hatte, aber ohne seine Tochter. Ihr hinterließ er nichts als eine Hotelruine und den riesigen Erdhaufen, und der ließ sie verzweifeln. Berge aus Stein konnte sie mühelos besteigen, und wenn sie noch so hoch waren, im Berg aus Erde würde sie versinken bis zum Hals und noch weiter.

»Was soll nur aus mir werden?«, fragte sie besorgt.

Renzo trat zu ihr, nahm mit Blick auf den schlammigen Boden innerlich Abschied vom Golfplatz und erklärte: »Ich bin für dich da. Du wirst meine Frau und kommst mit mir nach San Remo.«

Er war so nervös, dass er genauso heftig schnaufte wie auf den Bergtouren. Diesmal störte sich Chatrina nicht daran, vielleicht, weil sie noch lauter schluchzte.

Riccardo weigerte sich, die Uhr herauszurücken, erklärte, dass Chatrina nur aus Not heraus der Eheschließung zugestimmt hatte, nicht aus Liebe. Fast kam es neben den Ruinen von Pirmin Biglers Traum zu einer Prügelei, und auch wenn Renzo sich beherrschen konnte, dem Freund gewaltsam die Uhr abzunehmen – zwei Jahre lang sprachen sie nicht miteinander.

Nicht einmal zwei Jahre hielt es Chatrina in San Remo aus, wohin sie nur Rosa, ihr Dienstmädchen, mitgenommen hatte. Der Blick aufs Meer machte sie bald trübsinnig. In dieser grenzenlosen Weite zwischen dem Kap Nero und dem Kap Verde verflüchtigten sich alle Träume und Sehnsüchte und ließen sich nicht mehr einfangen. Rosa, die Chatrinas apfelrote Wangen und ihre weichen Rundungen vermisste, versuchte sie mit Köstlichkeiten zu verwöhnen, aber anders als später ihre Tochter lehnte Chatrina Süßes ab. Die Praline San Remo schmeckte ihr erst recht nicht.

Wenig Süßes kam auch *aus* ihrem Mund. Wenn sie mit Renzo sprach, wurde ihr Tonfall zunehmend bissiger. Er betrachtete ihr Haar, das nicht mehr golden glänzte, weil sie kaum je in die Sonne ging, nicht silbern, weil sie kaum je in den Mondschein trat, und er dachte nicht länger, dass nur ein einziges kostbarer als eine Kette aus Edelsteinen war. Er stellte sich vor, wie es wäre, Chatrina ein paar Haare auszureißen, damit echter Schmerz ihr Gesicht verzerrte, nicht nur Überdruss, und er vielleicht dann wieder echte Liebe fühlen konnte, nicht bloß Enttäuschung.

»Geh«, sagte Renzo schließlich, aber er sagte es eine Nacht zu spät. In dieser Nacht hatte er noch auf ihr gelegen, ihr Haar gestreichelt, aber nicht ausgerissen, sich hinterher leer wie nie gefühlt, aber immerhin ein Kind gezeugt. »Geh«, sagte er noch einmal, als das Kind geboren war, und dieser Aufforderung bedurfte Chatrina gar nicht mehr, sie nahm schweigend ihre Koffer. Gern hätte Renzo sie gezwungen, das Kind mitzunehmen, doch das, so war er sich sicher, würde ja ohnehin bald sterben.

Das Kind blieb, ein Küchenschrank kam hinzu, und als Gedeone und Agapito, Renzos große Söhne, auf die Idee kamen, sie in eine der Laden zu sperren, war Ornella bereits dick genug, dass sie sich nicht mehr schließen ließ – sie wäre auch darin erstickt.

»Wenn ihr das noch einmal versucht, erschlage ich euch mit dem Kochlöffel«, drohte Rosa und meinte es ernst.

Agapito und Gedeone quälten die Schwester künftig auf andere Weise – Renzo quälte sich dagegen mit der Frage, wie er sich mit Riccardo versöhnen könnte.

Am Ende führte sie das Schicksal wieder zusammen, indem es zwischen ihnen zwar Frieden stiftete, zwischen den Großmächten aber Krieg. Nach der Kriegserklärung von Italien im Sommer 1915, als Ornella knapp zwei Jahre alt war, wurde aus der Villa Barbera ein Lazarett, und aus Renzo und Riccardo wurden Soldaten.

Die Front, an die sie geschickt wurden, verlief an der Grenze zwischen Italien und Österreich-Ungarn, doch eigentlich befand sich dort keine Grenze – nur Hochgebirgsketten mit vielen steilen Flanken und wenigen tiefen Tälern gab es dort, die Lessinischen Alpen, die Fleimstaler Alpen, die Karnischen Alpen, die Julischen Alpen, die Dolomiten. Renzo lernte ihre Namen auswendig, obwohl es egal war, wie sie hießen. Fest stand, dass dieser Ort nicht dafür gemacht war, gegen Feinde zu kämpfen.

Die Generäle sahen das anders, sie sprachen vom Hochgebirgskrieg, der besondere Herausforderungen mit sich bringe, und dass man selbst dort, wo man nicht kämpfen könne, wenigstens graben solle – Stollen und Gegenstollen, Horchstollen und Kavernen, Unterstände und Feldwachen. Die Soldaten gruben mit Schaufel und Hammer, mit Meißel und mit elektrischen Bohrern, sie gruben in Stein und in Eis, manchmal sprengten sie beides.

Eigentlich waren sie keine Soldaten, sie waren Maulwürfe, nur dass es im Eis keine Maulwürfe gab. Gott oder die Natur oder welch höhere Macht auch immer die Gletscher erschaffen hatte,

hatte keine Maulwürfe dort vorgesehen. Menschen wahrscheinlich ebenfalls nicht.

Riccardo verzweifelte von Tag zu Tag mehr. »Wenn ich sterbe, kriegst du meine Uhr«, sagte er zu Renzo.

»Ich wette, dass wir beide überleben.«

»Das gilt nicht. Wenn du die Wette verlierst, kann ich nichts mehr von dir einfordern.«

»Ich will deine verfluchte Uhr trotzdem nicht haben.«

»Und ich will, dass du sie trägst, wenn ich sterbe, dass du in jeder einzelnen Sekunde, die der Zeiger schlägt, das Beste aus deinem Leben machst.«

Renzo schnaufte nicht mehr wie früher in den Bergen, der Atem schien ihm zu gefrieren. Riccardo hatte noch genug, um jeden Morgen auf seine Hände zu pusten, bis die Finger nicht mehr steif gefroren waren. Danach zog er die Uhr auf, die trotz Eiseskälte tickte und verriet, dass die Zeit voranschritt, nicht gleichfalls gefroren war.

Nie wieder kamen sie auf die Wette zu sprechen, aus Riccardos Verzweiflung wurde mit der Zeit beißender Spott.

»Stell dir einfach vor, nicht im Krieg zu sein, sondern in der Schweiz immer noch Pläne für ein Hotel zu machen«, riet er.

Wenn sie unterirdische Hohlraumbauten im mächtigsten Gletscher der Dolomiten gruben, der die Nordflanke des Marmolada bedeckte, höhnte er: »Da hast du deinen Eislaufplatz.«

Wenn sie einen der vielen Gipfel sprengten, sagte er grinsend: »Da hast du dein Feuerwerk.«

Und wenn sie in der Ferne graue Gestalten huschen sahen, dann lachte er und rief: »Na los, schieß die Täubchen schon ab.«

Weit öfter als die Tauben … die Feinde … trafen sie nur harte Felsen, von denen die Kugeln abprallten.

Einmal wurden sie für die Aufgabe ausgewählt, den Feind abzulenken, indem sie kleine Sprengungen an einer Stelle vornahmen, während anderswo viel größere geplant waren.

Wir sind Soldaten, keine Mineure, hätte Renzo am liebsten eingewandt. Aber das hatte keinen Sinn. Er hatte ja auch gedacht, sie wären Soldaten, keine Maulwürfe.

Als sie die Sprengung vorbereiteten, zitterten Riccardos Hände. Als es unerwartet einen lauten Knall gab, hörten sie zu zittern auf. Riccardos Hände lagen plötzlich im Schnee, blutüberströmt und nicht länger am Körper hängend. Auch Kopf und Beine und Rumpf lagen im Schnee. Riccardo war zerfetzt worden, bevor er ihre Sprengung hatte zünden können, war ihnen der Feind doch einen Schritt voraus gewesen. Nein, keinen Schritt. In dieser eisigen Einöde konnte man keine Schritte machen, man konnte nur kriechen. Renzo kroch zu Riccardos Händen, er kroch zu seinen Beinen, er konnte nicht glauben, dass man einen Menschen in so viele Stücke zerreißen konnte. Er hatte allerdings auch nicht glauben können, dass sich ganze Berggipfel sprengen ließen, und doch hatten sie das oft genug getan.

Am allerwenigsten konnte er glauben, dass er selbst noch lebte, dass sein Herz noch schlug. Und dass Riccardos Uhr, die er ihm vom Handgelenk zog, noch tickte.

Mit jedem Ticken stieß Renzo ein Schluchzen aus, weinte immer heftiger. Er weinte um Chatrina, er weinte um die weißen Tauben, er weinte um die schönen Gipfel, er weinte um Riccardo. Nicht nur die Tränen gefroren ihm im Gesicht. Als er irgendwann aus dem Eisloch gefischt wurde, waren ihm auch zwei Zehen abgefroren. Man schnitt sie ihm mit einem Sägemesser ab, ohne dass er es spürte.

Seine Finger hatte er allerdings noch alle, und mit diesen polierte er die Uhr so lange, bis sie wieder glänzte. Nur eine winzige rostige Stelle gemahnte an die Stunden im Eis. Das Ticken der Uhr wiederum gemahnte daran, was Riccardo zu ihm gesagt hatte: »... ich will, dass du sie trägst, wenn ich sterbe, dass du in jeder einzelnen Sekunde, die der Zeiger schlägt, das Beste aus deinem Leben machst.«

Renzo konnte sich nicht vorstellen, das Beste aus seinem Leben zu machen. Einen zerfetzten Körper konnte man nicht wieder zusammennähen – eine zerfetzte Seele auch nicht. Aber er schwor sich noch inmitten von Eis und Geröll, das Beste aus seinem Hotel, der Villa Barbera, zu machen.

Als der Krieg aus war und er nach San Remo heimkehrte, diente dieses immer noch als Lazarett. Dottore Sebastiano flickte unentwegt Wunden, und wenn sie brandig wurden, legte er das Kreuz eines Rosenkranzes auf die roten Stellen. Besagtes Kreuz wollte er auch Renzo auf die fehlenden Zehen legen. Der verjagte den Dottore und die letzten Verwundeten. Er betrachtete das Hotel von außen, ging dann von Raum zu Raum. Von der Fassade bröckelte der Stuck, von den Wänden schälten sich die Tapeten. Das Dach war löchrig, die Dielenböden waren grau und zerkratzt, die Fliesen von Sprüngen übersät. Es roch modrig.

»In diesem Haus können wir keine Gäste mehr empfangen«, erklärte sein Vater.

»Ich wette dagegen«, sagte Renzo trotzig.

Der Vater würde nie einen Einsatz fordern, er starb wenig später. Renzo dachte trotzdem nicht daran, die Wette zu verlieren. Er hatte das Ticken von Riccardos Uhr im Ohr, als er die Risse der Fassade mit neuer Farbe übermalen und die Tapeten wieder festkleben ließ. Die Sprünge in den Fliesen versteckte er unter Teppichen, und die Löcher im Dach ließ er mit neuen Ziegeln flicken. Sämtliche Räume wurden gelüftet, und als das nichts half, ging er wieder von einem zum anderen, versprühte die Reste jenes Parfums, das er

Chatrina einst geschenkt, das diese aber nie benutzt hatte. Es roch nach Bergamotte, Veilchen und ein bisschen nach Orange.

Am Ende glich die Villa Barbera einem notdürftig geflickten Kleid, aber was machte das schon aus. Die Menschen hatten ja auch nur notdürftig geflickte Seelen. Sie sehnten sich nach dem bunten Süden, nach der Praline San Remo. Die Mägen waren seit Langem leer, in der milden, von Blumenduft erfüllten Luft vergaß man jedoch, dass sie knurrten. Und Menschen, die sich hüteten, einen Blick auf die Vergangenheit zu werfen, diese vielmehr verzweifelt hinter sich zu lassen versuchten, lugten nicht unter Teppiche, klopften nicht gegen Wände, sie ließen sich vom Bergamotte-, Orangen- und Veilchenduft verführen. Wenn sie sahen, wie Renzo seine Hände knetete, an seinem Ohrläppchen zupfte, sich die Haare raufte, dachten sie ja auch bloß, er wäre etwas nervös, sie kamen nicht auf die Idee, dass er damit das stete Zittern seiner Hände zu verbergen suchte.

Das Zittern wurde besser, aber Renzos Hände standen trotzdem niemals still. Das Ticken von Riccardos Uhr würde ihn immer begleiten, nur sämtliche anderen Erinnerungen schüttelte er ab. Als Ornellas Haar wuchs, es blond und etwas lockig wie Chatrinas wurde, befahl er Rosa, es abzuschneiden.

»Dann sieht sie doch wie ein Junge aus!«, rief Rosa empört.

Renzo nahm seinen Befehl nicht zurück. »Zieh ihr am besten auch Jungenkleidung an«, herrschte er Rosa an. »So dick, wie sie ist, passt sie bestimmt schon in Gedeones und Agapitos Sachen. Einem Jungen verzeiht man eher, dass er unansehnlich ist.«

Rosa war so gekränkt, dass sie die gezuckerte Polenta, die sie eben für Ornella zubereitet hatte, selbst aß. Die Haare schnitt sie ihr dennoch ab, weil sie es nicht wagte, Renzo gegen sich aufzubringen. Die Jungenkleidung wiederum zog sie Ornella an, weil diese es selbst verlangte. Wie ein treues Hündchen lief sie ihren großen Brüdern nach und wollte sein wie sie, obwohl sie sie stets verspotteten, sie einmal, als sie mit ihnen im Meer schwimmen wollte, sogar mit dem Kopf untertauchten. Ornella versank zunächst wie ein Stein, Agapito und Gedeone überlegten schon, ob sie nach ihr tauchen sollten. Aber schließlich begann sie zu strampeln und kämpfte sich zurück an die Wasseroberfläche.

»Wie hast du das nur geschafft?«, fragte Salome in jener Nacht, da sie eng aneinandergekuschelt auf einem Stein am Strand saßen, Ornella ihr die Geschichte ihrer Eltern und ihres eigenen Lebens erzählt hatte, jedes Wort Vertrauen und Nähe schuf, einem Faden glich, der mit jeder Stunde mehr zum reißfesten Strick wurde, der sie für immer verbinden würde. »Wie hast du bloß schwimmen lernen können, ohne dass es dir jemand beigebracht hat?«

»Tiere können doch auch schwimmen, ohne dass es ihnen jemand beibringt«, gab Ornella zurück.

»Bei einem Nashorn bin ich mir nicht so sicher«, meinte Salome.

»Hast du je ein Nashorn gesehen?«, fragte Ornella.

Salome schüttelte den Kopf. Jetzt war es an ihr zu erzählen – vom blutigen Kopf Johannes des Täufers, wie oft sie ihre Großmutter getötet hatte und dass diese sie an hölzernen Reifen von der Zimmerdecke hatte hängen lassen. Und schließlich, als der Morgen graute und Dunst vom Meer hochstieg, als würde es atmen, erzählte sie mit brechender Stimme von Ariadne, erzählte von einer Trauer, die sich nie ganz wirklich angefühlt hatte, und von einer Sehnsucht, die umso echter war.

Danach schwiegen sie lange. Obwohl sie eng aneinandergedrückt dasaßen, froren sie mittlerweile erbärmlich, ihre Lippen waren blau, die Zähne klapperten.

»Ich werde nie wissen, ob Ariadne wie ich ausgesehen hätte oder ganz anders«, murmelte Salome.

»Für Agapito und Gedeone werde ich nie wirklich eine Schwester sein, sie werden mich nie mitspielen lassen«, murmelte Ornella. Wieder senkte sich Stille über sie, die ersten Fischer zogen ihre Boote ins Meer, entknoteten ihre Netze, warfen ihnen neugierige Blicke zu. »Willst du meine Freundin sein?«, fragte sie.

Salome schüttelte erneut den Kopf, doch als die andere enttäuscht ihr Gesicht verzog, grinste sie und erwiderte schnell: »Ich brauche keine Freundin, ich brauche eine Schwester, eine *sorella*.«

Ein breites Lächeln erschien auf Ornellas Lippen. »Gut, dass ich Ornella heiße«, sagte sie, »das reimt sich.«

»*Sorella* Ornella«, flüsterte Salome.

Der Dunst verflüchtigte sich, rötliches Morgenlicht brach sich auf dem Wasser, die Fischerboote zogen weiße Spuren. Im Inneren war ihnen längst warm geworden, nun kehrte auch Leben in die steif gefrorenen Körper zurück.

Es war der schönste Sommer in Salomes Leben, in gewisser Weise war es auch der erste Sommer ihres Lebens. Nie hatte sie so viel Zeit in der Sonne verbracht, nie eine Schwester an ihrer Seite gehabt, nie so viel Freiheiten genossen.

Ornella brachte ihr das Schwimmen bei, und irgendwann schaffte es Salome, den Kopf über Wasser zu halten und gleichmäßige Bewegungen zu machen. Bis dahin musste sie viel Meerwasser schlucken. Oft war es noch nicht einmal Mittag, wenn ihre Augen gerötet und die Fingerkuppen schrumpelig waren.

»Lass uns etwas Süßes essen«, sagte Ornella dann, und sie flanierten die Via Vittorio Emanuele entlang, wo sich nicht nur große Geschäfte und das Casino befanden, auch *gelatiere*, die Eis in einer kleinen Waffeltüte für zehn *centesimi* verkauften. Außerdem gab es den *caramello*, der kandierte Früchte oder gebrannte Äpfel feilbot. Diese befanden sich in Metallgefäßen, die er sich über die Schultern gehängt hatte, und er pries seine Ware mit Gesang an. Zumindest behauptete er, dass es Gesang sei. In Salomes Ohren klang es wie das Jaulen eines Hundes, dem man auf die Zehen gestiegen war.

Salome fand Geschmack an Eis und Süßigkeiten, nur das, was Rosa ihnen allmorgendlich in den Picknickkorb packte, war ungenießbar. Wenn sie denn schon so viel Zeit im Wasser verbrächte, müsste Ornella noch mehr essen als sonst, befand diese, wälzte die gebratenen Maiskolben wie immer nicht nur in Paprika, sondern auch in Zucker und streute selbigen ebenso auf die *focaccia*, Brotfladen aus Genua, die mit Kuhmagenragout und gedünsteten Pilzen gefüllt waren.

Schon nach dem ersten Bissen verzog Salome stets das Gesicht. Ornella aber kaute und schluckte anstandslos, ohne je zu verraten, ob es ihr schmeckte. Sie zeigte grundsätzlich selten, was sie fühlte und dachte.

Während Salome laut kreischend im kalten Wasser untertauchte, gab sie auch nie einen Ton von sich. Wenn Salome juchzend die glitzernden Schaumkronen betrachtete, lächelte sie nur still, und wenn ihnen ein *gelatiero* eine Eistüte in die Hand drückte, ohne dafür Geld zu verlangen, bedankte sich Salome überschwänglich, Ornella aber nickte nur. Wenn sie allerdings am Abend in die Villa Barbera heimkehrten, drückte sie Salomes Hand geradezu schmerzhaft. Und immer etwas bang fragte sie: »Schläfst du heute wieder bei mir?«

»Wo soll ich denn sonst schlafen?«, gab Salome dann zurück, und Ornella strahlte.

Sie teilten nicht nur das Bett, sie stiegen davor auch gemeinsam in die Badewanne, und Rosa wusch ihnen das Salz aus ihren

Haaren und rieb diese mit Olivenöl ein. Ornella nahm diese Prozedur gleichgültig hin, Salome immer ein wenig widerstrebend.

»Was für ein Glück, dass sie nicht auch noch Zuckerwasser über unsere Haare gießt«, grummelte sie.

»Bring sie bloß nicht auf die Idee«, sagte Ornella, und was aus einem anderen Mund wie ein Scherz geklungen hätte, war von ihr todernst gemeint.

Arthur und Paola war nicht entgangen, dass die beiden Freundschaft geschlossen hatten, und sie schienen froh darüber. Agapito und Gedeone, drei und vier Jahre älter als Ornella, war es ebenfalls nicht entgangen – sie fühlten sich herausgefordert.

»Am besten, du gehst ihnen aus dem Weg«, sagte Ornella.

Salome aber schüttelte den Kopf, sie war bereit, den Kampf aufzunehmen. Sie konnte in jenen Wochen zwar nicht verhindern, dass die Jungen ihnen Streiche spielten, aber sie zahlte ihnen jeden einzelnen mit doppelter Münze heim.

Eines Tages versteckten die Jungen ihre Kleider, als sie im Meer badeten. Salome rächte sich, indem sie die Hosen der beiden auf eine Palme hängte – und das, nachdem sie die Hosenbeine zusammengenäht hatte. Ein anderes Mal legte Gedeone ihr einen kalten Stein auf den Rücken, als sie sich nach einem Bad im Meer trocknen ließ. Salome unterdrückte einen empörten Aufschrei – holte aber am selben Tag noch einen verdorbenen Fisch aus einem Abfallbehälter vom nahen Markt, um ihn Gedeone ins Bett zu legen.

»Hast du denn keine Angst vor meinen Brüdern?«, fragte Ornella.

»Nicht, solange sie Angst vor mir haben.«

»Sie haben keine Angst, sie sind schrecklich wütend.«

Das stimmte nicht ganz. Als die beiden ihnen einmal rohe Muscheln in die Suppe warfen und Salome dafür eine Nacktschnecke aus den Blumenbeeten holte, um damit deren Dessert zu dekorieren, wurde nur Gedeone ganz blass und schmallippig, Agapito hingegen konnte sich das Lachen nicht verkneifen. Er zwinkerte Salome von nun an vertraulich zu, wann immer sie sich begegneten.

Nicht dass sie je darauf reagierte. Trotzdem genoss sie den Respekt. Und sie hatte auch nicht gelogen, als sie behauptet hatte, sie habe keine Angst. Zumindest hatte sie keine Angst vor Agapito und Gedeone. Ebenso keine Angst vor dem Tod, denn die Schwester, die der ihr geraubt hatte, hatte sie ja nun. Sie hatte allerdings Angst vor der Zeit, die gnadenlos fortschritt. Der schönste Sommer ihres Lebens würde unweigerlich zu Ende gehen, und darum wurde ihr Kreischen mit der Zeit leiser, ihr Lachen verhaltener, ihr Juchzen kleinlauter. Eines Tages sprach Ornella auch noch an, was sie nachts nicht schlafen ließ und ihr tagsüber so oft die Kehle zuschnürte.

Sie besuchten die Baustelle des künftigen Olympiaschwimmbads, das eine der schönsten und modernsten Anlagen dieser Art werden sollte, nicht weit entfernt vom Strand inmitten tropischer Bäume, als Ornella plötzlich sagte: »Wenn das Becken endlich mit Wasser gefüllt wird, sodass man darin schwimmen kann, wirst du nicht mehr hier sein.«

Salome starrte in das leere Becken und dachte an das gleichfalls leere Leben, das sie in Frankfurt erwartete.

»Hör auf, so zu reden«, zischte sie.

Ornella gehorchte, weil sie ja nie viel redete, aber als Salome ihr am Abend versprach, wieder bei ihr zu schlafen, drückte sie ihre Hand noch fester als sonst, und als Rosa Olivenöl auf ihr Haar gab und dieses in die Augen troff, kam ihr das zupass, weil so niemand merkte, dass ihr die Tränen aus einem anderen Grund kamen.

Salome konnte in dieser Nacht nicht einschlafen. Sie wälzte sich eine Weile unruhig hin und her, erhob sich schließlich, verließ Ornellas Zimmer und klopfte wenig später an die Tür von Paolas und Arthurs.

Die beiden waren noch wach. Ihr Vater saß an einem kleinen Sekretär, schrieb etwas auf und schien gar nicht zu bemerken, dass sie den Raum betreten hatte. Paola stand am Fenster, von dessen Rahmen die Farbe blätterte, und starrte in die Dunkelheit. Wobei es noch nicht ganz dunkel war. Das Band, das Meer und Himmel zusammenhielt, war grau, als würde sich das letzte Sonnenlicht weigern, endgültig im Meer zu versinken.

Salome trat zu ihr, ignorierte den Stachel, der sie bei Paolas Anblick immer noch pikste, witterte an ihr die gleiche Wehmut, die sie selbst erfüllte.

»Wir … Wir müssen bleiben«, murmelte sie. Paola gab keine Antwort. »Oder zumindest müssen wir nächsten Sommer hierher zurückkehren«, fügte Salome etwas energischer hinzu.

Paola wandte sich ihr immer noch nicht zu. Ihr Blick fuhr unwillkürlich zur gewellten Tapete, und plötzlich zog sie einen Streifen davon ab. Es gelang mühelos, weil die Mauer darunter feucht war.

»Hörst du mir überhaupt zu?«, rief Salome.

Endlich drehte sich Paola zu ihr um – mit einem triumphierenden Lächeln im Gesicht. »Natürlich kehren wir hierher zurück, und das wird unsere Fahrkarte sein.« Sie hielt das Stück abgerissene Tapete hoch.

»Ich fürchte, Georges Nagelmackers hat nicht vorgesehen, dass man eine Nacht im Schlafwaggon mit einem Stück Tapete bezahlt.«

»Gewiss nicht, und trotzdem wird nächstes Jahr unsere Fahrkarte billiger sein. Schließlich werden wir ein ganzes Kontingent buchen, die Bahn wird uns darum Rabatt gewähren.«

»Kontingent?«, fragte Salome. Sie hatte keine Ahnung, was das war.

»Nun, das Reisebureau Sommer wird künftig Pauschalreisen an die Riviera anbieten, vor allem nach San Remo, und das nicht nur im Winter, wie es viele andere Reisebureaus tun, nein, als erstes und einziges Bureau auch im Sommer. Arthur wird oft vor Ort sein und als kundiger Reiseführer beteuern, dass vom Meer keine giftigen Dämpfe aufsteigen und die Sonne weder Haut noch Haar verbrennt – zumindest nicht, wenn man sich mit Kokosöl einreibt. In der Villa Barbera wird er ein ganzes Stockwerk im Voraus buchen, was wiederum bedeutet, dass er die Zimmer nicht nur billiger bekommt, sondern ein kostenloses Zimmer für uns bleibt.«

Salome fühlte plötzlich, dass dieses Uns erstmals wieder auch sie einschloss, dass sie und Paola Verbündete waren, weil sie beide nach San Remo zurückkehren wollten. Und sie erkannte, warum Paola ein Stück Tapete abgezogen hatte: Renzo Barbera brauchte dringend gut betuchte Logiergäste und überdies einen finanzkräftigen Teilhaber, der genügend Kapital einbrachte, um all die Spuren, die hinter fadenscheinigem Glanz zu wittern waren, zu beseitigen, das Hotel gründlich zu renovieren und modernisieren. Und ihr Vater könnte dieser Teilhaber werden, er hatte gute Beziehungen zum jüdischen Bankier Frohmann.

Salome vermutete, dass er über Berechnungen saß, doch was er eben aufschrieb, waren nicht nur Zahlen. Anreise, Quartier und Verpflegung seien gründlich vorzubereiten, erklärte er, darüber hinaus aber auch an solche Dinge wie eine Regenversicherung zu denken.

»Eine Regenversicherung?«

»In England ist es üblich, bei jeder Reise eine abzuschließen. Für jeden Regenmillimeter erwartet der Reisende Entschädigung.«

»Und wie genau misst man die Regenmillimeter?«, frage Paola amüsiert. »Etwa im leeren Becken jener öffentlichen Badeanstalt, die gerade in San Remo gebaut wird?«

Sie war also auch dort gewesen, hatte sich umgeschaut, hatte überlegt, wie sie es anstellen könnte, wieder in San Remo zu sein, wenn die Badeanstalt fertig gestellt war.

»Jetzt gilt es nur noch, Renzo Barbera von einer Zusammenarbeit zu überzeugen«, sagte Paola.

Salome hatte eine Idee. »Ihr solltet ihn nicht einfach zu überzeugen versuchen«, sagte sie. »Ihr solltet lieber mit ihm wetten.«

Obwohl er es sich meistens strikt verbot, an die Vergangenheit zu denken, holten Renzo Barbera manchmal Erinnerungen an den Schweizer Hotelpalast ein. Einige erfüllten ihn mit Bitterkeit, einige mit der Entschlossenheit, den Traum von damals zumindest ein wenig weiterleben zu lassen. Seit Jahren versuchte er deshalb, andere Hoteliers davon zu überzeugen, manches Vergnügen, das er für die Logiergäste geplant hatte, auch in San Remo zu ermöglichen.

Der Taubenschießstand, der auf seine Veranlassung hin errichtet wurde, reizte die Logiergäste wenig – die englischen Touristen jagten lieber Hühner in den Lorbeerwäldern und Olivenhainen. Auch Pläne für eine Stierkampfarena wurden rasch verworfen, als man aus dem nahen Nizza hörte, dass sich kaum Zuschauer zu dem blutigen Spektakel einfanden. Tennisplätze erfreuten sich hingegen großer Beliebtheit, außerdem, so wusste Renzo Arthur zu berichten, als der nach Freizeitunterhaltungen fragte, gebe es die Möglichkeit, Fußball zu spielen.

Arthur wusste nicht genau, was Fußballspielen war.

»Im Grund gibt es gar nicht so viele Unterschiede zum Golfspiel«, erklärte Renzo. »Auch hier geht es darum, den Ball ins

Loch zu kriegen, nur, dass beim Fußball der Ball größer und das Loch ein Netz ist.«

Arthur tat sich schwer, ihm zu folgen, was nicht nur daran lag, dass Renzo in jenem Schweizer Dialekt mit ihm sprach, den er an Chatrinas Seite erlernt hatte.

»Was genau ist Golfspielen?«, fragte er verständnislos.

Renzo setzte zu einer wortreichen Erklärung an, aber Paola kam ihm zuvor. »Können Sie es uns nicht zeigen? Es gibt doch in San Remo einen Golfplatz.«

Als Renzo nickte, zwinkerte sie Arthur zu. Sie hatte ihm eingetrichtert, dass sie die Gespräche über eine künftige Geschäftsbeziehung nicht in der nüchternen Atmosphäre eines Bureaus führen sollten, besser während einer gemeinsamen Unternehmung. Und sie zwinkerte auch Renzo zu, woraufhin der errötete und noch hektischer mit den Händen fuchtelte als sonst.

Am nächsten Tag legten sie die vier Kilometer bis zum Golfplatz mit dem öffentlichen Autobus zurück. Renzo drängte mit dem Golfschläger andere Passagiere beiseite.

»Platz da für die Signorina!«, rief er.

»Aber nicht doch«, beschwichtigte Paola. »Es stimmt ja auch gar nicht!«

»Dass Sie Platz brauchen?«

»Dass ich eine Signorina bin. Demnächst werden Signor Sommer und ich heiraten.«

Salome – sie und Ornella fuhren ebenfalls mit – hörte zum ersten Mal davon. Sie warf ihrem Vater einen Blick zu, aber der nieste nur, wohl weil ihn der Duft der Blumen in der Nase kitzelte.

Renzo schwang ergriffen den Golfschläger. »Die Liebe ist ein buntes Vögelchen. Es singt wunderschön, und man muss es gut festhalten.«

»Jetzt lassen Sie schon den Golfschläger sinken«, bemerkte Paola. »Sonst glaubt das Vögelchen, Sie wollten es erschlagen oder ihm eine Feder ausrupfen.«

Renzo tat, wie ihm geheißen. Als sie das Stadtzentrum hinter sich ließen, begann sich der Bus zu leeren. Wenig später erreichten sie den Golfplatz – genauer gesagt, das englische Klubhaus davor, von dem aus man die Aussicht auf die Stadt, das Meer und die umliegenden Berge genießen konnte. Wenn es im Winter regnete, spielten die englischen Gäste Bridge. Seit einigen Wochen regnete es allerdings nicht mehr, was bedeutete, dass der Rasen des Golfplatzes verbrannt war.

»*Porca miseria*«, fluchte Renzo, was allerdings nicht nur mit dem verbrannten Rasen zu tun hatte, sondern mit den Schweinen, die einem nahen Bauernhof entkommen waren und den ohnehin schon lädierten Rasen umgegraben hatten. Paola amüsierte sich prächtig. »Das ist auch eine Möglichkeit, Golf zu spielen. Man drückt die Erdklumpen einfach wieder zurück in die Löcher.«

Renzo gedachte, seinen Golfschläger einer weiteren Bestimmung zuzuführen, ging auf eines der Schweine zu, doch es floh laut grunzend, ehe er es erwischte.

»Nur nicht aufgeben!«, rief Paola ihm hinterher. »Wenn du es triffst, hast du das erste Spiel gewonnen.«

Salome dachte nicht lange darüber nach, warum sie auch bei Ornellas Vater zum vertraulichen Du übergegangen war. Weit mehr beschäftigte sie etwas anderes.

»Wusstest du, dass sie heiraten?«, fragte Ornella leise, der ihre verstörte Miene offenbar nicht entgangen war.

Salome entschied, nicht zuzulassen, dass der piksende Stachel noch tiefer drang. »Weiß dein Vater, warum wir heute hier sind?«, gab sie zurück.

Ornella zuckte die Schultern. »Ich habe es ihm gestern Abend zu erzählen versucht, aber ich weiß nie, ob er mir zuhört.«

Nach einer Weile kam Renzo schwitzend zurück, verbarg aber die Enttäuschung, kein Schwein getroffen zu haben, hinter einem breiten Lächeln. »Gut, dass ich richtig gekleidet bin.«

Anders als Arthur in seiner dunklen Jacke und mit den geputzten Stiefeln, trug Renzo einen leichten Pullover, dazu Espandrilles. Dennoch war er hochrot im Gesicht, dass er sich eine Weile schwer atmend auf den Golfschläger stützen musste – was Paola die Gelegenheit gab, Arthur zuzunicken, und diesem wiederum vorzutreten.

Er räusperte sich. »Die Art zu reisen hat sich verändert. Früher war der Weg das Ziel, heute gilt es, den Weg möglichst schnell und preisgünstig zurückzulegen, um das Verweilen am Ziel zu genießen. Und ebenfalls in Mode ist das unabhängige Reisen, also nicht in der Gruppe, deren Rhythmus und Vorlieben man sich unterwerfen muss, sondern nur mit der Familie oder dem Ehepartner. Auf die Bequemlichkeiten einer Gesellschaftsreise, bei der alles bis ins kleinste Detail organisiert wird, will trotzdem niemand verzichten.«

Renzo legte den Golfschläger zur Seite, tupfte sich die Stirn mit einem Taschentuch ab, zerknüllte es danach in den nun wieder unruhigen Händen. Am Ende zupfte er an den Spitzen seines Schnurrbarts, während er Arthur verwirrt musterte.

»Er will damit sagen«, erklärte Paola schnell, »dass es viele Reisende wie die Schweine hier halten. Sie wollen sich nicht mit der ganzen Herde im Dreck suhlen, sich lieber in einer kleinen Gruppe ein ruhiges Plätzchen wie den Golfplatz suchen.«

»*Porca miseria!*«, begann Renzo wieder zu fluchen, als in der Ferne ein Grunzen zu hören war.

Bevor er den Schnurrbart loslassen und den Golfschläger wieder ergreifen konnte, fuhr Arthur rasch zu reden fort. »Dem Beispiel einzelner Logiergäste werden gewiss weitere folgen. Man hört, dass an vielen Orten Hoteliers Ihrem Beispiel folgen, dass sie ihre Häuser nicht im Mai schließen, sondern über den Sommer geöffnet halten. In Nizza hat das übrigens ein deutscher Hotelier durchgesetzt.«

Renzo schien das nicht neu zu sein. »Ja, das Hotel, das er führt, es heißt ausgerechnet Angleterre – England. Ist das nicht lustig?«

»Es ist vor allem ein Zeichen dafür, dass die Grenzen immer mehr verschwimmen«, sagte Paola. »Wenn ein Deutscher in Frankreich ein Hotel führt, das England heißt, warum soll nicht ein Deutscher Logiergäste in ein italienisches Hotel bringen und Ausflüge nach Frankreich machen?«

»Die Grenzen verschwimmen nicht nur zwischen den Völkern«, sekundierte Arthur, »desgleichen zwischen Adel und Bürgertum. Auch der gewöhnliche Beamte oder Angestellte will jedes Jahr Urlaub machen. Er mag zwar nicht genug verdienen, um sich den Aufenthalt in einem der prunkvollen Hotelpaläste zu leisten, aber die schlichte Villa Barbera würde ihm nicht minder gefallen.«

Renzo hob die Brauen und trommelte mit den unruhigen Fingern gegen seine Stirn. »Sie bezeichnen mein Haus als schlicht?«

»Sie sagten bei unserem Empfang doch selbst, dass sich hier der einfache Bürger so wohl wie im eigenen Wohnzimmer fühlt. Und wenn ein Reisebureau wie meines eine bequeme Anfahrt ermöglicht, überdies vor Ort Ausflüge organisiert – Dampferfahrten ins Casino nach Monaco oder in die botanischen Gärten von Nizza –, wird sich jedermann als *grande* Signore fühlen. Ich verspreche Ihnen, kein Zimmer wird freibleiben, wenn mein Reisebureau – als erstes und einziges in Deutschland – Pauschalreisen nach San Remo anbietet, und das nicht nur in der Wintersaison, nein, erstmals auch im Sommer.«

»So, so«, sagte Renzo. Er trat so schnell von einem Bein aufs andere, dass sein Körper einem Perpetuum mobile glich. »Sie trauen mir also nicht zu, mein Haus selbst vollzubekommen. Sie denken, ich bin auf die Hilfe eines Deutschen angewiesen.«

Mit eisiger Stimme spuckte er dieses Wort aus – sich offenbar an eisige Zeiten im Gletscher besinnend und dass damals auch die Deutschen der Feind gewesen waren.

Paola hörte darüber hinweg. »Die Villa Barbera erscheint mir in ähnlichem Zustand wie dieser Golfplatz zu sein. Er bietet eine wunderbare Aussicht und beste Voraussetzungen für ein vergnügliches Spiel, aber der Rasen müsste gesprengt und gepflegt werden, die Schweine verjagt und davon abgehalten zurückzukehren, manch ein Loch, wo es nicht sein sollte, gestopft.«

»Und es gilt, einen Zaun zu bauen, um alle unliebsamen Gäste abzuhalten«, fügte Arthur hinzu.

»Sie brauchen Logiergäste, die sich zu benehmen wissen, die schätzen, was ihnen geboten wird – nicht nur der Komfort des eignen Wohnzimmers, auch Annehmlichkeiten wie … einen hydraulischen Aufzug. Ich vermute, er fehlt bislang in Ihrem Haus, weil er sehr teuer ist. Wenn allerdings mein Mann … mein künftiger Mann in Ihr Hotel investieren würde, wäre dessen Einbau ebenso möglich wie der einer Zentralheizung für den Winter.«

Das Eis in Renzos Blick begann zu schmelzen, was allerdings auch dazu führte, dass Lider wie Augenbrauen heftig zuckten. »Und was genau ist die Voraussetzung für eine solche Investition?«, fragte er näselnd, weil er mit den Zeigefingern gegen die Nasenflügel tippte, als wären diese eine Klaviertaste.

»Nur, dass Sie uns ein bestimmtes Kontingent an Zimmern zu einem reduzierten Preis zur Verfügung stellen.«

»Ich verstehe«, sagte Renzo. »Sie wollen, dass ich einen Teil meines Hotels Ihnen überlasse?«

Wieder nickte Paola Arthur zu. »Das ist kein Vorschlag meinerseits, das ist mein Wetteinsatz«, erklärte der rasch. »Bringen Sie mir das Golfspielen bei. Wenn es Ihnen gelingt, den Ball zügig in ein Loch zu bringen, werde ich nie wieder ein Wort über das alles verlieren. Wenn nicht, denken Sie über mein Vorhaben nach.«

Eine Weile hielt Renzo erstaunlich still. Schließlich lachte er auf und erklärte glucksend: »Signor Estate, Sie gefallen mir.«

»Ich heiße Sommer, nicht Estate«, wehrte sich Arthur.

»*Estate* heißt Sommer in meiner Sprache, und haben Sie mir nicht eben erklärt, die Grenzen zwischen unseren Ländern würden verschwimmen?« Das Lachen verstummte, Renzos Augenlider begannen wieder zu zucken, als er den Golfschläger aufhob, sich sein Blick in die Ferne richtete, er erklärte, dass er nur drei Schläge brauche, um den Ball ganz hinten einzulochen.

Salomes Augen wurden schmal. Keinen Augenblick lang löste sie den Blick von Renzos Golfschläger, als hätte sie auf diese Weise Macht über ihn. Die ersten beiden Male gelang es Ornellas Vater, das Zittern in den Händen zu bezähmen, er traf den Ball mühelos, brachte ihn weiter an das Loch heran. Unwillkürlich tastete Salome nach Ornellas Hand, um diese zu drücken – doch anders als sie, wagte die Freundin offenbar nicht zuzusehen, gemeinsam mit ihr zu hoffen und zu bangen. Sie war verschwunden.

Flüchtig blickte sich Salome um, konnte Ornella aber nirgendwo entdecken. Sie weitersuchen wollte sie allerdings nicht – sie musste doch hartnäckig auf den Ball starren. Natürlich bewirkte ihr Blick rein gar nichts, die Distanz zwischen Ball und Loch betrug nur mehr einen knappen Meter. Es würde ein Leichtes sein, ihn mit dem dritten Schlag hineinzustoßen. Das dachte wohl auch Renzo, wie sein siegessicheres Grinsen verriet, aber ehe es noch breiter wurde, stob eines der Schweine an ihm vorbei, brachte ihn aus dem Takt. Statt des Balles traf er das Tier, und er stieß einen Fluch aus.

»Na also!«, spottete Paola. »Du hast ja doch noch das Schwein getroffen.«

»*Merda!*«, brüllte Renzo. Er lief rot an, verfolgte das Schwein, versuchte noch einmal, auf das Tier einzuschlagen. Es quiekte mehr, als dass es grunzte, als er es traf – und am Ende lachte Renzo mehr, als dass er fluchte. Er versetzte dem Ball, den er nicht rechtzeitig eingelocht hatte, einen Tritt, und etwas rüde fiel auch der Schlag auf Arthurs Schultern aus. Doch das Grinsen blieb, als er den Golfschläger fallen ließ, nunmehr wieder seinen Ohrläppchen zu Leibe rückte, erklärte: »Bevor ich Ihnen das Golfspielen beibringe, sollten wir uns erst einmal stärken, und während wir uns stärken, reden wir in aller Ruhe über Ihren Vorschlag.«

Im Klubhaus war der Tisch reichlich gedeckt. Es gab eine Suppe mit Gemüse und Sardellen, mit Kalbfleisch gefüllte Tomaten, Kaninchenbraten in Rotwein und Pinienkernen geschmort. Renzo aß hungrig, ließ allerdings zwischen jedem Bissen kurz die Gabel fallen, um am Tischtuch zu zupfen. Ein hydraulischer Aufzug wäre nur der Anfang, erklärte er. Noch wichtiger als dieser seien Lichtschalter in jedem Raum, so angebracht, dass man sie mühelos betätigen könne.

»Und eine Rohrpostanlage, mit der man die Post direkt in die Zimmer schicken kann, brauchen wir auch«, fügte er hinzu und schlug mit den Zehenspitzen unentwegt ans Tischbein. »Desgleichen Staubsauger, mit denen die Teppiche gereinigt werden.«

Arthur flüsterte Paola zu, dass seine Mutter Staubsauger gehasst hatte, aber Paola hörte darüber hinweg.

»Natürlich sollst du deinen Staubsauger haben.«

»Und jedes Zimmer wird mit einem Privatbad ausgestattet. Zum Empfang erhalten die Logiergäste ein Stück Seife.«

Sie waren schon beim Dessert angelangt – es gab *castagnaccio* – Kastanienkuchen –, als die Diskussion darüber entbrannte, wonach die Seife duften sollte, ob nach Rosen, Lavendel, Sandelholz oder Orangen.

Salome lauschte ein wenig angespannt, fragte sich, warum die Rede immer noch nicht aufs Geld gekommen war. Daran würde eine Zusammenarbeit gewiss eher scheitern als am richtigen Seifenduft. Auch Ornella, die zuvor verschwunden, rechtzeitig zum Mahl aber an den Tisch gehuscht war, wirkte nachdenklich. Ihr Blick war starr auf den Kuchen gerichtet, doch sie nahm keinen Bissen. Schon von den vorangegangenen Speisen hatte sie kaum gekostet.

»Wohin bist du denn vorhin verschwunden?«, fragte Salome.

»Ich musste doch das Schwein suchen.«

»Hast du etwa dafür gesorgt, dass es zurück zum Golfplatz rennt und den Sieg deines Vaters vereitelt?«

Ornella grinste verstohlen, ehe sie beichtete, dass sie es ins Hinterbein gezwickt habe. »Ich hatte schreckliche Angst vor dem Schwein, aber … Aber ich musste es doch tun.«

Unwillkürlich legte Salome ihren Arm um sie und zog sie an sich. »Oh, du Tapfere.«

Ornella erbebte. »Ich bin überhaupt nicht tapfer«, sagte sie leise. »Vielleicht konnte ich die Angst bezwingen, das Schwein zu kneifen. Aber ich habe immer noch schreckliche Angst, dich nicht wiederzusehen.«

»Rede keinen Unsinn! Natürlich sehen wir uns wieder!«

Renzo und Arthur stießen eben mit Grappa an, offenbar hatten sie sich auf den Seifenduft geeinigt.

»Probier endlich den Kuchen«, sagte Salome. »Wenn du nicht

genug isst, wirst du abmagern, und nächsten Sommer werde ich dich nicht wiedererkennen.«

Als Ornella weiterhin keine Anstalten machte, einen Bissen zu nehmen, spießte Salome ein großes Stück Kuchen auf eine Gabel und führte es an Ornellas Mund. Die presste die Lippen ganz fest zusammen und schüttelte vehement den Kopf. »Ich will nicht noch dicker werden, ich will auch keine Jungenkleidung mehr tragen, ich will mein Haar wachsen lassen. Ich … Ich will so aussehen wie du.«

»Dann sag Rosa doch einfach, dass du selbst entscheidest, was du trägst und isst – und deinem Vater ebenso.«

Aus ihrem Mund klang das problemlos, doch sie ahnte, welche Überwindung es Ornella kosten würde. Gut möglich, dass sie es nicht schaffen würde. Immerhin erklärte sie nun: »Vielleicht probiere ich doch noch einen Bissen.«

Sie öffnete den Mund und ließ sich von Salome füttern, während Arthur und Renzo nun endlich über die Finanzen sprachen und diesbezüglich eine Vereinbarung trafen.

1923–1929

Fünftes Kapitel

Sobald er nach Frankfurt zurückkehrte, nahm Arthur einen Kredit auf, begann Pauschalreisen zu planen und setzte auch das lang gehegte Vorhaben um, eine Verkehrszeitung herauszugeben, nur, dass sie nicht wie geplant *Sommers Verkehrszeitung* hieß, sondern *Reisebureau Sommer – Reisen im Sommer*. Er fand dieses Wortspiel so genial, dass er es gern auch unter dem Geschäftsschild vor dem Laden angebracht hätte. Herr Theodor hielt ihn davon ab. Wohllöblich sei zwar sein Trachten, Aufmerksamkeit auf das Bureau zu ziehen, aber letztlich halte er diese Idee für Schnurrpfeiferei: Es fehle nämlich schlichtweg der Platz.

Herr Theodor war überdies der Meinung, dass der Kredit, den Arthur bei Bankier Frohmann aufnahm, zu hoch war. Doch in dieser Sache ließ sich Arthur nicht beirren – und er tat gut daran. Noch während die Villa Barbera renoviert wurde, warb er mit Anzeigen in sämtlichen großen hessischen Zeitungen für seine Pauschalreisen im kommenden Sommer, und bald waren sie sämtlich ausgebucht – nicht zuletzt, weil er das Versprechen gab, seine Kunden in Italien nicht sich selbst zu überlassen. Er plante, zu Beginn der Sommerferien mit den ersten Reisenden hin-, mit den Letzten zurückzufahren und vor Ort eine Filiale seines Reisebureaus einzurichten, um zumindest in der Hauptsaison der Ansprechpartner vor Ort zu sein.

Das Reisebureau Sommer lebte fortan vom Sommer. Salome lebte in den Jahren, die der ersten Reise ans Meer folgten, *für* den

Sommer. Sobald es Frühling wurde, setzte sie sich nach der Schule vors Fenster im Mansardenzimmer und ließ sich von der Sonne bescheinen – nur mit jenen Papierschablonen in der Form eines Badetrikots bedeckt, die der Zeitschrift *Illustrierte Dame* jüngst beigeheftet gewesen waren. Diese legte man sich auf Schultern und Dekolleté zu dem Zweck, eifersüchtigen Freundinnen vorzumachen, dass man genug Zeit hatte, in der Sonne zu liegen. Zunächst war die Sonne zu schwach, um sichtbare Spuren zu hinterlassen. Doch wenn sich die Haut unter der Schablone weiß wie Zitroneneis von der übrigen abhob, wusste sie, dass die Sommerferien an der Elisabethschule, die sie seit 1924 besuchte, bevorstanden, und am Abend des letzten Schultages würden sie den Zug an die Riviera besteigen.

Die Koffer für die Reise packte Salome – nahezu schwindlig vor lauter Vorfreude und Glück – schon Tage zuvor, wobei es ihr nie wichtig war, schöne Kleider mitzunehmen, nur möglichst viele Badesachen. Die Liste der empfohlenen Mitbringsel, die in der Informationsbroschüre des Reisebureaus Sommer genannt wurden, war deutlich länger. Zum Sonnenhut wurde geraten, zumal die Sonnenstrahlen von San Remo eine überdurchschnittliche Bronzierungskraft besäßen, außerdem zu Bananen- und Kokosöl und schließlich zu Handtüchern, die besser aus Leinen als aus Damast bestünden.

Dass Sonnenbaden *en vogue* war, musste nicht eigens erwähnt werden, das hatte sich längst in Frankfurt herumgesprochen. Nur einmal monierte eine der Reiseteilnehmerinnen, mit denen sie in den Süden aufbrachen, dass sie keine Lust habe, zum Hähnchen zu werden, das über dem Rost gegrillt wurde. In ihrem Gepäck befand sich ein durchsichtiger Zellophanmantel, der auf der nackten Haut getragen wurde und mit dessen Hilfe sich die noble Blässe bewahren ließ, ohne zugleich die weiblichen Reize zu verstecken. Schließlich, so schloss die Dame, müsse man nicht sämtliche republikanische Sitten übernehmen. Ihr Mann ließ sie reden, meinte danach aber lapidar: »Oh, ich wäre lieber ein Brathähnchen als eine Schokoladentorte, deren Glasur schmilzt – und genau das wird unweigerlich mit deinem Zellophanmantel passieren.«

Andere waren durchaus gewillt, sich zu bräunen, schließlich wollten sie der berühmten Modeschöpferin Coco Chanel nacheifern, die als eine der Ersten der noblen Blässe abgeschworen hatte. Doch wie diese verkündeten sie, niemals ihre Seidenhandschuhe auszuziehen.

Was in der Informationsbroschüre nicht erwähnt wurde, war eine Schachtel mit einzelnen, in Aloe getränkten Blättern, und doch ließ es sich ein Reisender nicht nehmen, eine solche gleich zu Beginn der Hinfahrt auszupacken.

»Ich verlasse mich doch nicht darauf, dass es in Italien Toilettenpapier gibt«, tönte er durch den Waggon.

»Ich kann Ihnen versichern, dass es daran keinen Mangel gibt«, erklärte Paola schnell, doch die Debatte war schon entfacht.

Ob die Italiener – ohnehin schon für ihre Treulosigkeit, Oberflächlichkeit und Eitelkeit bekannt – überhaupt so etwas wie öffentliche »Bedürfnisanstalten« kannten, fragte eine Dame.

»Und selbst wenn«, wollte ihr Ehemann wissen, »gibt es dort echte Wasserklosetts, nicht etwa nur Löcher?«

Der Herr mit dem Aloepapier nickte grimmig. »Gut möglich, dass neben diesen Löchern ein Eimer mit Erde steht, die man hinterher eigenhändig hineinschaufeln muss.«

»Und kann es sein«, fragte ein weiterer Reisender, dessen Monokel so kreisrund wie ein Loch war, »dass die Italiener vor den Deutschen die Schaufeln verstecken, um ihnen eins auszuwischen?«

Paola und Arthur hatten alle Mühe, die Reisenden zu beschwichtigen und schworen hoch und heilig, dass Wasserklosetts in Italien durchaus verbreitet waren. Um die Klosettpapierdebatte jedoch künftig zu vermeiden, packte Paola im nächsten Jahr zwar keine Pappschachtel mit parfümierten Tüchern, jedoch mehrere Rollen ein, die seit Kurzem von der Toilettenpapierfabrik Hakle produziert wurden und die jeweils tausend Blatt umfassten.

Nicht nur während der Fahrt galt es den Gerüchten vorzubeugen, die Italiener wären ungewaschene Barbaren. Wenn sie in der Villa Barbera ankamen, wartete dort stets Renzo, begrüßte Paola mit einem schmatzenden Handkuss, während er Arthur und Salome ignorierte, wandte sich dann aber den Reisenden zu, um sie nicht nur höchstpersönlich willkommen zu heißen, sondern ihnen, wie er es sich vorgenommen hatte, ein Stück Seife zu überreichen. Im ersten Jahr war sie noch würfelförmig, im zweiten rund und rosig, im dritten ein Wesen mit Flügeln – ob Taube oder Engel, ließ sich nicht genau erkennen. Gleiche Flügel zierten die elektrischen Wanduhren, die in jedem Zimmer hingen – der letzte Schrei und eine der Investitionen, die sich Renzo nach dem ersten Sommer mit ausgebuchtem Hotel mühelos leisten konnte. Zu weiteren Neuerungen zählten ein überdachter Swimmingpool im Garten und eine Sonnenterrasse, auf der die Freiluftliebhaber unter den Gästen manchmal sogar schliefen. Eine eher preiswerte, wenngleich recht außergewöhnliche Anschaffung war das Thermometer, das auf besagter Sonnenterrasse hing. Dabei handelte es sich um die Nachahmung eines Temperaturmessers, mit dessen Entwicklung die Stadt Nizza einst Gustave Eiffel beauftragt hatte. Es zeigte übertrieben hohe Temperaturen an, manchmal weit über vierzig Grad, sodass sich jeder Gast sicher sein durfte, es hier wärmer als bei sich zu Hause zu haben.

Salome und Ornella war es egal, wie heiß es war. Während die Gäste ihre Zimmer bezogen, dort Matratzen wie Toilettenspülung überprüften oder sich des Blickes aufs Meer erfreuten, fielen sie sich überglücklich in die Arme, schlüpften danach blitzschnell in ihre Badetrikots und stürzten sich wenig später ins Meer, wo sie prustend und johlend mit dem Kopf untertauchten.

Dies war der Auftakt eines langen, unbeschwerten Sommers, in dem die Stunden nicht mühsam hinter sich gebracht werden mussten, sondern in der warmen Sonne schmolzen wie das Schokoladeneis, das sie gierig aßen und sich hinterher von den Fingern leckten.

Sie badeten im Meer oder im öffentlichen Schwimmbad, bauten Sandburgen und liefen durch die verwinkelte Altstadt. Sie saßen im Schatten von Palmen, ließen sich von Droschken die breiten Alleen entlangkutschieren und bestaunten die Abendroben der Damen in den Grandhotels. Sie rochen an den vielen Rosen, Narzissen und Orangenblüten, die auf dem Mercato dei Fiori, dem ortsansässigen Blumenmarkt, feilgeboten wurden, und flochten sich später Kränze aus dem Strandflieder, der zwischen Felsen am Meer wuchs. Sie machten sich auf dem Fischmarkt über die absonderlichen Meeresbewohner mit langen Fühlern und Fangarmen lustig und stibitzten Oliven aus den Gärten der Stadt, um hinterher die Kerne möglichst weit zu spucken. Sie zahlten es Gedeone und Agapito heim, wenn die ihnen wieder mal Streiche spielten, was sie zum Glück mit zunehmendem Alter immer seltener taten, ließen sich von Rosa bekochen, jedoch nicht mehr von ihr das Haar mit Olivenöl waschen. Stattdessen kämmten sie sich gegenseitig, saßen später auf der Terrasse und schlugen Mücken tot, machten Pläne für den nächsten Tag oder brachten sich gegenseitig Volkslieder bei. Nicht nur dass Salome deren Strophen bald allesamt auswendig kannte – mit der Zeit lernte sie fließend Italienisch zu sprechen und redete mit Ornella kaum mehr Deutsch.

Die ganzen Ferien über waren beide glücklich, sorglos und frei und sich ihrer Schwesternschaft gewiss.

»Was ... Was wünschst du dir vom Leben am meisten?«, fragte Ornella jedes Mal, wenn sich der Sommer langsam dem Ende zuneigte.

Und jedes Mal erwiderte Salome bedrückt: »Dass der Sommer niemals endet.«

Ornellas Blick wurde erst gedankenschwer, dann traurig. »Aber irgendwann wird sein letzter Tag gekommen sein.«

Salome trotzte dem Schmerz, jenem Gefühl von grauer Leere, die sie in Frankfurt erwartete. »Aber irgendwann beginnt ein neuer Sommer, und der wird dann genauso schön sein wie der letzte.«

Ja, ein Sommer glich dem anderen. Doch im Jahr 1929 – Salome war gerade fünfzehn Jahre alt, und es war ihr sechster Sommer seit ihrer ersten Reise ans Meer – hatte sich etwas verändert. Zum ersten Mal erwartete Ornella sie bereits am Bahnhof, und an ihrer Seite stand Agapito. Und bevor Salome auf die Freundin zutreten konnte, schlang der bereits grinsend die Arme um sie.

»Salome! Wie schön, dass du wieder hier bist!«

Salome hatte keine Ahnung, warum er sich derart über das Wiedersehen freute, hatten sich Agapito und Gedeone im Jahr zuvor doch meist von ihnen ferngehalten. Gedeone, mittlerweile knapp zwanzig Jahre alt, war schon damals einen ganzen Kopf größer als Renzo gewesen, während das Wachstum seines um ein Jahr jüngeren Bruders immer noch zu wünschen übrig ließ. Agapito versuchte die fehlende Stattlichkeit offensichtlich mit einem Schnurrbart wettzumachen, doch leider wuchs der ähnlich zögerlich wie der Rest des Körpers, er bestand aus kaum mehr als ein paar Flusen. Die kitzelten Salome schrecklich, als er sie nun an sich presste, und hastig machte sie sich wieder frei, wandte sich Ornella zu.

»Was ist denn in ihn gefahren?«, raunte sie ihr zu.

Ornella grinste zwar, doch in ihrem Blick stand leiser Ärger über Agapitos Anmaßung. »Er hat dich nun mal sehr vermisst.«

»Warum das denn?«

»Hast du nie bemerkt, wie sehr Agapito dich mag?«

Eigentlich hatte sie nur gemerkt, dass Agapito im vergangenen Jahr lediglich lauthals gelacht hatte, wenn sie sich für die Streiche gerächt hatten. Hastig hakte sie sich bei Ornella unter, zog sie mit sich, um einer neuerlichen Umarmung zu entgehen, bemerkte nun erst, dass diese eine neue Frisur trug – einen modernen Bubikopf.

»Du ... Du siehst fremd aus.«

»Auch hübsch?«, fragte Ornella besorgt.

Ornella war nicht gerade zur Schönheit erblüht. Seit ihrer Kindheit hatte sie zwar abgenommen, allerdings nur an der oberen Körperhälfte. Wie eine Sanduhr sehe sie aus, spottete sie manchmal, allerdings eine, deren untere Hälfte nicht mit Sand, sondern mit Kieselsteinen gefüllt war. Hinzu kam, dass ihre Haut nach dem Sonnen nie den dunklen Olivton annahm wie die von Salome, sich lediglich rötete, und die Zähne hatten sich wegen all des Zuckers, mit dem Rosa sie gemästet hatte, bräunlich verfärbt. Seinerzeit hatte sie tatsächlich durchgesetzt, sich das Haar wachsen zu lassen, doch anders als Salome, die dichte rotbraune Locken hatte, wuchsen ihr nur spärliche Strähnen.

»Für mich bist du doch immer hübsch«, sagte Salome trotzdem, und für sie war das Thema damit erledigt, sie wollte so schnell wie möglich schwimmen gehen.

Als sie am nächsten Morgen beim Frühstück saßen und sich gegenseitig Artikel vorlasen, wie sie es oft taten, stießen sie auf einen Bericht über die neue Miss Sonnenbräune, die kürzlich in Cannes gekürt worden war.

»Wie schön sie ist«, sagte Ornella mit halb sehnsuchtsvollem, halb neidvollem Unterton. »Sie stammt aus Brasilien.«

»Pah!«, schaltete sich Rosa ein, die dafür gesorgt hatte, dass der Frühstückstisch überreich mit Biskuits und mit Puddingcreme gefüllten oder Puderzucker bestäubten *cornetti* gedeckt war. »Brasilianer sind doch halbe Affen. Sie besitzen zwar nicht mehr deren Fell, aber die dunkle gegerbte Haut. Dass so eine an diesem Wettbewerb teilnimmt, ist unfair!« Sie schüttelte entrüstet den Kopf, bemerkte dann aber, dass Ornella nichts dergleichen tat, sondern nachdenklich auf das Foto der Miss Sonnenbräune starrte. »Versprich mir, niemals an so einem Unsinn teilzunehmen«, mahnte sie sie eindringlich.

»Natürlich würde ich nie an einem solchen Wettbewerb teilnehmen«, sagte Ornella, »dafür bin ich schließlich nicht hübsch genug.«

Rosa gab nur ein unwilliges Brummen von sich, schaufelte mehrere Löffel Zucker in Ornellas Milchkaffee und merkte nicht, dass Ornella die Tasse zurückschob, weil sie nicht noch mehr Polster an den Hüften tragen wollte.

»Warum fängst du denn schon wieder damit an?«, rief Salome dagegen ungeduldig. »Hübsch, nicht so hübsch ... Wer kann das schon bestimmen? Und ist es nicht egal? Du bist meine *sorella* und ...«

Rosa gab wieder ein Brummen von sich, rührte den Kaffee um. »Gib dir keine Mühe. Ornella will seit Kurzem nicht nur dir gefallen.«

Salome blickte die Freundin verwundert an, aber die zog nun

doch schnell die Tasse Milchkaffee an sich, beugte sich darüber, sodass Salome nicht in ihrer Miene lesen konnte.

Für gewöhnlich sprachen die beiden kaum über die Zeit, die sie getrennt voneinander verbrachten, doch nun ahnte Salome, dass im vergangenen Jahr irgendetwas vorgefallen sein musste.

»Wem denn noch?«, fragte sie gedehnt und hoffte, dass der amüsierte Tonfall den irritierten, der sich in die Stimme schlich, übertönte.

Obwohl Ornella ihren Milchkaffee schlürfte, entging Salome nicht, dass sich ihre Wangen verfärbten, nicht glühend rot wie in der Sonne, eher rosig. Der Stachel der Eifersucht, wie sie ihn nicht mehr gefühlt hatte, seit Paola ihr seinerzeit Arthur vorgezogen hatte, bohrte sich irgendwo zwischen Brust und Bauch in ihren Körper, und das so tief, dass sie nicht mit gutem Appetit in ihr *cornetto* beißen konnte.

»Nun sag schon«, drängte sie.

Ornella ging nicht darauf ein. »Schau mal, wie viele Perlenketten die Miss Sonnenbräune trägt«, murmelte sie und deutete auf das Foto in der Zeitung. »Es heißt, Perlen seien der einzige Schmuck, der zu nackter gebräunter Haut passen würde.«

Salome runzelte die Stirn, sie stellte es sich schrecklich unpraktisch vor, während des Badens Perlenketten zu tragen. Jedenfalls war der Augenblick verpasst nachzubohren. Wenig später erhoben sie sich, um zum Meer zu gehen, und beim Anblick der glitzernden Fluten vergaß sie, was sie beim Frühstück bedrückt hatte.

Erst ein paar Tage später erinnerte sich Salome wieder an Rosas Andeutungen. Ungewohnt stur pochte Ornella darauf, dass sie an diesem Tag nicht zum Strand von San Remo gehen sollten, auch nicht die Markthallen besuchen, wo sich der jeweils ganz eigene

Singsang der Kartoffel-, Bohnen- und Orangenhändler mit den werbenden Rufen von Makrelen- und Seezungenverkäufern zu einem einzigartigen Chor vermengten, sondern lieber einen Ausflug machen.

»Wohin willst du bloß?«, rief Salome. »Etwa wieder zu jenem Steinstrand an der französischen Grenze oder nach Bordighera, wo wir uns letzten Sommer die Fußsohlen aufgeschrammt haben?«

»Keine Angst«, sagte Ornella, »wir werden an einem Sandstrand baden.«

»Und der befindet sich wo?«

»An einem Ort, wo Agapito dich nicht ständig anschmachtet. Gib zu, er ist dir lästig.«

Eigentlich war Salome Ornellas Halbbruder gar nicht weiter aufgefallen. Wenn sie es recht bedachte, war Agapito zwar in den letzten Tagen immer zufällig dort aufgetaucht, wo sie sich gerade befanden, aber solange er sie dabei nur angrinste, nicht wieder so stürmisch umarmte wie bei der Ankunft am Bahnhof, war ihr das gleich.

»Agapito stört mich nicht«, erklärte sie.

»Aber Gedeone stört es, dass du ihm gefällst.«

»Was wiederum Gedeones Problem ist, nicht meines.«

»Ach, wir wollen das alles für einen Tag hinter uns lassen! Nun komm schon, sag ja.«

Am Ende nickte Salome, und sei es nur, weil sie von Ornellas Sturheit befremdet war.

Wenig später bestiegen sie den Küstenzug, fuhren über Ventimiglia und Menton nach Monte Carlo, das nicht nur seine Bekanntheit dem Spielcasino verdankte, auch sein Überleben. Noch vor einem knappen Jahrhundert war Monaco der ärmste Staat Europas gewesen, von dessen steinigem Boden sich die längst geschrumpfte Bevölkerung kaum ernähren konnte. Doch aus der kargen Einöde war ein schillerndes Paradies geworden, seit das Fürstentum die Konzession für eine Spielbank erworben hatte – just zu der Zeit, da an sämtlichen anderen Orten der Riviera das Glücksspiel verboten worden war.

»Warum Monte Carlo?«, fragte Salome, als sie ausstiegen. »Ich dachte, die Menschen kämen zum Glücksspiel hierher, nicht zum Baden.«

»Das Glücksspiel hat das Fürstentum so reich gemacht, dass es sich leisten kann, nicht nur mehrstöckige Häuser zu errichten, sondern auch … einen Strand anzulegen.«

Tatsächlich sah Salome das wenig später mit eigenen Augen. Man hatte an einem felsigen Stück der Küste mehrere Tonnen Sand auf einer Gummiplane ausgeschüttet.

»Und der Sand wird nicht weggespült?«, fragte sie erstaunt.

»Ich glaube schon, aber auf der Gummiplane zu gehen ist immer noch angenehmer als auf dem harten Stein.«

Ornella machte allerdings keine Anstalten, das auszuprobieren. Anstatt wie Salome in Richtung Wasser zu stürmen, blieb sie auf ihrem Badetuch sitzen, starrte auch nicht in Richtung Meer, noch nicht einmal auf den Sand. Salome ging zu ihr zurück.

Was fesselte Ornellas Aufmerksamkeit bloß derart? Etwa die Sonnenhungrigen, die nicht am Strand, sondern auf der Terrasse des benachbarten Restaurants lagen, wo gerüchteweise nur rohes Gemüse angeboten wurde? Aber nein, Ornella starrte auf eines der weißen Zelte gleich daneben, die man am Strand aufgestellt hatte und die die Badenden mieten konnten, um sich umzuziehen oder um zwischendurch Zuflucht vor der heißen Sonne zu finden.

»Warum kommst du denn nicht mit ins Wasser?«, rief Salome, doch Ornella schien sie gar nicht zu hören. Salome nahm eine

Handvoll Sand, ließ ihn auf Ornellas Beine rieseln, sie zuckte noch nicht einmal zusammen. »Ornella!«, rief sie eindringlich, erntete wieder keine Reaktion. Salome ließ sich auf die Knie fallen. »Sag, bist du taub geworden?«

Blind war sie jedenfalls nicht. Ihr Blick, das erkannte Salome nun, wurde nicht von einem der weißen Zelte gefesselt, sondern von den drei Paar Beinen, die dort, wo man eine der Zeltplanen hochgerollt hatte, aus diesem herausragten. Die Füße des ersten Paares steckten in festen Socken, wie sie viele, insbesondere ältere Männer, am Strand trugen, und zwischen diese geklemmt war ein Spazierstock. Die deutlich kleineren Füße daneben trugen nicht nur Strümpfe, sondern obendrein Damenschuhe, so winzig diese, dass es nicht sicher war, ob die Trägerin tatsächlich eine Dame oder ein kleines Mädchen war. Ob auch die Füße daneben in Socken steckten, ließ sich nicht erkennen – zu lang war die schwarze Hose, in der die dazugehörenden Beine steckten.

»Gehen die Menschen von Monte Carlo etwa vollständig bekleidet ins Wasser?«, fragte Salome. Ornella antwortete nicht, warum auch.

Wenn man sich umblickte, wurde offensichtlich, dass alle Männer wie Fischer herumliefen, die Hosen bis zu den Knien aufgekrempelt. Die Frauen gingen selbst ins Restaurant im Kaftan, und die besonders mutigen trugen anstelle eines Badetrikots ein zweiteiliges Kleidungsstück, das den Bauch freiließ, Bikini hieß und ein skandalöses Kleidungsstück war, für das man in Amerika sogar mit Gefängnis bestraft wurde.

Die Familie unter dem Zelt stammte allerdings nicht aus Amerika, wie Ornella nun verriet, noch nicht einmal aus Monte Carlo.

»Das sind die Aubrys aus Menton«, sagte sie nahezu ehrfurchtsvoll.

Salome konnte sich nicht erinnern, diesen Namen je gehört zu haben. Durch Menton, jener Stadt nahe der Grenze, von der die Italiener behaupteten, sie gehörte eigentlich zu ihrem Land, war sie bislang nur mit dem Zug gefahren.

»Maxime Aubry ist der reichste Mann von Menton«, fuhr Ornella fort, »er besitzt eine Bank, einige Wein- und Parfumgeschäfte und gleich mehrere Hotels. Er verbringt viel Zeit im Casino von Monte Carlo, um seinen Reichtum noch zu vermehren. Selbst wenn er hohe Summen verliert, kann er das leicht verschmerzen. Es fühlt sich wohl an, als würde man nur einen Fingernagel abschneiden – das spürt man schließlich auch nicht.«

Salome spürte durchaus etwas – wie sich nämlich wieder ein Stachel in ihre Brust bohrte.

»Seit wann interessiert dich Reichtum?«

»Hélène Aubry, Maximes Frau, ist eine große Wohltäterin. Ich glaube, sie stammt aus einer alten französischen Adelsfamilie.«

»Seit wann interessiert dich Adel?«

Ornellas Blick löste sich nicht vom Zelt, und plötzlich fühlte Salome, dass sie nicht wegen der Füße in den Socken, zwischen denen der Stock klemmte, dorthin starrte, auch nicht wegen der Füße, die in winzigen Damenschuhen steckten. Was Ornella so fesselte, waren die dunklen Hosen … oder vielmehr die langen, dünnen Beine des jungen Mannes darin. Zumindest hätte Salome schwören können, dass der Mann noch jung war.

»Woher kennst du ihn?«, fragte sie mit einem Mal tief verstört, anstatt schlichtweg nach seinem Namen zu fragen. Sie wollte ihn gar nicht wissen. Sie wollte auch nicht, dass Ornellas Schweigen, ansonsten immer so tief, dass man nie sicher sein konnte, was auf seinem Grunde schlummerte, heute schlammigen Bodensatz hochspülte. »Woher kennst du ihn?«, wiederholte sie eine Spur lauter.

»Maxime Aubry war bei einem Autorennen in San Remo am Start. Da alle Grandhotels ausgebucht waren, hat Félix mit seinen Eltern eine Nacht in der Villa Barbera verbracht.«

Félix.

So schlicht und schön der Name war – Salome vermeinte jäh, sie würde sich die Zunge brechen, wenn sie ihn wiederholte. Also tat sie so, als hätte sie den Namen nicht richtig verstanden, überlegte, ob sie einen anderen kannte, in dem ein X vorkam. Den einzigen, der ihr einfiel, hatte sie im Lateinunterricht gehört. »Und welchen Streich haben Gedeone und Agapito Astyanax gespielt, als er mit seinen Eltern in San Remo weilte?«, fragte sie gedehnt. »Ich kann mir jedenfalls nicht vorstellen, dass sie sich über einen Mann, der mit Hosen am Strand sitzt, nicht lustig gemacht haben.«

Endlich löste Ornella ihren Blick vom Zelt, wandte sich ihr zu, sichtlich überrascht über die Bitterkeit in ihrem Tonfall. Salome war ja selbst überrascht. Diese Bitterkeit war so alt, wucherte gemeinsam mit schmerzlichen Erinnerungen an den Tag, da Paola nur mehr Augen für ihren Vater gehabt hatte, schon so lange in den Ritzen ihrer Seele.

»Bist du mir etwa böse?«, fragte Ornella verstört.

»Warum sollte ich? Ich bin doch deine *sorella*.«

»Und das wirst du auch immer sein, niemand wird mir je so nahestehen wie du. Aber … dennoch werde ich irgendwann einen *marito* haben müssen …«

Es war eines der wenigen Worte, die Salome nicht kannte, aber sie konnte sich denken, was damit gemeint war.

Immerhin ließ sich dieses Wort leichter aussprechen als der Name Félix.

»Warum musst du denn einen *marito* haben?«, entfuhr es ihr.

»Nun, ich muss es nicht … aber ich will es … Ich will ja auch irgendwann Kinder haben und sie nicht im Stich lassen, so wie meine Mutter mich im Stich gelassen hat.«

Sachter Schmerz sprach aus ihren Worten, ein Echo von jenem, der Salome manchmal quälte, weil sie ihre Mutter nie gekannt hatte. Doch dieses Gefühl war zu leise, gemessen an ihrer Empörung. »Und diesen Astyanax hast du dir als Vater deiner Kinder auserkoren?«, rief sie.

»Ach, Salome, ich bin doch viel zu jung, um an so etwas zu denken. Es ist nur so … Félix ist … ist anders …«

»Anders als wer? Als dein Vater?«

»Ja.«

»Als Gedeone und Agapito?«

»Genau.«

»Nur weil sich jemand von den Männern deiner Familie unterscheidet, ist er noch lange nicht … interessant.«

»Es heißt, er will Schriftsteller werden. Ich habe ihn beobachtet, wie er bei uns im Garten saß und … in ein Notizbüchlein schrieb.«

»Na und? Ich kann mich nicht daran erinnern, dass du je ein Buch gelesen hast.«

Ornella zuckte die Schultern. »Er wirkte so entschlossen. Er ist erst achtzehn, nur zwei Jahre älter als ich, und scheint dennoch schon genau zu wissen, was er vom Leben will. Ich dagegen … ich weiß es nicht. Seit letztem Jahr gehe ich ja nicht mehr zur Schule, weil Vater findet, dass ich dort genug gelernt habe. Wenn du nicht da bist, weiß ich mir gar nicht so recht die Zeit zu vertreiben. Dann und wann helfe ich Rosa beim Kochen, aber Freude macht mir das nicht …«

Salome ging auf, dass sie kaum je über die Zeit redeten, die sie getrennt voneinander verbrachten. Auch, dass sie sich selbst nie gefragt hatte, was sie vom Leben eigentlich wollte. Solange sie den Sommer am Meer und mit einer Schwester verbringen konnte, war sie zufrieden. Weder über einen *marito* noch über Kinder hatte sie sich jemals Gedanken gemacht, auch nicht über eine Zukunft jenseits des nächsten Sommers – und dass Ornella es tat, erschien ihr kurz wie ein Verrat. Gewiss, das war ein zu großes, zu hartes Wort für das winzige Vergehen, dass die Freundin ihr nicht sofort ins Wasser gefolgt war. Dass sie nun zaudernd hinzufügte: »Ich ... Ich habe damals nicht gewagt, ihn anzusprechen. Ich war nicht mutig genug. Aber ich dachte, dass vielleicht du ... du ...«

»Dass ich was mache?«, entfuhr es Salome. »Dass ich in das Zelt trete ... in den Schatten? Warum sollte ich? Ich bin hierhergekommen, um in der Sonne zu liegen. Oder um zu schwimmen. Ganz sicher nicht, um mit einem Astyanax zu plaudern.«

Ihr entging nicht, dass Ornella kaum merklich zusammenzuckte, und obwohl ihr die rüden Worte darum augenblicklich leidtaten – sie brachte es nicht über sich, sie zurückzunehmen. Stattdessen wandte sie sich ab, lief erneut in Richtung Meer, war alsbald bis zu den Hüften eingetaucht, und diesmal blieb Ornella nicht sitzen, sie folgte ihr.

Salome war noch nicht bis zum Hals in die Fluten eingetaucht, als sie plötzlich eine glitschige Plastikplane fühlte, von der das Meer dort, wo sie ins Wasser ragte, den Sand gespült hatte. »Ich habe mir ja gleich gedacht, dass das nicht funktionieren kann«, rief sie. »Versprich mir, nie wieder zum Schwimmen hierherzukommen. Als ob Monte Carlo mehr zu bieten hätte als eine Glücksbank.«

Ornella seufzte nur, tauchte unter Wasser, machte ein paar halbherzige Züge. Nun war es Salome, die sich unwillkürlich zum Zelt umdrehte. Vom Meer aus konnte man hineinsehen, aber ein Schatten fiel auf die Oberkörper der Aubrys, sodass sie weiterhin nur ihre Beine erkennen konnte, nicht auch ihre Gesichter.

Sechstes Kapitel

An diesem Tag sprachen sie nicht mehr über das, was geschehen war. Am nächsten Morgen erklärte Ornella allerdings unvermittelt, sie habe herausgefunden, wer Astyanax sei, dessen Namen Salome beharrlich anstelle von Félix' ausgesprochen hatte. Kein Heiliger, wie sie zunächst vermutet hatte, sondern der Sohn vom Halbgott Achilles, den man noch als Kind von einem Turm gestoßen hatte, damit er den Tod seines Vaters nicht rächen konnte. Salome war erstaunt. Ornella hatte nur die fünf Klassen der *scuola elementare* besucht, weil Renzo der Meinung war, dass einem Mädchen mehr Bildung nicht gut bekomme.

»Woher weißt du das?«, fragte sie.

»In der Gästebibliothek steht ein Lexikon.«

»Seit wann blätterst du in Lexika?«, entfuhr es ihr, und als Ornella den Kopf senkte, stieg neuerlich Bitterkeit hoch.

Richtig, Ornella interessierte sich neuerdings für Bücher, weil Félix Aubry Schriftsteller werden wollte. Salome hingegen wollte seinen Namen nicht mal denken, ärgerte sich, dass sie ihn nicht aus dem Gedächtnis bekam, während Ornella Pläne für den Tag machte, vorschlug, dass sie wie so oft zum Strand gehen sollten. Selbst als Ornella hochging, um ihre Badesachen zu holen, und Salome auf der Treppe des Hotels auf sie wartete, echote er in ihrem Kopf.

Plötzlich aber wurde der Name von einem anderen Geräusch übertönt – dem lauten Röhren eines Cabrios, das sich seit letztem

Sommer im Besitz der Barberas befand und mit dem Gedeone und Agapito nun vorgefahren kamen.

»Kommst du mit uns?«, rief Agapito ihr vom Beifahrersitz aus zu.

»Wo soll sie denn sitzen?«, fragte Gedeone unwirsch. »Es gibt nur zwei Plätze.«

Er presste seine ohnehin schmalen Lippen zusammen, als Agapito – in Gedeones Augen wohl weniger sein Bruder als vielmehr sein Schatten, der sämtliche seiner Regungen nachzuahmen hatte – Salome auch noch ein Lächeln zuwarf. Dieses Lächeln, schüchtern und erwartungsvoll zugleich, nahm Salome nicht zum ersten Mal an ihm wahr, doch bislang hatte sie es kaum je erwidert.

Nun fühlte sie sich davon geschmeichelt, dass Agapito sich nicht damit begnügte, sondern erklärte: »Wenn wir beide die Luft anhalten, hat sie neben mir schon Platz.« Und ehe Gedeone etwas einwenden konnte, fügte er hinzu: »Es wäre doch so schön, wenn Salome mit uns käme. Sie kann uns schieben helfen, wenn der Wagen wieder einmal den Geist aufgibt.«

»Das Mädchen hat doch keine Kraft«, hielt Gedeone ihm grimmig entgegen.

»Ach, mit euch halte ich notfalls locker mit!«, rief Salome – mehr von Trotz denn echter Lust getrieben, sie auf ihrem Ausflug zu begleiten.

»Wetten, dass du dich nie traust, bei dem mitzumachen, was wir heute vorhaben?«, entgegnete Gedeone.

Salome trat zum Wagen. »Was immer es ist – natürlich werde ich mich trauen.«

Agapito grinste. »Wenn Salome es wagt, darf ich beim nächsten Ausflug das Automobil fahren, ja?«

Gedeones Lippen blieben schmal, aber er nickte unwillig, und

Salome kletterte kurz entschlossen in den Wagen, beglückt, weil Félix' Name sämtliche Macht verloren hatte. Nicht ganz so leicht war es, das Unbehagen abzuschütteln, weil sie Ornella ohne Erklärung zurückließ, aber als Gedeone zügig losfuhr, schaffte sie es, das schlechte Gewissen zu bezwingen.

Obwohl er angekündigt hatte, die Luft anzuhalten, damit sie neben ihm genug Platz hatte, atmete Agapito heftig. Sie wurde unwillkürlich an ihn gepresst, und um nicht darüber nachzudenken, dass sie selbst schuld an dieser Lage war, fragte Salome nach dem Ziel ihrer Fahrt.

»Oneglia«, antwortete Agapito knapp.

»Unsinn!«, fuhr Gedeone ihn schroff an. »Oneglia heißt nicht mehr Oneglia. Es gehört – gemeinsam mit Porto Maurizio – nun zur neuen Stadt Imperia, die wiederum nach dem Fluss Impero, der durch sie hindurchfließt, benannt ist.«

»Ich verstehe«, sagte Salome. »Plant ihr etwa, durch den Fluss zu schwimmen, und ist es das, was du mir nicht zutraust?«

Gedeone ging nicht darauf ein, nahezu salbungsvoll fuhr er fort: »So wie Oneglia und Porto Maurizio nunmehr geeint sind, sollte es unser ganzes Volk sein – nämlich vom Geist der Italianità.«

Salome hörte dieses Wort zum ersten Mal. »Stell dir die Italianità wie eine große Duftwolke vor«, raunte Agapito, dem ihr Stirnrunzeln wohl nicht entgangen war, ihr zu. »Die kann man auch nicht in zwei Teile schneiden.«

»Na, hoffentlich riecht sie nicht wie das, was aus dem Auspuff kommt.«

»Über Dinge, die eine Frau … eine Deutsche wie du nicht verstehen kann, sollte sie nicht reden«, knurrte Gedeone.

»Na gut«, sagte Salome, »dann lasst uns lieber darüber reden, was uns in Imperia noch erwartet außer dem Geist der Italianità.«

»Eine Badeanstalt«, sagte Gedeone knapp, und obwohl Agapito nun auch noch seine Oberschenkel an ihre presste und Anstalten machte, nach ihrer Hand zu greifen – die seine war warm und verschwitzt –, entspannte sie sich. Eine Badeanstalt machte ihr keine Angst. Nichts konnte sie besser als schwimmen.

Als sie wenig später ankamen, stellte sich allerdings heraus, dass die Badeanstalt Helios weitaus mehr Zwecken diente als nur dem Schwimmen. Hinter der schlichten Fassade des hölzernen Hauptgebäudes erwartete sie ein lang gezogener Tanzsaal, dessen Wände bunt gekachelt waren. Als sie ihn durchquert hatten und wieder ins Freie gelangten, erreichten sie eine riesige Parkanlage, in der nicht nur Dutzende Stege und Rotunden kleine Wege verbanden, hier befanden sich mindestens zwei Restaurants, von Palmen umgrenzte Terrassen und sogar ein Kino. Außerdem gab es ein Bassin mit Zierfischen.

»Ich weiß, worin ihr euch heute versuchen wollt«, rief Salome lachend, »nämlich einen dieser Zierfische zu stehlen. Wo ist das Konfitüreglas, in dem wir ihn mitnehmen werden?«

Gedeone verdrehte entnervt die Augen, während Agapito sich nur mühsam ein Grinsen verkniff. »Das sind Goldfische, Bitterfische und Schlammbeißer«, erklärte er, »wobei der lateinische Name von Letzterem Misgurnus ist.«

»Klingt so, als hätte er schlechte Laune, was auch kein Wunder ist, wenn er immer nur Schlamm zu beißen bekommt«, sagte Salome.

Alsbald trat sie wieder vom Bassin weg, weil sie nun ein Kreischen vernahm. Es kam von einem der Schwimmbecken, genauer gesagt, der Rutsche, die darin mündete. Über diese Rutsche stob im Höllentempo ein Kahn mit vier Insassen, und als er auf dem Wasser aufprallte, wurden sie – obwohl sie ein gutes Stück davon entfernt standen – nassgespritzt. Unwillkürlich wich Salome zurück, was bedeutete, dass sie geradewegs in Agapitos Arme lief. Der nutzte die Gelegenheit, sie so fest an sich zu ziehen, dass sein dünner Schnurrbart ihren Nacken kitzelte.

»Das ist eine besondere Attraktion, die es früher nur in La Spezia, mittlerweile auch hier gibt«, erklärte Agapito. »Sie ist nur für ganz besonders Tapfere gedacht.«

Das war also die Mutprobe, die ihr bevorstand. Salome war beim Anblick der Rutsche der Mund ganz trocken geworden. Aber wenn sie überlegte, dass die Alternative, mit dem Kahn in die Tiefe zu stürzen, darin bestand, sich weiterhin von Agapitos Schnurrbart kitzeln zu lassen oder Zierfische aus dem Bassin zu stehlen ...

»Pah! Die Rutsche ist auch nicht viel höher als der Turm, von dem Astyanax gestoßen wurde«, rief sie leichtfertig.

»Wer ist denn Astyanax?«

»Eine Zierfischrasse«, rief Salome schnell, dann lief sie nicht nur Agapitos Schnurrbart davon, sondern der Erinnerung an schwarze Hosenbeine, die aus einem weißen Zelt ragten, und ein wenig dem mulmigen Gefühl wegen der Rutsche. Letzteres ließ sich nicht abschütteln, schwoll vielmehr zu einem Knoten an, sobald sie einen der Kähne bestieg. Sie merkte erst, dass Gedeone und Agapito ihr gefolgt waren, als Gedeone einen weiteren Mann daran hinderte, bei ihnen Platz zu nehmen.

»Ein Brite«, knurrte er hinterher verächtlich. »Was hat der hier bloß verloren?«

Es war keine Zeit mehr, darüber nachzudenken, was ihn an einem Briten störte. Salome musste alle Willenskraft zusammennehmen, um dem Drang, augenblicklich zu fliehen, nicht nachzugeben. Nun war sie doch froh, dass Agapito sie an den Händen nahm, sie ganz dicht an sich zog. Sie spürte seinen Schnurrbart nun nicht mehr, Gesicht und Hände waren wie taub, zumindest, als sich der Kahn langsam in Bewegung setzte. Als er an Tempo aufnahm, war es, als würde etwas in ihr zerspringen. Tausende Nadeln schienen ihren Körper zu piksen, doch es tat nicht wirklich weh, war belebend, und aus den Nadeln wurden genauso viele Tropfen, als sie auf dem Wasser aufprallten, es über ihnen zusammenschlug. Erst prustete sie nur, am Ende lachte sie überschwänglich – ahnte sie doch instinktiv: Hätte sie nicht gelacht, hätte sie sich womöglich übergeben.

»Noch einmal!«, rief sie begeistert. »Noch einmal!«

Gedeones Mund wurde ausnahmsweise nicht schmal, weil Agapito sie angrinste, sondern weil er um Beherrschung rang. Agapito wiederum zitterten Hände und Beine. Erst nach einer Weile brachte er hervor: »Du willst wirklich noch einmal rutschen?«

»Aber natürlich!«, rief Salome. »Oder habt ihr schon genug?«

Gedeone war zu stolz, um die Frage zu bejahen, wirkte aber grimmig, und als sie später den Kahn bestiegen, vertrieb er erneut einen Mann, der sich zu ihnen setzen wollte.

»Schon wieder ein Brite«, knurrte er.

»Was hast du denn gegen die Briten?«, fragte Salome.

»Viele Kolonien, die sie besitzen, stünden eigentlich Italien zu. In der Villa Barbera bekommen sie nur mehr Zimmer, die nach hinten rausgehen.«

Salome konnte nicht weiterbohren, denn eben begann die Fahrt. Wieder zerplatzte etwas in ihr, wieder überrieselte sie etwas kalt und heiß zugleich. Hinterher lachte sie noch lauter, aber sie wusste: Ein drittes Mal würde sie es nicht überstehen.

Die Brüder drängten gottlob nicht darauf, begnügten sich, ein paar Längen zu schwimmen. Gedeone kraulte ihnen davon, Agapito schwamm gemächlich neben Salome.

»Warum bist du heute eigentlich mit uns gekommen und nicht bei Ornella geblieben?«, fragte er.

Salome zögerte. Doch nachdem sie den Mut bewiesen hatte, zweimal den Höllenkahn zu besteigen, hatte sie auch den Mut, endlich den verbotenen Namen auszusprechen.

»Wir haben uns gestritten«, gab sie zu, »wegen … wegen Félix Aubry.«

Agapito machte nicht den Eindruck, diesen Namen zu kennen. Gedeone jedoch holte sie mit blauen Lippen ein. »Die Aubrys sind Franzosen«, sagte er verächtlich, »ich frage mich, was meine Schwester mit ihnen zu schaffen hat. Die Franzosen bilden sich genauso wie die Briten ein, den Italienern haushoch überlegen zu sein. Von wegen!« Sein Kopf verschwand im Wasser, ehe Salome fragen konnte, was er damit meinte.

Während der Rückfahrt schwiegen sie. Agapito zeigte stolz wie eine Kriegsverletzung die roten Spuren an seinem Unterarm, die Salomes Fingernägel hinterlassen hatten, als sie sich beim Rutschen an ihn geklammert hatte. Sie konnte sich nicht daran erinnern, ihn so fest gepackt zu haben.

»Wollen wir morgen wieder einen Ausflug machen?«, fragte er, doch noch ehe Salome ihm antworten konnte, fuhr Gedeone ihn an: »Genug mit diesem frivolen Vergnügen! Morgen tun wir wieder das, was echte Männer tun.«

Was genau das war, verriet er nicht. Agapito zuckte jedenfalls zusammen, widersprach nicht, wiegte nur bedauernd den Kopf. Nicht länger starrte Salome auf Agapitos rote Male, sondern aus dem Fenster. Das Meer war so durchdringend blau, als würde es laut »*Azzurro!*« schreien und sich darüber lustig machen, dass man die französische Riviera neuerdings Côte d'Azur nannte, die italienische jedoch nicht Costa d'Azzurro.

Als sie vor der Villa Barbera vorfuhren, hatten die blauen Fluten bereits den Rostton der untergehenden Sonne angenommen. Ornella saß unter einer der Palmen, die den Treppenaufgang säumten. Sie schien erst kurz zuvor Zuflucht in ihrem Schatten gesucht zu haben, bis dahin unter praller Sonne ausgeharrt zu haben. Ihr Gesicht war tiefrot – ihre Augen waren es auch. Schweiß perlte von ihrer Stirn, ihre Haare hatten sich damit vollgesogen und klebten an ihrem Kopf. Dass kein Vorwurf in ihrem Blick stand, nur nackte Verzweiflung, machte es für Salome besonders schlimm. So musste sie ganz allein das Urteil über sich aussprechen: Wie hatte sie Ornella das nur geringe Vergehen, auf fremde schwarze Hosenbeine zu starren, bloß heimzahlen können, indem sie sich ausgerechnet jenen Brüdern angebiedert hatte, die der kleinen Schwester stets voller Herablassung begegneten? Wie hatte sie die Freundin, die doch bislang jeden Sommertag mit ihr zusammen verbracht hatte, ohne Erklärung zurücklassen können?

Agapito sagte irgendetwas zu ihr, aber Salome hörte es nicht, sprang aus dem Automobil, stürmte auf Ornella zu. Einfach ihren Namen zu sagen, erschien ihr zu wenig, sie *sorella* zu nennen, als Anmaßung. Am Ende blieb sie nur schweigend vor ihr stehen. Ornella erhob sich, packte sie plötzlich.

»Es tut mir leid«, sagte Salome, »es tut mir ganz schrecklich leid, dass ich mit ihnen gefahren bin … dass ich dir nicht Bescheid gegeben habe. Ich … Ich weiß auch nicht, was in mich gefahren ist.«

Ornella sagte eine Weile gar nichts. »Lass uns schwimmen gehen«, murmelte sie schließlich.

Sie ließ Salome erst los, als sie das Meer erreichten.

In den nächsten Tagen blieben sie in San Remo. Sie sprachen weder über die Aubrys noch über Salomes Ausflug nach Imperia. Und wo immer Gedeone und Agapito sich herumtrieben – sie ließen sich am Strand nicht blicken, tauchten dort erst nach einer

Woche wieder auf. Salome und Ornella lagen nach einem Bad im Meer gerade in der Sonne, als ein Schatten auf sie fiel.

»Wie lange wollt ihr noch faul herumliegen, um irgendwann so dekadent wie die Briten zu werden?«, fragte Gedeone.

Mein Gott, was er nur mit den Briten hat, dachte Salome.

Sie brauchte eine Weile, um zu begreifen, dass die Worte nicht an sie gerichtet waren, sondern an andere Männer, offenbar alle Italiener, die ebenfalls am Strand lagen. Und sie brauchte noch länger, um zu erkennen, worauf sich Gedeones vorwurfsvoller Blick richtete: Auf jene zwei Männer, die in der Bucht Wasserski fuhren, wobei nur der eine auf den Skiern stand, der andere auf dem Rücken seines Freundes. Dergleichen beobachtete sie hier nicht zum ersten Mal, es schien in diesem Sommer in Mode zu sein. Was daran dekadent war, wusste sie nicht. Dass sich die beiden Männer so unnatürlich krümmten, ließ sie lediglich an die *cornetti* denken, die Rosa zum Frühstück servierte. Diese zerbröselten oft, wenn man hineinbiss, ohne sie vorher in Milchkaffee zu tauchen – die Engländer dagegen schlugen sich wacker, johlten und lachten laut.

Gedeone machte ein Gesicht, als wären diese Laute – zumindest, wenn sie aus einem englischen Mund kamen – eine schwere Beleidigung.

Salome sah auf. »Was stört dich denn daran?«, fragte sie. »Einst bist du doch auch gern auf Agapitos Schultern geklettert, nicht um Wasserski zu fahren, aber um in der Altstadt Tauben zu jagen.«

Kurz schien es, dass Gedeone sie gar nicht gehört hatte, dann knurrte er doch noch: »Echte Männer würden sich nie zu Clowns machen, die das Mittelmeer entweihen.«

Ornellas beschwörender Blick sollte Salome wohl dazu bringen, ihre Brüder zu ignorieren und sich weiter zu sonnen, aber sie schaffte es nicht, den Mund zu halten.

»Das Mittelmeer scheint die beiden schon zu verkraften. Oder siehst du etwa, dass es schamvoll errötet, sich gar verstört duckt?«

Gedeone fuhr herum, starrte sie an. »Spotte nicht! Für andere mag das Mittelmeer einer nützlichen Straße gleichen, die von einem Ort zum anderen führt. Für uns aber ist es das Leben.«

»Sagt wer?«

Gedeone schnaubte nur, Agapito hingegen murmelte einen Namen: »Mussolini.« Und kurz danach fügte er hinzu: »Der Retter unserer Nation.«

Nun war es Salome, die Ornellas Blick suchte, aber die zuckte nur die Schultern. Ornella hatte diesen Namen ihr gegenüber nie erwähnt. Allerdings war es Paola schon im vergangenen Sommer aufgefallen, dass seit einiger Zeit nahezu überall das Konterfei eines glatzköpfigen Mannes abgebildet war: Auf Geldscheinen, Briefmarken und Münzen, teilweise auf Plakaten und in Zeitschriften. Mittlerweile stand auch ein Bild von diesem Mann an der Rezeption in der Villa Barbera.

Manchmal war nicht nur sein Gesicht zu sehen, sondern der ganze Körper, während er alle möglichen Tätigkeiten verrichtete, mal am Schreibtisch, mal an einer Maschine. Mussolini schien ein Alleskönner zu sein, der in die Rolle des Landarbeiters ebenso schlüpfte wie in die des Bergmannes, Hafenarbeiters, Rennfahrers, Tennisspielers, Schwimmers, Reiters und sogar des Violinisten. »Wahrscheinlich würde unser Klosettpapier noch mehr Anklang finden, wenn auch darauf sein Gesicht abgebildet wäre«, hatte Paola einmal spöttisch gemeint. »Und sicher gibt es ein Foto von ihm, das beweist, wie gut er darin ist, sich zu erleichtern.«

»Wenn ich es recht verstehe«, sagte Ornella soeben leise, »will Mussolini aus Italien dasselbe machen wie aus seinem Kopf – eine glatt polierte Fläche ganz ohne Furchen, Flecken und

Falten. Bislang glich Italien einem Flickenteppich, nun soll es keine Grenzen mehr geben, nicht zwischen Norden und Süden, zwischen Alpen und Küsten, zwischen der Industrie und den Bauern.«

Salome musste an Imperia denken, jenen Ort, der eigentlich aus zwei anderen bestand, nunmehr durch den Geist der Italianità geeint war, so unteilbar dieser wie eine Abgaswolke. Wobei der Geruch, der ihr jetzt in die Nase stieg, nicht der von Abgasen war, es war der fischig-modrige vom nahen Hafen, außerdem der salzige von jenem Schweiß, der Gedeone auf der glänzenden Stirn stand. Eben begann er ernsthaft zu dozieren, dass der italienische Mann keinen Augenblick des Lebens versäumen dürfe, seinen Willen zu beweisen – den Willen, die eigenen Schwächen zu überwinden und solcherart zum Aufblühen des italienischen Staates beizutragen. Alle Männer am Strand sollten sich in einer Sportart erproben, die nicht so dekadent sei wie das Wasserskifahren – nämlich der Gymnastik.

»Und wenn ich von Gymnastik rede, meine ich kein lächerliches Herumtänzeln. Ich meine die Disziplinen, in denen sich schon die antiken Helden erprobt haben. Bei jeder Bewegung, vor allem beim Weitsprung, gilt es, eine Hantel in der Hand zu halten.«

Die anderen Männer lauschten liegend, Salome stand auf. »Besitzt du überhaupt Hanteln?«

»Wir können alles nutzen, was Gewicht hat, auch Steine und Eisenstangen. Hauptsache, wir stählen uns ausreichend, um keine flatterhaften, weibischen, am Pazifismus erkrankten Männer zu werden.«

Salome war nicht sicher, mit welchen Symptomen sich diese Krankheit zeigte, sie konnte sich allerdings auch kaum vorstellen, dass das rostige Ankerstück, das Agapito herbeischleppte, sonderlich hilfreich war, um seine Gesundheit zu erhalten. »Wenn euch der auf die Füße fällt, bindet euch Dottore Sebastiano gewiss den Glockenstrang von San Siro um die gebrochenen Knochen«, sagte sie.

»Der Dottore soll mir bloß nicht zu nahe kommen«, eiferte sich Gedeone. »Der Aberglaube schwächt einen Mann nicht minder. Es gilt, alles abzuwerfen, was das Streben nach Freiheit belastet.«

»Eben hieß es doch, ihr wollt Gewichte schleppen. Und jetzt geht's plötzlich ums Abwerfen? Nun gut, wenn ihr den rostigen Anker fallen lasst, dann bitte nicht auf mich.«

»Warum bist du überhaupt noch hier?«, zischte Gedeone. »Die Frauen haben das Haus zu hüten, nur die Männer kämpfen.«

»Du willst hier kämpfen?«

»Alles kann zur Stätte des Kampfes werden. Auch der Strand, wo unsere Haut einen bronzenen Glanz annimmt, was beweist, dass die Epoche einer neuen, kraftvollen, durch und durch gesunden Rasse angebrochen ist, die ihre nackten gebräunten Arme göttergleich, zukunfts- und siegesstrotzend dem tiefblauen Himmel entgegenstreckt.« Wieder deutete er auf die Wasserskifahrer.

»Die Engländer sind nicht braun, sie sind rot.«

»Mein Vater wird auch nicht richtig braun, und er ist kein Engländer. Leidet er etwa ebenfalls an dieser Krankheit, die ihr … Pazifismus nanntet?«

»Die Deutschen sind jedenfalls Teil des Völkerbundes, der den Italienern die Erweiterung ihres Lebensraumes nicht gönnt«, ätzte Gedeone. »Sie infiltrieren uns mit dem internationalen Kommunismus.«

Agapito war beschwichtigend vor Gedeone getreten, doch der stieß ihn zur Seite. Ornella wiederum legte Salome die Hand auf die Schulter, sie wich kein Jota zurück. »Ich verstehe. Diese

Krankheiten – ob nun Kommunismus oder Pazifismus – äußern sich also in Form eines Sonnenbrands. Ich frage mich nur, ob euer Glatzkopf davor gefeit ist. Ich meine, wenn ihm die Sonne aufs haarlose Haupt knallt, könnte es doch passieren, dass …«

»Wenn du den Duce beleidigst, beleidigst du ganz Italien«, brüllte Gedeone, »und wenn du Italien beleidigst, beleidigst du mich. Ich verstehe nicht, warum sich Vater damit begnügt, dem deutschen Pack bloß die schlechteren Zimmer zu geben – es sollten gar keine Deutschen mehr in der Villa Barbera nächtigen.« Salome hörte zum ersten Mal davon. Kurz verschlug es ihr die Sprache, und bis sie sie wiederfand, war Gedeone schon mit dem rostigen Anker davongegangen. Er machte allerdings keine Anstalten, damit weitzuspringen, schritt stattdessen auf zwei Männer zu. Es waren jene Briten, die eben noch Wasserski gefahren waren und sich nun ein Plätzchen am Strand suchten, um sich aufzuwärmen. »Macht Platz!«, brüllte Gedeone und stieg auf ihr Badetuch.

Nicht nur die Briten sahen irritiert hoch, auch ein Deutscher, der im Reisebureau Sommer gebucht hatte und gut genug Italienisch beherrschte, um gedehnt zu antworten, tat es. »Platz da für wen?«

»Für die Vertreter der Organisation Opera Nazionale Dopolavoro, die dafür sorgt, dass wir nicht nur die Mühsal des Lebens teilen, sondern auch die Freuden der Freizeit. Allen kommen die gleichen Privilegien zu, Bürgern wie Arbeitern – Voraussetzung ist allerdings, dass man Italiener ist. Ihr habt am Strand nichts verloren, geht in eure Hotelzimmer und genießt es, solange ihr noch könnt. Nächstes Jahr ist es damit vorbei.«

Salome machte sich insgeheim darauf gefasst, dass der rostige Anker gleich auf die Wasserski donnern würde. Sie hätte keine Wette abschließen wollen, was dabei als Erstes kaputtginge. Ganz sicher ein Knie, würde es vom Anker oder Wasserski getroffen werden. Doch noch begnügten sich die Männer damit, sich drohend voreinander aufzubauen. Blitzschnell stellten sich vier, fünf Italiener an Gedeones Seite. Aber auch für die Engländer und für den Deutschen ergriffen ein paar Partei – darunter etliche Franzosen, wie sie dem Getuschel entnahm.

Salome wich immer weiter zurück, Ornella hatte sich längst abgewandt. »Ich gehe Vater holen.«

Sie verschwand, ehe sich Salome aus ihrer Starre lösen konnte. Und als sie es doch endlich vermochte, stand plötzlich Agapito vor ihr, packte sie am Arm, zog sie weg. »Du ... Du solltest besser nicht länger hier sein«, stammelte er.

Sie entzog sich seinem Griff. »Bist du etwa auch der Meinung, dass Frauen das Haus zu hüten haben?«

Agapito schnitt eine verzweifelte Grimasse, die wohl verbergen sollte, wie hilflos er sich fühlte.

»Und all den anderen Unsinn ... Glaubst du den?«

Agapito zuckte die Schultern. »Ich würde nur gern Teil einer Miliz sein, das wäre aufregend. Es gibt jetzt eine Hafenmiliz, eine Eisenbahnmiliz, eine Forstmiliz und ...«

»Was genau macht man dort, außer mit rostigen Ankern oder Schienen oder Baumstämmen herumzuwerfen, um zu beweisen, dass man ein echter Mann ist?«, unterbrach Salome ihn. »Dein Schnurrbart scheint dabei übrigens wenig hilfreich zu sein. Euer Mussolini hat es ja offenbar mehr mit dem Kahlrasieren und Zurechtstutzen, nicht mit dem wilden Wachstum.«

»Ich will nicht für ihn ein echter Mann sein, sondern ... sondern für dich.«

Ehe sie sichs versah, zog er sie an sich, presste ihre Lippen auf seine, und als Salome unwillkürlich aufschrie, drang seine Zungenspitze in ihren Mund. Prompt schlangen sich seine Hände um ihren Nacken, ließen ihn nicht mehr los. Jäh musste sie an die Fangarme jener Oktopusse denken, vor denen sich ihr Vater einst gefürchtet hatte. Wobei sich genau genommen eher auf Agapitos Lippen Saugnäpfe befanden, denn diese schienen regelrecht an ihr zu haften. Wahrscheinlich wäre Agapito ewig so verweilt, hätte er nicht irgendwann Atem schöpfen müssen. Als er sich endlich löste, war er glühend rot im Gesicht – vielleicht litt er an etwas, das Gedeone wohl als nicht minder schlimme Krankheit wie den Pazifismus oder internationalen Kommunismus angesehen hätte: am akuten Verliebtsein.

Gedeone hatte allerdings nichts vom Kuss bemerkt. Nicht länger war er nur mit einem rostigen Anker bewaffnet, auch mit einem Stein. Noch ehe er ihn warf, rief jemand: »Der Bürgermeister von San Remo hat erst kürzlich die Gäste aller Nationen in der Stadt willkommen geheißen.«

»Er heißt nicht mehr Bürgermeister, er heißt jetzt Podestà«, gab Gedeone giftig zurück. »Wir wollen nichts mehr mit den Demokraten gemein haben, ihnen nicht den Namen von Ämtern entleihen.«

»Aber sich einen anderen Namen geben, reicht nicht, um ein anderer zu werden. Du kannst dich gern einen Helden der Antike nennen, du bleibst nur ein schwaches Bürschlein.«

Nun flog doch ein Stein durch die Luft, landete allerdings auf dem Boden, anstatt ein Gesicht zu treffen, und Salome nutzte die Gelegenheit, Agapito stehen zu lassen. Wenig später hatte sie schnaufend die Villa Barbera erreicht, traf Ornella auf der Treppe an.

»Wo bleibt dein Vater?«, rief sie atemlos. »Er muss sofort eingreifen. Ich fürchte, sie fangen gleich an, sich zu verprügeln.«

Anders als Agapito war Ornella leichenblass. Ein ähnlicher Ausdruck stand ihr ins Gesicht geschrieben wie an jenem Abend, da sie von Imperia zurückgekommen waren – Fassungslosigkeit gepaart mit Angst.

»Was stehst du hier, als hättest du wie eine Palme Wurzeln geschlagen?«, rief Salome ungeduldig, obwohl sie nicht sicher war, ob eine Palme überhaupt wurzelte, und wenn ja, wie tief. Ornella schüttelte bloß hilflos den Kopf. »Will dein Vater etwa nicht für Ordnung sorgen? Es sind doch seine Gäste, die Gedeone da bedroht!«

»Ich ... Ich konnte gar nicht mit Vater sprechen.«

»Warum nicht?«

Ornella packte sie unwillkürlich, versuchte, sie mit sich zu ziehen, fort von der Villa Barbera. Nach Agapitos Kuss wollte sich Salome allerdings kein weiteres Mal fremdem Zwang ergeben. Ungestüm riss sie sich los, stürmte aufs Portal zu.

»Nicht!«, rief Ornella flehentlich. »Besser, du erfährst es nicht!«

Salome drehte sich ein letztes Mal um. Von der Treppe aus erhaschte sie einen Blick auf den Strand, wo sich mittlerweile ein paar Fischer in die Auseinandersetzung eingemischt hatten. Nicht alle schwangen Steine, einer hielt ein Netz. Salome fiel ein, dass auch römische Gladiatoren einst mit einem solchen gekämpft hatten ...

Gleiches Netz schien sich über ihren Blick zu legen, ganz so, als würde die Welt um sie in einzelne Teile zerbrechen. Doch das Gefühl von Schwindel hielt sie nicht davon ab, den Blick vom Strand zu lösen, das Hotel zu betreten, an der Rezeption und Mussolinis Konterfei vorbei zu jenem Bureau zu laufen, das sich Renzo im Raum dahinter eingerichtet hatte.

Der Schwindel verstärkte sich, wuchs zur Übelkeit. Sie lehnte sich an die schwere Eichentür, schöpfte Atem. Er war kaum entwichen, als sie Stimmen hörte. Es war nicht nur die Stimme von Renzo. Es war auch die von ... Paola.

Siebtes Kapitel

Die Hochzeit von Arthur und Paola hatte nicht lange nach ihrer Rückkehr von ihrer ersten Reise ans Meer stattgefunden.

Die Zeremonie im Rathaus auf dem Römer war schlicht und kurz. Arthur hatte zwar eine größere Feier im Sinn gehabt, eine kirchliche Trauung in Sankt Antonius, wenn nicht gar im Frankfurter Dom. Aber nachdem Paola bereits den Vorschlag, ihre Hochzeitsreise in Kathmandu zu verbringen und den Mount Everest zu besteigen, entschieden zurückgewiesen hatte, wagte er kein weiteres Mal, seine Wünsche zu äußern.

Nach der Eheschließung im Rathaus kehrten sie im selben Lokal ein wie damals nach Tildas Beerdigung, nur dass diesmal keine grüne Sauce, Rippen und Eier aufgetischt wurden. Paola bestand auf Makkaroni, deren Rezept sie dem Wirt ein paar Tage zuvor ausgehändigt hatte. Leider war das Rezept auf Italienisch geschrieben, und der Wirt konnte sich nur aus jedem zweiten Wort einen Reim machen. *Tuorlo d'uovo* übersetzte er nicht mit Eigelb, sondern mit Magerquark – die Grundlage für den hessischen Handkäse –, und was am Ende auf den Teller kam, waren weniger Nudeln als eine fade schmeckende Mehlsuppe, in der man eine Weile rühren musste, um noch feste Teigbrocken zu finden.

Zu den Gästen zählte wie damals bei Tildas Beerdigung der jüdische Bankier Frohmann. Schon nach dem ersten Bissen meinte er, dass das Gericht – zwar nicht hinsichtlich der Konsistenz, aber dem faden Geschmack – Ähnlichkeiten mit Matze habe. Salome, die neben ihm saß, war erleichtert, ein Gesprächsthema gefunden zu haben, das sie ein wenig ablenken würde. Obwohl sie ihren Frieden mit der Eheschließung ihres Vaters gemacht hatte – Paolas Gelächter, in das sich dann und wann die Klänge der *Marcia Reale* schlichen, kam ihr übertrieben vor, und sie verstand nicht, warum Arthur davon so rot wurde, als hätte er zu lange in der Sonne gelegen.

»Was bedeutet Matze?«, fragte sie und erfuhr, dass damit ungesäuertes Fladenbrot gemeint war, dessen Herstellung vom Mischen des Mehls mit Wasser bis zum fertig gebackenen Brot nicht länger als achtzehn Minuten dauern durfte.

»Warum ausgerechnet achtzehn Minuten?«, wollte sie wissen.

»Nun, Matze wird am Pessachfest gegessen. Damit gedenken wir Juden der Flucht unseres Volkes aus Ägypten. Für diese hatte es auch nur achtzehn Minuten Zeit.«

»Warum nicht zehn oder zwanzig?«

Bankier Frohmann zuckte die Schultern. »Ich bin mir nicht sicher. Ich denke, achtzehn Minuten merkt man sich leichter als eine Viertelstunde oder eine halbe Stunde. Diese Makkaroni werde ich auch nie wieder vergessen, weil sie nun mal nichts Halbes und nichts Ganzes sind.«

Entschlossen führte er eine weitere Gabel an den Mund.

Herr Wyss, der Leiter des Elektrokonzerns am Ende der Guiollettstraße, der mittlerweile von Gabel auf Löffel umgestiegen war, hatte ihre Worte aufgeschnappt und berichtete von einem Franzosen namens Isaac Singer, der kürzlich die erste elektrische Teigausrollmaschine für Matze erfunden hatte. In Frankreich sei der Apparat sehr beliebt. Von einer Nudelmaschine habe er dagegen noch nichts gehört, aber vielleicht würde man dank einer solchen ordentliche Nudeln auf den Teller bekommen.

Er begann gerade, über deren Konsistenz zu sinnieren, als sich Herr Breul, der Abteilungsleiter vom Kaufhaus Wronker, einschaltete. »Halded mal die Sabbel. Woann mär beim Kauen aa noch babbeld, wärd noch flässischerer Pammf dodraus.«

Salome musste lachen und fühlte sich mit diesem Tag ein wenig versöhnt.

Auf dem Heimweg erklärte Paola, dass sie künftig jeden Tag Nudeln für Arthur kochen werde, doch sie hielt dieses Versprechen nicht. Schon am nächsten Tag wurde ein Hausmädchen angestellt, das sie künftig bekochte und das ein Gericht nur als solches gelten ließ, wenn die wichtigste Zutat Fleisch war. Arthur beschwerte sich nie darüber, so wie Paola sich nie beklagte, dass ihre Ehe alsbald viel mit den Makkaroni vom Hochzeitsmahl gemein hatte – sie schien nichts Halbes und nichts Ganzes zu sein. Salome beobachtete zwar, dass die beiden sich häufig küssten, doch wenn sie hinterher ihre Mienen studierte, las sie weder bei Paola noch bei ihrem Vater echte Liebe – eher Erleichterung. Der Vater war unendlich erleichtert, eine Frau zu haben, die ihm nicht nur beim Abendessen Gesellschaft leistete und dann und wann erklärte, was er zu tun hatte, sondern ihn oft ins Reisebureau begleitete. Paola war wiederum erleichtert, dass sie nicht mehr im Mansardenzimmer leben musste, wo der Blick auf die Zukunft so undurchsichtig wie der aus dem mit altem Zeitungspapier zugeklebten Fenster war.

Wobei das Mansardenzimmer ein größeres Fenster und sogar Balken bekam, als Salome erklärte, hochziehen zu wollen, um ausreichend Distanz zu Arthur und Paola zu halten.

Sie nahm nicht viele Dinge dorthin mit, nur die hölzernen Ringe. Das Mansardenzimmer war nicht hoch genug, um sich daran zu hängen, aber sie wollte irgendetwas bei sich haben, was an Tilda erinnerte. Mit der Zeit wurde der zweite Fuß vom Kanapee, auf dem sie schlief, morsch, auch an seine Stelle kam ein Blumentopf. Salome steckte das Zeitungspapier, mit dem das Fenster verklebt gewesen war, hinein.

Sie fühlte sich wohl im Mansardenzimmer, fragte sich nie, wie oft Arthur Paola nachts weckte, weil er wieder mal nicht schlafen konnte, oder sie ihn. Sie fragte sich auch nie, ob das Gefühl von Erleichterung für Paola gleichbedeutend mit Glück war, unbestreitbar war nur, dass Paola sich wie sie das ganze Jahr über nach Italien sehnte und kaum den Tag ihrer Abreise erwarten konnte.

An dem Nachmittag, da am Strand die Steine flogen und Ornella sie davon hatte abhalten wollen, Renzos Bureau zu betreten, ging Salome auf, dass Paola sich nicht nur auf das Meer freute oder Rosas Spaghetti ligurischer Art, die mit dicken Bohnen, Kartoffeln und einem Walnuss-Pesto serviert wurden. Noch mehr hungerte sie offenbar nach Renzo. Gewiss, Salome war nicht entgangen, wie erfreut er Paola stets begrüßte, ihre Hand ein wenig länger hielt als notwendig und diese schmatzender küsste, als es der Anstand gebot. Und ja, sie hatte auch bemerkt, dass er Arthur weiterhin mit Signor Estate ansprach, dagegen Paola mit dem Vornamen, dass er ferner seine Hände in ihrer Gegenwart seltener knetete und nicht so häufig an seinen Ohrläppchen zog. Dennoch hatte Paola nie den Anschein erweckt, dass sie etwas anderes in ihm sah als einen Geschäftspartner.

Wie Salome es den Worten entnahm, die hinter der Bureautür fielen, war allerdings ein ganz besonderes Band zwischen den beiden gewachsen. Wobei sie genau betrachtet nicht einander verbunden … eher zusammengefroren schienen, gleich den zwei Kuchenstücken, die Rosa einmal zu lange im neu angeschafften Kühlschrank aufbewahrt hatte.

»Es funktioniert einfach nicht«, murmelte Renzo eben, bezog

sich, wie Paolas Antwort verriet, damit auf das Thermometer von Gustave Eiffel, das stets eine höhere Temperatur anzeigte.

»Das Thermometer soll ja auch nicht funktionieren«, sagte Paola. »Natürlich ist es in Wirklichkeit kälter.«

»Mir ist jedenfalls immerzu kalt. Ich bin auch ein falsch eingestelltes Thermometer, ich zeige stets Minusgrade an.«

Das Quietschen des Bureaustuhls verriet, dass Paola sich auf Renzos Schoß niederließ, so wie sie es häufig bei Arthur tat. Danach erklang ein Schmatzen, ähnlich jenem, wenn Renzo ihr die Hand küsste, nur plötzlich hätte Salome schwören können: Er küsste nicht ihre Hand, auch nicht Stirn und Wangen, er küsste ihren Mund.

Arthur küsste Paola, wenn er Geschichten aus Ländern erzählte, die er sehen wollte, aber nie gesehen hatte. Renzo erzählte dagegen soeben Geschichten von Orten, die er nie hatte sehen wollen, aber hatte sehen müssen. Vom Alpinkrieg hörte Salome ihn sprechen, von endlosen Gebirgsketten, von Höhlen und Stollen, die man durch Schnee und Eis und Felsen grub, von seinem Freund Riccardo, der in Stücke gerissen worden war, während sein eigener Leib von den fehlenden Zehen abgesehen ganz geblieben war.

Er habe sich in diesen Jahren allerdings zu einem Maulwurf gewandelt, und ein Maulwurf sei daran gewöhnt, unter der Erde zu leben. Er ertrage kein Licht mehr und taue selbst bei größter Hitze nicht auf. »Mir sind meine Kinder gleich, meine Gäste gleich, mein Hotel ist mir gleich.«

Er flüsterte die Worte nur, als wäre ihm selbst die Stimme gefroren, und wieder ertönte das Quietschen des Stuhls.

»Mein Vater«, sagte Paola leise, »war auch ein Maulwurf. Er hat wie du immer gefroren.«

Ihre Stimme war kräftiger als Renzos, aber ihr fehlte ebenso die

Wärme, fehlte erst recht die Süße. Woher sollte diese auch kommen? Ganz sicher nicht vom Speiseeis, das der Vater verkauft hatte. Denn als sie zu erzählen fortfuhr, erkannte Salome, dass der Traum vom Eisverkaufen ein Traum geblieben war, der Wirklichkeit so nah wie Arthurs Vorstellung, auf dem Mount Everest zu stehen.

Die Hoffnung auf ein besseres Leben hatte Paolas Vater aus seinem Bergdorf nach Amburgo getrieben, doch er verdiente dort nicht genug, um davon leben zu können – erst recht nicht, als seine junge Frau, die er aus der Heimat mitgebracht hatte, ein Kind gebar. Eis bekamen sie kostenlos, auch später, als er nur noch bei den anderen Eisverkäufern aushalf, aber von Eis wurde niemand satt – erst recht kein Säugling. Aus dem Säugling war ein dürres Mädchen geworden, als Männer für den Bau vom Elbtunnel angeworben wurden, der nebst Hauptbahnhof und Hochbahn aus dem stolzen Hamburg ein modernes und darum noch stolzeres machen sollte.

Paolas Vater hatte keine Sprengungen im Gletscher vorgenommen und mit der Angst leben müssen, unter dem ewigen Eis begraben zu werden. Aber er hatte sich durch feuchten Modder, Sand und Erde unter der Elbe schaufeln müssen, immer voller Furcht, dass Wassermassen eindringen, sie mitreißen würden. Zwei nebeneinanderliegende Röhren galt es zu errichten, von Tausenden Arbeitern, die rund um die Uhr in drei Schichten schufteten. Diese drei Schichten unterschieden sich nicht. Unter der Erde, unter dem Fluss, war ja immer Nacht. Und immer war der Druck so groß, und immer stand dichter, feuchter Nebel und herrschte ohrenbetäubender Lärm. Maulwürfe waren blind, aber konnten hören. Die Männer, die am Elbtunnel arbeiteten, waren blind und taub, und irgendwann wurden die meisten auch stumm. Wenn sie den Mund öffneten, kamen kaum Worte heraus. Stattdessen erbrachen sie sich, weil sie an einer Krankheit litten, die man Caisson nannte. Die Symptome waren unerträgliche Ohrenschmerzen und ständiges Schwindelgefühl, auch wenn der Name wie der einer exquisiten Eissorte aus Cassis-Kirschen klang. Menschen waren erfindungsreich, wenn es darum ging, sich Worte auszudenken, die einem Kanaldeckel gleich verhindern sollten, dass aus der Tiefe Gestank hochstieg. Hochgebirgskrieg zum Beispiel war ein harmloses Wort für erfrorene Zehen und zerrissene Körper.

»Meinem Vater war wie dir immer nur kalt«, murmelte Paola. »Meine Mutter starb, als ich noch ganz klein war. Er klammerte sich an mich, aber anstatt dass ihm endlich wärmer wurde, wurde mir kälter. Ich habe immer gehofft, an seiner statt einmal zurück nach Italien kehren zu können. Ich dachte, hier würde mir endlich warm.«

»Und?«, fragte Renzo begierig. »Ist es so?«

»Wenn ich auf das Thermometer sehe, schon.«

»Aber das Thermometer zeigt die falsche Temperatur an. Es gleicht einer ... Lüge.«

»Was ist so schlecht an Lügen? Sie tun doch niemandem weh! Mir ist lieber, dass ich von Lügen blind werde, nicht, weil ich über Monate in einem Tunnel schufte. Und mir ist lieber, mir wird schwindelig, weil ich den Lügen davontanze, nicht, weil ich ständig diesen Druck auf den Ohren fühle. Und ... Und lieber bringe ich kein Wort mehr hervor, weil ich jemanden küsse, nicht, weil mir keines einfällt, das schwer genug ist, um das Grauen nach unten zu drücken.«

Kein Schmatzen erklang wie zuvor, da Agapito sich an Salome festgesogen hatte. Trotzdem wusste Salome ganz genau, was hinter der Tür geschah, auch, was auf den Kuss folgte.

Es stimmt nicht, dass Lügen nicht wehtun, dachte sie.

Die Lüge, wonach Paola ihre *sorella* war, hatte wehgetan. Und ihrem Vater würde es auch wehtun, wenn er erkannte, dass aus den Worten, die Paola ihm zusäuselte, so wenig Wahres, Echtes zu fischen war wie aus dem Nudelbrei eine ganze Makkaroni. Das, was sie und Renzo aneinanderband ... nein, zusammenfrieren ließ, schien dagegen etwas Wahres, Echtes zu sein. Eine Verzweiflung und ein Hunger und eine Sehnsucht, an der gemessen die Träume des Vaters von fernen Ländern nur ein fahler Schatten waren. Deutlich ähnlicher waren sie Salomes Hoffnung auf eine Schwester, die zwischen ihr und dem Tod stand, die ihren Namen zu Recht trug und lebte, und vielleicht war das der Grund, aus dem der Ärger, der in ihr hochstieg, kein glühender, sondern ein tauber war.

Ja, sie war enttäuscht von Paola, nahezu verbittert, weil sie Arthur hinter dieser Tür ebenso verriet, wie sie sie damals im ersten Sommer am Meer verraten hatte. Aber diese Gefühle waren nicht laut genug, um sie die verschlossene Tür aufreißen zu lassen, hineinzustürmen, die beiden bloßzustellen, mit zorniger Anklage Paola von Renzos Schoß zu scheuchen. Sie waren vielmehr so klebrig wie ihre Lippen, an denen noch Agapitos Speichel haftete, sodass sie lautlos fortging.

Ornella stürzte auf sie zu, als Salome aus dem Hotel trat. Anders als sonst war es aber nicht sie, die Salomes Hand ergriff, vielmehr nahm Salome die ihre.

»Du hast es gewusst, nicht?«, fragte sie leise.

Ornella zuckte ebenso hilflos wie verlegen die Schultern. »Ich wusste es nicht, aber ich ... hab es geahnt. Mein Vater ... Er ist so einsam.«

»Er sollte nicht darauf hoffen, dass es ihm an Paolas Seite besser ergeht. Ich war damals auch einsam, aber vollkommen allein und verlassen habe ich mich erst gefühlt, als ...«

Sie brach ab. Was musste sie Ornella schon erzählen. Sie wusste ja, was sie in jener Nacht, als Paola sie weggeschickt hatte, um mit Arthur allein zu sein, ins Meer getrieben hatte – die Leere, die Einsamkeit, die Trostlosigkeit. An Ornellas Seite hatte sie all diese Gefühle überwinden können, so wie sie Paola und Renzo anscheinend überwinden konnten, wenn sie zusammen waren.

»Du darfst deinem Vater nichts sagen«, murmelte Ornella hilflos, »es soll alles so bleiben, wie es ist.«

Salome wusste nicht, wie sich die Krankheit, die man Caisson nannte, anfühlte, aber der Schwindel, der sie eben wieder überkam, glich wohl einem ihrer Symptome. Nur der Druck auf den Ohren blieb aus. Ganz deutlich nämlich hörte sie nun eine Stimme – nicht Ornellas, Agapitos. Am liebsten wäre sie vor ihm geflohen, aber als er auf sie zutrat, sah sie, dass von seiner Schläfe Blut troff. In seiner Miene standen Schmerz ... und Stolz.

»Wir haben die Engländer vom Strand vertrieben«, berichtete er.

Richtig ... die Engländer ... die Steine ... der rostige Anker ...

»Ja, seid ihr alle verrückt geworden?«, entfuhr es Salome. »Wollt ihr wirklich Krieg führen? Wenn du wissen willst, was der Krieg aus Männern macht, frag deinen Vater. Er wird dir erzählen, dass er keine Helden hervorbringt, nur Maulwürfe.«

»Maulwürfe?«, fragte Agapito verständnislos. »Ach, Salome, wir haben doch nur die Engländer und die Franzosen vertrieben, selbst Gedeone hat darauf verzichtet, den Deutschen eine Abreibung zu verpassen. Sie sind ein edles Volk, irgendwann werden wir vielleicht gemeinsam mit ihnen kämpfen.«

»Wir sind doch nicht hier, um gemeinsam zu kämpfen, sondern um gemeinsam zu schwimmen. Sind heute denn alle verrückt geworden? Während ihr euch am Strand prügelt, fällt deinem Vater nichts Besseres ein als ...«

Sie brach ab, fühlte sie doch Ornellas beschwörenden Blick. Sprich es ja nicht aus, las sie aus ihm. Salome war noch nicht zu dem Schluss gekommen, ob sie die Wahrheit wirklich kannte, als Agapito unvermittelt sagte, dass er nicht hier sei, um mit seiner blutigen Wunde zu prahlen oder vom Ausgang des Kampfes zu berichten.

»Ich habe vorhin Signor Estate gesehen«, erklärte er, »der leichenblass und über die eigenen Beine stolpernd das Hotel verlassen hat.«

»Er heißt nicht Estate, er heißt Sommer! Warum beherrsche ich eigentlich eure Sprache und ihr nicht meine?« Die Wut war voll von kalter Furcht, und sie sah, dass Ornellas Blick nun regelrecht panisch wurde. Wieder musste sie keine Worte machen, zu deutlich war die Frage zu hören: Und wenn dein Vater wie du an der Tür gestanden und gelauscht hat? Vater lauscht doch nicht an Türen, dachte Salome, er hört oft nicht einmal zu, wenn man mit ihm spricht … »Ich gehe ins Reisebureau und sehe nach ihm«, sagte sie zu Ornella, »vielleicht hat er nur etwas Falsches gegessen.«

Agapito bot ihr an, sie zu begleiten, aber Salome schüttelte den Kopf, und als er ihr trotzdem folgen wollte, hielt Ornella ihn zurück. Sie schaffte es, seine Gegenwehr zum Erliegen zu bringen – vielleicht, weil ihr Griff so fest war oder Agapito nach dem Kampf so geschwächt.

Salome begann zu rennen, lief den Corso Felice Cavalotti entlang, wo sich die berühmte Villa Nobel mit ihrem exzentrischen, mit Muscheln besetzten Eckturm befand und nicht weit davon entfernt die Filiale des Reisebureaus Sommer. Das war ihr immer recht passend erschienen. Alfred Nobel, der in der Villa seine letzten Lebensjahre verbracht hatte, hatte schließlich für Frieden geworben, und tat das ihr Vater nicht auch, indem er

Menschen dazu brachte, die Grenzen zwischen den Nationen zu überschreiten?

Vielleicht werden die Grenzen gar nicht überschritten, dachte Salome, vielleicht haben wir nur einen Stollen darunter gegraben wie Renzo im Eis oder ein Rohr wie Paolas Vater unter der Elbe – und beides bricht nun ein.

Sie sah Arthur schon aus der Ferne. Die Räumlichkeiten hatten zuvor einem Olivenhändler gehört, was man vor allem im hinteren Raum mit den bogenförmigen Fenstern, wo sich die Olivenpresse befunden hatte, immer noch am Geruch erkannte. Die Bodenfliesen waren im selben dunklen Terrakottaton gehalten wie die Kacheln der Fassade. Umso bleicher hob sich davon nun Arthurs Gesicht ab. Salome hatte ihren Vater selten so gesehen, unter Italiens Sonne war seine Haut meist gerötet, und wenn er sie mit noch so viel Kokosöl einrieb.

Salome trat zu ihm und wusste jäh: Welche belanglose Frage sie auch stellen, zu welcher Lüge sie auch greifen würde – nichts hätte genügend Gewicht, um den Kanaldeckel, der sich einen Spaltweit geöffnet hatte, niederzudrücken.

»Du denkst, du kannst diese Filiale nicht ohne Paolas Hilfe führen«, platzte es aus ihr heraus. »Aber ich … Ich kann dich unterstützen. Ich weiß genau, was du hier tust, wenn du nicht gerade nach den Logiergästen in der Villa Barbera siehst: Du verhandelst Fahrpreisermäßigungen und sonstige Vergünstigungen, organisierst Ausflugsfahrten, Benzingutscheine und …«

Langsam drehte er sich um, starrte sie ratlos an. Sein Gesichtsausdruck erinnerte sie an jene Nacht nach Tildas Begräbnis, als er verzweifelt gestanden hatte, ohne seine Mutter hoffnungslos überfordert zu sein.

»Ich spreche doch fließend Italienisch«, fuhr Salome eifrig fort, »auch mein Französisch hat sich verbessert. Wir brauchen Paola nicht, ich glaube, wir brauchen nicht einmal Renzo Barbera. So viele andere Hotels in San Remo haben mittlerweile beschlossen, den Sommer über zu öffnen. Wenn wir ihnen das Angebot machen zu investieren, dann ...«

Wieder brach sie ab. Sie war nicht sicher, ob der Kredit, den sie beim Bankier Frohmann aufgenommen hatten, für solch ein Vorhaben reichen würde.

Arthur schien ohnehin nicht richtig zugehört zu haben.

»Italienisch, französisch ...«, echote er.

»Du darfst unsere Filiale in San Remo nicht aufgeben«, fuhr sie fort. »Es müssen noch viele Pauschalreisende hierherkommen, wir müssen noch mehr Werbung machen und ...«

»Es ist vorbei«, fiel er ihr ins Wort. Und als sie erstmals schwieg, ihn verstört ansah, fügte er hinzu: »Pass auf, dass du nicht in die Scherben trittst.«

Kurz dachte sie, er hätte bildlich gesprochen und meinte Paolas Betrug, der nichts als einen Scherbenhaufen zurückgelassen hatte. Verspätet sah sie es vor ihren Füßen funkeln – ein ganzes Meer an Scherben, ein falsches Meer, ein tödliches Meer. Das Meer verhieß doch eigentlich Freiheit. Allerdings hatte sich auch Agapito heute am Meer eine blutige Stirn geholt.

Nicht weit von den Scherben entfernt, lag jenes blecherne Schild, das bis zum Nachmittag über der Filiale angebracht gewesen war. *REISEBUREAU SOMMER – VIAGGI INTERNAZIONALE – VOYAGES INTERNATIONAUX.*

Es war immerhin noch heil, was man vom Fenster nicht sagen konnte. Nicht nur, dass dieses eingeschlagen worden war – der Tisch dahinter war umgekippt, sämtliche Unterlagen, die sich dort befunden hatten, lagen auf dem Boden verstreut.

»Was ist passiert?«, fragte Salome. Und langsam dämmerte ihr, dass Arthurs bleiches Gesicht nichts mit Paola und Renzo zu tun hatte. Tatsächlich war es nicht ihr Name, den er nun hervorstieß, sondern der eines gewissen Hellmut von Gerlach. »Wer ... Wer ist das?«

»Ein Sozialist ... oder Kommunist ... Ich weiß nicht genau, was der Unterschied ist.«

Salome wiederum wusste, dass Gedeone beides für eine Krankheit hielt. Und anscheinend war er nicht der Einzige, der diese Krankheit kurieren wollte. Allerdings nicht mit nutzloser Medizin wie Dottore Sebastiano, der seinen Patienten Petersilienbüschel in den Hintern steckte oder Lampenöl zu trinken gab, sondern indem man die Grenze zum Brenner besser bewachte und aus den Zügen holte, was man hier nicht länger als Menschen, sondern als Ungeziefer ansah.

Es war ein unglücklicher Zufall, dass Hellmut von Gerlach im selben Zug gesessen hatte wie eine Reisegruppe, die ihren Urlaub in San Remo im Reisebureau Sommer gebucht hatte. Doch allein dass sie Deutsch sprachen wie er, hatte auch sie verdächtig gemacht. Sie hatten aussteigen, den nächsten Zug zurück nach Frankfurt nehmen müssen.

»Sie werden nicht kommen ... Sie werden nicht kommen ...«, stammelte Arthur ein ums andere Mal.

»Aber das ist doch nur eine einzige Reisegruppe«, sagte Salome, »an ihrer Stelle werden weitere Logiergäste anreisen. Du musst bloß irgendwie verhindern, dass sich dieses Missverständnis herumspricht. Wenn du dich weiterhin mit deiner Familie hier aufhältst, wird jeder denken, dass ...«

»Das hier«, sagte Arthur und deutete auf die Scherben, »das hier ist kein Missverständnis. Weißt du, ich wollte immer zu den Wilden nach Afrika reisen, aber meine Mutter meinte, die Wilden aus Afrika seien keine echten Wilden mehr. Nun scheint es so, als ob die Italiener wild geworden wären.«

»Wer ... Wer hat das getan? Gedeone Barbera?«

Aber nein, Gedeone war ja damit beschäftigt, den Strand gegen Briten und Franzosen zu verteidigen. Und tatsächlich: Den wirren Worten ihres Vaters entnahm sie, dass ein Rudel fremder junger Männer das Reisebureau verwüstet hatte.

»Wenn Renzo davon hört, wird er etwas unternehmen. Er wird das nicht dulden«, rief sie. »Niemand wird es dulden, auch nicht der Bürgermeister oder der Podestà, wie man ihn nun nennt. Jemand wird für den Schaden bezahlen müssen, neue Fenster einsetzen lassen und ...« Sie stieg über die Scherben. »Wo ist eigentlich ein Besen?«, fragte sie. Arthur antwortete nicht, und sie betrat das Geschäft. Doch womit auch immer man früher die Olivenschalen und Blätter und Kerne zusammengekehrt hatte – sie fand keinen. »Warum ist hier nirgendwo ein Besen?«, schimpfte sie.

Sie wusste, der Ärger war lächerlich, es wollte ja niemand wie eine Hexe auf einem Besen in den Urlaub reiten. Aber der Ärger war leichter zu ertragen als das Unbehagen.

»Renzo kann gar nichts machen«, murmelte Arthur, der ihr gefolgt war. »Nicht gegen Mussolini.«

Sie begann, diesen Namen zu hassen. »Ich weiß, Mussolini kann alles. Aber meines Wissens wurde noch auf keiner Briefmarke abgebildet, wie er die Fenster eines Reisebureaus einschlägt.«

»Und doch hat er es auf diese Filiale abgesehen.«

Salome blickte ihren Vater verständnislos an. Wie konnte einer wie Mussolini Scherben wollen. Einer glatt polierten Glatze konnten diese doch gefährlich werden.

»Das faschistische Regime hat schon im letzten Jahr sämtliche Hoteliers und Bankbeamten, grundsätzlich alle, die mit dem Tourismus Geld verdienen, angewiesen, die Beziehungen mit ausländischen Reiseagenturen abzubrechen«, fuhr Arthur leise fort.

»Weiterhin können Deutsche hier Urlaub machen, aber sie müssen privat anreisen oder ihre Reisen bei italienischen Reisebureaus buchen. Renzo meinte damals, ich solle die Verordnung nicht ernst nehmen, in Italien nähme man es mit den Gesetzen nie so genau. Aber die jungen Männer sehen das offenbar anders. Wenn ich mein Geschäft nicht aufgebe, schlagen sie das nächste Mal das Fenster mit meinem Kopf ein, haben sie gedroht. Und wenn Renzo künftig mit mir zusammenarbeitet, riskiert er, sein Hotel zu verlieren oder seine Freiheit oder beides. Wir ... Wir müssen abreisen.«

»Aber das kann Mussolini doch nicht machen!«

»Wer soll ihn denn aufhalten? Es gibt kein Parlament mehr, soweit ich weiß, und falls doch, hat es nichts zu sagen. Der König nickt ab, was immer er ihm vorlegt.«

Salome betrat den hinteren Raum. Die Regale, die dort standen, waren ebenfalls umgestoßen worden. Sie fand auch hier keinen Besen, jedoch einen Staubwedel, aus grauen Federn gemacht, der Größe nach von einem Strauß, der Farbe nach von Tauben. So oder so schienen sie zu weich, um die Scherben damit wegzufegen.

Am Ende folgte sie Arthur wie betäubt zurück zur Villa Barbera.

Erst als sie ankam, merkte sie, dass sie den Staubwedel noch in der Hand hielt. Sie konnte ihn nicht einmal loslassen, als Ornella auf sie zustürzte – sie klammerte sich ja auch noch an die Hoffnung, dass irgendwie alles gut würde, obwohl sie Ornella nun berichten musste, was geschehen war.

Als sie geendet hatte, bebten ihr die Knie. Sie stützte sich auf den Staubwedel, als wäre er ein Stock, und plötzlich stiegen Erinnerungen an einen anderen Stock hoch. Auch an den, dem er gehörte. Der dafür sorgen könnte, dass ihr eine Zukunft an der

Riviera leuchtete. Zur Riviera zählten ja nicht nur Teile der italienischen Küste, auch der französischen. Und in Frankreich hatte Mussolini nichts zu sagen.

»Was sollen wir denn nur tun?«, rief Ornella hilflos. »Muss dein Vater die Filiale wirklich schließen? Werdet ihr wirklich abreisen? Und wie bald schon?«

Salome ließ den Staubwedel fallen, ihre Hände waren schweißnass. Ihr Herz begann zu pochen, nicht nur, weil Paola Arthur mit Renzo betrog. Das musste sie nun wegschieben, um hinter dem Unaussprechlichen noch eine Zukunft zu sehen.

»Maxime Aubry«, stieß sie aus. »Maxime Aubry.«

Ornella starrte Salome an, als hätte sie den Verstand verloren. »Wie kommst du jetzt auf ihn? Ich wollte die Aubrys doch nicht wieder erwähnen.«

Salome atmete tief durch, schob nicht nur alles Unaussprechliche dieses Tages beiseite, auch das, was damals nach ihrem Ausflug in Monaco zwischen ihr und der *sorella* gestanden hatte.

»Aber genau das solltest du«, sagte sie energisch. »Erzähl mir mehr von den Aubrys.« Ornella kaute verständnislos auf ihrer Unterlippe. »Verstehst du denn nicht? Die Aubrys …«, Salome wurde laut, als gälte es zu beweisen, dass sich ob dieses Namens ihre Zunge nicht verknotete, »die Aubrys könnten untere Rettung sein.«

Eine Weile standen sie noch auf der Straße. Die elektrische Beleuchtung ging an, Mücken flogen surrend in Schwärmen um das Licht, zwei Motorräder rasten lärmend an ihnen vorbei. Salome ließ sich davon nicht stören, zog Ornella nur ein wenig zur Seite, zu jener Palme hin, wo diese nach dem Ausflug nach Imperia auf sie gewartet hatte.

»Ich verstehe nicht, warum du dich plötzlich für Maxime Aubry interessierst …«, murmelte Ornella.

»Du hast doch erwähnt, dass Maxime Aubry sehr reich ist.«

Ornella nickte. »Er ist einer der reichsten Männer von Menton. Sein Vater hatte zuerst nur ein Tuchgeschäft, er handelte später auch mit Parfum und Wein, stieg ins Bankgeschäft ein, beteiligte sich an einer Schiffswerft und ... Warum willst du das alles wissen?«

»Du hast zudem erwähnt, dass er gleich mehrere Hotels besitzt.«

Wieder nickte Ornella. »Er hat sie nach dem Krieg gekauft. Damals waren sie günstig zu haben, weil sie im Krieg als Lazarett gedient hatten und hinterher völlig verwüstet waren.«

»Und wie viele Hotels sind das?«

Ornella zuckte die Schultern. »Ich glaube, drei. Ein kleines in der Altstadt, ein deutlich größeres am Quai du Midi, und ein Drittes – das eleganteste und weitläufigste – oberhalb vom Jardin Public.«

»Aber er hat nur einen Sohn, richtig? Und der will lieber Schriftsteller werden als Hotelier.«

Salomes Gedanken kreisten mittlerweile so schnell, dass es ihr eigentlich egal war, ob Félix Aubry Schriftsteller oder Rosenpflücker oder Leichtmatrose werden wollte. Sogar was Ornella an ihm fand, war ihr in diesem Augenblick egal.

»Worauf willst du denn hinaus?«, fragte diese eben.

»Es ist doch sicher eine große Herausforderung, gleich drei Hotels zu führen, wenn man so viele andere Geschäfte hat. Vielleicht könnte Maxime Aubry die Hilfe eines erfahrenen Hoteliers, wie dein Vater einer ist, gebrauchen. Oder die Hilfe eines Reiseagenten, der allen Touristen, die er bislang nach Italien begleitet hat, einen Urlaub in Menton schmackhaft macht. Mein Vater könnte dort eine Filiale seines Reisebureaus eröffnen und ...«

Sie brach ab. Es gab noch so vieles zu bedenken, so vieles herauszufinden und zu klären, aber das Wichtigste war gesagt.

»Du denkst, auf diese Weise könnten wir doch noch zusammenbleiben ...«, murmelte Ornella.

Salome nickte. »Ich habe nur keine Ahnung, wie wir deinen Vater und Maxime Aubry zusammenbringen können ... oder gar meinen Vater mit ihm. Wir reisen ja ab, von Deutschland aus kann ich nichts mehr dafür tun ...«

»Aber ich«, sagte Ornella schnell, »ich bin hier. Ich werde mich über die Hotels kundig machen. Und ich werde alles daransetzen, dass sich mein Vater und Maxime Aubry wieder begegnen.«

Ein weiteres Motorrad raste an ihnen vorbei. Eine Gruppe junger Männer folgte wenig später. Bei ihrem Anblick spannte sich Salome unwillkürlich an, musste an das denken, was an diesem Tag geschehen war. Aber die Männer grölten nicht, sie lachten, und sie sprachen nicht von Kampf und Front, sie pfiffen ein Lied. Und obwohl es ihr kurz wie Hohn erschien, dass sich die Welt nach diesem Tag weiterdrehte, andere einen unbeschwerten Sommer mit durchfeierten Nächten und Tagen am Strand, mit Meeresbrise und Blumenduft genossen, war dieses Lied zugleich eine Verheißung: Es würde auch für sie nicht ihr letzter Sommer am Meer sein.

Später suchte Salome Paola. Nicht dass es ihr leichtfiel, ihr gegenüberzutreten. Nicht, dass kein Hader in ihrem Herzen wucherte. Aber sie wusste: Wenn sie an die Riviera zurückkehren wollte, brauchte sie auch Paolas Hilfe.

Sie fand sie mit verweinten Augen auf der Sonnenterrasse, im zunehmend kühleren Abendwind fröstelnd.

Salome stellte sich schweigend neben sie. Als Paola aufsah, näher an sie heranrücken wollte – vielleicht um Trost zu suchen, vielleicht nur Wärme –, wich sie zurück.

»Es ist so schrecklich, dass wir die Filiale unseres Reisebureaus aufgeben müssen«, stammelte Paola.

Salome suchte lange nach Worten, in die sie ihr Wissen um Paolas Betrug kleiden konnte. Schließlich sagte sie nur: »Dein Vater hat nur manchmal als Eisverkäufer ausgeholfen, ansonsten hat er im Elbtunnel geschuftet.«

In Paolas weit aufgerissenen Augen stand ein stummes *Madonna mia!* »Ich habe dir doch gesagt, dass mein Vater kein Eis gemocht hat …«

»Aber ich wusste bis heute nicht, dass er auch kein Eis *gemacht* hat«, sagte Salome und konnte nun doch nicht verhindern, dass ihre Stimme schneidend klang.

»Ist das denn ein großer Unterschied?«

»Es ist jedenfalls ein großer Unterschied, ob du Vater liebst oder Renzo.«

Paola zuckte zusammen, machte aber keine Anstalten, sie zu beschwichtigen, sich in irgendwelchen Ausflüchten, gar Lügen zu ergehen, die Affäre mit Renzo zu leugnen. Sie warf nur einen Blick über die Schultern, um zu prüfen, ob jemand sie gehört hatte, stellte fest, dass sie immer noch allein waren.

»Von einem Oder kann nicht die Rede sein. Ich liebe sie beide … Oder ich liebe sie beide nicht … Deinen Vater habe ich jedenfalls recht gern. Anders als ich glaubt er die Lügen, die er erzählt. Das ist wohltuend, ich selbst habe das nie gekonnt.«

Dass Paola so ehrlich war, nahm Salome trotz allem für sie ein. »Wenn mein Vater für dich ein Lügner ist, was ist dann Renzo?«

Paola zuckte die Schultern. »Alle beide sind wie ein Bahnhof, an dem ich, der Zug, nur verweile. Ich dachte immer, ich könnte einzig in Italien glücklich werden. Aber jetzt weiß ich: Am glücklichsten bin ich, wenn wir auf dem Weg von Deutschland hierher sind, nicht, wenn ich irgendwo bleiben muss.«

Nicht länger nur Ärger nagte an Salome, auch Enttäuschung. Schlimm genug, dass Paola einst das Versprechen gebrochen hatte, ihre *sorella* zu sein. Eben nahm sie ein anderes – zwar nie laut ausgesprochenes, aber mit mancher Geste bekundetes – zurück, wonach sie eine starke, selbstbewusste Frau war, die es mit Tilda Sommer aufnehmen konnte. Paolas Rückgrat schien stattdessen jenen trockenen Kuchen zu gleichen, die sie oft zu backen versuchte und die zu Krümeln zerfielen, stach man mit der Gabel hinein. Die Kälte ließ sie noch stärker erbeben, und aus den großen schwarzen Augen liefen plötzlich Tränen. So schrill und laut Paola ansonsten sein mochte – sie weinte fast lautlos, auf eine Art und Weise, wie wohl auch die Geister der Toten weinten.

Und so groß Salomes Verachtung eben noch gewesen war, plötzlich wusste sie, dass sie an diesem Tag genügend Steine und Scherben gesehen hatte. Was fehlte, war nicht noch mehr Wut, es fehlten Liebe, Zärtlichkeit und Hoffnung. Vorsichtig legte sie die Arme um Paolas Schultern, und die ließ sich gegen sie sinken.

»Es tut mir leid«, gestand Paola, »es tut mir leid, wie ich dich damals behandelt habe.«

Während sie weiterhin lautlos Tränen vergoss, rang Salome nach den richtigen Worten. Obwohl sie es wollte, konnte sie ihr nicht einfach vergeben, Paola hatte sich ja nicht nur an ihr schuldig gemacht. Sie wollte auch nicht offen aussprechen, dass sie ihr Geheimnis vor dem Vater hüten würde, folglich ihn ebenso zu verraten gedachte. Am besten erschien es ihr schließlich, wenn sie nicht länger von der Vergangenheit, vielmehr von der Zukunft sprach.

»Ich … Ich habe einen Plan«, sagte sie, »und du musst Vater davon überzeugen.«

Paola lauschte aufmerksam, als sie ihr erklärte, dass sie jene Logiergäste, die bislang nach Italien gereist waren, von Urlaubsreisen an die französische Riviera, genauer gesagt nach Menton, überzeugen mussten.

Paola sagte zunächst nichts dazu, auch nicht, ob das Auf-dem-Weg-Sein von Deutschland nach Frankreich sie so glücklich machen würde wie das Auf-dem-Weg-Sein von Deutschland nach Italien. »Du wirst deinem Vater nichts von mir und Renzo erzählen?«, fragte sie nur.

Salome wurde die Kehle eng. Wie oft hatte sie etwas zum Vater gesagt, und er hatte ihr nicht zugehört. Doch reichte dieses Unrecht, um selbst eines auf sich zu laden? Eine Weile stritten nüchterne Berechnung und nagende Schuldgefühle.

»Warum sollte ich?«, brachte sie schließlich hervor, als Erstere Oberhand gewann.

Bald verließ sie die Sonnenterrasse. Sie drehte sich nicht mehr nach Paola um, nicht mehr nach dem Thermometer, erst recht nicht nach der untergehenden Sonne, die San Remo in ein weiches, melancholisches Licht tauchte.

Als sie die Terrasse verließ, lief sie Agapito in die Arme. Sie vermeinte, dass nicht erst Stunden seit ihrem Kuss vergangen waren, sondern mehrere Wochen. Und in diesen Wochen war sie erwachsen geworden, während der Bursche, der seine fehlende Körpergröße mit einem fadenscheinigen Schnurrbart und seine fehlende Männlichkeit mit forschen Küssen und Steinewerfen wettzumachen versuchte, ein Knabe geblieben war.

»Ornella behauptet, ihr reist so bald wie möglich ab«, rief er entsetzt. »Stimmt das?«

Salome wich zurück, als seine Lippen den ihren bedrohlich nahe kamen, wollte ihm keinen weiteren Kuss gestatten. Dennoch war sie gerührt ob seiner Verzweiflung, für die Gedeone ihn wohl verachtet hätte.

Sie rang sich ein Lächeln ab und sagte mit dem Brustton der

Überzeugung: »Hab keine Angst. Ich verspreche dir hoch und heilig: Nächsten Sommer sehen wir uns wieder.«

Salome brach dieses Versprechen, wenn auch nicht aus eigener Schuld.

Schon die Inflation nach dem Großen Krieg hatte Arthur mit einem Krokodil verglichen. Ein weitaus gefährlicheres Monster kam an einem Schwarzen Freitag im Oktober 1929 aus seinem Feuerpfuhl gekrochen, mit Klauen und Hörnern, die schärfer waren als die Klinge eines Säbels. An ihnen zerplatzten alle Träume, Ideen, Pläne. Und als die leeren Hüllen auf den Boden fielen, trampelte das Untier auch noch darauf herum und hinterließ schwarze Löcher anstelle einer Zukunft.

Das Einzige, was Salome dann und wann aus einem dieser Löcher fischen konnte, waren Briefe von Ornella, in die sie Sand vom Strand gab, zudem beharrlich beteuerte, an ihrer Freundschaft festzuhalten und die Hoffnung auf ein Wiedersehen nicht aufzugeben. Von einer Zusammenarbeit zwischen den Aubrys, den Barberas und den Sommers war indes nicht länger die Rede. Weder stand fest, dass die Villa Barbera den Zusammenprall mit dem Ungeheuer Wirtschaftskrise heil überstehen würde noch das Reisebureau Sommer.

1930–1932

Achtes Kapitel

Selten hatte es in San Remo so viel geregnet wie in jenem Winter, der auf Salomes vorerst letztem Sommer am Meer folgte. Die sonst so farbenprächtige Stadt, bei der an jeder Ecke etwas blühte – ob langstielige Rosen, süß duftende Nelken, leuchtend rote Begonien und Kamelien mit ihren runden Blüten –, war nur noch ein graues Einerlei. Die zerklüfteten Berge in der Ferne verschmolzen ebenso mit dem farblosen Himmel wie die weichen Hügel, die sich bis ans Meer heranschlichen. Ornella fühlte sich verlassen und trostlos wie nie. Was sie am Morgen aus dem Bett trieb, war einzig die Hoffnung, dass vielleicht wieder ein Brief von Salome eintreffen würde.

Auch an einem Morgen im Januar 1930 wurde Renzo die Post gebracht, als die Familie noch am Frühstückstisch saß. Ornella hatte schon Mühe, geduldig zu bleiben, während ihr Vater Couvert für Couvert durchsah. Noch schwieriger war es, um Beherrschung zu ringen, als sie sah, dass ein Brief von Salome dabei war. Jedes Mal, wenn Renzo ihn ihr reichen wollte, riss nämlich Agapito ihn aus der Hand des Vaters, ganz so, als gehörte der Brief ihm ... schlimmer noch, als gehörte Salome ihm. Ornella blieb gleichwohl wie immer still sitzen und sah mit ausdrucksloser Miene zu, wie Agapito das Couvert aufriss, die ersten Zeilen las.

Sie zeigte nicht mal Gefühle, als ihr Vater Agapito ermahnte: »Der Brief ist für Ornella. Nun gib ihn ihr schon.«

Agapito hörte zwar nicht auf Renzo, aber auf Gedeone war

Verlass. Spätestens beim vierten Satz kam von ihm ein giftiges: »Du interessierst dich doch nicht ernsthaft für die Deutsche!« So auch jetzt. Und das bewog Agapito, den Brief fallen zu lassen.

Ornella zählte bis zehn, bückte sich dann, hob den Brief auf, steckte ihn ein.

Nach dem Frühstück verkroch sie sich in Rosas Küchenschrank, las den Brief, bis sie ihn auswendig kannte, las ihn dann trotzdem noch viele Male.

So viele Frankfurter Reisebureaus gingen bankrott, schrieb Salome, vor allem die, die sich aufs Seepassagegeschäft verlassen und Fahrten nach Amerika angeboten hätten. In die Neue Welt strebe niemand mehr. Früher seien dort aus den modernen Wasserleitungen Milch und Honig geflossen. Heute erzähle man sich, dass die Schlangen vor den Suppenküchen immer länger, die Elendslager immer größer würden, die Menschen gefrorene Kartoffeln ausgrüben und wilde Vögel jagten.

Ornella drückte den Brief an die Brust, schlug sich den Kopf am Küchenschrank an, versuchte dem Schmerz zu trotzen. Solange sie ihm nicht nachgab, würde sie sich auch von Salomes verstörenden Zeilen nicht die Hoffnung nehmen lassen, dass doch noch alles gut würde.

Im Frühling 1930 ließ der stete Regen nach, und Salome schrieb erstmals nicht mehr von Reisebureaus, die schließen mussten, sondern davon, dass ihr Vater die Krise zu überleben schien.

Zwar hatten die Menschen zu wenig Geld fürs Essen und dachten deshalb nicht ans Reisen, doch Arthur hatte schon während des Großen Krieges für die Eisenbahn gearbeitet, und dank alter Kontakte durfte er in einem der Räume seines Reisebureaus eine Fahrkartendruckmaschine aufstellen und fortan Tickets für die Deutsche Reichsbahn drucken. Die Fahrten, für die diese Tickets bestimmt waren, führten nicht in ferne Länder, sondern in nahe Städte wie Aschaffenburg oder Hanau, doch um die öde Arbeit an der Druckmaschine zu ertragen, gab Arthur ihnen andere Namen. Wenn er am Abend mit schwarzen Fingern nach Hause kam, behauptete er, Fahrkarten nach Andorra und zu den Osterinseln gedruckt zu haben – oder gar nach Haugesund. *Und denk dir*, schrieb Salome, *Haugesund gibt es wirklich, so heißt eine Stadt in Norwegen. Mein Vater hat sie uns im Atlas gezeigt.*

Ornella lächelte schwach ob dieses ungewöhnlichen Namens.

»Was machst du denn da?«, rief Rosa entsetzt, als sie sie oder vielmehr die Beine, die aus dem Schrank ragten, erblickte. »Komm sofort heraus! Du hast zum Frühstück ja fast nichts gegessen, du wirst hungrig sein.«

Rosa hielt einen großen Teller mit Mandelkeksen in den Händen, und sobald Ornella aus dem Schrank gekrochen war, nahm sie ihn, bedankte sich dafür. Sie zog sich mit dem Teller jedoch nicht in ihr Zimmer zurück, sondern betrat wenig später das Bureau des Vaters. Wenn das Reisebureau Sommer bis jetzt überleben konnte, dann musste das auch für die Villa Barbera gelten!

Ihr Vater saß am Schreibtisch, Ornella stellte den Teller auf diesen, schenkte ihm Kaffee aus jener Kanne ein, die man ihm schon zuvor gebracht hatte. Als Renzo die Tasse an die Lippen führte, verschüttete er ihn, weil seine Hände so stark zitterten, und ehe er vom ersten Keks abgebissen hatte, hatte er ihn zu Krumen zerdrückt, die nicht nur auf den Teller, sondern auf seinen Schreibtisch fielen. Er bemerkte es nicht einmal, starrte auf seine Uhr.

»Zeigst du es mir?«, fragte sie leise.

Sie musste die Frage mehrmals wiederholen, bis Renzo verwundert hochblickte, erst jetzt zu erfassen schien, dass seine Tochter, kein Dienstmädchen, vor ihm stand. »Was meinst du?«

»Wie man die Uhr aufzieht!«

»Untersteh dich!«, blaffte er sie an, und sein Blick wurde so finster, dass Ornella unwillkürlich zurückwich. »Tut mir leid«, murmelte Renzo, »ich wollte dich nicht erschrecken.« Ornella war nicht sicher, ob ihr Vater sie sonderlich mochte. Einmal hatte er zu ihr gesagt, dass der größte Gefallen, den sie ihm tun könnte, darin liege, ihrer Mutter nicht zu ähneln. Ganz sicher mochte er sich aber selbst nicht, wenn ihm aus dem Spiegel die Fratze des Krieges entgegenstarrte. Deshalb gab er sich weiter zerknirscht, rang um ein joviales Lächeln, zog, als ihm das nicht glückte, so lange an den Spitzen seines Schnurrbarts, bis sich auch die Lippen verzogen. »Ich will sie einfach nicht aus den Händen geben. Ich fürchte, wenn sie nicht mehr tickt, verlässt mich mein Glück.«

Ornella nickte und ging, kam am nächsten Vormittag wieder mit Mandelkeksen und am übernächsten ebenso. Die Uhr tickte weiter, Renzos Glück war dennoch in Gefahr ob all der beunruhigenden Nachrichten in den Zeitungen. Wenn ganze Freitage plötzlich schwarz waren, wie sollten die einzelnen Sekunden, für die das Ticken stand, zu mehr Licht verhelfen? Nicht dass er mit ihr darüber redete, er führte lediglich Selbstgespräche, während sie schweigend in der Ecke saß.

Eine Woche verging, und Ornella gab ihr Schweigen erstmals auf. »Du vermisst sie«, stellte sie fest. Und während Renzo sie noch verblüfft anstarrte, seine Finger sich einmal mehr nervös über seine Ohrläppchen hermachten, fügte sie hinzu: »Du vermisst Paola, und ich vermisse Salome.«

Renzo starrte sie aus schmalen Augen an, schien jetzt erst zu bemerken, dass sie kein Kind mehr war, sondern eine junge Frau, immer noch unscheinbar und etwas zu dick, gerade um die Hüften, gleichwohl aber jemand, der eine gewisse Ruhe und Entschlossenheit ausstrahlte, der vertrauensselig war.

»Ich fürchte, sie wird nicht an die Riviera zurückkehren«, murmelte er, sah den eigenen Kummer wohl in ihren Augen gespiegelt, seufzte traurig, aber auch erleichtert, weil er ihn erstmals teilen konnte.

»Zeigst du mir nun, wie man die Uhr aufzieht?«, fragte Ornella nach einer Weile leise. »Ich muss es ja nicht selbst tun, aber ich will wissen, wie es funktioniert.«

Er zeigte es ihr. Er zeigte ihr auch, wie man Gästebücher ausfüllte. Er tat es nach wie vor, obwohl kaum mehr Gäste kamen, trug einfach falsche Namen ein, so wie alle Hoteliers es taten, um zu verschleiern, dass ihre Häuser leer standen.

Ornella half ihm, sich Namen auszudenken, schöpfte dabei aus dem Repertoire von Doktor Sebastianos Heiligen, schlug als Vornamen Quiriaco, Gervasio oder Ingenuino vor.

Manchmal brachte sie Renzo damit zum Lachen. Wenn gerade ein Mandelkeks in seinem Mund steckte, wurde ein Husten draus. Nachdem sie ihm einmal auf die Schultern geklopft hatte, fragte sie unvermittelt: »Wäre es nicht besser, die Namen von echten Gästen einzutragen?«

»Aber woher soll ich die nehmen, wenn kaum einer verreist?«, fragte er. »Ach, wenn uns diese Krise nicht heimgesucht hätte … Ich hatte doch so große Pläne … Ich wollte weitere Hotels kaufen, nicht nur in San Remo, an der ganzen Küste. Sie hätten alle den gleichen Namen getragen, und überall hätten die Gäste den gleichen Standard vorgefunden, aber … Aber daran ist jetzt ja nicht mehr zu denken.«

»Wir müssen versuchen, wenigstens die Villa Barbera ausgebucht zu bekommen«, murmelte sie, und ehe er etwas einwenden konnte, fügte sie hinzu: »Gedeone muss uns helfen.«

»Pah!«, stieß ihr Vater aus. »Gedeone interessiert sich so gut wie gar nicht für unser Hotel. Er sollte mir bei der Geschäftsführung helfen, irgendwann wird er mein Nachfolger, doch er treibt sich ja lieber mit den Schwarzhemden rum und trachtet nach nichts anderem, als seinen Duce glücklich zu machen. Früher hat er nur englische Touristen verprügelt, jetzt legt er sich mit den Feinden des Faschismus an, ob Journalisten oder Unternehmer oder Sozialisten. Manchen flößen sie Unmengen Rizinusöl ein, bis sie sich erbrechen oder Durchfall bekommen oder …«

Ornella hatte ihre Hand nicht von seinem Rücken genommen, nachdem sie darauf geklopft hatte, fühlte nun, wie er erschauderte. Sie dagegen unterdrückte jegliches Beben: »Der Duce setzt doch alles daran, unser Land heil durch die Krise zu führen. Er meinte jüngst, Italien würde diese nicht so schlimm treffen, schließlich sei unser Land nicht auf Importe angewiesen.«

»Woher weißt du das?«, fragte Renzo.

Ornella murmelte, dass sie es aus der Tageszeitung wisse, die sie regelmäßig las. »Er hat jedenfalls recht«, fuhr sie fort. »Warum brauchen wir Importe, die italienischen Getreidefelder sind groß und fruchtbar. Allerdings müssen die Männer, die sie beackern, auch jene, die in den Fabriken arbeiten oder neue Straßen und Wohnungen bauen, bei Laune gehalten werden. Deshalb ermöglicht die Opera Nazionale Dopolavoro Kurzurlaube, sie werden sogar im Radio beworben. Gedeone soll dafür sorgen, dass du mit Dopolavoro zusammenarbeiten kannst, man diesen Kurzurlaub auch hier in San Remo in der Villa Barbera verbringen kann.«

Renzo steckte einen weiteren Keks in den Mund, lachte plötzlich. »Du bist ja gar kein so dummes Mädchen, wie ich immer dachte«, stieß er aus, hustete alsbald wieder heftig.

Diesmal klopfte sie ihm nicht auf den Rücken.

Im Sommer 1930 waren die Betten der Villa Barbera zur Hälfte belegt, im Winter darauf zu drei Vierteln, im Sommer 1931 waren sie sogar ausgebucht, was nicht nur an der Kooperation mit Dopolavoro lag, auch daran, dass der vergangene Sommer in Nordfrankreich verregnet gewesen war, die Touristen in Scharen an die Riviera strömten, umso mehr, da mittlerweile sämtliche Hoteliers beschlossen hatten, ihre Häuser über den Sommer zu öffnen.

Auch in Deutschland ging es bergauf, wie Ornella aus Salomes Briefen erfuhr. Das Monster Wirtschaftskrise mochte nicht zu schmatzen aufgehört haben, aber es stampfte nicht mehr schwarze Löcher in den Boden. Manchmal klaffte dieser nur einen winzigen Spaltbreit, und gewitzte Geschäftsleute sahen darin Nischen, die sie mit neuen Produkten füllten. Ihr Vater druckte weiterhin Fahrkarten, aber bot zudem wieder Taunusfahrten an, die Sehnsucht nach dem Kaiser oder zumindest nach einem starken Mann war groß, und das brachte genügend Geld ein, um nicht bloß die üblichen Anzeigen in den großen Frankfurter Zeitungen zu schalten, sondern Plakate an den Litfaßsäulen am Roßmarkt anzuschlagen. Salome half manchmal beim Entwerfen der Plakate, war nun oft nach der Schule im Reisebureau. Im kommenden Jahr würde sie ihr Abitur ablegen, und während ihre Mitschülerinnen von Hochzeiten oder einem Medizinstudium, der Ausbildung zur Hebamme oder zur Sekretärin sprachen, hatte sie beschlossen, sich von Herrn Theodor in die Grundsätze der Buchhaltung einweisen zu lassen.

Ornella setzte sich immer noch in den Küchenschrank, wenn sie Salomes Briefe las, aber sie lernte sie nicht länger auswendig, sie hatte dafür schlichtweg keine Zeit. Nun, da die Villa Barbera und das Reisebureau Sommer die Wirtschaftskrise überstanden hatten, galt es, den ursprünglichen Plan wiederaufzunehmen.

Renzos Vertrauen hatte sie gewonnen. Nun galt es, ihren Vater und Maxime Aubry zu einer Kooperation zu bewegen, und der erste Schritt war, im Laufe des Herbstes 1931 so viel wie möglich über die Aubrys herauszufinden. Einst hatte allein Félix ihre Neugier geweckt, aber der junge Mann hatte im Augenblick so wenig Platz in ihren Gedanken wie ihre Beine im Küchenschrank. Wer zählte, waren Maxime und Hélène Aubry.

Was man sich offen über Maxime Aubry erzählte, wusste Ornella schon: Demnach war er reich, besaß mehrere Unternehmen und Hotels, und er trug stets einen Stock. Als sie sich nun umzuhören begann, erfuhr sie auch Dinge, über die nur hinter vorgehaltener Hand getuschelt wurde.

Seinen Stock trug er seit frühester Kindheit, genauer gesagt seit jenen dunklen Wochen, da er an Kinderlähmung erkrankt war. Nicht nur auf einen Stock war er seitdem angewiesen, sondern außerdem auf speziell für ihn angefertigte Schuhe, erst aus Stroh, später aus Leder gemacht. Maximes Vater Corneille Aubry war ein Tuchhändler gewesen, der sich auf den Verkauf von Tischdecken, Servietten und Taschentüchern spezialisiert hatte, die billigeren aus Leinen, die teureren aus Damast. Er hatte keine Falte in seinen Stoffen geduldet – und keine schiefen Knochen an seinem Sohn, und deswegen war er dem Rat eines Arztes gefolgt, der den Fuß des Jungen in einen *redresseur*, eine Art Schraubstock, gespannt hatte, um ihn zu begradigen. Maxime hatte stundenlang geschrien, sodass sich seine Mutter Esmeralda eingemischt und ihrem Mann energisch erklärt hatte, dass ein Mensch mit einem kaputten Fuß leben könne, nicht aber mit einer kaputten Seele. Corneille Aubry hatte sich gefügt und den *redresseur* aus seinem Haus verbannt, jedoch nicht aufgehört, Ärzte zu konsultieren. Einer hatte ihm Hoffnung gemacht, hatte er doch auf eine komplizierte Operation verwiesen, bei der die Achillessehne verlängert wurde, indem man ihr die Form eines Z gab.

Ob sie am Ende tatsächlich einem Z glich, konnte niemand sagen. Maximes Fuß blieb jedenfalls auch nach der Operation verkrümmt, er hinkte stärker als zuvor, und was am schlimmsten war: Die Wunde wollte nicht heilen, entzündete sich immer wieder, nässte und stank abscheulich.

Einem anderen Menschen hätte solch ein Schicksal auch noch das Rückgrat gebrochen, doch Maxime Aubry verhalf der stinkende Klumpfuß zu zwei Dingen – zu seinem Vermögen und zu seiner Frau. Um den Gestank zu übertünchen, kaufte der Vater Parfums von Fragonard aus Grasse, und Maxime, von klein auf sehr geschäftstüchtig, kam früh auf die Idee, dass sie an diesen Parfums verdienen könnten – zunächst, indem sie Tischtücher und Servietten und Taschentücher damit bestäubten und den doppelten Preis dafür verlangten, später, indem sie die Düfte in kunstvolle Flakons umfüllten, bevorzugt solche, die die Form von Zitronen hatten. Am Ende gründeten die Aubrys eine eigene Parfümerie, und diese warf bald mehr Gewinn ab als der Tuchhandel.

Maxime Aubry war der Kindheit kaum entwachsen, als er alles über Düfte wusste. Er fand heraus, dass Jasmin und Rose den Gestank seines Klumpfußes nicht ausreichend übertünchten, Lavendel durchsetzt mit Myrte oder mit Mimose besser geeignet war. Und Orangenblüten durften auch nicht fehlen. Er parfümierte den Fuß im Übrigen immer selbst, zeigte ihn, sobald er der Kindheit entwachsen war, weder Eltern noch Dienstboten.

Der junge Aubry wurde achtzehn Jahre alt, als er das erste Mal den Strohschuh in Gegenwart eines anderen Menschen auszog, und das geschah im Mai, jenem Monat, der der Mairose ihren Namen gegeben hatte. Um den betörenden Duft dieser Blume zu konservieren, galt es, einen Wettlauf mit der Zeit zu gewinnen, denn die Rosen mussten innerhalb weniger Stunden nach ihrem

Aufblühen gepflückt und noch am Nachmittag desselben Tages destilliert werden.

Im Wettlauf war Maxime Aubry eigentlich nicht gut. Aber wenn er seinen Spazierstock, den er stets bei sich hatte, drohend hob, konnte er damit die Pflückerinnen zur Eile antreiben. Es waren an jenem Tag noch nicht alle Rosen abgeerntet, als er den Stock plötzlich sinken ließ. Er hatte eine junge Frau erblickt, deren Wangen den gleichen Farbton aufwiesen wie die Blütenblätter der Mairose.

Nein, es war keine der Pflückerinnen. Sie entstieg einer Droschke, die zufällig des Weges gekommen war, lief nun schnell auf die Blumen zu. Zumindest sah es so aus, als würde sie auf die Blumen zulaufen und eine pflücken wollen. Was sie aber ungleich mehr interessierte, war ein Teich neben dem Blumenfeld oder vielmehr eine Zikade, die hineingefallen war, zappelte, zu ertrinken drohte. Maxime beobachtete hingerissen, wie die junge Frau das Insekt rettete. Zikaden waren eigentlich seine Feinde, sie drohten die Lavendelfelder zu zerstören. Allerdings sah die junge Frau allzu reizend aus, wie sie da vor dem Teich kniete, das gleichfalls blütenfarbige Kleid gerafft. Bis er sich aus seiner Starre lösen, zu ihr humpeln konnte, hatte sie drei weitere Tiere vorm Ertrinken bewahrt, darunter einen Schmetterling, dessen Flügel noch feiner schienen als die Blütenblätter der Mairosen. Er pflückte ihr eine, wollte sie ihr reichen, die junge Frau schüttelte nur den Kopf.

»Blumen interessieren mich nicht«, murmelte sie, wandte sich wieder dem Schmetterling zu, meinte, sie müsse ihn füttern, auf dass er zu Kräften käme.

Maxime wusste nicht, was Schmetterlinge aßen. Aber er wusste plötzlich, dass diese Frau das Kleine, Verkrümmte, Kranke nicht scheute, dass sie diejenige sein würde, der er seinen Fuß zeigen konnte … und die er irgendwann heiraten würde.

Beides geschah nicht sofort, aber nachdem Maxime Hélène zu einem Besuch der Parfumfabrik von Grasse eingeladen hatte, folgte wenig später ein Diner in Menton, von Maximes Vater ausgerichtet, sobald dieser erfuhr, dass die junge Hélène nicht nur von altem provenzalischen Adel abstammte, sondern dass ihrem Vater Lucien de la Roux eine Werft gehörte. Während die Männer nach dem Essen einen Cognac tranken, führte Maxime Hélène auf die Terrasse, wo um eine Laterne tausend Nachtfalter summten, band dort den Strohschuh auf und schlüpfte hinaus. Wie erhofft scheute sie weder den grässlichen Gestank noch den grässlichen Anblick. Sie betrachtete ihn mit gleichem Blick wie alles Kranke, Beschädigte, Verletzte – ob zappelnde Zikaden, dreibeinige Hunde oder einohrige Katzen – voller Mitleid und frei von Ekel. Erst viel später fragte er sich, ob es nicht einfach nur Neugier war, und noch später fragte er sich, ob diese Neugier warm oder kalt war.

Sie waren beide neunzehn Jahre alt, als sie den Bund der Ehe schlossen. Bei der Hochzeit trug Maxime nicht die üblichen Strohschuhe, sondern dunkle Reiterstiefel. Und nachdem wenig später sein Vater starb, tauschte er den Holzstock gegen einen Stock aus Messing ein, dessen Löwenkopf jener Glasbläser für ihn hergestellt hatte, der auch die kunstvollen Flakons für die Parfums anfertigte. Mit den Parfums verdiente er weiterhin sein Geld, doch Maxime, so oft von seinem Fuß gezwungen, stehen zu bleiben, wollte zumindest das Geschäft in neue Höhen treiben. Er nahm Zitronenlikör ins Sortiment auf, Olivenöl, schließlich Wein. Stieg mit jenem Kapital, das er damit erwarb, ins Bankgeschäft ein und besaß bald eine Privatbank, nutzte die Kontakte seines Schwiegervaters, um sich am Verkauf von Luxusyachten zu beteiligen, wurde sogar Teilhaber am Casino von Menton, das zwar nie aus dem Schatten von Monte

Carlo heraustrat, aber genügend Glücksspieler anzog, dass Kugeln wie Rubel rollten.

Die Stiefel, die er trug, ließ er sich aus immer glänzenderem, feinerem Leder machen, auf den ersten Stock folgte eine zweite Spezialanfertigung mit noch größerem Löwenkopf.

Maxime Aubry wusste, manch ein Einwohner Mentons spottete über ihn, nannte ihn hinter seinem Rücken Hinkebein, grinste über sein Gebrechen und erst recht über die kostspieligen Versuche, es bestmöglich zu vertuschen. Aber das Lachen verging ihnen spätestens, als der Krieg ausbrach. Erst blieben alle Russen fern, dann sämtliche Logiergäste, schließlich zogen die kampftauglichen Männer von Menton an die Front. Nur Maxime konnte wegen seines Klumpfußes zu Hause bleiben, und es gab ja trotzdem viel zu tun in der Stadt – sie leerte sich mitnichten ganz.

Flüchtlinge aus den Gebieten um die Meuse und Somme fanden hier Zuflucht, und hinzu kamen die vielen Kriegsversehrten, die im milden Klima Mentons gesunden sollten. Als die Säle in den Krankenhäusern überquollen, wurden etliche Gebäude beschlagnahmt, das Casino, Maximes Bank, auch die meisten Hotels, und aus der Stadt der Zitronen wurde ein riesiges Lazarett. Maxime war unentschieden, ob er sich inmitten von so vielen kaputtgeschossenen Männern erstmals heil und kraftstrotzend wie nie fühlte oder vielmehr verdrossen, weil der Anblick von krummen wie fehlenden Gliedmaßen ihn unentwegt an seinen verkrüppelten Fuß erinnerte. Nachdem der letzte verwundete Soldat entlassen worden war, waren jedenfalls sämtliche Hotels verwüstet, verdreckt und verlaust und einige ihrer Besitzer derart verzweifelt, dass sie nicht auf die Entschädigungszahlungen warten wollten, die der Bürgermeister zugesagt hatte, sondern ihre Häuser zu einem Spottpreis an Maxime verkauften.

Am Ende besaß er drei, bezog mit seiner Familie ein Apartment im obersten Stockwerk vom größten, konnte vom Balkon aus auf das Meer sehen. Auch auf den Kieselstrand – nicht sonderlich breit und für Badende wenig anziehend, doch Maxime badete ja ohnehin nicht, er zog in der Öffentlichkeit seine Lederstiefel nicht aus. Er begnügte sich mit dem Ausblick, und noch mehr als dieser befriedigte es ihn, dass er aus etwas Kaputtem, Krankem wie dem Krieg einen Vorteil hatte ziehen können.

Ja, Maxime Aubry besaß die Gabe, aus Leiden, Gestank und Schmerzen Geld zu machen. Seine Frau Hélène wiederum war dazu übergegangen, alles Geld, das er verdiente, in Leiden, Gestank und Schmerzen zu stecken.

Alle Orte an der französischen Riviera hatten etwas, das sie unverwechselbar machte: Monaco das Casino, das orientalische Potentaten ebenso anzog wie reiche Geschäftsleute, Cannes die Croisette, an der Playboys und Filmstars flanierten. Beaulieu war ein Magnet für die Russen, sprach man doch dort in sämtlichen Geschäften ihre Sprache, und in Juan-les-Pins verweilten die Reisenden, die Sandstrände liebten.

Menton war daran gemessen ein langweiliger Ort. Die Stadt war von hohen, kahlen Bergen umgeben, und über diese felsige Grenze schwappte nur wenig von der glitzernden, schillernden Welt der Riviera. Allerdings hielten die Seealpen auch den Nordwind fern, was bedeutete, dass die Luft als besonders mild und zuträglich galt und das Klima als besonders mild und trocken. Schon kurz nach dem Krieg hatte der Bürgermeister entschieden, Menton nicht länger nur als »Perle des Mittelmeeres« oder als »Stadt der Zitronen« zu bezeichnen, sondern als *ville climatique*, und als solche wurde sie zum Paradies für alle Siechen: ob Tuberkulosekranke, Rheumatiker und Gichtleidende, ob Lungenkranke oder Asthmatiker, selbst skrofulöse Kinder. Die reichen Kranken ließen viel Geld in Privatsanatorien. Jene mit nicht so gut gefülltem Portemonnaie wurden von der Polyclinique de l'Hermitage aufgenommen, deren Betten kaum je leer standen. Es waren die kostengünstigeren Krankenpfleger aus Italien, die dort Betten überzogen, Spucknäpfe leerten und blutige Taschentücher auswuschen. Wer dagegen bei ihnen saß, Briefe oder Bücher vorlas, für die Kranken betete oder unermüdlich Spenden für das Komitee sammelte, das die Polyclinique finanzierte, war Maximes Frau.

Hélène Aubry scheute keine kranken Tiere, sie scheute nicht Maximes Fuß, sie scheute im Krieg nicht die verwundeten Soldaten. Und als der Krieg vorbei war, die Männer in ihr altes Leben zurückkehrten, obwohl sie nicht mehr die Alten waren, stattete sie dem Leiter der Polyclinique einen Besuch ab, erklärte, dass sie sich an den Dienst an den Kranken gewöhnt habe, ihren Lebenssinn daraus ziehe, Gutes zu bewirken, folglich regelmäßig aushelfen wolle.

Während der Leiter der Polyclinique noch den Kopf schräg hielt, offenbar nicht sicher war, ob sie wirklich eine Hilfe wäre oder nur im Weg stünde, fügte sie hinzu, dass ihr Mann natürlich zu großzügigen Spenden für das Haus bereit sei. Nicht, dass Maxime darüber sonderlich glücklich war, aber abschlagen wollte er ihr den Wunsch auch nicht. Und so gehörte Hélène – wegen des Geldes ihres Mannes und ihres Mangels an Ekel – alsbald zur Polyclinique wie Bettpfannen und Stirnreflektoren, Ohrenspritzen und Kehlkopfspiegel, Politzer Ballons und Tamponaden. Die Krankenschwestern waren ihr dankbar, wenn sie von Bett zu Bett schritt, Blut und Eiter abtupfte und Wunden verband. Nur die Kranken gruselten sich manchmal vor ihrem Blick. Sie fühlten, was auch Maxime immer häufiger fühlte – dass er zwar neugierig war, aber nicht warm, und dass er zwischen zappelnden Insekten und sich windenden Menschen keinen allzu großen Unterschied machte.

Im Sommer 1932 wurde Ornella in die Polyclinique von Menton eingeliefert. Es war der dritte Sommer ohne Salome, doch nicht die Sehnsucht nach der Freundin hatte sie krank gemacht, vielmehr ein Stück Seife, das sie gegessen hatte.

Eigentlich hatte sie gehofft, es würde genügen, lange genug im kalten Wasser zu stehen, aber das reichte nicht aus, um Fieber zu bekommen, vielleicht, weil sie das Baden im Meer gewöhnt war. Durch Zufall erfuhr sie aber, dass man mit Seife eine gleiche Wirkung erzielen konnte. Gewiss, die Seife mit Orangen- oder Lavendelduft, die die Logiergäste bei ihrer Ankunft erhielten, brachte nichts, sie führte nur zu einer kleinen Magenverstimmung, und die galt nicht als Krankheit, zumindest nicht in Rosas Augen. Anstatt sie ins Krankenhaus zu bringen, kurierte sie sie selbst mit gezuckerter Polenta.

Später entdeckte Ornella allerdings eine Seife, die ein englischer Gast einst im Hotel vergessen hatte, von der Admiral Soap Company in London hergestellt und nicht nur dem Zweck dienend, sich zu reinigen, nein, mithilfe regelmäßiger Anwendung das Körperfett abzuwaschen. Bevor sie sie schluckte, rieb Ornella sich die Hüften ein, die allerdings breit blieben. Nachdem sie die Seife in eiskaltem Wasser aufgelöst und dieses in großen Mengen getrunken hatte, bekam sie wiederum kein Fieber, nur einen hartnäckigen Husten.

Er wurde schlimm genug, dass Rosa meinte, ein Arzt solle sie abhorchen. Und da sie Dottore Sebastiano nicht traute, war sie offen für Ornellas Vorschlag, sie ins Krankenhaus von Menton einliefern zu lassen, das auf sämtliche Arten von Lungenleiden spezialisiert war.

Ornella hörte zu, wie Rosa auch Renzo davon überzeugte, und sie drückte ein Tuch auf den Mund, nicht nur, um einen neuerlichen Husten zu unterdrücken, zudem, um ihr beglücktes Lächeln zu verbergen.

Nachdem Ornella ins Krankenhaus eingeliefert worden war, blieb sie einen Tag im Bett liegen und wartete darauf, dass Hélène Aubry sich in ihrem Krankenzimmer blicken ließ. Sie kam nicht, offenbar war sie ein zu leichter Fall. Am zweiten Tag stand sie auf und erklärte der Krankenschwester, sie fühle sich stark genug, um in der nahen Kapelle für ihre Genesung zu beten. Tatsächlich traf sie dort eine zarte Frau in Kinderschuhen an. Allerdings nützte es nichts, sie nur zu sehen, sie musste auch mit ihr reden, und das war kaum möglich, solange sie den Rosenkranz in ihren Händen hielt und sich ihre Lippen lautlos bewegten.

Ornella horchte die Krankenschwestern aus, erfuhr, dass die Kapelle den Pénitents Blancs gehörte, der Bruderschaft der weißen Büßer, die zu Menton gehörten wie die vielen Gärten und das milde Klima, vor allem während der Osterfeiertage. Dann zogen sie mit Heiligenfiguren auf langen Holzstangen durch die Stadt. Bekleidet waren sie mit dunklen, bis zum Knöchel reichenden Röcken aus Serge, Gürteln aus Hanf, die Füße waren nackt. Und sie trugen kapuzenähnliche Kopfbedeckungen aus dunkelgrünem Stoff, die das Gesicht verbargen und nur zwei Löcher für die Augen freiließen.

Zu Hélène Aubrys gottgefälligem Werk, so erfuhr Ornella, gehörte es auch, solche Kopfbedeckungen zu nähen, gern an den Betten jener Kranken, die schon in Agonie lagen, aber menschliche Gesellschaft noch spürten.

Am dritten Tag, den sie im Krankenhaus verbrachte, betrat Ornella ein Zimmer mit solch einem Kranken, und noch ehe sie sich Hélène Aubry vorstellte, fragte sie: »Wie stellt man es an, dass diese Kopfbedeckungen spitz hochstehen und nicht abknicken?«

Hélène sah sie an und lächelte freundlich. »Sie heißen *capirotes*«, erklärte sie. »Man braucht etwa einen halben Meter Stoff, um eine dieser Kopfbedeckungen zu nähen.«

»Aber wie steht sie denn nun ab?«

»Nun, man muss den Stoff in Form eines Halbkreises zuschneiden, und falls er zu dünn ist, innen mit Filz verstärken.«

»Ich ... Ich würde gern helfen, um Gott für meine Genesung zu danken«, sagte Ornella.

»Beim Nähen der *capirotes*?«

»Auch. Aber ich kann mir vorstellen, dass der Filz viel Geld kostet.«

Das Lächeln wurde nachsichtig. »Filz ist günstig zu haben – was nicht heißt, dass hier nicht trotzdem immerzu Geld gebraucht wird.« Hélène hielt kurz inne, weil sie eben einen Faden einfädelte, warf außerdem einen Blick auf den Kranken, einen alten Mann mit ebenso gelblichem wie zerknittertem Gesicht, der nur mehr röchelnd atmete. »Er hat Wasser in der Lunge«, erklärte sie, und ihr Lächeln schwand, »bald wird er ersticken.«

Ornella unterdrückte ein Schaudern. »Und man kann ihm gar nicht helfen?«

Hélène zuckte die Schultern. »Ein amerikanischer Patient hat mir kürzlich etwas überaus Kurioses erzählt. In seiner Heimat hat ein Arzt etwas erfunden, das man ›Eiserne Lunge‹ nennt. Sie hilft Menschen beim Atmen, die es selbst nicht können, vor allem Kindern, die an Kinderlähmung leiden.«

»Wie funktioniert eine solche Lunge?«

»Der Körper des Patienten liegt bis zum Hals im Inneren eines Hohlzylinders, nur der Kopf schaut heraus. Der Hals wird luftdicht abgeschlossen und ein Unterdruck erzeugt.«

Ornella lief es kalt über den Rücken. Das musste ja noch schlimmer sein, als die Büßerkleidung der Pénitents Blancs samt der Kopfbedeckungen zu tragen.

»Bei manchen Kranken genügt es, ein paar Stunden in der Maschine zu liegen«, fuhr Hélène fort, »andere müssen es wochen-

oder monatelang tun, bis sie wieder selbst atmen können. Und dann gibt es solche, die nie mehr ohne die Eiserne Lunge leben können.«

»Das heißt, sie haben die Wahl, ewig Gefangene dieser Maschine zu bleiben oder zu ersticken?«

»So scheint es wohl«, Hélène machte rasch ein paar Stiche, »Gott ist manchmal sehr grausam.«

Sie machte nicht den Eindruck, damit zu hadern oder darüber entsetzt zu sein, reagierte auf Gottes Grausamkeit auf gleiche Weise wie auf das Röcheln des zerknitterten Mannes – mit einer gütigen, aber teilnahmslosen Miene.

»Mein Vater könnte etwas spenden«, sagte Ornella.

»Für eine Eiserne Lunge?«

»Der Polyclinique würde es selbstverständlich freistehen, wofür sie das Geld nutzen will.«

Hélène dachte eine Weile nach. »In der Tat wäre jeder Betrag willkommen. Abgesehen von den Spenden meines Mannes bekommen wir kaum mehr welche. Schließlich kommen auch nur mehr halb so viele Gäste wie früher nach Menton. Die Hotels meines Mannes, die er nach dem Krieg gekauft hat, stehen deshalb ständig leer.«

Ornella hob fragend die Brauen. »Die Hotels stehen leer?«

Hélène nickte. »Vor dem Krieg hat es im Winter so viele Russen nach Menton verschlagen, doch die bleiben mittlerweile lieber in Beaulieu.« Sie beugte sich vor, vielleicht ein Zeichen von Vertraulichkeit, vielleicht nur, weil sie gerade den Faden abschnitt. »Ich glaube, mein Mann würde die Hotels gern wieder loswerden, aber wer kauft schon leerstehende Hotels? Er hat auch gar keine Zeit, sich darum zu kümmern, immerhin besitzt er noch seine Bank, seinen Tuch- und Parfum- und Weinhandel, er ist am Casino von Menton beteiligt und …«

»Mein Vater ist Hotelier und hat viel Erfahrung«, murmelte Ornella. Und als Hélène nicht antwortete, fügte sie rasch hinzu: »Und mein Vater könnte nicht einfach nur eine großzügige Spende an die Polyclinique überreichen, er könnte eine Wohltätigkeitsgala veranstalten, vielleicht mit einer Tombola. Sie wissen schon, da hat man eine Trommel, in der ganz viele Lose heftig geschüttelt werden, die später verkauft werden. Tombola, das kommt von *tombolare*, und das heißt ›einen Purzelbaum schlagen‹.«

Ein Lachen löste sich aus Hélènes Kehle, das noch kindlicher wirkte, als ihre kleinen Hände und Füße es taten. »Ich glaube nicht, dass ich jemals einen Purzelbaum geschlagen habe.«

»Aber die Sache mit dem Wohltätigkeitsball ist doch eine gute Idee, oder?«

Hélène nickte, gab ihr Nadel und Faden, und dann nähten sie schweigend, und der Mann atmete noch immer rasselnd. Er war noch nicht erstickt, als Ornella mit ihrer *capriote* fertig war. Obwohl mit Filz verstärkt, knickte sie ein. Wahrscheinlich würde man sie nie für eine Prozession verwenden können.

Als Ornella wieder zu Hause war, betrat sie einmal mehr mit Mandelgebäck und Kaffee das Bureau ihres Vaters. Er hatte sich so daran gewöhnt, mit ihr über all seine Sorgen zu sprechen, sich auch von ihr helfen zu lassen, dass er sie schmerzlich vermisst hatte.

»Du bist wieder gesund«, stellte er erleichtert fest, ging daran, das Stück Gebäck, das sie ihm servierte, zu zerkrümeln, schaffte es diesmal nicht, weil es aus so viel Eischnee und Zucker bestand, dass es ihm an den Fingern kleben blieb.

»Aber die Hotels sind krank«, sagte Ornella.

»Welche Hotels?«

»Maxime Aubrys Hotels.«

»Wer ist Maxime Aubry?«, fragte Renzo verständnislos und leckte sich die Finger ab.

»Du kannst dich doch sicher an ihn erinnern. Einst war er Gast in der Villa Barbera, als in San Remo das Autorennen stattfand.«

»Meinst du diesen Krüppel?« Renzos Finger klebten immer noch, aber er leckte nicht länger daran, fuchtelte mit den Händen, stieß fast die Kaffeetasse um.

»Ich meine einen überaus geschäftstüchtigen Mann.«

Renzos Augen wurden schmal. »Anscheinend ist er das nicht, wenn es um seine Hotels geht. Was sagtest du eben über diese?«

Ornella wartete eine Weile, um sicher zu sein, dass sie die Aufmerksamkeit ihres Vaters hatte. »Die Hotels stehen leer«, erzählte sie schließlich, »er hat weder Zeit, sich darum zu kümmern, noch genügend Erfahrung als Hotelier. Sein einziger Sohn interessiert sich erst recht nicht dafür. Am liebsten würde Maxime die Hotels verkaufen, aber da sich längst herumgesprochen hat, dass sie Verluste machen, würde er keinen anständigen Preis dafür erzielen.« Klebrig oder nicht – Renzo nahm ein neues Stück Gebäck, kaute nachdenklich daran, legte den Kopf etwas schief. »Wenn du gleich drei Hotels in Menton besitzen würdest, dir fiele schon ein, wie man sie vollbekäme, oder?«, fügte sie hinzu.

In der Miene ihres Vaters erschien zugleich ein Ausdruck von Genugtuung wie von Verachtung. »Natürlich würde mir etwas einfallen! Der erste Schritt ist immer, dass man ausgebucht ist. Denn wenn sich das herumspricht, erspart es einem die Werbung, die Leute kommen von ganz allein und ...« Er hatte schon das nächste Stück Gebäck an den Mund geführt, biss jedoch nicht ab. »Nach Menton zog es einst vor allem Adlige, aber die Zeiten haben sich geändert. Jetzt gilt es, Kleinbürger anzusprechen. Und man muss auf den Sommer setzen. Gewiss, es mag dort unerträglich heiß sein, kein kühles Lüftchen gelangt über die Berge, aber man kann am nahen Cap Martin baden, und es gibt diese neumodischen Messingventilatoren und ...«

Renzo verirrte sich ein wenig in technische Feinheiten, sprach über die rotierenden Laufräder der Ventilatoren, über Verdunstungswärme, Neigungswinkel und den Schwenkbereich.

»Hast du nicht einmal gesagt, du würdest gern ein weiteres Hotel kaufen oder gleich mehrere, jedenfalls entlang der ganzen Riviera?«, unterbrach Ornella ihn. »Mit den Hotels von Maxime Aubry wäre ein Anfang gemacht.«

»Ich soll seine Hotels kaufen?«

»So weit musst du nicht gehen, es reicht, eure Häuser zu einer Kette zusammenzuschließen, die in jedem Haus die gleichen Standards garantiert und durch einen gemeinsamen Namen als solche kenntlich wird. Das größte Hotel in Menton heißt La Perle de Menton, man könnte das Worte Perle bei allen Häusern im Namen aufnehmen, die Villa Barbera zur Perla di San Remo machen. Und die ganze Hotelkette hieße dann ...«

»Perlenkette!«, rief Renzo. Er war von dem Wortspiel sichtlich begeistert, leckte sich die klebrigen Finger ab, die nächsten Worte gingen in einem Schmatzen unter.

Ornella war ohnehin nicht wichtig, was er sagte, nur, dass er es mit zunehmender Begeisterung tat, mit einem Feuer, das bei ihm immer auch von Verzweiflung genährt war, musste es doch gegen eisige Erinnerungen an den Gletscher ankämpfen.

Erst nach einer Weile mischte sie sich wieder in seinen Monolog ein. »Menton ist nicht ganz so schrill und glitzernd wie Cannes oder Monte Carlo, jedoch zweifellos ein Ort von gediegenem Luxus. Ich könnte mir vorstellen, dass er von ganz bestimmten Menschen geschätzt wird – nämlich den Deutschen. Dafür müsstest du natürlich wieder mit einem deutschen

Reisebureau zusammenarbeiten, das eine Filiale in Menton eröffnet und …«

Renzo runzelte die Stirn. »Gibt es in Menton nicht schon Filialen der großen französischen Reisebureaus?«

Ornella schüttelte rasch den Kopf. »Ich habe mich kundig gemacht. Es gibt solche Filialen in Nizza, Beaulieu, Juan-les-Pins, Antibes und Cannes, aber nicht in Menton, und wie gesagt, du … Ihr solltet vor allem deutsche Gäste anwerben.«

»Oh, da kann uns Signor Estate helfen!«, rief Renzo, und in seinem Blick funkelte es. »Paola natürlich auch.«

»Ich denke, du müsstest vorübergehend die Geschäftsführung der Hotels in Menton übernehmen, um sie auf Vordermann zu bringen, ich werde dich selbstverständlich dorthin begleiten. Gedeone oder Agapito können dich in der Zwischenzeit in der Villa Barbera vertreten.«

»La Perla di San Remo«, murmelte Renzo, begann sich dann wieder in Rage zu reden.

»Der Weg zu Maxime führt übrigens über seine Frau Hélène«, warf Ornella ein. »Du solltest eine Gartenparty oder einen Ball für wohltätige Zwecke veranstalten, um mit ihm ins Gespräch zu kommen und ihm deine Pläne zu präsentieren.«

Zur Kooperation zwischen Renzo und Maxime kam es in den nächsten Wochen während mehrerer Treffen auch ohne weiteres Zutun.

Im Oktober schließlich waren alle Verträge unterschrieben, und es war beschlossene Sache, dass Renzo für eine Weile nach Menton ziehen und Ornella ihn begleiten würde. Am Abend davor verkroch sie sich wieder einmal im Küchenschrank, diesmal, weil sie todunglücklich war. Gewiss, sie hatte erreicht, was sie sich vorgenommen hatte, aber etwas anderes bereitete ihr unermesslich großen Kummer. Unmöglich konnte sie Salome diesen Kummer in einem Brief anvertrauen. Sie war sich nicht einmal sicher, ob und wie sie ihn in Worte fassen sollte, wenn Paola, ihr Vater und sie selbst nach Menton reisen, dort eine Filiale ihres Reisebureaus eröffnen und sie und die *sorella* endlich wieder vereint sein würden.

Neuntes Kapitel

Anfang November 1932 brachen sie auf. Nebel hing über den dürren Bäumen der Alleen, die Beete in den öffentlichen Parks, in denen im Frühling ein Blütenmeer wogte, waren schwarz. Arthur ging geduckt, die Schultern hochgezogen, auch Salome und Paola fröstelten, weil sie die dicken grauen Wintermäntel zu Hause gelassen hatten. Aber das feuchte, triste Wetter konnte dem verstohlenen Lächeln, das sie sich dann und wann zuwarfen, nichts anhaben, und trotz der Koffer, die sie trugen, fielen ihre Schritte leichtfüßig aus, als würden sie tanzen.

Ornella hatte es möglich gemacht, dass sie an die Riviera zurückkehrten. Im Meer schwimmen konnte man zwar zu dieser Jahreszeit nicht mehr, aber Eis essen … Menton erkunden … Ausflüge ins bergige Umland machen … und natürlich Ausflüge planen … Davon würde ihre Filiale neben den Hotelbuchungen leben.

Ein Geräusch ließ sie zusammenfahren, entzog den Bildern von der Riviera, die vor ihrem inneren Auge abgelaufen waren – vom türkisfarben funkelnden Meer und zerklüfteten Küsten, von sanft wogenden Palmen und lauschigen Strandcafés –, sämtliche Farben. Es war das Röhren von Motoren, gefolgt von Gebrüll. Mehrere Lastwagen durchquerten das Westend von Frankfurt, randvoll mit Männern, von denen sie nicht mehr erkannten, als dass sie braun gekleidet waren und eine Armbinde mit Hakenkreuz trugen.

Arthur zog die Schultern noch höher. »Eine SA-Kolonne«, murmelte er stirnrunzelnd. »Was will die denn hier?«

»Die SA?«, fragte Salome, erinnerte sich vage, schon davon gehört zu haben. Sie hatte nie nachgebohrt, was diese Abkürzung bedeutete, auch so wusste sie, dass sie mit diesen Männern, die nicht nur Lärm, zudem grimmige Gesichter machten, die Passanten anstierten und von einer Wolke kalter Erregung eingehüllt schienen, nicht die ersten zwei Buchstaben ihres Namens teilen wollte.

Das Gebrüll wurde noch lauter. »Wer hat uns verraten, die Sozialdemokraten! Wer macht uns frei, die Hitlerpartei! Deutschland erwache! Deutschland erwache!«

Arthur deutete mit einem Kopfnicken an, dass sie sich so schnell wie möglich von den Lastwagen entfernen sollten, umso mehr, da diese nun anhielten und die zornigen Truppen auf die Straße stürmten. Doch Salome konnte nicht anders, als stehen zu bleiben und sich umzudrehen. Auf einem der Plätze hielt ein Mann soeben eine Rede. Er war nicht braun gekleidet, die rote Fahne, die am Rednerpult steckte, wies ihn vielmehr als Sozialisten aus. Sein Mund bewegte sich, doch es waren keine Worte zu vernehmen, wurde er doch von den heranstürmenden Horden gnadenlos niedergebrüllt.

»Deutschland, erwache aus deinem bösen Traum! Gib fremden Juden in deinem Reich nicht Raum. Wir wollen kämpfen für dein Auferstehʼn, arisches Blut darf nicht untergehʼn.«

»Weiter«, sagte Arthur, und als sich Salome nicht rührte, packte er ihren Arm. »Geh schnell weiter und achte nicht auf sie. Die machen gewiss nur so ein Getöse, weil in ein paar Tagen die Reichstagswahlen sind. Danach verschwinden sie wieder in den Löchern, aus denen sie gekrochen kamen. Weiter, wir müssen weiter. Der Zug wartet nicht auf uns.«

Wie betäubt folgte Salome ihm, von etwas verstört, das sie nicht benennen konnte, etwas Rohem, Gemeinem, etwas, von dem man nichts anderes erwarten konnte als ... Glasscherben, wie sie vom Fenster ihrer Filiale in San Remo übrig geblieben waren.

Sie beschleunigte ihren Schritt, ließ das Gebrüll hinter sich, wenn auch nicht den Nebel, der höher stieg. Als sie auf die Kaiserstraße abbogen, kam ihnen ein weiteres Rudel Braunhemden entgegen. Diese brüllten immerhin nicht länger Parolen, sie traten mit Büchsen auf Passanten zu, vorzugsweise auf Frauen, um ihnen diese vor die Nase zu halten und zu fordern: »Füllt unseren Kampfschatz auf.«

Salome brauchte eine Weile, bis ihr aufging, dass sie Spenden für ihre Partei eintrieben und sich von Frauen offenbar größere Unterstützung erhofften.

Ein junger Mann, kaum älter als sie, mit vor Kälte geröteten Händen und vor Pickeln gerötetem Gesicht, hielt auch ihr die Büchse vors Gesicht. »Kampfschatz, Kampfschatz!«, plärrte er.

»Einen Moment«, sagte Salome und wühlte in ihren Taschen, als wäre sie auf der Suche nach ein paar Münzen. Am Ende zog sie nichts anderes hervor als Kastanien. Sie hatte ein paar eingesteckt, um sie Ornella mitzubringen. »Das ist das Einzige, was ich für Sie habe. Ich fürchte aber, die passen nicht durch den Schlitz.«

Der Mund des Mannes glich ebenfalls einem Schlitz, und durch diesen passte kein freundliches Wort. »Spotte nicht, bald wirst du uns ernst nehmen. Unsere letzte Hoffnung ist Hitler. Er allein verleiht uns die Kraft, dank derer unser Vaterland zur wahren Größe zurückfinden wird.«

Wieder packte Arthur ihren Arm, wieder zog er sie mit sich.

»Weiter!«, befahl er, und als Salome sich ein letztes Mal umdrehte, raunte er: »Sie gleichen den Ureinwohnern Nigerias. Wenn die ihre absonderlichen Stammestänze aufführen, machen sie furchterregende Gesten und brüllen herum. Aber das hat nichts zu bedeuten, das ist nur großspuriges Gehabe, mit dem sie ihren Mut und ihre Stärke bekunden wollen.«

»Und deswegen beschmieren sie Fenster?«, mischte sich Paola ein. Das Lächeln war längst aus ihrem Gesicht entschwunden.

»Fenster?«, fragten sowohl Salome als auch Arthur verwirrt.

Paola deutete auf das Bankhaus von Herrn Frohmann auf der gegenüberliegenden Straßenseite. Ihm hatte das Reisebureau Sommer sein Überleben zu verdanken, hatte der Bankier in den letzten Jahren die offenen Raten des Kredits – einst für die Investitionen in die Villa Barbera notwendig – doch schließlich nie so pünktlich eingefordert, wie es der Vertrag, den sie mit ihm geschlossen hatten, vorsah. Sämtliche Fenster des Bankhauses waren besudelt. Hakenkreuze waren zu sehen, Worte wie *Die Juden sind unser Unglück* und *Kinder des Teufels* zu lesen.

»Diese Barbaren«, stieß Arthur hilflos aus. »Die Wilden von Nigeria beschmieren immerhin nur ihre Gesichter und …« Er brach ab. »Der Zug wartet nicht«, fügte er hinzu.

Er begann nun regelrecht zu rennen, Salome tat es ihm gleich, und Paola holte sie wenig später ein. Sie lächelte immer noch nicht wieder, aber sie klang entschlossen, als sie erklärte: »Gottlob reisen wir alldem davon. Ich bin mir sicher, dass sie bei den Wahlen nächsten Sonntag nicht gut abschneiden werden. Das ist nichts weiter als ein böser Traum.«

Eine klamme Kälte saß Salome in den Knochen, als sie den Bahnhof erreichten. Noch als sie im Zug saßen, konnte sie das Zittern in ihren Gliedern kaum unterdrücken. Paola nahm unwillkürlich ihre Hand, beide hatten sie eisige Finger, doch ihre Worte hatten wieder die Macht, sie zu wärmen.

»Du wirst Ornella wiedersehen«, sagte sie, schaffte es, verschwörerisch zu grinsen.

Der warme Funken glomm nicht lange. In den letzten Jahren hatten sie ihre Sehnsucht geteilt wie ihre Hoffnungslosigkeit, hatten beides offen benannt, mal mit tieftrauriger, mal mit trotziger Stimme. Am Ziel ihrer Reise würden sie jedoch totschweigen, dass Paola weit mehr zurück an die Riviera zog als nur die Liebe zum Meer.

Und du wirst Renzo wiedersehen, dachte Salome, entzog Paola die Hand, starrte aus dem Fenster. Der Nebel stand noch dichter, und in diesem versickerten die Erinnerungen an die SA-Kolonne ebenso wie die Erinnerungen an die letzten vier kaum minder grauen Jahre.

Salome hatte erwartet, dass Ornella sie am Bahnhof von Menton abholen würde, doch dort wurde die Familie nur von Renzo und Maxime Aubry empfangen. Ersterer bekundete seine Freude über das Wiedersehen, der andere die Freude, Arthurs Bekanntschaft zu machen. Es seien schon Zimmer für sie bereit – im größten der drei Hotels, jenem, das nahe dem Jardin Public liege. Dort hatte nicht nur Maxime Aubry einige Jahre zuvor mit seiner Familie ein Apartment bezogen, auch Renzo hatte sich nach Übernahme der Geschäftsführung in einer größeren Suite eingerichtet.

Salome starrte auf Maximes Klumpfuß. Ob der schweren schwarzen Lederstiefel sah man ihm die Krümmung nicht an, selbst das Hinken fiel kaum auf. Aber sie musste irgendwohin schauen, um sich von Renzo und Paola abzulenken. Die beiden hatten sich erst inniglich begrüßt, danach hatte Renzo sogar eine von Paolas schwarzen Locken um die unruhigen Finger gewickelt und für seine Verhältnisse erstaunlich sanft daran gezogen, nun konnten sie ihre Blicke nicht voneinander lösen. Das Gesicht ihres Vaters hatte sich leicht gerötet, und seine Stirn war gerunzelt, wobei das auch an der anstrengenden Anreise liegen konnte, nicht am Misstrauen.

Während der kurzen Droschkenfahrt löste Salome den Blick von Maximes Stiefel, wagte Renzo nun doch anzusehen, fragte nach Ornella. »Sie kann es gar nicht erwarten, dich zu sehen, Agapito übrigens auch nicht«, erklärte Renzo mit einem vielsagenden Grinsen. »Agapito ist hier in Menton, um mir über die Schultern zu schauen und zu lernen. Ornella steckt sicher im Garten, sie kümmert sich neuerdings um dessen Bepflanzung und Pflege. Mehr noch als San Remo ist Menton für seine prächtigen Gärten bekannt, zu allen drei Hotels gehören welche, zum größten gar eine Parkanlage.«

Jetzt im Winter, fuhr er fort, könne man sich zwar schwer vorstellen, dass in Menton mehr blühe als die knallgelben Mimosen, die sogar bei kühlen Temperaturen gediehen. Aber sobald die Temperaturen stiegen, wüchsen auch Flammenblumen und Dahlien, desgleichen Mandarinenbäume, vorausgesetzt, sie würden fortwährend begossen. Ihre Wurzeln seien nicht lang genug, um sich Wasser aus der Tiefe des Bodens zu holen.

Salome lauschte verwirrt. Dass Renzo ausufernd über ein Thema sprach, das nicht das seine war, war leicht zu erklären – die nass glänzende Stirn, über die er beharrlich strich, verriet das Ausmaß seiner Erregung, von der er mit dem Wortschwall offenbar ablenken wollte. Aber seit wann interessierte sich Ornella fürs Gärtnern?

Salome starrte wieder an ihm vorbei, sah gerade genug von der Stadt, um festzustellen, worin sie San Remo glich und wodurch sie sich unterschied: Auch hier gab es manch breite, von Palmen gesäumte Allee, einen Hafen mit langer Mole und nicht weit davon entfernt zwei Strände – der eine aus grobem Kies, der andere feinsandig. Hier wie dort gab es Ruinen eines alten Forts, und über die moderneren Viertel erhob sich eine sandsteinfarbige Altstadt. Doch in Menton hatte auf deutlich weniger Raum mehr barocker Prunk Platz zu finden. Verglichen mit dem größeren San Remo wirkte es nicht nur heimeliger, zudem ehrwürdiger, und es atmete mehr von jenem Reichtum, der nicht mit Münzen bemessen wird.

Schon kurze Zeit später fuhren sie vor dem Hotel vor, auf leicht schrägem, noch nicht steilem Hang gelegen, und stiegen die breite Treppe zum Eingang hoch. Während Maxime die Ankömmlinge in die große Empfangshalle mit schweren gläsernen Lüstern und glänzendem Marmorboden geleitete und von den Ursprüngen des Hotels berichtete – der berühmte Architekt Georges Tersling hätte es seinerzeit entworfen –, trat sie rasch beiseite und fragte einen Pagen nach dem Weg zum Garten. Sobald sie ihn betrat, verstand sie, warum Renzo von einer Parkanlage gesprochen hatte, war die Fläche aus tiefgrünem, sorgsam geschnittenem Rasen und zahlreichen Blumenbeeten, kleinen Brunnen, Pagoden und terrakottagefliesten Wegen geradezu riesig. Begrenzt wurde sie nicht von einer Mauer oder einem Zaun, sondern von mächtigen Bäumen, deren Krone man nur erblicken konnte, wenn man den Kopf in den Nacken legte. Sie sahen fremdländisch aus, Salome wusste nicht, ob sie dergleichen schon einmal gesehen hatte.

»Das sind Eukalyptusbäume«, vernahm sie eine Stimme.

Salome fuhr herum. In dem Augenblick, da sie auf Ornella zustürzte, sie an sich zog und inniglich umarmte, war sie so unendlich glücklich, dass kein Platz für die ungläubige Frage blieb, warum die *sorella* als Erstes den Namen von Bäumen nannte, nicht ihren. Als sie sich jedoch von ihr löste und sie musterte, stellte sie fest, dass sie sich verändert hatte. Ihre Hüften waren immer noch zu breit, um sie als wohlgeformt zu beschreiben, die Zähne nicht mehr ganz so braun wie früher, aber von einem gelblichen Ton, der das Gesicht – von den roten Wangen abgesehen – blass erscheinen ließ. Das Haar war in weiche Locken gelegt, nur ein paar Strähnen hatten sich daraus gelöst.

Und doch war das nicht die Ornella, die Salome kannte. Die Freundin hatte immer viel mit einem Schatten gemein gehabt, der sich nicht von ihr lösen wollte. Nun konnte sie gar nicht schnell genug vor ihr zurückweichen. Und anstatt begierig all die Jahre der Trennung mit Freundschaftsschwüren wettzumachen, ihre übergroße Freude über das Wiedersehen zu bekunden und endlich zu erzählen, welchen Anteil sie daran hatte, fuhr sie fort, über die Eukalyptusbäume zu sprechen.

»Sie haben das ganze Jahr über grüne Blätter, deswegen hat man sie ja auch aus Australien importiert und sämtliche hiesigen Laubbäume damit ersetzt. Was für eine lange Reise diese Bäume hinter sich haben!« Salome starrte sie an, verwirrt, ein wenig beklommen, auch enttäuscht. Warum fragte sie nicht nach ihrer Reise hierher, warum sprach sie nicht von den Reisen, die ihr Vater organisieren würde? Warum fuhr sie nun gar mit absonderlichen Geschichten aus Australien fort? »Auf dem fernen Kontinent leben Tiere, die man Wombats nennt«, murmelte Ornella, »stell dir vor, ihre Exkremente haben die Form von perfekten Würfeln. Anscheinend benutzen sie diese, um ihr Revier zu markieren. Wären die Exkremente rund wie die von allen anderen Lebewesen, sie würden fortrollen.«

Arthur hätte die Geschichte wahrscheinlich gefallen. Gewiss hätte er augenblicklich geschildert, wie er bei seiner Reise nach Australien aus dem würfelförmigen Wombatkot eine Hütte erbaut und darin geschlafen hätte. Aber seit wann interessierte sich Ornella für die Ausscheidungen australischer Tiere?

»Woher weißt du das?«, fragte Salome verstört, suchte in der Freundin Miene vergeblich jenes heiße Glück, mit dem im Herzen sie selbst an die Riviera aufgebrochen war.

Ornella ging nicht darauf ein. »Und denk dir, Kängurus können riesige Sprünge machen, was sie dagegen nicht schaffen, ist, rückwärts zu laufen.«

»Woher weißt du das?«, fragte Salome wieder, suchte ihren Blick.

»Ich habe viel gelesen«, murmelte Ornella, »vor allem natürlich über die Pflanzen und wie man sie richtig pflegt. Die Eukalyptusbäume sind genügsam, aber es gibt hier im Garten ja auch Sukkulenten und Mimosen und jede Menge Kübelpflanzen, deren Blüten zwar prächtig, zugleich jedoch sehr empfindlich sind.«

Salome nahm ihren Arm. Wenn sie Ornella mit einer Pflanze hätte vergleichen müssen, sie hätte bislang eine genannt, die zwar prächtige Blüten hervorbrachte, die aber sehr tief wurzelte. Nun musste sie an einen verblühten Löwenzahn denken, dessen Samen schon von einer leichten Brise verweht wurden.

»Was ist nur passiert?«, entfuhr es ihr. »Ich bin so glücklich, hier zu sein ... und ich dachte, du wärst es ebenso!«

»Ich freue mich ja auch, dass du hier bist!«

Salome betrachtete Ornella noch eingehender, nahm nun erst wahr, dass ihre Augen leicht gerötet waren, ahnte jäh: Es lag nicht daran, dass Rosa ihr das Haar immer noch mit Olivenöl wusch und dieses dabei in die Augen geriet. Sie hatte zudem keine Tränen vor Wiedersehensfreude vergossen. Sie hatte wegen etwas anderem geweint.

»Was ist passiert?«, rief Salome wieder.

Und plötzlich wusste sie, dass sich die Antwort auf diese Frage in ein einziges Wort ... einen einzigen Namen pressen ließ, einen Namen, der einst so bedrohlich gewesen war, später aber an Macht verloren hatte, weil ihre Freundschaft, ihre Zukunft von weitaus schlimmeren Gefahren umschattet worden war.

Félix.

Bis sie tief genug Atem geschöpft hatte, um diesen Namen oder zumindest Astyanax auszusprechen, kam Ornella ihr zuvor. »Komm, ich zeige dir das Hotel, auch dein Zimmer. Ich kann doch bei dir schlafen, oder? Bis jetzt habe ich in der Suite meines Vaters gewohnt.«

»Natürlich kannst du bei mir schlafen«, murmelte Salome.

Anstatt sich bei ihr unterzuhaken, winkte Ornella sie mitzukommen, und Salome folgte, schob Félix in Gedanken zaudernd vor sich her.

Für das größte der drei Hotels, das Maxime Aubry damals gekauft hatte, passte der Name »La Perle«, den Ornella sich für die Hotelkette ausgedacht hatte, bestens, hatte doch der frühere Besitzer eine Vorliebe für Muscheln gehabt. Nicht nur die Seifenschalen, auch manche Lampe, sogar die Fensterbalken hatten die Form einer Auster. Dies blieb allerdings das einzige einende Element, ansonsten schien in dem großen prächtigen Haus vieles nicht zusammenzupassen. So wie Ornellas Unterkörper zu mächtig für die eher schmalen Schultern war, waren es die dunklen Terrakottaböden und die schweren Holzdeckenbalken für die grazilen Säulen im Eingangsbereich.

Und so wenig, wie Salomes Gefühle zusammenpassten – Erleichterung und Freude, die Freundin endlich wiederzusehen, und das Unbehagen über deren Distanz –, taten es die schlichte graue Fassade und die reichen Goldschmiedearbeiten im Inneren, auch nicht die bleiverglaste Decke in der Lobby und das Kaminzimmer nebenan, das man eher in einem Schweizer Chalet erwartet hätte. Anstatt ihr endlich das Zimmer zu zeigen, waren sie am Ende hier gelandet. Obwohl im Kamin kein Feuer brannte, war es warm im Raum. Die Hitze kam von den Wänden, befanden sich dahinter doch die großen Rohre, die Wasser vom Meer ins Hallenbad leiteten und dabei erwärmten.

Als Ornella auch noch begann, diese Rohre in aller Ausführlichkeit zu beschreiben, riss Salome der Geduldsfaden.

»Das interessiert mich nicht!«, entfuhr es ihr.

»Dann lass uns in den Rauchersalon gehen und in den Ballsaal. Außerdem gibt es einen Tennisplatz gleich neben dem Schwimmbad, und …«

»Das interessiert mich nicht!«, wiederholte Salome.

»Richtig, du willst wissen, wo du schläfst. Die Zimmer haben alle Tapeten aus Brokat und Perserteppiche, wenn auch in unterschiedlichen Farben, und sie sind mit Terrassen oder Balkonen ausgestattet, außerdem mit Marmorbädern. Einige haben Himmelbetten …«

»Gott, die Ausstattung der Räume interessiert mich noch weniger. Mich interessiert, was wir gemeinsam unternehmen werden.«

»Natürlich«, sagte Ornella. Sie klang nun regelrecht kleinlaut.

Salome wusste, dass sie es nicht länger aufschieben konnte, über Félix Aubry zu reden, sein Name stand ja so mächtig im Raum. »Was … Was hat er dir angetan?«, fragte sie unvermittelt.

Ornella zuckte kaum merklich zusammen, lehnte sich unwillkürlich gegen eine der warmen Wände, schwieg lange.

Erst nach einer Weile begann sie zu sprechen. »Einst dachte ich, er wäre ein wenig so wie du«, murmelte sie. »Als du damals zum ersten Mal nach San Remo gekommen bist, warst du traurig und einsam und hattest niemanden. Und als ich ihn vor ein paar Jahren das erste Mal gesehen habe, da schien er auch traurig und einsam zu sein und niemanden zu haben. Sein Vater kümmert sich immer nur um seine Geschäfte, seine Mutter immer nur um Kranke, Geschwister hat er nicht. Und er passt ja nicht hierher, er trägt stets seine schwarzen Hosen, auch am Strand, er blickt selten hoch, liest meist in einem Buch …«

»Das hat er schon mal nicht mit mir gemein«, sagte Salome, die froh war, nichts mehr lesen zu müssen, seit sie die Schule abgeschlossen hatte.

Ornella sprach weiter, als hätte sie sie nicht gehört. »Er will selbst eines schreiben. Manchmal macht er Notizen in den Block, den er ständig bei sich trägt und …«

Sie brach ab.

»Was hat er dir angetan?«, wiederholte Salome, als nichts mehr kam.

»Ich dachte, er wäre wie du … oder wie ich … traurig und einsam und …«

»Das sagtest du bereits. Aber anscheinend ist er nicht traurig.«

»Ich glaube doch.«

»Nicht einsam?«

»Ich glaube doch.«

»Aber er braucht niemanden … nicht so, wie ich dich gebraucht habe, nicht so, wie du mich gebraucht hast.«

Ornella sagte lange nichts, fuhr dann endlich fort, erzählte von Gartenpartys und Wohltätigkeitsbällen mit Tombolas, die in den letzten Wochen stattgefunden hatten, dass ihr Vater sie immer aufgefordert hatte, doch mit Félix zu tanzen, und Maxime seinen Sohn, mit ihr zu tanzen. Beide Väter rechneten sich einen Vorteil davon aus, das Band zwischen den Familien zu stärken und aus der geschäftlichen auch eine private Allianz zu machen. »Aber Félix tanzt nicht mit dir«, stellte Salome fest.

Ornella schüttelte den Kopf. »Ich glaube, er kann gar nicht tanzen. Und was noch schlimmer ist: Er ist nicht einmal bereit, sich mit mir zu unterhalten.«

An dem Tag, da Maxime sie offiziell vorgestellt und sie danach mit einem Grinsen allein gelassen hatte, hatte er sie nur flüchtig gemustert, sich dann auf einen Stuhl fallen lassen, das Kinn auf die Hände gestützt. Mit geschlossenen Augen hatte er eine Weile reglos vor ihr gesessen, um schließlich leise zu sagen: »Das genügt doch, oder? Sagst du meinem Vater, wir hätten angeregt Konversation getrieben?«

Er hatte noch nicht einmal ihre Zustimmung abgewartet, ehe er wieder aus dem Raum geflohen war. Wahrscheinlich hätte es ihm nichts ausgemacht, hätte sie seinem Vater die Wahrheit gesagt.

Sie hatte es nicht getan, sondern den Aubrys gegenüber geheuchelt, dass sie sich sehr gut mit Félix verstanden hatte. Bei einer Teeparty, die bald gefolgt war, hatte Maxime dafür gesorgt, dass sie sich allein an einem kleinen runden Tischchen wiederfanden. Ornella war so nervös gewesen, dass ihre Hände gezittert hatten. Anstatt den Löffel mit Zucker in den Tee zu rühren, hatte sie ihn auf dem Tisch verschüttet. Félix hatte die Augen diesmal leider nicht geschlossen gehabt, er hatte mit einem Ausdruck von Ekel darauf gestarrt. »Ich habe gehört, dass du gern schreibst«, hatte sie schnell gesagt, um ihn abzulenken.

Der Ekel war nicht aus seiner Miene geschwunden. »Kannst du überhaupt lesen? In Italien soll es um die Bildung noch schlechter bestellt sein als in Frankreich.«

Ornella konnte sich nicht mehr daran erinnern, ob sie den Tee getrunken hatte. Sie konnte sich auch nicht mehr daran erinnern, wie lange sie neben ihm an dem runden Tischchen gesessen hatte. Nur an ihre nächste Begegnung – daran konnte sie sich nur allzu gut erinnern.

Sie schwieg kurz, ehe sie fortfuhr, und das gab Salome die Gelegenheit nachzuhaken.

»Warum wolltest du denn überhaupt noch Zeit mit ihm verbringen, wenn er dich so schlecht behandelt hat?«

Ornella sah sie geradezu verwundert an. So tief die Kränkung

gehen mochte – sie lastete sie Félix offenbar nicht an. »Außer Rosa und dir hat mich noch nie jemand gut behandelt.«
»So muss es doch nicht sein!«
»Félix ... Trotz allem ist er so ... faszinierend.«
»Woher willst du das wissen, wenn er kaum mit dir spricht?«
Ornella ging nicht darauf ein, berichtete, dass Maxime ihn eines Tages dazu aufgefordert hatte, ihr Menton zu zeigen, Ornella würde an der Seite ihres Vaters schließlich einige Zeit hier verbringen. Jeden Tag hatte sich Félix eine andere Ausrede ausgedacht, bis Maxime so wütend geworden war, dass er mit seinem Spazierstock beinahe ein Loch in den Boden geschlagen hatte.
»So kräftig sieht er gar nicht aus«, streute Salome ein.
»Nun ja, der Boden ist aus Marmor und deshalb tatsächlich unverwüstlich. Félix hat mir jedenfalls die Stadt gezeigt.« Sie hielt kurz inne. »Aber nicht so, wie sein Vater es im Sinn hatte.«
Dann berichtete sie kleinlaut, dass Félix mit ihr nicht die Promenade du Midi entlangflaniert war, nicht auf einem Bänkchen im Jardin Public mit ihr gesessen und geplaudert hatte. Er war auch nicht mit ihr zum Hafen gegangen, um die großen Kreuzfahrtschiffe oder kleineren Yachten zu bestaunen und vom schmalen Strand daneben Steine ins Wasser zu werfen. Stattdessen hatte er sie die engen, verschlungenen Gässchen der Altstadt hochgetrieben, die – wie die Pigna in San Remo – auf einem Hügel lag. Er war regelrecht gerannt, was bei einem Mann, der immer saß und in Notizbüchlein schrieb, wohl nicht aus Lust an Bewegung geschah, eher, um es hinter sich zu bringen und dafür zu sorgen, dass sie beide außer Puste kamen und keine Konversation betreiben mussten. Und als sie endlich doch wieder etwas freier hatte atmen können, hatte er ihr Gräber gezeigt.
»Gräber?«
Ornella nickte. »An der höchsten Stelle der Altstadt, dort, wo

sich einst das Alte Schloss von Menton befunden hat, liegt jetzt ein Friedhof. Auf vielen Grabsteinen stehen polnische, englische, russische Namen – von Menschen, die kaum älter als vierzig Jahre alt wurden. Sie alle waren lungenkrank, hofften vergebens im süßen Klima der Zitronenstadt auf Genesung ...«

»Sehr romantisch«, bemerkte Salome.

»Das war ja noch harmlos. Später hat er mich zu den Gräbern der Soldaten geführt, die seine Mutter gepflegt hat. Er hat ausführlich all ihre Wunden beschrieben, die abgerissenen Gliedmaßen und leeren Augenhöhlen und den Eiter, der über schwarze Wundränder trat und ...«

»Schon gut, schon gut! Er hat also dafür gesorgt, dass dir der Spaziergang gründlich verdorben wurde.«

Ornella seufzte. »Das allein ist es nicht. Als wir zum Hotel zurückkehrten, hat dort schon ein Einspänner gewartet. Viele Touristen machen gern Stadtrundfahrten in der Kutsche. Als Félix erklärte, er selbst habe den Einspänner gemietet, dachte ich, er würde mich zu einer Fahrt einladen. Doch er wollte nicht mit mir im Einspänner fahren, sondern mit ... Zoé.«

»Zoé?«

»Eine *cornuchette*.« Ornella senkte unwillkürlich die Stimme, als sie dieses offensichtlich skandalöse Wort aussprach. Salome hatte es noch nie gehört.

»Was ist denn eine *cornuchette*?«, fragte sie.

»Der Besitzer eines berühmten Casinos hieß mit Nachnamen Cornuché.«

»Und Cornuchette war seine Frau?«

»Er hatte nicht nur eine Frau, sondern viele Frauen. Wobei die eigentlich nicht zu ihm gehörten, sondern zu seinem Casino. Mittlerweile trifft man solche ... Damen in sämtlichen Spielbänken an der Riviera an. Wenn die Herren spielen, setzen sie sich zu ihnen an den Tisch, manche sind gar so dreist, auf ihrem Schoß Platz zu nehmen. Ob das wirklich stimmt, weiß ich nicht. Jedenfalls wird behauptet, dass sie reiche Erbinnen sind, obwohl sie in Wahrheit keine andere Aufgabe haben, als die Männer zu hohen Einsätzen zu verleiten. Wenn sie viel Geld verlieren, trösten sie sie mit einem Kuss, und wenn sie Geld gewinnen, lassen sie sich auf ein Glas Champagner einladen.« Sie beugte sich vor, sagte noch leiser: »Manche füllen den Champagner in Badewannen, sodass man darin baden kann.«

Salome klopfte gegen die Wand. »Und diese Zoé hat Félix Aubry nun vorgeschlagen, dass man anstelle von Meerwasser Champagner in einen Swimmingpool leiten soll?«, spottete sie. Als sie sah, wie Ornella ihre Lippen zusammenpresste, wurde sie rasch wieder ernst. »Félix ist also mit dieser *cornuchette* im Einspänner durch die Stadt gefahren.«

»Alle konnten es sehen, vor allem sein Vater und mein Vater und natürlich ich selbst. Noch deutlicher hätte er nicht bekunden können, dass er kein Interesse hat, ein Hotel zu führen, und erst recht kein Interesse daran, Zeit mit mir zu verbringen.«

Salome ballte unwillkürlich ihre Hände zu Fäusten. Der Gedanke, dass Ornella verliebt sein könnte, hatte ihr einst schrecklich zugesetzt. Noch schlimmer aber war es, heute zu erfahren, dass sie wieder und wieder tief gedemütigt worden war. Alle Wut, die zuvor noch das distanzierte Gebaren der Freundin in ihr hatte lodern lassen, richtete sich auf Félix Aubry.

»Ach, Salome …« Ornella seufzte wieder. »Ich dachte, er wäre wie du und wie ich einsam und traurig und dass er jemanden braucht … Ich dachte, er wäre ganz anders als Gedeone und Agapito, die entweder zu wild oder zu gemein zu mir waren … Ich dachte, er wäre froh, mich als Freundin zu haben.«

»So wie er sich benimmt, hat er aber keine Freundin verdient.

Du wiederum brauchst ihn nicht, denn jetzt bin ich wieder da, und jetzt werden wir zusammen in den Jardin Public und in eines von Mentons Caféhäusern gehen, und dann sprechen wir in Ruhe über alles ... nur nicht über die Aubrys und Mussolini und über Gedeone und Agapito und über deinen Vater und Paola ... Und auch nicht über meinen Vater und die Wilden von Nigeria, die beschmierten Fensterscheiben der Privatbank Frohmann und die grölenden SA-Brigaden ...«

Ornella sah sie fragend an, hakte aber nicht nach. Sie wandte nicht mal ein, dass sie, wenn sie über all das nicht sprachen, eigentlich gar kein Thema mehr hatten.

Nun, dachte Salome, wir können ja schweigend aufs Meer blicken, das ist fürs Erste genug. Und währenddessen würde sie sich im Geiste ausmalen, wie sie Félix Aubry zur Rede stellte, weil er ihre *sorella* gekränkt hatte, aber auch, wie sie ihn doch noch davon überzeugen würde, dass Ornella eine im Champagner badende *cornuchette* in den Schatten stellen konnte.

Am Strand von Monaco war ihr seinerzeit die Vorstellung unerträglich gewesen, dass sich ein Mann zwischen sie und die Freundin stellte. Doch wenn es sein musste, damit Ornella keine rot verweinten Augen mehr hatte, würde sie diesen Mann notfalls auf eben diese Stelle prügeln.

Zehntes Kapitel

Als Salome und Ornella sich wenige Worten später für den Jahreswechsel, der im Hotel La Perle mit einem großen Ball und anschließendem Feuerwerk gefeiert werden würde, zurechtmachten, puderten sie sich ihre Knie. Salome hörte zum ersten Mal von dieser Mode, der zu folgen sich anscheinend keine Französin nehmen ließ.

»Und welchen Zweck hat das?«, fragte sie erstaunt.

»Da die Kleider mittlerweile so kurz sind, wippt beim Tanzen hier und da der Saum bis über die Knie. Strümpfe muss man ja nicht mehr tragen, denk dir, sogar das Casino von Monte Carlo darf man jetzt ohne betreten. Aber irgendwie müssen die nackten Knie ja bedeckt werden. Gewiss pudert auch Zoé sich.«

Eigentlich war das für Salome ein Grund, es nicht zu tun. Außerdem war sie überzeugt, dass man Félix Aubry nicht mit gepuderten Knien einnahm – wenn sie ihm bislang auch noch nicht begegnet war, da er einige Wochen bei Verwandten in Paris verbracht hatte. Aber Ornella wollte an diesem Abend, da sie ihn wiedersehen würde, nun mal so schön wie möglich sein, und deswegen tat Salome wie ihr geheißen und trug ihr obendrein Lippenstift mithilfe einer Schablone auf, die noch aus den breitesten Mäulern niedliche Kussmünder zu machen versprach. Das dunkle Bordeauxrot erinnerte an die Farbe von Süßkirschen oder süffigem Wein. Danach zogen sie sich gegenseitig den Lidstrich, wobei Salome den ihren wieder abwischte, sah sie doch damit weder mondän noch verrucht aus, eher so, als wären zu schmal gezupfte Augenbrauen auf die Lider gerutscht. Was ihnen gut gelang, war, sich gegenseitig die Nägel scharlachrot zu lackieren, und zwar so, wie es in Amerika gerade Mode war: Nagelmond und -spitze blieben unlackiert.

»Woher weißt du eigentlich, wie Amerikanerinnen ihre Nägel tragen?«, fragte Salome.

»Hin und wieder kommen sie nicht nur nach Antibes, Nizza und Monte Carlo, auch nach Menton«, erwiderte Ornella. »Ich habe gehört, dass man in Amerika sogar versucht, künstliche Nägel herzustellen, und zwar aus dem gleichen Material wie Zahnprothesen.«

Salome musste so heftig lachen, dass sie ihr Kussmündchen ruinierte. Es glich nun eher einer zerplatzten Kirsche oder einem umgeschütteten Glas Rotwein, und sie musste den Lippenstift erneut auftragen. Später, als sie Ornellas Haar auf Lockenwickler drehte, unterdrückte sie das Lachen, zumal ihre Hände nicht zittern durften. Renzo hatte vorgeschlagen, jedes Hotel der »Perlenkette« mit einem eigenen Frisiersalon auszustatten und jeden dieser Frisiersalons mit einem Dauerwellenapparat, einer monströsen Konstruktion aus etlichen aus Metallstäben bestehenden Wicklern, die mit eigens dafür konstruierten Zangen erhitzt wurden. Rollte man das Haar der Frauen darauf auf, standen die Wickler sternförmig vom Kopf ab – und so hatte es insgesamt sechs Stunden lang zu bleiben. »Man stelle sich vor, man muss in dieser Zeit dringend auf die Toilette«, hatte Salome gemeint, als sie das erste Mal davon hörte.

Ornella wiederum verglich das Ungetüm mit einer Eisernen Lunge, und obwohl Salome nicht wusste, was das war, hatte sie vor, weder Lunge noch Haare in die Nähe von heißem Eisen kommen zu lassen. Maxime Aubry lehnte Renzos Vorschlag ebenfalls ab. Auch ohne Hilfe eines Dauerwellenapparats fiel Ornellas Haar am Ende in schönen weichen Locken ums Gesicht. Nicht zuletzt dank einer ordentlichen Portion Puder, mit dem sie die roten Flecken auf ihren Wangen verbarg, erschien sie Salome hübsch wie nie. Und davon, dass die gerade geschnittenen Kleider nicht gerade taugten, ihre Vorzüge – die schmale Taille nämlich – zu betonen, stattdessen über den breiten Hüften spannten, konnte sie mit einer Pelzstola ablenken.

Ornellas Kleid war von einem blassen Blau, Salome trug eines im Farbton von Fuchsien, beide hatten sie Fransen am Saum. Sobald sie angekleidet waren, drehten sie sich mehrmals vor dem Spiegel. Ornella schien mit dem Anblick zufrieden zu sein, wollte nun endlich los, doch Salome begann enervierend langsam ihre Handschuhe anzuziehen.

»Warum beeilst du dich nicht? Der Ball muss längst begonnen haben.«

»Eben! Wir müssen zu spät kommen, nur das sichert uns den großen Auftritt.«

Wenn Salome ehrlich war, suchte sie nicht nur den großen Auftritt, sie wollte vor allem Agapito aus dem Weg gehen, der sich zwar mit Gedeone um die Villa Barbera kümmerte, am Tag zuvor aber anlässlich des Silvesterfestes in Menton eingetroffen war und schon beim Frühstück um einen Kuss gebettelt hatte.

»Warum sollte ich dich küssen?«, hatte Salome entrüstet gefragt.

»Damals hast du mich doch auch geküsst.«

Nein, du hast deine Lippen ungefragt auf meine gepresst und dich daran festgesogen, hatte sie gedacht, laut jedoch nur gesagt: »Wir waren ja noch Kinder.«

»Wir waren keine Kinder mehr. Der einzige Unterschied zu damals ist, dass du seinerzeit nur hübsch, jetzt aber regelrecht schön bist.«

Danach hatte er ihr angedroht, am Abend mit ihr tanzen zu wollen, und Salome hatte sich insgeheim geschworen, dieses Opfer auf sich zu nehmen – allerdings nur, wenn sie Félix Aubry zuvor dazu brachte, mit Ornella zu tanzen.

Als sie wenig später den großen Ballsaal betraten, in dessen Marmorboden sich die Lichter von einem halben Dutzend Lüstern brachen, war der aber gar nicht dort. Wer sie beide wohlwollend betrachtete, waren ausschließlich ältere Herrschaften – die Hautevolee von Menton, zu der der Besitzer des Casinos ebenso zählte wie der Bürgermeister, auch Industrielle und Bankiers, schließlich die Inhaber von Geschäften, wo mit Konfiserie und Südfrüchten gehandelt wurde. Seit Kurzem gediehen in Menton nicht nur Datteln, Feigen und Clementinen, sogar Kiwis und Bananen.

Salome sah sich neugierig um, erblickte weiterhin nirgendwo einen groß gewachsenen jungen Mann mit dunklem Haar. Eigentlich wusste sie gar nicht, ob Félix Aubry überhaupt dunkles Haar hatte, sie hatte sich ihn ob der dunklen Hosenbeine nur nie anders vorstellen können. Schwarz, wenngleich mit weißen Strähnen durchzogen, war auch Hélène Aubrys Haar, und kohlschwarz waren die Augen. Als Ornella ihr Félix' Mutter vorstellte, reichte ihr diese zwar die Hand, deren Druck war aber sehr schwach. Überhaupt wirkte sie mehr wie eine Puppe als wie ein Mensch, wobei eine Puppe kein so faltiges Gesicht hatte. Es schien, als würde sie sich im Innersten so klein wie möglich machen, sodass zu viel Haut übrig blieb.

Hélène Aubrys Blick ruhte nicht lange auf ihr, dann wandte sie sich wieder dem Arzt zu, mit dem sie gerade plauderte, und fragte ihn, ob er schon einmal von einem Elektrodensystem zur Registrierung von Hirnströmen gehört habe. Was der Arzt antwortete, hörte Salome nicht mehr, gesellte sich doch Maxime Aubry eben zu ihnen. Er machte Ornella übertriebene Komplimente, während er an Salome verlegen vorbeistarrte. Sie fragte sich, was sie falsch gemacht hatte, bis sie sich erinnerte, dass er sie auch bei der Begrüßung am Bahnhof missachtet, sich einzig Paola gewidmet hatte. Vielleicht schüchterte ihre Größe ihn ein, denn obwohl die dunklen Stiefel einen Absatz hatten, überragte sie ihn um einen ganzen Kopf.

Nicht lange, und er ließ sie ohnehin stehen, während Ornella nun ihren Arm umfasste, sie in Richtung des kleinen Orchesters zog, das an diesem Abend aufspielte.

»Dort!«, rief sie aufgeregt.

Salome nahm wieder keinen Mann mit langen, dünnen Beinen wahr, nur eine Gruppe Frauen.

»Ich sehe ihn nicht.«

»Aber *sie* ist da. Zoé.«

Salome war fast ein wenig enttäuscht. Die *cornuchette* trug kein Kleid, sondern eine weite schwarze Hose und dazu ein Jackett, das aussah, als hätte sie es von einem Mann geliehen.

»Wenn Félix mit ihr tanzt, bin ich endgültig blamiert«, klagte Ornella.

»Aber er scheint nicht hier zu sein, um zu tanzen. Wo kann er denn stecken?«

Ornella zuckte die Schultern. »Sein Vater beschwert sich oft, dass er seine Zeit lieber in der Bibliothek verbringt, als in seiner Bank oder einem der Hotels.«

»Dann werde ich einen Blick in die Bibliothek werfen, und du … Du amüsierst dich.«

Ornella starrte sie an, als würde sie den Sinn des Wortes »amüsieren« nicht verstehen. »Du … Du willst Félix holen?«

»Er soll doch sehen, wie hübsch du heute bist.«

Ohne eine weitere Erklärung ließ Salome sie stehen, nicht zuletzt, weil Agapito gerade auf sie zugesteuert kam. Gerade noch rechtzeitig floh sie vor ihm aus dem Ballsaal und huschte hoch zum zweiten Stock, wo sich die Bibliothek befand.

Bis jetzt hatte sie sie noch nie selbst betreten, und sie war auch nicht sicher, hinter welcher Tür sie sich verbarg. Als sie entschlossen eine öffnete, drang ihr zwar prompt der staubige Geruch von Büchern entgegen, sehen konnte sie diese allerdings nicht – im Raum war es stockdunkel. Vergebens tastete sie an der Wand nach dem Lichtschalter. Als sie schon zu dem Schluss kam, dass Félix sicher nicht im Dunkeln sitzen würde, zumal der Raum unbeheizt war, stutzte sie. Zwei rötliche Lichter tanzten in einer Ecke hinten im Raum, glühenden Katzenaugen gleich, wenngleich dichter beisammenstehend als solche. Einen erschrockenen Aufschrei konnte sie unterdrücken, nicht die Regung, sich unwillkürlich an die Wand zu pressen. Prompt stieß sie mit der Schulter an den Lichtschalter, und der Raum wurde erleuchtet.

Salome blinzelte, ehe sie erkannte, dass die rötlichen Lichter nicht die Augen eines Monsters waren, stattdessen die verglimmenden Enden von gleich zwei sehr dünnen Zigaretten – Gauloises oder Gitanes –, und diese steckten zwischen den Lippen eines jungen Mannes. Er machte keine Anstalten, sie aus dem Mund zu nehmen, bequemte sich noch nicht einmal, seine Haltung zu verändern, die eine höchst unbequeme war. Er saß an einem Tisch, den Kopf auf einen hohen Bücherstapel gelehnt. Gleich daneben befand sich ein zweiter Bücherturm, auf dem nicht nur ein ziemlich voller Aschenbecher stand, sondern – haarscharf am Rand – ein Glas Segonzac, jener Cognac, der auch unten im Saal reichlich floss. Dass das Glas noch voll war, war ein Zeichen dafür, dass der junge Mann sich lieber aufs Rauchen beschränkte, statt zu trinken.

Kurz blinzelte auch er, doch als sie näher trat, schloss er die Augen wieder.

»Liest du gern?«, fragte er unvermittelt auf Deutsch.

Zumindest glaubte sie, diese Worte zu verstehen. So nuschelnd wie er sie aussprach – schließlich musste er verhindern, dass ihm gleich zwei Zigaretten aus dem Mund fielen –, hätte er genauso gut die Frage »Isst du gern?« stellen können.

»Ob ich gern esse?«, gab Salome forsch zurück, weil sie sich ärgerte, dass er weder Mund noch Augen aufbekam. »Nein, tue ich nicht. Aber so wie du aussiehst, solltest du etwas mehr essen, sonst wirst du irgendwann so dünn wie deine Zigaretten.«

Tatsächlich war alles an Félix Aubry dünn, Beine, Arme, Rumpf.

»Ich fürchte, du musst alles, was du gesagt hast, noch einmal wiederholen«, sagte er nunmehr auf Italienisch, dem man deutlich einen französischen Akzent anhörte. »Die einzigen Worte Deutsch, die ich verstehe, sind diese drei: Liest du gern? Ich kann sie auf fast allen Sprachen sagen.«

Während er sprach, hatte er den Kopf etwas vom Bücherstapel gelöst, die Augen geöffnet. Mandelförmig wie sie waren, glichen sie denen seiner Mutter, doch sie waren nicht schwarz wie Hélènes, sondern grau wie Nebel. Ein dichter Kranz Wimpern umgab sie, und ähnlich üppig wuchs das dunkle Haar, das in weichen Wellen bis zum Kinn fiel.

»Warum?«, entfuhr es Salome.

»Warum ich jeden frage, ob er gern liest? Es ist nun mal das Einzige, was mich an anderen Menschen interessiert.«

Er nahm nun doch die Zigaretten aus dem Mund, ließ sie in den Aschenbecher fallen. Er tat es, ohne hinzuschauen, gut möglich, dass er den Aschenbecher verfehlt hätte und sie im Cognacglas gelandet wären. Dann tastete er den Tisch ab, stieß auf ein silbrig schimmerndes Zigarettenetui, holte sich eine neue Zigarette daraus. Er sah erneut nicht hin, als er wenig später das noch brennende Zündholz in den Aschenbecher fallen ließ, und Salome fragte sich, was sein Vater wohl davon hielt, dass er inmitten der vielen Bücher so sorglos mit Feuer hantierte.

Sein Blick war unverwandt auf sie gerichtet. »Also, warum bist du hier in der Bibliothek? Um mich zu suchen oder ein gutes Buch?«

Sie ahnte jäh, dass er verstummen würde, wenn sie zugab, seit ihrer Schulzeit nichts mehr gelesen zu haben. Und erst recht, wenn sie ihre Großmutter zitierte, für die die Lektüre von Romanen einer giftigen Blume glich, die insbesondere Frauen verschroben mache.

»Ich ... Ich lese gern«, log sie.

»Welche Autoren?« Er hatte die Zigarette schon an den Mund geführt, zog aber nicht daran.

Ihr Blick glitt hilfesuchend über die Bücherregale, doch bevor sie einen Namen entziffern konnte, fügte er hinzu. »Heinrich Mann? Carl Sternheim? Fritz von Unruh?«

Sie nickte, obwohl sie sich nicht erinnern konnte, je einen dieser Namen gehört zu haben. Ganz sicher waren ihr die fremd, von denen er nun sprach. »Liest du auch französische Autoren, la Rochelle, Durtain, de Noailles? Und natürlich George Sand und Gustave Flaubert. In Menton sind sie ein Muss, etliche ihrer Werke sind schließlich hier entstanden.«

Endlich entzifferte sie auf einem der vielen Buchrücken einen Namen, mit dem sie etwas anfangen konnte. »Ich ... Ich liebe Victor Hugo«, sagte sie schnell.

Sein Gesicht verzog sich, und ihr fiel auf, dass nur seine Wimpern dicht waren, die Augenbrauen hingegen schmal und wohlgeformt. Die rechte hob sich – was ein Ausdruck von Anerkennung sein konnte oder von Verachtung. »Ein kluger Mann«, sagte er. Nun zog er mehrmals hektisch an der Zigarette. »Im Jahr 1849 hat er eine Vision kundgetan, die heute fast noch revolutionärer anmutet als damals. Er träumte von den Vereinigten Staaten von Europa, zu denen sich alle Nationen zusammenschließen würden, ohne ihre Individualität einzubüßen. Man stelle sich vor: ein Europa ohne Grenzen oder Kriege …« Er brach ab. »Nun, du machst nicht den Eindruck, als hättest du von Victor Hugo etwas anderes gelesen als den *Glöckner von Notre-Dame*«, fuhr er fort. »Hm. Keine Ahnung, ob dieser Roman schlichtweg Kitsch ist oder doch die grundlegende Frage stellt, ob es zur Natur des Hässlichen gehört, schwach zu sein. Ich finde das ja nicht. Mein Vater zum Beispiel ist hässlich, aber nicht schwach. Schwach *und* hässlich ist dagegen die Freundin, mit der du deine Zeit verschwendest.«

Salome wusste nicht, was sie wütender machte – sein Urteil über Ornella oder dass er von ihrer Freundschaft wusste, sie also irgendwann heimlich beobachtet haben musste, ohne sich vorzustellen. Nur mühsam widerstand sie dem Drang, ihm den Cognac ins Gesicht zu schütten.

»So redest du nicht über Ornella«, zischte sie.

Der Kopf sank zurück auf den Stapel. »Glaub mir, ich habe keine Lust, über deine Freundin zu reden, denn sämtliche Worte, die ich mache, sollten Gewicht haben. Wie könnte man aber aus dem großen, leeren, seichten O, mit dem ihr Name beginnt, etwas Substanzielles fischen? An seinen Rändern ohne Ecken und Kanten echot ja doch nur der Klang einer großen Leere.«

Salome kam in Versuchung, den Aschenbecher über seinem Kopf auszuleeren, aber sie wusste plötzlich: Wenn sie ihn wirklich treffen wollte, dann musste sie seine Waffe nutzen – das Wort.

»Und was sagt der Buchstabe, mit dem dein Name endet, über

dich?«, zischte sie deshalb. »Dass du über deine x-förmigen Beine stolperst, sobald du aufstehst?«

Gut möglich, dass kein echtes Lächeln an seinen Lippen zupfte, sich diese nur bewegten, damit ihnen die Zigarette nicht entglitt. Ihre Worte schienen ihn trotzdem ausreichend zu amüsieren oder zumindest wenig genug zu langweilen, um zu nuscheln: »Wie heißt eigentlich du?«

»Salome.«

Félix hob erneut den Kopf. »Bist du Jüdin?«

»Nein.«

Er runzelte die Stirn, diesmal eindeutig vor Enttäuschung. »Schade. Die einzige Jüdin, die ich jemals kennengelernt habe, war eine Intellektuelle. Aber stimmt ja, du bist die Tochter des Hirten.«

»Hirte? Mein Vater ist Reiseagent!«

»Und was ist der Unterschied? Ein Reiseagent treibt seine Herde unter müdem Abgesang eines törichten Rezitativs an Sehenswürdigkeiten vorbei, und diese hammelt ohne eigenen Gedanken artig mit.«

Bis ihr aufgegangen war, was seine Worte genau bedeuteten, hatte sie den Zeitpunkt verpasst, ihren Vater zu verteidigen. Wobei sie ja nicht hier war, um für ihn einzutreten, sondern für Ornella.

»Du schätzt meine Freundin völlig falsch ein, wenn du sie für oberflächlich hältst, für seicht oder gar leer.«

Ein Schnauben blieb für eine Weile die einzige Antwort. Dann fügte er hinzu: »Was soll ich denn außer Dummheit von diesem süßlich zerquetschten, ewig lächelnden Gesicht mit den ängstlichen kleinen Augen halten?« Obwohl sie sich hatte beherrschen wollen, kam Salome nicht umhin, erbost einen Satz auf Félix zuzumachen. Ehe sie sich am Aschenbecher oder Cognacglas vergreifen konnte, hob er abwehrend die Hände, die Lippen nun zweifellos zu einem Grinsen verzogen. »Was denn, was denn? Ich habe nur frei nach Heinrich Heine zitiert. Den kennst du anscheinend auch nicht.«

»Heinrich Heine kennt wiederum Ornella nicht, also kann er kein Urteil über sie fällen. Und du kennst sie genauso wenig, sonst würdest du nicht so über sie reden.«

Sein Schulterzucken bewirkte, dass der Stapel gefährlich wankte. »Wohl wahr. Aber du kennst sie und willst mir nun einreden, es wäre ein Gewinn, sich mit ihr abzugeben. Warum tust du das für sie?«

»Weil sie weit mehr ist als nur eine Freundin!«, rief Salome entschlossen. »Sie ist wie eine Schwester, und ich liebe sie.«

»Und warum liebst du sie?«

Salome verdrehte die Augen. »Die Frage ist doch eher, warum sie dich mag. Es muss ein Wunder sein, denn eine vernünftige Erklärung gibt es dafür nicht.«

Aus seiner Kehle löste sich ein heiserer Ton, vielleicht war es seine Art zu lachen. »Ich glaube nicht an Wunder. Ich glaube daran, dass jeder Mensch für einen anderen nur von Bedeutung ist, wenn der einen bestimmten Zweck erfüllt. Menschen lieben sich nicht, Menschen brauchen sich. Wer klug genug ist, braucht allerdings keine Menschen, nur Bücher.«

»Wie bequem! Bücher können solchem Unsinn schließlich nicht widersprechen.«

Wieder jener heisere Laut. »Du widersprichst anscheinend sehr gern. Das S, mit dem dein Name beginnt, gleicht passenderweise einer scharfen Klinge. Warum trägst du eigentlich einen jüdischen Namen, obwohl du keine Jüdin bist?«

Sie war nicht sicher, ob sie so rasch antwortete, weil sie sich erschöpft von ihrem Wortgefecht fühlte oder davon erst richtig angestachelt. Jedenfalls rutschte aus ihr heraus: »Weil meine Mutter einst den abgeschlagenen Kopf von Johannes dem Täufer mit Drachenblut bemalt hat.«

Eben hatte Félix den Kopf wieder zurückgelegt, die Augen geschlossen. Nun fuhr er so ruckartig hoch, dass ihm fast die Zigarette aus dem Mund gefallen wäre. Er starrte sie an, wie Hélène Aubry wohl kranke Menschen oder zappelnde Schmetterlinge anschaute – mit tiefer Faszination.

»Weiter!«, befahl er.

»Was ... weiter?«

»Erzähl mir mehr von diesem Kopf. Er interessiert mich.«

»Der Kopf war natürlich nicht echt ... Meine Mutter war Bühnenbildnerin.«

Sie atmete tief durch, wusste erneut nicht, warum sie fortfuhr – vielleicht, weil sie Félix beeindrucken, vielleicht, weil sie ihn verstören wollte, vielleicht, weil er es einem Menschen schwermachte, über Liebe zu reden, aber ganz leicht, über den Tod zu sprechen. Sie erzählte von Richard Strauss' Oper, dem dafür anzufertigenden Requisit, dass ihre Mutter lungenkrank gewesen und bei ihrer Geburt gestorben war. Sie erzählte von ihrer Schwester, die den Namen einer toten Oper trug ... Nein, keiner toten Oper, einer Oper, die es zum Zeitpunkt ihrer Geburt noch nicht gegeben hatte. Sie sprach über den Tod und dass man, um tot zu sein, eigentlich vorher gelebt haben musste. Was aber war man, wenn man gar nicht erst gelebt hatte?

Félix ertränkte seine Zigarette im Cognacglas, erhob sich langsam. Erst jetzt fiel ihr auf, dass er zu seinen schwarzen Hosen nur ein weißes Hemd trug, den Frack wohl irgendwo abgelegt oder gar nicht erst angezogen hatte. So farblos er auch anmutete, auf den Wangen, eben noch bleich, hatte sich ein rosiger Schimmer ausgebreitet, und die Lippen, eben noch schmal und bläulich, wirkten voller, roter.

»Du bist ja gar nicht so langweilig, wie ich dachte. Der Tod ist das spannendste Thema überhaupt, vorausgesetzt natürlich, dass man ihn nicht fürchtet. Ich als Nihilist fürchte ihn nicht.«

Salome hatte keine Ahnung, was ein Nihilist war – was sie nicht zugeben konnte. Ebenso verkniff sie es sich, damit herauszuplatzen, dass sie sich vor dem Tod durchaus fürchtete, mehr noch, dass ihr nichts so große Angst machte wie dieser. Unwillkürlich suchte sie nach Worten, mit denen sie Félix weiter beeindrucken konnte.

»Ich habe meine Großmutter getötet«, sagte sie, und als er wieder eine seiner schmalen Brauen hob, fügte sie stolz hinzu: »Sogar vier Mal.«

Ein kehliges Lachen brach aus ihm heraus, und zum ersten Mal hatte sie das Gefühl, dass er tatsächlich ein junger Mann war, in dessen Adern echtes Blut floss, nicht nur Zigarettenrauch waberte. »Ich glaube fast, du bist eine verkappte Anarchistin. Du fängst an, mir zu gefallen.«

Plötzlich entfuhr auch ihr ein Lachen. Sie konnte sich nicht erinnern, jemals einen so schrillen Ton ausgestoßen zu haben. Woran sie sich aber wieder deutlich erinnerte, war, dass sie Ornellas wegen hergekommen war und nicht, um Anerkennung zu finden.

»Vielleicht gefiele dir Ornella ebenso, wenn du nur einmal mit ihr reden würdest«, sagte sie schnell. Was immer sein Gesicht hatte leuchten lassen, erlosch. Er sank auf den Stuhl zurück, legte den Kopf wieder auf den Bücherstapel. »Wenn du nicht mitkommst, nicht mit Ornella tanzt oder dir wenigstens das Feuerwerk mit ihr ansiehst, ziehe ich das unterste Buch aus dem Stapel«, drohte Salome.

Eigentlich rechnete sie damit, mit solch kindischem Trotz nur seine Verachtung auf sich zu ziehen, doch er erklärte: »Wenn du es nicht nur aus dem Stapel ziehst, sondern auch versprichst, es zu lesen, komme ich tatsächlich mit nach unten.«

»Abgemacht.«

Er machte keine Anstalten, den Kopf vom Stapel zu nehmen, als sie näher trat, am untersten Buch zog, allerdings nicht heftig, wie sie es vorgehabt hatte, sondern vorsichtig, um den Stapel nicht zum Einsturz zu bringen.

»Welches Buch ist es?«, fragte er, als sie es endlich in den Händen hielt.

»Ein Gedichtband von Arthur Rimbaud.«

»Keine schlechte Wahl. Rimbaud war der Meinung, die Liebe müsse neu erfunden werden. Ich bin der Meinung, sie müsste abgeschafft werden. So weit liegen wir gar nicht auseinander.«

»Warum muss etwas abgeschafft werden, das in deinen Augen nicht einmal existiert?«

»Eine gute Frage: Etwas, das es noch nie gegeben hat, kann nicht aufhören zu sein. So betrachtet ist die Liebe für mich das, was für dich dein totes Schwesterchen ist. Ich komme kurz vor Mitternacht nach unten.«

Sie ärgerte sich, weil er die Einlösung seines Versprechens aufschob, begnügte sich am Ende aber damit. Jedes weitere Wort hätte womöglich dazu geführt, dass er Ariadnes Namen laut ausgesprochen hätte, und sie wollte ihn nicht aus einem Mund hören, in dem immer noch oder schon wieder eine Zigarette steckte. Sie nickte schweigend, ging zur Tür, schaltete dort das Licht aus. Hinter ihr war nur mehr ein winziger, rot glimmender Punkt zu sehen.

»Warte!«, rief er ihr nach. »Wie heißt du noch mal?«

Salome war fassungslos. »Wir haben doch eine ganze Weile über meinen Namen gesprochen.«

»Gewiss«, kam es aus der Dunkelheit, »ich weiß aber noch nicht, ob es sich lohnt, ihn mir zu merken.«

»Nun«, sagte sie, »ich merke mir deinen auch nicht. Für mich bist du ... Astyanax.«

»Oh«, kam es nach einem Moment, »Hektors einziger Sohn, den schimmernden Sternen vergleichbar. Ehe er in den Kampf zog, trat der Held ein letztes Mal zu seinem Kind.« Er begann Homer zu zitieren: »*Zurück an den Busen der schön gegürteten Amme schmiegte sich schreiend das Kind, erschreckt von dem liebenden Vater, scheuend des Erzes Glanz.*« Wieder hielt er kurz inne. »Ich weiß nicht, ob der Name zu mir passt. Wie es aussieht, hat der Knabe den Tod gefürchtet.«

»Ich finde ihn durchaus treffend. Schließlich wurde Astyanax am Ende von einem Turm gestoßen, sämtliche seiner Knochen sind zersplittert. Und wer weiß, vielleicht wurde er gar nicht vom Turm gestoßen, sondern ist nur über seine eigenen langen Beine gestolpert.«

Obwohl es dunkel war, hätte sie schwören können, dass er lächelte.

»Bis später ... Salome.«

Ganz kurz musste auch sie lächeln, ehe sie sich abwandte.

Salome beeilte sich, zu Ornella zu kommen, doch als sie den Ballsaal betrat, stellte sich ihr Agapito in den Weg und riss sie stürmisch an sich. Obwohl sie bisher alles getan hatte, um ihm auszuweichen, fühlte sie sich jäh so beschwingt – wovon auch immer –, dass sie ihn nicht abwehrte, sondern laut lachte. Schon war der Moment verpasst, ihm rüde zu erklären, dass sie nie und nimmer mit ihm tanzen würde.

Es war ja auch nicht so, dass sie wenig später tatsächlich miteinander tanzten – sie stiegen sich nur gegenseitig auf die Zehen, drehten sich ungelenk zu französischen Liedern, die Salome nicht genau verstand, die aber womöglich die gleichen unsinnigen

Texte hatten wie die Schlager, die gerade in Deutschland beliebt waren. *Wer hat bloß den Käse zum Bahnhof gerollt?* hieß einer, *Mein Papagei frisst keine harten Eier* ein anderer. Was man genau dazu tanzte, ob besser den altmodischen Foxtrott oder den modernen Jive, wussten weder sie noch Agapito. Immerhin wurden dessen Bewegungen mit der Zeit waghalsiger.

Wieder lachte Salome übertrieben, fühlte, wie sich ihre Wangen röteten, obwohl sie nicht sicher war, was genau sie derart amüsierte. Während einer kurzen Pause reichte Agapito ihr ein Glas Champagner, und nur ein paar Schluck des perlenden Gesöffs genügten, dass sich der Saal förmlich zu drehen schien. In der Ferne glaubte sie Ornella zu sehen, die ungeduldig nach ihr Ausschau hielt, aber ehe sie zu ihr gelangte, zog Agapito sie erneut auf die Tanzfläche, diesmal zu den ruhigeren Klängen eines Blues. Er schmiegte sich an sie, und sein Mund kam ihrem gefährlich nahe. Zwar konnte sie einen Kuss abwehren, indem sie den Kopf zur Seite drehte, nicht jedoch verhindern, dass seine Lippen an ihrem Ohr entlangwanderten und sich schließlich an ihrem Hals festzusaugen begannen. Gottlob trug er keinen Bart mehr, es hätte furchtbar gekitzelt. Warum genau er mittlerweile auf diesen verzichtete, wusste sie nicht. Vielleicht, weil er es mit Gedeone zwar nicht hinsichtlich der Körpergröße aufnehmen konnte, jedoch mit seinem muskulösen Oberkörper.

Kurz lösten sich seine Lippen von ihrem Hals, und er raunte ihr ins Ohr: »Wir könnten dieses Hotel gemeinsam führen.«

Sie sah ihn irritiert an, fühlte erst jetzt, wie verschwitzt seine Hände waren. »Ich dachte …«

»Es soll doch alles in der Familie bleiben. Gedeone wird auf Vaters Wunsch die Villa Barbera übernehmen, die mittlerweile La Perla di San Remo heißt, aber ich würde auch gern ein Haus leiten. Warum denkst du denn, dass Vater in den Allerwertesten von Maxime Aubry kriecht, wenn nicht ...«

»Die Perle de Menton wird einmal Félix gehören.«

»Sieht der etwas so aus, als würde er sich für Hotels interessieren?«, fragte Agapito grinsend, und jetzt erst bemerkte Salome, dass sich sein Blick amüsiert auf jemanden hinter ihrem Rücken richtete. Auch andere Gäste starrten dorthin, erst wurde nur ein Tuscheln laut, dann verstohlenes Gekicher. Sie fuhr herum, sah Félix Aubry durch den Ballsaal schreiten. Was immer sie ihm unterstellt hatte – er war keiner, der über seine langen Beine stolperte, hatte vielmehr die Geschmeidigkeit eines Raubtiers vor dem Sprung. Er ging geradewegs auf Ornella zu ... oder nein, nicht auf Ornella, auf die ... *cornuchette*. Zoé lächelte, als er ihr den Arm reichte, und als er sich vorbeugte und ihr etwas in ihr Ohr flüsterte, lachte sie, lachte so schrill, wie nur eine Frau, die keine Strümpfe trug und in Champagner badete, lachen konnte.

In Salome stieg dagegen Übelkeit hoch, als sie sah, wie Félix die *cornuchette* auf die Terrasse führte, obwohl das Feuerwerk erst in einer halben Stunde beginnen würde. Zoé musste frieren, doch das Gelächter, das von draußen in den Tanzsaal schwappte, klang eher so, als würden Champagnergläser aufeinanderstoßen, nicht Eiszapfen.

»Vater beklagt sich längst nicht mehr darüber, dass seine Söhne Faschisten sind, wie er das früher oft tat«, spottete Agapito, »er weiß nun schließlich, dass andere Väter weitaus missratenere Söhne haben. Félix verweigert jede vernünftige Arbeit, will stattdessen ein Buch schreiben und zeigt sich bei jeder Gelegenheit mit seiner ... Hure.«

Salome wusste nicht so recht, wie sie sich von ihm losgemacht und verhindert hatte, dass Agapito ihr folgte. Sie wusste nur, dass sie plötzlich vor Ornella stand, deren Pelzstola nicht mehr die breiten Hüften bedeckte, vielmehr auf den Boden hing. Wieder stand jener Ausdruck von Resignation in ihrem Gesicht, den sie schon bei ihrem Wiedersehen im Garten an ihr wahrgenommen hatte.

»Ich … Ich kann unmöglich mit dieser Frau konkurrieren«, stammelte sie hilflos.

Salome rang nach Worten. »Wie kann dir dieser schreckliche Kerl so etwas antun?«, brachte sie schließlich hervor. Ihre Stimme klang empört genug, um die Scham zu übertönen. Denn was ihr zu ihrer Schande eigentlich auf den Lippen lag, war: Wie kann er *mir* so etwas antun?

1933

Elftes Kapitel

In den Wochen, die folgten, sah Salome Félix nicht wieder, und auch Ornella, die sich meist im Garten aufhielt, um im Gespräch mit dem Gärtner ihr Wissen über Blumen und Bäume zu mehren, erwähnte nie, dass sie ihm begegnet war. Als Maxime sie jedoch eines Tages fragte, ob Félix sie mittlerweile in ein Café ausgeführt und anschließend im Jardin Public mit ihr spazieren gegangen sei, wozu er den Sohn aufgefordert habe, bejahte sie und entlockte Maxime damit ein zufriedenes Lächeln.

»Das hat Félix doch nicht wirklich getan!«, entfuhr es Salome, sobald Maxime den Raum verlassen hatte.

»Natürlich nicht.«

»Warum deckst du ihn dann?«

»Du deckst Paola doch auch«, gab Ornella zurück.

Salome zuckte zusammen. Sie hatten nie darüber gesprochen, aber Ornella hatte recht. Salome gab vor, nicht zu bemerken, mit wie vielen kleinen Gesten Paola und Renzo verrieten, dass sie ihre Affäre von einst wiederaufgenommen hatten.

»Willst du denn nicht, dass ich es vertusche?«

»Das will ich weiterhin. Was die beiden treiben, geht niemanden etwas an. Was wiederum Félix treibt oder eben nicht, muss sein Vater nicht wissen.«

Arthur selbst schien keinen Verdacht zu schöpfen, er war gut beschäftigt. Er hatte ein Geschäftslokal am Carei angemietet, der zweiten großen Straße neben dem Quai du Midi, wo sich inmitten moderner Geschäfte die Filiale seines Reisebureaus bestens einfügte. Nicht nur, dass sie größer war als seinerzeit die in San Remo – sie hatte die Form eines Pavillons, dessen Wände fast ausschließlich verglast waren. Salome versuchte bei diesem Anblick nicht an die Scherben von einst zu denken, stellte stattdessen erleichtert fest, dass in diesem Glaspavillon schon etliche Zimmer in den Hotels der »Perlenkette« gebucht worden waren. Außerdem plante Arthur ein Ausflugsprogramm für jene Gäste, deren Kreuzfahrtschiffe einen Zwischenstopp an der Riviera einlegten, sodass das Geschäft alsbald nicht mehr an einem einzigen noch dünnen, möglicherweise leicht brechenden Zweig hing.

Bald arbeitete er nicht nur mit dem ortsansässigen *syndicat d'initiative*, dem Verkehrsverein, zusammen und nahm diesem die bislang vernachlässigte Pflicht ab, kostenlose Führer mit Hotels und zu empfehlenden Routen, Sehenswürdigkeiten und Veranstaltungen zu veröffentlichen. Überdies wurde er Mitglied im Touring Club de France, der auch Ausländern Preisermäßigungen verschaffte und Fahrradtouren nach Italien ganz ohne lästige Formalitäten an der Grenze ermöglichte.

Im Februar reiste Arthur nach Deutschland, um dort eine neue Ausgabe der Sommer'schen Verkehrszeitung herauszugeben, sich gemeinsam mit Herrn Theodor um weitere Buchungen, vor allem aber Werbemaßnahmen zu kümmern. Paola begleitete ihn jedoch nicht, verwies darauf, dass sie sich um die Filiale kümmern und Salome ihr dabei helfen müsse. Falls Arthur darüber irritiert war, zeigte er es nicht. Salome wiederum zeigte Paola nicht, was sie davon hielt, dass sie regelmäßig den Glaspavillon verließ, um – wie sie behauptete – neue Ausflugsrouten zu erkunden. Es war Renzo, der sie durch die Gegend kutschierte, nach Ventimiglia, wo es eine uralte Krypta zu besichtigen gab, oder nach Bordighera zu einem Grandhotel, das nach einem Adolf Angst Grandhotel Angst genannt worden war. »Was für ein Glück«, sagte Paola, als sie eines Abends beschwingt nach Hause kam, »dass dein Vater nicht so heißt. Für die Werbung ist der Nachname Sommer deutlich geeigneter.«

Anfang März kehrte Arthur zurück nach Menton, und er hatte weder Paola noch Salome umarmt, als er von Maxime bereits mit neugierigen Fragen bestürmt wurde. Was der Machtwechsel in Deutschland für ihr Geschäft zu bedeuten habe, wie die Lage speziell in Frankfurt sei, ob es wirklich Verhaftungen gebe, gar Straßenschlachten, man höre einige Gerüchte.

Salome hatte diese Gerüchte nicht vernommen. Dass Adolf Hitler nun Reichskanzler war, hatte zwar vage Erinnerungen an Männer mit Hakenkreuzbinden, die grässliche Lieder grölten und Schaufenster beschmierten, geweckt, aber in Menton schien das alles unendlich weit weg zu sein, es hatte nichts mit ihr zu tun. Es schien auch nicht viel mit Arthur zu tun zu haben. Er setzte ein Lächeln auf, murmelte etwas von ein paar unruhigen Nächten – es seien einige Sozialisten verschwunden, und ein paar Kaufleute der Stadt hätten sich daraufhin zusammengetan und protestiert.

Doch ehe Maxime nachfragen konnte, beschied er ihn energisch: »Auf den Reiseverkehr hat das gottlob überhaupt keine Auswirkungen. Im nächsten Sommer sind wir ausgebucht.«

Am Ende war das auch für Maxime das Wichtigste. Er schlug ihm auf die Schultern und erklärte, dass sie bei einem gemeinsamen Diner darauf anstoßen müssten.

Als Salome später Ornella von diesem geplanten Diner erzählte, erblasste diese. »Warum freust du dich denn nicht?«, fragte sie. »Félix wird wohl auch kommen, kann aber unmöglich Zoé einladen. Du wird also den ganzen Abend Gelegenheit haben, mit ihm zu plaudern.«

»Ich weiß nicht, was ihm mehr zuwider ist – mit mir zu reden oder zu essen«, sagte Ornella hoffnungslos.

Salome hatte keine Ahnung, wie sie ihr nach dem Silvesterball die Hoffnung zurückgeben konnte, erwiderte gleichwohl resolut: »Ich bin sicher, Rosa sperrt ihn in den Küchenschrank, wenn er ihre Speisen ablehnt.«

In der Tat würde Rosa für das leibliche Wohl sorgen, war sie vor Kurzem doch aus San Remo angereist, wohingegen Agapito dorthin zurückgekehrt war – nicht ganz freiwillig, sondern vom Vater gedrängt, weil Gedeone leider nur daran interessiert war, Italien groß zu machen, nicht die Perla di San Remo.

Während Rosa die Hotelküche in Besitz nahm und für diesen Abend ein ganzes Menü, darunter die in Nizza wie Menton beliebten Zucchiniblüten mit Schweinefleisch, zubereitete – ausnahmsweise ganz ohne Zucker –, faltete Ornella die Damastservietten. Ihre Form erinnerte an die *capirotes* der Pénitents Blancs, aber als sie sich am Abend alle im privaten Esszimmer der Aubrys einfanden, fehlte ausgerechnet die, die das hätte bemerken können: Hélène Aubrys Platz – gegenüber von Maximes, der den Vorsitz an der Tafel übernommen hatte – blieb leer.

Félix kam verspätet. Anders als die übrigen Anwesenden machte er keine Anstalten, die Serviette vom Teller zu nehmen und auf dem Schoß auszubreiten, wie alle anderen es taten. Er hatte sich zwar – von Salome arrangiert – neben Ornella niedergelassen, würdigte sie nun aber keines Blickes, sondern zog eine Zigarette aus seinem silbernen Etui und zündete sie an.

»Beim Essen rauchst du nicht«, sagte sein Vater und schaffte es irgendwie, den Sohn zugleich streng zu mustern und entschuldigend in die Runde zu lächeln.

Paola, die Félix gegenüber zwischen Renzo und Arthur saß, erwiderte das Lächeln. »Wir essen doch nicht, bevor Ihre werte Frau nicht erschienen ist.«

Maximes Stirn furchte sich. »Ich fürchte, Hélène fühlt sich heute nicht wohl.«

Salome lauschte verwundert. Bis jetzt hatte sie stets den Eindruck gehabt, dass Hélène Aubry zwar gern ihre Zeit mit Kranken verbrachte, selbst aber unverwüstlich war.

»Ist sie etwa krank?«, fragte Paola.

Maxime öffnete gerade den Mund, doch Félix kam ihm zuvor, nuschelte zwischen zwei Zügen an der Zigarette ein knappes: »Nein.«

»Aber ...«, setzte Paola unsicher an.

»Hör zu rauchen auf!«, kam es scharf von Maxime. »Wir beginnen mit dem Essen.«

Félix drückte die Zigarette aus – allerdings nicht im kristallenen Aschenbecher, sondern im Suppenteller, von dem er nun doch die Serviette nahm. »Wir warten auf Mutter«, erklärte er leise, aber bestimmt. »Ich bin sicher, sie wird noch kommen.«

Maxime fuhr hoch, hielt sich aber mit einer Tirade zurück, weil Renzo jäh auflachte. Auch als das Lachen verstummt war, blieb Renzos Miene außerordentlich vergnügt, amüsierte es ihn offenbar, dass andere mit noch aufrührerischeren Söhnen geschlagen waren als er. Was war schon Gedeones Weigerung, das familieneigene Hotel zu führen, weil diese Arbeit zu wenig Kampf und Ehre versprach, gegen eine Zigarette im Suppenteller?

»Irgendwann kommt jeder junge Mann in ein Alter, da sein beliebtester Sport darin besteht, dem Vater das Leben schwerzumachen«, spöttelte er.

Paola stimmte übertrieben laut in sein neuerliches Gelächter ein, während Salome nicht entging, dass Ornella unwillkürlich von Félix abrückte, als ahnte sie, dass er diese Worte nicht schweigend hinnehmen würde. Kurz musterte er die Versammelten, und wirkte schon sein Blick kühl und verächtlich, war es erst recht seine Stimme, als er zu sprechen begann: »Mein Vater würde mich gewiss liebend gern mit einem Ihrer Söhne austauschen, Signor Barbera. Er hätte nichts dagegen, wenn ich mit der Croix de Feu grölend durch die Straßen marschierte und wie sie unseren Ministerpräsidenten Daladier als Mörder bezeichnete.«

Salome hörte nicht zum ersten Mal von der faschistischen Organisation und glaubte sich vage daran zu erinnern, dass sich diese Vereinigung für Frankreich einen Führer wie Mussolini wünschte.

»Wir wollen heute nicht über Politik reden«, erklärte Maxime beklommen.

Félix' Blick schweifte nur kurz zu seinem Vater hinüber, blieb danach umso länger bei Arthur hängen. Dessen verwirrte Miene verriet, dass er sich nicht nur wenig mit Söhnen und den Problemen, die diese machen konnten, auskannte, auch, dass er sich erst wieder mühsam daran erinnern musste, wer dieser aufrührerische junge Mann war und was er am Esstisch verloren hatte.

»Warum eigentlich nicht?«, fragte Félix provokant. »Monsieur Sommer könnte uns doch ein wenig über Deutschland erzählen. Teilen Sie eigentlich die Einschätzung des französischen Sozialistenführers, der Monsieur Hitler wahlweise als Bäcker oder als chauvinistischen Spinner bezeichnet hat, jedenfalls als einen tumben Mann, den man nicht weiter ernst nehmen muss?«

Arthur begann unruhig hin und her zu rutschen, musste sich wahrscheinlich ebenfalls wieder mühsam ins Gedächtnis rufen, was in den letzten Wochen in Deutschland geschehen war.

»Ich denke nicht, dass Hitlers Macht von langer Dauer ist …«, setzte er an, schwieg aber, als Paola ihre Hand auf seine Schulter legte.

Maxime war mittlerweile glühend rot angelaufen. »Wir wollen nicht über Politik reden«, wiederholte er nachdrücklich.

»Warum eigentlich nicht?«, gab Félix erneut zurück, ehe er sich wieder an Arthur wandte. »Sie denken also, dass Hitlers Tage gezählt sind? Da sind Sie ja einer Meinung mit den meisten Franzosen, die im Nationalsozialismus keinerlei Gefahr sehen. Den Faschismus bezeichnen sie gern als Mode, die kommt und geht wie das Tennisspielen. Dass ein Faschist letztes Jahr unseren Präsidenten erschossen hat, zählt nicht weiter, manchmal landet ja auch beim Tennisspiel versehentlich ein Ball im Publikum, und irgendjemand bekommt ein blaues Auge.«

»Genug!«, kam es von Maxime.

»Und dann gibt es ja nicht wenige«, fuhr Félix ungerührt fort und beugte sich so weit vor, dass ihm die Haare fast in den leeren Suppenteller hingen, »die meinen, die französische Nation hätte sich ohnehin überlebt, müsse einen Blutbund mit Deutschland schließen, um sich wieder aufzufrischen. Ich denke ja eher, zuvor betten sich Deutschland und Italien im ehelichen Alkoven. Ich weiß bloß nicht, wer oben und wer unten liegt – wer sich diesem grässlichen Faschismus hingebungsvoller anheimgibt oder als Erstes den Fuß unter dieser erstickenden Decke hervorzieht.«

Maxime umfasste seinen Stock, den er zuvor an den Tisch gelehnt hatte, umklammerte ihn, bis die Fingerknöchel weiß hervortraten, schlug auf den Boden. »Ich sagte: Genug!«

Bevor Félix ignorant fortfahren konnte, mischte Renzo sich ein, mit jovialem Lächeln zwar, aber beißender Stimme. »Warum nennen Sie den Faschismus grässlich, junger Mann? Die italienische Wirtschaft steht doch deutlich stärker da als die französische.«

Félix wandte sich ihm ganz gemächlich zu. »Der Faschismus gleicht dem Krieg. Er macht alle Menschen gleich. Zwar behaupten die Faschisten, Männer seien Helden aus Stahl, obwohl der

Krieg aus den Männern bebende, blutbefleckte Kreaturen macht. Aber es läuft aufs Gleiche hinaus. Der Einzelne ist kein Mensch mehr, nur mehr eine Karikatur.«

Maxime hielt weiterhin den Stock umklammert. »Ich fürchte, mein Sohn ist ein Pazifist«, bemerkte er seufzend.

»Ich bin kein Pazifist, ich bin Individualist«, erwiderte Félix scharf. »Halte mich nicht für so naiv wie unseren einstigen Außenminister Briande, der bei der Völkerbundversammlung dreimal in den Saal ruft, dass es keine Kriege mehr geben soll, und denkt, damit ist es genug. Der Frieden ist nur ein leeres Wort. Überdies ein Wort mit dünner Schale. Wenn man es mit zu großer Hoffnung, zu viel Sehnsucht füllt, platzt es alsbald mit einem lauten Knall.«

Er schlug mit seinen feingliedrigen Fingern auf den Tisch, um diesen Knall anzudeuten, und Salome entging nicht, dass Ornella zusammenzuckte.

»Sie machen den Damen ja Angst.« Renzos Grinsen war zwar noch breit, aber seine Stimme klang ärgerlich.

»Ach, *ich* mache den Damen Angst? Ich finde, Ihnen allen sollte etwas ganz anderes Angst machen. Dass so viele Menschen in Deutschland von Revanche träumen … dass sie nur darauf warten, erneut gegen Frankreich ins Feld zu ziehen.«

Arthur räusperte sich. »Reichskanzler Hitler hat deutlich seinen Willen bekundet, zu einem Einvernehmen mit Frankreich gelangen zu wollen. Er ist immerhin ein alter Frontkämpfer, der vier Jahre lang das Elend der Schützengräben miterlebt hat.«

Félix fixierte ihn. »Und warum beabsichtigt er dann die Genfer Abrüstungskonferenz zu verlassen und aus dem Völkerbund auszutreten?«, fragte er. »Zu erwarten, er würde Frieden zwischen unseren Ländern sichern, ist so naiv, wie zu glauben, hinter der Maginot-Linie seien wir notfalls vor einem Barbareneinfall sicher. Und regelrecht lachhaft ist die Hoffnung, dass unsere Familien – eine deutsche, eine französische, eine italienische – auch noch in den nächsten Jahren friedlich zusammensitzen, gemeinsam Geschäfte machen und sich daran berauschen, dass das Reisen immer leichter wird und die Grenzen immer bedeutungsloser werden.«

»Nun«, sagte Paola schnell, und Salome entging nicht, dass sie nicht nur auf Arthurs Schulter eine Hand legte, um ihn zu beschwichtigen, sondern zudem auf Renzos. »Zumindest diesen Abend wollen wir genießen. Über das, was in ein paar Jahren kommt, reden wir, wenn es so weit ist.«

Salome fühlte Félix' Widerstand nahezu körperlich. Am liebsten hätte sie ihm zugerufen: Jetzt halt endlich den Mund. Aber wie schon die ganze Zeit über vermeinte sie, zur Statistin degradiert worden zu sein, verdammt zuzusehen, anstatt selbst zu handeln.

Während sie wie erstarrt sitzen blieb, auf eine Weise hilflos, wie sie sich selten in ihrem Leben gefühlt hatte, ging durch Ornella plötzlich einen Ruck. Zunächst hatte sie sich geduckt, war immer näher an Salome herangekrochen. Nun stand sie auf, nicht etwa, um überfordert die Tafel zu verlassen, nein, lediglich den Suppenteller, in dem Félix seine Zigarette ausgedrückt hatte, abzuservieren und aus dem Schrank einen neuen zu holen.

Sämtliche Blicke richteten sich auf sie, erstmals sah auch Félix sie an, misstrauisch zunächst, dann nahezu erstaunt, als nähme er sie zum ersten Mal wahr.

»Wir warten auf meine Mutter«, stieß er zwischen den Zähnen hervor.

»Gewiss«, sagte Ornella und hielt seinem Blick stand, während Salome plötzlich nur auf die in der Form von *capirotes* gefalteten Servietten starren konnte. »Aber in der Zwischenzeit wollen wir über die schönen Dinge des Lebens sprechen, nicht über Krieg. Wie wäre es mit … Literatur?«

Seine Augen schienen schmal wie nie. »Wer Literatur für schön hält, hat nichts von ihr verstanden.«

Ornella erbebte unmerklich, doch das hielt sie nicht davon ab, entschlossen zu erwidern: »Ich finde Arthur Rimbauds Gedichte durchaus schön.«

Sein Erstaunen wuchs. »Ach ja?«, rief er dennoch giftig. »Ihm graute vor Eisen und Wahn, welche die deutsche Gesellschaft und den deutschen Geist kaserniert.«

Salome hob vorsichtig den Blick, sah, dass der von Ornella unverwandt auf Félix gerichtet war. »Er schrieb aber nicht nur vom Krieg, er schrieb auch vom Meer.«

Sie atmete tief ein, begann dann ganz leise zu rezitieren: »*Wiedergefunden ist sie – die Ewigkeit, ist das Meer versunken mit dem letzten Schein.*«

Auch Salome war es kurz, als nähme sie Ornella zum ersten Mal wahr. Sie hatte nie daran gezweifelt, dass sich hinter ihrer Zurückhaltung eine Tiefe verbarg. Doch sie wäre nie auf die Idee gekommen, dass Ornella heimlich in jenem Buch lesen würde, das sie an Silvester aus dem Stapel unter Félix' Kopf hervorgezogen und selbst seitdem ignoriert hatte.

Félix' Kiefermuskeln arbeiteten, während er Ornella anstarrte. Er rieb die Hände unruhig aneinander, suchte schließlich nach seinem Zigarettenetui, fand es nicht.

»Weißt du, welches mein Lieblingsgedicht von Rimbaud ist?«, fragte er unvermittelt. »Jenes, das er gemeinsam mit Verlaine verfasst hat. Mit ihm hat er nicht nur Absinth gesoffen, auch Sodomie getrieben, sie haben sich geliebt, und sie haben sich gehasst, und einmal zog Verlaine eine Pistole und schoss Rimbaud in die Hand. Danach kam er für ein Jahr ins Gefängnis. Aber das Gedicht, das ich erwähnte, haben sie schon zuvor geschrieben. *Le Sonnet du Trou du Cul* heißt es, das Sonett des Arschlochs. *Obscur et froncé comme un oeillet violet,* lautet die erste Zeile. Dunkel und runzlig wie eine violette Nelke ...«

Wieder zuckten seine Augenlider, die Lippen diesmal auch, Ornella lief glühend rot an.

»Hör auf!«, zischte Salome, zumindest wollte sie es zischen.

Sie brachte kaum einen Ton heraus, wurde übertönt von Maxime: »Genug von diesen Obszönitäten! Wenn du dich nicht benehmen kannst, dann geh!«

Félix tat nichts dergleichen. Gesichtsmuskeln wie Hände beruhigten sich, er lehnte sich zurück, trotzte dem Blick des Vaters. »Ach, mich willst du also auch vertreiben? Ganz allein unsere Familie hier und heute vertreten? Genügt es nicht, dass du Mutter vergrault hast? Du hast sie vor den Kopf gestoßen, indem du dich immer wieder in der ganzen Stadt mit Zoé gezeigt hast, auf dass niemandem, wirklich niemandem in Menton verborgen blieb, mit wem du das Bett teilst. Sogar zum Silvesterball hast du sie eingeladen. Ist das das gute Benehmen, das du einmahnst? Wahrscheinlich wäre es dir nicht mal peinlich, würde Zoé an meiner statt hier sitzen. Warum auch nicht? Sie würde euren leeren Frieden nicht stören, ein wenig mit Monsieur Sommer und ein wenig mit Monsieur Barbera kokettieren, übers Reisen plaudern und sich danach die Zucchiniblüten mit Schweinefleisch schmecken lassen. Wer hat sich eigentlich ein solch absurdes Gericht ausgedacht? Die Zucchiniblüten sind doch so fein. Warum füllt man sie mit fettem Fleisch? Wie kann man sie braten, ohne dass sie zerreißen? Und als ob Männer wie du etwas blühen lassen könnten! Zoé wird doch auch bald verwelken, wenn du erst lange genug den Rüssel in sie gesteckt hast.«

Das peinliche Schweigen, das folgte, da war Salome sicher, würde gleich zerplatzen. Doch Maxime hatte es die Sprache verschlagen, Renzo scharrte nur peinlich berührt mit den Füßen,

Paola presste die Lippen zusammen, damit ihr kein unpassendes Kichern entfuhr.

Nur Arthur blickte überfordert von einem zum anderen und fragte schließlich leise: »Wer ist denn Zoé?«

Niemand antwortete.

Die Frau, mit der sich Félix ständig zeigt, dachte Salome. Aber nicht, weil er eine Affäre mit ihr hat, wie er uns alle hat glauben lassen, nein, um zu verschleiern, dass sie die Geliebte seines Vaters ist ... um zu verhindern, dass seine Mutter bloßgestellt wird ...

Es war noch nicht wirklich in ihrem Kopf angekommen, dass dieser junge Mann, der mit spitzen Worten blindwütig um sich schlug wie mit einer Waffe, zu einer solchen Tat fähig war, die ihr zugleich verzweifelt wie herzensgut erschien, als ein Geräusch ertönte. Es kam nicht von der Tafel, sondern von der Esszimmertür. Hélène stand da, die dunklen Augen unruhig flackernd. Nie war sie Salome so klein erschienen. Sie war nicht sicher, wie lange sie schon dastand, aber ihrer betroffenen Miene nach zu schließen, hatte sie Félix' Worte über Zoé gehört.

Maxime starrte seine Frau an. Als er aufstehen wollte, um Hélène zum Tisch zu geleiten, glitt ihm der Stock aus der Hand und fiel auf den Boden. Bis er sich aufgerafft hatte, sich danach zu bücken, trat Ornella auf Hélène zu und hakte sie unter, um sie schweigend zum noch freien Platz zu führen. Hélène setzte sich, ergriff die Serviette, zerknüllte sie mit hektischen Bewegungen. Félix saß dagegen ganz steif da, starrte auf seinen Suppenteller.

»Du bist ein liebes Mädchen, Ornella«, sagte Hélène. Ihre Miene glättete sich, ihre Stimme klang mitnichten rau, »findest du nicht auch, Félix?«

Ihr Sohn sagte nichts, verkrampfte die Hände ineinander.

»Warum macht ihr nicht jetzt, da der Frühling naht, einen Ausflug? Du könntest ihr die Küste zeigen, auch den Ort, aus dem ich stamme. Es ist wunderschön dort.«

Wieder folgte jenes Schweigen, so zäh nunmehr, dass ein paar nichtige Worte kaum reichen würden, es abzuwaschen. Maxime hob verlegen den Stock auf, Renzo läutete an seiner statt nach Rosa, gab ihr ein Zeichen, dass sie den ersten Gang auftragen solle. Paola legte ihre Hand einmal mehr auf Arthurs Schulter, obwohl es keiner beruhigenden Geste bedurfte. Seine Haltung bekundete von selbst, dass er das Kleinmachen deutlich dem Einmischen vorzog. Ornella stand steif hinter Hélènes Stuhl. Ehe sie zurück zu ihrem Platz ging, erhob sich Félix.

»Wenn du willst, bringe ich dich nach oben, Mutter, ich sehe doch, dass du dich nicht wohlfühlst.«

Hélènes Blick flackerte nicht länger, richtete sich starr auf ihren Sohn. »Mach dich nicht lächerlich, ich fühle mich gut.« Sie schwieg kurz, die Zungenspitze huschte über die Lippen. »Denkst du etwa, Zoé wäre die Erste? Und denkst du wirklich, dass ich mich daran störe?« Wieder war ihre Zungenspitze kurz zu sehen. »Wenn du mir einen Gefallen tun willst, versprich mir, dass du mit Ornella einen Ausflug unternehmen wirst, sie ist ein so liebes Mädchen. Und danach lass uns Suppe essen.«

Eine Röte huschte über Félix' Wangen, die man an seinem bleichen Gesicht ansonsten vergeblich suchte. Salome wusste jäh, wie er sich fühlte, halb wütend, halb ohnmächtig, zerrissen zwischen Empörung und Kränkung. Ähnlich hatte sie sich seinerzeit gefühlt, als Paola sie verraten hatte. Doch ihn zu verstehen hieß nicht, auch für ihn eintreten zu können. Verlegen starrte sie auf das weiße Tischtuch.

»Aber ich«, hörte sie Ornella da plötzlich sagen, »ich fühle mich nicht wohl. Ich wäre dir sehr dankbar, wenn du mich nach oben begleiten könntest.«

Ganz dicht trat sie an Félix heran. Noch starrte der nur auf seine Mutter, erst als sie sich bei ihm unterhakte, sich ihr rundlicher weicher an seinen langen, dürren Körper schmiegte, schien er sie zu bemerken. Er wehrte sie nicht ab, nickte sogar, führte sie gemessenen Schrittes aus dem Raum. Salome konnte nur seinen Rücken sehen, nicht, ob seine Wangen noch mehr glühten oder wieder erblassten. Das Zigarettenetui blieb auf dem Tisch zurück.

»Ich denke, sie werden tatsächlich einen Ausflug machen«, sagte Hélène mit einem flüchtigen Lächeln. Sie blieb mit verschränkten Armen vor ihrem Teller sitzen, selbst dann noch, als Rosa ihn mit Suppe gefüllt hatte. Ihr Blick fuhr zu ihrem Mann hinüber, und den ganzen Abend über starrte sie ihn an. Salome konnte nicht entscheiden, ob ihr Blick verächtlich oder nur neugierig war. Maxime jedenfalls wand sich verlegen, und sein Beitrag zur Konversation blieb einsilbig.

»War er nett zu dir?«, fragte Salome Ornella später.

Ornella zuckte die Schultern. »Er hat kein Wort mehr gesagt.«

»Also nicht.«

»Doch«, bestand Ornella. »Für seine Verhältnisse ist das bereits extrem nett.«

»Zu seinem Vater ist er heute gemein genug gewesen«, murmelte Salome.

»Nur zu seiner Mutter ist er nicht ... gemein«, erwiderte Ornella. »Doch anstatt ihm zu danken, hat sie den Sohn bloßgestellt. Er tut mir wirklich leid ...«

Salome suchte in ihrer Miene etwas, das verriet, dass neue Hoffnung in ihr aufgekeimt war, weil sie nun die Wahrheit über Félix' Verhältnis zu Zoé wusste, auch Sehnsucht. Beides fand sie, jedoch ebenso ... Hilflosigkeit.

Jäh wandelte sich ihre Besorgnis in Ärger. Viele Menschen

hielten Ornella für unscheinbar, schwach, für einen Menschen, dessen Leben man gegen einen Küchenschrank verwetten, dem man Streiche spielen, den man missachten oder kränken konnte. Aber sie kannte eine andere Seite, eine willensstarke, zu allem entschlossene, und sie wollte nicht, dass Félix an diesem Teil von Ornellas Wesen kratzte.

»Was Hélène getan hat, war nicht schön, aber das ändert nichts daran, dass sich Félix heute unmöglich benommen hat. Und anstatt dir dankbar zu sein, dass du ihm eine völlige Blamage erspart hast, straft er dich mit Schweigen. Warum liegt dir bloß so viel an ihm? Wie kannst du ausgerechnet einen solchen Mann anziehend finden? Selbst wenn ihn nichts mit dieser *cornuchette* verbindet, solltest du ihn dir lieber aus dem Kopf schlagen.«

Ornellas Miene wurde undurchschaubar. Nur eines erkannte Salome: Es war ein Irrtum, dass Félix dem willensstarken Teil ihrer Seele etwas anhaben konnte, im Gegenteil.

»Das werde ich nicht tun«, erklärte Ornella sanft, aber bestimmt. »Du hast recht, er ist nicht freundlich, er ist nicht einmal höflich, du weißt dennoch, Zucker hatte ich in meinem Leben genug. Er ist ehrlich … Er macht keine Kompromisse … Er biedert sich niemandem an.«

»Und was daran hältst du für erstrebenswert?«

»Wenn er jemanden mag, so ist das … echt. Gewiss, den Weg zu seinem Herzen zu nehmen, fühlt sich an, als stiege man hoch zum Friedhof von Menton. Du kennst die Altstadt, sie ist ein finsteres Labyrinth. Auf fünf Stufen, die nach oben führen, folgt ein gewundenes Gässchen, auf dem es abwärtsgeht. Die Blumentöpfe hängen so hoch, dass du nicht an den Blüten riechen kannst, zumal dazwischen Leinen für die Wäsche gespannt sind. Ein Glück, wenn du nur ins Schnaufen kommst – nicht minder groß ist die Gefahr, dass dich am Ende eines finsteren Durchgangs ein verschlossenes Tor erwartet, hinter dem Hunde kläffen und vor dem ein stacheliger Kaktus steht. Ein jeder Schritt erscheint der falsche zu sein. Und doch: Wenn du es hoch zum Gipfel geschafft hast, wirst du mit einem großartigen Ausblick über rote Häuserdächer, den Turm unserer Kathedrale und das blaue Meer belohnt. Alle Anstrengung lohnt sich also. Wenn man Félix' Herz für sich gewonnen hat, kann man sich seiner sicher sein. Bei welchem Menschen gilt das schon?«

»Ja, denkst du, es ist geheuchelt, dass ich dich mag?«

»Ich meinte: Bei welchem *Mann* gilt das schon?«

Salome atmete tief durch. Sie war nicht sicher, was verstörender war – dass sie Ornellas lange Rede über die Altstadt mitnichten verstand oder vielmehr viel zu gut.

»Ich verspreche dir, alles dafür zu tun, ihn für dich einzunehmen«, murmelte sie. »Ich habe nur keine Ahnung, wie ich dir helfen kann.«

»Fürs Erste würde es genügen, dass du mit auf den Ausflug kommst.«

»Was soll denn das bringen?«

»Du ... Du weißt ihn besser zu nehmen.«

»Ich? Was für ein Unsinn! Du warst diejenige, die beim Abendessen Rimbaud zitiert hat.«

»Aber nur, weil du aus der Bibliothek den Gedichtband mitgenommen hast, wusste ich, dass er Rimbauds Gedichte liebt.«

Salome blickte sie nachdenklich an. »Warum hast du eigentlich darin gelesen, ohne es mir zu sagen?«

»Oh, ich habe die Gedichte nicht nur gelesen. Ich habe sie auswendig gelernt.«

Salome starrte sie fassungslos an. »Alle?«

»Die meisten.« *Wann hat sie das bloß getan, ohne dass ich es gemerkt habe?*, dachte Salome. Obwohl sie die Frage nicht laut stellte, erklärte Ornella: »In den letzten Nächten konnte ich oft nicht schlafen. Aber heute, glaube ich, kann ich es. Ich bin schrecklich müde. Kommst du nun mit auf den Ausflug?«

»Vielleicht, ich denke darüber nach.«

Während sich Ornella für die Nacht umzog, machte Salome keine Anstalten, sich auszukleiden. Sie erklärte, im Garten etwas frische Luft schnappen zu wollen. Ornella bestand nicht darauf mitzukommen – was Salome mit Erleichterung quittierte und sie zugleich mit Schuldbewusstsein erfüllte. Sie hatte gelogen. Sie würde keine frische Luft schnappen. Würde sie in den Garten gehen, sie hätte nicht das Bändchen von Rimbaud dabei. Aber genau mit diesem in den Händen betrat sie wenig später die Bibliothek, traf dort wie insgeheim erwartet, nein, wie erhofft, Félix an.

Diesmal hockte er nicht im Finstern, er hatte das Licht angeschaltet. Und sein Kopf ruhte nicht auf einem Stapel Bücher, stattdessen hatte er die langen Beine auf den Tisch gelegt, starrte zum Fenster hinaus in die Nacht.

Ohne sich nach ihr umzudrehen, schien er zu wissen, dass sie es war, die die Bibliothek betreten hatte. »Was machst du hier?«

»Ornella und ich haben das Buch von Rimbaud ausgelesen, jetzt suche ich eines von seinem Liebhaber ... von Verlaine.«

Ein Lachen kratzte an seinem Hals. »Ein Buch mit Gedichten liest man nicht ›aus‹, man liest es immer wieder, bis man davon betrunken ist.«

Er klang ganz und gar nicht betrunken, sondern nüchtern.

Salome ging zu einem der Schränke, war erleichtert, dass sie auf Anhieb einen Gedichtband von Verlaine fand. Sie zog ihn heraus, schlug eine Seite auf, las sie unwillkürlich laut vor. Sie konnte nicht recht sagen, warum sie das machte. Schon das Trachten, Félix beeindrucken zu wollen, hätte sie strikt geleugnet – noch verstörender war es, dass sie Ornella womöglich in den Schatten stellen wollte, hatte sie ihr doch eben erst das Versprechen gegeben, alles zu tun, um Félix für sie einzunehmen. Sie verscheuchte den Gedanken, konzentrierte sich darauf, die Worte richtig zu betonen.

»*Wie eine seltne Gegend ist dein Herz, wo Masken, die mit Bergamasken schreiten, zum Tanze spielen voll geheimem Schmerz im Truggewand, mit dem sie bunt sich kleiden. Obgleich in weichem Ton sie singen, wie der Liebe Sieg dem Lebensglück sich eine, so glauben doch nicht an die Freude sie, und ihr Gesang fließt hin im Mondenscheine.*«

Es blieb lange still, nachdem sie geendet hatte. Félix zog sehr langsam und tief an einer Zigarette, legte dann den Kopf zurück in den Nacken, sah den Rauchkringeln zu, wie sie nach oben stiegen.

Sie hatten sich längst aufgelöst, als er murmelte: »Du warst mir böse, weil ich mir mit Zoé und nicht mit Ornella das Silvesterfeuerwerk angesehen habe.«

»Jetzt kenne ich ja den wahren Grund«, erwiderte sie. »Du hast behauptet, du glaubst nicht an Liebe. Aber deine Mutter ... deine Mutter ist dir wichtig.«

Langsam drehte er sich zu ihr um, musste sich dabei weit strecken, weil er keine Anstalten machte, die Beine vom Tisch zu nehmen. »Als Kind dachte ich, meine Mutter wäre die schönste Frau der Welt. Es dauerte, bis ich bemerkt habe, dass sie keine schöne Frau ist, nur eine schöne Mumie. Gut erhalten, aber innerlich verwest.«

»Hör auf, solche scheußlichen Dinge zu sagen!«

»Es sind vor allem wahre Dinge. Um die Aufmerksamkeit meiner Mutter zu erlangen, muss man ein Krüppel sein oder krank. Ich habe die Kinder in der Polyclinique immer beneidet – die schwindsüchtigen, asthmatischen, skrofulösen. Ich habe sie heimlich beobachtet, wenn meine Mutter an ihrem Bett saß und ihnen stundenlang Märchen vorlas.«

»Wenn du weiterhin so viel rauchst und nichts isst, wirst du früh genug in der Polyclinique landen.«

Wieder ein Lachen, so grau wie der Rauch. »Wirst du dann an meinem Bett sitzen und mir Verlaine vorlesen?«, fragte er.

Der Blick seiner mandelförmigen Augen war nun starr auf sie gerichtet. Sie konnte nicht entscheiden, ob er sie durchdringend anstarrte oder durch sie hindurchsah.

»Ornella würde es tun. Was immer du über sie denkst – sie ist nicht dumm, nur still.«

Dass er nicht widersprach, war mehr, als sie erhofft hatte. »Du kommst doch mit auf unseren Ausflug?«, fragte er lediglich, und sie wusste nicht, ob es komisch oder traurig war, dass er fast die gleichen Worte wie Ornella wählte.

»Gib zu, dass du doch an die Liebe glaubst.«

»Nun«, sagte er, »ich denke, ich liebe den Tod. Ich bin nicht sicher, ob mich das zum kränksten oder gesündesten aller Menschen macht.«

Sie leckte sich über die Lippen. »Ich habe vor nichts so sehr Angst wie vor dem Tod«, rutschte es ihr heraus, »ich bin nicht sicher, ob mich das zum schwächsten oder stärksten aller Menschen macht.«

Schweigen senkte sich über sie. Weiterhin starrte er sie an, vergaß darüber gar zu rauchen. Asche fiel auf seine schwarzen Hosen, auch auf den Boden.

»Kommst du nun mit?«, fragte er, und als sie zögerte, wurde sein Blick plötzlich kalt, fast böse: »Wie heißt du noch?« Obwohl sie wusste, dass er sich mit Absicht unwissend stellte, war sie verletzt. Sie wandte sich ab, trat mit gestrafftem Rücken zur Tür. »Ich weiß, dass du uns auf den Ausflug begleiten wirst, Salome«, rief er ihr nach.

»Du hast meinen Namen ja doch nicht vergessen.«

»Ich habe auch nicht vergessen, warum du so heißt ... und warum du den Tod fürchtest.«

Nachdem Salome die Bibliothek verlassen hatte, lehnte sie sich im Gang an die Wand. Sie wusste nicht, weshalb ihre Knie bebten. Sie wusste ebenso nicht, warum sie, statt es ihm zu sagen, zu sich selbst sagte, was sie Ornella zu versprechen versäumt hatte: »Natürlich komme ich mit auf euren Ausflug.«

Zwölftes Kapitel

Es wurde Ende April, bis sie den Ausflug machten, fand Félix zunächst doch immer irgendwelche Gründe, um ihn zu verschieben. Ornella wollte ihn nicht bedrängen, Salome verlor dagegen irgendwann die Geduld, sprach Hélène darauf an. Was immer diese zu ihrem Sohn gesagt hatte – eines Morgens wurden sie beim Frühstück von Motorengeräusch gestört.

Rosa verdrehte entnervt die Augen: »Welcher Wahnsinnige macht denn da draußen solch einen Lärm?«

Ornella trat zum Fenster. »Das ist kein Wahnsinniger, es ist Félix. Er wartet anscheinend im Automobil auf uns.«

»Nun, das ist der Wahnsinnigste, den ich kenne. Wie kann man so schrecklich dünn sein? Irgendwann wird er entzweibrechen wie seine Zigaretten.«

Salome wollte schon spöttisch vorschlagen, dass Rosa ihm heimlich Zucker in den Tabak mischen könnte, doch die beeilte sich, einen Proviantkorb vorzubereiten, und Ornella sprang vom Frühstückstisch auf, um sich noch einmal umzuziehen. In der Viertelstunde, die es dauerte, bis sie fertig waren und den Parkplatz erreicht hatten, röhrte fortwährend der Motor. Gäste beugten sich aus den Fenstern, beschwerten sich über Lärm und Gestank, doch Félix achtete nicht auf sie.

Maxime Aubry besaß mehrere Automobile, ließ sich aber am liebsten in der Limousine kutschieren, die mit Schildpatt, Perlmutt und goldenen Einlegearbeiten ausgestattet war und ein

Vermögen gekostet hatte. Überdies besaß er eine offene Minerva und einen Bugatti, und für Letzteren hatte sich Félix entschieden. Die meisten Männer trugen bequeme Kleidung, wenn sie sich hinter das Steuer setzten – Khakihemd, weite Hosen, offene Sandalen –, doch er steckte wie so oft von Kopf bis Fuß in Schwarz.

Während Salome Ornella ins Automobil folgte – Ornella hatte auf dem Beifahrersitz Platz genommen, sie hinten –, hörten sie eine weitere empörte Stimme, diesmal Maximes. »Nun stell endlich den Motor ab!«

»Es ist doch nicht meine Schuld, wenn die Damen so lange brauchen«, murrte Félix.

Salome wollte schon fragen, wie sie denn hätten ahnen können, dass er an diesem Tag endlich den versprochenen Ausflug zu unternehmen gedachte. Am Ende schwieg sie nicht nur, weil Widerspruch ihn bloß weiter angestachelt hätte, sondern auch, weil er so unvermittelt anfuhr, dass ihr Kopf gegen das Dach stieß. Es würde nicht das letzte Mal bleiben. Schon durch Menton fuhr Félix mit einem Höllentempo. Er bremste immer erst ganz knapp – einmal, als eine Frau mit einem Hühnerkäfig die Straße überquerte, ein anderes Mal wegen eines torkelnden Glücksspielers, der die Nacht wohl im Casino zugebracht hatte und beinahe vom Bürgersteig gefallen wäre.

Als sie die Stadt hinter sich ließen, fuhr er sogar noch rasanter. Dort, wo früher Lasten auf Eselsrücken entlang steil abfallender Bergpfade transportiert worden waren, gab es mittlerweile drei moderne Straßen, die Grande-Corniche, die Moyenne-Corniche und die Petite-Corniche, und alle hatten gemein, dass man die schöne Aussicht mit ständigen Kurven bezahlen musste. Doch wann immer sie sich einer solchen näherten, stieg Félix aufs Gas, um erst im letzten Augenblick abzubremsen. Selten hielt er dabei mit beiden Händen das Lenkrad fest. Zwischendurch ließ er es sogar gänzlich los, um sich eine Zigarette anzuzünden.

Salome schluckte verzweifelt gegen die aufsteigende Übelkeit an, Ornella ging es kaum besser, wie ihr weißes Gesicht und die rot gefleckten Wangen bewiesen. Sie presste sich in den Sitz, schien nur mühsam dem Drang zu widerstehen, sich zu bekreuzigen.

»Wohin fahren wir eigentlich?«, fragte Salome nach einer Weile heiser.

»In den Ort, aus dem meine Mutter stammt.«

»Und woher stammt deine Mutter?«

»Wirst du ja bald sehen«, kam es einsilbig.

Ornella hatte ihre Hände so fest gefaltet, dass sich Salome unwillkürlich fragte, wie sie diese jemals wieder auseinanderbekommen wollte. Jedenfalls schaffte sie es, ihre Lippen auseinanderzubekommen. Plötzlich begann sie zu reden, und mit jedem Wort wurde ihre Stimme etwas fester.

»Ich habe gelesen, dass drei Gebirgszüge hier an der Küste entlang verlaufen, die Alpes-Maritimes, das Esterelmassiv und das Maurenmassiv. Die Dörfer in den Alpen sind von mehr Sonnenschein gesegnet als jene in der Nähe von schneebedeckten Gipfeln, doch das macht die Mühen, sie zu erklimmen, nicht zu geringeren. Nicht ganz so schroff und kantig ist das Esterelmassiv, das in sanften bewaldeten Hügeln zum Meer abfällt. Im Maurenmassiv werden die Äste oft vom kalten Mistral gekrümmt. Kein Reisender weiß, wo genau die Gebirgsketten anfangen und aufhören, die Menschen, die dort leben, wissen dagegen um die Grenzen und hassen alle, die von jenseits dieser kommen. Wenn deine Mutter im Westen der Riviera aufgewachsen ist, muss sie sich in Menton, der östlichsten Stadt, sehr lange wie eine Fremde gefühlt haben.«

Salome hatte mit zunehmendem Erstaunen gelauscht. Schon dass Ornella Rimbauds Gedichte auswendig gelernt hatte, war ihr verborgen geblieben, erst recht, dass sie sich auf diesen Ausflug vorbereitet hatte. Félix löste wieder einmal beide Hände vom Lenkrad, um unter dem Sitz nach seinem Zigarettenetui zu kramen.

»Kann schon sein«, nuschelte er, kaum hatte er es gefunden, geöffnet und sich eine Zigarette zwischen die Lippen geklemmt.

»Kann schon sein?«, fuhr Salome auf. »Du stammst von hier, du solltest deine Heimat kennen. Zumindest ausreichend, um uns etwas davon erzählen zu können.«

»Ach? Ich soll den Reiseführer spielen?« Das Streichholz flammte auf.

Sobald er die Zigarette entzündet hatte, ließ er es einfach fallen, und nun löste Ornella doch blitzschnell die Hände und fing es auf, ehe es im taubengrauen Leder ein Loch hinterließ.

»Wahrscheinlich bedauert ihr, dass wir nicht in einer offenen Kutsche reisen, wie die Engländer oder Amerikaner oder Deutschen das am liebsten tun«, höhnte Félix. »Noch nicht einmal Pferde sind davorgespannt, nein, Maultiere, und die armen Tiere sind obendrein mit lächerlichen Blumenkränzen geschmückt. Die Touristen wiederum sind keine armen, aber dumme Tiere. Mit ihren kalten Fischaugen starren sie die Berge an, als gehörten diese ihnen, nur, weil sie für die Tour gezahlt haben. Man möchte ihren Kopf immerzu auf eine Felsplatte schlagen oder sie mit einem dieser Blumenkränze erwürgen, weil sie so tun, als würden sie das Land nicht besuchen, sondern es erobern. Trotzdem ziehen sich dessen Bewohner ihnen zuliebe eine lächerliche Tracht an und grinsen.«

Er drückte wieder aufs Gas, und Salomes Kopf prallte ruckartig nach hinten. Ihr Unbehagen wuchs, aber sie wusste, wenn sie ihn auffordern würde, langsamer zu fahren, würde er das Gegenteil tun. Das X in seinem Namen steht ja gar nicht für seine langen Beine, dachte sie, sondern für die Stacheln, die jeden piksen, der ihm zu nahekommt.

Ornella schien sich indessen langsam an Félix' Fahrweise gewöhnt zu haben. Ihre Stimme klang etwas fester, als sie sagte: »Ich habe in einem Reiseführer noch etwas Interessantes gelesen. Im 19. Jahrhundert wurden rund um Nizza menschliche Exkremente als Dünger verwendet, wobei die Ausscheidungen einer protestantischen Familie einen besseren Preis erzielten als die eines guten Katholiken.«

Félix blieb stumm, doch während er zuvor noch die Stirn gerunzelt hatte, sah sie im Rückspiegel, wie sich seine Miene etwas glättete.

»Ich frage mich, was auf den Feldern wachsen würde, die mit Félix' Exkrementen gedüngt wurden«, spottete Salome, und als Ornella nichts sagte, fügte sie rasch hinzu: »Wahrscheinlich eine Tabakpflanze.«

Félix konnte ein Lächeln nicht unterdrücken, es wurde umso breiter, je hartnäckiger er es zu verbergen suchte. »Wusstet ihr, dass es nirgendwo so viele Selbstmörder wie in Monte Carlo gibt?«, fragte er nunmehr mit belustigter, nicht kalter, höhnischer Stimme. »Natürlich will das Fürstentum vertuschen, dass so viele Männer nach dem verlorenen Spiel den Tod suchen. Also werden die Leichname in Seidenpapier eingewickelt, in Kisten verpackt und mit der gewöhnlichen Post aus dem Fürstentum befördert.«

Ornella entfuhr ein Kichern, Salome ein »Wirklich?«

Félix nickte. »Manche werden auch in großen Klavieren versteckt, und diese versenkt man im Meer. Wie viele Klaviere hier wohl auf dem Grund des Meeres liegen?«

Bis jetzt hatte Salome kaum gewagt, den Blick von der Straße zu lösen. Nun sah sie zum Fenster hinaus, nahm erstmals wieder die Umgebung wahr. Das Meer spiegelte nicht das dunkle, abgründige Blau des Himmels, es wirkte sanft und fröhlich, umso mehr, da Schaumkronen auf den türkisfarbenen Wellen tanzten. Und obwohl das Land noch nicht vollends erblüht war – noch war nirgendwo das Purpur der Bougainvillea, das Feuer des wolligen Schneeballs, das intensive Blau der Prunkwinden zu erkennen –, war das karge Braun doch von knospendem Grün durchsetzt.

Sie konnte sich nicht lange daran laben, dann beschleunigte Félix einmal mehr, und die Angst kehrte zurück.

»Himmel, kannst du nicht etwas langsamer fahren? Wir wollen die Landschaft doch genießen!«

Auch sein Blick löste sich von der Straße. »Und was genau soll daran schön sein?«

»Die vielen Bäume …«, setzte Ornella an, »die Orangenhaine und Kassiaplantagen, die immergrünen Pinienwälder …«

»Sag ich's doch. Die Reisenden tun so, als würde alles, was hier wächst, nur den Zweck erfüllen, ihre Augen zu erfreuen. Sie schwärmen vom *douceur de vivre* und wissen nicht, dass die Bauern hierzulande die ärmsten von ganz Frankreich sind.«

»Als ob du dich um die Bauern sorgen würdest«, entfuhr es Salome.

Felix antwortete nicht. Er öffnete das Fenster, um die Zigarette hinauszuwerfen, und ausnahmsweise zog er nicht gleich die nächste aus dem Etui. Das Tempo drosselte er aber mitnichten, schon nach einer guten Stunde Fahrt hatten sie Cannes hinter sich gelassen, und die Straßen wurden nun häufiger von Palmen anstatt von Korkeichenwäldern, Platanen und Zedern gesäumt. Die Hügel waren sanfter als die Berge rund um Menton. Wurden die Dörfer, Adlerhorsten gleichend, dort von kühlen Winden gestreift, wehte hier eine milde Meeresbrise, erfüllt vom Duft der leuchtend gelben Mimosen. Den Namen dieser Blumen konnte man nur mit weichen, runden Lippen formen, und auch die Landschaft hatte – von den wenigen rötlichen Ausläufern des Esterelmassivs abgesehen – nichts Schroffes, Kantiges.

Nur Félix' Schweigen wirkte nach dem kurzen Geplänkel wieder schroff. Vergebens suchte Salome nach einem unverbindlichen Gesprächsthema, auch Ornella schien keines einzufallen.

Erst nach einer weiteren Stunde entfuhr es Salome: »Sind wir überhaupt noch an der Côte d'Azur? Die endet doch in Cannes, oder?«

»So sehen es manche Puristen«, murmelte Ornella, »doch eigentlich zieht der Ort Bandol die Grenze im Westen, und dort sind wir noch nicht.«

Salome rechnete damit, dass wieder Schweigen folgen würde, doch unvermittelt sagte Félix: »Wusstet ihr, dass die Einwohner Bandols mit der Herstellung von Trauerkränzen ihr Geld verdienen, weil dort noch mehr Menschen an Tuberkulose sterben als in Menton?«

»Du kriegst den Mund aber auch nur auf, wenn es um Exkremente oder das Sterben geht, oder?«, bemerkte Salome ungehalten.

»Schade«, sagte Félix. »Gerade wollte ich euch von jenem Heiligen berichten, nach dem der Ort benannt ist, in dem meine Mutter aufgewachsen ist und den wir gleich erreichen. Aber jetzt weiß ich nicht, ob ich diese Geschichte deinem zartbesaiteten Seelchen zumuten kann.«

»Nun rede schon.«

Er begann erst nach einer weiteren halben Stunde Fahrt zu sprechen, als sie durch ein dunkles Wäldchen fuhren, durch das sich schmale Streifen Sonnenlicht brachen. Diese genügten, um die eigentlich düsteren Kiefern und Korkeichen rötlich schimmern zu lassen. Als die Bäume lichter standen, erkannte Salome, dass das Wäldchen an der Krümmung eines Golfs lag, einem imposanten Amphitheater gleichend, das sich ans Meer schmiegt.

»Besagter Heiliger war ein römischer Hauptmann im Gefolge Kaiser Neros, der sich zum Christentum bekehrte. Als er nicht vom Glauben abschwor, hetzte der Kaiser wilde Tiere auf ihn, aber die Tiere hatten keinen Hunger. Darauf ließ er ihn an eine Säule binden, auf dass man ihn auspeitsche, doch ehe der erste Hieb den Rücken traf, fiel die Säule um. In der Legende heißt es, dass der Hauptmann dadurch befreit wurde. Ich denke mir ja eher, dass die Säule ihn zerquetscht haben müsste, dass die Haut aufgeplatzt ist und sämtliche Knochen …«

»Wie heißt dieser Heilige?«, unterbrach Salome die schauerlichen Beschreibungen.

»Am Ende wurde er in Pisa geköpft«, erklärte Félix nur, »und während man den Kopf dort behalten hat, hat man den restlichen Leichnam in ein Boot gelegt, und zwar mit einem Hund und einem Hahn – beides Symbole dafür, dass er ein treuloser Verräter war. Ich nehme an, dass der Hund während der Bootsfahrt den Hahn gefressen hat oder der Hahn dem Hund ein Auge ausgepickt und …«

»Das Boot wurde jedenfalls bis zur Riviera getrieben, richtig?«

»Eine Witwe, ebenfalls Christin, fand es und bettete den kopflosen Leichnam in ein Grab. Ich nehme an, sie hat den Hahn, so er denn noch lebte, gerupft und gebraten, aber in Legenden ist ja meist nicht die Rede davon, was Menschen essen.«

»Jemand, der so wenig isst wie du, sollte sich nicht daran stören«, warf Salome ein.

»Die Kranken, die am Grab beteten, wurden jedenfalls wieder gesund und Besessene von ihren Dämonen befreit, und seither verehrt man den Hauptmann als Heiligen. Einmal jährlich wird ihm zu Ehren ein großes Fest mit Umzügen gefeiert. Was für eine Idiotie! Selbst wenn man an Wunder glaubt – der Kopf des Heiligen ist ja in Pisa geblieben, und alles, was einen Menschen ausmacht, steckt doch im Kopf!«

Einmal mehr ließ er das Lenkrad los, diesmal, um an seine Stirn zu tippen. Salome verkniff sich einen leisen Aufschrei, auch so drosselte er das Tempo immerhin ein wenig.

Die letzte Wegstrecke führte durch sumpfiges Gebiet, schließlich durch eine hügelige Pinienlandschaft, und alsbald fiel ihr Blick auf die Häuser eines Dorfes, gleich am Meer gelegen, bewacht von einer Kirche mit terrakottafarbenem Turm und safrangelber Spitze.

»Der Hauptmann hieß übrigens Caïus Silvius Torpetius«, sagte Félix, »und das Fischerdörfchen, das nach ihm benannt wurde, heißt Saint-Tropez.«

Félix nahm nicht die Straße, die in den Ort führte, sondern umrundete diesen, parkte im Schatten eines Hügels südlich der letzten Häuser, auf dem eine Zitadelle lag, sechseckig und strahlend weiß. Doch nicht sie war sein Ziel. Sobald er aus dem Automobil gestiegen war, strebte er zügig und ohne jede Erklärung auf den Friedhof zu, der zwischen der Zitadelle und dem Meer errichtet worden war. Fast nahtlos grenzte die letzte Gräberreihe ans Meer – die Steine waren hier vom Seewind verwittert, teilweise grün von Seetang, sogar mit Muscheln überzogen. Salome entging nicht, dass Ornella seufzte, erinnerte sie sich wohl an den ersten Spaziergang, den sie seinerzeit mit Félix in Menton unternommen hatte.

»Wir sind aber nicht nur hergekommen, um Gräber zu sehen, oder?«, rief Salome ihm nach.

Félix blieb vor einem der Grabsteine stehen, steckte sich eine Zigarette an. »Hier liegt Lucien de la Roux, mein Großvater, begraben. Sein letzter Wunsch war es, im Meer bestattet zu werden, denn er liebte das Meer. Aber meine Großmutter hatte andere Pläne. Ich war ein kleiner Junge, als er starb, habe ihn noch ein letztes Mal besucht, als er schon schwer krank war. Ich habe ihm versprochen, dass ich ihn eines Tages ausgraben und den Leichnam ins Meer werfen würde, wenn man seinen letzten Wunsch nicht erfüllt.«

»Und das willst du heute nachholen?«, rief Ornella erschrocken.

»Na ja«, sagte Salome, »wir müssten ja nicht den ganzen Körper ausgraben, nur den Totenschädel, oder?«

Félix beugte sich über den Grabstein, stützte sich darauf. »Ich denke nicht daran, ihm einen Gefallen zu tun. Lucien de la Roux war auch einer, der wie mein Vater am Krieg verdiente. Leichenfledderer nenne ich solche Menschen.«

»Ich dachte, er liebte das Meer.«

Eine Weile schwieg Félix, sagte dann doch nachdenklich: »Zunächst ja, er war der Eigentümer der hiesigen Schiffswerft, hat später für eine britische Torpedofabrik gearbeitet, wurde zum Experten für Torpedobomber, jene kleinen Flugzeuge, die Torpedos ins Wasser werfen.« Anstatt die Zigarette zum Mund zu führen, hob er sie, tat so, als wäre sie ein Flugzeug und der Grabstein das Wasser, über das es haarscharf hinwegschoss. »Die Aufschlaggeschwindigkeit des Torpedos auf das Wasser muss genau berechnet werden, um zu verhindern, dass das Flugzeug vom Wasser getroffen wird.« Ein weiteres Mal ließ er die Zigarette haarscharf am Stein vorbeisausen, dann drückte er sie daran aus, wandte sich abrupt vom Grab ab. »Genauso verhält es sich mit dem Leben. Wir trachten danach, irgendetwas aus unserer Seele zu fischen, um es in die Abgründe unserer Mitmenschen zu werfen, weil wir Eindruck hinterlassen wollen. Gleichwohl gilt es zu verhindern, nassgespritzt und in fremde Tiefen gerissen zu werden.«

Félix stapfte an ihnen vorbei, und als sie ihm nicht sofort folgten, rief er ihnen über die Schulter zu: »Wie lange wollt ihr denn noch dort herumstehen?«

Er ging nun so hastig, als wäre er auf der Flucht, während sich Salome bei Ornella unterhakte und sie bremste, als sie ihm nacheilen wollte. Sie sah nicht ein, dass sie sich seinem Tempo anzupassen hatten, zumal das Fischerdörfchen mehr zum Schlendern denn zum Rennen verleitete.

Vor die Fenster des ersten Häuschens, an dem sie vorbeikamen, waren Bretter genagelt, wohl um die Bewohner vor dem kalten Mistral zu schützen. Nur eines stand offen und ließ an ein Gesicht denken, bei dem sich gerade mal ein Augenlid zur Hälfte hob. Das passte zu diesem Ort, der verschlafen wirkte. Hätte er eine Stimme, er würde wohl weder Worte noch Gesang von sich geben, nur ein Gähnen.

Als sie immer tiefer ins Labyrinth der Gässchen vordrangen, kamen allerdings weitere Geräusche hinzu: das Gurren der Tauben auf jenen Steinbögen, die wie in der Altstadt von San Remo manche Häuser verbanden, das Quietschen der Räder eines hölzernen Karrens, den ein Mann schob. Das Gemüse darauf wollte er wohl auf dem nahen Marktplatz verkaufen, und da nicht alles Platz gefunden hatte, trug er Kränze aus Zwiebeln und grünen Pfefferschoten um den Hals. Das kleine Kind, das ihm folgte, hatte sich eine selbst gemachte Kette aus Muscheln umgebunden. Es sang leise vor sich hin, und diese Töne fügten sich in die Lieder der Frauen ein, die sich über steinerne, holzüberdachte Waschbecken beugten. Als sie vorbeikamen, hoben sie ihre Blicke, betrachteten sie zwar ein wenig misstrauisch, jedoch nicht sonderlich verwundert.

Anders als sie sah ein Maler, der auf einem von mächtigen Platanen umsäumten Platz vor seiner Leinwand stand und auf diese eine Statue bannte, gar nicht erst hoch. Hinter dem einen Ohr steckte ein Pinsel, hinter dem anderen eine Zigarre, und unter die Achsel geklemmt, hatte er den Griff eines Sonnenschirms, der dafür sorgte, dass er im Schatten stand.

»Ich habe gehört, dass es viele Maler an die Riviera zieht«, sagte Ornella, »auch dass es die Stilrichtung des Impressionismus ohne das Licht der Côte d'Azur nicht gegeben hätte.«

Einmal mehr fragte sich Salome, wann und wie sie das herausgefunden hatte. Und eine weitere Frage nagte noch mehr an ihr: Warum hatte sie nie mit ihr darüber gesprochen, als gälte es, heimlich Wissen zu horten, mit dessen Besitz sie allein vor Félix angeben wollte?

»Na ja«, sagte der, und obschon sich seine Miene etwas erhellte, fügte er verächtlich hinzu: »Mit einem Signac, Bonnard, Matisse kann es der Maler hier nicht aufnehmen. Aber wahrscheinlich kann er sich mit seinem Gekritzel einen Pernod leisten. In vielen Cafés hängen noch nicht ganz getrocknete Bilder von Möchtegernkünstlern, die damit ihre Zeche zahlen.«

Wenig später erreichten sie den Hafen. Der Farbton von der Häuserzeile dort ließ an Marzipan denken, das man mit einem Tropfen Rote-Rüben-Saft gefärbt hatte und das in der Sonne gleich schmelzen würde. Eben brachte ein Lastkahn frische Fische – kleine Sardinen und Makrelen –, die auf einer Matratze grün glänzender Algen zappelten, und die eine Gruppe Frauen entgegennahm, um sie auszunehmen und einzusalzen. Während Félix den Gestank, der ihnen entgegenwehte, noch stoisch hinnahm, runzelte er die Stirn, als jäh ein schrilles Lachen ertönte.

Es kam von einer Yacht, auf deren Kupferbeschlägen sich das Sonnenlicht brach und auf deren Deck – neugierig von älteren

Männern begafft, die auf Bänken vor den Häusern und an Tischen vor den zwei Cafés im Hafen hockten – ein junges Paar saß. Die Frau trug einen tief dekolletierten Kaftan und mindestens drei Perlenketten, der Mann hatte sich den nackten Oberkörper mit Öl eingerieben und sich einen riesigen Sombrero aufgesetzt.

»Nicht einmal in Saint-Tropez entflieht man mittlerweile diesem schrecklichen Pack«, murrte Félix. »Lange galt das Klima hier als rau und ungesund, aber seit vor einigen Jahren die Tochter eines russischen Großfürsten ihre Flitterwochen hier verbrachte …« Er schüttelte den Kopf. »Gibt es überhaupt noch ein Dörfchen an der Riviera, von dem die Fremden nicht denken, es sei eine Muschel, die man auf der Suche nach der Perle aufknacken könnte, um hinterher die zerbrochenen Schalen liegen zu lassen? Wie sie mit ihrem dämlichen Blick auf den Hafen starren, als wäre er eine riesige Torte, von der man ein Stück abschneiden und sich ins große Maul stopfen könnte.«

Salome verschwieg ihm lieber, dass sie selbst beim Anblick der Fassaden an Marzipan gedacht hatte. Ornella wiederum sprach nicht von Marzipan, sondern von *nougat blanc*. Sie hatte gehört, dass der Patissier Sénéquier von Saint-Tropez für diesen berühmt war.

Von wem gehört?, dachte Salome einmal mehr, und ihr Erstaunen wuchs, als Félix nicht über Ornellas Lust auf Süßes spottete, sondern ein »Warum nicht?« ausrief. Nun gut, vielleicht steuerte er nur auf die Patisserie zu, um dem Anblick nackter glänzender Oberkörper und Perlenketten zu entfliehen. Die Stühle im Inneren waren mit rotem Samt bezogen, auf den Tischen standen mit Papierröckchen geschmückte Lämpchen. Während Ornella und Salome sich niederließen, blieb Félix zögernd stehen, und als die Bedienung kam – sie hatte sich wohl die Mode, keine Strümpfe zu tragen und klappernde Lackschuhe, von den

Fremden abgesehen –, machte er keine Anstalten, etwas zu bestellen, murmelte nur ein knappes »Ihr entschuldigt mich.«

»Will er sich vielleicht lieber eine Sardine holen?«, fragte Salome, sobald er verschwunden war.

Ornella zuckte die Schultern. »Vielleicht muss er sich erleichtern.«

»Dann wird nächstes Jahr, wenn wir wiederkommen, irgendwo in der Nähe ein Tabakbaum wachsen.«

Ihr Grinsen blieb halbherzig, wohl auch, weil Ornella es nicht erwiderte. Wenig später begann sie seelenruhig, ihren Nugat zu verspeisen, und obwohl Salome verstand, dass sie nicht auf Félix warten wollte, der ohnehin nichts davon kosten würde, irritierte sie die Gelassenheit der Freundin, umso mehr, dass die Zeit verging, ohne dass er zurückkehrte.

Wieder versuchte sie, mit Spott ihrem Unbehagen Herr zu werden: »Früher sorgten sich die Reisenden meines Vaters, dass es in Italien keine Wasserklosetts gab, nur Löcher. Vielleicht ist Félix ja in eines dieser Löcher gefallen, und es schaut nur noch sein Kopf heraus.«

Ornella nahm wieder einen Bissen Nugat. »Ja, denkst du wirklich, Félix ist mit uns hierhergefahren, um uns Saint-Tropez zu zeigen?«

»Ich denke, er ist mit uns hierhergefahren, weil seine Mutter es wollte.«

»Die hätte sich auch mit einem Ausflug nach Cannes oder Antibes zufriedengegeben.«

Sie aß weiterhin seelenruhig, während in Salomes Mund der Nugat plötzlich bitter schmeckte. »Worauf willst du hinaus?«

»Dass sich in Saint-Tropez nicht nur manch Maler niedergelassen hat, ebenso … Colette.«

»Colette?«, fragte Salome. »Das reimt sich vorzüglich auf

cornuchette. Ist das etwa auch eine Hure, mit der sich Félix zeigen will, um zu vertuschen, dass sein Vater ...«

»Colette ist eine Schriftstellerin«, fiel Ornella ihr ins Wort. »Nach allem, was ich weiß, ist sie ziemlich verschroben.«

»Nach allem, was du weißt? Seit wann interessierst du dich für solche Dinge? Und warum erwähnst du sie erst jetzt?«

Ornella schwieg, Salome war nicht sicher, ob trotzig oder kleinlaut.

»Du wolltest, dass ich auf den Ausflug mitkomme, und dann sagst du mir nicht, dass ...«

»Es ist ja auch tatsächlich so, dass du mit Félix besser ... umzugehen weißt«, fiel Ornella ihr ins Wort. »Aber das heißt nicht, dass du ihn besser verstehst.«

»Ach, und *du* tust das?«

Salomes Tonfall wurde jäh schrill, sie konnte sich nicht erinnern, jemals so mit Ornella gesprochen zu haben. Oder doch einmal – an jenem Tag in Monte Carlo, als eine bislang fremde Eifersucht erwacht war, panische Angst, es könnte sich etwas zwischen Ornella und sie schieben, so wie sich einst ihr Vater zwischen sie und Paola geschoben hatte. Doch dies hier war schlimmer, das Unbehagen rührte nicht nur davon, dass sich jemand zwischen sie und Ornella schob, sondern zwischen sie und ... Félix. Wie lächerlich! Als ob sie seinen Stacheln zu nah kommen wollte!

»Colette ist jedenfalls eine Dichterin«, sagte Ornella eben.

»Hast du von ihr etwa auch ein Gedicht auswendig gelernt?«

»Ich glaube, sie schreibt nur Romane. Sie ist sehr exzentrisch, wohnt zwar in einem schlichten Haus, hat aber sämtliche Möbel aus der Galerie Lafayette in Paris herschaffen lassen. Sie war die erste Frau, die korsett- und hutlos, außerdem barfuß am Strand von Saint-Tropez spazieren gegangen ist, auf Schminke verzichtet sie dagegen nicht. Ihre Augenbrauen sind mit einem dicken schwarzen Strich verbunden, weil sie vor allem grimmig wirken will. Du brauchst keinen schwarzen Strich, du wirkst auch so grimmig. Warum bist du nur mit mir böse? Weil Félix dir nicht gesagt hat, dass er nur hierherkommen wollte, um Colette sein Manuskript zu zeigen?«

Dass er das tatsächlich nicht getan hatte, sie nicht geahnt hatte, dass es überhaupt ein Manuskript gab, enttäuschte sie. Dass Ornella es dagegen offenbar wusste, ihr jedoch nicht anvertraut hatte, kränkte sie regelrecht. Sie wollte diesen bitteren Gefühlen jedoch keine Macht geben. Schnell nahm sie einen weiteren Bissen vom Nugat.

Nach einer Stunde war Félix immer noch nicht zurückgekehrt, und selbst Ornella wurde nun immer unruhiger. Sie bezahlten, gingen hinaus, spazierten die Hafenmole entlang. Die Yacht ankerte immer noch hier, das Pärchen aber war vom Deck verschwunden, weil ein kühler Wind aufgezogen war. Jener Wehrturm am Ende der Mole warf mittlerweile einen deutlich längeren Schatten.

»Wo ... Wo bleibt er nun?«, fragte Ornella.

»Ich glaube, ich weiß es«, sagte Salome, und diesmal war es leise Genugtuung, die sich in ihre Stimme geschlichen hatte.

Du glaubst ihn besser zu verstehen, dachte sie. Von wegen! Du magst mehr über seine Pläne gewusst haben, ich jedoch habe eine Idee, wohin ihn deren Scheitern womöglich trieb.

Sie winkte Ornella, ihr zu folgen, und wenig später erreichten sie den Friedhof, neben dem sie geparkt hatten. Wie erwartet stand Félix am Grab seines Großvaters, seine Lippen bewegten sich, obwohl der Seewind seine Worte von ihnen wegwehte. Mochte er dem Großvater auch zürnen, dass er am Krieg verdient hatte – aus irgendeinem Grund war dieser doch der Erste, dem er von seinem Besuch bei Colette erzählte. In seinen Händen hielt er ein Manuskript, das er auf der Hinfahrt irgendwo im Automobil versteckt haben musste.

Worum es wohl in seinem Roman geht?, fragte sich Salome.

Für Ornella war eine andere Frage dringlicher. »Was hat Colette gesagt?«, wollte sie wissen, als sie zu Félix trat. »Hast du ihr dein Manuskript vorgelegt?«

Ein etwas verlorener Ausdruck stand in seinem Gesicht, als er sie ansah. Alsbald wandte er sich wieder dem Grab zu, hielt das Manuskript nunmehr nur mit einer Hand, nahm mit der anderen die Zigarette aus dem Mund. »Mein Großvater hat am Krieg verdient, aber gehasst hat er ihn trotzdem«, murmelte er, ohne auf ihre Frage einzugehen. »›Mach du es besser‹, hat er mir auf seinem Sterbebett gesagt. Ich war viel bei ihm in den Wochen, als der Krebs seinen Körper zerfraß. ›Ich habe so viele Schiffe gebaut‹, hat er mir anvertraut, ›aber ich bin nie weit genug hinaus aufs Meer gefahren, ich bin immer zu nah am Ufer geblieben. Mach nicht den gleichen Fehler, dreh dich nicht um und sehne dich nicht nach festem Boden, wenn dich die Wellen treiben. Die Angst tötet die Leidenschaft, spuck die Angst also aus.‹ Ich musste ihm versprechen, es besser zu machen.« Er führte die Zigarette an den Mund, schien diese ausspucken zu wollen, machte am Ende einen Zug. »Ich hatte Angst, Colette zu erzählen, worum es in meiner Geschichte geht. Ich tat es trotzdem.«

»Und?«, fragte Salome. »Worum geht es in deiner Geschichte?«

»Und?«, fragte Ornella. »Was hat sie gesagt?«

Seine Stirn glättete sich. »Wen interessiert's«, gab er leichtfertig zurück.

An seiner Stimme nagten nicht länger Trauer um den Großvater und Erinnerungen an das Versprechen, das er dem Sterbenden gegeben hatte. Mit raschen Schritten hastete er zum Automobil.

»Das war's?«, rief Salome. »Du willst wieder heimfahren?« Obwohl auch die Schatten, die die Grabsteine warfen, länger geworden waren, fügte sie hinzu: »Jetzt schon? Wir sind gerade mal durch Saint-Tropez geschlendert, wollen wir uns nicht auch noch die Umgebung ansehen? Sicher gibt es hier einige schöne Buchten und Strände.«

»Es ist doch zu kalt, um zu schwimmen«, wandte Ornella ein.

»Na und? Die Füße ins Wasser tauchen werde ich trotzdem. Du nicht auch? Ganz sicher aber habe ich keine Lust, gleich schon wieder stundenlang im Automobil zu sitzen.«

Ornella widersprach kein zweites Mal, Félix zu ihrem Erstaunen ebenfalls nicht. Zwar bereitete sie sich darauf vor, dass er ihre Bitte nicht erfüllen, sondern wortlos zur Hauptstraße zurückkehren würde, doch sobald sie im Wagen saßen und er losfuhr, bog er auf eine schmale Straße ab, die zu einem Strand führte.

Dreizehntes Kapitel

Der Strand, den sie wenig später erreichten, befand sich dort, wo sich die Halbinsel zum Meer öffnete. Er wurde Pampelonne genannt, war lang und breit, der Sand hatte einen goldenen Ton angenommen, die Wolken, die in der Ferne über den Bergen hingen, einen violetten. Nur zögerlich folgte Félix ihnen in Richtung Meer, ließ sich alsbald auf einem Stein nieder, das Manuskript, das er mitgenommen hatte, auf dem Schoß.

»Ich glaube, Colette hat ihm beschieden, dass sein Schreiben nichts taugt«, flüsterte Ornella Salome zu.

»Davon lassen wir uns aber nicht die Laune verderben«, sagte Salome und stob auf das Meer zu.

Wind zog auf, doch er nahm der Aprilsonne nicht ihre Kraft. Und obwohl das Wasser eiskalt war, waren die Wellen so sanft, dass Salome bald bis zu den Knien in den Fluten stand. Sie sammelte Muscheln, warf ein paar Steine, lief den Wellen nach und lachte laut – nicht, weil sie es so lustig fand, sondern weil sie sich von Félix nicht vorschreiben lassen wollte, was Spaß zu machen hatte und was nicht.

Schließlich machte sie sich daran, eine Sandburg zu bauen. Die erste befand sich zu nah am Wasser, um lange stehen zu bleiben. Die zweite schützte sie mit ein paar Ästen und getrockneten Algen. Sie warf einen verstohlenen Blick auf Félix. Inmitten von dem hellen Sand glich er einem schwarzen Schatten. Das Manuskript hielt er nur noch mit der einen Hand, in der anderen wie fast immer eine Zigarette. Obwohl der Wind abflaute, es ihm heiß werden musste, machte er keine Anstalten, sich auszuziehen.

Ornella hingegen schlüpfte aus ihrem hellblauen Kleid, nicht nur wegen der Sonne, auch weil dieses längst nass geworden war. Darunter trug sie lediglich eine mit Rüschen besetzte Hemdhose. Salome schämte sich des Gedankens, der ihr durch den Kopf schoss: Warum muss sie sich bloß ausziehen, wenn so doch ihre breiten Hüften umso deutlicher auffallen und das Lachsrosa der Unterwäsche ihre Haut noch blasser wirken lässt? Der zweite Gedanke war gar verstörender – schade, dass ich meine Badesachen nicht dabeihabe, mein neuer luftiger Zweiteiler aus Brusttuch und kurzer Hose steht mir doch gar zu gut.

Warum kam sie nur auf die dumme Idee, Félix mit Badekleidung beeindrucken zu können? Und noch schlimmer: Wie kam sie nur auf die gemeine Idee, damit Ornella auszustechen?

Und doch, die Gedanken glichen den Wellen, die nun auch der zweiten Sandburg nahe kamen. Was immer sie ihnen entrüstet entgegenzusetzen versuchte, war brüchig wie das Holz, das bald weggespült wurde. Das Einzige, was ihre Sandburg schützte, waren Steine, große Steine. Schon stand sie auf, um welche zu holen, legte sie kreisrund um die Burg, häufte noch mehr Sand auf, ging später ins Wasser, um ihn sich von den Händen zu waschen, lachte wieder schrill, als die Wellen an ihr hochspritzten.

Ornella trug Muscheln zu der Burg, formte einen Turm, schmückte ihn damit. Hatte Félix kurz zuvor noch beharrlich an ihnen vorbeigestarrt, hätte Salome nun schwören können, dass er zu ihnen lugte.

»Nun komm schon und hilf uns!«, rief Salome ihm zu.

Er tat, als hätte er sie nicht gehört.

»Hock doch nicht einfach nur rum!«

Immer noch keine Reaktion.

Sie ließ einen der Steine fallen, den sie gerade aufgehoben hatte, stapfte zu ihm.

»Du musst dir ja nicht gleich eine Badehose ausleihen, aber du könntest dir die Hosenbeine aufkrempeln, wie die Fischer es tun, und deine Füße ins Meer halten.«

Er hielt den Blick wieder gesenkt. »Wozu?«

»Nun … um dich abzulenken. Anscheinend hat Colette deine Geschichte nicht gefallen, sonst würdest du kein so finsteres Gesicht machen. Was genau hat sie denn gesagt?«

Als sie schon dachte, er würde nicht mehr antworten, begann Félix plötzlich leise zu sprechen. »Sie hat erst einmal nichts gesagt, sondern Knoblauchzehen gekaut, als ob es Mandeln wären.« Klang Ekel oder Belustigung durch seine Stimme? »Sie erhofft sich offenbar, davon dünn zu werden«, fuhr er nunmehr bissig fort. »Aber das ist doch nur eine Illusion.«

»Dass man von Knoblauch abnimmt?«

»Dass man verschwindet, wenn man nur wenig isst, dass, wenn man aus mehr Geist als Körper besteht, wenigstens dieser frei ist.«

»Na, du magst zwar nichts essen, aber du bestehst trotzdem nicht aus Geist, sondern aus Zigarettenrauch.«

»Das Nacktsein und dass es Freiheit schenkt, ist auch nur eine Illusion«, sinnierte er, als hätte er sie nicht gehört. »Nicht weit von hier, in Tourrettes-sur-Loup, hat eine Gruppe Naturaposteln eine Kolonie gegründet. Sie lesen immerzu Nietzsche, essen nur Gemüse und laufen den ganzen Tag nackt herum.«

»Auch im Winter?«

Er zuckte die Schultern. »Wenn sie in den umliegenden Dörfern einkaufen, müssen sie ein kleines Stoffdreieck zwischen den Beinen tragen. Trotzdem fallen sie allerorts auf. Doch man hat sich an sie gewöhnt und hält sie für harmlose Spinner.«

»Und für was hältst du sie?«

Félix drückte die Zigarette aus, wandte seinen Blick erstmals dem Meer zu. Ornella hatte es soeben geschafft, der Sandburg einen zweiten Turm zu bauen.

»Nun komm schon«, drängte sie ihn, als er nichts sagte, »du musst ja nicht vollends nackt herumlaufen, aber zieh doch wenigstens deine Schuhe und Socken aus und halte deine Zehen ins Meer. Vielleicht grämst du dich dann nicht mehr über das, was Colette zu dir gesagt hat.«

Wieder hatte er nicht richtig zugehört. »In der Kolonie der Naturapostel treibt es jeder mit jedem, und die Kinder, die sie gebären, ziehen sie gemeinsam auf, ohne ihnen je zu sagen, wer ihre Eltern sind.«

»Hältst du das etwa für erstrebenswert?«

»Hm«, machte er, ehe er heiser murmelte: »Vielleicht würde ich mich daran gewöhnen, die Menschen zu mögen, wenn ich meine Eltern nicht so verachtete.«

Salome stampfte ungeduldig auf, sodass Sand aufstob. »Du verachtest deine Mutter nicht. Du versuchst es zu verbergen, aber du liebst sie.«

»Und was, wenn ich mich dafür selbst am allermeisten verachte?«

Er wandte den Blick vom Meer ab, hob den Kopf, sah sie aus seinen grauen Augen durchdringend an. Ein kaltes Feuer loderte in diesen, doch diese Kälte ging nicht auf sie über, im Gegenteil. Sie fühlte vielmehr Hitze aufsteigen, bebte nicht länger, weil ihre nasse Kleidung an ihr haftete, sondern weil der Wunsch so heftig wurde, all das, was ihn quälte – und das war nicht Verachtung, es waren Einsamkeit und eine vage Trauer –, aus ihm herauszuprügeln oder herauszustreicheln, es ihm jedenfalls abzunehmen.

»Für Liebe muss man sich nicht schämen«, rief sie. »Na los! Steh endlich auf. Warum macht dir das Leben so viel Angst?

Amüsier dich, lauf den Wellen nach, sammel Muscheln, bau eine Burg und ...«

Sie begnügte sich nicht mit den Worten, kniete sich plötzlich vor ihn, begann an seinem Schuh zu zerren.

»He!« Der unerwartete Angriff kam so überraschend, dass er sich zu spät dagegen wehrte. Schon hatte sie den Schuh in der Hand, schon zog sie am Socken. Der nackte Fuß, der darunter zum Vorschein kam, war lang, dünn, feingliedrig wie sein Hände, so weiß auch, als hätte er nie die Sonne gespürt, so weich, als wäre er nie auf rauem Sand gegangen. »Lass das!«, rief er erbost.

»Jetzt hab dich nicht so.« Schon hielt sie den zweiten Schuh in der Hand, schleuderte ihn von sich, zog am zweiten Socken. Nun beugte er sich doch vor, packte sie so fest am Handgelenk, dass es schmerzte. Er hatte ja doch keine Angst vor dem Leben. Oder zumindest hatte er keine Angst davor, sie zu berühren. Sie wollte sich ihm entziehen, er umklammerte ihr Handgelenk nur noch fester. Nun gut, das war sein Problem. Sie erhob sich, und weil er sie nicht losließ, war er gezwungen, das ebenso zu tun. Schon machte sie den ersten Schritt zum Meer, er versteifte sich erst beim dritten. »Wovor genau fürchtest du dich? Dass Sonne und Meer deine Haut verätzen? Oh, wenn du willst, können wir in der Sandburg gern ein unterirdisches Verlies für dich einbauen.«

»Mir sagt niemand, was ich tue«, erklärte er heiser. Lügner, dachte sie, von deiner Mutter lässt du dir sehr wohl etwas sagen. Aber das bekundete sie nicht laut. Sie verwendete alle Kraft, ihn weiter in Richtung Meer zu ziehen. Kurz schien es, als wäre sie stärker, dann aber fuhr durch seinen Körper ein Ruck. Mit einer Entschlossenheit, die sie ihm nicht zugetraut hätte, riss er sie mit der einen Hand zurück, umschlang sie mit der anderen, auf dass sie nicht entweichen konnte. Immer war er ihr als Mensch erschienen, der mehr aus Geist und Rauch bestand denn aus Fleisch und Blut. Und doch konnte sie Letzteres nun deutlich fühlen, auch, welche Kraft in ihm wohnte, wie sein Herz raste, wie sein Atem stoßweise ging. Sie versuchte, sich von ihm zu lösen, es gelang ihr nicht. »Mir sagt niemand, was ich tue«, erklärte er wieder mit gleicher Unerbittlichkeit, mit der er sie festhielt.

Das wäre doch gelacht, dass sie sich nicht wehren konnte! Schon begann sie, sich zu winden, halb empört, halb fassungslos, doch zu glauben, er verlöre schneller als sie an Kräften, war trotz seiner bleichen Haut ein Irrtum. Er hielt sie, als sie mit den Armen um sich boxte, er hielt sie, als sie mit dem Fuß nach ihm zu treten versuchte. Erst als sie im Eifer des Gefechts gemeinsam in den Sand fielen, hielt er sie nicht mehr, aber er kam auf ihr zu liegen, rührte sich nicht.

Sein Atem ging noch schneller, sein Herz raste – oder war das gar nicht sein Schlag, den sie hörte, war es der des eigenen? Vielleicht folgten sie ja dem gleichen Rhythmus, nichts schien sie ja zu trennen, wie sie da aneinanderklebten.

Sein Gesichtsausdruck war nicht länger grimmig, eher von einer nahezu kindlichen Neugier durchdrungen, als wäre er am meisten überrascht, sich in dieser Lage wiederzufinden, gleichwohl bestrebt, etwas daraus zu ziehen.

Unwillkürlich hob er die Hand, und als sie schon dachte, er würde sie schlagen, strich er ihr sanft über das Gesicht. Nun, das fühlte sich auch wie ein Schlag an, der ihr durch und durch ging, sich in kleinen Wellen von jener Stelle, wo die Hand ruhte, über das ganze Gesicht und den ganzen Körper ausbreitete, ihn zum Vibrieren brachte.

Nun atmete niemand mehr stoßweise, nun hielten sie beide den Atem an.

Sie fühlte sein Gewicht ... sie fühlte sich ganz ... Mehr noch, sie *wurde* zum ersten Mal ganz, bekam irgendetwas zurück, von dem sie gar nicht wusste, dass sie es verloren hatte, fühlte einen Riss zusammenwachsen, der sich in jenen Nächten, wenn sie an Ornella geschmiegt schlief, nie ganz schloss. Geborgenheit hatte sie bei ihrer *sorella* gefunden, nie dieses halb betörende, halb unerträgliche Kribbeln, das umso stärker wurde, je länger sie miteinander verbunden am Boden lagen.

Doch dann ertönte ein Schrei, und so reglos sie eben noch dagelegen hatten, so hastig fuhren sie nun auseinander, rafften sich auf.

»O nein!«, ertönte erneut ein Schrei.

Ornella stieß ihn aus, nicht etwa empört, weil sie kurz weit mehr als Kämpfenden Liebenden geglichen hatten, sondern entsetzt.

Félix hatte sein Manuskript neben dem Stein liegen lassen. Dort war es von einem Windstoß erfasst worden, und die Blätter lagen nun auf dem ganzen Strand verstreut. Ein paar Augenblicke lang stand der Wind still, doch schon zogen neue Böen auf. Ein paar Seiten verfingen sich hinter Steinen, ein paar wurden in Richtung Meer geweht.

»O nein!«, entfuhr es nun auch Salome.

Sie hechtete dem ersten Blatt nach, schnappte es, wollte schon weitere Seiten einsammeln, als sie aus den Augenwinkeln wahrnahm, dass Félix nichts dergleichen tat. Er wirkte wieder unnahbar wie eh und je, als er sich den Sand von Hose und Pullover klopfte und seine Schuhe ausleerte. Erst danach blickte er sich um – allerdings nicht nach den Blättern, nach seiner fehlenden Socke.

»Wo ist sie?«, fragte er.

Salome starrte ihn verständnislos an, wieder kam ein Windstoß, wieder wurden die Blätter in alle Himmelsrichtungen getrieben. Weitere drei brachte sie an sich, ehe ihr auffiel, dass sie die Socke in der Hand hielt. Sie warf sie ihm vor die Füße.

»Wir müssen doch ...«

Er begann umständlich, die Socke vom Sand zu befreien, setzte sich auf einen Stein, schlüpfte hinein. Bis er endlich fertig war, waren zwei Blätter in der Ferne von den Wellen erfasst worden.

»Himmel, deine ganze Arbeit! Ist dir denn egal, dass sie fortgeweht wird?«

»Hast du noch nicht gemerkt, dass mir grundsätzlich alles egal ist?«

Was für ein Lügner er war! »Das stimmt doch nicht!«, rief sie. »Wenn es dir egal wäre, hättest du Colette nicht nach ihrem Urteil befragt. Ich nehme an, es ist vernichtend ausgefallen. Aber was soll's. Du hast doch gerade beteuert, dass du dir von niemandem etwas sagen lässt. Warum lässt du dich ausgerechnet von dieser Colette einschüchtern?«

Félix zündete sich eine Zigarette an, und Salome entging nicht, dass seine Hände zitterten.

»Weißt du, was mich Colette gefragt hat? ›Liebst du?‹, hat sie gefragt.«

»Dann hat sie ja etwas mit dir gemein«, sagte Salome nun etwas ruhiger. »Die erste Frage, die du damals an mich gerichtet hast, war: ›Liest du?‹«

»Lesen und lieben sind doch zwei völlig unterschiedliche Dinge. Lesen verleiht Flügel ... wobei ich nicht weiß, ob Menschen überhaupt zum Fliegen gemacht sind. Im Grunde sind sie wie Torpedobomber, nur dazu da zu zerstören und ...«

Salome verbarg die Enttäuschung darüber, dass seine Stimmung so rasant gewechselt hatte, dass er, der eben noch so viel Nähe zugelassen hatte, nun wie ein Fremder zu ihr sprach. Sie gab auch dem Drang nicht nach, die Seiten aufzusammeln. Es war nicht ihre Aufgabe, das zu tun. Anstatt sich umzuschauen, wohin sie mittlerweile verstreut worden waren, trat sie angelegentlich zu dem Stein, auf dem er saß, setzte sich neben ihn.

»Du würdest so gern geliebt wie gelesen werden. Du hast erzählt, dass sich deine Mutter nur um dich gekümmert hat, wenn du krank warst. Und deswegen versuchst du mit allen Kräften, krank zu werden, am Körper und an der Seele. Du denkst, dass man dich nur dann liebhat.«

Er schnaubte. »Warum kannst du mich nicht einfach in Ruhe lassen? Binde deine rosarote Schleife um einen anderen Mann.«

»Wenn irgendetwas nicht zu dir passt, ist es eine rosarote Schleife. Und glaub auch nicht, mir läge das Geringste an dir. Ich will nur ...«

Sie brach ab. Ja, was eigentlich? Dass er Ornella nicht kränkte? Dass er ihr sein Herz öffnete? Dass er wenigstens sein Manuskript einsammelte? Dass er endlich bekannte, dass ihm doch nicht alles egal war ... Ornella nicht ... und sie selbst erst recht nicht.

»Colette ist ebenfalls keine Frau, zu der rosarote Schleifen passen«, murmelte er indessen, »dennoch ist sie davon überzeugt, dass, wer nicht liebt, nicht schreiben könne. Ich halte es lieber mit Diaghilew, einem Tänzer, der sich in eine Tänzerin verliebte. Sein Freund Nijinski, ebenfalls ein Tänzer, sogar ein noch größerer, hat ihn daraufhin gewarnt: Liebte er jemals eine Frau, würde er nie wieder tanzen können wie zuvor.«

Irgendetwas an diesen Worten erschien Salome grundfalsch, erst recht nach ihrem Gerangel, nein, ihrer Umarmung ... dieser zärtlichen Berührung, aber sie konnte es nicht benennen. Was verstand sie denn schon von der Liebe. Es blieb ohnehin keine Zeit, etwas zu sagen, plötzlich ertönte ein Keuchen. Sie hob den Kopf, sah, dass Ornella mit hochrotem Gesicht auf sie zurannte, atemlos, die Seiten von Félix' Manuskript in den Händen.

Während sie hier gehockt hatten, hatte sie sie unermüdlich eingesammelt.

»Es fehlen nur noch ein paar!«, rief sie, und schon bückte sie sich nach den nächsten. Ein Gedanke huschte Salome durch den Kopf: Warum hast du es nicht ihm überlassen, die Seiten einzusammeln? Es ist doch seine Aufgabe. Und plötzlich war da noch ein anderer, weitaus verbotener, befremdlicher: Warum hast du es nicht *mir* überlassen? Es ist doch *meine* Aufgabe. »So, das müssten nun alle sein«, stieß Ornella schnaufend aus.

»Nein!«, rief Salome, die in der Ferne etwas Weißes erspäht hatte, »eine fehlt noch.«

Und dann sprang sie auf, lief dem Blatt hinterher. Immer wenn sie dachte, sie hätte es gleich erhascht, trieb der Wind es ein wenig weiter. Und während sie lief und lief, atemlos wurde, im Gesicht glühte, war ihr, als liefe sie nicht nur einem Blatt nach, sondern auch … Félix. Und sie wusste nicht, ob das dumm war oder dreist oder gar ein Verrat.

Als sie das Blatt endlich erhaschte, tat ihr die Brust weh. Sie versuchte, ein paar Zeilen zu entziffern, was nicht so leicht war. Félix' Schrift glich seiner Statur – die Buchstaben waren lang und dünn, und doch schienen sie so hektisch aufs Papier gebracht worden zu sein, als gälte es, dieses nicht einfach zu beschreiben, sondern ihm die Wörter einzuverleiben. Bevor sie sie lesen konnte, war plötzlich Félix da, riss ihr das Blatt aus den Händen.

»Lies das nicht!«, stieß er aus.

»Warum denn nicht?«, gab sie nicht minder heftig zurück. »Beinahe hättest du die Seiten dem Wind überlassen, weshalb nicht auch mir?«

Er blieb ihr die Antwort schuldig, denn Ornella war ihnen gefolgt, immer noch rot im Gesicht, nun aber unter kaltem Schweiß erzitternd. Erst jetzt ging Salome auf, dass sich das Licht verändert hatte, aus dem Bronzeton ein kaltes Blau geworden war. Es schluckte sämtliche Farben, machte aus den Oleanderbüschen und Pinien, die den Strand säumten, ein schwarzgraues Einerlei.

Salome trat zur Freundin, legte den Arm um ihre Schultern. »Im Übrigen solltest du dich bei Ornella bedanken.«

Félix nahm auch ihr die Seiten ab, nicht ganz so grob, strich dann jedoch unwillkürlich darüber, vorsichtig, nahezu zärtlich, und in dieser Geste lag mehr Dank, als er je in Worte hätte gießen können.

»Es ist so spät geworden«, murmelte er. »Ich glaube, ich habe keine Lust mehr, heute zurück nach Menton zu fahren. Lasst uns im Haus meines Großvaters übernachten. Es steht schon seit Jahren leer.«

Ohne ihre Zustimmung abzuwarten, stapfte er zurück zum Automobil.

Das Grundstück, das einst den de la Roux, nun den Aubrys gehörte und das nicht weit vom Meer entfernt zwischen dem Friedhof von Saint-Tropez und einer kleinen Bucht lag, schien ein verwunschenes Fleckchen Erde zu sein, von einem Bannkreis von der übrigen Welt getrennt und schon seit Langem nicht mehr von menschlichen Lauten erfüllt. Nur das unermüdliche Zirpen von Grillen war zu hören, das Gurren wilder Tauben und der krächzende Ruf eines Kauzes. Tagsüber kam wahrscheinlich das Surren von Mücken und Bienen hinzu, doch diese waren von der Dunkelheit, die so schnell angebrochen war, vertrieben worden.

In der Luft hing der durchdringende Duft von Geißklee und Thymian, Myrte und Ginster. Bei Tageslicht mochte der üppig blühende Garten wohl mit mehr Farben aufwarten, als sämtliche

Paletten von Saint-Tropez' Malern sie enthielten, doch nun waren nicht mehr als dunkle Umrisse wahrzunehmen. Eichen, Eschen und Kastanienbäume wuchsen neben dem schmiedeeisernen Gitter, vereinzelt auch Platanen, die Stämme teilweise von Winterstürmen geborsten, die Äste bizarr verbogen, sodass sie Speerspitzen glichen, die sich gen Himmel richteten.

Félix hatte das Tor geöffnet, ließ ihnen aber den Vortritt, als sie den schmalen Kieselsteinweg betraten, der zum Haus führte und von niedrigeren Bäumen gesäumt war, zunächst Öl- und Mandelbäumen, deren Blätter im letzten Licht des Tages silbrig glänzten, später Feigenbäumen und Tamarinden. Sie standen nicht dicht genug beisammen, um ihnen den Blick auf einen Kräutergarten zu verwehren, den vor langer Zeit jemand hier angelegt hatte, der mittlerweile aber von Unkraut überwuchert war.

»Hierzulande versteckt man seinen Reichtum gern, indem man den Anschein erweckt, ein Bauer zu sein«, sagte Félix. »Einst haben die Aubrys sogar ein Maisfeld und ein paar Kühe besessen. Und es gibt viele Fotografien, die meine Großmutter zeigen, wie sie Zitronen oder Weintrauben pflückt. Ihre Seidenhandschuhe, die sie dabei trug, waren immer weiß. Ich vermute, es waren nicht viele Trauben, die sie pflückte, und keine drückte sie fest genug, dass sie platzte, ihr der Saft über den Unterarm rann, sie ihn ablecken musste.«

Salome entging der scharfe Unterton nicht. »Du wirkst ja auch nicht wie einer, der oft den Saft von Weintrauben gekostet hätte«, meinte sie, »eher wie einer, der sich von deren Kernen ernährt.«

Es war zu finster, um in seiner Miene zu lesen. Auf der Südseite des Hauses waren Platanen gepflanzt, die im heißen Sommer Schatten spendeten, nun aber trostlosen Wächtern glichen, die kein Haus, nur eine Gruft zu hüten hatten. Die Zypressen auf der Nordseite dienten wohl dem Zweck, den eisigen Mistral abzuhalten. Dennoch war es kalt im Haus. Sie betraten es nicht durch das verschlossene Hauptportal, sondern durch den Hintereingang, der erst in die Küche, dann in ein Dienstbotenzimmer führte.

Félix ließ ihnen weiterhin den Vortritt. In den ersten Räumen roch es nach feuchtem Gemäuer und Schimmel, in den Wohnräumen der Herrschaft ließ dieser Geruch etwas nach. In den Ecken hingen Spinnweben, auf dem dunklen Mobiliar lag eine dicke Staubschicht. Die elektrische Beleuchtung funktionierte nur in jedem zweiten Zimmer.

»Wie lange steht das Haus leer?«, fragte Salome, als sie an einem Klavier vorbeikamen.

Es war geöffnet, als hätte eben noch jemand gespielt, aber die Noten lagen auf dem Boden verstreut, konnten wohl selbst die verschlossenen Fensterläden den Wind nicht gänzlich fernhalten.

»Seit mehr als einem Jahrzehnt. Meine Mutter will es nicht aufgeben, dabei hat sie kaum Zeit hier verbracht. Sie ist im Pensionat Les Platanes aufgewachsen.«

Sie betraten einen Raum, der als Esszimmer gedient hatte. Auf der langen Tafel aus dunklem, wurmstichigem Holz stand eine Kerze, die fast abgebrannt war. An beiden Kopfenden standen jeweils zwei Stühle, jedoch keine an den Seiten. Félix nahm auf einem Platz, stand dann doch wieder auf, um sich nach etwas umzuschauen, das als Aschenbecher dienen könnte. Er fand eine Menage, das Gestell aus Silber, Essig- und Ölfläschchen aus fein geschliffenem Kristall, Salz- und Pfefferbehälter aus Zinn. Wenig später klopfte er die Asche in den Essig, und obwohl sich überall der Staub eines Jahrzehnts niedergelassen hatte, war er sorgsam darauf bedacht, dass nichts danebenging.

Während er sich anscheinend weiterhin allein von Zigaretten zu ernähren gedachte, fühlte Salome, wie ihr der Magen knurrte.

Erleichtert stellte sie fest, dass Ornella den Proviantkorb, den Rosa am Morgen gefüllt hatte, mit ins Haus genommen hatte und eben auszupacken begann. Salome lief das Wasser im Mund zusammen, sobald ihr der Geruch von *salame d'herbe* – Gemüsesalami – in die Nase stieg, und sie konnte sich kaum beherrschen, als Ornella auch noch Käse, einen Brotlaib und Mandelgebäck hervorzauberte. Als sie allerdings bemerkte, wie befremdet Félix Ornella betrachtete, die das Brot gierig in sich hineinstopfte – auf die ihr übliche Art, indem sie das Weiche von der Rinde zupfte und daraus kleine Bällchen formte –, bezwang sie den eigenen Appetit und versuchte, ganz langsam zu essen.

Später öffneten sie die Weinflasche, die sich ebenfalls im Korb befunden hatte, tranken aus Gläsern aus dem Wandschrank, die Ornella zuvor mit ihrem Kleid ausgewischt hatte. Zu Salomes Erstaunen nahm auch Félix einen Schluck. Sie fragte sich, wie er ihn auf nüchternem Magen wohl vertrug, erwartete, dass er alsbald vom Stuhl rutschen würde, doch er blieb starr dort sitzen. Er erhob sich selbst dann nicht, als Salome und Ornella beschlossen, sich nach einer Schlafgelegenheit umzusehen, ließ sie allein in den ersten Stock hochsteigen.

Die Böden waren dort mit glänzenden schwarzen Kacheln gefliest, die Wände weiß gekalkt, die Möbel mit dunklem Satin bezogen. In einem Schrank fanden sie neben verschlissenen Pferdedecken und Kissen Tischtücher aus Damast, vielleicht ein Geschenk der Aubrys, hatte doch Maximes Vater damit gehandelt. Ornella nahm eines der Tücher, bezog eine Matratze damit. Anstatt ihr zu helfen, starrte Salome ratlos darauf, nicht sicher, ob sie über diese bizarre Unterkunft lachen oder von ihr verstört sein sollte. Sie hätte ja nicht einmal sagen können, ob dies der schlimmste Ausflug war, den sie je unternommen hatte … oder das größte Abenteuer ihres Lebens.

Ornella strich den Damast glatt. »Denkst du, er wird auch hier schlafen?«, fragte sie leise.

»Ich habe keine Ahnung.«

»Und denkst du, er wird jemals wieder mit uns einen Ausflug machen?«

»Vielleicht, wenn du dich morgen bitter darüber beklagst, wie schrecklich dieser gewesen ist.«

Ein Lächeln huschte über Ornellas Gesicht, schwand aber zu schnell, um darin ein Zeichen zu sehen, ob der Freundin entgangen war, wie Félix am Nachmittag auf ihr liegend über ihre Wange gestrichelt hatte. Sie danach zu fragen, brachte Salome nicht über sich.

Ornella ließ sich auf das Bett fallen, zog die Pferdedecke bis zur Hüfte. Salome tat es ihr gleich, rutschte wie immer dicht an sie heran. Während Ornella bald regelmäßig atmete, fand Salome keinen Schlaf. Ihr Körper war so schwer wie ihre Lider, aber ihre Füße kribbelten, als stünden sie immer noch im eiskalten Meer. Sie wälzte sich eine Weile umher, bis sie sich eingestand, dass nicht nur die kalten Füße sie vom Schlafen abhielten, sie wollte wach bleiben. Entschieden stand sie auf, lief wieder nach unten ins Esszimmer. Félix saß noch immer am Tisch, doch vor ihm lagen Essensreste – ein Stück Brot, von dem er die Rinde gebrochen hatte, außerdem Käse.

Er aß also doch.

»Komm zu uns ins Bett.«

»Ich schlafe nicht.« Und einen Augenblick später: »Zumindest nicht in der Nacht.«

»Schreiben tust du aber auch nicht.«

»Ich bin mir nicht länger sicher, warum ich es sollte.« Wieder sagte er eine Weile nichts, fügte schließlich beklommen hinzu: »In meinem Roman habe ich nicht über die Liebe geschrieben, sondern über den Krieg. Aber ich fürchte, ich verstehe vom Krieg so wenig wie von der Liebe. Unsere Generation ist davon vergiftet ... Erlebt hat sie ihn nicht.«

Sie setzte sich. Obwohl der säuerliche Geschmack in ihrem Mund unangenehm war, schenkte sie sich noch mehr Wein ein.

»Meine Großmutter erzählte mir manchmal vom Krieg«, sagte sie leise, »dass sie wochenlang Pferdefleisch und Steckrüben aß und sich alles andere für mich absparte.«

Ein gequältes Lachen entwich seinen Lippen. »Meine Mutter aß im Krieg kein Pferdefleisch. Sie pflegte Soldaten. Einige von ihnen waren das, was man Gesichtsversehrte nannte. Die *gueules cassées*. Weißt du, ein Mann ohne Arm oder Bein erzeugt Mitleid, aber ein Mann, dem man das Gesicht weggeschossen hat, erzeugt nur Ekel – zumindest bei gewöhnlichen Menschen. Meine Mutter scheute sie nicht. Sie saß stundenlang bei einem Mann, in dessen Gesicht ein kreisförmiges Loch von der Größe eines Handtellers klaffte. Es reichte von der Nasenwurzel bis zum Unterkiefer, das eine Auge war verschwunden, das linke halb zerschossen. Er flehte um eine Hostie, aber der Priester fragte: ›Wie soll man sie denn in dieses Chaos aus Fleisch und Blut legen?‹«

»Hör auf«, sagte Salome erschaudernd.

Er hörte nicht auf. »Sobald die Wunden etwas vernarbt waren, versuchten Ärzte eine Nasenprothese herzustellen, aus Gelatine oder Elfenbein, später transplantierten sie Knochenteile aus Unterarm und Rippe. Aber das Gesicht blieb, was es war – kaputt, zerstört. Viele der *gueules cassées* trugen später Kupfermasken, hauchdünn und mit Bändern am Kopf fixiert.«

»Ich will das nicht hören!«

»Vorhin sagtest du doch, du wolltest meine Geschichte lesen. Nun, sie handelt von einem Mann mit kaputtem Gesicht, der niemanden zu sich lassen will. Seiner Familie lässt er sagen, er sei tot, denn tot will er sein. Doch eine der Pflegerinnen, eine ältere Frau, bringt ihm immer wieder zu essen, und als er sich weigert, etwas zu sich zu nehmen, füttert sie ihn. Sie graut sich nicht vor seinem Gesicht. Sie ... Sie liebt ihn.«

»Dann hast du ja doch nicht nur vom Krieg, sondern auch von der Liebe geschrieben.«

»Ja, aber einer Liebe, die nicht sein kann. Die Pflegerin ... Sie ist doch ... Sie ist ...«

»Zu alt für ihn?«

Er schüttelte den Kopf. »Zu gesund für ihn.«

»Das ist doch gut so. Es können ja nicht beide verwundet sein.«

Er wirkte plötzlich unendlich verloren. »Und dennoch ... ich denke, lieben kann man nur, wenn man seine Maske ablegt. Aber was, wenn das darunter zu grauenhaft, zu verstörend ist?«

»Unterschätz nicht die Macht der Liebe«, entfuhr es ihr. Und beinahe wären ihr noch mehr Worte über die Lippen gerutscht: Ornella liebt dich doch auch, obwohl du so scheußlich zu ihr bist.

Aber Ornellas Name hatte plötzlich keinen Platz zwischen ihnen. Während er sprach, rutschte er dicht an sie heran. Er starrte sie unverwandt an, die Sehnsucht in seinem Blick war nackt.

»Meine Geschichte ist ein wenig wie die von Quasimodo und Esmeralda im 20. Jahrhundert«, murmelte er.

»Du hast den *Glöckner von Notre-Dame* doch als Kitsch bezeichnet.«

»Eben. Ich fürchte, ich kann nichts anderes als Kitsch schreiben. Ich will über etwas ... Wahrhaftiges schreiben, aber sind der Krieg und die Liebe nicht die größten Lügen?«

Jäh senkte er den Blick, und sie wusste, kein Wort hätte die Macht, an seiner Überzeugung zu rütteln. Sie erhob sich, umfasste seinen Oberarm, zog sanft daran.

»Komm zu uns ins Bett.« Instinktiv wappnete sie sich, dass er sich wehren würde, erneut beweisen, wie viel Kraft in seinem feingliedrigen Körper wohnte, doch zu ihrem Erstaunen stand er auf, folgte ihr ins Schlafzimmer. »Aber dort rauchst du nicht«, sagte sie unmissverständlich.

Wieder erwartete sie seinen Protest, doch er nickte. Ornella lag auf der linken Seite des Bettes, die Knie hoch an den Bauch gezogen, einen Arm auf dem Kopf. Félix blieb stehen, starrte in Richtung Fenster. Die Läden waren geschlossen, nur durch eine winzige Ritze floss Mondlicht.

»Na komm schon.«

Es dauerte lange, bis er sich endlich auf den rechten Bettrand setzte.

Salome wartete nicht darauf, bis er sich hinlegte, nahm selbst in der Mitte des Bettes Platz, kaum eine Handbreit von Ornella entfernt. Sie spürte die Wärme ihres Körpers, wagte kurz kaum zu atmen, um die Freundin nicht zu wecken, um Félix nicht zu vertreiben. Doch dann – sie fühlte es mehr, als dass sie es sah – bettete er sich mit ihr zugewandtem Rücken am äußersten Rand. Ein kleiner Schubs hätte genügt, um ihn aus dem Bett zu werfen.

Salome zögerte, rutschte schließlich an Félix heran, sodass sie dicht an ihn geschmiegt dalag, hob die Hand. Während sie die Hand noch in der Luft hielt, war sie nicht sicher, was sie wollte, doch plötzlich nahm Félix sie, zog sie an seine Brust, hielt sie fest. Wieder spürte sie, wie er atmete, wieder spürte sie, wie sein Herz schlug – beides leiser, langsamer als am Nachmittag am Strand. Kurz wappnete sie sich dagegen, dass er die Hand alsbald wieder loslassen, aus dem Bett springen, in die Küche fliehen würde. Doch stattdessen hielt er sie noch fester. Seine Atemzüge wurden regelmäßiger. Salome fühlte an der Schwere des Kopfes, dass er eingeschlafen war.

Sie selbst konnte lange nicht schlafen. Sie lauschte hartnäckig auf Félix' Atem, nicht zuletzt, um den von Ornella nicht hören zu müssen.

Die tiefste Nacht war schon vorbei, als sie doch noch von der Müdigkeit überwältigt wurde. Als Salome die Augen aufschlug, war der neue Tag längst angebrochen, und sie brauchte eine Weile, um zurück ins Hier und Jetzt zu finden. Sie blickte sich in dem fremden Zimmer um, in dem alles schwarz und weiß war – Farben, die zu Félix passten. Doch er war nicht mehr hier, die Seite des Bettes, auf der er gelegen hatte, wirkte glatt und unberührt. Auch Ornella hatte sich erhoben, anders als er den Raum aber nicht verlassen. Sie versuchte, sich in der blanken Oberfläche des Schrankes zu spiegeln, um ihr Haar mit Spangen festzustecken. Sie tat es ganz leise – was Salome geweckt haben musste, waren die Klavierklänge, die von unten heraufdrangen. Nicht nur, dass das Klavier verstimmt war. Die einzelnen Töne, jeder für sich so melancholisch, fügten sich nur vermeintlich zu einer harmonischen Melodie. Immer wieder schlichen sich schräge, unpassende Laute hinein, als gälte es, den Zuhörer nicht einzulullen, sondern ihn zu überraschen, aufzuschrecken.

»Satie«, sagte Ornella.

»Bitte?«, entfuhr es Salome. Ihre Hand kribbelte, sie schüttelte sie leicht.

»Er spielt Erik Satie.«

»Ich wusste nicht, dass er Klavier spielen kann.«

»Ich glaube, er hat mal behauptet, er kann nur dieses eine Stück spielen. Die *Gnossienne No. 3*.«

Es war das Echo tiefster Verlorenheit – nicht nur eines einzelnen Menschen, der gesamten Menschheit –, und zugleich klang die Entschlossenheit heraus, nicht daran zu verzweifeln. Vielleicht war es gerade deshalb eine Ode an die Liebe, keine reiche, erfüllende, fröhliche, unschuldige, die Liebe zwischen einem Mann ohne Gesicht und einer Frau, die mehr Krankenschwester als Geliebte war und sich als Einzige nicht scheute, ihm die Kupfermaske abzunehmen.

Zu diesen Klängen kann man nicht tanzen, nur sterben, dachte Salome, aber vielleicht war der Tod ja der beste Tanzpartner.

Der Druck an ihren Schläfen kündigte Kopfschmerzen an. Sie wusste nicht, ob sie vom Wein rührten, von der Musik oder jener vagen Sehnsucht, die Félix in ihre Seele geträufelt hatte. Sie wusste nur, dass die Melodie auf gleiche bizarre Weise schön war, einzigartig auch, wie dieser Ausflug, wie diese Nacht.

Salome erhob sich, nahm sich keine Zeit, sich um ihr Haar zu kümmern. Ihre Zunge schien an ihrem Gaumen zu kleben, doch was sie zur Tür trieb, war nicht nur Durst, es war das Verlangen, Félix Klavier spielen zu sehen. Sie hatte die Schwelle kaum erreicht, als Ornellas Hand hochfuhr, die ihre packte, und weil sie noch eine Spange hielt, pikste diese in ihr Handgelenk.

»Danke, dass du mitgekommen bist«, sagte Ornella, zögerte, zögerte sehr lange. Ornella konnte schließlich warten. Sie konnte auch schweigen, und sie hatte schlafen können, während Salome die Hand nach jenem Mann ausgestreckt hatte, den doch die *sorella* als Erste erwählt hatte. Aber vielleicht hatte sie gar nicht geschlafen, sonst hätte sie nichts von dieser nächtlichen Umarmung gewusst. Und wenn sie es nicht gewusst hätte, hätte sie wohl nicht mit ungewohnt schneidender Miene gesagt: »Wenn wir jedoch wieder einen Ausflug unternehmen, dann will ich allein mit Félix sein.«

»Aber ...«

»Du weißt ihn zu nehmen. Du bist wie ein Schlüssel, sodass man nicht über sämtliche Mauern klettern muss, sondern das ein oder andere Tor aufsperren kann. Aber aufgesperrt hast du ja nun.

Und über die Schwelle trete ich allein. Mittlerweile verstehst du ja auch, weshalb mir so viel an ihm liegt.«

Verstehe ich das wirklich?, wollte Salome am liebsten fragen. Was genau an diesem Ausflug war so großartig, dass du auf eine Wiederholung hoffst?

Aber während die Musik erklang, fühlte sie plötzlich, dass auch Ornella die Melodie, die Félix spielte, ungemein schön fand. Salome hätte ewig lauschen wollen – und Ornella wollte das wohl ebenso.

»Also … Tust du das für mich? Wirst du mich allein mit ihm lassen?«

Salomes Zunge schien noch größer zu werden, und unförmig wie sie schienen die Worte, nach denen sie suchte, schienen ihre Gefühle. Da war Befremden: Wie kann sie sich anmaßen, so zu tun, als gehörte Félix ihr? Da war schlechtes Gewissen: Warum habe ich Félix meine Hand gereicht, warum zugelassen, dass er schon zuvor mein Gesicht berührte? Da war heimliche Genugtuung: Ich allein habe ihn dazu bewogen, die übliche Distanz aufzugeben.

»Wie es scheint, geht es nicht darum, dass ich etwas, sondern dass ich nichts tue«, murmelte sie am Ende nur, und Ornella besiegelte das Abkommen mit einem stummen Nicken.

Salome wandte sich ab, trat zur Tür, blieb dort noch einmal stehen. »Wenn du übrigens ein Thema suchst, über das du mit ihm reden kannst, solltest du den *Glöckner von Notre-Dame* lesen.«

Kurz vertrieb der Stolz die anderen schäbigen Gefühle. Sie war ja doch eine gute Freundin, die nicht an sich selbst dachte.

»Ich weiß«, sagte Ornella nur, »als ich die Blätter eingesammelt habe, habe ich sie überflogen. Seine Geschichte – es ist die von Esmeralda und Quasimodo im 20. Jahrhundert.«

Die Worte klangen wie auswendig gelernt. Salome hätte

schwören können, dass Ornella vielleicht Rimbaud, jedoch niemals Victor Hugo gelesen hatte, und das nur sagen konnte, weil sie in der Nacht tatsächlich nicht geschlafen, sie vielmehr heimlich belauscht hatte.

Vergebens versuchte sie ihre Miene zu durchschauen, begnügte sich am Ende damit, die eigene vor der Freundin zu verbergen. Sie verließ das Schlafzimmer, fegte die Krümel des Nachtmahls vom Tisch. Ornella erklärte, im Garten ein paar Blumen pflücken zu wollen, und sobald die Tür hinter ihr zufiel, hörte Félix zu spielen auf, obwohl er das Stück noch nicht beendet hatte.

»Warum spielst du nicht weiter?«, fragte Salome. »Es ist so ... schön.«

Welch lächerliches Wort für die eigenwilligen Klänge. Es war doch viel zu klein, zu abgenutzt, sie einzufangen. Wobei sich ja auch in einem einzelnen Wassertropfen sämtliche Farben des Regenbogens spiegeln konnten.

Félix spottete unerwarteterweise nicht. Als sie zum Klavier trat, blickte er sie durchdringend an, und anders als in Ornellas Miene konnte sie in seiner leicht lesen. Keine Bösartigkeit stand darin, nur einmal mehr jene vage Sehnsucht, die bei einem Mann, der nicht einmal am Strand seine schwarze Kleidung ablegen wollte, so nackt wirkte.

»Wenn du willst, kann ich dir beibringen, Klavier zu spielen.«

»Dazu fehlt mir die Begabung«, sagte sie schnell, »aber ... Aber ich glaube, Ornella würde gern Klavier spielen können. Ich will, dass du es ihr beibringst. Und überhaupt, sie möchte gern mehr lesen. Wähl du für sie Bücher aus, ich kenne zu wenige. Und unterhalte dich doch mit ihr über deine ... Geschichte. Ihr allein ist es zu verdanken, dass der Wind das Manuskript nicht verweht hat. Gib es ihr zu lesen, ich selbst werde keine Zeit dafür finden, ich muss meinem Vater im Reisebureau helfen.«

Sie glaubte, im Grau seiner Iris sämtliche Schattierungen von Enttäuschung wahrzunehmen. Wieder wappnete sie sich gegen beißenden Spott, doch am Ende klang er nahezu mitleidig.

»Das wünschst du dir tatsächlich?«, fragte er angespannt.

Sie zögerte nur kurz. »Von ganzem Herzen.«

»Dann will ich dein armes kleines Herzchen nicht quälen.«

Seine Stimme wurde nun doch wieder scharf, aber seine Finger waren weich, als er plötzlich die Hände hob, ihr wie am Tag zuvor über die Wange strich. Alsbald zog er sie zurück. Mit einem lauten Knall schlug er den Deckel des Klaviers zu, ohne die *Gnossienne* von Satie zu Ende zu spielen.

Vierzehntes Kapitel

»Du musst es viel langsamer machen«, sagte Agapito, »vorsichtiger«, ein anzügliches Grinsen erschien auf seinen Lippen, »zärtlicher.«

Na, wenn ich mir ein Vorbild an der Zärtlichkeit nehme, mit der du mich dann und wann an dich ziehst, um dich irgendwo festzusaugen, krachen wir in die nächste Wand, dachte Salome. Aber sie sagte nichts, erwiderte nur sein Lächeln, nahm wieder langsam den Fuß von der Kupplung, trat zugleich aufs Gaspedal. Der Motor gab ein verzweifeltes Gurgeln von sich, als wäre er am Ertrinken, ruckartig fuhr das Automobil ein winziges Stück, blieb danach abrupt stehen.

»Du lernst es nie«, sagte Agapito mit einer gewissen Genugtuung. »Wann habe ich dir die erste Fahrstunde gegeben? Anfang Mai? Jetzt ist es Juli, und wir sind kaum weiter. Aber das ist nicht schlimm. Die Zukunft unserer Nation ist schließlich nicht davon abhängig, dass Frauen Auto fahren, sondern dass sie Kinder bekommen. Ettore Bugatti hat übrigens nicht nur seine berühmten Automobile, sondern auch einen Hühnerstall auf Rädern entworfen, vielleicht könntest du damit besser umgehen.«

»Und welchen Zweck hat so ein Stall?«

»Nun, man kann überallhin seine Hühner mitnehmen … und hat folglich täglich ein frisches Frühstücksei.«

Salome startete den Wagen unverdrossen erneut, und tatsächlich begann er sich in Bewegung zu setzen, ohne dass Agapito ruckartig nach vorn schnellte. Alsbald bremste sie wieder. Die Wahrheit war, dass sie längst passabel Auto fahren konnte. Aber sie verschwieg es ihm, denn auf diese Weise konnte sie Zeit mit ihm verbringen, war hinter dem Steuer aber zugleich vor seinen spontanen Zärtlichkeitsattacken sicher.

In anderen Situationen konnte sie sich kaum davor schützen. Als sie einmal einen Spaziergang unternommen hatten, hatte er sich weder von den vielen Passanten auf den Gehwegen, den Marktfrauen auf den Plätzen oder den steinernen Engeln auf dem Friedhof stören lassen. Letztere wachten über eine Gruft, die wie viele andere von einem schmiedeeisernen Gitter umgrenzt war, und Agapito hatte sie plötzlich gegen ein solches Gitter gepresst, um ihr einen Kuss zu geben. Während sich eine schmiedeeiserne Spitze in ihr Gesäß gebohrt hatte, hatte sie unweigerlich daran denken müssen, dass auch Félix Ornella bei ihrem ersten Spaziergang zu einem Friedhof geführt hatte.

Soweit sie wusste, hatte er das danach nie wieder getan. Die beiden verbrachten zwar viel Zeit miteinander, verließen aber selten das Hotel, waren meist nur in der Bibliothek oder am Flügel im großen Salon zu finden. Was sie genau dort trieben, sagte Ornella ihr nie. Aber der rosige Schimmer in ihrem Gesicht und der Glanz in ihren Augen verrieten, dass Félix sich nicht unnahbar, gar feindselig wie früher gab.

Die Dinge sind nun so, wie sie sein sollten, sagte sich Salome beharrlich, oder sein mussten ... oder sein durften ...

Und weil ihr Glaube daran manchmal wankte, weil die nagende Eifersucht so oft den ebenso guten wie festen Willen befleckte, das Wohl der Freundin über das eigene zu stellen, suchte sie entschlossen Agapitos Nähe. Nicht nur, dass er sie zum Lachen brachte, ein wenig sah sie darin wie die Pénitents Blancs in ihrem österlichen Marsch eine Art Buße. Buße dafür, dass sie

Félix in der Nacht ihre Hand gegeben hatte, und dass sie schon, als sie am Strand gerangelt hatten, etwas gefühlt hatte, was sie bis heute nicht benennen konnte, was jedenfalls rein gar nichts mit dem gemein hatte, was Agapitos Annäherungsversuche in ihr bewirkten. Ornellas Bruder erinnerte sie oft an einen Hund, der ungestüm wedelnd, mit feuchter Schnauze und vor Lebendigkeit überbordend, sein Herrchen anspringt und damit ebenso viel Leidenschaft beweist wie Rücksichtslosigkeit.

»Nächster Versuch«, erklärte sie eben.

Agapito entfuhr ein Seufzen, das ähnlich gequält klang wie das Geräusch, das der Motor von sich gab, als sie versuchte, in den zweiten Gang zu schalten. Den dritten und zugleich höchsten hatte sie noch nie eingelegt.

»Ich glaube, das arme Automobil ist für heute genug gefoltert worden«, sagte er, als sie nach mehreren ruckartigen Bewegungen wieder standen.

Sie blickte unauffällig auf die Uhr. »Das denke ich auch.«

»Und jetzt kommst du mit mir ins Hotel, ich brauche etwas zu trinken, um meine Nerven zu beruhigen.«

Diesmal starrte sie ganz offensichtlich auf die Uhr. »Das geht nicht, ich muss meinem Vater im Reisebureau helfen.«

»Ach, ich brauche deine Hilfe doch ebenfalls!« Agapito seufzte wieder. Seit er auf Wunsch seines Vaters die Geschäftsführung im Hotel in der Altstadt, das sie stets »alte Perle« nannten, übernommen hatte, beklagte er sich oft über seine vielen Aufgaben, die Entscheidungen, die er zu treffen hatte. Die umfangreichen Renovierungen des Hotels, zu denen Renzo Maxime gedrängt hatte, waren immer noch nicht abgeschlossen: Zwar waren alle Türen nun schalldicht gepolstert, die Decken mit Stuck verziert, der Eingangsbereich mit weiß-grün glasierten Kacheln und die Rezeption mit Holzpaneelen ausgestattet, doch noch war offen, ob der Name des Hotels in vergoldeten Schriftzügen am Gebäude prangen würde, was zweifellos die elegantere Lösung war, oder in Form von Neonröhren, die der letzte Schrei waren. Und nicht nur diese überforderte Agapito. »Das Gästeregister macht mich noch wahnsinnig!«, stieß er eben aus.

»Es kann doch nicht so schwierig sein, bei Ankunft der Gäste deren Namen und Berufsstand einzutragen«, sagte Salome.

»In Italien ist das jedenfalls nicht nötig. Ich verstehe nicht, warum hierzulande sämtliche Hotels unter polizeilicher Kontrolle stehen. Und dann auch noch das Restaurant ... Ich weiß immer noch nicht, ob ich künftig Diners zum *prix fixe* statt *à la carte* anbieten sollte.«

»Ich wüsste nicht, wie ich dir da eine Hilfe wäre«, erwiderte Salome. »Wenn ich nicht imstande bin, ein Automobil zu fahren, nur einen Hühnerstall auf Rädern, kann ich dir höchstens empfehlen, Bouillon mit Ei aufzutischen.«

»Ach, Salome, ich wollte nicht ...«, setzte er an, griff mit seiner schweißnassen Hand nach ihrer.

»Weiß ich doch«, sagte sie schnell und klammerte sich ans Lenkrad. »Du dagegen weißt, dass mein Vater auf meine Unterstützung angewiesen ist.«

»Dein Vater hat doch Paola.«

Salome setzte eine gleichmütige Miene auf, was ihr gut gelang. Mittlerweile war sie eine wahre Meisterin im Vertuschen. Agapito wusste nicht, dass sie die Zeit mit ihm wahlweise als Ablenkungsmanöver oder als Opfer betrachtete. Vor Ornella verbarg sie, dass es ihr insgeheim einen Stich versetzte, wenn sie Zeit mit Félix verbrachte. Und wenn es darum ging zu verschleiern, dass Paola so gut wie nie im Reisebureau aushalf, war sie besonders erfindungsreich. Anfangs hatte sich diese noch selbst gute Ausreden ausgedacht: Die Ausflüge, die sie mit Renzo machte, seien rein beruflicher Natur. Sie wolle doch wissen, ob das Hotel Righi d'hiver in La Turbie tatsächlich im maurischen Stil erbaut war, oder ob sich eine Fahrt mit der Zahnradbahn, die Monte Carlo mit La Turbie verband, lohnte. Mittlerweile aber waren die Lügen so durchsichtig wie Arthurs Glaspavillon.

Arthur jedenfalls nahm es hin, bedankte sich stets bei Salome für ihre Unterstützung, aber beschwerte sich nie, dass die von Paola ausblieb.

Agapito hingegen ärgerte sich ganz offensichtlich. »Was genau tust du im Reisebureau, das dein Vater nicht auch tun könnte?«

»Nun ja«, sagte sie, »ich spreche deutlich besser Französisch als er. Und deshalb bin ich es, die die großen französischen Reisebureaus oder eines ihrer vielen Korrespondenzbureaus anruft, ob Javas Exprinter, Voyage le Bourgeois oder die Agence Lubin.«

»Und das aus welchem Grund?«

»Nun ja«, wiederholte Salome, »wir müssen doch wissen, wie hoch die Rabatte sind, die die Konkurrenz bei Hotelübernachtungen gewährt. Oder welches Ausflugsprogramm sie zusammenstellt ...«

»Darf ich dich künftig meine kleine Spionin nennen?«, fragte Agapito mit einem anzüglichen Grinsen.

»Ich bin nicht klein«, bestand Salome, »jedoch sehr stolz, dass wir der Konkurrenz immer einen Schritt voraus sind.«

So waren sie das erste Reisebureau an der Riviera gewesen, das für die protestantischen Gäste sonntägliche Gottesdienstbesuche in der *église de la transfiguration* in Nizza organisiert hatte. Und in allen Hotels der Perlenkette wurde mittlerweile ein ritueller Fünf-Uhr-Tee mit Scones und Plumcake angeboten, der sich nicht nur bei englischen Gästen großer Beliebtheit erfreute. Auf ihre Anregung ging überdies ein Badekostümball zurück, bei dem alle Gäste, wie es gerade in Mode war, im Badetrikot, die besonders mutigen sogar im Zweiteiler erschienen waren. Insbesondere die deutschen Urlauberinnen waren begeistert gewesen, endlich jene Bikinis tragen zu dürfen, die in den meisten deutschen Badeanstalten noch verboten waren.

»Nun«, riss Agapito sie aus den Gedanken, »du könntest mich wenigstens später besuchen kommen. Ein paar Zimmer müssen neu tapeziert werden, und ich muss die Tapeten auswählen.«

»Ich verstehe nichts von Tapeten.«

»Sicher etwas mehr als ich. All diese Muster und Ornamente machen mich wahnsinnig, und die vielen Farben, von denen ich nicht weiß, wofür ihr Name steht, Mauve oder Crème oder Taupe oder Burgund oder Petrol. Und wusstest du, dass es Tapeten mit Federn und Perlen gibt?«

»Und diese Federn stammen aus welchem fahrbaren Hühnerstall?«, scherzte sie.

Er seufzte in Gedanken an die Tapeten. Sie seufzte beim Gedanken daran, dass die Blümchentapete, zu der ihr Gesicht geworden war – freundlich lächelnd, in heiteren Farben –, nicht überall akkurat festklebte.

Danach machte sie den Fehler, nicht schnell genug aus dem Automobil zu fliehen. Als sie das Lenkrad losließ, beugte sich Agapito vor, um sie auf die Schulter zu küssen ... oder sich vielmehr daran festzusaugen, und sie entkam ihm nur, indem sie auf das Signalhorn drückte und sich befreite, als er zusammenzuckte.

Wenig später lief sie die Dienstbotentreppe hoch, wollte sie doch schnell ihre Lederhandschuhe gegen solche aus Baumwolle austauschen, ehe sie ins Reisebureau ging. Doch als sie das Zimmer erreichte, wartete Ornella dort auf sie.

»Gut, dass du kommst, ich habe dich schon gesucht.«

Wo waren die Zeiten, da sie sich nicht hatten suchen müssen, weil sie immer zusammen gewesen waren? Kurz entglitten

Salome die Züge, dann gelang es ihr wieder, aus ihrer Miene eine Blümchentapete zu machen, hübsch und arglos, die den Anflug von Trauer verbarg.

»Gut, dass du kommst«, wiederholte Ornella, zögerte kurz, trat dann auf sie zu. »Du ... Du musst Félix helfen.«

Beinahe hätte Salome ihre Verblüffung mit Spott übertönt. Wobei genau?, lag es ihr auf den Lippen zu sagen. Ihm die Zigarette anzuzünden?

Aber sie fürchtete, dass sie nicht nur belustigt, auch bitter klingen könnte, und zog es vor zu schweigen.

»Er ... Er hatte Streit mit seinem Vater«, fügte Ornella hinzu.

»Das ist nichts Ungewöhnliches«, sagte Salome.

»Aber diesmal hat Maxime ihm Konsequenzen angedroht. Er will Félix nach Paris schicken, irgendein Verwandter leitet dort ein Bankhaus. Da er sich weiterhin nicht um die Hotels kümmern will, soll er zumindest die Grundlagen des Geldwesens erlernen.«

Félix und Geld ...

Unwillkürlich stellte sich Salome vor, wie er einen Hundert-Francs-Schein einrollte, mit Tabak stopfte und diesen anzündete.

»Jedenfalls soll er Menton verlassen und nicht mehr seine Zeit verschwenden, um zu schreiben. So nennt es zumindest sein Vater – eine Zeitverschwendung.«

So gefasst Ornella zunächst erschienen war, so aufgelöst wirkte sie nun, und obwohl viel Unaussprechliches zwischen ihnen stand, spürte Salome ganz plötzlich, dass zumindest eines sie einte: die Sorge um Félix. Der Wunsch, er möge seiner Leidenschaft folgen.

»Aber ... Aber was soll ich denn tun, um zu helfen?«

»Vielleicht gibt Maxime den Plan ja auf, wenn Félix ihn davon überzeugt, dass er es ernst mit der Schriftstellerei meint, diese nicht nur eine Laune ist.« Salome war nicht sicher, ob Félix irgendetwas ernst nahm oder viel zu viel todernst. »Er hat doch eben erst seinen Roman überarbeitet«, fuhr Ornella da schon fort. »Er ist … grandios geworden. Genauso wie Colette es ihm geraten hat, hat er nun eine Liebesgeschichte eingebaut – zwischen der Krankenpflegerin und dem verletzten Mann, der eine Maske trägt …« Nicht wie Colette … wie *ich* es ihm geraten habe. Ob er am Ende eingesehen hatte, dass Liebe möglich war, selbst wenn man eine Maske trug? Mehr noch – dass diese Liebe nicht starb, selbst wenn man die Maske abnahm? In Gedanken versunken hörte sie nicht, wie Ornella etwas hinzufügte. Sie zuckte erst zusammen, als diese sie energisch an den Schultern packte. »Tust du das? Bringst du ihn dazu, nach Sanary-sur-Mer zu fahren und mit Fritz Landshoff zu sprechen?«

»Wer ist denn Fritz Landshoff?«

»Ich sagte doch gerade, er vertritt den Querido Verlag, eigentlich ein niederländisches Haus mit Sitz in Amsterdam, das allerdings zurzeit vergrößert wird. Wenn ich es recht verstanden habe, soll es auch eine französische Dependance geben. Fritz Landshoff hat sich jedenfalls auf Autorensuche begeben – in Sanary-sur-Mer, das ist ein kleines Städtchen noch weiter im Westen als Saint-Tropez.«

Die Sätze glichen einem Stück zerfetzten Stoff, dessen Fäden man nicht einfach aneinanderknoten konnte, um die Löcher zu schließen. Wie gehörten Amsterdam und Sanary-sur-Mer zusammen? Warum sollte ein niederländischer Verlag einen französischen Schriftsteller veröffentlichen? Konnte ein Verleger mit deutschem Namen überhaupt ein französisches Manuskript lesen?

Die entscheidende Frage war allerdings eine andere: »Warum glaubst du eigentlich, ich könnte Félix von irgendetwas überzeugen?«

»Am ehesten hört er auf seine Mutter, aber ich weiß nicht, ob sie in dieser Sache hilfreich ist. Nach Hélène bist du die zweite Frau, deren Wort für ihn Gewicht hat. Gewiss, mit gutem Zureden kommst du bei ihm nicht weiter, aber wenn du ihn provozierst ... ihm einen Stoß in die richtige Richtung gibst ...«

»Du klingst, als wäre er ein Golfball, und nichts könnte ihn schlechter beschreiben, denn er ist weder rund noch glatt.«

»Aber ihm einen Stoß geben musst du dennoch, nur dann ...«

Sie brach ab, und Salome musste an das Schwein denken, das Ornella seinerzeit am Golfplatz gekniffen hatte, damit Renzo das Loch verfehlte. Wer war jetzt das Schwein, das Ornella kniff, Félix oder sie selbst? Würde sie am Ende quieken und sagen: Hör mir mit Félix auf, seinetwegen haben wir beide uns entfremdet! Oder würde sie gar nicht quieken, nur tonlos hervorbringen: Wenn ich ihn besser als du zu nehmen weiß, ist das nicht ein Zeichen dafür, dass ich besser zu ihm passe?

Aber das wusste Ornella ja womöglich schon. Es änderte nur nichts daran, dass sie ihren Weg ging, das Ziel fest vor Augen, langsam, aber beharrlich, stur, unbeugsam – so wie damals, als sie die Fettverbrennungsseife geschluckt hatte, um krank zu werden.

»Bitte, tu mir den Gefallen«, sagte sie leise, und in ihrem Blick stand nicht nur ein stummes Flehen, auch die Erinnerung an das stillschweigende Abkommen, das sie in jener Nacht am Meer getroffen hatten – dass künftig die *sorella* immer an erster Stelle käme, dann erst der Rest.

»Natürlich«, sagte Salome schnell.

Als sie den Raum verließ, hielt sie immer noch die Handschuhe, die sie zum Autofahren nutzte, in den Händen, aber genau das brachte sie auf eine Idee.

»Ich möchte, dass du mir das Autofahren beibringst.«

Salome hatte Félix wie erhofft in der Bibliothek getroffen.

Diesmal hatte er nicht auf dem Tisch, sondern auf dem Boden einen Bücherstapel errichtet. Er saß daneben, starrte hartnäckig auf das Buch auf seinem Schoß.

Als sie schon dachte, er hätte sie nicht gehört, murmelte er plötzlich: »Kommt diese Aufgabe nicht Agapito zu?«

Irgendwo tief in ihr regte sich Freude, weil ihm das nicht entgangen war, doch sie wollte dieses Gefühl nicht weiter ergründen.

»Agapito hat mir das Wichtigste gezeigt, aber jetzt mache ich keine Fortschritte mehr.«

Er legte den Kopf in den Nacken, allerdings nicht, um sie anzusehen, sondern um mit ein paar abrupten Drehungen seine verspannte Muskulatur zu lockern. »Bin ich ein Fahrlehrer?«, fragte er gedehnt.

»Nein, aber ein Mensch, der keine Angst vor dem Tod hat. Ich … Ich will auf der Grande-Corniche fahren.«

Er vermied es, seine Lippen zu verziehen, aber das kaum merkliche Zittern seines Körpers verriet ein lautloses Auflachen. »Ich verstehe«, sagte er, ließ den Kopf wieder sinken, starrte ins Buch.

Ihn weiter zu bedrängen, war wohl die falsche Taktik. »Ich warte unten im Automobil«, sagte sie rasch und eilte aus dem Raum.

Ornella hatte ihr zuvor den Schlüssel gegeben. Beherzt sperrte Salome auf, nahm auf dem Fahrersitz Platz. Es war elf. Bis zwölf, entschied sie, würde sie auf Félix warten. Er kam um fünf nach zwölf.

Anders als sie, die ein leichtes Sommerkleid trug – gelb mit weißen Punkten und breitem Taillengürtel, wie er zurzeit modern war –, trug er selbst an einem heißen Julitag wie diesem seine langen schwarzen Hosen und ein langärmliges Hemd. Zu schwitzen schien er trotzdem nicht, während ihr aus sämtlichen Poren der Schweiß drang.

»Worauf wartest du?«, fragte Félix, sobald er auf dem Beifahrersitz Platz genommen hatte. »Nur zu! Wenn du zu schnell nach vorn fährst, krachst du in einen der großen Eukalyptusbäume. Wenn du zu schnell nach hinten fährst, landen wir im Jardin Public. Mit viel Schwung schaffst du es vielleicht sogar, das Automobil im Meer zu versenken. Was kann also schiefgehen?«

Sie löste die Kupplung, stieg aufs Gas, der Motor heulte empört auf, das Automobil schien eher zu springen, als zu fahren. Und doch schaffte sie es, den Parkplatz zu verlassen, am Ende der Straße nach rechts abzubiegen.

»Hast du deine Zigaretten vergessen?«, fragte sie, weil er nicht rauchte.

»Ich brauche doch beide Hände, um mich festzuhalten.«

Sie warf einen Blick zur Seite. Félix' Hände hielten sich nirgendwo fest. Sie lagen auf dem Schoß, die Finger zuckten etwas, als würde er in Gedanken Klavier spielen.

Sie ließen Menton hinter sich, und auch wenn sie nicht wusste, welche der drei Küstenstraßen sie genommen hatte – kurvig waren sie alle. Bei der ersten Kurve vergaß sie einzuatmen, bei der zweiten auszuatmen, bei der dritten achtete sie nicht länger auf ihren Atem, weil sich ihr Herz schmerzhaft verkrampfte. Irgendwann gelang es ihr dennoch, den Blick, bislang starr auf die Straße gerichtet, zu heben, die Umgebung wahrzunehmen.

Wie unpassend, die Kurven mit einer Haarnadel zu vergleichen, wie es oft getan wurde. Dieses karge Land hinter dem glitzernden Küstenstrich, das den schrillen Lichtern der pulsierenden Städtchen am Meer so viel matte Farbtöne entgegensetzte – das Grau der Kalkfelsen, das dunkle Grün von Wäldern, das rostige Rot von Erde, die zwischen Strauchwerk klaffte –, hatte so gar nichts mit einem Lockenkopf gemein, den es zu bändigen galt.

Salome nahm die nächste Kurve, warf wieder einen Blick auf Félix. Seine Finger trommelten noch unruhiger auf seinen Schoß.

»Denkst du nicht, es reicht für heute?«, fragte er.

Sie sagte nichts, trat aufs Gas.

»Wenn du in diesem Tempo weiterfährst, sind wir gleich in Nizza. Was willst du dort?«

»In Nizza? Gar nichts.«

»Also willst du dein Entführungsopfer zu einem anderen Ziel bringen.«

»Ich habe dich nicht mit Gewalt gezwungen, dich ins Automobil zu setzen.«

Er lachte auf, begann nun doch in der Tasche zu kramen, seine obligatorische Zigarette hervorzuziehen. Sie hatte nie das Bedürfnis gehabt zu rauchen, doch jetzt fiel es ihr schwer, ihn nicht um eine zu bitten.

»Also, wohin fahren wir?«

»Nach Sanary-sur-Mer«, sagte sie knapp.

Sog er wegen dieses Ortes scharf den Atem ein oder weil er an der Zigarette zog, verhindern wollte, dass sie gleich wieder verglomm?

»Und was willst du dort?«

Die Straße war eben etwas gerader. »Ich denke, vielmehr *du* willst dort etwas – dich zum Beispiel mit Fritz Landshoff unterhalten.«

Sie wappnete sich gegen ein entschiedenes: Dreh sofort wieder um! Doch es blieb aus. Während ihre Hände immer feuchter wurden, sie mit den Handschuhen zu verwachsen schienen und diese mit dem Lenkrad, schwieg er. Schließlich begann er doch – mit künstlich verstellter Stimme, als wäre er ein Reiseführer – zu sprechen.

»Ein Ausflug nach Sanary-sur-Mer also. Was für eine hervorragende Idee. Sanary ist ein freundliches, hübsches Hafenstädtchen im Departement Var, wie es an der so überlaufenen Riviera nicht mehr viele gibt. Die Hotels dort kann man an zwei Händen abzählen, keines ist sonderlich alt. Nur eine einzige breite Straße führt hindurch, nach Victor Hugo benannt. All jene, die ebenfalls große Schriftsteller werden wollen oder sich für solche halten, küssen gern den Boden, auf dem er gegangen ist. Noch lieber als dass sie sich zur staubigen Straße bücken, sitzen sie natürlich in gepflegten Cafés und trinken Absinth. Ich glaube, ich würde jetzt auch gern etwas trinken.« Nur den letzten Satz hatte er mit normaler Stimme gesagt, aber Salome ging nicht darauf ein. Sie war nicht sicher, ob der Motor wieder anspringen würde, wenn sie stehen blieb. Félix insistierte ohnehin nicht auf einer Rast, fuhr, wieder mit verstellter Stimme, fort: »Lass mich überlegen, welche Anekdoten ich über dieses liebliche Städtchen, wohin es Exzentriker und Künstler zieht, erzählen kann. Die Männer gehen leicht schwankend, genusssüchtig eine Zigarette zwischen den Lippen, den Hut fast über die melancholisch-lasziven Augen gezogen, umgeben von ein paar Damen, die ebenfalls schon am helllichten Tag betrunken sind, weite Matrosenhosen, runde Mützen und ärmellose Blusen tragen. Kaum jemand schwimmt im Meer, das Baden ist hier nicht in Mode, man will sich ja nicht mit gewöhnlichen Touristen gemeinmachen. Ich weiß gar nicht, ob es überhaupt einen Sandstrand gibt. Du wirst heute also keine Burgen bauen können, deswegen habe ich auch keine Ahnung, wie du dir deine Zeit dort vertreiben wirst, du kleines, naives Mädchen, das laut Ah! ruft, wenn die Burg steht, und Oh!, wenn das Meer sie zerstört, das aber sonst kein Wort hervorbringt, das nur etwas Verstand und Bildung beweist.«

Mit jedem Wort hatte seine Stimme an Schärfe gewonnen.

»Du kannst mich noch so sehr kränken, wir fahren nach Sanary.«

»Ich weiß. Du weißt hingegen nicht, was uns dort erwartet, richtig?«

Salome blickte starr auf die Straße, sie hatte in der Tat keine Ahnung, worauf er anspielte.

»Fritz Landshoff ...«, nahm er verspätet den Namen auf, den sie zuvor genannt hatte. »Weißt du überhaupt, wer er ist?«

Salome wartete ein wenig. »Ein Verleger«, sagte sie leise.

»Richtig, aber warum kommt ein Verleger, der einen deutschen Namen trägt, nach Sanary-sur-Mer?«

»Er ... Er ist auf Autorensuche.«

»Und warum muss er dazu in den Süden Frankreichs fahren? Etwa, weil alle namhaften Autoren dieser Welt gerade das türkisfarben glitzernde Meer bestaunen, in einem der Cafés neben der Strandpromenade sitzen, die Anzahl der Perlenketten zählen, die die vorbeischlendernden Frauen tragen, oder der Stoffblumen an ihren Strohhüten?« Félix holte kurz Atem, um in noch zynischerem Tonfall fortzufahren: »Vielleicht schießt unser Herr Verleger auch ein paar Fotos von einheimischen Fischern. Oder er kokettiert mit einer dieser Damen, die ihren Berliner Dialekt mit ein paar französischen Worten garnieren, am Arm eines Angelsachsen hängt und etwas zu stark geschminkt ist. Wie auch immer. Du hältst ihn also für eine Art Tourist, der herkommt, um einen schönen Urlaub zu verbringen, so wie zuvor in Amsterdam, der letzten Station seiner ... Reise. Was denkst du, hat er dort gemacht? Ist er an den malerischen Grachten entlangspaziert? Hat er sich im Rijksmuseum Rembrandt und Vermeer angesehen?«

Er öffnete das Fenster einen Spaltbreit, um die Zigarette hinauszuwerfen.

»Ich ... Ich kenne ihn doch überhaupt nicht«, sagte Salome beklommen. »Ornella hat in der Zeitung gelesen, dass er sich in

Sanary aufhält ... Sie hat dein Manuskript gelesen ... Und sie meinte, es sei hervorragend ...«

»Hervorragend?«, fragte er, stieß erneut mehrere höhnische Ahs und Ohs aus wie zuvor, da er ein Kind, das Sandburgen baut, nachgeäfft hatte. Er hörte gar nicht mehr damit auf.

»Schluss jetzt!«, rief Salome.

Augenblicklich wurde er wieder ernst. »Sanary ist zurzeit sehr überlaufen«, sagte er leise. »Gar nicht mehr so still und abgeschieden, wie man es sich wünscht. Die Leute steigen sich beim Flanieren auf die Zehen, wobei: Ist es noch Flanieren, ist es nicht Davonlaufen? Überschminken die Frauen ihre müden Gesichter nach einer langen Nacht oder nicht vielmehr ihre Verzweiflung? Malen die Maler noch, dichten die Dichter noch, oder kämpfen sie nur darum zu beweisen, dass sie noch Menschen sind? Ich weiß es nicht. Ich weiß nur, dass viele von denen, die durch die Weinberge, Ölbaumgärten, Artischockenfelder rund um das Städtchen spazieren, die unter den Palmen an der Hauptstraße sitzen oder die Sonne hinter der Île des Embiez untergehen sehen, kein Ah und Oh mehr rufen. Die meisten sind verstummt.«

Salome bremste unwillkürlich so hart, dass Félix nach vorn prallte. Er musste sich entweder den Ellbogen oder die Stirn angestoßen haben, doch ein Schmerzenslaut blieb aus. Schweigend blickte er zum Fenster hinaus. Sie befanden sich irgendwo zwischen Antibes und Cannes. Das Land schien unter der Sonne zu vibrieren, die Häuserreihen am Meer waren wie weiße Tupfer inmitten grüner Weiten. Wälder gab es kaum mehr, dicht wuchsen die Garrigues, die Strauchlandschaften der Provence, die den Duft von Ginster und Wacholder, Rosmarin und Thymian versprühten. Die kleinen Inseln am Horizont wirkten hinter dem Dunst, der über dem Meer hing, flüchtig wie Wolken.

»Wir sind ja noch gar nicht da«, stellte Félix fest.

Salome rang nach Worten, fand nicht die richtigen. Hinter ihnen näherte sich ein Wagen, bald ertönte ein lautes Hupen. »Du kannst bis Sanary über mich spotten, weil ich nichts von der Welt verstehe. Du kannst aber auch den Mund halten und darüber nachdenken, warum du nicht selbst dorthin fährst, um einem Verleger, der gewiss über Kontakte zu französischen Verlagshäusern verfügt, dein Manuskript zu zeigen. Es ist übrigens im Kofferraum, Ornella hat es dort hineingelegt. Ich weiß, ihr Urteil hat für dich keinen Wert. Aber wir bemühen uns redlich um deine Geschichte – und zwar mehr als du.«

Das Hupen wurde lauter, bald gesellte sich das eines weiteren Automobils hinzu, doch Salome machte keine Anstalten, aufs Gas zu drücken.

»Ich bin still. Fährst du jetzt weiter?«, fragte Félix knapp.

Sie löste ihre Hand vom Lenkrad, nahezu erstaunt, dass sie nicht daran festgewachsen war. Als sie aufs Gas drückte, machte das Automobil wieder einen Ruck, Félix stieß mit dem Knie gegen das Fach unter dem Armaturenbrett, wieder entwich ihm kein Schmerzenslaut.

Wie angekündigt schwieg er. Erst am Ende ihrer knapp dreistündigen Fahrt forderte er sie mit bissiger Stimme auf: »Geh doch ins Café de la Marine, eines der beiden Hafencafés, um auf mich zu warten. Bestell dir einen Absinth. Oder nein, ich glaube, der ist nicht mehr in Mode, bestell dir also lieber einen Monkey Glen, was so viel wie ›Affenhoden‹ heißt, das ist ein Cocktail, bei dem der Absinth mit Gin vermischt wird. Wobei ein Mädchen wie du nichts trinken darf, der Turm der Sandburg könnte ja schief werden. Bestell dir also lieber was Süßes, eine *tarte aux citrons*, *millefeuilles* oder *macarons*, irgendetwas eben, von dem der Sirup perlt oder der Zucker staubt und das recht schön das Hirn verklebt.«

Eben noch hatte sie fragen wollen, wie er Fritz Landshoff zu finden gedachte, aber ob der höhnischen, bissigen Worte verkniff sie es sich. Dies war nun seine Sache. Ohne ihn eines Blickes zu würdigen, stieg sie mit wackligen Beinen und am ganzen Körper nass geschwitzt aus dem Automobil. Obwohl die Oberschenkel schier aneinanderklebten, stolperte sie nicht, und das gab ihr genügend Willenskraft, das Café zu betreten, ohne sich noch einmal umzudrehen und zu vergewissern, ob er das Manuskript aus dem Kofferraum holte.

Salome war nicht sicher, was sie bestellen sollte. Aus reinem Trotz spielte sie mit dem Gedanken, ein Glas Pastis oder gar Cognac zu fordern, aber dann dachte sie an die bevorstehende Rückfahrt und die kurvige Straße und begnügte sich mit einem Milchkaffee. Gedankenverloren rührte sie darin, bis er ausgekühlt war, nahm selbst danach keinen Schluck. Solange sie sich dem Inhalt ihrer Tasse widmete, musste sie sich nicht umsehen, weder über Félix' Andeutungen rätseln noch sich darüber ärgern, dass er sie für dumm hielt.

Viel dümmer, dachte sie trotzig, ist es, einen berühmten Verleger in der Nähe zu wissen und es nicht aus eigenem Antrieb zu schaffen, ihm den eigenen Roman zu präsentieren.

Sie führte die Tasse nun doch zu den Lippen, aber ehe sie einen Schluck nahm, fühlte sie einen Blick auf sich ruhen. Sie drehte sich um, sah am runden Tischchen neben ihrem einen älteren Herrn sitzen, dessen Bart sorgsam gestutzt war, während die Augenbrauen wild wucherten. Beides war grau wie der Anzug, der an Schultern wie an Hüften schlackerte und den Ausdruck von Verlorenheit verstärkte, der in seinem Blick stand. Wobei in diesem plötzlich etwas aufflackerte, als er sich auf Salomes Kaffeetasse richtete. Nicht bloß Gelüste, nein, regelrecht Sehnsucht. Vor ihm stand zwar auch eine Tasse, aber der Kaffee darin war schwarz.

»Es ist sicher möglich, etwas Milch nachzubestellen«, sagte Salome auf Französisch.

Der Fremde rang hilflos die Hände. »Ich verstehe so schlecht …«, setzte er an. Sie erkannte den Akzent sofort.

»Sie sind Deutscher?«

Ein flüchtiges Lächeln verzog seine Lippen, rutschte ihm aber bald wieder vom Gesicht, gefolgt von einem Seufzen. »Vor ein paar Monaten hätte ich Ihre Frage mit dem Brustton der Überzeugung bejaht. Aber jetzt bin ich mir nicht sicher, ob ich noch ein Deutscher sein darf, kann oder überhaupt soll.«

Sie hatte an den Rätseln, die Félix ihr aufgegeben hatte, genug zu knabbern, um auch noch diese Worte ergründen zu wollen. »Ich kann gern Milch für Sie bestellen«, sagte sie schnell, winkte den Kellner heran, bat um einen *café avec un nuage de lait*.

Der ältere Herr beugte sich etwas vor. »Sie haben nicht einfach nur Milch bestellt, oder?«

»Nein, ich habe einen Kaffee mit einer Wolke Milch bestellt. Sie wird dann warm und aufgeschäumt serviert.«

»Ich verstehe … eine Wolke … wie kurios. An einem so warmen Sommertag muss man schließlich keine Angst vor etwas haben, das die Sonne verdunkeln könnte.«

Salome begann unruhig hin und her zu rutschen. Wie sollte sie in Ruhe ihren Kaffee trinken, wenn dieser Herr sie mit so viel Elend im Blick anstarrte? Allerdings senkte er diesen nun, sah nicht einmal hoch, als der Kellner den neuen Kaffee brachte.

Salome nahm einen Schluck aus der eigenen Tasse. »Sie sollten probieren, ehe der Kaffee kalt wird«, forderte sie den älteren Herrn auf.

Gedankenverloren nahm er den Löffel, begann umzurühren. »Ich danke Ihnen. Vielleicht ist es ja anmaßend, noch mehr zu fordern, da Sie mir schon zu diesem Wölkchenkaffee verholfen haben. Aber wollen Sie mir vielleicht die Freude machen, mir ein wenig Gesellschaft zu leisten? Die Tage hier sind so lang.«

Etwas ließ sie zögern, doch ein bisschen Plaudern würde sie vom Gedanken an Félix ablenken. Als sie an seinen Tisch gewechselt war, plauderten sie nicht, tranken erst einmal ihren Kaffee. Die Hand des Fremden zitterte, als er die Tasse abstellte, und noch mehr, als er aus der Brusttasche seines Jacketts ein Taschentuch hervorzog, damit den Mund abtupfte. Ein wenig Milchschaum blieb im Bart hängen.

»Woher kommen Sie, wenn ich fragen darf?«

»Aus Frankfurt.«

Er nickte bedächtig. »Die Stadt der Juden und der Demokraten. So nennen *sie* sie zumindest. Wollen sie natürlich nicht mehr so nennen. Zur Stadt des Handwerks soll Frankfurt werden. Wie harmlos das klingt. Nun, wenn es so weitergeht, wird am Ende Sanary die Stadt der Juden und Demokraten sein, nicht wahr?«

Salome warf erstmals einen Blick aus dem Fenster des Café de la Marine. Als sie die Stadt erreicht hatten, war ihr nicht mehr aufgefallen als ein Hafen, der etwas größer als der von Saint-Tropez war und in dem nicht nur Fischerboote, sondern auch ein paar Yachten und Segelboote ankerten, außerdem ein ockerfarbenes Häusermeer, aus dem mehrere Kirchtürme ragten. Ein Turm, der die Farbe hellen Sandes hatte, stand gleich neben dem Café. Nicht weit davon entfernt hatten Händler ein paar Stände aufgebaut, wo frischer Thunfisch, der auf einem Eisbett ruhte und dessen schwarze Augen leer gen Himmel starrten, ebenso verkauft wurde wie frische Orangen und Käse. Am Ende der Strandpromenade wogten ein paar Palmen im Wind, dahinter blitzten die vielen Farben eines Karussells hervor, wo Kinder auf Giraffen- oder Pferdekutschen fuhren. Das Meer war von jenem dunklen, schlickigen Grünton, den es an heißen Tagen auch vor Menton annahm, nur auf der Höhe des kleinen roten Leuchtturms am Ende der Hafenmole tanzten Schaumkronen. Anders als Félix angekündigt hatte, sah sie keine Menschen, gar Betrunkene, die sich auf der Uferpromenade auf die Zehen stiegen.

Als Salome sich wieder dem älteren Herrn zuwandte, starrte der sie an. Sie räusperte sich, zwang sich zu einem belanglosen Tonfall, als sie fragte: »Sie machen also auch Urlaub hier.«

Die buschigen Augenbrauen schienen zusammenzuwachsen, der Mund verzog sich wieder, die Lider zuckten. Die Traurigkeit, die von dem Mann ausging, schien Hunderte von Schattierungen zu haben.

»Ach, Sie sind lieb, junges Fräulein«, murmelte er. »So zu tun, als wäre man hier, um Urlaub zu machen, als hätte man einfach nur eine abenteuerliche Reise angetreten. Das tröstet, nicht wahr? An guten Tagen versuche auch ich nicht von Flucht zu sprechen. Ich sage mir, dass ich lediglich den Weg beschritten habe, der in die Freiheit führt. Und Sie ... Sie sind ja noch jung, Ihnen steht die Welt offen. Sie können aufs Meer blicken und darüber staunen, wie es glitzert und funkelt, und sich sagen, ich bin ja nur hier, weil ich immer schon mal das Meer sehen wollte. Wissen Sie ...« Er beugte sich etwas vor, und der Geruch nach Schweiß und Staub drang ihr in die Nase. Er musste seinen Anzug schon sehr lange tragen, was auch der durchgewetzte Stoff, der sich über den Ellbogen spannte, verriet. »Wissen Sie, ich ertrage den Anblick des Meeres leider kaum noch.«

Das »Warum?« war ihr schon über die Lippen gekommen, ehe sie einschätzen konnte, ob es angemessen war oder nicht. Er reagierte nachsichtig.

»Ich habe mir immer gedacht, das Meer steht für die Unendlichkeit. Aber jetzt erscheint es mir wie die Mauern meines Gefängnisses. Natürlich ist das Unsinn, die Mauern stehen genau betrachtet zwischen uns und der Heimat. Und doch ... ich fühle mich betrogen ... Das Meer, die Buchten, der blaue Himmel, die Palmen ... All das verleiht den Anschein, wir wären wir zum Vergnügen hier, würden einfach nur einen unbeschwerten Sommer genießen.« Er räusperte sich, tupfte sich wieder den Mund ab. »Aber lassen Sie sich von mir nicht die Laune verderben. Und lassen Sie sich das Leben hier nicht schlechtreden. Ich weiß ja, wir müssen dankbar sein, weil man an diesem Ort mit so wenig auskommt. Es war nicht leicht, an einen Pass und ein französisches Visum zu kommen, das jüdische Komitee in Paris war allerdings sehr hilfreich. Glückspilze sind wir alle, die wir es geschafft haben. Wie kann ich hier sitzen und mich darüber beklagen, dass die Farben des Sommers zu grell und schrill sind? Wie kann ich mir Wolken wünschen, und das nicht nur im Kaffee, auch am Himmel? Besser ich wünschte mir eine Arbeitsgenehmigung und ... Ach, vergeben Sie mir, dass ich nicht endlich den Mund halte. Man merkt, dass ich niemanden zum Reden habe, nicht wahr? Ich sollte endlich Französisch lernen, aber in meinem Alter gehen die Wörter nicht mehr so leicht in den Kopf ...« Er tippte sich an die Stirn, nippte dann an seinem Kaffee. »Ich werde meinen Kaffee genießen oder zumindest so tun, als ob. Am besten Sie machen es mir vor, Ihnen scheint das leichter zu fallen.«

Salome vermeinte, den Kaffee nicht einmal schlucken zu können, geschweige denn zu genießen. Sie führte die Tasse dennoch zum Mund. Das Porzellan schlug gegen ihre Zähne. Als sie sie wieder absetzte, lag ihr die Frage auf den Lippen, um die sie bislang herumgeschlichen war: Warum sind Sie hier? Aber sie kannte die Antwort ja schon, auch wenn sich diese nicht in Worte gießen ließ, nur in Gefühle – Unbehagen, Mitleid, Fassungslosigkeit.

»Wie heißen Sie?«, fragte sie stattdessen.

Wieder ein grimassenhaftes Lächeln. »Wissen Sie, dass Sie die

Erste seit Langem sind, die mich nach meinem Namen fragt? Keiner will ihn kennen. Ich glaube, der Name ist das Erste, was man im Exil verliert. Man ist nun nicht mehr der Herr Soundso. Man ist nur mehr der Emigrant, der Flüchtling, ganz so, als wären alle Menschen in dieser Lage gleich, als hätte Gott den Einzelnen nicht nach seinem Ebenbild und unverwechselbar geschaffen, sondern eine Schablone genommen, um hundertfach die gleichen Umrisse zu skizzieren.« Er räusperte sich wieder. »Das gilt natürlich nicht für alle. Ein paar von uns haben ihren Namen behalten, Heinrich Mann, Arnold Zweig, Lion Feuchtwanger. Sie heißen immer noch, wie sie hießen. Aber meine kleinen Geschichten und Artikelchen können sich nicht an deren Werken messen. Für diese bekomme ich Almosen, aber nicht meinen Namen zurück.«

Er trank einen letzten Schluck Kaffee, stand etwas zittrig auf. »Sie gestatten mir, Sie einzuladen?«

»Nein«, sagte sie, »ich bezahle.«

»Nur, wenn Sie mir Ihrerseits Ihren Namen verraten.«

Sie öffnete den Mund, wollte den Namen nennen, wusste plötzlich, dieser war so anmaßend, so fehl am Platz wie die Frage, was er hier machte. Wenn sie jetzt »Salome« sagte, würde er darin bestätigt werden, dass sie Schicksalsgenossen waren. Doch ihr Name erschien ihr jäh so verlogen wie das glitzernde Meer, die im sanften Südwind rauschenden Palmen. Die Welt war nicht schön. Und sie trug ihren Namen nicht, weil sie Jüdin war.

»Machen Sie sich nicht die Mühe, sich meinen Namen zu merken«, murmelte sie, »aber merken Sie sich die Worte ›nuage de lait‹, damit Sie Ihren Kaffee künftig immer mit Milchschaum serviert bekommen.«

Sie winkte den Kellner zu sich, drückte ihm einen Schein in die Hand und lief an dem älteren Herrn vorbei nach draußen, ohne sich ein letztes Mal umzusehen. Vielleicht kränkte es ihn, dass sie sich nicht einmal verabschiedet hatte. Allerdings machte er nicht den Eindruck, dass ihn noch irgendetwas kränken konnte. Wie lächerlich war dieses Gefühl gemessen an dem Schmerz, die Heimat, die Hoffnung, die Zukunft verloren zu haben. Und wie lächerlich war es, selbst gekränkt zu sein, weil Félix sie dumm genannt hatte. Sie war ja tatsächlich dumm. Sie wusste nichts, hatte in den letzten Monaten nichts wissen wollen.

Sie lehnte sich gegen das Automobil, verschwitzt wie zuvor, nur, dass der Schweiß mittlerweile erkaltet war. Obwohl sie keinen Cognac getrunken hatte, war sie nicht sicher, ob sie imstande sein würde zu fahren.

Als Félix zurückkehrte – ob nach einer Stunde oder gar zwei, konnte sie nicht sagen –, beschied er sie ohnehin mit einem knappen Kopfnicken, auf dem Beifahrersitz Platz zu nehmen, und sie war so aufgewühlt, dass sie sich ihm wortlos fügte. Sie merkte kaum, dass er losfuhr, jedoch nicht die Straße nahm, auf der sie gekommen waren, nein, die Ausfahrt in Richtung Westen wählte. Und als sie es doch merkte, war es ihr egal.

»Arnold Zweig, Lion Feuchtwanger, Heinrich Mann«, stieß sie plötzlich aus. Félix warf ihr einen kurzen Blick zu. Ausnahmsweise rauchte er nicht, hielt das Lenkrad mit beiden Händen umklammert. »Deswegen ist Fritz Landshoff hier ... Er ist ein deutscher Verleger, der nicht in Deutschland bleiben konnte ...«

Wie harmlos diese Worte waren, wie unzureichend, eine weiche Wolke, die die Wirklichkeit verbarg, anstatt sie zu enthüllen.

»Erinnerst du dich an den heiligen Torpetius, den Patron von Saint-Tropez, der unter Nero geköpft worden ist?«, begann Félix leise zu sprechen. »Sein Kopf ist nach seiner Enthauptung in Pisa geblieben, der restliche Leib wurde in ein Boot gelegt und dieses in Südfrankreich angespült. Bei Deutschland ist es anders. Es wurde auch enthauptet, aber von seinem Leichnam verirrte sich nur der Kopf an die Riviera. Den Kopf brauchen die Nazis ja nicht. Sie können auf die Intellektuellen und Künstler gut verzichten, Hauptsache, sie haben Fäuste zum Schlagen und Füße zum Trampeln.«

»Warum kommen all diese Emigranten ... Flüchtlinge ... ausgerechnet nach Sanary-sur-Mer?«

»Oh, du findest sie auch anderswo, in Bandol, Saint-Cyr, Le Lavandou. Aber hier haben einst Aldous Huxley und Jean Kisling Urlaub gemacht. Der Ort gilt von jeher als Magnet für Schriftsteller und Maler.«

Wieder Namen, mit denen sie nichts anfangen konnte.

»Ich ... Ich wusste nicht ...«, setzte sie an.

Félix beugte sich nach vorn, sodass sein schlaksiger Oberkörper fast das Lenkrad berührte. »Was wusstest du nicht? Dass in Deutschland Bücher brennen? Dass die Juden, Kommunisten, Pazifisten, Demokraten in Scharen an die Riviera fliehen? Willst du es überhaupt wissen, dir den schönen Sommer davon trüben lassen? Dass Menschen wahre Geschichten über den Krieg erzählen können, willst du doch auch nicht hören. Lieber drängst du mich unbedarftes Jüngelchen dazu, den Mann zu stören, der sich mit diesen wahren Geschichten beschäftigt.«

»Was ... Was hat er denn gesagt?«

Félix umklammerte das Lenkrad noch fester. »Es war falsch, über dich und Ornella zu spotten, weil ihr Sandburgen gebaut habt, meine Geschichte ist schließlich auch eine Sandburg. Ihr tut so, als wäre die Burg ein echtes Gebäude. Ich tue so, als dürfte ich von Krieg und Liebe schreiben. Wer in Menton aufgewachsen ist, hat aber eine Seele, so glatt wie das Meer dort. Er kennt sich nicht mit Stürmen, mit Wellen, mit der Flut aus.«

»Was hat er denn gesagt?« Salome wurde laut, doch wieder gab er keine Antwort, fuhr nur noch schneller. Sie konnte kaum das

Straßenschild des Ortes entziffern, den sie eben hinter sich ließen. War es La Ciotat? »Wohin willst du denn?«

Er drosselte das Tempo nicht im Mindesten. »Richtige Wellen kann man auch auf den Klippen vom Cap Canaille nicht sehen. Es sind die höchsten Klippen Frankreichs, gleich in der Nähe von Cassis, jenem Städtchen, von dem irgendein kluger oder dummer Mensch einmal gesagt hat, man müsse es sehen, bevor man stirbt.«

Salome verschlang die Finger ineinander, verstört von dem, was seine Worte durchdrang – mehr als die übliche Gereiztheit und Bissigkeit, vielmehr eine tiefe Verzweiflung. Landshoff musste seinen Roman ja regelrecht vernichtet haben, obwohl er kaum für mehr Zeit gehabt hatte, als sich den Inhalt zusammenfassen zu lassen und die ersten Seiten zu lesen.

»Warum redest du vom Sterben?«

»Weil das auf den Klippen vom Cap Canaille ganz leicht geht. Ein falscher Schritt, und man stürzt in die Tiefe, ohne überhaupt zu wissen, ob man fallen wollte oder nicht.«

Gemessen an dem Unbehagen, das sie eben ausgehöhlt hatte, war die Furcht ein noch kälteres Gefühl. Sie war nicht sicher, ob diese mehr sich selbst oder ihm galt, sie wusste ja nicht einmal, ob sie hoffte, er würde so lange wie möglich weiterfahren oder endlich stehen bleiben.

In einer Kurve hielt er plötzlich an. Sie hatten einen längeren Anstieg hinter sich gebracht, der teilweise durch dichten Kiefernwald geführt hatte. Die Bäume hatten sie mittlerweile hinter sich gelassen. Neben der Straße führte ein Weg aus gestampfter rötlich brauner Erde – nicht breit genug für Esel, höchstens Ziegen – hoch zur Steilküste, der nur von Gestrüpp umgrenzt war.

Sie leckte sich über die rauen Lippen, rang um einen spöttischen Tonfall. »So viel wie du rauchst, schaffst du es niemals dort hinauf. Schon auf dem halben Weg kriegst du keine Luft mehr.«

»Sanary quillt vor Menschen über, die alles opfern mussten, weil sie leben wollen. Was glaubst du, wozu einer imstande ist, der sterben will?«

»Ich dachte, wenn man in die Tiefe stürzt, wüsste man gar nicht, ob man sterben will oder nicht.«

»Richtig, der eigene Wille wird dort oben bedeutungslos. Vielleicht ist inmitten von Felsen und Meer und Wind der Mensch als Ganzes bedeutungslos.«

Seine Hände lösten sich vom Lenkrad, er stieg aus dem Wagen. Weder schloss er die Tür, noch nahm er den Schlüssel mit. Ohne sich nach ihr umzudrehen, stapfte er auf die Klippe zu.

»Verdammt«, fluchte Salome, ehe sie ihm nachstürzte. »Verdammt.«

Fünfzehntes Kapitel

Nach ein paar Schritten blieb Félix stehen, doch er verharrte nicht lange, ging rasch weiter. Nur das erste Stück des Weges war steil. Dort, wo er sich langsam in verschorftem Land verlor, auf dem kaum saftige Grashalme wuchsen, nur mehr dorniges Gestrüpp und an mancher Stelle die Erde aufklaffte, an mancher weißes Gestein lag, wurde es flacher.

Erstmals war die Klippe zu sehen, ganz oben von einem rostigen Rot, etwas tiefer von einem hellen Rosa, als wäre der Stein nicht tot, sondern würde frisches rotes Blut darunter pulsieren, weiter unten von einem strahlenden Weiß, das sich vom schwarzen Meer abhob.

So harmlos sie aus der Entfernung wirkten – als ein Windstoß Salome erfasste, sie in Richtung Abgrund zuzutreiben drohte, fühlte sie mehr, als dass sie es verstand, wie gefährlich es war, sich auf diese Klippe zu wagen.

»Félix …« Ob sie seinen Namen gerufen oder nur gemurmelt hatte – der Wind schluckte jeglichen Laut. Vielleicht wehte er hier oben immer so heftig, vielleicht nur jetzt, da sich die Sonne verdunkelte, der eben noch blaue Himmel einen bleiernen Ton annahm. »Félix …«, rief sie wieder.

Er verharrte ein paar Schritte vor dem Abgrund, nicht etwa, weil der ihm Angst machte, nur, um das Zigarettenetui aus der Hosentasche zu ziehen. Noch zündete er sich die Zigarette nicht an, trat erst auf einen Felsvorsprung, der aussah, als hätte man mehrere rotbraune Steinplatten übereinandergelegt, wobei sie nach unten hin immer kleiner und dünner wurden. Salome schloss unwillkürlich die Augen. Dass sie sie wieder öffnete, lag vor allem an ihrer Neugier. Ob er es schaffte, sich bei diesem Wind die Zigarette anzuzünden?

Das erste Streichholz erlosch sofort. Beim zweiten zuckte die Flamme kurz um die Zigarettenspitze, aber verglühte ebenso rasch. Er nahm ein drittes Streichholz, doch anstatt es anzuzünden, ließ er es plötzlich mitsamt der Zigarette in die Tiefe fallen.

Ein Aufschrei entfuhr ihr, als er sich leicht nach vorn beugte, zusah, wie beides vom Meer verschluckt wurde. Zumindest diesen Laut schien er gehört zu haben. Langsam drehte er sich um, ohne auch nur einen Schritt vom Abgrund wegzutreten, vielleicht, um zu bekunden, dass ihn der Ausblick auf die zerklüftete Küste, die vielen Landzungen, die die Form der Wellen nachzuahmen schienen, nicht interessierte. Er beugte sich leicht zurück, als wartete er nicht bloß darauf, als erhoffte er, das Gleichgewicht zu verlieren.

Salome trat mit bebenden Knien auf den Felsvorsprung zu. »Bitte, komm zurück!«

Der Wind wehte sein Haar über die Augen. Als er es zurückstrich, stand ein Lodern in seinem Blick. »Hol mich doch!«, sagte er heiser.

Sie stampfte auf, nicht nur vor Wut, auch in der Hoffnung, das Beben ihres Körpers auf diese Weise zu bezähmen. »Komm zurück!«, verlangte sie wieder.

»Und wenn nicht? Wirst du kommen, mich packen, mich vom Felsen zerren? Oder ist am Ende die Angst um dich selbst größer als die Sorge um mich? Ich glaube ja, die Angst gewinnt. Am Ende denkt jeder nur an sich. Meine Mutter hockt doch auch nur gern bei Kranken, weil sie sich dann selbst gesund fühlt. Ich war ihr immer zu wenig krank.«

»Ha!« Das schrille Auflachen gab ihr den Mut, zwei weitere Schritte zu machen. Solange sie nicht in die Tiefe schaute, sondern beharrlich in sein Gesicht, konnte sie das schmerzhafte Ziehen in ihrem Magen ignorieren. »Ha! Ich kenne überhaupt niemanden, der so krank ist wie du. Wer halbwegs bei Trost ist, steht nicht hier am Abgrund und wirft sein Leben weg.«

»Oh, ich habe nicht vor, mein Leben wegzuwerfen. Ich habe gar nichts vor. Wenn ein Windstoß mich mitreißt oder wenn der Stein unter mir nachgibt, dann geschieht es mir ... Ich tue es nicht.«

»Das macht die Sache nicht besser, im Gegenteil. Denn das bedeutet, du bist faul oder feige oder beides. Colette hast du nur aufgesucht, weil deine Mutter dich zu einem Ausflug nach Saint-Tropez gedrängt hat, und heute habe ich dich nach Sanary kutschiert ...«

»Ich habe dich nicht darum gebeten.«

»Himmel, warum ist dir dein eigenes Leben so egal?«

Er bewegte sich wenige Zentimeter auf sie zu, zwischen Felsen und Abgrund stand nun eine Handbreit nackten Steins. »Ich habe nun mal auch nichts anderes gelernt, als Sandburgen zu bauen«, bekannte er leise, »und anders als Ornella und du schäme ich mich dafür.«

Er machte eine leichte Drehung, wandte ihr nun wieder den Rücken zu, starrte in die Tiefe. Offenbar sprach er weiter, doch wenn sie seine Worte verstehen wollte, musste sie unweigerlich näher treten. Sie war nicht sicher, was sie dazu trieb, das zu tun – Angst um ihn oder vielmehr der aus Trotz geborene Wunsch, ihm zu beweisen, dass er nicht mehr von der Welt und vom Leben verstand als sie. Mit bebenden Knien betrat sie den Felsvorsprung.

»Was hat Fritz Landshoff denn nun gesagt? Was immer es war, miss ihm nicht so viel Gewicht bei. Er ist doch nicht der einzige Verleger, der ...«

»Fritz Landshoff hat gar nichts gesagt. Du glaubst doch nicht ernsthaft, dass ich ihn wirklich aufgesucht habe, ihn gebeten habe, sich meine schöne Sandburg anzusehen, bevor sie von der Flut mitgerissen wird? Nein, das hätte ich niemals tun können, denn anderswo spült die Flut ganze Häuser weg, nicht nur Sandburgen, und Leute ersaufen.« Vieles von dem, was er an diesem Tag zu ihr gesagt hatte, war ihr immer noch ein Rätsel, aber sie fühlte zweifellos, dass er das Gleiche zu ihr sagen wollte wie der alte Herr im Café de la Marine. Es fühlte sich falsch an, das Meer schön zu finden, das Gesicht in die Sonne zu halten, dem Rauschen der Pinien im Wind zu lauschen, auch dem Zirpen der Grillen, wenn so viele Menschen keine Reisenden waren, sondern ... Fliehende. »Weißt du«, er drehte den Kopf etwas zur Seite, »ich dachte ja immer, es wäre eine Anmaßung, wenn jemand wie ich über die Liebe schreibt, da ich nichts davon verstehe. Aber jetzt weiß ich, die noch größere Anmaßung ist es, wenn jemand wie ich über den Krieg schreibt, weil ich davon erst recht nichts verstehe. Allerdings weiß ich nicht, was ich sonst schreiben soll. Und wenn ich nicht schreiben kann, weiß ich nicht, was ich anderes tun soll.«

Sie machte den letzten Schritt, der sie noch voneinander trennte.

»Das Leben hat doch mehr zu bieten«, murmelte sie, »das Leben kann doch so schön sein.«

Vorsichtig legte sie eine Hand auf seine Schulter, fühlte, wie er diese unwillkürlich hochzog, den Rücken anspannte. Doch er stieß sie nicht weg, sagte nur: »Du hast leicht reden.« Sie hob die zweite Hand, legte diese auf seine Brust. Dicht an ihn gelehnt stand sie nun da. Wenn er fällt, falle ich auch, ging es ihr durch den Kopf. Doch weder er noch sie bewegten sich. Wieder fühlte sie diesen Kitzel im Magen, und diesmal war es nicht verstörend, eher berauschend. Sie sah den Abgrund nicht, sah nur sein weißes Hemd, seinen fast ebenso weißen Nacken, und plötzlich presste sie ihre Lippen drauf. Er versteifte sich nicht, und so wenig wie er ihre Hände weggestoßen hatte, entzog er sich nun ihren Lippen. Wie könnte er auch. Es blieb ihm ja keine große Wahl. Vor ihm stand der Tod – und hinter ihm stand sie. »Du hast leicht reden«, wiederholte er heiser.

»Warum?«, fragte sie.

»Ich mag mich nicht besonders, du magst dich schon.«

Sie wusste nicht, ob das stimmte. Sie wusste erst recht nicht, was sie hatte und was ihm fehlte, um sich selbst zu mögen. Sie wusste nur: Sie war stark genug, es hier oben auszuhalten, nun doch über seine Schultern zu lugen, in die Tiefe zu schauen, wo sich zerrupfte Büsche an irrwitzige Stellen des Felsens klammerten. Der Blick in den Abgrund, ja, der Blick in den Tod machte ihr keine so große Angst wie gedacht. Sie war immer davon überzeugt gewesen, der Tod mache einsam, aber nun sah sie ihm ja nicht allein ins Gesicht.

»Nun, ich mag dich«, sagte sie, »auch wenn es dafür keinen vernünftigen Grund gibt.«

Sie fühlte, wie er erschauderte, ob wegen ihrer Worte, ihrer Berührung oder dem Blick in den Abgrund. Nur sie, sie zitterte gar nicht mehr, sie fühlte sich randvoll mit etwas, das unverwundbar zu machen schien. Anstatt ihn von der Klippe fortzuziehen, wie sie es eigentlich wollte, trat sie neben ihn, um selbst am äußersten Rand zu stehen. Es war gefährlich … Es war lustvoll … Es war befreiend.

Eine Angst, die in ihr wohnte, seit sie denken konnte, zerschellte – die Angst, ihr würde es wie Ariadne ergehen, sie würde aufhören zu sein, ehe sie richtig gelebt hatte. Denn das hatte sie ja, gelebt, auch geliebt. In diesem Augenblick konnte sie es zugeben, denn das Gefühl, das ansonsten nur Schuldgefühle gegenüber Ornella hochspülte, schenkte hier oben ... Unsterblichkeit.

Es genügte nicht, nur in den Abgrund zu schauen, vorbeugen wollte sie sich, ihm zuzwinkern und spotten: Du machst mir keine Angst, du machst mir nie mehr Angst. Als sie nicht mehr sicher war, ob sie noch mit dem ganzen Fuß stand, nicht nur mit den Zehenspitzen, ja ob sie überhaupt noch stand, nicht vielmehr wankte, schlingerte, taumelte, wurde sie gepackt, wurde mit jener Kraft zurückgerissen, wie sie Félix damals am Strand schon unerwartet bewiesen hatte.

»Bist du verrückt?«, rief er. »Willst du dich in die Tiefe stürzen?«

Ein paar Schritte trennten sie nun vom Abgrund, zu wenig, um nicht noch den Kitzel in der Magengrube zu fühlen. Er verstärkte sich, als sie in seinem Blick versank. Weder Überdruss noch Verzweiflung standen darin, weder Gleichgültigkeit noch Hoffnungslosigkeit. Nur Sorge um sie – und Liebe.

Sie lachte glucksend. »Ob ich verrückt bin? *Du* wolltest doch gerade dein Leben wegwerfen!«

Er zog sie einen weiteren Schritt vom Abgrund fort. Obwohl sie nicht länger in die Tiefe schauen konnte – in seinem Blick zu versinken genügte, denn der war noch tiefer, nur nicht so schwarz, so abgründig wie das Meer.

»Das war nicht so gemeint ... Das würde ich doch nicht wirklich tun ... Ich ... Ich ...«

Seiner Stimme fehlte die Kraft, seinem Körper nicht. Anstatt sie endlich loszulassen, legte er ungestüm eine Hand um ihren Nacken, die andere um ihre Hüfte, zog sie noch fester an sich, sodass ihr kurz der Atem wegblieb. Und ehe sie das Wort fand, nach dem sie rang, pressten sich seine Lippen auf ihre. So fordernd waren sie, dass sie die ihren öffnete, ihre Zungen sich trafen. Die Erinnerungen an Agapitos Küsse wurden zum blassen Schatten.

Sie hatte gedacht, dass Félix ausschließlich nach Zigaretten schmecken würde, aber der Geruch von Meer und Mimosen war stärker. Sie hatte ja auch gedacht, dass er, käme man ihm zu nahe, unweigerlich seine Stacheln ausfahren würde, doch sein Körper, so sehnig er auch war, blieb weich und geschmeidig. Eine seiner Hände löste sich, fuhr vom Nacken zu ihrem Gesicht, von dort über die Halsbeuge zu ihren Brüsten, tiefer zu ihrem Bauch, zu ihren Oberschenkeln, als wäre er ein Blinder, der nicht nur zum ersten Mal eine Frau hielt, überhaupt erst erfasste, wie sich der Körper einer solchen anfühlte.

Ihre Lippen lösten sich voneinander, ihre Blicke blieben ineinander versunken. Keine Scheu, keine Arroganz, keinen Ekel witterte sie in seinem, nur eine Sehnsucht, die endlich frei von Kälte war. Und wieder fanden sich ihre Lippen zum Kuss, und wieder wanderten seine Hände über ihren Körper, nicht mit der Dreistigkeit eines Eroberers, sondern mit der Vorsicht, gleichwohl Entschlossenheit eines Forschers, der die Wahrheit nicht besitzen, sondern sie ehren möchte. Ihre Körper fanden in solchem Gleichtakt zueinander, als wäre der eine des anderen Schatten, der jeder Regung folgte. Es war nicht nur der Kuss, der sie miteinander verschmelzen ließ, es war das tiefe Wissen, dass sie beide absolut das Gleiche fühlten.

Ein Windstoß erfasste sie beide, doch er schien, raunend, heulend, nicht die Absicht zu haben, sie auseinanderzuzerren, nein, trieb sie noch mehr zusammen, sodass nicht nur aus Leib und Lippen und Zunge eins zu werden schien, auch aus ihrem Atem, aus ihrem Herzschlag, aus ihrer Seele.

Nur aus ihrem Leben nicht. Plötzlich steckte jeder wieder in seinem fest. Sie wusste nicht, was den Zauber gebrochen hatte, wer von ihnen als Erstes in jenem bedingungslosen Streben gewankt war, nur mehr ein Du zu sein. Jedenfalls lösten sich ihre Lippen voneinander, löste er seine Hände. Kurz glitten sie ganz flüchtig über ihre Kehle, verharrten beim Schlüsselbein, dann sank er jäh auf seine Knie, barg seinen Kopf an ihrem Kleid. Da war noch Zärtlichkeit, da waren noch Zuneigung und Leidenschaft, aber der Augenblick des Verschmelzens war vorbei. Der gelbe, weiß gepunktete Stoff war zu viel, was sie von ihm trennte. Die Schritte hingegen, die zwischen ihnen und dem Abgrund standen, waren plötzlich zu wenige.

Das Kribbeln in ihrem Magen hatte sämtliche Angst, sämtliche Bedenken, sämtliches Befremden vertrieben, nun kehrte all das zurück, ließ jede Stelle ihres Körpers, wo seine Lippen sie getroffen hatten, ertauben.

Sie nahm seine Hände, zog ihn hoch, führte ihn endgültig vom Felsvorsprung weg. Und damit war er vorbei – der Moment der Gefahr und der Moment, da sie dem Tod ins Gesicht gelacht hatte. Der Moment, ihn zu küssen, und der Moment, da sie die Macht gefühlt hatte, ihm Glück schenken zu können ... oder zumindest Vergessen ... wobei das Vergessen vielleicht größtes Glück verhieß.

Schon entzog er ihr seine Hände, holte aus seiner Hosentasche sein Zigarettenetui, steckte sich eine Zigarette zwischen die Lippen. Seine Hände zitterten so stark, dass er eine Weile brauchte, bis er das Streichholzpäckchen fand. Es war leer, er spuckte die Zigarette aus, spuckte auch Worte aus, zumindest klang es so, als würde er sie nicht sagen, sie ihr vielmehr vor die Füße spülen wie eine Welle Tang und Algen.

»Weil ich dich liebe, muss ich fliehend dein Antlitz meiden – zürne nicht. Wie passt dein Antlitz, schön und blühend, zu meinem traurigen

Gesicht! Weil ich dich liebe, wird so blässlich, so elend mager mein Gesicht. Du fändest mich am Ende hässlich. Ich will dich meiden – zürne nicht.«

Kaum verstummt wandte er sich ab, hastete in Richtung Automobil.

»Wer hat das geschrieben?«, rief sie ihm nach.

Er beschleunigte seinen Schritt, floh vor ihr, dem Abgrund, der kranken Lust, an dessen Grenzen zu wandeln, das Schicksal herauszufordern. Er floh vor dem Menschen, der er sein könnte – nicht nur einem, der abwartend am Rand stand und spottend dem Treiben anderer zusah, der die Liebe scheute oder leugnete, nein, einem, der zupackte und festhielt, das Leben wie die Frau, und der die Liebe mit allem einforderte, was er war und konnte und wollte.

Immerhin rief er ihr über die Schulter zu: »Heinrich Heine.«

Es war mehr als nur ein Name, es war ein Zeichen. Unweigerlich musste sie an ein anderes Gedicht denken, in dem sich Heine über ein dümmliches Mädchen lustig gemacht hatte und das Félix damals in der Bibliothek zitiert hatte, um Ornella zu verunglimpfen.

Ornella.

Oben auf dem Felssprung, wo die Grenze zwischen Tod und Leben eine so schmale gewesen war, hatte dieser Name keinen Platz gefunden. Jetzt brannte er sich wieder in ihre Seele. Sie hatte Ornella versprochen, Félix zu Landshoff zu bringen – nicht, ihn auf einer Klippe zu küssen. Die Ausrede, dass sie ihm nur auf diese Klippe gefolgt war, um sein Leben zu retten, zählte kaum, denn lange zuvor hatte Ornella ihres gerettet. Und ebenfalls lange zuvor hatte sich Ornella von Félix Glück erhofft oder Vergessen oder einfach nur ein Leben, das mit dem, das sie an der Seite ihres Vaters und ihrer Brüder führte, möglichst wenig zu tun hatte.

Salomes Gesicht brannte, und jetzt verstand sie, warum Félix Landshoff gemieden hatte. Ihm stand nicht zu, Geschichten zu schreiben, die anderen gehörten. Ihr stand nicht zu, von ihm berührt zu werden, unter seinen Händen zugleich zu erzittern wie zu erglühen, selbst jetzt noch das Schwingen jener Saite zu fühlen, die er in ihr angeschlagen hatte.

Er blieb erst stehen, als sie das Automobil erreichten. »Willst du fahren?«, fragte er beiläufig.

Seine Kiefermuskeln mahlten, sein Blick flackerte wie der von Hélène, wenn er sich nicht an einem Kranken festhalten konnte.

Sie gab keine Antwort, ließ sich schweigend auf dem Beifahrersitz nieder.

Er startete das Automobil. »Ich dachte, ich sollte dir das Autofahren beibringen. Hier kann man gut bremsen üben.«

Kurz machte es den Anschein, er wollte geradewegs auf die Klippe zusteuern. Stattdessen wendete er, fuhr die Straße zurück, auf der sie gekommen waren, einmal mehr in jenem mörderischen Tempo, das ihr Angst gemacht hätte, wenn sie zuvor nicht etwas deutlich Gefährlicheres durchgestanden hätte.

Er sagte nichts mehr, doch just sein Schweigen gab den Worten, die er eben noch zitiert hatte, neue Macht.

Ich will dich meiden – zürne nicht.

Dabei wäre ihm zu zürnen doch so viel belebender gewesen als jenes Gefühl von Scham, das sie erneut aushöhlte. Sie hätte ihm als Erstes sagen müssen, dass er ihr fernzubleiben hatte. Sie müsste spätestens jetzt beteuern, dass es ein Fehler gewesen war, sich von ihm küssen zu lassen. Sie müsste bekunden, dass ihre Freundschaft zu Ornella stets an erster Stelle für sie stehen würde. Sie müsste …

»Ich gehe nach Paris, wie mein Vater es will«, sagte er unvermittelt.

»Um ... Um Bankier zu werden?«, entfuhr es ihr.

Er zuckte die Schultern. »Warum nicht?«

Spott glomm durch seine Stimme, nahm den Worten an Macht. Ganz sicher ernst gemeint gewesen aber war das: *Ich will dich meiden – zürne nicht.*

Und ebenfalls ernst gemeint gewesen wären die Worte, die ihr auf den Lippen lagen: Du musst mich nicht meiden. Du musst deine Maske nicht wieder aufsetzen. Du musst nicht so tun, als ob dir alles gleich wäre, nur nicht der Tod.

Aber sie brachte sie nicht über die Lippen. Vielleicht sollte er keine Maske tragen müssen, sie dagegen würde eine aufsetzen. Unmöglich konnte sie mit nacktem Gesicht vor Ornella treten, wenn sie ihr berichtete, dass Félix unverrichteter Dinge nach Menton zurückgekehrt war, wenn sie mit ihr in ein paar Wochen am Bahnhof stünde, nachdem er den Zug nach Paris genommen hatte, wenn sie später mit ihr schwimmen, den Erinnerungen an die Klippe davonkraulen würde. Und wenn sie aus den Fluten stiege, würde die Maske immer noch sitzen, Meerwasser konnte Kupfer ja nichts anhaben, es perlte daran ab.

Félix' Worte perlten nicht an ihr ab, sie drangen tief in ihre Seele, als er jäh, den Blick auf das nunmehr graue Meer gerichtet, das tief ins Land schnitt, zu sprechen begann.

»Wiedergefunden ist sie – die Ewigkeit, ist das Meer versunken mit dem letzten Schein. Wachsame Seele murmeln wir es: Die Nacht ist Leere, der Tag verbrennt. Menschliches Lob, gemeinsamer Geist. Da machst du dich los und fliegst bereits.«

Kein Gedicht von Heine. Eines von Rimbaud. Ornella hatte es damals beim Abendessen zitiert. Und dass er es nun wiederholte, bewies ihr: Er wusste genau, dass sie an ihre Freundin dachte. Vielleicht wollte er auch gar nicht seinetwegen, dass sie ihn mied – vielmehr, weil er ihre Freundschaft ehrte. Er wusste schließlich nun, wie schön es war, nicht allein in den Abgrund schauen zu müssen ... so wie sie damals im Meer nicht allein hatte strampeln müssen.

Ornella konnte warten, und sie konnte ihre Gefühle verbergen. Nicht dass das an diesem Tag vonnöten war, es nahm sie ohnehin niemand wahr, wie sie da im Garten stand, durch die Bäume beobachten konnte, wer das Hotel betrat oder verließ. Am frühen Nachmittag liefen Renzo und Paola kurz hintereinander durch das Portal hinaus. Solange der Hotelpage in der roten Samtuniform die Tür geöffnet hielt, taten sie, als würden sie den jeweils anderen nicht bemerken. Doch kaum verschwand dieser im Inneren, überwand Renzo hastig die zehn Schritte, die ihn von Paola trennten, und er küsste sie auf die Schulter. Vielleicht biss er sie auch, so wie Paola quiekte.

»Renzo!«, rief sie tadelnd. Er nahm sich die zweite Schulter vor. »Doch nicht hier«, sagte sie mahnend, wehrte ihn aber nicht ab. Erst als seine Lippen sich nunmehr zur Halsbeuge vorwagten, entzog sie sich ihm. »Es ist zu gefährlich ...«

»Wenn es nicht gefährlich ist, ist es nicht echt ...«

»Das Leben ist kein Stollen, den man in Stein oder Eis gräbt. Und selbst wenn, darf man nicht zu schnell graben, sondern muss ihn immer wieder sichern.«

»Und was ist, wenn ich ihn viel lieber zum Einsturz bringen will?«

»Renzo!«, kam es wieder, diesmal nicht tadelnd, eher verzweifelt. »Es geht nicht.«

»Warum bleibst du bloß bei Arthur?«

»Weil er mich braucht. Weil ich ihn nicht im Stich lassen werde.«

»Na gut«, sagte Renzo trotzig, »dann fahre ich eben allein.«

Er ließ sie stehen, ging auf sein Automobil zu. Nun war sie es, die ihm nachlief, ihm zwar keinen Kuss auf die Schultern hauchte, jedoch die Hand darauflegte. Nur auf diese Weise fand er die Ruhe, den Schlüssel aus der Tasche zu ziehen, ohne dass der den zitternden Händen wieder entglitt.

Renzo hielt Ornella den Rücken zugewandt, als er in den Wagen stieg, aber sie hätte schwören können, dass er lächelte … und auch, dass dieses Lächeln seinen Blick nicht gänzlich erwärmen konnte, den Eissplitter in seinen Augen nicht zum Schmelzen brachte.

Wer ganz sicher nicht lächelte, als er wenig später das Hotel verließ, war Maxime Aubry.

Als der Page ihm die Tür aufhalten wollte, schnauzte er ihn an, dass er keine Hilfe brauche, und schlug mit seinem Stock fest auf den Boden. Doch kaum war der junge Mann verlegen weggehuscht, stützte er sich schwer drauf, zog ein Taschentuch hervor, wischte sich die Stirn ab. Ornella wusste, dass er gegen seine steten Schmerzen Medikamente nahm, aber seit geraumer Zeit schienen diese keine Wirkung mehr zu zeigen. Da Maxime das vor allen zu verbergen suchte, trat sie schnell wieder in den Schatten der Bäume, ließ sich auf einem kleinen Steinbänkchen nieder.

Sie musste nicht hinsehen, um zu wissen, wer in der Droschke saß, die viel später, als ein kühler Wind aufzog, vor dem Hotel vorfuhr. Hélène interessierte sich für die neuesten medizinischen Geräte, aber Automobilen misstraute sie. Ornella hörte, wie sie dem Pagen überschwänglich dankte, weil er die Tür für sie öffnete. Nichts in ihrem Tonfall verriet, dass ein langer, drückend heißer Tag in der Polyclinique hinter ihr lag. Erst vor Kurzem hatte sie Ornella begeistert von einer neuartigen Operation erzählt. Sie würde die verheerenden Folgen mindern, die die Entfernung der

Schilddrüse für Patienten mit sich brächte, indem man fremdes Schilddrüsengewebe im Hals einpflanzte.

»Das Fremde wird alsbald zum eigenen«, hatte Hélène begeistert geendet, und Ornella hatte gedacht, dass das vielleicht nicht nur für Schilddrüsen galt, auch für Gefühle. Salome konnte doch die, die Félix für sie empfand, an sie spenden, sodass eine fremde Liebe die eigene wurde, oder?

Ornella wartete und wartete. Es wurde noch kühler, doch obwohl sie nur ein Sommerkleid trug, merkte sie das kaum. Wenn sie wartete, konnten ihr weder Hitze noch Kälte etwas anhaben. Es erfüllte sie dann auch keine Angst oder Ungeduld oder Zweifel. Sie hatte nur den Moment vor Augen, wenn Salome und Félix vorgefahren kommen würden. Und dann ... Dann würde irgendetwas besser sein. Sie wusste nicht, was es war, sie wusste nur, dass immer alles besser wurde, wenn sie nur lange genug wartete – erst darauf, Félix kennenzulernen, später, dass er Zeit mit ihr verbrachte, schließlich, dass er nicht mehr rüde, verletzend mit ihr umsprang, sondern einen gewissen Respekt bekundete.

All das hatte sie erreicht.

Es wurde dunkel, die elektrische Beleuchtung des Hotels ging an. Nicht viel später vernahm sie Motorengeräusche. Ornella hatte von Automobilen eine ähnlich geringe Meinung wie Hélène, sie zog die langsamere Droschke vor. Aber sie konnte den Motor eines Bugatti mühelos von dem eines Rolls-Royce oder einer Minerva unterscheiden.

Félix und Salome waren zurück.

Als Ornella ihren Atem entweichen ließ, vermeinte sie, das zum ersten Mal seit Stunden zu tun. Ihr Herz begann zu dröhnen, obwohl sie immer noch ganz steif dasaß, wartete, bis das Automobil stillstand, sich eine Tür öffnete. Erst jetzt erhob sie sich, lugte durch die Bäume, sah, dass Félix ausstieg. Ob er tun würde, was alle Herren taten – nämlich der Dame aus dem Wagen helfen?

Doch er stürmte auf die Treppe zu und diese dann hoch, ohne sich auch nur umzudrehen. Ornella hatte ihn schon rasend schnell Auto fahren gesehen, aber nie so hastig laufen, ganz so, als wäre er auf der Flucht. So ungewohnt wie Félix' Eile war es, dass Salome im Automobil sitzen blieb.

Ornella löste sich vom Stamm des Baumes, trat auf das Fahrzeug zu, klopfte an die Scheibe. Und als sich immer noch nichts tat, öffnete sie die Tür.

»Salome …« Ihr gelbes, weiß gepunktetes Kleid war zerknittert, ihr Gesicht irgendwie auch. Anstatt hochzublicken, starrte sie auf das Armaturenbrett. »Salome«, sagte Ornella wieder, sonst nichts.

Ihrer Erfahrung nach bekam man von Salome auch Antworten, wenn man keine Fragen stellte, und so war es an diesem Tag ebenfalls.

»Er geht nach Paris«, sagte sie unvermittelt. Ornella ließ wieder laut den Atem entweichen, atmete danach etwas tiefer ein als zuvor. Salome dagegen keuchte, als wäre sie nicht mit dem Automobil heimgekommen, sondern hergerannt. »Ich glaube, er will nicht mehr schreiben …«, fügte sie hinzu.

»Ach ja«, entfuhr es Ornella.

»Ach ja?« Nun suchte Salome doch ihren Blick.

»Paris ist ja nicht so weit entfernt«, murmelte Ornella, »die Route nationale 7 wurde erweitert. Die Leute sagen, man sei so schnell an der Côte d'Azur, dass Paris ein Vorort von Saint-Paul-de-Vence sein könnte.«

Ornella war noch nie in Saint-Paul-de-Vence gewesen, hatte nur gehört, dass dort mehr Maler lebten als in Saint-Tropez.

Salomes Blick begann zu flackern. »Ich konnte ihn nicht einmal dazu bringen, mit Fritz Landshoff zu reden.«

Sie nahm ihre Handschuhe aus dem Fach unter dem Armaturenbrett. Als sie sie endlich in den Händen hielt, zitterten diese. Vielleicht hatten sie das schon die ganze Zeit getan, und Ornella merkte es erst jetzt.

»Ach ja«, sagte sie wieder.

»Ach ja?«, echote Salome. »Ist das alles, was du zu sagen hast? Du wolltest, dass er nach Sanary fährt, um seine Träume zu leben.«

Ornella fühlte sich plötzlich so hilflos. Sie war gar nicht mehr so sicher, was genau sie für Félix wollte. Sicher war nur, was sie von Salome wollte – dass sie nicht wie eine Fremde vor ihr stand mit eiserner Maske, dass das Feuer, das in ihr brannte, eines war, an dem Ornella sich wärmen konnte, kein kaltes blaues, das nur Zerstörung brachte. Dass Salome allerdings aussprach, was sie seit Monaten so entschieden in sich begrub, erschien ihr allerdings nicht minder gefährlich.

»Ich … Ich wollte, dass er nach Sanary fährt, um seine Träume zu überprüfen. Wenn er eingesehen hat, dass sie womöglich nichts taugen, ist das seine Sache.«

Nun verlor Salome doch die Beherrschung. »Du hast gesagt, sein Roman ist grandios!«

Ornella duckte sich unwillkürlich, wollte sich am liebsten ganz klein machen, wusste nicht, wohin mit der Angst … wohin mit sich selbst. »Was verstehe ich denn schon von Romanen? Irgendetwas musste doch passieren, damit es … weitergeht. Er kann nicht einfach nur herumsitzen und rauchen und mit seinem Vater streiten. Paris ist eine Chance, vielleicht wird er dort erwachsen.«

»Wenn du so redest, beweist das nur, dass du keine Ahnung hast«, entfuhr es Salome. »Nicht von Büchern … und auch nicht von ihm.«

Nun, vielleicht hatte die Freundin recht. Vielleicht hatte sie keine Ahnung von Félix. Aber sie hatte Ahnung von Salome. Sie wusste genau, dass etwas passiert sein musste, das sie vor ihr vertuschen wollte – so wie seit Wochen, Monaten etwas zwischen ihnen stand, das Salome beharrlich totschwieg. Nicht dass Ornella daran rütteln wollte. Wenn man es nicht aussprach, hatte es vielleicht keine Macht. Und außerdem war sie selbst nie gut darin gewesen, etwas auszusprechen, nur gut darin, etwas zu schlucken, ganz am Anfang die gezuckerten Speisen, mit denen Rosa sie vollgestopft hatte, später oft die Traurigkeit. Wenn man saß und wartete und seine Gefühle nicht zeigte und lächelte und Sonne wie Kälte ignorierte, ging alles irgendwann vorbei.

»Sei mir nicht böse«, sagte Ornella flehentlich und packte ihre Hand. »Am Ende ist es doch allein seine Entscheidung, ob er nach Paris geht. Und wenn es so kommt, haben wir wenigstens wieder mehr Zeit füreinander. In den letzten Wochen waren wir kaum noch schwimmen, dabei ist das Meer so warm wie selten. Wir sollten auch wieder Ausflüge machen.«

Salome riss sich von ihr los. »Dass Félix anders ist als alle Männer, die du kennst, war es doch, was dich an ihm faszinierte. Dass er mit Hosen am Strand saß, nicht aus dem Schatten trat und Bücher schreiben wollte! Und nun bist du damit zufrieden, dass er den braven Sohn mimt?«

»Er wird immer anders sein, aber … aber es kann doch nicht schaden, wenn er einen Beruf erlernt.«

Ein Ruck ging durch Salome. So war es ja immer bei ihr: Das, was in ihr tobte, schien zu groß für ihren Körper zu sein, musste irgendwie raus. Bei ihr, Ornella, war es umgekehrt. Ihr Körper war so breit und rund und weich, dass die stillen Sehnsüchte gar nicht auf die Idee kamen, die Mauer zu erklimmen und der Welt zuzuschreien: Hier sind wir!

Nun, Salome schrie ebenfalls nicht. Das war auch nicht notwendig, denn in ihren Augen stand die ganze Wahrheit. Offenen Wunden glichen sie, noch nicht verkrustet, sodass die Haut darunter heilen konnte. Da waren Vorwurf und Ärger, schlechtes Gewissen und Unbehagen, Trotz und Traurigkeit. Und da war vor allem Liebe. Eine tiefe Liebe.

»Ging es dir wirklich je um ihn?«, fragte Salome. »Kann es sein, dass du dich lediglich an der Vorstellung, er könnte dein *marito* werden, festklammerst, sie nun gar nicht mehr loslassen willst? Ist er für dich kaum mehr als eine Spielfigur, die du nach deinen eigenen Regeln dorthin schiebst, wo es für dich am besten passt? Hattest du jemals sein Wohl im Auge, oder soll er dir nur dazu dienen, eine Lücke zu füllen, dir zu einer Familie verhelfen, die du nie hattest?«

Etwas in ihren Worten verhieß nicht einfach nur Wut, die schnell verglühte, es verriet bittere Enttäuschung, und ob berechtigt oder nicht – Ornella war davon tief getroffen. Allerdings war jemand, der so weich und rund wie sie war, nicht so schnell zu Fall zu bringen. Sie hielt dem Vorwurf stand, konnte gleichwohl nicht anders, als ihn ihrerseits in eine Anklage umzuwandeln.

»Und wenn es so wäre?«, fragte sie taxierend. »Was genau hast du anders gemacht? Du hast seinerzeit eine *sorella* gesucht – und weil ich zufällig da war, hast du eben mich genommen. Kann es sein, dass du dir in Wahrheit jemanden gewünscht hast, der dir gleicht, der so hübsch und selbstbewusst ist wie du? Am Ende hast du mit mir vorliebnehmen müssen, obwohl ich so unscheinbar bin, so schüchtern und ...«

»Du bist nicht unscheinbar, nicht für mich! Ich weiß, was in dir steckt, habe das immer gesehen ... habe das immer erkannt.«

»Und Félix hast du auch erkannt. Besser als ich, nicht?«

In dem kurzen Schweigen, das folgte, fühlte Ornella, wie schlechtes Gewissen und Trotz einen Kampf in Salome ausfochten. Und plötzlich ahnte sie, wie dieser Kampf ausgehen würde.

Salome würde ihr alles sagen – dass an diesem Tag etwas zwischen ihr und Félix passiert war, das alles änderte, dass sie den Ausflug nicht ihr zuliebe gemacht hatte, sondern um Zeit mit ihm zu verbringen, dass sie nie mehr etwas ihr zuliebe gemacht hatte, nachdem sie Félix kennengelernt hatte. Und am Ende würde der Satz stehen, vor dem Ornella sich am meisten fürchtete.

Er gehört zu mir, nicht zu dir.

Was sollte sie darauf nur sagen? Wie kannst du nur? Ich war doch die Erste! Oder: Du hast ja recht. Du bist die Bessere für ihn?

Beides würde nicht helfen, um die Welle aufzuhalten, die die Sandburg zerstörte.

Schon holte Salome Atem, schon öffnete sie den Mund.

»Nein«, rief Ornella. »Tu es nicht! Sprich es nicht aus.«

Kurz nistete sich in Salomes Augen Unsicherheit ein, kurz zögerte sie. Ornella sah ihr an, dass sie die Worte doch noch sagen wollte, aber sie hatte einen Augenblick zu lange gewartet.

Plötzlich erklang eine Stimme, wiederholte einem Echo gleich ihr »Nein!« Sie fuhren beide herum, sahen Félix, der meist irgendwo hockte oder lehnte, nun aber sehr schnell auf sie zuschritt. Ab wann genau er ihren Streit belauscht hatte, würde Ornella nie erfahren. Warum er einschritt, begriff sie kurz auch nicht. Das wurde ihr erst klar, als er etwas gemäßigter, gleichwohl nahezu flehentlich hinzufügte: »Werft nicht weg, was ihr habt.«

Stand er auf ihrer Seite oder Salomes? Nun, wahrscheinlich auf ihrer beider, galt es doch eine Freundschaft zu bewahren, die ihn mit niemandem je verbunden hatte.

Ornella konnte Salome nicht ins Gesicht sehen, wusste dennoch, dass die bläulichen Flämmchen nur mehr kläglich zuckten. Hätte die Sonne geschienen, sie hätte vielleicht hitzig reagiert. So aber umschlangen ihre Arme den eigenen frierenden Körper.

»Werft nicht weg, was ihr habt«, wiederholte Félix eindringlich.

Was wir *hatten*, durchfuhr es Ornella, wir haben es schon vor geraumer Zeit verloren.

Aber das wollte sie nicht zugeben, und Salome tat es ebenfalls nicht. Wortlos ließ sie Ornella und Félix stehen.

Ornella fühlte, wie sie zu zittern begann. Warum zitterte sie bloß? Es war doch Sommer, das Meer war so warm wie nie, warum waren sie in den letzten Wochen so selten schwimmen gegangen, warum würden sie es nicht wenigstens bald wieder tun, warum ließen sie sich von den salzigen Fluten nicht einfach diesen Tag abwaschen, warum entfalteten die Worte, die Salome auf den Lippen gelegen hatten, ihre Macht, obwohl oder gerade weil sie unausgesprochen geblieben waren?

Sie hatte ihre Freundin verloren, sie hatte die Schwester verloren, vielleicht nicht für immer, aber für jetzt, und das Jetzt war so groß, so gewaltig, es war nichts, das sich schlucken ließ, aussitzen.

Sie wankte.

»Komm«, drang Félix' Stimme zu ihr, und obwohl sich üblicher Überdruss und kalter Hohn in seinen Tonfall schlichen, hörte sie auch ganz deutlich das Mitleid heraus. »Nun komm schon.«

Sein Mitleid hatte die Macht, das Jetzt ein wenig schrumpfen zu lassen. Wenn sie lange genug den Atem anhielt, würde es sich nicht weiter aufblähen? Wenn sie lange genug wartete, würden sie und Salome wieder zusammenfinden, oder? Und warten, das konnte sie doch!

»Nun komm«, sagte Félix wieder.

Er bot ihr nicht den Arm an, aber er blieb dicht hinter ihr, als sie mit bebenden Beinen zurück zum Hotel ging.

1935

Sechzehntes Kapitel

Der Zug, der am 28. September um die Mittagszeit in Menton ankommen sollte, verspätete sich. Ausnahmsweise hatten Arthur und Salome auch ohne Bahnsteigkarte das Gleis betreten dürfen, um hier auf die eintreffenden Reisenden zu warten, kannte Salome doch den Bahnsteigwärter persönlich. Tagsüber trug er eine seriöse schwarze Uniform, aber am Wochenende trat er abends oft in einer der Tanzbuden an der Plage des Sablettes auf, wo er am liebsten *J'ai deux amours* von Josephine Baker sang und dazu eine Federboa schwang. Salomes Reisegruppen, die sie dorthin mitnahm, ließen sich stets zu hohen Trinkgeldern hinreißen.

Nicht zum ersten Mal wartete sie am Bahnsteig auf einen Zug, hatte sie in den letzten beiden Jahren doch unermüdlich im Reisebureau des Vaters gearbeitet und war immer dabei gewesen, wenn es galt, die Reisegruppen aus Deutschland in Empfang zu nehmen. Wen sie hier dagegen nie willkommen geheißen hatte, war Félix. Ornella holte ihn immer allein ab, wenn er für kurze Zeit nach Hause kam, und obwohl sie und die Freundin sich irgendwann nicht mehr beharrlich angeschwiegen hatten wie in den Wochen nach dem Streit, alsbald miteinander umgegangen waren wie alte Bekannte, höflich, aber distanziert, erfuhr Salome nie, wie die Begrüßung der beiden ausfiel.

Nur Rosa erwähnte einmal Félix' Klagen, mit dem Train Bleu anreisen zu müssen, weil der Vater ihm den Bugatti verweigerte.

Immerhin habe es einen Vorteil, mit dem Nachtzug zu reisen – dann könne er, so hatte er gesagt, aus dem Fenster schauen.

»Aber in der Nacht sieht man doch nichts!«, war es Salome herausgerutscht.

»Er meinte, genau das sei ja das Schöne«, hatte Rosa erwidert und die Augen verdreht, »durch Paris streife er auch immer nur nachts. Ich frage mich nur, was er isst.«

Salome fragte sich eher, wie es ihm ging, aber das war etwas, das sie weder mit Rosa noch mit Ornella klären konnte und erst recht nicht mit Félix selbst, dem sie während seiner Aufenthalte im heimatlichen Hotel beharrlich aus dem Weg ging.

Arthur hatte sich mittlerweile auf einem kleinen Steinbänkchen am Gleis niedergelassen, war doch vom Zug immer noch nichts zu sehen. »Schade, dass Paola nicht hier sein kann«, sagte er, »sie freut sich doch so sehr darauf, Herrn Theodor wiederzusehen.«

Salome betrachtete ihn stirnrunzelnd, nicht sicher, was sie an seinem Satz am meisten verblüffte. Dass er weiterhin jede Ausrede von Paola schluckte oder dass die sich auf Herrn Theodor freute, obwohl sie mit dem treuen Mitarbeiter des Reisebureaus kaum mehr als höfliche Floskeln ausgetauscht hatte. Nicht minder erstaunlich war, dass Arthur kürzlich verkündet hatte, er wolle wieder mehr Zeit in Deutschland verbringen, weswegen sich Herr Theodor an seiner statt um die hiesige Filiale kümmern sollte.

Salome konnte sich Herrn Theodor nicht so recht an der Riviera vorstellen. Wahrscheinlich fand er Menton schnell *fatigant* und nur wenig kommod, hielt die gut gekleideten Dandys für Stutzer, gewöhnliche Arbeiter für Malefizpersonen, die Straßen und Gässchen, in denen sich jüngst immer mehr Automobile und Eselskarren stauten, für wahnschaffen, weil so schmutzig, und die Marktfrauen, die mal fluchten, für liederliche Weibspersonen. Und überhaupt – am liebsten trug er doch Zahlen in die Rechnungsbücher ein, während es vor Ort vor allem darum ging, Ausflüge für die immer zahlreicheren Touristen zu organisieren und durchzuführen. Ihres Wissens sprach er nicht einmal Französisch und Italienisch, beides Sprachen, in denen sich mittlerweile auch Arthur ganz gut verständigen konnte, vorausgesetzt, er nahm Hände und Füße zu Hilfe.

Sie setzte sich zu ihrem Vater auf die Bank, fragte einmal mehr, seit Arthur ihr seine Pläne verraten hatte: »Was ist der wahre Grund dafür, dass Herr Theodor an die Riviera kommt?«

Arthur starrte bloß gedankenverloren auf den Boden. »Paola wollte heute einen Ausflug nach Juan-les-Pins machen«, murmelte er, »im Hotel Provençal werden regelmäßig Pyjamapartys veranstaltet.«

Salome runzelte erneut die Stirn. Ihres Wissens waren diese Partys ein paar Jahre zuvor der allerletzte Schrei gewesen, mittlerweile aber aus der Mode gekommen.

»Ich denke, die Pyjamapartys waren vor allem für die reicheren, adligen Gäste vergnüglich«, sagte sie. »Künftig werden aber immer mehr Arbeiter an der Riviera Urlaub machen, erst recht, wenn die Gewerkschaften einen bezahlten Jahresurlaub durchsetzen. Ich habe gehört, nicht weit von hier soll ein Campingplatz entstehen, mit vielen Zelten und kleinen Feuerstellen, über denen man seinen Fisch braten kann.«

Kurz schien es, ihr Vater hätte wieder nicht zugehört, aber dann sagte er unvermittelt: »Die Wilden in Amerika schlafen auch in Zelten. Als ich einmal dort war, habe ich für ein paar Tage in einem gewohnt. Tipis heißen sie, die Plane bestand früher aus Bisonleder. Seit die Bisons fast ausgerottet wurden, nimmt man Segeltuch, füttert dieses jedoch, sodass man ganz ungestört ist und die Schattenumrisse der Menschen, die draußen vorbeigehen, nicht sieht.«

Deine Ehe ist auch ein Tipi mit gefütterter Plane, dachte Salome. Du siehst nicht, was unmittelbar neben dir vor sich geht ...

Nicht dass sie über die Ehe ihres Vaters sprechen wollte. Als sie jedoch erneut zu fragen ansetzte, warum er Herrn Theodor denn nun an die Côte d'Azur beordert hatte, sagte er unvermittelt: »Stimmt es, dass du ihn heiraten wirst?«

Salome zuckte zusammen. Ein verwirrtes »Wen denn?« lag ihr auf den Lippen, auch ein empörtes »Ich und heiraten?« Doch beides hätte sie zur Heuchlerin gemacht. Dass sie nicht heiraten wollte, schon gar nicht Agapito, hatte sie in den letzten beiden Jahren ja vor aller Welt gut verschleiert, auch Agapito selbst. Zum Feigenblatt hatte sie ihn gemacht, obwohl ein solches eigentlich zu klein war, all den Schmerz und Hader und leisen Ärger zuzudecken, die jeder Gedanke an Félix und Ornella in ihr auslöste. Die Gefühle, die sie wiederum für Agapito empfand – Dankbarkeit, Belustigung, Erleichterung, dass ihr jemand auf diese kindliche Weise zugetan war und keinen Schatten auf ihr Leben warf –, reichten nicht aus, um eine Ehe darauf zu bauen.

Und doch, wenn Agapito verkündete, dass sie eines Tages heiraten würden, würde sie ihm nicht widersprechen, würde ihm ein Lächeln schenken, ihm einen seiner Saugküsse gestatten, erlauben, dass er ihr mit feuchten Händen ihre Schultern tätschelte und sich manchmal gar zu ihren Brüsten vorwagte.

Kein Wunder, dass Arthur eben erklärte, wie glücklich Renzo wäre, wenn Agapito sie heiraten würde. »Und wenn dann auch Ornella Félix heiratet«, fuhr er fort, »werden wir alle zu einer großen Familie.«

Dieses Wort war ebenso ein viel zu kleines Feigenblatt, um alles abzudecken, was darunter hervorquoll – dass Paola und Renzo ihn betrogen und sie es vertuschte, dass Maxime nichts an seiner Familie lag, nur am Geldverdienen, und dass Hélènes Familie die Kranken der Polyclinique waren, nicht der eigene Mann, nicht der eigene Sohn.

»Wir werden sehen«, sagte sie leichthin.

»Ich will ja nur, dass du glücklich wirst«, murmelte Arthur, fügte dann nachdenklich hinzu: »Wie verhindert man eigentlich, dass sie zusammenstürzen?«

»Was?«

»Die Zelte.« Er philosophierte wieder über Campingplätze, berichtete, dass man in der Nähe von Saint-Tropez nicht nur einen solchen, auch ein Feriendörfchen aus Hunderten Holzhütten plane.

»Die meisten Gäste, die es nach Menton zieht, bevorzugen Hotels«, sagte Salome schnell. »Sie wollen sich nicht wie Fischer und Bauern fühlen, sie wollen ein wenig von dem Glanz und Luxus erhaschen, der hier allgegenwärtig ist. Warum sonst sind die Ausflüge, die wir nach Monte-Carlo anbieten, so beliebt?«

Sie biss sich auf die Lippen, denn jener Ort war seit ein paar Wochen mit einer Erinnerung verknüpft, die schmerzte.

Bei einem Ausflug hatte sie ihre Reisegruppe wie stets zum Casino geführt, dem das kleine Fürstentum auf diesem kargen, unfruchtbaren Felsen seinen unverhofften Reichtum verdankte. »Aber geben Sie acht«, warnte Salome die Reisenden »die, die es besuchen, macht es arm. Hier wird mit deutlich höheren Einsätzen gespielt als in Cannes oder Nizza.«

Auch wenn sie sich die Jetons für das Roulette nicht leisten konnten – die Gäste sahen fasziniert zu, wie die Kugel auf der sich drehenden Scheibe hüpfte, lauschten dem *rien ne va plus* der Croupiers, dem Kritzeln der Bleistifte, wenn Spieler rechneten. Und später stürzten sie sich begeistert auf die Glückskästen im

Foyer, für die ein deutlich niedrigerer Einsatz – nämlich nur ein Franc – vonnöten war. Hinter einer Glasscheibe liefen Pferde oder Hasen, die es vor einer bestimmten Zahl anzuhalten galt, auf dass sie in Löcher fielen. Der Anblick der Häschen provozierte immer Gelächter, und aus dem wurde ein entweder anzügliches oder verschämtes Kichern, wenn Damen das Foyer betraten, die zu stark geschminkt und zu leicht bekleidet waren, um sie für ehrwürdige Gattinnen zu halten.

»Eine Kornkutsche!«, hatte bei jenem Ausflug einige Wochen zuvor ein Deutscher ob des Anblicks einer solchen Dame gerufen, und Salome hatte eine Weile gebraucht, um zu begreifen, dass er damit *cornuchette* meinte. Dass diese *cornuchette* Zoé war, hatte sie dagegen sofort erkannt. Sie konnte sich nicht erinnern, sie in den letzten Jahren oft gesehen zu haben, wenn überhaupt nur zeitig am Morgen oder spät am Abend, wenn sie in die Perle de Menton gehuscht war oder das Hotel verlassen hatte – ein Zeichen dafür, dass Maxime seine Affäre fortsetzte, sich aber um mehr Diskretion bemühte.

Jedenfalls trat Zoé auf den Deutschen zu, der sie als Kornkutsche bezeichnet hatte, bleckte die Zähne, die mit Lippenstift befleckt waren, und reckte ihm ihr tiefes Dekolleté entgegen. »Wollen Sie einmal anfassen?«, fragte sie. Der Mann lief zwar rot an, hob dennoch die Hand. Ehe er aber in die Nähe der Brüste kommen konnte, beugte sie rasch den Kopf vor. »Ich meinte natürlich meinen Hut. Wussten Sie, dass im Hôtel de Paris die Türen extrabreit gebaut wurden, damit die Damen sie mit ihren extravaganten Hüten betreten können?« Der rotgesichtige Mann warf Salome einen hilfesuchenden Blick zu, seine Französischkenntnisse genügten wohl nicht, um so viele Worte verstehen zu können. Dass Salome sich weigerte, sie zu übersetzen, hielt Zoé nicht davon ab fortzufahren. »Na los, fassen Sie den Hut ruhig an, vielleicht bringt es Ihnen Glück. Es soll ja auch Glück bringen, vor dem Spiel einen Buckligen zu betasten. Im Laden gleich gegenüber vom Casino bietet ein buckliger Mensch Postkarten feil, und die Spieler kommen zu Hunderten zu ihm. Sie haben ja keine Ahnung, dass der Buckel nicht echt ist, er sich nur ein Kissen unters Hemd gestopft hat. In dieser Welt ist so vieles nicht echt! Glauben Sie bloß nicht die Geschichten, die man sich erzählt. Es stimmt auch nicht, dass Frauen wie ich die Namen ihrer Geliebten in die Spiegel der geheimnisvollen *chambres separées* ritzen – und das mit Diamanten.«

Der Mann war längst geflohen, Salome aber hatte gelauscht. »Das heißt, Sie haben gar keine Liebhaber?«, fragte sie mit einer Schärfe in der Stimme, die sie sich nicht recht erklären konnte. Sie hatte dieser Frau doch nichts anzulasten. Dafür, was sie mit Maxime trieb, musste sich Zoé vor Hélène rechtfertigen, nicht vor ihr.

Zoé fuhr zu ihr herum. »Das heißt, die Steine auf meinen Ringen sind keine Diamanten, es sind nur Glasscherben«, sagte sie und wiederholte: »In dieser Welt ist so vieles nicht echt.«

Das Lachen, das folgte, war auch nicht echt, doch der Blick war gutmütig. Salome erwartete, dass sie nun hoheitsvoll von dannen schritt, doch während sich ihre Reisegruppe den Spielautomaten zuwandte, verharrte sie im Foyer, betrachtete Salome.

»Sie sind die Deutsche, die für Maxime arbeitet, nicht?«

»Ich arbeite für meinen Vater, und dessen Reisebureau vermittelt nicht nur Zimmer in Maximes Hotels, es organisiert auch Ausflugsprogramme.«

Zoé ging nicht auf ihre Worte ein, ihr Blick schweifte über Salomes Figur. Gemessen am überbordenden Hut und dem langen, engen Kleid, aus dem die Brüste quollen, kam sie sich mit einem ihrer geblümten Sommerkleider und dem Strohhut nahezu schäbig vor. Doch Zoés Blick wurde mitnichten abfällig, im Gegenteil, er wirkte freundlich.

»Nun, Sie sind … echt«, sagte sie gedankenverloren, »Sie sind keine, die dieser schrillen Welt erliegt, bewahren Sie sich das. Ich verstehe durchaus, was Félix an Ihnen findet.«

Salome war nicht sicher, ob hinter den vermeintlich anerkennenden Worten nicht doch eine Kränkung verborgen lag, jedenfalls stieg ihr Röte ins Gesicht.

»Félix ist in Paris«, murmelte sie über das Geräusch klimpernder Münzen hinweg, die einer der Automaten eben unter lauten Jubelrufen ausspuckte.

»Jetzt im Sommer ist er in Menton.«

Richtig, aber sie hatte ihn nur aus der Ferne gesehen, hatte noch mehr Zeit mit Agapito oder Reisegruppen verbracht, hatte vor Ornella höchstens über die Konsistenz des Frühstückseis gesprochen, nie seinen Namen fallen lassen.

»Ich habe ihn bislang kaum zu Gesicht bekommen«, beschied sie Zoé.

»Aber er sieht Sie … Er sieht Sie immerzu.«

Und wieder fühlte sich Salome zerrissen. Da war so viel Freude, hitzig diese wie die Wut. Weshalb beobachtete er sie nur heimlich, weshalb suchte er nicht ihre Nähe, weshalb forderte sie ihn nicht dazu heraus? Und weshalb wusste die *cornuchette* all das?

Ihre Miene verhärtete sich. »Das ist mir völlig gleich«, sagte sie.

Zoé lächelte, legte den Kopf schief, betrat sie doch nun das Casino, und dessen Türen waren nicht so breit wie die des Hôtel de Paris.

Selbst als Félix ein paar Wochen später wieder abreiste, musste sie jedes Mal an dieses Gespräch denken, wann immer es sie nach Monte-Carlo verschlug, ja, sie nur den Namen dieses Ortes vernahm.

Gottlob sprach ihr Vater lieber weiter über Indianerzelte – zumindest bis der Zug einfuhr.

»Na endlich!«, rief er. Bis er sich von der Bank erhoben hatte, war Salome schon ein paar Schritte weitergegangen. Der erste Waggon war leer, was in der Nebensaison nicht weiter verwunderlich war, doch auch in den hinteren erspähte sie nur einzelne Reisende, keine größere Gruppe, erst recht nicht Herrn Theodor. Sie ging am Raucherabteil vorbei, dem Frauenabteil, erreichte nun die dritte Klasse am Zugende. Kofferträger huschten herbei, kenntlich gemacht durch ihr helles Hemd und ein Schild vor der Brust. Doch wem immer sie das Reisegepäck rasch abnahmen – es waren keinen Deutschen.

Salome drehte sich um, war überzeugt, dass ihr Vater entweder die falsche Ankunftszeit im Kopf hatte oder die Reisegruppe in Marseille den Anschlusszug verpasst hatte. Der nächste würde erst in zwei Stunden eintreffen. Wie sollten sie die Zeit verbringen? Weiterhin warten oder in einem Café …

Ihre Gedanken strauchelten, als sie sah, dass ihr Vater wieder auf der Bank saß. Oder nein, er hatte sich nicht einfach gesetzt, er hockte zusammengesunken da, presste eine Hand auf die Brust.

»Vater, was hast du denn?«

Für gewöhnlich lief Arthur rot an, wenn er sich aufregte, jetzt war sein Gesicht grau wie die Bank. So heftig, wie er keuchte, dachte Salome kurz, er hätte einen Herzanfall erlitten. Doch als sie schon um Hilfe rufen wollte, sah sie neben der Bank einen der Pagen in samtener Uniform stehen, der in der Perle de Menton arbeitete.

»Das Telegramm ist schon gestern eingetroffen«, erklärte er, »irgendwie ist es verloren gegangen …«

»Welches Telegramm?«

Der Page senkte den Blick. Das Telegramm war Arthurs Händen entglitten, lag auf dem Boden. Erst sah Salome nur die zwei Adler, die daraufgestempelt waren, einer über den Schriftzeichen *Telegrafie des Deutschen Reiches*, ein zweiter über *Reichstelegraf*. Sie brauchte eine Weile, um das Telegramm zu lesen. Sie brauchte noch länger, um es zu verstehen.

»Eine Katastrophe!«, stieß Arthur heiser aus. »Das ist eine Katastrophe.«

»Eine Katastrophe«, sagte auch Maxime Aubry wenig später, »das ist eine Katastrophe.«

Arthur hatte es Salome überlassen, den Inhalt des Telegramms wiederzugeben – im Bureau der Perle de Menton, wo sie sich versammelt hatten. In den Regalen standen Ordner mit glänzenden Ledereinbänden, randvoll mit den Gästeregistern der vergangenen Jahre. Renzo war stets so stolz auf diese, nun ging er unruhig davor auf und ab. Zwar hatte er erklärt, man müsse in aller Ruhe die nächsten Schritte bedenken, doch dann war er als Erster aufgesprungen, um durch den Raum zu hasten. Er kreuzte seine Finger wahlweise hinter dem Rücken oder kratzte sich an den Ohren, Maxime dagegen klammerte sich an seinen Spazierstock, seine Augenlider zuckten.

»Es ist eine Katastrophe«, sagte er wieder.

Ein Wort wie eine Glasscherbe ... nein, wie Hunderte Scherben – gleich denen, die damals vor ihrer Filiale in San Remo geglitzert hatten ...

Hélène saß auf jenem Stuhl, wo für gewöhnlich Renzo seine Gästeregister ausfüllte, die Füße nebeneinander, die Hände im Schoß gefaltet. Sie wirkte wie ein artiges Mädchen.

»Aber die Spenden für das Krankenhaus sind doch nicht in Gefahr, oder?«, fragte sie. »Wir brauchen sie für einen Remediator, wie ihn die *verrerie scientifique* herstellt. Das ist ein ganz besonderes Gerät. Mithilfe von Hochfrequenzströmen kann man dem geschwächten Körper von Kranken Kraft zuführen. Diese erreicht jedes Atom, jedes Molekül, jede Zelle sofort!«

Maxime stierte sie an. »Ich kenne mich mit deinen Atomen nicht so gut aus, aber um zu Kraft zu gelangen, brauche ich keine Dingsbumsströme, sondern ein Glas Cartagène.«

»Nur die Ruhe«, mahnte Renzo, obwohl sich seine Hände nunmehr um den Hals legten, als wollte er sich selbst erwürgen. »Gewiss, die meisten Buchungen verdanken wir den Logiergästen aus Deutschland. Aber das heißt nicht, dass wir ohne sie nicht überleben werden.« Er machte eine vielsagende Pause. »Uns mag ein schwerer Herbst bevorstehen, auch ein Winter, in dem viele Zimmer leer stehen, wenn wir aber die richtigen Maßnahmen treffen, werden wir im Frühling die Häuser schon wieder vollbekommen und …«

Er sprach noch weiter, aber Salome sah nur mehr, wie sich seine Lippen bewegten, vernahm die Wörter nicht. Wie auch. Zwischen ihr und dem Frühling schienen nicht einfach nur Glasscherben zu liegen, nein, da stand eine Mauer, so hoch, dass man deren Ende nicht mal sah, wenn man den Kopf in den Nacken legte.

Paola kam gar nicht erst auf die Idee, den Kopf in den Nacken zu legen. Sie stand am Fenster, starrte aber nicht hinaus, sondern barg ihr Gesicht hinter den Händen. Welchem Anblick suchte sie zu entgehen? Dem von Renzo, der Pläne spann, in denen das Reisebureau Sommer nicht mehr vorkam? Dem von Arthur, der wie betäubt an einem kleinen runden Tisch saß und schwieg, anstatt Renzo der Treulosigkeit zu bezichtigen?

Plötzlich ließ Paola doch die Hände sinken, wandte sich vom Fenster ab. Salome sah Tränen in ihren Augen glitzern. »Entschuldigt mich«, stieß sie hervor und lief hinaus.

Renzo blickte ihr verblüfft nach, verstummte, fand die Sprache nicht wieder. In das Schweigen hinein begann Hélène wieder von Hochfrequenzstrahlen zu sprechen.

Salome hörte nicht mehr, was Maxime ihr diesmal wütend entgegnete, schon war sie Paola nach draußen gefolgt, doch ehe sie sie einholte, stellte sich ihr Ornella in den Weg.

»Was ist passiert?«

Richtig, Ornella war eben nicht dabei gewesen, kam gerade aus dem Garten zurück. Jüngst hatte sie dort Zedraten angebaut, wie Rosa einmal erwähnt hatte. Die Früchte dieser Bäumchen waren größer als Zitronen, aber rochen und schmeckten ähnlich. Salome hatte bis vor Kurzem nicht einmal gewusst, dass es so etwas wie Zedraten gab. Bekannt war ihr nur, dass sich von September bis Dezember saftigere Zitronen ernten ließen als von Januar bis Mai.

Und im Januar werde ich nicht mehr hier sein, ging es ihr jäh durch den Kopf.

Hilflos starrte sie die *sorella* ... die Freundin an. In diesem Augenblick war sie ja wieder beides. Was zählte ihr Streit zwei Jahre zuvor, was zählte das Schweigen danach, was zählte dieses unheilvolle Gemenge aus Beklemmung, Hader, schlechtem Gewissen? Es war doch nichtig, gemessen an dem, was sie nun vergebens in Sätze zu pressen versuchte. Am Ende brachte sie lediglich einzelne Worte heraus.

»Katastrophe ... Neuregelung der Devisenbewirtschaftung ...«

Wer, wenn nicht steife Männer in dunklen Anzügen, dachte sich solche monströsen Wörter aus? Und wer, wenn nicht zornige Männer in braunen Hemden, kam auf die Idee, Privatreisen ins Ausland zu erschweren, damit die Deutschen Urlaub im eigenen Land machten? Vor ein paar Jahren hatte es Österreich getroffen, jetzt Frankreich.

»Ich verstehe nicht ...«, begann Ornella.

»Ich doch auch nicht.«

Sie warf Ornella noch mehr Worte hin, die so glatt klangen, so harmlos, die keine Enttäuschung, kein Entsetzen, keine Verzweiflung verrieten, weil sie wohl zum zweiten Mal eine Filiale würden schließen müssen. Wechselkurssystem war eines davon. Devisen und Valuta waren andere. Schließlich sprach sie von einer bilateralen Vereinbarung zwischen Frankreich und dem Deutschen Reich, die bislang deren Tausch geregelt hatte, nun aber außer Kraft gesetzt worden war.

Valuta – klang das nicht wie ein Ort an der italienischen Riviera, an dem man Eis aß und auf den breiten Rutschen von Spaßbädern kreischte? Ganz sicher passte es nicht in einen Satz, in dem Frankreich als Erzfeind bezeichnet wurde und Reisen dorthin als Laster.

»Es ist in Deutschland von nun an fast unmöglich, Francs zu wechseln«, erklärte Salome, »und es ist verboten, mehr als zehn Reichsmark nach Frankreich mitzunehmen, um sie dort umzutauschen. Deutsche werden keine Gesellschafts- und Vergnügungsreisen mehr nach Frankreich unternehmen können, bestenfalls Tagesausflüge ins Elsass, vielleicht noch nach Paris. Aber sie werden nicht mehr hierherkommen, es wird auch schwieriger werden, ein Visum zu erhalten und …«

»Die Deutschen werden in ihrem eigenen Land eingesperrt?«, rief Ornella entsetzt.

So hätte es Salome nicht ausgedrückt, aber sie nickte. »Es gibt nur noch wenige Länder, für die man Devisen erwerben darf. Italien gehört dazu, auch Danzig, Norwegen, die Sowjetunion.«

Aber aus Italien war das Reisebureau Sommer ja bereits vertrieben worden, und alle anderen Länder lagen im Norden, wo das Meer kalt war. Ornellas Hände waren ebenfalls kalt, als sie die ihren packte.

»Salome«, sagte sie.

Sie sprach den Namen so aus, wie sie es früher getan hatte, als weder Félix zwischen ihnen gestanden hatte noch Salomes Versprechen, ihr zu helfen, ihn für sich zu gewinnen, weder Salomes Verrat, weil sie Félix auf der Klippe von Cassis geküsst hatte, noch Ornellas Gleichgültigkeit, als er den Traum, Schriftsteller zu sein, aufgegeben hatte, weder die bitteren Worte, die sie sich im Garten an den Kopf geworfen hatten, noch die, die sie nicht ausgesprochen und die doch beide gehört hatten. Dieses »Salome ...« war nur das Echo einstiger Liebe, unverbrüchliche Treue, die Bereitschaft, sie vor dem Ertrinken zu retten.

Und das gemahnte Salome daran, dass man nicht hilflos von Wellen mitgerissen wurde, dass es immer, auch im kältesten schwärzesten Wasser, Hoffnung gab.

»Ich kann das nicht zulassen!«, brach es aus ihr hervor. »Dass wir die Filiale schließen, wieder weggehen müssen wie damals aus San Remo ... Das kann ich nicht zulassen.« Die Worte allein schienen ihr nicht stark genug. Energisch stampfte sie auf, um ihnen Nachdruck zu verleihen.

Ornella blickte sie ratlos an. »Was wirst du denn tun?«

»Es muss einen Ausweg geben. Irgendetwas wird uns einfallen. Wer sagt denn, dass wir auf deutsche Touristen angewiesen sind? Wir können unsere Angebote doch an die Franzosen richten. Irgendwie wird es uns schon möglich sein zu bleiben ... ein Visum zu bekommen und ...«

Der Trotz in ihr war belebend, auch der Hader, der sich erstmals seit so langem nicht auf die Freundin oder Félix richtete, nein, auf einen fernen, gesichtslosen Feind. Den Satz zu Ende bringen konnte sie gleichwohl nicht, sodass Ornella schließlich weiterhalf: »Notfalls ... musst du eben Agapito heiraten, um bleiben zu können.«

Salome zuckte unwillkürlich zusammen, löste sich aus Ornellas

Griff. Bis jetzt hatte sie nur vermeint, dass Félix' Name die Macht hatte, zur Mauer zwischen ihnen zu werden. Nun war es Agapitos Namen, der den kurzen Augenblick der Nähe, des Vergessens beendete. Salome und Agapito. Ornella und Félix. So werden wir alle zu einer großen Familie.

Dieses Wort schien ihr mit einem Mal noch monströser zu sein als Devisenbewirtschaftung.

»Ich muss mit meinem Vater reden«, erklärte sie, zwar immer noch voller Entschlossenheit, aber keiner, die sie mit Ornella teilen wollte. »Oder nein, mit Paola. Mein Vater tut immer, was Paola sagt.«

Ornella hatte die Hand gehoben, als wollte sie erneut zupacken, ließ sie nun sinken. »Dann gehe ich wieder zu meinen Zedraten«, murmelte sie und war nicht länger die Schwester, die Freundin, war wieder die Bekannte, höflich, distanziert.

Salome eilte zum Apartment des Vaters. Es befand sich im Angestelltentrakt. Anders als die Wohnung der Aubrys bot es keinen Blick aufs Meer, nur auf die Eukalyptusbäume. Paola starrte ohnehin nicht aus dem Fenster, als Salome das Schlafzimmer betrat, sie starrte auf einen Koffer aus Segeltuch, verstärkt mit einem Metallrahmen.

»Das Gesetz ist doch noch nicht in Kraft getreten«, sagte Salome. »Selbst, wenn wir keinen Ausweg finden, um das alles abzuwenden – wir können ein paar weitere Wochen bleiben, wir müssen nicht schon heute packen.«

Nun, Paola machte keine Anstalten zu packen. Als Salome näher trat, sah sie, dass der Koffer leer war. Sie sah auch, dass Paola weinte – auf jene lautlose Art, wie sie damals geweint hatte, als Mussolinis Schergen die Fensterscheibe ihrer Filiale zerschlagen hatten.

»Ich werde nicht packen ... Ich werde nie mehr packen ... Ich werde hierbleiben ... Ich kann unmöglich in Frankfurt leben.«

Ich doch auch nicht, ging es Salome durch den Kopf, aber nur, weil sie dasselbe fühlten, hieß das nicht, dass sie dasselbe planten. Salome wollte, dass sie alle gemeinsam blieben. Paola dachte nur an sich. Schon wieder. Immer noch.

»Ich ... Ich bleibe bei Renzo«, verkündete sie leise.

»Aber das kannst du Vater nicht antun«, brach es aus Salome heraus. »Und du hast mir doch einmal gesagt, dass du nirgendwo hingehörst.«

»Eben! Ich kann nur leben, wenn ich weiß, dass ich jederzeit unterwegs sein kann. Und in Deutschland kann man offenbar nicht mehr ... unterwegs sein.«

Doch, wollte Salome sagen, man kann noch nach Danzig und Norwegen und in die Sowjetunion reisen. Aber keines dieser Länder erzeugte ein Bild in ihrem Kopf, keines einen Duft, keines eine Melodie.

»Das kannst du meinem Vater nicht antun«, wiederholte sie. »Wir müssen gemeinsam eine Lösung finden, wir müssen eben Reisen für Pariser anbieten oder für Italiener, für Spanier, für Norweger, für ...« Liebend gern hätte sie alle Nationalitäten Europas aufgezählt, nur um nicht wahrhaben zu müssen, dass Paola ihr gar nicht mehr zuhörte, plötzlich sagte: »Ich werde mich scheiden lassen und Renzo heiraten.«

Salome schüttelte den Kopf, es nützte nichts. Worte, um Paola diesen Entschluss auszureden, würden erst recht nichts nützen, dennoch rief sie ungehalten: »Du hast gesagt, dass du sie beide gleich liebst oder beide eben gar nicht.«

»Aber um Liebe geht es doch nicht, es geht um Freiheit.« Freiheit ... War das nicht bloß ein leeres Wort? Wenn man sie zu greifen versuchte, sich einer Ertrinkenden gleich daran klammerte, glitt sie einem ja doch alsbald wieder aus den Händen.

»Versteh mich doch«, rief Paola flehentlich, »wenn nicht ich an mich denke, dann tut es keiner.«

Natürlich verstand Salome sie, verstand sie so gut. Nur wer dachte denn an sie? Ornella, Félix?

»Himmel!«, fuhr sie auf. »Manchmal muss man Opfer bringen, manchmal muss man verzichten, manchmal muss man etwas tun, das einem widerstrebt. Du hast Vater geheiratet, weil er dich aus dem Elend retten konnte. Jetzt musst du ihn vor der Einsamkeit bewahren und mit ihm ums Überleben des Reisebureaus kämpfen, ob nun hier oder in Frankfurt oder …«

Paola hob den Blick, hob auch die Hand, streichelte über ihr Gesicht. »Du wärst stark genug dazu. Ich bin nicht gut im Kämpfen, ich bin nur gut im … Weglaufen.«

»Dann lauf mit Vater gemeinsam weg. Oder bleib vielmehr gemeinsam mit ihm hier. Hierzulande leben so viele Emigranten … ihr könntet ebensolche sein … heimatlos … unwissend, ob ihr jemals irgendwo ankommt, wo ihr bleiben könnt. Das liegt dir doch, dieses Unterwegssein. Bitte! Du kannst dich unmöglich von Vater scheiden lassen und Renzo heiraten. Was kann er dir denn bieten?«

Paola ließ die Hand sinken. »Ich … Ich kann einfach nicht wieder arm sein. Ich ertrage das Ungewisse, wenn ich auf Reisen bin, nicht im wirklichen Leben. Und ich will nicht zurück … in den Regen.«

Salome öffnete den Mund, doch was immer sie hätte sagen können, der Koffer würde leer bleiben, Paola wollte zwar selbst dem Regen entfliehen, aber ließ sie in diesem stehen.

Und dann mischte sich da plötzlich ein anderer ein: »Wie kannst du nur?« Salome fuhr herum, sah den Vater auf der Schwelle stehen. Sein Blick, ansonsten fahrig, weil er stets in fremde Welten floh, nur nicht das sah, was unmittelbar vor seinen Augen stand, blieb erstaunlich lange auf Paola gerichtet. »Wie kannst du nur!«

Und dann stürzte er auf sie zu, streckte die Hände aus, packte, rüttelte sie. Aber nicht etwa Paola, sondern sie, Salome.

»Wie kannst du nur laut aussprechen, dass Paola bei Renzo bleiben will?« Eine Weile verging, bis Salome erkannte, dass er wirklich ihr zürnte, nicht der treulosen Frau. Noch länger brauchte sie, um seine rüde Behandlung nicht bloß fassungslos über sich ergehen zu lassen, nein, sich energisch zu wehren. »Solange man es nicht ausspricht, ist es doch nicht wahr!«, rief er mit jämmerlicher Stimme.

Der Griff lockerte sich nicht bloß ob ihrer Gegenwehr, auch weil er erbebte, und da erkannte Salome: Die größte Lüge, die ihr Vater je hervorgebracht hatte, war keine seiner erfundenen, schier unglaublichen Geschichten über sprechende Krokodile oder Lendenschurz tragende Eskimos. Seine größte Lüge war es, die Wahrheit totzuschweigen – vor allem vor sich selbst.

»Ach, Arthur«, sagte Paola, dann zog sie ihn in Richtung Fenster, umarmte ihn liebevoll und hauchte ihm mit zärtlichem Tonfall ins Ohr: »Du wirst zurück nach Frankfurt reisen ... und ich werde irgendwann nachkommen.«

Arthur hörte auf zu zittern, schwieg die Wahrheit schon wieder oder noch immer tot. Sie starrten hinaus, und wenn Paola behauptet hätte, man könnte von hier aus das Meer sehen, obwohl die Sicht von Bäumen verstellt war, er hätte genickt.

Salome ertrug den Anblick der beiden ebenso wenig wie den des leeren Koffers. »Ihr seid ja alle verrückt geworden!«, stieß sie aus, ehe sie fluchtartig das Zimmer verließ.

Sie wusste nicht mehr, wie sie in den Garten gekommen war. Sie wusste nur, dass sie notfalls allein kämpfen würde, ohne den Vater, ohne Paola, ohne Renzo ... Nun ja, vielleicht mit Ornella.

Wobei Ornella nicht nach Kämpfen zumute zu sein schien. Sie saß auf einer steinernen Bank unter einem Zitronenbaum bei Hélène, die sich neben ihr niedergelassen hatte, die Hände artig im Schoß gefaltet.

»Diesen Remediator – wir brauchen ihn im Krankenhaus unbedingt. Die Hochfrequenzstrahlen kann man zwar nicht sehen, aber die Atome, aus denen wir bestehen, sieht man schließlich auch nicht, und doch wäre ohne sie kein Leben möglich. Ich verstehe gar nicht, warum die Menschen immer nach dem Großen streben, wenn sie doch aus dem Allerwinzigsten gemacht sind.«

Salome trat näher, wollte schon sagen, dass jetzt nicht die Stunde war, um über medizinische Geräte zu sprechen, sondern ihre Reisebureaufiliale. Notfalls könnte sie sie selbst führen, sie hatte viel Erfahrung, sie könnte mit Agapito zusammenarbeiten, mit Renzo, mit Maxime Aubry, sie könnte …

Erst nun erkannte sie, wie bleich Hélène war, wie stark ihre Oberlippe bebte. Und sie sah, wie hilflos Ornella die Schultern zuckte. »Maxime ist doch reich. Er ist nicht auf die Hotels angewiesen, er hat noch die Bank und das Weingeschäft und den Tuchhandel und die Parfums und …«

»Nein, nein, nein …« Hélène schüttelte immer heftiger den Kopf. »Das alles hat er in den letzten Monaten schon verloren … verspielt. Und jetzt … Jetzt spielt er auch wieder, zumindest ist er vorhin nach Monte-Carlo gefahren. Er erträgt die Schmerzen in seinem Fuß nicht anders, und heute kam ja obendrein diese schlimme Neuigkeit hinzu. Ach, ich fürchte, am Ende wird uns nichts bleiben.«

Sie sagte noch mehr, sprach von Roulette und Trente-et-quarante und Baccara. Und wieder fragte sich Salome, warum man die Katastrophe ausgerechnet in solchen Wörtern verpackte. Sie klangen wie ein malerischer Ort an der Riviera oder ein Gericht von Rosa, über das sie besonders viel Puderzucker gestäubt hatte.

Obwohl die Wunde an seinem Fuß kaum noch genässt und gestunken hatte, seit er seinerzeit Hélène geheiratet hatte, litt Maxime immerzu an Schmerzen. Er hatte alle Ärzte an der Küste konsultiert, niemand vermochte ihm zu helfen. Echte Linderung verschaffte ihm erst ein Doktor aus Deutschland, der nach Menton gekommen war, um Urlaub zu machen. Dieser riet ihm zu einem ganz und gar besonderen Medikament, das schon einige Zeit zuvor vom Arzneimittelunternehmen Bayer entwickelt worden war. Ein regelrechtes Wundermittel sei es, eigentlich solle man es in ähnlich schimmernden Flakons abpacken wie die Parfums, um seine Besonderheit zu unterstreichen, hatte der Doktor erklärt. Nahezu alles ließe sich damit heilen, es sei nicht nur das sicherste und exzellenteste aller Hustenmittel, es rücke auch seelischem Schmerz zu Leibe.

»Es ist mein Fuß, der schmerzt, nicht meine Seele!«, sagte Maxime.

»Oh, gegen die Schmerzen im Fuß hilft das Medikament selbstverständlich auch, es mindert ja jede Art von Beschwerden. Und das Wunderbare: Anders als Morphin macht es nicht im Geringsten abhängig, es hat überhaupt keine Nebenwirkungen, gilt als absolut ungiftig, macht den Gebrechlichsten zum Helden. Ob dieser heroischen Wirkung heißt es ja auch … Heroin.«

Maxime schluckte seitdem jeden Tag Heroin, die Schmerzen wurden wirklich erträglich, nur das Humpeln nicht besser, aber damit konnte er leben. Seit einiger Zeit schien das Heroin aber nicht mehr zu wirken. Maxime hatte alles ausprobiert, erst die doppelte Dosis genommen, sie schließlich mit starkem Kaffee, später Champagner, zuletzt mit Cognac vermischt. Einmal hatte er das Medikament sogar mit einem Löffel Honig zu sich genommen, weil Hélène stets behauptete, Zucker gehe am schnellsten ins Blut. Nichts half.

Aufhören, das Heroin zu nehmen, konnte er gleichwohl nicht. Schon nach ein paar Stunden begann er zu schwitzen und zu zittern. Seine Sinne trogen ihn, Schwindel überkam ihn, sein Magen verkrampfte sich.

Ein französischer Arzt, dem er die Symptome schilderte, war entsetzt – nicht über das, was er Entzugserscheinungen nannte, sondern weil Maxime ernsthaft geglaubt hatte, Heroin ziehe selbige nicht mit sich. Maxime erzählte ihm vom Versprechen der Firma Bayer, wonach Heroin das ungiftigste aller Arzneimittel war.

»Und den Deutschen trauen Sie?«, fragte der Arzt. »Die Deutschen multiplizieren ihre Barbarei doch durch die Wissenschaft.«

Maxime hatte keine Ahnung, was das genau bedeutete. Er hatte auch keine Ahnung, ob der Arzt recht hatte, als er von einem neuen Großen Krieg sprach, der unweigerlich kommen würde.

Was scherte ihn ein neuer großer Krieg, solange in seinem kleinen Körper ein alter tobte. Das Einzige, was ihn von den steten Schmerzen ablenkte, war das Spielen, zumindest wenn die Einsätze sehr hoch waren. Dann höhlte die Angst zu verlieren alles andere aus.

Gewiss, er wusste insgeheim, dass das Spielen eine ähnliche Wirkung wie Heroin, vermischt mit Honig, hatte. Kurz mochte es dem Gaumen schmeicheln, kurz die Sinne berauschen, aber hinterher blieben ein verklumpter Magen, kalter Schweiß und Zittern. Und doch, er konnte nicht anders – besonders nicht an diesem Tag, da es zu vergessen galt, dass bald keine deutschen Gäste mehr in seine Hotels kommen würden …

Als er sich vom Baccara-Tisch erhob, umklammerte er seinen

Stock mit beiden Händen, wankte über jene langen Gänge, die das Casino von Monte-Carlo nicht nur mit dem Sporting Club verbanden, sondern auch mit dem Hôtel de Paris, erreichte jenes Zimmer, in dem Zoé wohnte, wenn sie sich in Monte-Carlo aufhielt. Es befand sich direkt neben dem Aufzug und war deswegen billig zu haben, obwohl das Hôtel de Paris das teuerste der Welt war.

Der Aufzug fuhr unaufhörlich rauf und runter und gab dabei ein grässliches Quietschen von sich. Wie sie das nur ertrüge, hatte Maxime einmal wissen wollen. »Nun, ich liebe es, wenn die Welt in Bewegung bleibt. Es mag raufgehen oder runter, Hauptsache, ich muss nicht auf der Stelle treten.«

Als Maxime den Raum betrat, konnte er gar nicht mehr auftreten. Er humpelte mit letzter Kraft zum Himmelbett, ließ sich darauffallen, lag auf dem Rücken wie ein erbärmlicher Käfer.

Zoé nahm ihm behutsam den Stock aus der Hand, was er ihr gewährte. Er erlaubte ihr auch, den Stiefel vom gesunden Fuß zu ziehen. Als sie sich aber am anderen zu schaffen machte, den verkrüppelten Fuß entblößen wollte, verbat er sich das. Er behielt diesen Stiefel immer an, wenn er bei ihr war, selbst wenn sie nackt im Bett lagen und sich liebten. Manchmal ließ Zoé ihren breiten Blumenhut auf.

»Schau«, sagte sie, »ich habe was für dich.«

Sie reichte ihm einen kleinen grünen Flakon, entweder mit Morphium gefüllt oder mit Opium, das er seit einiger Zeit zusätzlich zum Heroin nahm.

»Das ist zu wenig«, sagte er.

»Zu wenig, um die Schmerzen zu lindern?«

»Nein, zu wenig, um mich umzubringen.«

Zoé trug an diesem Tag keinen Hut, sondern einen seidenen Morgenmantel, mit türkisfarbenen Vögelchen bedruckt. Sie saß am Kopfteil des Bettes, und er robbte zu ihr, um seinen Kopf in ihren Schoß zu legen, jenes Parfum zu erschnuppern, das sie am liebsten trug. Es war die Marke Joy, die kostspieligste überhaupt. Für einen einzigen Flakon brauchte man angeblich über dreihundert Rosen und zehntausend Jasminblüten, wobei er sich manchmal fragte, ob sich jemals einer die Mühe gemacht hatte, die Rosen, gar die Jasminblüten nachzuzählen.

Er genoss es, als sie sein Gesicht streichelte. Es war lange her, dass sie das letzte Mal miteinander geschlafen hatten, aber hier zu liegen und von ihr liebkost zu werden verhieß Glückseligkeit.

»Warum willst du dich denn umbringen?«, fragte sie.

»Weil ich gerade meine Bank verspielt habe. Alle anderen Geschäfte habe ich längst verloren. Jetzt habe ich nur noch die Hotels, aber die Hotels stehen wahrscheinlich bald leer.«

Er rutschte noch höher, lag mit dem Ohr auf ihrem Bauchnabel, vernahm ein leises Gurgeln, verstand plötzlich, warum es ihr nichts ausmachte, ständig das Quietschen des Aufzugs zu hören. Das Schlimmste war Stille ... Denn Stille bedeutete Stillstand. Auch wenn er nur humpeln konnte, er hatte sich immer irgendwie fortbewegen wollen. Nur jetzt ging es nicht mehr weiter.

»Das ... Das ist doch nicht möglich!«, rief sie aus.

»Dass ich alles verspielt habe? Nichts leichter als das ...«

Nun ja, in den offiziellen Spielsälen, wo die Einsätze selten höher als zweihundert Francs waren, musste man sich sehr dafür anstrengen. Aber in jenen geheimen Räumen neben dem Sporting Club, weiß und nüchtern eingerichtet und somit so gar keiner rauchgeschwängerten, plüschig roten Spielhölle gleichend, war es keine große Herausforderung, beim Baccara oder dem noch teuflischeren Chemin de fer ein Vermögen zu lassen.

»Ich weiß, dass es in Monte-Carlo möglich ist, sein gesamtes Vermögen zu verspielen«, sagte Zoé. »Aber du ... Du kannst dich doch nicht umbringen!«

»Ich wäre nicht der Erste.«

Der Portier behauptete, dass in manchen Wänden des Hotels Selbstmörder eingemauert worden waren. Und denen, die skeptisch die Augenbrauen verzogen, zeigte er gern Blutflecken an den Wänden, die von ihnen stammten. Maxime war immer überzeugt gewesen, dass das nur erschlagene Mücken waren. Nun zog er eine Remington aus der Jackentasche, die er kürzlich gekauft hatte.

»Maxime!«, rief Zoé entsetzt. Sie rief ihn selten beim Namen, bei ihr war er ja auch nicht Maxime Aubry.

»Keine Angst«, sagte er, »ich werde mich nicht im Bett erschießen. Wenn, dann würde ich es draußen im Park tun.«

Zoé hörte nicht auf, über seine Stirn zu streicheln. »Dort erschießen sich so viele Männer, deswegen heißen die Bänke Selbstmörderbänke. Es ihnen gleichzutun, wäre wenig einfallsreich.« Er hörte deutlich die Furcht in ihrer Stimme, auch wenn sie sie mit Spott zu übertönen versuchte. Und wenn sie sich noch so grell schminkte, auffällig kleidete und eine blecherne Wand um ihr Herz errichtete – er kannte die wahre Zoé, so wie sie den wahren Maxime kannte, obwohl er ihr seinen Klumpfuß nie gezeigt hatte.

»Wie soll ich es sonst machen? Soll ich mich an einer der Girlanden, die die Bäume vor dem Casino schmücken, aufhängen?«

»Die Girlanden halten gerade mal dem Gewicht der roten Lampen stand, die an ihnen angebracht wurden, du wärst zu schwer.«

»Nun, vielleicht kann ich von der Bühne der hiesigen Oper in den Orchestergraben springen.«

»Das ist nicht hoch genug.«

»Und wenn ich kopfüber springe?«

»Willst du dir auch noch deinen zweiten Fuß ruinieren, um für immer im Bett liegen zu müssen?«

»Nein, ich will mir meinen Kopf ruinieren, um für immer im Grab zu liegen.«

Zoé seufzte. Gewiss erinnerte sie sich an die Aufführung von Djagilews Ballets Russes in der Oper, die sie einst gemeinsam besucht hatten. Sie hatten den besten Tänzern des Landes zugesehen, Zoé voller Faszination, Maxime voller Neid. Wie vollendet sie ihre Körper beherrschten! Wie leichtfüßig sie tanzten, als würden sie fliegen!

»Glaub nicht, dass sie keine Schmerzen kennen, im Gegenteil«, hatte Zoé hinterher zu ihm gesagt – er wusste nicht, ob als Trost oder als Mahnung. »Sie haben ständig wunde Zehen, nach jeder Aufführung fallen ihnen Nägel ab, und in einem Alter, in dem andere noch jung und kraftvoll durchs Leben gehen, gleichen sie ob ihrer Knie- und Hüftschäden Greisen. Wusstest du, dass der kleine Block am vorderen Teil des Ballettschuhs nicht etwa weich ist, sondern aus einer fest gewordenen Paste aus Mehl, Stärke, Harz und Wasser besteht?«

Er hatte es nicht gewusst. Er hatte sich nur gefragt, weshalb ein vollendeter Tänzer so viele Schmerzen auszustehen hatte wie ein Krüppel. Vielleicht war es besser, im Leben stets die Mitte anzustreben, aber das war ihm verwehrt gewesen, und Zoé lag wohl auch nicht daran. Sie lebte schließlich neben dem Aufzug, und der fuhr entweder ins höchste Geschoss oder ins tiefste.

Zoé nahm eben seinen Kopf zwischen die Hände, hob ihn etwas hoch, sodass er nicht länger das Gurgeln ihres Magens vernahm, zwang ihn, sie anzusehen.

»Ich könnte es nicht ertragen, wenn du dich tötest.«

»Warum nicht?«

»Ich habe dir doch von jenen Zeiten erzählt, da ich noch nicht Zoé hieß.«

»Du warst damals Polette«, erwiderte Maxime, »das ist doch auch ein schöner Name. Warum hast du ihn nicht behalten?«

»Zoé, das heißt Leben, und ich wollte immer leben. Meine Mutter war eine Frau, die den ganzen Tag nichts anderes tat, als die Innereien der Fische zu entfernen, sie entweder auf eine Schnur auffädelte oder sie einsalzte und sternförmig in ein Fass legte. Ich habe stets unter dem Tisch gesessen, mich an ihren Beinen festgehalten. Weißt du, dass ich mich besser an ihre grauen Strümpfe und ihre Holzpantoffeln erinnern kann als an ihr Gesicht? Ich weiß nicht mehr, welche Farbe ihre Augen hatten. Die Augen der Fische waren jedenfalls grau. Die Köpfe und Gräten fielen auf den Boden. Ich starrte diese Augen an, wollte immer wissen, welche Geschichten die Fische zu erzählen, was sie alles erlebt hatten in der Weite und Tiefe des Ozeans, welchen Wesen sie begegnet waren, ob es Meerjungfrauen gab und ob diese gut oder böse waren. Aber die Augen der Fische ... Sie waren leer.«

»Selbst, wenn die Fische noch gelebt hätten, hätten sie keine Geschichte erzählen können. Fische sind stumm ... Und sie sind kalt ... Und wenn man sie anfasst, rutschen sie einem aus den Händen. Von Fischen wird man nie liebkost, nie gestreichelt.«

Sie gab seinen Kopf wieder frei, schwer fiel er auf ihren Bauch zurück. »Denkst du an Hélène?«, fragte Zoé, die diesen Namen bislang nie ausgesprochen hatte. »Hältst du sie für einen kalten Fisch?«

»Sie ist das nicht immer gewesen«, gab Maxime zu, »ich bin schuld, dass sie so geworden ist.«

»Warum?«

Er war nicht sicher, warum er ihr von seiner Ehe erzählte. Vielleicht, weil die Schmerzen so unerträglich waren oder er vergessen wollte, dass er sein Vermögen verspielt hatte. Vielleicht, weil er nicht stumm wie die Fische bleiben wollte. Gut möglich, dass, wenn Wein und Morphium und Heroin schon nicht mehr halfen, wenigstens die Wahrheit belebte.

»Ich habe sie geliebt ...«, stieß er aus, berichtete, wie verschworen sie in den ersten Jahren ihrer Ehe gewesen waren. Von anderen waren sie belächelt worden, weil er hinkte und sie puppenhaft klein war und Schmetterlinge aus Pfützen rettete. Aber es war nicht wichtig gewesen, was andere in ihnen gesehen hatten, es war wichtig gewesen, dass sie voreinander nichts versteckten – weder stinkende Füße noch geheimste Gedanken. Er war der Erste, dem sie anvertraut hatte, warum sie so gern Insekten rettete. Ihr Vater Lucien de la Roux hatte in seiner Werft immer größere, wendigere Schiffe gebaut, war später der Faszination für Flugzeuge erlegen, doch Hélène hatte immer darüber gelacht. Eine Libelle konnte ganz ohne Berechnungen fliegen, eine Kaulquappe ganz ohne Motor durchs Wasser flitzen. Die größten Maschinen des Menschen waren nicht so ausgereift wie das kleinste aller Tiere. Und deshalb hatte sich auch Maxime an ihrer Seite nie klein gefühlt, nie mickrig.

»Warum hat sich das verändert?«

»Félix ...«, stieß Maxime atemlos hervor. »Félix ...« Er hielt kurz inne. »Weißt du, warum er ›der Glückliche‹ heißt? Die Hebamme meinte, es sei ein Riesenglück, dass er nach der schweren Geburt noch lebe. Ich dagegen habe an diesem Tag mein Glück verloren. Seit damals musste ich Hélène belügen.«

Seine Zunge wurde so schwer, als hätte er zu viel Wein getrunken, zu viel klebrigen Honig gekostet, und doch, die Worte drängten hinaus, langsam zwar, aber schonungslos. Die Hebamme habe einem Mann geglichen, mit Armen so kräftig wie die eines Fleischers, erzählte er, schwarze Haare seien an ihrem Kinn gewachsen und aus der Nase gequollen. Erstaunlich, dass sie das Kind nicht zerquetscht hatte, als es endlich auf der Welt gewesen war. Erstaunlich, dass sie Hélène nicht zerrissen hatte, als sie ihr zuvor die Beine gewaltsam gespreizt hatte.

»Das hast du gesehen?«, fragte Zoé. »Männer sind bei Geburten doch nicht dabei.«

Hélènes Dienerin, die sie von Kindheit an betreute und mit ihr nach Menton gekommen war, hatte sich darüber auch empört. Schon Monate zuvor hatte sie erklärt, wo der Platz eines Mannes während einer Geburt sei: Nach altem Brauch müsse er sich ins Ehebett legen, allerdings auf die Seite der Frau, und dort müsse er laut stöhnen, als litte er selbst an Wehen, bekämen es die bösen Geister dann doch mit der Angst zu tun und würden fernbleiben.

Zoé lachte, Maxime hatte damals auch gelacht, ein paar andere Ratschläge der Dienerin waren ihm hilfreicher erschienen. Gleich zu Beginn der Schwangerschaft hatte sie Hélène ein morgendliches Glas Champagner verordnet, was ihrer Meinung nach die Übelkeit minderte, die Nerven beruhigte und die Kraft steigerte. Und gegen Abend sei ein Glas Brandy mit Soda angeraten, damit sie ihren Appetit nicht verlöre. Für die Geburt schließlich solle sie jede Menge Bier trinken.

Unsinn, hatte die strenge Hebamme später erklärt, Bier verlangsame nur die Wehen.

Leider war die Geburt auch ohne Bier nicht vorangegangen. Am zweiten Tag hatte die Hebamme Maxime kommen lassen. Entsetzt hatte er auf seine Frau gestarrt, die regelrecht geschrumpft zu sein schien. Erst hatte die Hebamme ihn geheißen, neben Hélènes Kopf zu stehen, dann hatte sie ihn zu sich gewinkt zwischen die Beine der Gebärenden. Es war endlich vorangegangen, erst war das Köpfchen durch die blaugeäderte Scham gekommen, schleimverschmiert, dann war – noch vor dem restlichen Körper – ein Schwall braune Flüssigkeit auf seine Stiefel gespritzt, und er war zurückgesprungen. »Was ist das? Blut?«, hatte er entsetzt gerufen.

»Von wegen«, hatte die Hebamme erklärt, »das Kind hat sich so aufgeregt, dass es geschissen hat.«

Maxime hatte nicht gewusst, dass das möglich war. Er hätte es ja auch nie für möglich gehalten, dass ein so kleiner Körper wie Hélènes ein so großes Kind herauspressen könnte. Und als es zunächst reglos zwischen Hélènes Beinen gelegen hatte, hatte er es zudem für undenkbar gehalten, dass es je atmen, schreien könnte.

Und doch, es hatte gelebt. Die Hebamme hatte es an den Beinen gepackt und geschüttelt wie ein Kätzchen. Dann hatte sie es Hélène auf den Bauch gelegt, nunmehr auch Maxime gepackt, ihn nach draußen geschoben.

»Ich hole nicht alle Männer ins Geburtszimmer, nur, wenn es sein muss«, hatte sie erklärt. Er habe ja nun selbst gesehen, wie sich seine Frau hätte quälen müssen. Eine zweite Geburt würde sie nicht überstehen. Von nun an müsse er sich fernhalten. Und wenn er daran dächte, was an diesem Tag geschehen war, würde sein Ekel ja unweigerlich stärker sein als der Trieb.

»Und?«, fragte Zoé. »War es so?«

An jenem Abend hatte sich Maxime in ihr Ehebett gelegt, und zwar auf Hélènes Seite, hatte nicht gestöhnt, um die Dämonen zu vertreiben, aber geweint, weil er seine Frau so sehr vermisste. Die Dämonen waren ferngeblieben – so wie er fortan Hélène ferngeblieben war.

Sie hatte sich rasch erholt, stets das Kind gehalten, wenn er sie aufgesucht hatte, auf die winzigen Finger und die Füße gedeutet. »Ist es nicht ein Wunder?«, hatte sie gefragt. »Alle wollen immer größer, schneller, reicher, besser werden. Dabei liegt doch im Winzigen der ganze Zauber des Lebens.«

Maxime hatte genickt, aber kein Wort hervorgebracht. Er hatte ihr nicht gesagt, warum er aus dem gemeinsamen Schlafzimmer ausgezogen, sich im Raum nebenan eingerichtet, die Verbindungstür abgesperrt hatte, nicht einmal an jenem Tag, da Hélène daran gerüttelt und gekränkt gefragt hatte, warum er sie mied.

»Du hättest ihr doch einfach die Wahrheit sagen können«, rief Zoé.

»Ich hatte Angst um ihr Leben ... Ich wusste, sie hätte sich der Hebamme widersetzt. Sie ist nun mal überzeugt davon, dass das Kleine stärker ist als das Große. Und deswegen war sie auch überzeugt davon, dass die Liebe stärker ist als der Tod. Ich dagegen denke das nicht. Das Kleine wird am Ende ja doch zerquetscht, die Liebe ist nur ein Tropfen im riesigen Meer. Ich ließ sie im Glauben, ich würde das Bild von ihrer blaugeäderten Scham, vom schleimbedeckten Kopf, von jenem braunen Schwall Ausscheidung nicht vergessen, mich fortan vor ihr ekeln, jenen Vertrag brechen, den wir geschlossen haben ...«

»Welchen Vertrag?«

»Einen, den man nicht mit einer Unterschrift besiegelt, sondern mit einem Lächeln. Denn ja, sie hat gelächelt, als ich ihr einst meinen Fuß gezeigt habe, verkrümmt und häufig nässend und deshalb stinkend. Sie hat nicht nur gelächelt, sie hat sich hinuntergebeugt und ihn geküsst. Sie hielt ja nicht nur das Kleine für stark, auch das Krumme, hat mich genommen, wie ich bin. Und ich ... Ich verschanzte mich hinter einer verschlossenen Schlafzimmertür. Erst von da an hockte sie ständig bei Kranken. Erst von da an war das völlige Fehlen von Ekel nicht nur Ausdruck ihrer Nächstenliebe, sondern von Trotz. Sie wollte mir etwas beweisen, indem sie nicht einmal vor einem Mann zurückschreckte, dem im Krieg das Gesicht kaputtgeschossen wurde. Ein grauenhafter Anblick. Ich habe ihn gesehen, als ich sie einmal aus dem Krankenhaus abholte. Es war einfach nichts mehr da, alles lag offen vor mir: die Mundhöhle, der Kehlkopf, die Speiseröhre, die Luftröhre. Er war kein Mensch mehr ... vielmehr ein anatomisches Präparat. Und sie hat immer noch gelächelt oder schon wieder, aber dieses Lächeln war nicht liebevoll, es war kalt gewesen. Das Lächeln hat mich bloßgestellt, und es ist ein himmelhoher Unterschied, ob man jemanden bloßstellt oder es ihm erlaubt, sich zu entblößen.«

»Ach«, seufzte Zoé, lächelte auch, aber sehr traurig. »Warum sagst du ihr nicht wenigstens jetzt die Wahrheit?«

Er hob den Kopf, um ihn zu schütteln, rückte danach von ihrem Bauch ab, ließ sein Haupt auf ein Kissen sinken. Zoé erhob sich, doch anstatt ihn, wie er kurz befürchtete, liegen zu lassen, trat sie zum Bettende, begann an jenem Stiefel zu ziehen, in dem sein verkrüppelter Fuß steckte.

»Hör auf«, sagte er.

»Ich will nicht, dass du dich umbringst«, murmelte sie. »Gewiss, ich bin eine von vielen für dich, und du bist einer von vielen für mich, aber du hast mich immer gut behandelt, du hast ein gutes Herz. Deine Augen sind nicht tot, ich fühlte immer, du würdest nicht stumm bleiben wie die Fische, du würdest mir eines Tages deine Geschichte erzählen.«

Sie zog erst am Stiefel, dann am Socken, der den Fuß bedeckte.

»Hör auf!«, flehte er wieder.

»Weißt du, dass der Schmuck, den ich trage, falsch ist, nur die Perlen nicht? Und weißt du, dass die Federn an meinem Hut nicht von jener Straußenfarm stammen, die ein Kalifornier hierzulande gegründet hat, um sie für zweihundert Francs pro Stück zu verkaufen, sondern von irgendeinem anderen Vogel? Und weißt du, dass mein Parfum nicht aus über dreihundert Rosen gemacht wird, nicht einmal aus zehn, dass es ein synthetischer Duft ist, viel billiger als das Parfum Joy? Ach, ich habe das Falsche, das

Unechte, das Verlogene so satt. Es graut mir davor so viel mehr als vor der Wahrheit ...«

Und plötzlich lag sein verkrüppelter Fuß nackt in ihren Händen, und sie begann, ihn sanft zu massieren, und es tat weh und gut zugleich, jedenfalls besser als Heroin, aufgelöst in Honig. Er schloss die Augen, stöhnte leise, von allen Dingen, die er je gefühlt hatte, war dies das betörendste.

»Danke«, sagte er unter Tränen, »danke, Zoé.«

»Warum weinst du denn?«, gab sie zurück. »Weil du so viel Geld verloren hast?«

»Nein.«

»Weil du Hélène verloren hast?«

»Nein.«

»Mich wirst du jedenfalls nicht verlieren, selbst wenn du ein armer Schlucker bist.«

»Ich weiß«, sagte er. Und dann weinte er wieder, weinte um sein Leben. Er konnte ihr nicht die Wahrheit sagen. So überreich hatte er sie ihr eingeschenkt, dass nur ein letzter Tropfen blieb, und den schluckte er rasch selbst. Er würde sich noch an diesem Tag in einem der langen Gänge oder auf einer Parkbank oder in seinem Automobil die Pistole an die Schläfe setzen und sich eine Kugel in den Kopf jagen. Und damit sie ihm alsbald half, aufzustehen und seine Stiefel anzuziehen, musste er lügen. »Irgendwie wird es schon weitergehen«, murmelte er. »Irgendwie ...«

Zoé massierte weiter seinen Fuß und lächelte.

Siebzehntes Kapitel

Das Grab der Aubrys befand sich gleich neben der orthodoxen Kirche von Menton, deren goldene Kuppel an jenem Oktobertag einen langen Schatten warf. Maximes Vater hatte es einst gekauft. Es war günstiger als die anderen Gräber gewesen, war doch zu befürchten, dass die katholischen Seelen ob des vielen Weihrauchs, der während der orthodoxen Liturgie verbrannt wurde, am Jüngsten Tag zu betäubt sein würden, um den Weg in den Himmel zu finden.

Mittlerweile wurden kaum noch orthodoxe Messen gefeiert, weil kaum noch Russen nach Menton kamen. Hélène wiederum war es gleich, wo sich das Grab befand, Hauptsache, niemand erfuhr, dass Maxime Selbstmord begangen hatte. Ein Arzt der Polyclinique, der sich Hélènes Wohlwollen erhalten wollte, hatte im Totenschein einen Schlaganfall als Todesursache angegeben. Hélène behauptete, das Gesicht sei dadurch so grässlich verzerrt worden, dass es besser gewesen sei, den Sarg sofort zu schließen.

Es gab ohnehin nicht viele, die einen Blick hinein hätten werfen wollen. Die Anzahl der Trauergäste ließ sich an einer Hand abzählen, nicht einmal Félix befand sich unter ihnen, obwohl Hélène ein Telegramm mit der traurigen Nachricht nach Paris geschickt hatte. Ornella, die an der Seite des Vaters den Friedhof betrat, drehte sich immer wieder um, um nach ihm Ausschau zu halten – vergebens. Renzo konnte die Hände noch weniger stillhalten als sonst. Er zog abwechselnd an den Ohrläppchen und an den schwarzen Haaren, die aus der Nase wucherten, seine Stimme klang dadurch leicht näselnd, als er wieder und wieder sagte: »Wie kann man denn sein gesamtes Vermögen verspielen ...«

Während des *Vaterunsers* trat Ornella zu Hélène. Diese hielt Maximes Spazierstock in der Hand, und so klein wie sie war, sah er an ihr aus wie eine Krücke. Nicht dass sie ihn brauchte. Sobald das letzte Gebet verklungen war und sie eine Schaufel Erde auf den Sarg hatte fallen lassen, stapfte sie energischen Schrittes davon, ohne sich darauf zu stützen, und gab Ornella ein Zeichen, ihr zu folgen.

»Lass uns in die Sonne gehen. Ich mag den Schatten nicht.«

Sie entfernten sich von der orthodoxen Kirche, stiegen ein paar Stufen hinauf zur höchsten Ebene des Friedhofs, wo man einen noch besseren Blick auf die roten Dächer der Altstadt und das blaue Meer dahinter hatte. Schatten warf die milde Herbstsonne auch hier. Einer davon war viel länger und dünner als der der goldenen Kuppel. Félix stand unter der Statue einer Frauengestalt mit flatterndem Kleid, die das riesige Grab einer gewissen Janina Lewandowska bewachte.

Also war er doch nicht zu spät gekommen.

»Warum verabschiedest du dich denn nicht von deinem Vater?«, fragte Hélène grußlos.

»Das tue ich doch, aber eben von hier aus. Er hat sich immer von mir ferngehalten, als er lebte, warum soll ich ihm nun nahekommen, da er tot ist?«

Félix rauchte ausnahmsweise nicht, hielt seine Hände hinter dem Rücken verschränkt, stand ganz starr da. Er trug die Haare etwas kürzer als im letzten Sommer, sie reichten kaum über die Ohren, fielen aber immer noch wellig in die Stirn. Den Zug um seinen Mund konnte Ornella nicht recht deuten. Sie hatte immer gefunden, dass seine Lippen trotz der harten Worte, die er oft sagte, sehr weich waren, doch jetzt waren sie fest zusammengepresst.

Hélènes Lippen begannen zu zucken. Jäh entglitt der Stock ihren Händen, und sie sank in Ornellas Arme, die sie rasch stützte. »Dein Vater hat alles verspielt ...«

Félix machte keine Anstalten, näher zu kommen. »Nicht die Hotels.«

»Aber die Hotels sind mit einer hohen Hypothek belastet, wusstest du das nicht? Es war kein Problem, solange ihm selbst die Bank gehörte, die diese Hypothek gewährt hat, aber nun ...«

»Dann müssen wir eben zwei verkaufen, um das dritte zu behalten.«

»Wird das genügen?«

Félix löste seine Hände nicht vom Rücken, trat jedoch auf seine Mutter zu. »Hast du nicht einst Grandpère Lucien verrückt gemacht, indem du erklärtest, jedes noch so kleine Fischlein bringe mehr zustande als seine großen Schiffe, jeder Schmetterling mehr als das modernste Flugzeug? Menschen geben höchste Summen aus, um etwas zu erreichen, was winzige Insekten von ganz allein beherrschen. Geld ... Geld ist nicht so wichtig.«

Das Schluchzen ebbte ab. »Stimmt, Papa war immer wütend, wenn ich das sagte. Er trat dann auf Käfer, zerdrückte Mücken, nicht alle erwischte er. In unserem Haus in Saint-Tropez war ein ständiges Zirpen und Brummen und Summen. Ich habe so viel Zeit im Garten verbracht. Ich verstehe gar nicht, warum du nie über Blumenwiesen gelaufen bist, sondern lieber bei mir in Krankensälen gehockt hast, als hättest du Angst vor der Sonne.«

»Ich wollte bei dir sein, du hast die Sonne ja irgendwann auch gemieden.«

Hélène blicke nahezu verwundert hoch, wieder zuckten ihre Lippen, endlich löste Félix seine Hände, überwand die Distanz,

377

umarmte seine Mutter ungelenk, indem er sie flüchtig an sich zog. »Es wird alles gut, Mutter«, sagte er. »Es wird gewiss alles gut.«

Eben noch hatte Ornella vermeint, er wäre in den letzten Wochen erwachsener geworden. Nun sah sie den Knaben von einst vor sich, der seiner Mutter in den Krankensälen nicht von der Seite gewichen war.

»Ich brauche ja nicht so viel Geld für mich …«, murmelte Hélène. »Nur meine Arbeit im Krankenhaus … Das Gute, das ich dort dank der Spenden tun kann … Das … Das bedeutet mir alles.«

Dein Sohn sollte dir alles bedeuten, dachte Ornella, doch Félix schien dieser Gedanke nicht zu kommen. »Er wird alles gut«, wiederholte er.

Er ließ Hélène erst wieder los, als Paola kam, erklärte, Rosa habe gekocht, Hélène müsse sich doch etwas stärken. Félix trat in den Schatten einer nahen Gruft und überließ es Paola, sich bei Hélène unterzuhaken und sie vom Friedhof fortzuführen.

Ornella ahnte, dass sich Paola lieber um die trauernde Witwe kümmerte, als zu Renzo und Arthur zu gehen, das zähe Schweigen des einen zu ertragen, die Unruhe des anderen. Und um Arthur kümmerte sich ja auch Salome, seit dem Morgen wich sie nicht von seiner Seite, begleitete ihn auch jetzt, als die Trauergemeinschaft den Friedhof verließ. Nur flüchtig drehte sie sich um … nach dem Grab, nach ihr, nach Félix?

Ornella wusste es nicht, sie senkte selbst schnell den Blick, und als sie ihn wieder hob, waren Salome und die anderen verschwunden. Félix hielt den Stock seines Vaters in der Hand, der Hélène aus den Händen geglitten war.

»Man hätte Vater mit seinem Stock begraben sollen«, murmelte er.

»Noch ist das Grab offen.«

Er blickte sinnierend auf den Löwenkopf, der, obwohl eigentlich silbrig, im milden Sonnenlicht bronzen schimmerte. Schließlich schüttelte er den Kopf. »Mein Vater hat keinen Löwenkopf verdient, nachdem er sich zum Esel gemacht hat.« Er hob langsam den Blick. »Wusstest du, dass der Herzog von Westminster, ein Liebhaber von Coco Chanel, auch ein Vermögen in Monte-Carlo ließ? Er spielte stets an drei Tischen gleichzeitig, und wenn er an einem gewann, verlor er am anderen. Chanel nannte ihn Bandor, weil so ihr Lieblingsesel hieß.«

»Esel? Hieß so nicht vielmehr ihr Pferd?«

»Esel ... Pferd ... Maultier. Was macht das für einen Unterschied? Sie lassen sich zäumen, den Sattel auflegen, traben in die Richtung, die man ihnen vorgibt. Sie tun, was von ihnen verlangt wird, weil sie zu einfältig sind, Freiheit zu fordern.«

Er sah sich suchend um, hob ein paar Kieselsteine vom schmalen Weg zwischen den Gräbern auf, ehe er die fremde Gruft betrat. Die kyrillischen Buchstaben verrieten, dass hier eine russische Familie begraben war. Er musste den Kopf einziehen, um sich nicht die Stirn am runden Steinbogen anzuschlagen, legte den Stock in einer Ecke der Gruft ab, bedeckte ihn mit Steinen. »Worauf wartest du?«, rief er Ornella zu. »Wir brauchen noch mehr Steine.«

Sie bückte sich, sammelte welche, indem sie ihr schwarzes Kleid als Schürze nutzte. Sorgsam verbarg Félix den Stock, sodass am Ende nur noch der Löwenkopf hervorsah. Schließlich verbarg er auch ihn.

»So findet ihn niemand«, murmelte er und meinte damit wohl: So ist der Stock in der Nähe des Vaters und zugleich unendlich fern. Desgleichen wie er selbst oft die Nähe der Eltern gesucht hatte, aber ihnen unendlich ferngeblieben war.

Félix verharrte gebückt in der Gruft, drehte sich nicht nach

Ornella um, die diese wieder verlassen wollte, weil ihr der modrige Geruch zusetzte.

»Du heiratest mich doch, oder?«, rief er ihr nach.

Ornella erstarrte. »Das meinst du jetzt nicht ernst!«

»Aber natürlich. Hast du es denn nicht gehört? Unser Vermögen ist ... verloren. Wie viele Mädchen werfen sich an die Brust eines reichen Mannes, der sie aus der Armut rettet? Ist es da nicht der Gerechtigkeit geschuldet, dass es auch mal ein armer Schlucker bei einer reichen Frau tut?«

Ornella suchte seinen Blick, der nicht so hart war wie seine Worte. Ein wenig Trauer stand darin, ein wenig Mitleid, zudem ... Hilflosigkeit.

»Du machst mir ausgerechnet in einer Gruft einen Heiratsantrag?«, entfuhr es ihr.

»Hatten wir unser erstes Rendezvous nicht auf einem Friedhof?« Das war doch kein Rendezvous, dachte Ornella, aber ehe sie das sagen konnte, fuhr er fort: »Ich glaube, der Tod und die Wahrheit passen gut zusammen. Und die Wahrheit ist: Vielleicht würde *ich* es ertragen, arm zu sein, nur meine Mutter erträgt es nicht. In Paris habe ich gelernt, eine Bank zu führen, doch selbst darin war ich nicht besonders gut. Ein Hotel leiten kann ich erst recht nicht. Dein Vater könnte es tun, er ist ja guten Mutes, diese Krise zu überstehen ... meinetwegen auch einer deiner Brüder ... du selbst ... Hauptsache, ich habe nichts damit zu tun.«

Er bückte sich, um aus der Gruft zu treten, und sie folgte ihm rasch. Kurz schien es, als wollte er sich wieder hinter der Frauenstatue verstecken, stattdessen hielt er sein Gesicht in die Sonne. Es war nicht ganz so blass wie sonst, hatte jenen herbstlichen Bronzeton angenommen wie die Blätter der Hecken, nur seine Lippen wirkten blutleer.

Ornella lugte zu Maximes Grab. Die Trauergäste hatten den

Friedhof längst verlassen, doch Zoé stand dort, in einem leuchtend roten Kleid. Ihr Hut war mit vielen kleinen Blumen im selben Farbton bestickt, und diese zitterten, da sie von heftigen Schluchzern gebeutelt wurde.

»Sie hat ihn geliebt«, murmelte Ornella.

»Liebe ist eine Illusion«, erklärte Félix, und da war sie wieder, die Härte in der Stimme, die sie von ihm kannte. »Erwarte so was bloß nicht von mir. Ich kann nicht lieben.«

Ornella schluckte schwer. »Das arme Mädchen, das sich dem reichen Mann an die Brust wirft, würde wenigstens zu heucheln versuchen.«

»Weil er es sonst nicht nähme«, entgegnete er, »aber du wirst mich nehmen. Auf diesen Moment hast du doch jahrelang gewartet.«

Ich habe darauf gewartet, dass du dein Herz für mich öffnest, dachte sie. Nicht darauf, dass du und deine Mutter in Not geraten und ich euch retten soll ...

Sie widersprach ihm gleichwohl nicht. »Es ist nicht wahr, dass du nicht lieben kannst«, sagte sie leise. Sie schluckte wieder, ihr Mund war so trocken. Schließlich gelang es ihr, den Namen auszusprechen: »Salome.«

Es klang nicht wie eine Frage, es war eine Feststellung.

Sein Blick wurde noch härter. »Sollen Salome und ich etwa den deutsch-französischen Blutbund auffrischen, um der Croix de Feu eine Freude zu machen?«, rief er höhnisch. »Oh, wir würden ein vollkommenes Paar abgeben. Salomes Vater darf hier kein Geld verdienen, und ich kann es nicht.«

»Deiner Mutter gegenüber hast du doch eben behauptet, Geld sei nicht das Wichtigste.«

»Ich bin keine Libelle, die durch die Lüfte fliegt und Flugzeuge verspottet. Ich bin eher der Käfer, der auf dem Rücken liegt. Und du bist die Raupe, die frisst und frisst, weil sie hofft, irgendwann ein Schmetterling zu werden. Ich glaube ja nicht, dass du jemals aus deinem Kokon schlüpfst. Jedenfalls sind wir beide recht gut im Warten, und während wir warten, beobachten wir, und weil wir beobachten, vergeht uns die Lust auf saftig grüne Blätter, weil die Welt nun mal nur aus welken besteht. Diese Ähnlichkeit … sie muss reichen, damit wir uns, wenn auch nicht lieben, niemals hassen werden.«

»Diese Ähnlichkeit reicht vielleicht dir«, entfuhr es Ornella. »Was, wenn sie mir nicht reicht? Ich … Ich habe noch nicht Ja gesagt.«

Félix trat auf sie zu, kam ihr näher denn je. Selbst als er ihr das Klavierspiel beibringen wollte und sie gemeinsam vor dem Instrument gesessen hatten, hatte er stets mindestens eine Handbreit Abstand gehalten. Sie hatte es damals geschafft, die richtigen Tasten zu treffen, aber sie hatte es nicht geschafft, Saties Musik ihren Zauber zu entlocken.

Er hob die Hand, als wollte er ihr übers Haar streicheln, aber berührte sie am Ende nicht. Zumindest konnte sie seine Hand nicht fühlen. Was sie fühlte, war, dass er ihr wohl nie sein Herz öffnen würde, damit sie selbst dort Platz fände, aber er würde sie hineinlugen lassen.

»Ich will keine Liebe heucheln, wo keine ist. Ich will, dass wir ehrlich zueinander sind, dass wir uns immer die Wahrheit sagen. Meine Eltern haben das nie gekonnt oder zu früh verlernt. Wenn du es genau wissen willst: Es geht mir tatsächlich nicht ums Geld, zumindest nicht nur. Ja, meine Mutter soll nicht arm sein, und ich will nicht schuften müssen. Aber zugleich soll Salome nicht unglücklich werden. Und an meiner Seite wäre sie es irgendwann ja doch. Vielleicht habe ich gelogen, als ich gerade behauptete, die Liebe sei eine Illusion. Oh, es gibt die Liebe, ich weiß, wie sie sich anfühlt. Ich zweifle lediglich daran, dass sie das Gute und Schöne aus dem Menschen hervorholt. Und selbst wenn, dann nur eine kurze Weile. Was danach folgt, sind Enttäuschung und Bitterkeit. Salome und ich haben viel gemein, dennoch nicht alles. Sie ... Sie ist stärker, lebendiger, unverwundbarer.«

»Du hast so oft behauptet, jeder Mensch denke nur an sich. Du aber denkst an deine Mutter und an ... *sie*.«

»Sie hat etwas Besseres verdient als mich.«

Sie war nicht sicher, ob seine Offenheit kränkend war oder Anerkennung bedeutete. Vielleicht etwas von beidem. »Ich etwa nicht?«

Er zuckte die Schultern. »Ich glaube jedenfalls nicht, dass du an meiner Seite unglücklich wirst. Ich vertraue vielmehr darauf, dass du kein Talent zum Unglücklichsein hast. Du kannst viel ertragen – auch mich und meine Launen.«

Ornellas Lippen umspielte ein Lächeln – keines jener Art, mit der sie ihre Gefühle zu verbergen versuchte, der Welt vormachte, sie wäre still und zurückhaltend und ... harmlos. Es war ein trotziges Lächeln und zugleich ein trauriges, ein enttäuschtes und zugleich ein triumphierendes. Es war ein Lächeln, das verriet: Sie bekam nicht alles, wonach sie sich sehnte, aber es war einiges, und unmäßig war sie ja nie gewesen, war der Welt nie laut fordernd entgegengetreten, nur beharrlich wartend. Dieses »Ich wage es, mich dir zuzumuten« glänzte zwar nicht wie ein Liebesbekenntnis, aber es hieß auch nicht, dass es keinen Wert hatte, zumindest hatte es einen für sie.

»Ich glaube, das war das Freundlichste, was du je zu mir gesagt hast.«

Seine Lippen verzogen sich ebenso zu einem Lächeln, es war zynisch, aber ehrlich. »Ich fürchte, was ich nun tun werde, wird nicht besonders freundlich dir gegenüber sein. Schau dir die arme

Zoé an, wie schrecklich sie weint. Ich werde zu ihr gehen, sie trösten, sie zum Bahnhof geleiten. Ganz Menton wird uns sehen, und einmal mehr werden die Leute tuscheln. Oh, wie viel Mitleid sie mit dir haben werden, weil ich dich am Tag unserer Verlobung demütige. Vielleicht fühlst du dich ja tatsächlich gedemütigt, aber daran kaputtgehen wirst du nicht. Du bist wie der Löwenkopf am Stock meines Vaters, er war aus Stahl. Man kann ihn nicht zertrümmern, selbst wenn man noch so fest daraufschlägt.«

»In großer Hitze würde er schmelzen.«

»Von Hitze verstehe ich nichts. Du hast meine Mutter doch vorhin gehört. Ich ziehe es vor, im Schatten auszuharren.«

Er strafte seine Worte Lügen, denn die Sonne war gewandert, schien nun direkt auf das Grab der Aubrys. Sie blendete Félix, als er zu Zoé ging, ein Stückchen Abstand hielt, eine Zigarette rauchte, wohl wartete, bis sie keine Tränen mehr hatte. Der Duft von Rosen hüllte Ornella ein, von einem dunklen Rot diese und just dann am stärksten duftend, wenn sie kurz davor waren zu verblühen.

Der November sei ein denkbar schlechter Monat zum Heiraten, erklärte Ludovica, jene junge Frau, die Ornella am Tag der Hochzeit die Haare hochsteckte. Es sei schließlich ein Monat, in dem es häufig regnete. Die Haare der Kinder, die aus einer im November geschlossenen Ehe hervorgingen, würden deshalb unweigerlich grau wie der Herbsthimmel sein.

Ornella schien weder graues Haar noch einen grauen Himmel zu fürchten. Schließlich waren ja die Blumen – ob auf der Tafel, in der Kirche, in ihrem Haar – bunt. Wenn sie in den letzten Wochen mit Salome gesprochen hatte, dann nur darüber, dass man Johannisbrotbaumzweige in Töpfe voll feuchten Sandes stecken müsse, damit sie sich frisch hielten, und dass Schlinggeranien wie Nelken zwei Stunden lang in Essigwasser getaucht werden sollten. Auch mit den Orangenblüten, die nun in ihrer Frisur steckten, war sie so verfahren, und als Salome sie nun umarmte, war der Geruch nach Essig fast so durchdringend wie der Duft der Blüten.

Salome umarmte sie nicht inniglich, diese Zeiten waren vorbei. Jener kurze Anflug von Nähe, als sie das Entsetzen über die Neuregelung der Devisenbewirtschaftung geteilt hatten, war rasch vorübergegangen. Mit dem Entsetzen über Maxime Aubrys Selbstmord waren sie bereits jede für sich fertiggeworden. Hätten sie darüber gesprochen, sie hätten ja zugeben müssen, was Maximes Tod für sie bedeutete. Für Ornella die Hoffnung, dass Félix sie nun heiraten würde. Für Salome das Ende aller Hoffnungen, dass sie die Filiale ihres Reisebureaus allein retten könnte. Wie auch, wenn von den drei Perlen von Menton nur eine übrig blieb, ihr Vater jeden Kampf verweigerte und nach Frankfurt aufbrach, sie ihn nur überreden konnte, selbst zu bleiben, weil sie doch die Hochzeit der Freundin miterleben wollte.

Arthur hatte dafür Verständnis gezeigt – sie hingegen konnte am Tag der Hochzeit nicht verstehen, weshalb sie sich dem aussetzte. Ornella war ja keine Freundin mehr, eine Bekannte war sie, deren Schultern sie nur vorsichtig umfasste. Sie wollte ja das Kleid nicht zerknittern – ein Traum aus zarter Seide mit kleinem Schößchen und Flügelärmeln, einer langen Knopfleiste am Rücken und einem mit Spitzen verzierten Pelzjäckchen.

»Sehr schön«, sagte sie, und der Klang der Lüge umwehte die Worte wie der Essiggeruch Ornellas Haar.

Das Kleid war zwar wirklich schön, und auch Ornella wirkte mit dem ondulierten Haar und den rosigen Wangen hübsch wie selten. Nur ließ das strahlende Weiß ihre Zähne noch gelblicher als sonst erscheinen.

Salome löste sich rasch wieder von ihr und trat zur Tür, ehe sich ihre Blicke trafen. »Ich werde deinem Vater sagen, dass du fertig bist und wir bald zur Kirche fahren können«, sagte sie leise.

Renzo hätte als Ort der Trauung am liebsten die Basilika San Siro, die größte Kirche San Remos, ausgewählt, oder wenigstens die Barockkirche San Stefano, doch Ornella hatte auf der Immacolata Concezione – der Kirche der Unbefleckten Empfängnis – bestanden, da es kein besseres Omen dafür gäbe, dass sie bald ein Kind empfangen würde.

Salome war es neu, dass Ornella an die segensreiche Kraft der Gottesmutter glaubte. Aber es gab ja vieles, was in Ornella zu schlummern schien, das ihr fremd war, wie vieles, was sie selbst über sich zu wissen geglaubt hatte – dass sie forsch, durchaus selbstbewusst war und einen Kampf nicht scheute –, nun aber in jenem grauen Dunst, der zwischen ihr und der restlichen Welt waberte, versickerte.

Auf dem Weg zu Renzo hörte Salome Ludovica mit Dottore Sebastiano, der zu den Hochzeitsgästen zählte, tuscheln. Größtes Unglück, behauptete Ludovica eben, verheiße es, wenn man am Hochzeitstag Salz verschüttete.

»Was für ein Unsinn«, gab der Dottore zurück. Viel besorgniserregender sei es, dass auf jenen alten Brauch verzichtet würde, wonach alle weiblichen Verwandten der Braut Körbe auf dem Kopf zu tragen und in jedem dieser Körbe neun Brote und neun Kuchenstücke in Form von Herzen zu liegen hätten.

»Wären diese Körbe nicht zu schwer?«, fragte Ludovica.

»Die Herzen könnten ja ganz klein sein.«

»Und wie hat man den Teig in diese Form bekommen, ohne dass er im Ofen wieder zerlief?«

Das wusste Dottore Sebastiano nicht so genau.

Salome hingegen fragte sich, ob das eigene Herz zu schwer war, angebrannt oder seine Form verloren hatte.

Sie traf Renzo im Speisesaal, wo das Hochzeitsbankett stattfinden würde. Hektisch schritt er von Tisch zu Tisch, beklagte die falschen Gläser, die aufgedeckt worden waren, tippte gegen jedes einzelne.

»Das sind ganz gewöhnliche Gläser! Ich wollte die aus Kristall, in denen eine Muschel mit Perle eingraviert ist.«

Der Kellner rückte erst die Gläser zurecht, die Renzo verschoben hatte, nuschelte danach Unverständliches und floh. Als Salome auf Renzo zutreten wollte, ihm erklären, dass sich Ornella aus kristallenen Gläsern mit Muscheln und Perlen so wenig machte wie aus großen Basiliken, erblickte sie Félix und verharrte auf der Schwelle. Er stand am Fenster, rauchte wie immer und hatte sich eines der Gläser von der Tafel genommen, um es als Aschenbecher zu nutzen. Dass er Schwarz trug, war nichts Ungewöhnliches, sie sah ihn aber zum ersten Mal im Cut.

Renzo ließ die Gläser Gläser sein und gesellte sich zu ihm.

»Eines versprichst du mir«, setzte er an, hielt kurz inne, und Salome erwartete, dass er ihm das Versprechen abringen würde, die Tochter glücklich zu machen. Am Ende sagte er aber nur: »Versprich mir, dass du nicht in der Kirche rauchst.«

Félix drehte sich nicht zu ihm um, nickte aber, und damit begnügte sich Renzo. Er verließ den Saal durch die hintere Tür, ohne Salome zu sehen. Sie räusperte sich.

»Was denn, was denn«, fragte Félix mit heiserer Stimme, »ich habe versprochen, nicht in der Kirche zu rauchen, aber hier darf ich es doch noch, oder?«

Salome räusperte sich wieder, und obwohl der Knoten im Hals davon nicht kleiner wurde, gelang es ihr dennoch zu sagen: »Versprich mir: Mach Ornella glücklich, oder mach sie zumindest nicht unglücklich.«

Félix hatte die Zigarette eben wieder zum Mund geführt, erstarrte nun. Immer noch blickte er aus dem Fenster, aber sie war sicher, dass er weder den Garten wahrnahm noch den farblosen Novemberhimmel oder den winzigen grauen Streifen Meer, den man von hier aus sehen konnte.

Wenn er sich umdreht, wenn sich unsere Blicke treffen, werde ich ihm sagen, was mir wirklich auf dem Herzen liegt. Dass er Ornella nicht heiraten darf, weil zu viel zwischen uns vorgefallen ist, um das Offensichtliche zu leugnen: Wir beide passen besser zusammen, vielleicht nicht wie Mann und Frau, aber wie zwei Scherben. Wenn sie sich aneinanderfügen, bleibt kaum eine Ritze, während sich andere daran blutig schneiden.

Aber Félix drehte sich nicht um, er nickte nur. Und dieses Nicken bewies: Er war nicht nur zu feige, um sich und seine Mutter ohne fremdes Geld und fremde Hilfe durchzubringen, er war zu feige, um sich zu fragen, was ihn selbst glücklich machte – oder zumindest nicht unglücklich. Und um diese Feigheit zu vertuschen, wurde er nicht müde, Glück und Liebe und Seelenfrieden als leer zu bezeichnen.

Worte der Enttäuschung lagen ihr auf den Lippen, aber sie wusste, sie war ja selbst ein Feigling. Sie umarmte Ornella, ohne ihr zu sagen, trag etwas mehr Parfum auf, sonst riechst du nach Essig. Ohne sie zu fragen: Liebst du ihn denn wirklich, oder bist du nur stolz, ihn dir mit Geduld und Beharrlichkeit ertrotzt zu haben?

Wenig später nahm Salome in der Kirche Platz, ohne sich recht erinnern zu können, wie sie hingekommen war. Hinterher hatte sie auch kein Bild mehr davon im Kopf, wie Renzo Ornella zum Altar geführt, sich danach neben Paola gesetzt hatte. Seit Arthurs Abreise lebte sie bei Ornellas Vater in San Remo, und obwohl Bekannte darüber tuschelten, in der Familie selbst wurde stillschweigend darüber hinweggegangen. Salome wusste nach der Trauzeremonie ebenfalls nicht mehr, wie der Priester ausgesehen, wie seine Stimme geklungen hatte, als er den Bund gesegnet hatte. Nur Rosas Schniefen hatte sie im Ohr. »Kaum zu glauben, dass sie diesen Tag erlebt«, hatte sie gemurmelt.

Der Küchenschrank, den Renzo damals verwettet hatte, hatte seine beste Zeit hinter sich: Die Schiebetüren ließen sich nur noch mit Gewalt öffnen, der Schwenkarm mit der Zuckerdose klemmte, und aus dem Boden des oberen Schrankteils konnte man die Tischplatte nur mehr zur Hälfte herausziehen. Aber Ornella ... Ornella war erblüht.

Auch Hélènes Worte hatten sich in ihr Gedächtnis eingegraben: »Ich habe Maxime damals im Sommer geheiratet, die Bienen summten um meinen Blumenkranz herum.«

Hélène hatte diese Worte nicht in der Kirche zu ihr gesagt, erst danach im Freien, als das Brautpaar nach altem Brauch mit Weizenkörnern überschüttet wurde und die männlichen Gäste die Braut auf die Wange küssen sollten, je schmatzender, desto besser. Es sei dies Sinnbild des Segens, erklärte Dottore Sebastiano, küsste Ornellas Wangen aber selbst nicht. Später schlug er vor, dass dem Brautpaar nach altem Brauch ein Teller mit Honig gereicht wurde, aber entweder Félix oder Ornella wusste das zu verhindern. Stattdessen wurde sogleich die Vorspeise serviert – Languste in einem Sud aus Portwein –, danach mit Trüffel und Reis gefüllte Poularde, schließlich Crêpe Suzette.

Agapito, der in der Kirche neben Gedeone gesessen hatte, hatte während des Mahls neben Salome Platz genommen.

»Weißt du, warum die Crêpe Suzette so heißt, wie sie heißt?«, murmelte Salome und gab jene Geschichte preis, mit der sie in Monte-Carlo häufig ihre Reisegruppen amüsiert hatte. »Der Prinz von Wales hat im Hôtel de Paris einmal mit einer jungen

Dame namens Suzette gespeist. Ein Kellner war von ihrem roten Haar so angetan, dass er versehentlich ihr Omelette entzündete.«

»Wie kann man denn versehentlich ein Omelette entzünden?«, sinnierte Agapito, gab sich die Antwort aber gleich selbst: »Vielleicht war der Prinz von Wales schuld, weil er wie Félix ununterbrochen geraucht hat und eine Zigarette auf den Teller fiel.«

Die Crêpe, die serviert wurde, schmeckte nicht nach Zigarettenrauch, sondern nach Essig, war doch in der Küche etwas schiefgegangen: Man hatte jenes Essigwasser, mit dem die Blumen frisch gehalten worden waren, zum Auswaschen der Pfannen benutzt.

Agapito jedenfalls stand dem tollpatschigen Kellner des Hôtel de Paris in nichts nach. Wenig später stieß er das Kristallglas mit dem Dessertwein um, versuchte die Pfütze mit seiner Damastserviette aufzutupfen, brachte diese, als sie völlig durchweicht war, hinaus, und weil sie noch tropfte, klebte hinterher die Tanzfläche.

Zum Glück wurde noch nicht getanzt, noch plauderten die Gäste über Paris. Zumindest vernahm Salome die Stimme eines älteren Herrn, der Félix fragte, wie es ihm in der Hauptstadt gefallen habe.

Es war nicht Félix, der antwortete, stattdessen erklärte Ornella, dass sie ihre Hochzeitsreise in Paris verbringen würden. Wie sehr sie sich freute, den Tour Eiffel zu sehen, den Louvre, im Jardin des Tuileries und im Jardin du Luxembourg spazieren zu gehen. Sie wollte noch etwas hinzufügen, als Félix sie mit schneidender Stimme unterbrach.

»In Paris ist es recht hübsch, hier kann ich ruhig träumen, bin Mensch – und nicht nur Zivilist. Die Kinder lärmen auf den bunten Steinen. Die Sonne scheint und glitzert auf ein Haus. Ich sitze still und lasse mich bescheinen und ruh von meinem Vaterlande aus.«

Agapito kam mit einer trockenen Serviette zurück an die Tafel, gerade noch rechtzeitig, um Gedeone beschwichtigende Worte zuzuraunen. Der war ob Félix' Worten vom Ausruhen rot angelaufen, fragte eben, seit wann das Vaterland eine Zumutung sei.

»Er zitiert doch nur Tucholsky«, sagte Ornella schnell, woraufhin Félix die Augen verdrehte – vielleicht wegen ihres um Entschuldigung heischenden Tonfalls, vielleicht, weil sie den Namen des Schriftstellers falsch ausgesprochen hatte.

Ein Obsthändler aus Menton, der sich auf die Züchtung von Kiwis verlegt hatte und damit reich geworden war, interessierte sich nicht für Tucholsky und Hochzeitsreisen, er nutzte das Schweigen, das folgte, für die Frage, ob Félix die Hotels behalten oder verkaufen werde.

»Die Perle de Menton hat eine große Zukunft«, rief Renzo dazwischen, ehe Félix auch nur den Mund öffnen konnte. »Zwar muss man damit rechnen, dass die Zahl der internationalen Gäste einbricht, aber die Gewerkschaften werden gewiss den bezahlten Jahresurlaub für Arbeiter durchsetzen.«

»Gott behüte«, warf jemand ein, dessen Gesicht Salome nicht erkennen konnte, dessen Akzent ihn jedenfalls als Franzosen verriet. »Wenn sich das Proletariat erst mal auf den Weg an die Côte d'Azur macht, werden hier bald die roten Fahnen der Kommunisten wehen.«

»Ihr seid doch selbst schuld, wenn ihr dieses Pack nicht unter Kontrolle bekommt«, ließ sich Gedeone vernehmen.

Renzo verschraubte seine Finger ineinander, kämpfte um ein Lächeln. »So schlimm wird es nicht werden.«

»Und wenn doch?«, fragte ein Mann, dem fast das Monokel aus der Augenhöhle gefallen wäre. Wenn Salome sich recht erinnerte, war er ein Bankier, vielleicht derjenige, der Maximes Bank übernommen hatte. »Es gibt Gerüchte, wonach an der Riviera Feriendörfer errichtet werden sollen, mit Tanzböden, Theatern, einfachen Restaurants. Und was die Höhe ist: Die Menschen sollen in Zelten schlafen, auf dem nackten Boden!« Salome musste an ihren Vater denken und wie er ihr von den Tipis der Indianer erzählt hatte. »Wie ein Zigeunerlager wird das aussehen, aber mit Zigeunern kennt ihr Italiener euch ja aus. Ihr seid ja kaum zivilisierter als sie.«

Gedeone erhob sich so abrupt, dass ein Kristallglas erzitterte. »Die Zucht und Ordnung, die in unserem Staat herrschen, müssen die Franzosen uns erst einmal nachmachen – wenn es denn ihre Dekadenz erlaubt.«

Der Monokelmann blieb ruhig sitzen, was aber vielleicht nur an seiner Körperfülle lag. Seine Worte wurden umso schneidender: »Die Italiener, die in Menton arbeiten, sind faul und nachlässig. Sie brauchen doppelt so lange für ihre Arbeit wie unsereins. Zucht und Ordnung ... dass ich nicht lache!«

Agapito raunte Gedeone wieder beschwichtigende Worte zu, doch der stieß seine Hand weg. »Und wie genau wollen Sie das beurteilen, nachdem die Italiener jüngst in Scharen entlassen wurden? Sie sind anscheinend gut genug, um in Krisenzeiten für einen Hungerlohn die Drecksarbeiten zu verrichten. Sobald man diese wieder anständig bezahlen kann, kommen die Franzosen zum Zug.«

Der Kiwizüchter grinste säuerlich, als hätte er in eine seiner Früchte gebissen. »Na und? Ihr könnt Menton noch so oft Mentone nennen – es bleibt eine französische Stadt.«

»Das werden wir schon noch sehen.«

»Ha! Lasst unser Menton in Ruhe und begnügt euch mit der Wüste. Beweist doch erst, was ihr in Abessinien zustande bringt.«

Irgendwann hatte ihr Vater über eine Reise nach Abessinien berichtet. Salome glaubte zu wissen, dass es ein Land in Afrika war. Sie verstand allerdings nicht, warum dieses Land bewirkte, dass die Stimmen noch wütender durcheinanderpolterten. Am lautesten ließ sich die von Renzo vernehmen, der verzweifelt erklärte, dies sei kein Thema für eine Hochzeit.

»Mehr Dessertwein! Bringt mehr Dessertwein!«, rief er.

Kellner huschten herbei, um nachzuschenken, und dann war auch Agapito wieder bei ihr, und wieder stieß er ein volles Glas um, nicht einfach nur, weil er tollpatschig war. Sein Gesicht war plötzlich bleich, seine Hände zitterten, und Salome war sich plötzlich sicher: All das hatte das Wort Abessinien bewirkt.

Sie öffnete den Mund, wollte ihn danach fragen, aber da fiel ihr Blick auf Félix. Anders als am Morgen, da er sich nicht einmal nach ihr umgedreht hatte, sah er sie unverwandt an. Ein flüchtiges Lächeln erschien auf seinen Lippen, verriet jedoch vor allem Überdruss und ... Trauer. Etwas Graues schien ihn einzuhüllen, dichter noch als Zigarettendunst. Sein Blick bekundete, dass er es immer schon gewusst hatte: Frieden war ein leeres Wort. Liebe und Glück waren es ebenso.

»Komm«, sagte Salome jäh zu Agapito, »komm mit.«

Auch wie sie den Saal verlassen hatte, wusste sie später nicht mehr, nur dass sie sich plötzlich mit Agapito in einem Hotelzimmer befunden hatte.

»Was ...«, setzte er an.

Und dann war zum ersten Mal sie es, die ihre Lippen auf seine presste, nicht zuließ, dass er zurückwich, Hauptsache, sie musste kurz nicht atmen, kurz nicht denken, kurz nichts fühlen. Dann fühlte sie doch wieder etwas, seine Hände nämlich, die über ihren Körper wanderten wie Félix' Hände damals auf der Klippe. Allerdings klebten sie noch vom Wein, waren nicht so feingliedrig, waren ungestüm, patschig wie die eines Kindes. Gut so. Sie musste ja irgendetwas zwischen sich und die Erinnerungen schieben ... Agapitos Körper taugte vorzüglich dazu.

Ohne die Lippen von ihm zu lösen, zog sie ihn mit sich, bis sie gegen den Bettrahmen stieß. Sie ließ sich fallen, Agapitos Hüftknochen drückten sich in ihren Bauch, als er auf ihr zu liegen kam. Sein Blick war dagegen weich.

»Salome«, sagte er heiser.

Kurz gaben ihre Lippen ihn frei, dann küsste sie ihn wieder, diesmal auf den Mund. Seine Hände waren überall und zugleich nirgendwo. So ungestüm seine Berührungen sein mochten, sie taten nicht weh. Agapito war ja keiner, der wehtat. Er würde keine schmerzhaften Spuren in ihre Seele eingraben. Ihre Seele schien hier und heute gar nicht dabei zu sein, ihr Körper führte mit mechanischen Bewegungen aus, was nicht ihr Wille vorgab, eher der Wunsch, dem Wollen und Sollen und Müssen und Dürfen zu entgehen.

Sie zerrte erst an seiner Kleidung, dann an ihrer, zeigte sich ihm nackt, ohne sich wirklich zu entblößen.

In wenigen Minuten, nein, eher Sekunden war vorbei, was sie hinterher als unbeholfen bezeichnete, nicht als liebevoll, zärtlich, erregend. Unangenehm war es zumindest nicht, und das kurze Brennen, das sie spürte, als er in sie eindrang, war ihr sogar willkommen. Das, was da in ihr zerriss, hinterließ womöglich ein Leck, das groß genug war, alles aus ihr herausfließen zu lassen – Unbehagen und Scham und Wut und Hilflosigkeit und eine verzweifelte Liebe, die an Félix wie an Ornella gleichermaßen abzuprallen schien. Wobei etwas lediglich an einer harten Wand abprallen konnte, während zwischen ihr und den beiden doch nur eine graue Wolke stand.

Agapitos Hüftknochen gruben sich einmal mehr in ihren Bauch, als er auf ihr liegen blieb. Ausnahmsweise saugte er nicht an ihrem Hals, ihrer Schulter.

»Die Kratzer dort hinten an der Wand …«, sagte er unvermittelt, »Ornella behauptet, sie stammen von einem verwundeten Soldaten, der im Krieg hier gepflegt wurde und vor Schmerzen den Verstand verlor.«

Salome hörte zum ersten Mal von diesen Kratzern. »Das stimmt doch nicht«, murmelte sie. »Das war sicher nur eine Maus oder Ratte.«

Er schien sie nicht gehört zu haben. »Ich habe solche Angst vor dem Krieg«, murmelte er.

Sie hob den Kopf. »Vor welchem Krieg denn?«

»Du hast es doch gehört ...«, fuhr er fort, fügte nur ein einziges Wort hinzu: »Abessinien.«

Ja, sie hatte es gehört, aber sie hatte es nicht wirklich verstanden. Sie verstand auch jetzt kaum etwas von den Worten, die Agapito über sie ergoss. Sie machten doch alle keinen Sinn. Was bedeutete es, dass die Erweiterung des Lebensraums für den Italiener existenziell sei? Dass das alte Imperium Romanum, das weit nach Afrika gereicht hatte, wiederauferstehen müsse. Dass der internationale Kommunismus Italien die neue alte Größe nicht gönnte, damit aber nicht durchkommen werde.

Wieder überlegte sie fieberhaft, was ihr Vater ihr von Abessinien erzählt hatte. Falls das Land wirklich nur aus Wüste bestand, war es doch kein Lebensraum, eher ein Todesraum. Und selbst wenn nicht, hatten die Italiener nicht genug Platz in den Weiten der Po-Ebene, der langen Küste, den vielen Städtchen und Dörfern, den Bergen im Norden?

Agapito fuhr ruckartig hoch. »Zumindest die Franzosen gönnen den Italienern Abessinien. Oder zumindest gönnen sie Deutschland nicht, sich als einzig wahrer Freund Italiens zu erweisen. Sie haben Mussolini freie Hand gelassen, weil es ihnen lieber ist, er greift nach Abessinien, anstatt sie Hitler zum Gruße zu reichen.«

Agapito stand auf, begann sich anzukleiden.

Salome fühlte sich kalt und klamm. »Bleib doch hier. Und hör auf, vom Krieg zu reden.«

»Wie kann ich aufhören, wenn der Krieg eben erst begonnen hat und erst enden wird, wenn uns neben Italienisch-Somaliland und Eritrea auch Abessinien gehört? Es ist das letzte freie Land Afrikas. Wem steht es mehr zu als Italien, dem Erben des römischen Imperiums und ...«

»Ist es möglich, dass es niemandem zusteht außer den Menschen, die dort leben?«

»Aber wir müssen uns doch rächen ... für Wal-Wal, wo die Wilden dreißig in Italiens Diensten stehende Soldaten ermordet haben ...«

Er war mittlerweile vollständig angekleidet, Salome war immer noch nackt. Nicht nur deswegen fühlte sie sich entblößt. Nackt war auch ihr Geist. Genauso wie der ihres Vaters, der immer behauptete, die Wilden würden es nicht ernst meinen, wenn sie brüllten, es seien nur irgendwelche Stammestänze. Aber jetzt würden sie nicht tanzen, sie würden kämpfen, und kein Brüllen war ernster gemeint als das eines Menschen, der im Kugelhagel fiel.

»Ich habe solche Angst vor dem Krieg«, wiederholte er im Flüsterton.

»Was hast du denn damit zu schaffen? Er wird doch nicht hier ausgetragen.«

Wie lächerlich die Worte waren. Der Krieg war kein Monster auf vier Beinen, das man einhegen, fernhalten konnte. Eher glich er einem Nebel, in jede Ritze dringend, jede Grenze überwindend.

»Gedeone hat beschlossen, dass wir uns freiwillig melden«, sagte Agapito, war Renzo ähnlich wie nie, als er die Hände knetete, danach an den Ohrläppchen zog, sich schließlich durchs

Gesicht fuhr, als suchte er den Bart, den er sich einst hatte wachsen lassen, um männlicher zu wirken.

»Gedeone kann nur für sich entscheiden, nicht für dich!«, rief Salome.

»Wir müssen nun mal alle Opfer bringen, auch die Frauen. Demnächst werden sie aufgerufen, ihre Eheringe zu spenden. Sie werden eingeschmolzen, um mit dem Gold Waffen zu bezahlen. Arme Ornella. Félix hat ihr den Ehering doch gerade erst angesteckt, und schon muss sie ihn wieder ablegen.«

»Ornella wird nicht so dumm sein, ihren Ehering zu opfern, und du wirst nicht so dumm sein, dein Leben zu opfern.«

Agapitos Hände standen plötzlich still. Er starrte nicht länger auf die Kratzspuren, sein Blick richtete sich auf sie. »Danke ... danke für das hier ... Ich werde diese Erinnerung in meinem Herzen bewahren ...«

Und was, wenn die Erinnerung dasselbe wie ein Ehering war? Etwas, das man einschmelzen, dem man die Form nehmen konnte, weil die Währung der Liebe keine harte war?

»Ich ... Ich dachte, wir heiraten«, stammelte sie.

Er sah sie nicht mehr an, sondern durch sie hindurch. »Wenn ich zurückkomme ... *falls* ich zurückkomme.«

Ich warte aber nicht auf dich, wollte sie sagen. Am Ende flüsterte sie es nicht einmal. Sie konnte ihn doch nicht mit dem Wissen in die Wüste oder die Steppe oder was auch immer ziehen lassen, er hätte sie verloren. Er sollte ja nicht einmal wissen, dass er sie nie gehabt hatte. Als sich ihre Lippen berührten, nur flüchtig und fast zärtlich, fühlte es sich erstmals so an, als würde er sie tatsächlich küssen.

»Danke«, sagte er noch einmal, stand auf und ging, und als er es nicht mehr hören konnte, sagte sie doch noch: »Ich warte aber nicht auf dich ...«

Warten lag ihr nicht. Es hätte bedeutet, darüber nachzudenken, warum sie mit Agapito in diesem Bett gelegen hatte, dass sie sich davon nicht nur Ablenkung erhofft hatte, vor allem Leichtigkeit. Doch nun lastete etwas auf ihr, das ihr das Atmen erschwerte. Sie stürzte zum Fenster, öffnete es, sog den Geruch nach Meer und irgendwelchen Pflanzen ein, die selbst im November blühten. Sie wusste nicht, welche es waren, Ornella würde es wissen – Ornella, die mit ihrem weißen Hochzeitskleid unten im Garten stand.

Unter den Bäumen, die rund um die Villa Barbera wuchsen, befanden sich Palmen und Platanen, aber keine Eukalypten wie im Park der Perle de Menton. Als Salome zu Ornella lief, hörte sie sie trotzdem ausgerechnet von diesen sprechen.

»Weißt du, dass Gustave Thuret, der an der Riviera zum ersten Mal Zypressen, Kakteen und Eukalyptusbäume angepflanzt hat, nicht nur Botaniker war, sondern auch Algologe?« Salome hörte dieses Wort zum ersten Mal. Es verhieß keine Tätigkeit, der man bei strahlendem Sonnenschein nachging, sondern irgendwo in der Dunkelheit, in der Tiefe von schlickigem Wasser. Aber vielleicht irrte sie sich. Kein Irrtum war es, dass Ornella ihrem Blick nicht auswich wie in den letzten Monaten, sondern sie geradezu flehentlich ansah. Allerdings hielt sie Abstand. Hätte Salome die Augen geschlossen, sie hätte nicht gefühlt, dass sie hier war. Der Essiggeruch hatte sich ebenso verflüchtigt wie der Duft der Orangenblüten. »Algen haben eine einzigartige Weise, sich fortzupflanzen«, fuhr Ornella fort. »Eigentlich tun sie das auf ungeschlechtliche Weise. Nur wenn es sehr warm wird, der Tümpel, in dem sie wachsen, auszutrocknen droht, dann vereinigen sich männliche mit weiblichen.«

Bei mir war es anders, dachte Salome. Ich bin mit Agapito

nicht in jenes Zimmer gegangen, weil es zu heiß wurde, sondern weil mir so kalt war. Auch jetzt zitterte sie.

»Warum bist du nicht bei Félix?«

»Warum bist du nicht bei Agapito?«

»Weil er ... Weil er mit Gedeone in den Krieg ziehen wird«, brachte Salome hervor.

Bis zu diesem Zeitpunkt war sie sich nicht sicher gewesen, ob Ornella das vielleicht bereits wusste ... und nicht nur wusste, sondern sogar guthieß, um ihre Brüder loszuwerden. Doch nun wurde aus dem flehentlichen Blick erst ein fassungsloser, dann ein entsetzter. Auch sie begann zu zittern, obwohl ihr die Kälte für gewöhnlich weniger anhaben konnte.

»In den Krieg?« Erst formten ihre Lippen die Worte nur, dann wiederholte sie sie immer lauter. Salome nickte. »Aber ... Aber das geht doch nicht!«

»Dass Mussolini in Abessinien einmarschiert?«

»Dass Agapito dich nicht heiratet. Du hättest doch mit ihm in der Villa Barbera leben sollen. Wir hätten uns besuchen können, unsere Kinder hätten miteinander spielen können. Wenn es Mädchen gewesen wären, sie wären fast wie Schwestern aufgewachsen.«

Ihr Entsetzen wuchs, verschluckte ihre Stimme wie die Dunkelheit das letzte Licht des Tages. Am Ende stieß sie nur mehr heisere Laute aus.

»Nun, daraus wird nichts«, sagte Salome. Sie fühlte sich, als ob sich in ihrem Inneren ein Loch auftäte, sie hineinfiele ... unterginge ...

Nicht dass Ornella das zuließ. Sie hatte damals nicht zugelassen, dass Salome von den Fluten mitgerissen wurde, sie tat es auch an diesem Tag nicht. Als Salome sich abwandte, davongehen wollte, lief sie ihr nach, packte sie auf jene Weise, wie nur

Ornella jemanden packen konnte. Mit warmen Händen, festem Griff. Tröstlich.

»Nein, nein, nein! Das geht nicht! Ich kann dich doch nicht verlieren.«

Hast du mich nicht längst verloren?, wollte Salome fragen. An dem Tag, an dem du mir deutlich gemacht hast, dass am Ende für dich vor allem zählt, ob du Félix bekommst, nicht wie es ihm … wie es mir dabei geht?

Aber sie konnte nicht so kalte Worte hervorbringen, wenn Ornellas Hände doch so warm waren. Salome spürte, wie ihr Tränen in die Augen stiegen, auch diese waren warm.

»Ich weiß, was ich dir angetan habe, indem ich einfach darüber hinwegging, dass du … Dass du …«, setzte Ornella hilflos an.

»Sag es nicht.«

»Ich weiß, ich hätte ihn aufgeben sollen, mich zurückziehen an dem Tag, als er … Als er …«

»Sag es nicht.«

»Aber ich wollte doch … Ich musste doch … Du hattest es doch immer so viel leichter … Dir fällt immer alles zu … Sämtliche Männer blicken dir nach … Und Agapito … Er liebt dich von Herzen.«

»Er liebt mich nicht genug.«

Ornella ging nicht darauf ein. »Du bist so schön, so lebendig, so stark. Du hattest doch immer alles, was ich nicht habe, da dachte ich, Félix sollst du nicht auch noch bekommen, zumal er dich ja doch nicht glücklich machen würde. Für mich dagegen ist er die einzige Chance … die einzige Chance …«

… geliebt zu werden?, dachte Salome.

Aber Ornella erhoffte sich von Félix offenbar keine Liebe. »Weißt du, dass ich meiner Mutter geschrieben habe?«, fragte sie unvermittelt mit etwas festerer Stimme. »Ich habe Nachforschungen angestellt, wollte wissen, wie ihr Leben verlief, nachdem sie meinen Vater verlassen ... mich verlassen hat. Zurück in der Schweiz hat sie noch einmal geheiratet, sie lebt jetzt in einem kleinen Bergdorf, sehr einfach, regelrecht ärmlich. Und sie hat viele Kinder. Wie es scheint, ist sie am Ende doch noch eine gute Mutter geworden.«

Salome war nicht sicher, ob grenzenlose Enttäuschung oder eher Erleichterung aus Ornellas Stimme sprachen, vielleicht beides. Es war ja auch möglich, selbst grenzenlos über die Freundin enttäuscht zu sein und doch inniglich zu wünschen, sie möge bekommen, wovon sie träumte. Es war möglich zu zerbrechen, weil Agapito seinen Bruder vor alles andere stellte, Ornella aber nicht sie, die Schwester, vor Félix, und zugleich die Kraft zu finden, sich anklagende, vorwurfsvolle Worte zu verkneifen.

»Du hast dich immer mehr nach einer Mutter gesehnt als nach einer *sorella*, nicht wahr?«, fragte sie leise. »Und nun willst du vor allem eine Mutter sein.«

»Trotzdem will ich dich nicht verlieren. So darf es doch nicht zwischen uns bleiben, so stumm, so leer ... Wir dürfen uns nicht wie Fremde behandeln. Wir müssen uns versöhnen. Es ... Es soll so werden wie früher!«

Mit dem letzten Satz forderte sie etwas Unmögliches. Aber die Versöhnung wollte ... konnte Salome ihr nicht ausschlagen. Plötzlich zog sie sie an sich, umarmte sie, nicht so wie am Morgen, da sie das Kleid nicht zerknittern wollte. Das Kleid zählte doch nicht, sie beide zählten, wie sie sich da hielten, wie sie nun beide weinten, wie die Tränen der einen die Wangen der anderen benetzten.

»Hör mir zu«, sagte Salome leise, »ich werde nicht bleiben, das geht einfach nicht. Nicht unter diesen Umständen. Aber das heißt nicht, dass ich aufhöre, deine Schwester zu sein – Schwestern teilen nun mal nicht ihr Leben, wenn sie erwachsen sind, das tun Mann und Frau. Und irgendwann werden wir uns wiedersehen.«

»Vergibst du mir denn?«

»Was hätte ich dir denn zu vergeben?«

Sie ließen sich los, starrten sich an, ließen allein ihre Blicke sprechen. Natürlich gab es etwas, das sie einander zu vergeben hatten: Ornella hatte auf Félix beharrt, Salome sich zwischen sie gedrängt, würde sie bleiben, sie würde immer noch zwischen den beiden stehen. Aber kurz stand zwischen ihr und Ornella nicht Félix, kurz waren sie die beiden Mädchen von einst, die einander wärmten, nachdem sie dem Meer entkommen waren. Nur würden sie an diesem Tag nicht gemeinsam auf die Morgenröte warten.

»Geh ... Geh zu ihm«, sagte Salome. »Wenn du dir so sehr ein Kind wünschst, solltest du nicht hier im Garten sein. Wir Menschen sind keine Algen. Wir pflanzen uns nicht ungeschlechtlich fort.«

Solange sie Ornella ansah, konnte sie lächeln, und dieses Lächeln war echt und warm. Als Ornella sie aber losließ, sich nach einem letzten Lebewohl endgültig abwandte, begannen ihre Mundwinkel zu zucken.

Sie wusste, Ornella würde in Gedanken oft bei ihr sein, würde sich nach ihr sehnen, würde sich an ihre gemeinsamen Sommer erinnern, aber das war kein echter Trost.

So tief ihr Wunsch war, Ornella möge so etwas wie Glück finden – sie hatte keine Ahnung, wo ein solches Glück für sie selbst wartete. Solange sie in der Ferne noch Ornellas weißes Kleid sah, das der Wind blähte, konnte sie der Schwärze in sich etwas entgegensetzen, aber sobald sie im Hotel verschwunden war, füllte diese sie wieder ganz und gar aus, ließ sie aufschluchzen. Wohin sollte sie vor der Kälte fliehen? Unmöglich konnte sie das Zimmer betreten, in dem sie früher mit Ornella geschlafen hatte, unmöglich den Raum mit den zerkratzten Wänden. Sie konnte nicht im Garten bleiben, sie konnte aber auch nicht zum Meer gehen, dort war es noch kälter.

Wieder schluchzte sie auf, lauschte kurz dem Echo, dann mischte sich ein anderer Ton in den Laut.

Da war eine Hand, die nach ihr griff, viel vorsichtiger, als eben noch Ornella sie gepackt hatte.

»Salome«, hörte sie eine Stimme, »du bist ja eiskalt, ich mach uns einen Kaffee, den können wir beide gebrauchen.«

Da war nicht mehr nur die Hand, die sie festhielt, sondern ein weicher Körper, der sie regelrecht auffing, als sie wankte, Locken, die sie kitzelten. Ehe Salome aufging, dass es Paola war, die sie an sich zog, weinte sie bereits.

»Ich wünsche ihr wirklich das Beste«, murmelte Salome. Sie trank den Kaffee, den Paola gebraut hatte, ehe sie sie in einen der Personalräume gebracht hatte. Es befand sich nichts anderes hier als eine Pritsche, die immerhin mit frischem weißen Bettzeug überzogen war, und ein leerer Schrank. Das Zimmer erinnerte sie an das eines Hospitals, aber das war passend, Salome fühlte sich krank. Der Kaffee belebte sie nicht, gab ihr gerade genügend Kraft, immer wieder zu sagen: »Ich wünsche ihr wirklich das Beste, ich weiß nur nicht, wie ich weitermachen soll ... und wozu.«

»Du liebst Félix.«

Salome stritt es nicht ab, sie nickte. »Aber ich habe ihn verloren ... oder ihn nie gehabt ... und selbst wenn ... nur flüchtig. Ornella liebe ich auch, und auch sie habe ich verloren, vielleicht nicht für immer, aber in den nächsten Monaten, Jahren werden wir uns wohl nicht wiedersehen.«

Diese Jahre standen vor ihr wie eine Wand. Jeder einzelne Ziegelstein war grau, nichts Grünes sprießte in den Ritzen.

»Es tut mir leid«, murmelte Paola, nahm einen Schluck Kaffee. »Und zugleich«, fuhr sie sinnend fort, »beneide ich dich. Ich wüsste gern, wie es sich anfühlt zu lieben.«

»Ganz, ganz grässlich!«

»Aber eben nicht nur. Ich stelle mir vor, dass es auch das betörendste aller Gefühle ist, das seligmachendste …«

Salome wollte widersprechen, aber sagte am Ende nichts. Sanft schubste Paola sie in Richtung Bett, und sobald sie ihren Kaffee ausgetrunken hatte, brachte sie sie dazu, sich hinzulegen. Obwohl das Bett schmal war, legte sie sich zu ihr. Im Mansardenzimmer hatten sie seinerzeit ja auch Platz in einem schmalen Bett gefunden. Sogar zu dritt.

»Was … Was soll ich denn jetzt tun?«, fragte Salome.

»Dein Vater braucht dich«, fiel Paola ihr ins Wort. »Er hat immer jemanden gebraucht. Er kann sein Reisebureau nicht allein führen. Du … Du musst ihn unterstützen. Du hast doch immer gern für die Filiale gearbeitet. Arbeite jetzt wieder für das Reisebureau, vielleicht gibt dir das neue Kraft … neuen Sinn.«

Salome legte ihren Kopf auf Paolas Schulter. Sie wusste nicht, wie viel Berechnung in diesen Worten steckte, ob nur das Trachten, eigene Schuld abzubüßen, echte Sorge um Arthur oder Mitleid mit ihr. Was immer es war, Paola meinte es nicht böse. Hatte es auch damals nicht böse gemeint. Ornella meinte es ebenfalls nicht böse, Agapito erst recht nicht, und Félix … nun, der sagte gern und oft böse Dinge, aber meinte sie am allerwenigsten.

»Wirst du es tun?«, fragte Paola. »Wirst du dafür sorgen, dass das Reisebureau Sommer diese unruhigen Zeiten überlebt?«

Salome wollte sich keine Gedanken über unruhige Zeiten machen, das eigene kleine Leben war groß genug. Und eigentlich wollte sie sich ebenso keine Gedanken über das Reisebureau Sommer machen. Sie nickte trotzdem, wenn auch nur, um Paola zu danken, dass sie hier mit ihr im Bett liegen blieb, anstatt zu gehen. Laut aussprechen konnte sie diesen Dank nicht.

»Du wolltest nie meine Mutter sein und nie meine Schwester«, murmelte sie, »aber vielleicht kannst du meine Freundin sein.«

»Ich fürchte, ich bin eine sehr schlechte Freundin.«

»Ich fürchte, ich auch ... Zumindest bin ich an schlechte Freundinnen gewöhnt. Ach, egal. Versprich mir nur, mir regelmäßig zu schreiben.«

Sie war nicht sicher, ob diese Briefe ihr ein Trost sein würden. Paola jedenfalls tröstete sie ein wenig in diesem Moment. Trotz des starken Kaffees schlief Salome an ihrer Schulter ein.

Ornella schaffte es ganz allein, aus dem Hochzeitskleid zu kommen und das Negligé anzuziehen. Hinterher war zwar ihre Frisur zerstört, aber sie wollte Rosa nicht um sich haben, und Ludovica hätte wahrscheinlich in jeder Haarnadel, die sich gelöst hatte, ein schlechtes Omen gesehen. Ornella setzte sich an den Frisiertisch, bürstete über ihr Haar. Wie immer war es kaum zu bändigen.

Félix stand draußen auf der Veranda und rauchte. Renzo hatte ihnen die Suite im obersten Stockwerk überlassen, die schönsten Räumlichkeiten der Perla di San Remo. Von hier aus konnte man den Hafen und – vorausgesetzt, dass man sich ganz weit vorbeugte – die Dächer der Altstadt stehen. Im Hotelprospekt wurde von deren warmem Sandton geschwärmt, jedoch nicht erwähnt, wie taubenverschissen Rundbögen und Dächer waren. Félix hatte ohnehin kein Interesse an der Altstadt. Er beugte sich weit übers Geländer, als hoffte er geradezu, das Gewicht seines Kopfes würde ihn nach unten ziehen.

Ornella knipste die Verandalampe an, eine Geschmacksverirrung ihres Vaters, die einem riesigen dunklen Regenschirm glich, in dessen Mitte einsam eine Glühbirne baumelte.

»Komm«, sagte sie. Er rührte sich nicht. »Schau mich an«, sagte sie, er machte keine Regung. Sie trat zu ihm. Mein Kopf hätte auch zu wenig Gewicht, wenn ich mich vorbeugen würde, dachte sie. Meinen Hüften würde es da schon eher gelingen, mich in die Tiefe zu ziehen. Allerdings würde sie es wohl nicht schaffen, auf das Geländer zu klettern. »Ich weiß, dass du mich nicht hübsch findest«, fuhr sie leise fort.

Er ließ die Zigarette in die Finsternis fallen, bis sie den Boden erreichte, war sie schon verglüht.

»Na und?«, gab er zurück. »Schönheit wird überbewertet. Eine schlanke Statur übrigens auch. Du bist wenigstens robust.«

Félix hob den Kopf, und obwohl das Licht der Glühbirne nicht bis zu ihm reichte, spürte sie, dass er sie nahezu verblüfft anstarrte. Er kramte sein Zigarettenetui hervor, hielt es ihr hin. »Willst du auch eine rauchen?«

»Ich rauche nicht.«

»Dann wäre doch heute eine gute Gelegenheit, damit anzufangen. Es beruhigt ungemein.«

»Ich will mich nicht beruhigen ... Ich will mit dir schlafen. Dabei hilft mir eine Zigarette nicht.«

»Aber sie hilft dir vielleicht, Salome zu vergessen. Ich habe euch vorhin im Garten gesehen.« Ornellas Hände verkrampften sich um das Geländer, während Félix sich davon löste, zu ihr trat. Er hob seine Hand, machte Anstalten, sie auf ihre Schultern zu legen, berührte sie am Ende nicht, ließ die Hand aber auch nicht sinken. »Sie hat dir vergeben, oder?«, fragte er. »Ich denke, auf mich ist sie immer noch böse. Sie wünschte sich wohl, ich würde mehr kämpfen ... um meine Zukunft ... um sie ...«

Ornellas Griff lockerte sich ein wenig. »Warum hast du es nicht getan?«

»Du kennst mich doch. Ich tauge nicht dazu zu kämpfen.«

Wieder hielt er ihr das Zigarettenetui hin.

Sie starrte lange darauf, löste ihre Hände endgültig vom Geländer. »Danach«, sagte sie. Sie schaltete die Lampe aus, ging rückwärts ins Zimmer, und er folgte ihr, langsam, gleichwohl so fügsam, als wäre er dazu verdammt.

»Nein«, rief er, als sie nach dem Schalter der Nachttischlampe tastete. »Lass das Licht aus!«

»Damit du mich nicht sehen musst?«

»Damit wir uns beide nicht sehen müssen. Vielleicht können wir diese Peinlichkeit dann möglichst schnell vergessen.«

Oder er konnte sich dann besser vorstellen, Salome läge unter ihm. Wobei er nicht auf ihr liegen würde. Er ließ sich rücklings auf das Bett fallen, überließ es ihr, sein Hemd aufzuknöpfen, seine Hose.

Ein leises Ächzen entfuhr ihm, von dem sie nicht sicher war, ob es Unwillen oder einfach nur die Lust auf eine weitere Zigarette verriet. Sein Kopf war nicht auf dem Kissen zu liegen gekommen. Die Unterschenkel ragten aus dem Bett, und er machte keine Anstalten, höher zu rutschen. Als sie ihr Hemdchen ausgezogen hatte, sich zu ihm aufs Bett kniete, hob er nur wieder die Hand, und diesmal berührten seine Fingerspitzen ihre Wange, so leicht, dass sie hinterher nicht wusste, ob es nur eine Sinnestäuschung gewesen war.

Sie spreizte ihre Beine, setzte sich auf ihn, wieder gab er diesen Ton von sich. Anstatt nun auch über ihre Brüste oder den Bauch zu streichen, blieben seine Hände schlaff liegen.

Ornella hatte erwartet, dass er seine Augen schließen würde, doch zu ihrer Überraschung blickte er sie unverwandt an, nachdenklich, durchdringend. Sie las weder Verachtung noch Ekel in seinem Blick, und kurz freute sie das. Sie las allerdings Trauer darin, und diese schmerzte. Sie begann sich zu bewegen, nahm ihn tief in sich auf, und plötzlich war sie es, die ihre Augen schloss.

1936

Achtzehntes Kapitel

Wenn Arthur nach Deutschland gereist war, hatte er nie viel von dort erzählt. Salome wusste zwar, dass in den letzten Jahren immer mehr jüdische Emigranten an die Riviera geströmt waren, hatte die Gedanken an die Gründe dafür aber meist verdrängt. Das tat sie zunächst auch nach ihrer Rückkehr. Vielleicht gibt es dir neue Kraft, bekommt dein Leben einen neuen Sinn, wenn du für das Reisebureau arbeitest, hatte Paola gesagt, und Salome hatte es gehofft.

Doch der graue Winterhimmel voll tief hängender Wolken ließ sie an nichts anderes denken, als dass sie keine Reisen mehr nach Frankreich planen würden. Was sollte sie also im Reisebureau? Was sonst mit ihrer Zeit anfangen, mit ihrem Leben, mit sich?

Nach ein paar Wochen erklärte sie dem Hausmädchen, das Arthur nach der Rückkehr wieder ganztags angestellt hatte, dass sie künftig selbst für das Abendessen des Vaters sorgen werde. Sie hatte zwar nie kochen gelernt, aber so schwierig konnte es schließlich nicht sein, ein anständiges Gericht auf den Tisch zu bekommen und sich darüber die Zeit zu vertreiben. Vielleicht würde der Vater ihr dann nicht länger wie ein Fremder gegenübersitzen, nicht jeden Versuch, mit ihm ins Gespräch zu kommen, mit der Frage abwürgen: Weißt du, wann Paola zurückkommt?

Er tat ihr herzlich leid, wie er da stets verloren vor ihr hockte, das Essen so ziellos über den Teller schob, wie er sich selbst wohl fühlte. Zugleich neidete sie ihm, dass er sich in eine Traumwelt zurückziehen, an der Hoffnung auf ein glückliches Leben festhalten konnte. Wie gern hätte sie manchmal gebrüllt: Aber Paola kommt nicht zurück!

Doch sie wusste, dass ein lautes Wort genügen würde, um jenen Damm brechen zu lassen, den sie zwischen sich und dem schrecklichen Heimweh nach dem Süden errichtet hatte.

Sie kaufte sich *Der Eintopf*, ein Kochbuch von Erna Horn, studierte es aufmerksam. Bevor die Zutaten auch nur eines Gerichtes genannt wurden, wurde die deutsche Hausfrau im ausführlichen Vorwort auf Sparsamkeit eingeschworen, zudem darauf, bodenständige Erzeugnisse zu bevorzugen und etwaige Einschränkungen der deutschen Nahrungsfreiheit hinzunehmen.

Nahrungsfreiheit war das Geringste, das Salome vermisste.

Gespart wurde auch in einem anderen Buch, wie schon sein Titel verriet: *Ich weiß alles – Das Sparbuch der klugen Hausfrau*. Darin waren über vierhundert praktische und nützliche »Hausfrauenwinke« nachzulesen, die größtenteils um die Resteverwertung kreisen. Wenn man eine Gans schlachtete, konnte man zwar den Schnabel nicht verwenden, jedoch den Gänsehals, indem man ihn füllte und briet. Und wenn der werte Gatte sein Bier nicht ausgetrunken hatte, ließ sich daraus mit Salz, Zucker, Zimt und einem verschlagenen Ei eine vorzügliche Biersuppe machen.

Bei der Erwähnung von Zucker musste Salome an Rosa denken und schlug das Buch hastig zu.

Als Nächstes nahm sie sich die Schriften des Ernährungshilfswerks vor, die die deutsche Hausfrau einmal mehr anwiesen, aus kargsten Zutaten reiche Mahlzeiten zu machen. Nichts Geringeres sei das als eine heilige Pflicht, schließlich sei der Große Krieg nur verloren worden, weil die Bevölkerung an Mangelernährung zu leiden gehabt hatte. In der Küche verlief folglich eine wichtige

Front, gar ein Schützengraben, in dem es um den Sieg zu kämpfen galt.

Im Kapitel über die richtige Ernährung des Kindes – der Rasse ein solches zu schenken war schließlich auch eine uralte und ewig neue Pflicht – erfuhr Salome schließlich, dass die Schulmahlzeit aus einem kernigen deutschen Apfel zu bestehen habe, keineswegs aus einer Banane, die nur wertvolle Devisen koste.

Salome schlug das Buch zu, hatte plötzlich unglaubliche Lust auf eine Banane. Sie nahm den Korb und brach zur Kleinmarkthalle auf. Am Stand gleich neben dem Eingang gab es weder Bananen noch kernige deutsche Äpfel, stattdessen bot eine Gruppe Frauen, die ein dreieckiges Abzeichen trugen, Würste an, deren Erlös an das Winterhilfswerk gehen sollte.

»Kauf blous nedd denn Dreck vum Krampfaderngeschwader«, vernahm Salome eine vertraute Stimme, während sie noch auf die Würste starrte. Sie blickte hoch, sah Herrn Breul vom Kaufhaus Wronker, der die Einkäufe seiner Frau trug.

»Krampfaderngeschwader?«, fragte sie belustigt.

»Na, de NS-Frauenschaft. Sie mansche gemahlene Zwieback in die Läwwerworschd, unn Gauleblut in die Rindsworschd, unn des Brot backe sie aus Kadoffelstärke unn Lupine. Widerlisch.«

»Wissen Sie vielleicht, wo ich Bananen bekommen kann?«

»Na, du hoaschd Winsch, mer deed schunn e ordentlisches Kilo Budder reische. Äwwer middlerweil kriegt mär joh nämäj alsen Punn die Woch.«

Er hatte die Stimme unwillkürlich gesenkt, standen sie doch zu nahe am Wurststand des Krampfaderngeschwaders.

»Dann werde ich wohl eher Kartoffeln statt Bananen kaufen«, murmelte sie. Sie zu schälen und zu kochen, würde sie sicher schaffen.

»Gries an de werte Babba«, sagte Herr Breul, »sou veel schaffen's nedd, zum rischdische Zeitpunkt die Schnuud zu hoalde, äwwer er hot's druff.«

»Was meinen Sie? Inwiefern hält er den Mund?«

Herr Breul zuckte die Schultern. »Manch duun sisch leischt beim Schlucke, ob's die falsch Worschd, des falsch Brot orrer die Vorschrift is, wie mär soi Geschäft zu führe hot. Wahrscheinlisch misse die die Arschbacke gar nedd zammekneife, weil ehne der Bumbes ohnehin nedd quer hoggd. Gud meeschlisch, dass der werte Babba froh is, dasse ehm de Bankier Frohmann vum Hals gschaffd häwwe.«

»Was ... Was ist denn mit dem Bankier Frohmann? Wer hat ihn meinem Vater vom Hals geschafft?«

»Emigriert isser. In seim Haus wohnt jetz ein Bonze. Im Weschdend losse die sisch gärn nieder. Scheenie Nochbärrschaft hebbd ehr.« Er warf einen Blick auf ihren noch leeren Korb. »Lood sie doch mol zum Esse oi«, fügte er spöttisch hinzu und zwinkerte ihr zu. Sein Grinsen rutschte ihm aber alsbald wieder von seinen Lippen.

Als Salome nach Hause kam, schälte sie gerade mal eine der gekauften Kartoffeln, bei der zweiten schnitt sie sich in den Finger. Sie ließ sie fallen, suchte nach einem Tuch, um den blutigen Finger zu verbinden, fand keines, leckte das Blut ab. Es kam nicht viel neues, und doch schälte sie nicht weiter, sondern ließ die Kartoffeln liegen. Sie stellte die Kochbücher zurück ins Bücherregal und stieß dabei auf ein Exemplar vom *Glöckner von Notre-Dame*, den sie irgendwann in der Schule durchgenommen hatten. Das Buch an sich gepresst stieg sie ins Mansardenzimmer hoch, las, bis der Magen knurrte, las immer noch, sodass der Magen irgendwann schmerzte. Erst als sie die Schritte ihres Vaters hörte, lief sie nach unten. Das Hausmädchen hatte das Kochen übernommen und Kartoffelpüree zubereitet.

Salome nahm hungrig einen Bissen, es schmeckte fade. Arthur stocherte auch nur lustlos in seinem.

»Weißt du, dass die Butter nun kontingentiert wird?«, fragte Salome. »Und dass es keine Bananen mehr zu kaufen gibt?«

Arthur hob verwirrt den Kopf.

»Und weißt du, dass es nun erlaubt ist, Rinderwurst mit Pferdeblut zu strecken? Großmutter hätte das nicht gern gesehen, sie hat im Großen Krieg genügend Pferdefleisch gegessen.« Arthur runzelte die Stirn. Salome fügte mit deutlich schärferer Stimme hinzu: »Und weißt du, dass Bankier Frohmann emigriert ist?«

Ihr Vater senkte den Blick, starrte aufs Kartoffelpüree. »Seine Bank ... Sie wurde beschlagnahmt. Immerhin haben sie mir niedrigere Zinsen für die ausstehenden Raten angeboten.«

»Wer hat dir niedrigere Zinsen angeboten?«

»Ich habe auch mehr Zeit, die Raten zurückzuzahlen, vorausgesetzt natürlich, dass ...«

Er brach ab, nahm einen großen Bissen, das Püree quoll über seine Mundwinkel.

»Vorausgesetzt, dass ... was?«

»Ach, Salome, du musst dir doch keine Gedanken ums Geschäft machen.«

»Ich habe dir immer geholfen, denk an unsere Zeit in Menton.«

»Lass das Reisebureau nur meine Sorge sein, und natürlich Paolas. Wenn sie erst wieder nach Frankfurt kommt, wird sie mir helfen ... und anständig kochen.«

Paola kann so wenig kochen wie ich, dachte Salome. Laut sagte sie nur: »Sie wird aber nicht zurück nach Frankfurt kommen.«

Arthur schaufelte schweigend das Essen in sich hinein, seufzte, sagte am Ende erneut: »Ach, Salome.«

Sie hatte keine Ahnung, was er damit meinte: Ich weiß ja, dass sie nicht wiederkommt. Oder: Es ist schrecklich, dass Bankier Frohmann emigrieren musste. Oder: Dem Püree fehlt es wirklich an Butter.

Das Wetter blieb grau, und dagegen konnte sie nichts tun. Im Kopf blieb es auch grau, aber das hinderte sie nicht daran, die Scheu, das Reisebureau zu betreten, zu überwinden. Ihrem Vater mochte es genügen, sich an eine falsche Hoffnung zu klammern, um sich aufrecht zu halten. Sie konnte das nur, indem sie etwas Sinnvolles tat.

Sie näherte sich dem Reisebureau zwar mit gesenktem Blick, sah dann aber entschlossen hoch. Es ist ja nur ein Gebäude, dachte sie. Zumindest von draußen besehen war dieses unverändert, über der Tür hing immer noch das Schild REISEBUREAU SOMMER. Als sie es betrat, sah sie jedoch, dass jener kleine Raum, einst randvoll mit Säbeln, Antilopenhörnern und sonstigen Kolonialwaren, leer stand.

»Wo … Wo ist denn alles hin?«, entfuhr es ihr. Sie musste die Frage mehrmals wiederholen, bis Arthur endlich von seinem Schreibtisch hochblickte. Verständnislos starrte er sie an. »Na, die Kolonialwaren!«, rief sie.

»So etwas kauft doch niemand mehr. Wer will schon die Artefakte einer minderwertigen Rasse bei sich im Wohnzimmer stehen haben?« Sein Blick richtete sich wieder auf den Schreibtisch.

Als Salome zu ihm ging, nahm sie zunächst nichts anderes wahr als einen Papierbogen, so riesig, dass sie sich fragte, ob ihr Vater wie einst vor vielen Jahren eine Weltreise plante.

»Aber zu den minderwertigen Rassen reisen darf man schon noch?«

Wieder streifte sie sein Blick, diesmal befremdet. »Wo denkst du hin? Eine Arbeiterfamilie könnte sich so etwas niemals leisten. Recht auf Urlaub hat sie gleichwohl.«

Er beugte sich tief über den großen Bogen, und als Salome einen Stuhl heranzog, sich setzte und ihn genauer studierte, erkannte sie, dass jene Zahlen, die sie zunächst für Ankunfts- und Abfahrtszeiten gehalten hatte, in Wahrheit Größenbezeichnungen waren.

2,20 x 4,75 Meter stand in einem Rechteck.

»Was ... Was ist das?«, fragte sie.

Wieder musste sie die Frage mehrmals wiederholen, mit dem Zeigefinger auf die Zahlen deuten, bis er endlich antwortete.

»Na, die Schlafzelle. Was denn sonst? Alle Räume sind absolut gleichartig und äußerst praktikabel eingerichtet. Es gibt zwei Betten, einen Waschtisch, natürlich fließendes Wasser und vor der Dusche einen wasserdichten Vorhang. Desgleichen einen Kleiderschrank, einen Tisch und Stühle.«

Salome konnte sich nicht vorstellen, wie das alles auf diesem doch recht kleinen Rechteck Platz finden sollte.

»Ist auch vorgesehen, dass man in diesem engen Raum atmet?«, fragte sie provokant.

»Was hast du denn? Man kann zwei dieser Räume sogar mit einer Schiebetür verbinden, dort kann man dann eine sechsköpfige Familie unterbringen.«

»Eine Familie? Mit Kindern?« Sie studierte den Plan, entdeckte nun ganz viele dieser Rechtecke. »Ich dachte, das wäre ein Gefängnis.«

Arthur tat so, als hätte er ihren Einwurf nicht gehört. »Die Schlafzellen sind nicht nur gleichartig eingerichtet, sie sind zudem perfekt ausgestattet. Für jede Familie gibt es Handtücher, Bettzeug, selbst Strandutensilien: einen Sonnenschirm, eine Liege, Schaufel und Eimer für die Kinder ...«

»Das Gefängnis liegt also am Strand?«

Arthurs Hände fuhren hektisch über den Plan. »Spotte nicht! Das hier ist die großartigste Tourismuseinrichtung, die man sich nur vorstellen kann. So etwas war bislang im Reich der Träume zu Hause, doch nun wird es Wirklichkeit. Und man hat an alles, wirklich an alles gedacht! Seewärts befinden sich Liegehallen zum Ausruhen und Speisehäuser, in denen jeweils zweitausend Gäste auf einmal Platz finden. Ein eigener Bahnhof wird natürlich auch eingerichtet werden und ein Parkplatz für fünftausend Automobile.«

»Wenn nur zweitausend Menschen essen, warum braucht man dann Platz für fünftausend Automobile?«

Arthur verdrehte die Augen. »Die Mahlzeiten finden im Schichtbetrieb statt. Es ist genau geregelt, wer zu welcher Zeit den Speisesaal betritt. Natürlich ist auch ein eigenes Schlachthaus vorgesehen, der Transport dieser Unmengen von Fleisch, die man benötigen wird, wäre sonst nicht zu bewerkstelligen.«

Arthurs Finger glitten einmal mehr über den Plan. Salome entdeckte, dass auch drei Wellen eingezeichnet waren, die offenbar das Meer symbolisierten, davor befand sich ein schmaler Streifen Strand. Die Beklemmung, die sie seit ihrer Rückkehr nie ganz losgelassen hatte, auch das Gefühl, dass sie nicht einfach nur eingesperrt, nein, aus ihrem Leben ausgesperrt war, wuchsen.

»Werden die Menschen übereinanderliegen, wenn sie sich bräunen? Oder ist am Strand ebenfalls Schichtbetrieb vorgesehen?«

Arthur hielt kurz verwirrt inne, dachte nach. »Hm«, machte er, zuckte die Schultern, fuhr umso eifriger fort: »Der Strand ist jedenfalls in kleine Abschnitte unterteilt. Jedem Badenden steht ein Geviert von gut zwei Quadratmetern zu.«

Der Gedanke, dass Félix, würde er ausgestreckt dort liegen,

kaum Platz fände, schoss ihr durch den Kopf. Wobei Félix niemals freiwillig in der Sonne liegen würde. Erst recht nicht unter Tausenden von Menschen.

»Gibt es auch Vorschriften, wie hoch die Sandburgen sein dürfen? Dreißig Zentimeter, fünfzig Zentimeter? Und welchen Abstand muss man zur nächsten einhalten?« Arthurs krause Stirn verriet nicht, ob er sich erneut verspottet fühlte oder die genannten Maße für sinnvoll hielt. »Und vorhin hast du Kinder erwähnt. Was, wenn sie nicht auf der vorgesehenen Strandfläche bleiben? Müssten an den Sonnenschirmen nicht Hundeleinen für sie angebracht werden?«

»Hunde sind meines Wissens nicht erlaubt«, murmelte Arthur nun etwas ratlos.

Er starrte auf den Plan, drehte ihn um, auch die Rückseite war mit Zeichnungen übersät.

»Und das ist wirklich kein Gefängnis, sondern eine Tourismuseinrichtung?«, fragte sie.

»Vor allem ist es eine einmalige Chance für Menschen, die sich sonst keine Urlaubsreisen leisten können. Dieses Seebad, das Erste von mindestens fünf, die zwischen Binz und Sassnitz auf Rügen errichtet werden sollen, wird nicht nur das gewaltigste sein, das die Welt je gesehen hat. Der Aufenthalt wird zugleich der billigste sein, er soll nur zwanzig Reichsmark kosten!«

»Und wenn man mir die zwanzig Reichsmark bezahlte – ich würde dort keinen Urlaub verbringen.«

Arthur starrte nicht länger auf die Zeichnung, denn plötzlich ertönte ein Räuspern, gefolgt von einem schneidigen »Heil Hitler!«

Ihr Vater sprang dienstbeflissen auf, hob die rechte Hand zum Gruß. Salome drehte sich ganz langsam herum.

»Ach«, sagte ein ihr fremder Mann, der ebenfalls die rechte

Hand gehoben hatte, »das dürfte das Fräulein Tochter sein, das Sie schon manches Mal erwähnt haben.«

Die Farbe des Anzugs, den der Mann trug, sollte wohl ein Grau sein, ließ sie aber an Matsch denken. Am linken Arm prangte eine Kampfbinde, die neuerdings Sturmbinde hieß und das Hakenkreuz zeigte.

»Kraft durch Freude«, sagte er knapp.

Ihre Gedanken waren derart erlahmt, dass sie diese Worte kurz für seinen Namen hielt. Sie wusste nicht, was unpassender war – dass jemand Kraft hieß, dessen Schultern nicht sonderlich breit und dessen Arme nicht sonderlich muskulös waren, oder dass sich jemand Freude nannte, dessen Haar an den Seiten kurzrasiert war, der eine Narbe auf der Wange trug und dessen Lippen unter einem kleinen Schnäuzer schmal waren.

Als ihr endlich aufging, dass er nicht seinen Namen genannt hatte, sondern die Organisation, für die er arbeitete, lag es ihr auf den Lippen zu spotten: Meine Großmutter hat eher nach dem Motto »Kraft durch Rinderbrühe« gelebt. Doch sie verkniff es sich.

»Das ist Hermann Bongartz«, erklärte ihr Vater indes, »der Gauabteilungsleiter, der dem Kraft-durch-Freude-Gauwart von Frankfurt zur Seite gestellt ist und der die Kraft-durch-Freude-Betriebswarte in den Betrieben überwacht.«

Mit keiner einzigen dieser Amtsbezeichnungen konnte sie etwas anfangen. Ein noch größeres Rätsel war ihr, warum Hermann Bongartz nicht auf der Schwelle verharrte, sondern zielstrebig auf das Schreibpult zutrat, an dem Herr Theodor, den sie an diesem Tag noch nicht gesehen hatte, seine Rechnungsbögen ausfüllte, und die Unterlagen studierte, die dort lagen.

»Ich sehe, Sie haben ganze Arbeit geleistet.«

Salome versuchte, einen Blick auf die Papiere zu erhaschen, sah, dass sie mit unzähligen Wörtern übersät waren.

»Ihr werter Herr Vater unterstützt uns nicht nur im Hinblick auf unser Seebad. Außerdem hat er eine Begleitbroschüre für unsere Seereisen verfasst«, erklärte Hermann Bongartz, dem ihr neugieriger Blick nicht entgangen war. In noch nüchternerem Tonfall fügte er hinzu, dass es mittlerweile zwei Schiffe gab, die keinem anderen Zweck dienten, als Kraft-durch-Freude-Kreuzfahrten durchzuführen. Nahezu beseelt fiel dagegen die Lobrede aus, die folgte und die er mit dramatischen Gesten begleitete. »Es gibt wohl keine Nation, die sich der Werktätigen so annimmt wie Deutschland. Reisen ist nicht mehr das Vorrecht der Besitzenden, Reisen wird von nun an jedem Volksgenossen ermöglicht, auf dass er ausreichend erholt ist, um seinen Beitrag zur Stärkung des Gemeinwohles zu leisten. Ihr Vater hat die Regeln, die auf den Schiffen einzuhalten sind, dankenswerterweise nicht nur ausformuliert, er wird die Begleitbroschüre auch in Druck geben. Schließlich gilt es zu verhindern, dass die Passagiere bis in die Nacht hinein dem Vergnügen frönen und dadurch auf Schlaf verzichten. Nein, die Polizeistunde ist strikt einzuhalten, damit man sich ausgeruht vom Lager erhebt, wenn der Trompeter um sieben Uhr morgens seinen Weckruf bläst.«

»Um sieben Uhr morgens?«, entfuhr es Salome entsetzt. »Im Urlaub?«

»Wir reden hier nicht von einer ganz gewöhnlichen Reise, wir reden von einer lebendigen Demonstration unserer Volksgemeinschaft. Mit dem Recht auf Urlaub geht schließlich die moralische Pflicht einher, ihn sinngemäß zu verbringen. Auf den Schiffen wird ein vielfältiges Programm angeboten – Vorträge, Gesang, natürlich Sport –, denn dem zersetzenden Gift, wie es Langeweile und Müßiggang verströmen, gilt es den Riegel vorzuschieben.«

»Und diese Schiffe fahren auf der Nord- und Ostsee?«, fragte Salome.

»Sagen Sie doch bitte Germanisches Meer. Und nein, wo denken Sie hin? Natürlich streben wir auch in die Ferne, wobei der Landgang nur gestattet ist, wo uns der rechte Geist empfängt, in Italien zum Beispiel. Der Drang nach Italien ist schließlich ein urdeutscher Trieb. Vor einigen Jahren musste man zwar befürchten, das Land wäre der demokratisch-liberalistischen Weltanschauung verfallen, doch bevor der Marxismus endgültig seine Fänge nach dem stolzen Volk ausstrecken konnte, kam der Retter Mussolini.«

Er sprach so eifrig, dass die Zungenspitze fast seine Nase berührte, wollte offenbar mit einer Lobrede auf den Duce fortfahren, doch Salome fiel ihm ins Wort. »Und welche Städte werden in Italien besichtigt?«

»Ach, liebes Fräulein«, der Blick wurde nachsichtiger, die Gesten milder, »am Ende zählt doch nicht, wo man war, sondern wohin man zurückkehrt. Nach jeder Reise betrachtet man das Heimatland mit liebevolleren Augen. Mancher spürt jetzt überhaupt zum ersten Male, dass er wirklich eine Heimat hat. Wir wollen uns nicht bei Äußerlichkeiten aufhalten, der wahre Wert liegt im gemeinsamen Erleben und im Verschmelzen.«

»Wenn das Verschmelzen erlaubt ist, könnte man also sein Plätzchen am Strand mit dem seines Nachbarn zusammenlegen?«

»Strand?« Bongartz musterte sie verwirrt, fing sich aber rasch wieder und fuhr eifrig fort: »Anders als die Gewerkschaften, die nie durchgesetzt haben, dass der Jahresurlaub tatsächlich gewährt, er gar von sechs auf zwölf Tage erweitert wird, lassen wir die Arbeiter nicht im Stich. Ihr Vater leistet dazu einen wichtigen Beitrag, hilft uns nicht nur beim Verfassen von Broschüren, auch bei der Organisation. Vielleicht können Sie uns unterstützen, indem Sie uns eine Tasse Kaffee aufbrühen, Fräulein … Fräulein …«

Er runzelte die Stirn, schien nachzudenken, ob er ihren Namen überhaupt schon mal gehört hatte.

»Fräulein Salome«, schloss sie seinen Satz.

Er sah ungläubig von ihr zu ihrem Vater.

»Es war eine Idee meiner verstorbenen Frau«, sagte Arthur schnell, »sie liebte die Oper von Richard Strauss, war Sängerin und ...«

»Nein«, unterbrach Salome, »sie war Bühnenbildnerin.«

Hermann Bongartz entfuhr ein kurzes perplexes Lachen. »Kurios, kurios. Gleichwohl gebe ich Ihnen einen gut gemeinten Ratschlag: Wenn Sie einen zweiten Vornamen haben, dann lassen Sie sich besser bei diesem rufen.«

»Warum?«, fragte Salome vermeintlich unwissend.

Er senkte unwillkürlich die Stimme. »Salome ist ein jüdischer Name.«

»Ist das Maria nicht auch?«

Wieder ein perplexes Lachen, diesmal mit einem giftigen Unterton.

»Mein Fräulein Tochter hat viel Zeit im Ausland verbracht«, schaltete sich Arthur ein, »genauer gesagt in Frankreich. Sie ... Sie ist mit den hiesigen Gegebenheiten nicht mehr vertraut.«

»Ah, Frankreich!«, rief Bongartz nunmehr begeistert. »Die Franzosen bewundern die Deutschen ja grenzenlos für ihr Militär, ihre Verwaltung, ihre Liebe zum Vaterland. Leider«, ein leicht verächtlicher Unterton schlich sich in seine Stimme, »leider ist der Individualismus dort eine Volkskrankheit. Die guten und mutigen Bauern werden wie einst von den dekadenten Stadtleuten geknechtet, und von der Vernegerung möchte ich gar nicht erst anfangen. Nicht dass ich die französische Rasse vollends verloren gebe. Nur hat sich bedauerlicherweise der romanische Einfluss durchgesetzt, das einzig Gute daran mag die klangvolle Sprache sein. Ich beherrsche sie leider nicht.«

»Aber ich«, sagte Salome, »ich spreche fließend Französisch. Ich kenne ein wunderschönes Gedicht. *Le sonnet du Trou du Cul*, heißt es. *Obscur et froncé comme un oeillet violet* ...«

»Salome!«, rief Arthur mahnend.

Bongartz runzelte die Stirn. »Ich fürchte, ich verstehe nichts.«

»Es geht um eine violette Nelke«, sagte sie.

»Salome!«, wiederholte Arthur hilflos.

»Wie auch immer«, fuhr Hermann Bongartz rasch fort, »die Franzosen mögen ein liebenswürdiges Volk sein, aber ohne Saft und Kraft, unordentlich und sittlich verderbt. Das wird nun mal aus den Menschen, wenn man sie sich selbst überlässt. Wir wollen es lieber mit Robert Ley halten, der nicht nur dieses gewaltige Seebad mit seinen fantastischen Einrichtungen erschaffen hat, sondern uns daran gemahnt, dass künftig nur mehr das Schlafen Privatsache ist. Sobald man wach ist, ist man Soldat und kann nicht mehr tun und lassen, was man will. Also wollen wir die Menschen auch im Urlaub beschäftigt halten, selbigen bis ins kleinste Detail organisieren und ...«

Er holte tief Atem, ein Zeichen dafür, dass er noch nicht fertig war. Salome nutzte die Gelegenheit, um zu murmeln, sie werde sich um den Kaffee kümmern, und floh.

Salome kehrte ohne Kaffee ins Reisebureau zurück. Sie hatte sich überlegt, einen möglichst scheußlichen zuzubereiten – keinen Bohnen-, sondern Zichorien- oder Getreidekaffee –, und diesen mit Milch zu servieren, die mit Kalk oder Gips gestreckt war. Aber wer konnte schon wissen, ob Hermann Bongartz den Kalk überhaupt schmeckte, Wölfe fraßen schließlich auch Kreide, zumindest, wenn sie etwas erreichen wollten. Der Gauabteilungsleiter war jedoch gar nicht mehr da, nur Arthur saß immer noch über den Plänen, machte sich irgendwelche Notizen.

»Kannst du dich nicht mehr an die Scherben erinnern?«, fragte Salome.

Arthur zuckte zusammen. Es dauerte eine Weile, bis er den Blick von den Plänen hob, trotzdem noch abwesend, gedankenverloren. »Welche Scherben?«

»San Remo«, sagte Salome knapp, fügte hinzu: »Und später in Menton ... das Telegramm, das alles veränderte ...«

Arthur senkte den Blick wieder. »Nur ... Nur ihretwegen hat das Reisebureau eine Zukunft.«

»Nur ihretwegen wäre das Reisebureau beinahe bankrottgegangen.«

Arthur tat, als hätte er sie nicht gehört. »Der Fremdenverkehr wird nun völlig neu organisiert. Endlich sind wir all die lästige Konkurrenz los ... Beamte und Lehrer, die in der Freizeit Touren planen. Reiseagent darf sich nur mehr nennen, wer über dreijährige Erfahrung verfügt, ausschließlich dem Reisebureaugeschäft nachgeht und Mitglied des Reichsfremdenverkehrsverbandes ist. Und wie viele Vorteile dieser bringt! Effektive Reklame, Förderung von Reisen und ...«

»Wenn alles so wunderbar ist, weshalb brauchst du dann diesen Bongartz?«

»Würde ich in Konkurrenz zu Kraft durch Freude treten, würde ich doch wie ein Käfer zerquetscht werden. Unmöglich könnte ich mit den niedrigen Preisen mithalten. Und selbst wenn das Seebad erst in drei Jahren fertig wird, gilt es schon in naher Zukunft Kurzurlaube, Wochenendfahrten, Wanderreisen für die Organisation zu gestalten und durchzuführen. Ich kann dabei helfen, es gibt schließlich viel zu tun: Gaststätten müssen inspiziert, Fremdenverkehrsgemeinden gleichmäßig erfasst, Reisepläne erstellt, Reiseprospekte herausgebracht werden. Kraft durch Freude hat nicht genügend qualifizierte Mitarbeiter, deswegen ist man auf Menschen wie mich angewiesen. Ach, Salome …«, sein Tonfall wurde flehend, »was soll ich denn sonst tun … so ganz allein … Paola … Paola …« Er stammelte mehrfach ihren Namen, glich einem hilflos auf dem Rücken liegenden Käfer. Am Ende sagte er nur: »Außerdem ist Herr Theodor ja nun … weg.«

»Warum ist Herr Theodor weg?« Arthurs Blick fuhr zu dem Schreibpult, an dem der treue Mitarbeiter üblicherweise stand, als müsste er sich vergewissern, ob er auch die Wahrheit sagte. »Warum ist Herr Theodor weg?«, wiederholte sie mit wachsender Beklommenheit.

»Das weißt du doch«, erwiderte Arthur. »Ich wollte nicht, dass unsere Zusammenarbeit so endet, deswegen war es ja mein Plan, ihn nach Frankreich zu holen. Dort wäre er nicht weiter aufgefallen, wäre mir eine große Hilfe gewesen. Aber daraus wurde nichts … Und hier … Nach den neuen Gesetzen im letzten September … erst recht als Kraft durch Freude mir eine Kooperation anbot … Da war es nun mal unmöglich, dass er weiterhin hier arbeitet …«

»Du hast ihn entlassen?«, rief Salome entsetzt.

»Natürlich nicht. Er war klug genug, selbst zu kündigen. Ich habe ihm noch zwei Gehälter ausgezahlt, das war sehr großzügig von mir. Ich weiß ja, was ich ihm zu verdanken habe. Er hat hier immer die Stellung gehalten, wenn ich unterwegs war. Aber jetzt bin ich ja hier, und Bongartz kommt regelmäßig vorbei. Du musst dich nicht verpflichtet fühlen, mir zu helfen. Du hast doch sicher Lust, andere Dinge zu machen. Geh ins Kino oder spazieren oder ins Freibad …«

»Es ist Winter!«

»Ach, Salome, jetzt bring mich nicht durcheinander, ich habe keine Zeit, dir alles zu erklären, der Kopf platzt einem ja schon davon, wenn man über diese hohen Zahlen nachdenkt. Drei bis vier Millionen Menschen werden jährlich Urlaub in den Seebädern machen, das muss man erst einmal fassen. Du natürlich nicht, geh nach Hause, du wirst ein schönes Leben haben, genauso wie Paola, wenn sie erst einmal zurückkommt, für die Zukunft des Reisebureaus ist ja gesorgt. Und was Herrn Theodor anbelangt, wie ich schon sagte, ich habe ihm zwei Gehälter ausbezahlt. Diese neuen Gesetze ... und was sie über die Rassen sagen ... Ich glaube ja nicht, dass die Reinheit des deutschen Blutes die Voraussetzung für den Fortbestand des deutschen Volkes ist, aber außer Kraft setzen kann ich sie eben auch nicht, also müssen wir damit leben. Jetzt lenk mich nicht länger ab.«

Er starrte wieder auf die Pläne, Salome ebenso, aber sie nahm das Gestrichel nicht mehr wahr. So viele Fragen lagen ihr auf der Zunge. Warum musste Herr Theodor gehen? Was genau waren das für Gesetze, die im letzten September erlassen wurden?

Eigentlich kannte sie die Antwort. Und sie wusste, dass es keinen Sinn hatte, Arthur zu widersprechen.

»Wie du möchtest, Vater, wie du möchtest.«

Salome wusste, dass Herr Theodor in der Goethestraße wohnte, jedoch nicht, wie er mit Nachnamen hieß. Für sie war er immer nur Herr Theodor gewesen. Als sie am nächsten Vormittag vor seinem Haus stand, drückte sie dennoch das richtige Klingelschild. In schmalen goldenen Lettern stand »Feingold« darauf.

»Warum haben Sie denn nie erwähnt, dass Sie Jude sind?«, fragte sie grußlos, sobald sie in den zweiten Stock hochgestiegen war, wo er sie an der Wohnungstür empfing.

Herr Theodor war nicht so unhöflich wie sie. Erst einmal beteuerte er, wie schön es war, sie zu sehen, erst dann zuckte er die

Schultern, bat um Pardon, weil er ihr keine korrekte Antwort geben konnte.

»Ich bin nicht sicher, ob ich wirklich ein Jude bin, nur, weil ich von welchen abstamme. Tatsache ist, dass ich als Jude betrachtet werde.«

Obwohl er nicht mehr im Reisebureau arbeitete, trug er seinen dunklen Anzug, hatte das Haar akkurat gescheitelt, die Bartspitzen moduliert.

»Dass mein Vater Sie entlassen hat …«, setzte Salome an.

»Ich habe nach meinem Gutdünken entschieden, tunlich selbst meinen Abschied anzuzeigen. Ich wollte dem Reisebureau und erst recht Ihrem Vater keine Sperenzchen machen.«

Unwillkürlich stampfte sie auf. »Er hätte Ihre Kündigung nicht akzeptieren dürfen.«

Das Seufzen, das Herr Theodor ausstieß, klang wie das Echo eines anderen Lautes – das Seufzen des älteren Mannes im Café de la Marine. »Ihr Herr Vater war sehr gut zu mir. Als die neuen Rassengesetze erlassen wurden, war es seine vortreffliche Idee, mich nach Frankreich zu holen. Aber diese Pläne haben sich leider zerschlagen …«

Nur zu gut konnte sie sich erinnern, wie sie mit Arthur am Bahnsteig gewartet hatte … wie sie das Telegramm erhalten hatten … wie Maxime später von einer Katastrophe gesprochen hatte. Auch deswegen hatte er sein Vermögen verspielt und sich später erschossen, hatten Félix und Ornella geheiratet und … Aber an Félix und Ornella wollte sie nicht denken. Was war ihr kleines Unglück, gemessen an Herrn Theodors so großem.

»Ich würde Ihnen gern einen Tee zubereiten«, sagte er eben, »mit dem zwiefältigen Zweck, mich von düsteren Gedanken abzulenken, ehe sie obsiegen, und mich zugleich für Ihren Besuch erkenntlich zu zeigen.«

Sie folgte ihm in die Küche, wo er ihr erklärte, dass das Hausmädchen gekündigt habe. Er müsse nun selbst den Haushalt führen, schaffe das mehr schlecht als recht.

Tatsächlich knackte es bei jedem Schritt, weil der Boden mit Brotkrumen übersät war.

»Ich kann unser Hausmädchen fragen, ob es bei Ihnen aushelfen kann«, schlug Salome vor.

»Bringen Sie das arme Mädchen nicht in die Bredouille, ja, noch nicht mal nicht in die Verlegenheit, ablehnen zu müssen.«

»Es sollte sich unterstehen ...«

»Seien Sie nachsichtig, Fräulein Salome. Es ehrt Sie zwar, dass Sie mich besuchen, aber ich verstehe, dass es niemandem leichtfällt, meine Wohnung zu betreten, sintemal die schiefmäuligen Kerle vom Wachsturm jede Woche von der Bockenheimer Landstraße in die Ulmenstraße ziehen und entweder *Hängt die Juden auf* oder *Wenn das Judenblut vom Messer spritzt* singen.«

Teeblätter fielen zu den Krumen auf den Boden, als er diese mit zittrigen Händen ins Teesieb zu füllen versuchte.

»Lassen Sie mich das machen«, sagte Salome, und nachdem er sich dreimal entschuldigt und dreimal bedankt hatte, ließ er sie mit Kanne, Teesieb und heißem Wasser hantieren.

»Selbst wenn ich ein Hausmädchen fände, mir fehlten doch die monetären Mittel, es zu bezahlen«, murmelte er später, als sie Platz genommen hatten.

Seine Hände legten sich um die Tasse, wohl um das Zittern zu verbergen. Eigentlich müsste er sich daran verbrennen, so kochend heiß wie der Tee noch war, aber offenbar fühlte er die Hitze nicht.

Diese stieg dagegen Salome in die Wangen. Sie war eigentlich hergekommen, um Herrn Theodor zuversichtlich zu stimmen, ihm zu sagen, dass ihr Vater, wenn sich die Lage beruhigt hatte, ihn schon wieder einstellen werde. Aber selbst wenn sie es mit Arthur würde aufnehmen können – es blieb immer noch Hermann Bongartz.

»Und wenn Sie doch nach … Frankreich reisen?«, fragte sie.

Reisen.

Wie viel Verheißung in diesem Wort lag. Und zu welcher Lüge es nun wurde. Es ging nicht ums Reisen, es ging ums … Fliehen.

Herr Theodor blickte auf. »Meine älteste Tochter insistiert, dass wir bleiben, einerlei was kommt. Sie sagt, sie lasse sich nicht vertreiben. Mein Eidam dagegen, der Mann meiner zweiten Tochter, meinte jüngsthin, wir sollten Deutschland verlassen, solange noch Zeit sei …«

Noch mehr Scham erfüllte sie. Sie hatte nicht gewusst, dass Herr Theodor mit Nachnamen Feingold hieß und Jude war, und sie hatte nicht gewusst, dass er Töchter hatte. Er hatte zum Reisebureau gehört wie ein Möbelstück, das man brauchte und regelmäßig benutzte, aber nicht weiter beachtete. Wenn überhaupt, hatte sie sich über seine antiquierte Sprache lustig gemacht.

»Frankreich bleibt eine diffizile Destination«, sagte er eben, »nicht nur wegen der Devisensperre, auch weil sich dort keine Arbeitsgenehmigung erhoffen lässt. Mein Schwiegersohn meinte, selbige sei leichter in Italien zu erlangen.«

»Ausgerechnet in Italien?«, entfuhr es Salome.

Herr Theodor nickte. »Der Duce teilt in vieler Hinsicht seine Meinung mit unserem Reichskanzler, aber nicht in jeder. Rassismus sei was für Blonde, hat er erklärt …« Er wiegte nachdenklich den Kopf. »So eine Entscheidung muss allerdings wohlfeil bedacht, nicht sporenstreichs getroffen werden.« Er seufzte, fuhr leise fort, dass für die Reise nach Italien zwar kein Visum nötig sei, jedoch ein Pass. Und diesen erhielten Juden nur, wenn sie sämtliche Steuerschulden an das Reich beglichen hätten.

»Ich kann mir nicht vorstellen, dass jemand wie Sie Steuerschulden hat.«

»Und doch müsste ich fünfundzwanzig Prozent von meinem Besitz abgeben, wollte ich nach Italien emigrieren.« Er beugte sich vor, sagte noch leiser: »Ich fürchte, diese sogenannte Reichsfluchtsteuer wird in der nächsten Zeit sogar angehoben werden.«

»Dann emigrieren Sie nicht nach Italien«, entfuhr es Salome, »machen Sie eine Urlaubsreise dorthin. Für eine solche müssten Sie keine horrenden Steuern zahlen. Und wenn Sie hinterher einfach nicht wiederkehren …« Sie schwieg vielsagend.

Herr Theodor schwieg auch, rührte in der Teetasse. »Ich weiß nicht, ob und wie sich das arrangieren ließe.«

»Sie können doch nicht einfach nichts tun … nur abwarten … aufgeben. Sie müssen kämpfen!«

»Kämpfen?«, fragte er hörbar verständnislos, als gehörte dieses Wort nicht zu seinem Vokabular.

Salome wurde das Vokabular mit einem Mal auch knapp. Unmöglich konnte sie sagen: Es wird schon alles gut, wir müssen uns etwas überlegen, blicken Sie frohgemut in die Zukunft.

Es wäre anmaßend.

Als sie sich erhob, gelang ihr deshalb nur ein »Danke für den Tee«.

»Und ich danke ergebenst für Ihren Besuch«, murmelte Herr Theodor, geleitete sie zur Tür, stützte sich an deren Rahmen, als er ihr nachsah.

Salome ging aufrechten Schrittes durchs Treppenhaus, aber als sie nach draußen kam, lehnte sie sich unwillkürlich gegen die Hauswand. Sie vermeinte, nicht länger zu stehen, sondern zu liegen, als würde die Welt nicht einfach nur wanken, nein, hätte sich um neunzig Grad gedreht, und als wäre sie von einer fremden Macht niedergedrückt worden, die ihr nicht erlaubte, aufrecht durchs Leben zu gehen. Auch der Himmel, grau wie seit Wochen, war nicht mehr über ihr, er fiel auf sie, verhüllte sie, begrub sie, ganz lautlos – Wolken machten schließlich keinen Lärm. Ein Schluchzen brannte in ihrer Kehle, steckte aber fest, drängte vergebens nach oben. Gab es in ihrem Leben überhaupt noch ein Oben? War sie nicht verdammt zu versinken wie damals im nächtlichen Meer, zu fallen wie damals auf den Klippen?

Und da war keine Hand, ob von Ornella oder Félix, die nach ihr griff.

Kämpfen?, echote lediglich Herr Theodors Stimme in ihrem Kopf, so hilflos, so hoffnungslos.

»Kämpfen!«, wiederholte sie da plötzlich.

Aus ihrem Mund klang das Wort zwar heiser, aber nicht ganz so hilflos, nicht ganz so hoffnungslos wie aus seinem, obwohl sie gerade an Félix und Ornella hatte denken müssen.

Hier und jetzt mochten die beiden sie nicht von der Wand wegziehen, aber sie konnte es allein, konnte sich abstützen, wegdrücken, konnte weitergehen, ohne zu wanken, konnte es dank dessen, was sie sich von ihnen abgeschaut hatte. Nur, weil sie aus ihrem Leben verschwunden waren, hieß das nicht, dass sie keine Spuren in ihrer Seele hinterlassen hatten.

Félix hatte ihr eingeimpft aufzubegehren, wenn der Einzelne sich blindlings einer Volksgemeinschaft zu unterwerfen hatte, wenn der Zwang größer zu sein drohte als die Freiheit. Und von Ornella hatte sie gelernt, dass man manchmal beharrlich sein musste und geduldig, um ein Ziel zu erreichen, ein Lächeln zeigen, obwohl man es nicht meinte, eine gleichmütige Miene aufsetzen, obwohl es in einem brodelte, anderen verschleiern, wie viel in einem steckte.

»Kämpfen«, sagte sie wieder, und ihre Stimme wurde fester, ihre Schritte wurden fester.

Sie dachte nicht nur an Ornella und Félix, sie dachte auch an Paola. Vielleicht würde es ihr neue Kraft, ihrem Leben neuen Sinn geben, wenn sie für das Reisebureau arbeitete, hatte Paola gesagt.

Nun, sie würde Kraft und Sinn finden, aber nicht, indem sie *für*, sondern *gegen* etwas arbeitete – und das Reisebureau würde ihr dabei Mittel zum Zweck sein.

Die erste Waffe, die Salome für ihren Kampf nutzte, waren Nudeln.

Nach ihrem Besuch bei Herrn Theodor ging sie nicht sofort nach Hause, sondern zur Kleinmarkthalle, um Mehl zu kaufen, reines Weizenmehl, nicht mit Lupinen oder Maismehl durchmischtes. Daheim knetete sie aus diesem Mehl, Ei und Provence-Öl einen Nudelteig.

Am Anfang vermeinte sie, dass sie aus den vielen klebrigen Krumen nie ein Ganzes machen könnte. Aber ihr Ehrgeiz war groß. Schließlich wollte sie auch aus ihrem Leben ein Ganzes machen, mehr noch, ihm eine Form geben. Irgendwann hatte sie tatsächlich einen Klumpen in den Händen, der sich, wenn sie ihn mit genügend Mehl einstäubte, bestimmt auswalken ließ. Sie würde den Teig in schmale Streifen schneiden und sie am Abend in Salzwasser kochen. Und sie würden nicht zur Mehlsuppe zerfallen, in der man lange nach etwas Festem stochern musste. Sie würden Tagliatelle werden, bissfest wie sie selbst.

Sobald sie den Teig geschnitten hatte, sah sie sich um. Das Wichtigste, so hatte Rosa einmal gesagt, sei, die Nudeln vor dem Kochen lange genug trocknen zu lassen. Rosa hatte das meist auf einer Wäscheleine gemacht, Salome fand keine. Am Ende behängte sie sämtliche Lampenschirme in der Wohnung mit den Nudeln, ging später von einem zum anderen, um die zu lösen, die aneinanderklebten, desgleichen wie sie ihre Gedanken entwirrte, anfing, Pläne zu schmieden.

Bevor Arthur am Abend zurückkehrte, holte sie die Nudeln von den Lampen, kochte sie in Salzwasser, schwenkte sie in ein wenig Öl. Als sie diese ihrem Vater servierte, starrte der so ratlos auf den Teller, als wüsste er nicht, was das war.

»Du hast Nudeln gekocht?«

Salome nickte, wickelte die Nudeln auf eine Gabel und hob den Teller, wie es in Italien üblich war, dicht an den Mund, um sie zu essen. Arthur folgte dem Beispiel nicht, nahm gedankenverloren einen Löffel, um damit zu essen.

»Schau«, sagte Salome, »so musst du es machen.« Sie zeigte ihm, wie man die Nudeln auf die Gabel wickelte, man den Teller an den Mund führte, und Arthur aß nun Bissen um Bissen. Nach einer Weile traute sie sich zu fragen: »Willst du dich wirklich darauf verlassen, dass künftig Millionen in dieses Seebad an der Ostsee ... dem Germanischen Meer reisen werden? Und wenn ja, ist mit dessen Fertigstellung nicht erst in einigen Jahren zu rechnen? Ist es nicht eine Überlegung wert, überdies Auslandsreisen anzubieten? Was deine Sprachkenntnisse anbelangt, bist du deinen Kollegen doch weit voraus.«

»Einundfünfzig Prozent aller Reisen, die ein deutsches Reisebureau anbietet, müssen eine deutsche Destination haben«, murmelte er geistesabwesend.

»Dann bleiben doch neunundvierzig Prozent. Warum veranstaltest du nicht wieder Reisen nach ... Italien? Während der Kraft-durch-Freude-Kreuzfahrten gibt es Landgänge in Italien, weil es eines der wenigen Länder ist, wohin der stramme Nationalsozialist reisen kann, ohne dass der internationale Marxismus auf ihn abfärbt. Dann sollten doch auch ganz gewöhnliche Italienreisen möglich sein.«

»Du willst zurück nach Italien?«, fragte Arthur. Sowohl Sehnsucht als auch Angst sprachen aus seiner Stimme.

»Gilt jene Vorschrift von damals denn noch, wonach ausländische Reisebureaus keine Geschäfte dort machen dürfen?«, gab Salome zurück. »Unser Führer und der Duce verstehen sich doch so gut. Sowohl Deutschland als auch Italien wurden schließlich von einem starken Mann gerettet.«

»Du willst zurück nach San Remo?«, fragte er nun.

»Es muss nicht San Remo sein, Italien hat doch mehr zu bieten, zum Beispiel ... Rom.«

Sie sah, dass Arthur sich darauf konzentrierte, dass die Nudeln nicht von der Gabel rutschten.

»Morgen werde ich versuchen, ein Ragout zu den Nudeln zu machen«, sagte Salome. »Oder eine Tomatensoße. Vielleicht gelingt mir sogar Rosas Walnuss-Pesto.«

Arthur ließ den Löffel sinken. Eine Nudel haftete an seinem Kinn. »Du wirst nicht wieder ins Reisebureau kommen?«

»Ich?«, rief Salome und tat erschrocken. »Wie käme ich dazu! Großmutter hielt es für die wichtigste Aufgabe der Frau, dem Mann das häusliche Leben zu verschönern. Damit will auch ich mich begnügen. Wie könnte ich dir Ratschläge erteilen? Was weiß eine schlichte Frau darüber, wie man ein Reisebureau führt.« Salome nahm die Serviette, wischte dem Vater die Nudel vom Kinn. »Aber natürlich kannst du mir am Abend anvertrauen, was dich beschäftigt. Du solltest wirklich über Italienfahrten nachdenken. Ein wenig unterstützen könnte ich dich hierbei schon. Ich beherrsche die Sprache doch fließend, und was die Reisen nach Rom anbelangt: Falls es wirklich dazu kommt, könnte ich mir vorstellen, Reisegruppen dorthin zu begleiten. Wie vielen von solchen habe ich die Côte d'Azur gezeigt! Außerdem könnte ich mich um die Formalitäten kümmern, Reisepässe besorgen, Visen und ...«

»Darüber müsste ich mit Hermann Bongartz sprechen«, fiel Arthur ihr ins Wort.

»Aber natürlich. Tu nichts ohne seine Zustimmung. Wir sind schließlich angewiesen auf Kraft durch Freude. Wie gut, dass sich jemand um die Erholung und Unterhaltung des einfachen Arbeiters kümmert. Er selbst hat doch den Drang nach Italien einen urdeutschen Trieb genannt, oder? Was immer du an seiner Seite planst, ich werde dich unterstützen, ich werde für dich da sein.«

Arthurs Augen wurden plötzlich feucht. Jäh sah er sie mit einer Liebe im Blick an, die er ihr nicht oft gezeigt hatte.

»Ach, Salome ... dass du das sagst ... dass du mir Nudeln gekocht hast ... Jetzt erinnere ich mich wieder ... Deine Großmutter und du, ihr habt die Kastanienstängel immer für Marzipanobst benutzt. Sie hat stets die schönsten Stücke für mich aufgehoben und erklärt, dass du sie geformt hast.«

Salome war nicht sicher, was sie mehr erstaunte: dass Tilda gegenüber dem eigenen Sohn vertuscht hatte, dass Salome aus Marzipan lieber wilde Tiere statt Äpfel oder Weintrauben geformt hatte, oder das Ausmaß an Rührung, das sich in Arthurs Stimme schlich und bewies, wie viel ihm das Marzipanobst bedeutet hatte ... Vielmehr, dass sie es für ihn gemacht hatte.

»Vater ...«

»Meine Güte, wie lange das her ist. Und doch erscheint's mir wie gestern, da ich zu dir ins Bett geklettert bin. Erinnerst du dich an unsere aufregenden Nächte? Ich habe dir von all meinen Reisen berichtet. Du hast stets so gespannt zugehört, und manchmal hast du gelacht.« Salome wusste nicht, wen die Erinnerungen trogen, ihn oder sie. Jedenfalls war sie plötzlich sicher, dass er die Wahrheit sagte, als er hinzufügte: »Ich hätte diese Nächte damals nicht ohne dich überstanden ...«

Sie umklammerte die Gabel so fest, dass es wehtat. »Kurze Zeit später ist Paola in unserem Leben ... in deinem Leben aufgetaucht ...«, sagte sie, »da brauchtest du mich nicht mehr.«

Arthurs Lächeln blieb liebevoll. »Oh, Paola war ein Segen. Sie kam zur rechten Zeit, um die Lücke zu füllen, die deine Mutter hinterlassen hat. Ich habe gleich gemerkt, dass du sie magst, und mir gedacht, dass sie deshalb für mich die rechte Frau sein könnte.«

Salome war nie in den Sinn gekommen, er hätte auch ihr Wohl im Auge gehabt, als er Paola heiratete, und doch vermittelte er den Eindruck, als hätte dieses an erster Stelle gestanden. Vielleicht schwindelte er, ganz sicher aber sagte er die Wahrheit, als er plötzlich ausstieß: »Paola ... Ich fürchte, Paola wird nicht zurück nach Frankfurt kommen.«

Sie starrte auf ihren Teller. »Ich weiß.«

»Aber du ... Du bist da. Und darüber bin ich froh.«

»Ich weiß.«

Schweigend aßen sie weiter. Erst nach dem Essen erklärte sie: »Lass uns ein Glas Wein trinken und dabei weiter über mögliche Reisen nach Italien sprechen.«

Ihre Stimme war ausdruckslos wie ihr Blick. Sie sprach das Wort »Reisen« aus, wie sie es immer ausgesprochen hatte. Dabei ging es ihr gar nicht ums Reisen. Sie würde die Italienfahrten nutzen, um Menschen wie Herrn Theodor, Menschen wie dem alten Herrn im Café de la Marine von Sanary zur Flucht aus Deutschland zu verhelfen, wobei der das Wort Flucht nicht gemocht hatte. »Ich sage mir, dass ich lediglich den Weg beschritten habe, der in die Freiheit führt«, hatte er ihr erklärt.

Und ich, dachte Salome voller Entschlossenheit, auch voller Mut, ich werde auf diesem Weg die Fremdenführerin sein.

Leseprobe

aus

»Riviera – Der Weg in die Freiheit«

von Julia Kröhn

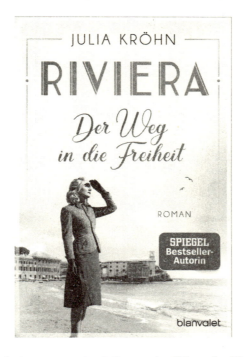

Erscheinungstermin: Juli 2020 im Blanvalet Verlag

Erstes Kapitel

1938

Die Frau fiel auf die Knie, hob langsam die Hand, zögerte aber noch, die Pflastersteine zu berühren. Endlich fuhr sie mit der Fingerkuppe darüber, die Miene nahezu ehrfürchtig, wie man sie sonst nur an Pilgern sah, die im Petersdom den Fuß der Petrusstatue streichelten.

»Was macht sie denn da?«, vernahm Salome eine Stimme. »Das sind doch nur gewöhnliche Pflastersteine.« Sie drehte sich um, sah einen Mann aus dem Café treten, vor dem sie stand. Das karierte Geschirrtuch, das um seine Schultern hing, wies ihn als dessen Besitzer aus. Als Salome nicht antwortete, fügte er hinzu: »Denkt sie etwa, dass Julius Cäsar auf diese Pflastersteine getreten ist, nachdem er Kleopatra aus dem Teppich gerollt hat?« Salome lachte kurz auf, verkniff sich dennoch jeden amüsierten Ton alsbald, da sie nicht die Aufmerksamkeit der gesamten Gruppe auf sich ziehen wollte. Die anderen Reisenden knieten zwar nicht nieder, betrachteten die Frau aber mit Wohlwollen. »Oder ist sie der Meinung, dass Nero hier vorbeikam, nachdem er über dem brennenden Rom die Laute gespielt hat?«, fragte der Wirt.

Salome zuckte die Schultern. »Ich habe keine Ahnung, ob Cäsar oder Nero jemals hier vorbeigekommen sind. Wer aber ganz sicher vor einigen Monaten diese Straße entlanggeschritten ist, war Signor Hitler. Im letzten Mai hat er Italien einen einwöchigen Staatsbesuch abgestattet.«

»Aha«, sagte der Mann mit undurchschaubarer Miene, nahm das Geschirrtuch von der Schulter und fächerte sich damit etwas frische Luft zu. »Das ist sicher gut für mein Geschäft.«

Wahrscheinlich war er nicht der erste Café- oder Restaurantbesitzer, der wachsende Einnahmen verbuchte, seitdem zum Anlass von Hitlers Romreise etliche neue Pracht- und Aufmarschstraßen wie die Via dell'Impero oder die Via dei Trionfi angelegt worden waren. Über diese konnte man vom Kolosseum zum Regierungssitz Mussolinis am Palazzo Venezia gehen, ohne die engen, winkeligen Gassen von Roms Altstadt durchqueren zu müssen. Und auch das Reisebureau Sommer, das seit zwei Jahren regelmäßig Romfahrten von Frankfurt aus anbot, zog aus Hitlers Italienreise großen Nutzen – die Anmeldungen waren seit dem vergangenen Mai sprunghaft angestiegen.

»Diese Menschen wollen unbedingt auf Signor Hitlers Spuren wandeln«, murmelte Salome und lehnte sich an die Hauswand. Ihre Füße schmerzten, weil sie seit dem frühen Morgen unterwegs war, und wahrscheinlich würde die Dame sich nicht so schnell zum Weitergehen bewegen lassen. Einige begannen nun Fotos von der Straße zu schießen – mehr als zuvor vom Titusbogen.

»Aber warum«, fragte der Mann neben ihr eben, »berührt sie ausgerechnet diese Pflastersteine?«

»Nun«, sagte Salome und diesmal konnte sie sich ein Grinsen nicht verkneifen, »ich habe vorhin erzählt, dass Signor Hitler genau hier stehen blieb, als Mussolini ihm erklärte, das faschistische Italien sei der engste Freund Deutschlands und würde gemeinsam mit ihm bis zur letzten Konsequenz marschieren.«

»Und das stimmt wirklich?«, fragt der Mann skeptisch. »Mein

Hund mag diese Stelle übrigens auch. Er markiert sie regelmäßig.«

»Der Führer liebt Hunde.«

»Meiner ist aber eine Kreuzung aus Terrier und Pudel und hat nur mehr ein halbes Ohr.« So undurchdringlich seine Miene bis jetzt gewesen war, der Spott in seiner Stimme war nun unüberhörbar.

»Gewiss wollen Sie ihrem Hund heut einen ganz besonders großen Knochen kaufen«, sagte sie amüsiert, »ich werde dafür sorgen, dass Sie ein gutes Geschäft machen.«

Sie löste sich von der Wand, klatschte in die Hände, um sich die Aufmerksamkeit der Reisegruppe zu sichern, und riss sogar die kniende Frau aus ihrer Andacht, als sie laut verkündete: »Wir werden in diesem Café eine kurze Pause einlegen. Soeben wurde mir zugetragen, dass unser Führer höchstpersönlich hier einen Kaffee getrunken hat.«

Augenblicklich erhob sich die Frau, und auch die restlichen Reisenden strömten zügig in das Café. Einzig ein Mann, der sich ihr als Herr Otto vorgestellt hatte und dem die südliche Sonne nicht bekam, wurde sein Kopf doch mit jeder Stunde röter, zögerte einzutreten.

»Sind Sie sicher, dass das eine gute Idee ist?«

Salome unterdrückte ein Seufzen. Herr Otto gehörte zu jenen Reisenden, die sich akribisch vorbereiteten und sich selbst zum Reiseleiter berufen fühlten, umso mehr, wenn sich herausstellte, dass ein junges Fräulein die Gruppe durch Rom führen würde. Dass dieses junge Fräulein perfekt Italienisch sprach und seit Jahren für das Reisebureau ihres Vaters arbeitete, machte keinen Eindruck auf Herrn Otto – immerhin, so hatte er erklärt, wisse er, dass man im Italienischen das H nicht ausspreche. Zu Hamburg sage man Amburgo, und wenn jemand statt Heil Hitler »Eil Itler«

sage, sei das keine Beleidigung, sondern ein sprachliches Defizit. Die stolze Miene verriet, dass er sich deswegen befähigt fühlte, mit jedem Italiener politische Debatten zu führen. Alles, was Salome sagte, zog er grundsätzlich in Zweifel, und sie wappnete sich instinktiv gegen seinen Einspruch, wonach der Führer niemals Kaffee trinke, sein Blick richtete sich indes misstrauisch auf die schwarzen Locken des Cafébesitzers.

»Keine Angst«, erwiderte Salome, ahnte sie doch, was ihm durch den Kopf ging. »Wenn man das Mittelmeer bereist, kommt es des Öfteren vor, dass man Menschen mit jüdischen Merkmalen sieht, und man neigt leicht zu der Annahme, es seien Juden oder Judenmischlinge«, wiederholte sie die Worte, die sie in einem Italienführer gelesen hatte. »Das in zahlreiche Kriege verwickelte Italien unterlag nun mal einem stärkeren Mischungsprozess. Dennoch haben sich die Romanen in ihren Hauptzügen rein erhalten.«

»Hm«, machte Herr Otto. Sein Gesichtsausdruck wurde noch misstrauischer. Immerhin zögerte er nun nicht länger, das Café zu betreten.

In der nächsten Viertelstunde war Salome damit beschäftigt, für die Gäste Bestellungen aufzugeben und sich zu vergewissern, dass sie mit dem bisherigen Verlauf des Tages zufrieden waren. Eine Dame, die sich noch am Morgen über Chaos und ständige Verspätungen beschwert hatte, zeigte sich immerhin über das »Hitler-Wetter« an diesem goldenen Septembertag beglückt. Einen anderen hörte sie schwärmen, dass der Duce es geschafft habe, aus Rom ein pulsierendes Zentrum zu machen, in dem der Geist des imperialen Italiens neu erwacht sei.

»Ich dachte ja schon, wir würden auf Pritschen liegen, aber die Betten in unserem Grandhotel sind weiß und das Bettzeug ist mitnichten verschmutzt und verlaust.«

Salome half, ein paar Gläser mit *aranciata* oder *acquavite* an die Tische zu tragen, und bemerkte erst danach, dass Herr Otto nur vor einem Glas Wasser saß und nicht einmal aus diesem einen Schluck nehmen wollte. Himmel, dachte sie, warum legt er ausgerechnet heute Wert darauf, nüchtern zu bleiben?

»Sie gestatten doch, dass ich mich zu Ihnen geselle?«, fragte sie und nahm neben ihm Platz, ohne seine Zustimmung abzuwarten.

Über Herrn Ottos gerötete Stirn perlten die Schweißtröpfchen, während am Nebentisch nicht länger über die Hotelbetten, sondern über die Duschen gesprochen wurde. Aus diesen kam tatsächlich ein dicker Strahl warmen Wassers, nicht wie befürchtet ein Rinnsal. Offenbar hielten die Herrschaften auch das für den Verdienst des Duces.

»Benito Mussolini wird als der letzte Römer in die Geschichte eingehen«, sagte Herr Otto finster, »aber hinter seiner massigen Gestalt hat sich nur ein Volk von Zigeunern verborgen.«

Salome blickte sich kaum merklich um. Ein Vorurteil wie dieses hörte sie nicht zum ersten Mal, doch ihretwegen konnte sich Herr Otto gern darüber auslassen, Hauptsache, er war abgelenkt.

»Heißt es nicht, das Arisch-Römische und das Nordisch-Germanische seien zwei Sonderformen eines gemeinsamen Urtyps?«, fragte sie, um seinen Redefluss anzuspornen.

»Ach was, der Duce ist der einzige Römer in dieser Zeit, aber ich bin nicht sicher, ob er ein würdiges Volk gefunden hat.«

»Die Beziehung zwischen Italienern und Deutschen gilt doch als besonders tief und schicksalshaft.«

»Mag ja sein, dass das italienische Volk edle Vorfahren hat, mittlerweile ist es dennoch derart durchrasst, dass es auf einer deutlich niedrigeren Kulturstufe angekommen ist.« Er beugte sich etwas vor, was bedeutete, dass einer der Schweißtropfen auf ihrer Hand landete, aber wenigstens blickte er sich nicht länger misstrauisch um. »Sind wir doch ehrlich: Das Land der Makkaroni-Esser und schönen Fischerknaben kann nicht mit dem germanischen Volk mithalten. Statt des Bündnisses mit Mussolini hätte sich der Führer um eine Annäherung an England bemühen müssen, vorausgesetzt natürlich, dass die Briten endlich dem Liberalismus und der Demokratie abschwören.«

»Nun«, Salome bemühte sich darum, freundlich zu klingen, »in London wäre ich Ihnen keine große Hilfe, ich spreche kein Englisch.«

Auf dass die Maske der braven deutschen Reiseführerin keine Risse bekam und Ärger hindurchdrang, erhob sie sich schnell. »Wir gehen jetzt in Richtung Cestius-Pyramide«, verkündete sie.

»Zur Cestius-Pyramide?«, fragte die Dame, die zuvor die Pflastersteine gestreichelt hatte. »Was sollen wir denn dort?«

Ähnliches Missfallen hatte durch ihre Stimme gesprochen, wann immer das Mausoleo di Augusto, das Marcellustheater, das Kapitol oder das Pantheon auf dem Programm gestanden hatte. An diesem Tag aber konnte Salome sie beruhigen.

»Oh, ich will Ihnen nicht zumuten, sich mit Roms Geschichte zu beschäftigen. Allerdings kam der Führer im Mai in Rom im eigens für seinen Besuch erbauten Bahnhof Ostiense an. Und dieser befindet sich in der Nähe der Cestius-Pyramide. Selbstverständlich sehen wir uns nur den Bahnhof an, nicht auch die Pyramide.«

Die Miene der Dame glättet sich augenblicklich. »Stimmt es, dass dieser Bahnhof mit prächtigen Bildern ausgestattet ist?«

Salome nickte ernsthaft. »Gut möglich, dass die Hand des Führers auf einem geruht hat.«

Der Dame konnte es nun gar nicht schnell genug gehen, die Gaststätte zu verlassen, während etliche der anderen Reisenden die Toilette aufsuchten. Noch mehr Zeit verging, bis alle gezahlt hatten, und als sie sich endlich vor dem Café versammelten, rief Herr Otto plötzlich: »Er ist weg!«

Salome zuckte zusammen. Eigentlich hatte sie sich schon seit geraumer Zeit gegen genau diese Worte gewappnet, doch jetzt bedurfte es viel Kraft, sich dem Reisenden mit freundlichem Lächeln zuzuwenden und unschuldig zu fragen: »Einer der Pflastersteine, über den unser Führer geschritten ist? Ich hoffe nicht, dass jemand auf die Idee gekommen ist, ihn auszugraben und als Souvenir in die Heimat mitzunehmen.«

»Ich meine diesen einen ... Herrn aus unserer Reisegruppe. Ein sonderbarer Kumpan, wenn Sie mich fragen. Er hat immer seinen Mantel getragen und kaum ein Wort gesagt. Sehen Sie doch selbst ... er ist verschwunden!«

Salomes Lächeln verkrampfte sich. Schlimm genug, dass Herrn Otto das Fehlen des Mannes aufgefallen war, noch schlimmer, dass der schon zuvor sein Mistrauen auf sich gezogen hatte.

»Er hat mir vorhin mitgeteilt, dass er sich nicht wohlfühlt und ihm etwas übel ist«, murmelte sie.

Herr Otto öffnete den Mund auf, aber eine andere Dame kam ihm zuvor: »Kann es sein, dass die Küchen hierzulande so verdreckt sind, wie man munkelt? Oh, ich hätte Zwieback und Äpfel mitbringen sollen.«

»Die Restaurants, die ich für Sie auswähle, lassen nichts zu wünschen übrig«, erwiderte Salome rasch. »Gut möglich, dass Herr Kollwitz schon beim Antritt der Reise krank war.«

Herr Otto schien zu überlegen, ob es überhaupt möglich war, dass ein Deutscher eine Krankheit nach Italien brachte, nicht umgekehrt, und Salome nutzte sein Schweigen, um laut zu fragen: »Wie wäre es, Herr Otto, wenn Sie die Reisegruppe zur Cestius-Pyramide ... äh dem Bahnhof führen, während ich Herrn Kollwitz suche? Vielleicht ist er noch auf der Toilette. Falls er wirklich krank ist, sollte er Ihnen allen nicht zu nahe gekommen, sondern lieber einen Arzt aufsuchen.«

Die anderen ergingen sich sogleich in Diskussionen, ob den hiesigen Medizinern zu trauen wäre, Herr Otto war leider nicht am italienischen Gesundheitssystem interessiert.

»Ist sein Name überhaupt Kollwitz? Hat er sich ganz am Anfang nicht als Herr Koller vorgestellt?«

Salome leckte sich nervös über die Lippen. »Wie auch immer, ich …«

»Die Reisegruppe findet bestimmt allein zum Bahnhof«, unterbrach Herr Otto sie, »ich kann Sie unmöglich unbegleitet durch Roms Straßen irren lassen. Ich werde Ihnen helfen, Herrn Kollwitz oder wie er heißt, zu finden.«

Salome unterdrückte nur mühsam einen Fluch. Der einohrige Köter des Wirts würde Herrn Otto, der eine Fährte gewittert hatte, bedauerlicherweise nicht in die Wade beißen, und so würde sie alles tun müssen, um den misstrauischen Reisenden vom Schnüffeln abzuhalten.

Eine Weile versuchte Salome, Herrn Otto abzuschütteln, doch das war vergebens, und deswegen verlegte sie sich darauf, Zeit zu schinden. Auf dem Weg ins Hotel kehrte sie in jede einzelne Bar, jedes Café ein, beschrieb dort Herrn Kollwitz und fragte, ob man ihn gesehen habe.

»Wie kann man sich einfach von der Gruppe entfernen?«, murrte Herr Otto, als sie wieder einmal nur ein Schulterzucken geerntet hatten. »Es gibt Verhaltensregeln, die man auf Reisen beachten muss, und dazu gehört, den Anweisungen des Reiseleiters stets Folge zu leisten.«

»Ich kann die Suche gern allein fortsetzen, damit Sie sich wieder zur Gruppe gesellen können«, schlug Salome vor.

Herr Otto ging gar nicht erst darauf ein. »Ich verstehe nicht, warum Ihnen Ihr werter Herr Vater so viel Verantwortung aufbürdet, noch dazu in einem fremden Land.«

»Mein Vater ist schwer beschäftigt. Unser Reisebureau arbeitet schließlich mit Kraft durch Freude zusammen und unterstützt unseren Führer auf jede erdenkliche Weise, dem einfachen Arbeiter zu seinem wohlverdienten Urlaub zu verhelfen. Erst kürzlich hat er einwöchige Reisen nach Oberbayern, ins Zillertal und nach Norderney organisiert.«

»Warum begnügen Sie sich nicht mit Deutschlandreisen?«

Sie waren nur mehr etwa hundert Meter vom Hotel entfernt, und Salome wusste, dass sie es nicht mehr länger aufschieben konnte, dort nach Herrn Kollwitz zu fragen und damit zu riskieren, dass ihr Plan aufflog. Sie musste darauf vertrauen, gründliche Vorarbeit geleistet zu haben.

»Ich habe Herrn Kollwitz übrigens genau beobachtet«, murmelte Herr Otto, nachdem sie nicht auf seine Frage eingegangen war. »Er hat bei der Begrüßung die Nationalhymne nicht richtig mitgesungen, es auch an einem ordentlichen deutschen Gruß mangeln lassen. Wissen Sie überhaupt, wo er angestellt ist? Durch solch anstößiges Verhalten auf einer Reise schadet er Ansehen und Ruf seines Betriebes. Das wäre ein Grund, ihn fristlos zu entlassen.«

Salome hatte von solchen Fällen gehört und war erleichtert, dass sie nicht auf seine Worte reagieren musste, betraten sie doch nun die Eingangshalle des Hotels mit den schachbrettartigen Fliesen. Und erst recht war sie froh darüber, nicht den Hotelbesitzer an der Rezeption zu sehen, sondern einen jungen Mann.

»Ich frage nach Herrn Kollwitz, warten Sie hier«, sagte sie.

Natürlich blieb Herr Otto ihr auf den Fersen. Salome stellte dem Rezeptionisten eine Frage, und dessen Antwort begleiteten nicht nur weit ausholende Gesten, auch mehrere »*Madonna mia!*«, »*Santo cielo!*« oder »*Dio santo!*« All das verfehlte die dramatische Wirkung nicht. Herrn Ottos zunächst misstrauische Miene wurde fast ein wenig ängstlich, als Salome so tat, als würde sie schwanken, sich an der Theke der Rezeption festhalten, sie ebenfalls ein »Mein Gott!« ausstieß.

»Was ... was hat er gesagt?«

Eine Weile zögerte sie die Antwort hinaus, stammelte dann etwas von Übelkeit und Bauchkrämpfen, die Herrn Kollwitz befallen hätten. Mit letzter Kraft hätte er es zurück ins Hotel geschafft, sei hier aber zusammengebrochen und augenblicklich ins Krankenhaus gebracht worden. Der junge Portier nickte bekräftigend, machte sogar ein Kreuzzeichen. Alle Achtung, er wusste worauf es ankam.

Salome griff sich an die Stirn. »Ich muss den Armen sofort besuchen. Ich weiß, es ist nicht meine Schuld, und doch fühle ich mich verantwortlich.«

»Selbstverständlich werde ich Sie begleiten.«

Sie biss sich auf die Zunge, um einen neuerlichen Fluch zu unterdrücken. »Oh, das will ich Ihnen nicht zumuten. Ich könnte mir nicht verzeihen, wenn auch Sie erkrankten! Womöglich ist dieser schreckliche Durchfall ansteckend. Es könnte die Ruhr sein, gar Typhus, von der Cholera will ich gar nicht erst anfangen. Bei den hygienischen Bedingungen hier wäre es kein Wunder. Ich weiß nicht, ob man sich bei den hiesigen Krankenhäusern auf ausreichende Desinfektion verlassen kann. Jedenfalls will ich die Gefahr lieber allein auf mich nehmen.« Als sie spürte, dass Herr Otto zögerte, fügte sie rasch hinzu: »Und außerdem bräuchte ich Ihre Hilfe an anderer Front. Morgen wollen wir doch die Ausstellung über das faschistische Italien besuchen, und ich habe noch nicht überprüft, welches der kürzeste Weg dorthin ist. Zudem ... wenn die Reisegruppe zurückkommt, gilt es, sie zum Abendessen zu begleiten. Ich mute Ihnen viel zu, aber hätten Sie die Freundlichkeit, mich für kurze Zeit als Reiseleiter zu ersetzen?« Seine Überzeugung, dass eine Frau unmöglich ein echter Reiseleiter sein konnte, der zu vertreten war, stritt mit dem festen Willen, die Führung zu übernehmen. »Und unter uns …«, sie beugte sich vertraulich vor, »… Ihnen mag aufgefallen sein, dass Herr Kollwitz unsere Hymne nicht mitgesungen hat, aber ich habe Frau Kleiber dabei erwischt, wie sie die Zeitschrift *Leonardo* studierte.«

Herr Otto lief rot an. »Wie empörend!«, stieß er aus. »Dabei weiß ja jeder, dass für diese Zeitschrift eine Trientiner Jüdin schreibt.«

Salome nickte. »Sag ich's doch! Ich finde, Sie sollten unbedingt beobachten, ob sich Frau Kleiber auch auf anderen Gebieten des undeutschen Verhaltens schuldig macht.«

Er nickte so grimmig, als handle es sich dabei um eine heilige Pflicht, und ließ sie schließlich in der Lobby stehen, um der Reisegruppe entgegenzueilen.

Salome entwich ein Fluch, um ihrer Anspannung Herr zu werden. Ihr Sommerkleid war schweißnass und zerknittert, und sie merkte erst jetzt, dass sie ihren Strohhut zusammengedrückt hatte.

Der junge Mann an der Rezeption grinste sie indes unverhohlen an, hob seine Hand und hielt sie auf. Sie zog alle Geldscheine, die sie bei sich hatte, aus der Tasche und steckte sie ihm zu.

»Letztes Mal war es mehr«, sagte er, nachdem er sie gezählt hatte.

»Letztes Mal haben Sie viel deutlicher das Wort Cholera gesagt.«

»Dafür habe ich heute ein Kreuzzeichen gemacht. Und es hat doch gewirkt, er ist weg.«

Salome war nicht sicher, ob die Gefahr wirklich gebannt war. Später würde sie Herrn Otto noch davon überzeugen müssen, dass Herr Kollwitz für die Rückreise viel zu geschwächt war und diese zu einem späteren Zeitpunkt organisiert werden musste.

»Für ein paar tausend Lire erzähle ich gern, dass er schwarz angelaufen ist, nicht nur Bauch-, auch Muskelkrämpfe hatte und Schaum vor dem Mund.«

»Das überlege ich mir noch«, murmelte Salome, ehe sie den jungen Mann stehen ließ und zu Fuß die Treppe hocheilte, nicht etwa zu ihrem Zimmer, sondern zum Dachboden.

Es war ein stickiger Raum, randvoll mit großen Kästen, in denen Wäsche aufbewahrt wurde.

»Leo?«, rief sie. »Leo, wo sind Sie?«

Die Dielen knarrten, einer der Schränke auch, als von innen die Tür geöffnet wurde. »Fräulein Salome!«

Sie stürzte auf den Schrank zu, sah den Mann darin, trotz der Hitze mit einem schwarzen Mantel bekleidet – und über und über mit Christbaumschmuck behängt.

»Lieber Himmel! Wie sehen Sie denn aus?«

Leo Adler grinste halbherzig. »In den anderen Schränken war noch weniger Platz. Ich konnte den Christbaumschmuck schwerlich auf den Boden legen, darüber hätte sich jetzt im September jedermann, der den Dachboden betreten hätte, gewundert. Es ist schließlich zu früh, den Christbaum aufzuputzen.«

»Sie schauen selbst aus wie ein Christbaum – ein lebendiger.« Sie pflückte ein paar Kugeln, Glasengel, Strohsterne und rote Schleifen von seinem Mantel.

»Immerhin gibt es in Italien noch echten Christbaumschmuck – in Deutschland hängt man sich neuerdings silberne Hakenkreuze oder SS-Abzeichen an den Weihnachtsbaum.«

Der schwarze Mantel glitzerte ob des Lamettas. Nicht nur deswegen sah Leo Adler merkwürdig aus – auch weil er unter dem Mantel so unförmig war.

»Ist Ihnen nicht heiß?«

»Sie haben mir doch geraten, möglichst viel Kleidung übereinander zu tragen. Wenn wir später das Hotel verlassen, wäre es zu auffällig, wenn ich einen Koffer bei mir hätte.«

Salome nickte. Sie fürchtete, dass sie heute länger warten mussten als bloß bis Mitternacht. Gut möglich zwar, dass Herr Otto frühzeitig ins Bett ging, um sich pünktlich um sieben Uhr zur Morgengymnastik zu erheben oder die anderen Reisenden gar für den Morgenappell zu wecken, wie er auf den Kraft-durch-Freude-Kreuzfahrten stattfand. Aber es war auch nicht auszuschließen, dass er bis spät in der Nacht an der Hotelbar hockte, um Salomes Rückkehr aus dem Krankenhaus abzuwarten.

»Sie müssen nicht mit mir hier warten«, erklärte Leo Adler, »den Rest schaffe ich allein.«

Salome schüttelte den Kopf. »Ich bringe Sie zu Ihrer Familie«, erklärte sie.

Leo widersprach nicht. »Nun ja«, scherzte er, wie er es gerade in verzweifelter Lage oft tat, »wir können uns ja die Zeit vertreiben, indem wir Weihnachtslieder singen.«

Sie verließen das Hotel mitten in der Nacht durch die Küche. Vom Knoblauchkranz, der über dem Herd hing, ging ein durchdringender Geruch aus. Leo ließ es sich nicht nehmen, eine der Weihnachtkugeln daran aufzuhängen, doch obwohl der Anblick Salome amüsierte – sie war so angespannt, dass nur einer ihrer Mundwinkel zuckte. Als sie ins Freie traten, traf sie die Nachtluft, nicht etwa kühl, sondern so warm, als wäre die Stadt ein aufgeheizter Ofen, der selbst dann noch weiterglühte, wenn alles Feuerholz verbraucht war. Salome blickte sich mehrmals um, wappnete sich davor, dass von irgendwo Herr Otto auftauchte. Aber sie erblickte im Schein der Straßenlaternen nur ein paar Katzen, eine davon mit verklebten Augen, hörte in der Ferne das Knattern eines Motorrads.

»Beeilen wir uns.«

»Ich denke, wir sollten eher langsam gehen, nicht wie Diebe, die auf der Flucht sind, in der Nacht rennen.«

Dabei war Leo genau das – zwar kein Dieb in der Nacht, aber auf der Flucht. Salome nickte trotzdem, und schweigend legten sie die Strecke zu einem mehrstöckigen Mietshaus in der Via del Santa Maria Maggiore zurück. Die Laterne über dem Eingang verbreitete ein kaltes Licht, das Hunderte von Mücken anzog. Alles in dem Haus schien schief zu sein, die Stufen, das Geländer, die Türen, als hätte es jemand ganz ohne Plan gebaut, mit den Materialien, die gerade vorhanden waren.

Die Tür im obersten Stockwerk quietschte schon, als sie nur daran hämmerten, erst recht, als sie geöffnet wurde.

»Papa!«, ertönte eine helle Kinderstimme, und zum ersten Mal konnte Salome ausatmen, ohne dass sich in der Brust eine Faust zusammenzuballen schien.

»Efraim!«, rief Leo, ehe er sich in der Umarmung eines vierjährigen Knaben wiederfand, der die Hände fest um seinen Nacken schlang. »Solltest du nicht längst schlafen?«, fragte er.

»Und hast du nicht verkündet, dass du ihn aus lauter Trotz künftig Erich nennen wolltest?«, gab die Frau zurück, die jetzt hinter dem Kleinen auftauchte.

Leo drückte den Sohn kurz noch fester an sich, löste sich dann aber, um auf die Frau zuzutreten. Der Gang, der zu den anderen Räumen führte, war eigentlich so schmal, dass kaum zwei Menschen nebeneinander hier stehen konnten, so dünn und feingliedrig, wie sie war, schien sie sich allerdings selbst hier zu verlieren.

»Ach, Hanna ...«, sagte er, während sein Blick über ihren Leib glitt, ausdrückte, was er laut nicht sagen wollte. Warum hast du denn aus Sorge um mich aufgehört zu essen? Salome hat doch versprochen, mich mithilfe eines Touristenvisums nach Italien zu bringen, so wie vorher dich, Efraim und deinen Vater! »Nun«, erklärte er, »mittlerweile hat sich Efraim an seinen Namen gewöhnt, und es ist egal, wie er genannt wird, Hauptsache, ich habe meinen Jungen wieder.«

Nachdem er seine Frau an sich gedrückt hatte, nahm Leo seinen Sohn auf den Arm, trat durch den schmalen Gang in ein ebenso schmales Zimmer, in dem gerade mal zwei Feldbetten Platz hatten. Auf einem saß ein älterer Herr – Theodor Feingold. Neben diesem Raum gab es nur noch eine Küche, wo außer einem kleinen Tisch ein drittes Feldbett stand, doch dass es hier keinen Platz für einen weiteren Bewohner gab, war ebenso bedeutungslos wie die Tatsache, dass die Nazis im vergangenen Monat ein neues Gesetz erlassen hatten. Die Juden in Deutschland durften demnach ihren Kindern nur mehr Namen geben, die besonders fremdartig klangen und sich von üblichen deutschen unterschieden – ob Ezekiel oder Mordechai oder eben Efraim. Leo, der den Sohn nach seinem Urgroßvater benannt hatte, hatte in seinem ersten Ärger verkündet, er wolle den Nazis keinen Gefallen tun und werde den Kleinen künftig Erich statt Efraim nennen. Aber was zählte nun ein Name? Er fiel ihm schwer, den Jungen loszulassen, um nun seinen Schwiegervater zu begrüßen.

Salome betrachtete den alten Mann, den sie ihr Leben lang »Herr Theodor« genannt hatte. Über viele Jahre war er ein ebenso treuer wie verlässlicher Mitarbeiter des Reisebureaus Sommer gewesen, hatte jedoch gekündet, nachdem die Nürnberger Rassengesetze erlassen worden waren und sich ihr Vater ganz in den Dienst der NS-Freizeitorganisation Kraft durch Freude gestellt hatte. Auch er war dünn geworden, was wohl nicht nur an den vielen Sorgen, zudem den schwindenden Geldreserven lag. Verglichen mit ihm wirkte Leo nahezu fettleibig, doch das täuschte. Als er nämlich nun seinen Mantel ablegte, zeigte sich, wie viele Kleidungsstücke er übereinandertrug. Aus der Tasche des Jacketts zog er zwei weitere Christbaumkugeln und hängte sie Efraim wie Kirschen an die Ohren. Der Kleine lachte, und sein Gelächter wurde ganz ausgelassen, als er sah, dass sein Vater über seinen langen Hosen gleich mehrere Unterhosen trug.

»Warum hast du denn so viele Unterhosen an?«, fragt er.

»Ja, sind es wirklich Unterhosen?«, gab Leo zurück, während er aus einer schlüpfte, sie sich auf den Kopf setze. »Ich glaube doch eher, das wird künftig meine Mütze sein. Und hier ist eine für dich.« Leo zog die nächste Unterhose aus und setzte sie Efraim auf.

Salome entging nicht, dass Hanna lächelte, ihr Blick dagegen blieb ernst. Sie hatte damals auch ihr zu leichtem Gepäck geraten, um nicht weiter aufzufallen. Nun zog sie ein Couvert mit mehreren tausend Reichsmark aus ihrer Tasche, das Leo ihr anvertraut hatte, durften Touristen bei Grenzübertritt doch nicht mehr als zehn Reichsmark bei sich tragen. Sie wollte es ihm überreichen, aber es war Herr Theodor, der es mit zittrigen Fingern übernahm und sie in die Küche winkte, um der kleine Familie Zeit für sich zu gönnen.

Die Wände waren schwarz vom Ruß, die Lade des kleinen Tisches quietschte wie die Haustür, als Herr Theodor das Geld hineinlegte. Im Reisebureau war er unter anderem für die Buchhaltung zuständig gewesen, hatte stundenlang am Stehpult ausgeharrt, um die Rechnungsbücher auszufüllen. Nun wirkte er, obwohl mit seinen knapp sechzig Jahren noch nicht so alt, nahezu greisenhaft und stützte sich schwer auf den Tisch. Auf den Stuhl wollte er sich nicht setzen, weil es nur einen gab, den zu beanspruchen er viel zu höflich war.

»Bitte nehmen Sie Platz«, drängte Salome ihn. »Ich ... ich muss ohnehin zurück ins Hotel.«

Nicht nur, dass sie am nächsten Tag ihre Reisegruppe wieder auf Hitlers Spuren durch Rom führen musste – die eigentliche Herausforderung war es, die übrigen glauben zu machen, dass einer von ihnen mit Typhus im Krankenhaus lag und erst später zurückreisen konnte.

»Fräulein Salome, ich kann Ihnen gar nicht genug meinen Dank bekunden, dass Sie ...«

Sie hob abwehrend die Hände. »Das hatten wir alles schon. Unser Reisebureau hätte ohne Sie die Wirtschaftskrise nicht überlebt.«

»Ich weiß, dass Sie auch vielen anderen Familien geholfen haben. Wie viele Juden haben Sie nun schon auf diesem Weg nach Italien gebracht?«

Salome zuckte die Schultern, tat so, als wüsste sie es nicht. Es waren insgesamt sechzehn Personen gewesen, die ihre Rückfahrkarte nicht benutzt hatten, seit das Reisebureau Sommer auf ihr Drängen hin Romreisen ins Programm aufgenommen hatte.

Herr Theodor versuchte, die Schublade zu schließen, doch sie klemmte. Seine Hände zitterten noch stärker, und rasch half sie ihm.

»Wir müssen sehr sparsam sein«, murmelte er, »ich bin mir nicht gewiss, ob und wie lange Charlotte uns im Notfall noch etwas überweisen kann.«

Charlotte war Herrn Theodors ältere Tochter, die in Deutschland geblieben war, wollte sie sich doch von nichts und niemandem aus ihrer Heimat vertreiben lassen. Salome wusste, dass Herr Theodor, dem nach dem frühen Tod seiner Frau nur seine beiden

Töchter geblieben waren, sie inständig angefleht hatte, mit ihnen zu kommen, doch Charlotte hatte stur auf ihrer Entscheidung beharrt.

»Leo wird bestimmt eine Arbeitserlaubnis bekommen«, erklärte Salome. »Der Grund, aus dem so viele Juden aus Deutschland und Österreich hierher und nicht nach Frankreich kommen, ist schließlich der, dass sie hier arbeiten dürfen.«

»Er ist ein Lehrer, der nicht des Italienischen mächtig ist.«

»Er ist ein junger Mann, der zwei gesunde Hände hat, zupacken kann und die Sprache rasch erlernen wird«, ließ sich Leo hinter ihnen vernehmen. »Notfalls arbeite ich als Christbaumverkäufer.«

Salome drehte sich um. Nun, da er fast sämtliche Kleidung abgelegt hatte, sah man auch ihm an, wie die letzten Wochen an ihm gezehrt hatten, als er in Deutschland darauf hatte warten müssen, der Familie zu folgen, weil es unauffälliger gewesen war, die Fahrt getrennt voneinander anzutreten.

Herr Theodor sank nun doch auf den Stuhl. »Fürbass!«, rief er in der ihm eigenen altertümlichen Sprechweise. »Die Menschen hier hassen die Juden tatsächlich nicht so inständig wie in Deutschland. Ich weiß nur nicht, wie lange uns dieses Glück noch hold bleibt.«

Salome rang nach tröstenden Worten, aber ihr fiel keines ein.

»Nun«, schaltete sich Leo ein, »heute sind wir glücklich, dass wir wieder vereint sind. Und die Sorgen, die wir uns morgen machen werden, haben wir ganz allein zu tragen, damit wollen wir Fräulein Salome nicht belasten. Sie hat genug für uns getan.« Er wandte sich an sie. »Ich würde Ihnen ja gern eine Christbaumkugel als Dank überreichen, aber Efraim will alle für sich haben. Ich fürchte also, ein fester Händedruck ist alles, womit ich mich revanchieren kann.«

Sie missachtete seine ausgestreckte Hand, umarmte ihn unwillkürlich. Dann sah sie nach Efraim, der eine der Unterhosen über ein Kissen gezogen hatte, um es als Kuscheltier zu nutzen.

»Es schaut doch aus wie ein Bär, oder?«, fragte er seinen Vater.

»Ein Bär ist langweilig«, erwiderte dieser, »ich denke eher, das ist ein ostasiatisches Wasserreh. Die Männchen haben lange Fangzähne wie ein Vampir, um das Weibchen zu beeindrucken. Wir werden ihm morgen aus Zahnstochern welche basteln, aber jetzt musst du schlafen.«

Efraim lachte wieder.

»Ein ostasiatisches Wasserreh … Wie kommst du nur darauf?«, kam es dagegen mahnend von Hanna.

»Die waren schon immer meine Lieblingstiere. Wusstest du das nicht?«

Hanna runzelte die Stirn. »Das ist nicht die richtige Zeit, um zu scherzen.«

»Und ob! In guten Zeiten *kann* man Scherze treiben, in dunklen Zeiten *muss* man es. Wobei wir die Dunkelheit jetzt hinter uns gelassen haben. Wir sind in Roma, einer der schönsten Städte der Welt. Morgen werden wir gemeinsam ein Eis essen und mit den Straßenhändlern um ein Souvenir feilschen. Ich hoffe bloß, sie bieten etwas anderes als Bronzebüsten vom Duce an, vielleicht Strohhüte oder eine Miniatur von den Caracalla-Thermen oder ein Fläschchen Eselsmilch. Du hast bestimmt schon mal gehört, dass Neros Frau Poppaea sich nur mit Eselsmilch gewaschen hat, oder?«

Hanna verdrehte die Augen, musste dann aber doch grinsen.

Salome lächelte und nickte ihnen zu, um endgültig Abschied zu nehmen. Herr Theodor ließ es sich nicht nehmen, sie zur Tür zu begleiten, stützte sich dort an den Rahmen. »Sie hatten die Freundlichkeit, unendlich viel für meine Familie zu tun, derohalben will ich mich nicht erdreisten, auch noch zu erheischen, dass Sie ...«

»Ich weiß«, unterbrach Salome ihn schnell, »wenn Ihre Tochter Charlotte sich doch noch entscheidet, Deutschland zu verlassen, werde ich auch sie nach Italien bringen.«

Sie tat etwas, was sie bei einem steifen Mann wie ihm früher nie gewagt hatte: Sie streichelte ihm vorsichtig über die Schultern, ehe sie ihm ein letztes Mal zunickte, sodann die schiefe Treppe hinuntereilte.

Erst als sie ins Freie trat, gewahrte sie, dass deutlich mehr Zeit als gedacht vergangen war. Schon dämmerte der Morgen, erwachte die Stadt zum Leben. Die Katzen hatten sich verzogen, eine stark geschminkte Frau stolperte mit abgebrochenem Stöckelschuh über die Straßen. Der missbilligende Blick eines *brusoclinaro* traf sie, der noch nicht begonnen hatte, seine Waren – geröstete Kürbiskerne – zu verkaufen, während die werbenden Rufe Stiefelputzer, anschwollen. Am lautesten war die Stimme des *strillone*, des Zeitungsjungen, der jedem Passanten ein scharfes »*Corriere! Avanti! Gazzetta uffiziale!*«, entgegenbrüllte.

Salome war schon an ihm vorbeigegangen, als sie plötzlich zögerte. Sie drehte sich um, trat zu ihm zurück, murmelte: »Kann ich mal sehen?«

Nur widerwillig ließ er sie auf das Titelblatt der Zeitung lugen, verlangte, als sie nicht zu lesen aufhörte, Geld dafür. Seine Stimme ging in ein Rauschen über, auch die Augen schienen ihr den Dienst zu versagen. Nach der langen Nacht verschwammen die Buchstaben, und selbst als sie daraus Wörter formen konnte, wurden keine Sätze daraus.

Schulen, Universitäten, Akademien ... jüdische Schüler und Lehrer ... ausgeschlossen ...

Nun gut, Leo würde hier ohnehin nicht unterrichten können,

aber am Ende Artikel stand noch etwas anderes, ungleich besorgniserregender.

Das kann doch nicht wahr sein! Ihre Lippen formten die Worte nur.

Laut war dagegen die Stimme des Zeitungsjungen. »Zahlen Sie die Zeitung, oder gehen Sie!«

Er riss sie ihr aus der Hand, ehe sie noch mehr lesen konnte, aber sie hatte bereits genug erfahren, um sich mit dröhnendem Kopf und schmerzhaft pochendem Herzen gegen eine Hauswand zu lehnen.

Wenn Sie wissen möchten,
wie es weitergeht, lesen Sie:

Julia Kröhn

»Riviera – Der Weg in die Freiheit«

ISBN 978-3-7341-0809-9/
ISBN 978-3-641-24498-9 (E-Book)

Blanvalet